中國近・現代文學叢刊 *11*

革命與形式
茅盾早期小說的現代性展開
1927-1930（修訂版）

陳建華◎著

人間出版社

目錄

序一

章培恒

　　建華囑我爲他即將出版的新著《革命與形式——茅盾與「長篇小說」的現代性展開，1927-1930》寫篇序，我很高興而且歉疚，趕快答應了下來。

　　在他的《中國江浙地區十四至十七世紀社會意識與文學》和《「革命」的現代性——中國革命話語考論》兩部著作問世以前，都曾要我寫序，我也都曾答應過；結果一篇也沒有寫。因爲這兩部書稿我均仔細讀過，認爲它們富於創見，是很有價值的學術著作，所以想把序寫得儘量好一些。我作文本就很慢，再一求工，那就往往今天寫三百個字，明天刪去兩百個，後天則把剩下的一百字也刪光。當然如果邊上不斷有人提醒，我大概也不致如此磨蹭；而建華又不在國內，由得我自由操作。最後出版社急著付印了，我的序卻無法交卷，就只好不了了之。這樣地一再言而無信，我自己心裡很感不安，但看來建華並不介意。這就是他約我爲其新著寫序時我「很高興而且歉疚」的原因。

　　不過，我之「趕快答應了下來」，倒並不僅僅是爲了彌補以前的愆尤，而是早就希望看到一部研究茅盾小說的高水準的專著；而從《「革命」的現代性——中國革命話語考論》中關

於茅盾早期小說的有關論述來看，我相信建華是能寫出這樣的專著來的。

我在上初中時就讀了茅盾的不少小說，而且頗爲喜歡。成年以後雖逐漸意識到茅盾小說中存在著爲政治而損害文學──或者說爲革命而損害藝術──的成分，不獨較分明地見於《子夜》，在其早期的小說中也斑斑可考──他早期的文學思想本就與後來的「無產階級革命文學」的理論不無相通之處，[1] 所以這毋寧是正常的事。但無論如何茅盾的小說在上世紀 20 年代後期與 30 年代初葉是有其重大影響的，魯迅在 1933 年 2 月 9 日給曹靖華的信中說：「國內文壇除我們仍受壓迫及反對者趁勢活動外，亦無甚新局。但我們這面，亦頗有新作家出現；茅盾作一小說曰《子夜》（此書將來當寄上），計三十餘萬字，是他們所不能及的。」[2] 這裡所說的指非左翼作家；而在左翼作家的長篇小說中，至魯迅寫此信時爲止，也以《子夜》最爲廣大讀者所矚目。此書是 1933 年 1 月由開明書店出版的，在出版後的三個月時間內印了四次，第一版印 3,000 冊，接著的三版都各印 5,000 冊，在當時可謂轟動效應。這也就意味著《子夜》確有其超越儕輩的質素在；而就茅盾自己的創作歷程來看，則《子夜》正是從其早期的小說發展而來，並非倖致。

而且，早在上世紀 50 年代初期，根據茅盾同名小說改編的電影《腐蝕》就受到了規模不小的批判；至「文革」前夕，根據其同名小說改編的電影《林家鋪子》更被作爲「大毒草」來口誅筆伐。這又從另一方面顯示出茅盾在上世紀 30、40 年代的小說自有其與後來的文學主流相鑿枘的所在。──儘管那種批判也許別有用意，但這兩部電影與當時的指導者在文藝戰線所要宣導的確實格格不入，而電影也並沒有歪曲小說原著。

由此看來，茅盾的小說在中國現代文學史上既有其獨特的複雜性，也自有其不可移易的地位。然而在茅盾研究方面，卻與茅盾自己的成就並不相稱。至遲從上世紀的 50 年代起，大陸的研究者儘量把茅盾的創作闡釋得與研究論著發表當時的文學主流相和諧；到「四人幫」被粉碎以後的一段時期內，上述的研究傾向仍在繼續，但其後也出現了抉發茅盾創作中為政治而損害文學的一面的論文，可以說這是茅盾研究中的一個重大的進步，但從文學本身來闡明茅盾小說的價值——當然同時也就必然要指明其缺陷或局限——的較深刻的論著卻仍很難見到。例如吧，魯迅在 1936 年 1 月 5 日給胡風的一封信中曾要胡風就茅盾小說的有關問題寫一份材料，現引述如下：

> 有一件很麻煩的事情拜託你。即關於茅的下述諸事，給以答案：
>
> 一、其地位，
>
> 二、其作風，作風（Style）和形式（Form）與別的作家之區別。
>
> 三、影響——對於青年作家之影響，布爾喬亞作家對於他的態度。
>
> 這些只要材料的記述，不必做成論文，也不必修飾文字；這大約是做英譯本《子夜》的序文用的，他們要我寫，我一向不留心此道，又不好推託，所以只好只好轉託你寫，……[3]

我想，這卻是研究茅盾小說的基本問題，儘管「布爾喬亞作家」這樣的詞語我們今天已很少用，但瞭解當時的左翼以外

的作家（尤其是反對左翼的有影響的作家）對茅盾小說的態度也確是茅盾研究的一個重要方面。胡風倒是很快把材料做好了，並由魯迅轉寄給茅盾；見魯迅於同年 2 月 2 日給茅盾的信。[4] 然而，英譯本《子夜》後來並未出版，胡風的這份材料也未見發表，也許已經不存於世了。從那以來已經 71 年了，遺憾的是我們很難說今天對魯迅信中所提出的三個問題已有了拿得出手的答案，特別是第二個問題恐怕更少有人注意，這跟大陸的中國古代文學與現代文學研究者長期以來對形式的輕視有關；而不能回答第二個問題也就不能真正回答第一個問題，至多只能說一些浮光掠影、不著邊際的空話。

正是基於上述的想法，我一直期待在茅盾研究上有重大的突破；所以，在聽說了建華這部新著的標題後就想儘快讀到，自然也就要趕快同意寫序了。讀完了此書全稿，深為茅盾研究中終於有了這樣開創性的成果而欣喜。此書雖以茅盾 1927-1930 的長篇小說為研究對象，但同時也為理解《子夜》等小說提供了很好的鑰匙。書中所深刻闡明的體現在茅盾這一時期作品裡的「長篇小說」的現代性展開與中國特有的、植基於其對「革命」的理解上的「革命性」要求的錯綜複雜的關係，既具體、豐滿地展示了茅盾小說的文學上的成就及其獨特的形態，也同樣具體、豐滿地揭示了它們的失誤及其必然性；並從一個極其重要的側面抉發了中國文學在上世紀 20 年代後期在形式——「有意味的形式」——的演進及其與「革命性」要求的互動與衝突、由此所形成的內容上的特色；同時也必然導致對中國文學的現代性的重新思考。在我看來，所有這些不僅是對魯迅關於茅盾的上述三個問題中的第一、二個問題的很好的回答，而且其豐富性恐已遠遠溢出了魯迅原來提問時所設想的範圍了。[5]

　　至於魯迅所說的第三個問題，固然不是此書所要研究的；但此書的第七章卻也在無意中觸及了這一點。如果考慮到莫言的《豐乳肥臀》，那也可以說茅盾對青年女性的乳房的描寫，在中國的現代文學中開啓了一種傳統（張資平等的小說中雖然也有寫及乳房的，但實以茅盾為最突出）；所以，這一章實在也深具意義。

1　　可參看談蓓芳教授《中國 20 世紀文學的發展與古代文學的影響——以文學與政治的關係為中心》的有關茅盾的部分，見其所著《中國文學古今演變論考》，上海古籍出版社 2006 年 6 月版。

2　　《魯迅全集》（北京：人民文學出版社，2005），第 12 卷，頁 308。

3　　見《魯迅全集》，第 14 卷，頁 2-3。

4　　同上書，頁 19。

5　　例如，魯迅對文學的內容與形式的關係還視為酒瓶與酒的關係，並認為「舊瓶可以裝新酒，新瓶也可以裝舊酒」，從而認為「『五更調』、『攢十字』的格調，也可以裝進新的內容去」（見《准風月談‧重三感舊》），則其對形式的理解還較狹隘；建華所說的形式則已超越於此了。

序二

李歐梵

　　陳建華的這本關於茅盾早期小說的學術著作，是我讀過的研究茅盾的中英文書中最扎實、也最有洞見的一本。不是因為我個人偏心（據他說這是得自我教授的一個研究生課的靈感），而是讀者可以有目共睹：建華不但對於西方文化理論——從盧卡契到哈貝馬斯——的掌握十分到家，幾乎所有的相關理論他都看過，而且用得恰到好處。這和有些學者一知半解地「硬套」挪用不可同日而語。我認為此書更有價值的是他對於各種資料的收集和容納，其功力也是超人一等的，主要因為他涉獵極廣，所以引用例證時，不僅關於茅盾的生平和著作瞭若指掌，而且所有與之相關的文學史料，例如他目前正在研究的晚清和「鴛鴦蝴蝶派」的資料。更令我吃驚的是他對於西洋小說經典的熟悉程度，如莫泊桑的《一生》和左拉的《娜娜》，他照樣如數家珍。非但如此，他分析的「輻射面」甚至觸及藝術和電影，如義大利的「未來主義」如何對茅盾作品中的「現代性」產生「矛盾」式的影響，而使他從左拉的自然主義轉向托爾斯泰的人道寫實主義的過程中仍不忘未來主義等文學和藝術等既複雜又弔詭的論點。

　　也許，在這一方面，我對他稍有一點啓發吧。我一向覺得

茅盾的作品絕非完全寫實，而更帶有頹廢美學和寓言的成分。建華卻更進一步，把這兩種思想的因素融入文本的分析中，特別對於書中女性身體作爲革命符號和時間弔詭的層層意涵，詮釋得十分令我信服。眞沒有想到：我一向小視建華對於這個「旁門」題目的研究——而一直鼓勵他繼續專攻通俗文學——依然出類拔萃！繼《中國革命話語考論》一書之後，繼續以茅盾爲例，討論革命的現代性問題。俗語所謂「靑出於藍」，用在建華和我的師生關係上似乎再恰當不過了。

如果把本書中各章的重要論點和精彩的地方詳細地描述出來，絕非這篇小序可以負荷，也沒有充分的時間發揮，僅就個人讀後的一些片段感想，略舉一二。

沈雁冰自取筆名「茅盾」是有道理的。非但他對於革命的看法有不少矛盾，甚至引來不少批評，而且他是中國現代作家中眞正懂得小說理論的人，所以內容和形式間的矛盾——以及由此而引起的內在張力——更是他早期文學創作的一大特點。這一個基本特色也成了本書的核心主題：建華就「革命」（作爲文學上的 trope）和「形式」之間的各種矛盾，作了抽絲剝繭式的辯證分析。這當然深受馬克思主義理論大師詹明信（Fredric Jameson）的影響，但建華運用的「辯證」方法又和詹明信不盡相同，我覺得後者受弗洛依德心理學——以及其他理論家如拉康——的影響太大，處處把「歷史」作爲一種「潛意識」語言來運用，反而沒有注意到「外在」的史實。建華所秉承的依然是中國學者對於史料的尊重，但他運用史料的方法——作爲對照、脈絡或背景——卻靈活而深入。記得多年前我旁聽一位馬克思主義的文學理論家演講，他一再強調形式的重要——「form, form, form!」他重複說了數次。這種形式上的演變、它

和內容及作品背後的歷史條件和文化製作過程,才是馬克思主義文學分析方法的真諦,而不是所謂的「經濟基礎」如何決定「上層建築」,更不是單向式的庸俗「反映」論。

至今研究茅盾的中國學者,似乎都未能充分地掌握到小說形式的重要性,然而,西方學者卻又太重形式問題,把小說研究僅作為形式上的「敘事學」,未免也有偏差,因為大多外國學者對於史料和歷史背景資料掌握不足。建華的茅盾研究在這一方面的成就,值得激賞。

誠然,小說本身就是一種敘事的藝術,小說技巧也不外乎語言、敘事觀點、情節和人物幾大項。西方的敘事學似乎太重語言和情節(當然包括敘事觀點),但對於小說人物和歷史脈絡(context)之間的錯綜複雜關係,卻作得不夠仔細,原因同前。本書的另一個特點,就是在小說人物的造型與茅盾生平經歷和歷史背景的關係鑽研分析得特別仔細,但依然以小說形式為主軸。特別是有關《幻滅》、《動搖》和《追求》中的女性形象的問題。這初看是個老問題,其他茅盾學者早已言之甚詳,但又未免太重「索引」式,和真人原型「對號入座」,譬如本書第六章提到的茅盾情人秦德君在一九八○年所寫的回憶錄與《虹》的創作的「互文性」,涉及的問題如梅女士的原型等,因此學者似乎傾向於「自傳」說,但建華卻指出「時代女性」的「形象塑造、時間意識和長篇敘事動力之間發生特殊的關係,它們之間的張力與互動構成形式自身開展的軌跡」,這一句結論說來容易,論證起來卻不簡單,因為它也牽涉到「女體與歷史」的問題。

全書最引人注目的可能是最後一章,即「『乳房』的都市與革命烏托邦狂想」,把女體的「乳房」也變成關鍵字!這顯

然是建華受到現今美國學界流行的「身體」理論的影響，但可
能一般讀者乍看之下以爲是故作「嘩衆取寵」的煽情之舉，甚
至不登大雅之堂。本書原來似乎要以「乳房的革命敘事」作爲
書名，我堅決反對，就是怕讀者誤解，甚至想入非非，反而忽
略了本書的嚴肅內容和學術性。書中也處處用了不少意象和寓
言式的語句，雖然建華的文風清晰流暢，對於理論尚未入門的
讀者可能仍嫌太過抽象（但絕對言之有物），因此尚須有點耐
心；學者同行們更須細讀，才能悟到書中的豐富內涵。因爲時
間緊迫，我也只能匆匆作此推介，不能一一引證。用一句英文
俗語說，本書的價值「speaks for itself」，不用我在此饒舌了。

2007.8.6 於香港九龍塘

序三

呂正惠

　　我和陳建華兄獨特的交往經歷，建華在台灣版後記略有敘述，這裡就不再重複。我們失聯的那幾年，我一直注意他的著作的出版，先後買到《革命的現代性》、《帝制末與世紀末》、《從革命到共和》，對他的多產與多才備感驚訝與欽佩。今年四月終於在香港重逢，又承他贈送《革命與形式》，更為驚喜。首次見面時，我所以對建華感到親近，是因為他個性直爽、經歷坎坷，也因為他做學問的喜好與我有些相近，《革命與形式》這個書名就完全表現了我們共同的興趣。

　　上世紀八、九〇年代以後，由於時代的重大改變，現代文學研究的趨勢也大為改觀。有人高喊「告別革命」，有人不屑於研究與革命有關的一切現代文學。「告別革命」，我並不反對，如果從鴉片戰爭和太平天國算起，一直到文化大革命，中國已經過百年以上的騷動，應該從此進入和平發展的時期，誰也不想再搞革命。但要說以前的一切革命都不對，一遇到革命作家或讚成革命的作家就加以譏諷，而凡是對革命冷淡的作家就大力讚揚，也實在令人起反感。這就好像，以前紅的都是好的，現在白的都是好的，我很難接受這樣的「研究」。建華就不是這樣。他對革命和不革命的文學都很熟悉，談起來頭頭是

道，他的立場和我並不完全一樣，但他談的話題我總是有興趣，我不太常碰到，對中國現代文學這麼兼容並包的人。

在我成長的階段，台灣還處在戒嚴時期，絕大部分的現代文學作品都屬於禁書。能自由地購買和閱讀這些作品時，我已經過了四十歲，所以不敢再跨行研究中國現代文學。不過，在將近三十歲時，我對盧卡奇的小說理論產生了強烈的興趣。我買了所有盧卡奇著作的英譯本，以我勉強足以閱讀的英文能力，花了許多功夫讀了其中一些。當我開始評論台灣小說時，我暗中使用了盧卡奇理論。後來開始指導研究生寫論文，我希望我的學生能夠研究中國現代文學，以便為台灣培養幾個人才。很幸運的，我碰到非常用功、又肯聽話的蘇敏逸。她的碩士論文寫老舍，到博士階段，我就希望她能夠應用盧卡奇的理論研究中國現代長篇小說形成的過程。她用了極大的力氣，完成了這篇博士論文。以她當時的程度，我對這個成果是相當滿意的。但由於當時台灣的學風極為排斥這種做法，敏逸的論文沒有得到應有的評價，為此我頗感不平。

最近幾年，我常有機會想起盧卡奇的理論和中國現代長篇小說的關係，慢慢意識到，不能把盧卡奇的理論套用到中國小說上。兩年前我把一些零碎的想法，寫成一篇隨感式的文章。這篇文章，有幾個朋友表示讚許，這就對我起了鼓舞作用。我很想累積更多的閱讀，以便將來寫出一篇更正式的論文。就在這個時候，我驚喜的拿到了建華的《革命與形式》。他的思考方向，正是我要摸索的。我們共同問題是，中國獨特的現代經驗，如何在長篇小說中找到適當的表達形式。建華以茅盾為例，論證茅盾從《蝕》到《子夜》長期的摸索過程。建華的論述對我啟發很大，我不由得將《蝕》從頭到尾再仔細閱讀一

遍，希望能對我正在形成的論述產生更大的促進作用。

　　盧卡奇討論長篇小說最重「整體性」，他認爲，小說家對他所描寫的社會「整體性」的掌握與描繪的能力，是小說成敗的關鍵；而「整體性」的核心則是「階級矛盾」，越是能夠呈現社會的「階級矛盾」也就越偉大。在這個基準下，他特別推崇巴爾扎克與托爾斯泰。蘇敏逸在寫博士論文時，我們曾討論過「整體性」這個觀念如何應用在中國現代長篇小說上。我們都認爲，「階級矛盾」這個觀念不能看得太死，因爲像老舍、茅盾、巴金的作品，就不可能全用這個觀念加以分析。所以，當時就我們把「整體性」加以軟化、擴大化，用以指作家對當時社會的「整體性」看法。譬如，老舍是從市民階層的弱點來看中國問題，而巴金則把大家庭制度所反映的「封建禮教」視爲中國的大病，他們的視點不同，由此而形成的小說寫作形式也就截然有別。

　　但是，這樣還是把問題看得太淺了。譬如，蘇敏逸這幾年研究丁玲，她最感興趣的是，丁玲怎麼會從《莎菲女士日記》這麼重視年輕女性個人情緒，最後轉而寫出《太陽照在桑乾河上》這種集體性的土改小說。擴大來講，五四時期比較重個人的傾向，越到後來越被民族、社會的問題淹沒了。這個大問題，看來才是中國現代長篇小說眞正的「整體性」問題。也就是說，中國現代長篇小說關心的，最主要的還是國家、民族的大問題，以及在這個大問題下的個人處境問題，而不只是個人在社會的階級矛盾中所面對的問題。譬如老舍的《駱駝祥子》，寫一個出身下層的青年奮力要往上爬升。從西方小說的傳統來看，這是階級小說，是中產階級興起的產物。但老舍卻不這樣寫。老舍最後讓這個好強的、體力好、私德好的祥子徹

底墮落，因爲他要以祥子的墮落爲例，說明任何一種主張個人好、國家就好的看法完全不適於現代中國。小說隱含的主題是很明顯的：中國必須徹底改造。這樣，《駱駝祥子》成了一本寄寓國家前途的寓言式小說，完全不同於西方的階級小說。他對祥子的心理描述，和巴爾扎克對拉斯蒂涅和司湯達對于連的描寫截然異趣。

現在有不少學者認爲，中國現代小說這種發展是不自然、不正常的，這種看法並不公平。中國新文學從一開始，就和中國人對現代中國的夢想和期望密不可分的結合在一起。當一個古老的文明國家面對亡國的危機，很少有新文學家只想描寫個人的希望和挫折、夢想和情緒。每一個重要的小說家，都想藉著小說這一更寬泛、更自由的形式，表達自己對於中國現狀的種種批評。相反的，西方近代小說興起時，國家已經成爲向外擴展的動力，而個人則在國家與社會中力求發展，個人的慾望也就成爲小說描述的重點。而且，根據薩伊德的看法，這種慾望還跟西方近代向海外殖民拓展大有關係（很多西方近代小說都有其例證，我在兩年前的隨筆文中曾舉巴爾扎克爲例。）西方小說對個人慾望的重視，最後發展成極複雜的個人心理分析（意識流是其極致）。相反的，在現代中國，這種狀況根本不可能出現，連國家都可能會不存在了，個人的焦慮就逐漸隨著亡國危機的擴大而被吸納進去了。中國現代小說中的個人，往往在民族的危亡與個人的前途之中糾纏不清，小說家不可能把焦點全部集中在個人身上。這是中國的歷史現實的自然表現，不是幾個「革命派」作家蓄意扭曲而形成的，也不是政治指令下的產物（延安文藝座談會的精神，可以視爲抗戰歷史現實的產物，所以其影響力也會隨歷史的發展而改變或減弱）。因此

可以說，中、西近代小說的發展走著完全不同的道路。

從這個觀點來看，茅盾的小說就非常值得探究。跟後來的革命社會小說來比較，《蝕》顯得非常異類，因為它對年輕女性的描述顯然充滿了慾望。你可以說，茅盾從男性的角度「窺視」著女性，但也可以說，女性在解放後完全發散著以往被束縛的生命力。五四運動所釋放出來的個人力量，在女性身上表現得最明顯。但這樣的女性，卻被大革命的時代潮流所捲襲，不由自主的投身其中。像孫舞陽、章秋柳這樣的女性，他們身體的解放和社會革命緊密相連，就完全不同於《娜娜》和《嘉麗妹妹》那樣憑女性身體而追求個人享受或個人前途。現在一般的批評意見可能會認為，如果從個別的女性角度來看，每一個女性都沒有得到充分發展；如果從社會小說的角度來看，女性的個人面又寫太多了。這似乎是一種矛盾。建華的《革命與形式》以充分的資料告訴我們，我們正是以不同時代的眼光來看待茅盾，才會得出這樣的批評。如果從當時的社會情境去看，無寧說，茅盾的寫法是極具時代感的。茅盾在大革命後，所以對大革命的失敗感到困惑，正因為他充分感受到，五四運動和五卅運動後釋放出來各種社會力量是很難加以掌控的，這在《動搖》裡表現得尤其明顯。因此可以說，大革命是誰也不了解的一種渾沌狀態。大革命失敗後，由瞿秋白領導的激進路線茅盾是不讚成的，但他也不知道要怎麼辦，這才產生他的「矛盾」和《蝕》。相對於《子夜》明確的社會見解，《蝕》可以說是從五四的個人解放過渡到未來的社會革命小說的中間作品。《子夜》的出現，證明中國的社會情勢在革命派那邊已逐漸得到澄清。據我看來，《子夜》的思想邏輯和毛澤東的《新民族主義論》已經相距不遠了。如果再進一步思考，《子

夜》和老舍的《駱駝祥子》在精神上也有其相通之處，它們都
強調社會（或者說國內、外的諸種矛盾）大於個人，個人的命
運絕對無法擺脫國內的階級矛盾和國外帝國主義的侵略。不久
抗戰爆發，這種情勢有增無減。所以，可以說，《蝕》是過渡
作品，《子夜》是開展新型社會革命小說的第一部作品。自此
以後，中國小說的社會性日漸加強，個人性日漸減弱，直至改
革開放，這種情勢才逐漸改觀。建華這本書掌握了這一關鍵，
對理解中國現代小說（甚至全部現代文學）作出了重大的貢
獻。

　　建華的《革命與形式》讓我更清楚的意識到我的思路應如
何發展，他也許不同意我對他的論著的詮釋，但這正是我讀完
他的書最重要的感想。因為時間比較匆促，我沒有從頭到尾仔
細閱讀他的著作，而我個人對中國現代小說的閱讀也還極有
限，就只能講這一些，實在很抱歉。

2011/11/8

第一章
小說形式的「現代性」預設

研究現狀

自 1980 年代末以來在文學史研究這片學術園地裡，出現嚴冬過後百卉爭妍的景像，雖然這片繁盛不一定都順從「重寫文學史」的邏輯，[1]但貫穿其中的主調與「重寫」的潮流合拍，不外乎否定革命時代所遵奉的愈益僵化的文學「正典」（canon），使中國文學重新回到「世界文學」的懷抱，而最為矚目的大約莫過於近現代文學研究方面所取得的成績了。一大批作家如周作人、沈從文、張資平、劉吶鷗、張愛玲等，紛紛被翻耕出塵土，久遭沉埋的礦藏珍寶，在陽光底下展示精彩。給近現代文學及文學研究的地貌帶來重要變化的，如王德威的《被壓抑的現代性》對晚清小說的多元詮釋、李歐梵的《上海摩登》對三、四十年代新都市文學文化的嶄新描繪、范伯群主編的《中國近現代通俗文學史》對「鴛鴦蝴蝶──禮拜六派」如萬花筒般的揭示，Denise Gimpel 的《失落的現代性之聲》對「舊派」時期的《小說月報》的研究、藤井省三的《魯迅〈故鄉〉閱讀史》對現代文學與民族「想像共同體」的論述、賀麥曉（Michel Hockx）的《風格問題》對民國時期文學研究範式

的探索，另如吳福輝的《都市漩流中的海派小說》、許道明的《論海派文學》及最近劉劍梅的《革命加戀愛》等，[2] 大大拓展了 19 世紀末至 20 世紀的文學和文化的版圖。他/她們詮釋視角和方法各呈千秋，而交通輳輻之處無不匯聚於上海這一國際大都會，淡抹濃妝再現的絕世風華，如一枚枚棱鏡，照映出 90 年代突發的浮世繁榮，卻給重構的文學地圖投下「懷舊」的陰影，爲一去不返的歷史慾望譜寫長恨之歌。

正如艾略特所說的，文學傳統不可能消失，「典律」本身不斷被重建，給作品和作家重新編隊。對於重寫文學史實踐同樣深刻的是，原先佔據主流的作家如魯迅（1881-1936）、郭沫若（1892-1978）等並未沉寂，卻也改頭換面地被不斷改寫，但也許誰也沒有像茅盾（1896-1981）那樣富於戲劇性。偏偏讓他從「魯郭茅、巴老曹」掉隊，事實上作了了「革命現實主義」的替罪羊，要顛覆的是這個梯隊的「革命」正典性，一度起到打開閘門的作用。反諷的是，某種意義上茅盾捲土重來，整裝披掛，竟被發現一些更值得重視的帶有普世性的資質。即使對《子夜》這部中國「現實主義」奠基之作的重新審視，在排除革命意識形態的詮釋迷霧之後，回到真實的歷史情境，汪暉認爲這部作品開啓了「一種可以稱之爲『茅盾傳統』的東西，它對其後中國文學的發展的影響也許超過了被人們當作旗幟的魯迅傳統。」[3] 這個「茅盾傳統」或許最明顯不過的體現爲中國革命歷史小說實即「長篇小說」的形成和開展過程，一直要影響到文革的「樣板戲」。

在過去 20 年裡，被挖掘得更多研究上也更有成績的是茅盾的早期小說，即從《蝕》到《虹》，包括短篇小說集《野薔薇》。這些小說中爲作者精心塑造的一系列「時代女性」如靜

女士、慧女士、孫舞陽、章秋柳、梅行素和姍姍等，其實早在
70 年代即引起美歐學者夏志清（C. T. Hsia）和普實克（Jaroslav
Průšek）的興趣，前者著力分析了她們的藝術再現，並指出茅
盾以特殊的女性視角再現當代史的雄心。[4] 而後者將茅盾與郁
達夫作對比，提出各自代表中國現代小說的「史詩」（epic）
和「抒情」（lyric）的再現模式。[5] 這兩位前輩對後來的茅盾研
究影響頗巨。不能不看到在茅盾作古之後，由於新的史料見
世，尤其是有關他在 1927 年「脫黨」事件及與秦德君的婚外
戀，給他的人生和寫作帶來謎團，也給他的研究熱情增添燃
料。

陳幼石《茅盾〈蝕〉三部曲的歷史分析》（1986）一書就
直接受到有關茅盾脫黨問題的刺激，而爲茅盾再詮釋帶來新的
活力。[6] 她竭力落實書中那些革命女子的具體身份，這種「索
引派」式研究路徑同對小說結構所作的「形式主義」分析不乏
創意，卻顯得不怎麼協調。此書似乎轉借了夏志清先生關於
《虹》的「寓言」說，但指出《蝕》這部小說運用了中西文學
傳統中的「隱喻和象徵手法」，事實上也揭示出中國「現實主
義」的特色。將茅盾的早期小說放在「現實主義」的範疇中加
以出色論述的，是已故安敏成（Marston Anderson, 1952-1992）
《現實主義的限制》（1990）一書。此書著眼於小說再現與社
會眞實之間的關係，指出在中國所謂的「現實主義」，更受到
作家的內心眞實即傳統道德理想的制約，使個性與想像的表現
一再受到挫折，而西方現代主義的嫁接並未在中國建立文學形
式的自主地位，終於當 20 年代末小說淪爲革命群衆運動的工
具。[7] 稍後王德威在《20 世紀中國虛構現實主義》一書中則探
討茅盾早期小說中敘述主體與形式之間的裂隙，強調他如何利

用歷史和歷史的虛構，完成其革命意識形態之役，遂在形式上完成其所聲稱的從左拉到托爾斯泰的轉折，尤其在詮釋他如何詭譎地利用女性形象投射男性的革命狂想時，精見迪出。[8] 此外如黃子平在《革命・歷史・小說》一書中富於啓迪地關注「革命」和「性」對於「長篇小說」形成的問題，並涉及對於政治、性別、道德、權力和知識等複雜關係的探究。[9]

相對而言，《虹》一向較受輕視。繼夏志清先生的經典性介紹之後，堪受注意的是陳清僑的論文從「愛慾」與「革命」的內在動力的角度來分析梅女士。他指出在她身上體現了一種新的「後五四」式的革命和愛的意識形態，意味著對於瀰漫於五四小說的「絕望」話語的克服。[10] 此文重要地揭示了20年代末新文學內部小說話語的轉型，值得在「文學革命」轉向「革命文學」的論戰語境中作進一步討論。這不光關係到對郁達夫式的「傷感主義」的清算，更捲入了對魯迅的批判，涉及一系列更深刻的「意識形態」的轉型。

1992年《虹》的英譯本由美國加州大學出版社出版，[11] 似乎預示著這部小說在90年代的鴻運，或許跟秦德君爆出她跟茅盾的浪漫祕史有關。[12] 這段震撼性的曝光當然引起有關茅盾的私人生活、文學創作乃至黨性立場的激烈爭辯。[13] 由於秦德君言及她對於《虹》的創作過程所起的關鍵作用，勢必引出對於梅女士的原型、思想主題及小說的眞實與虛構等問題的新研究，如王德威和日本學者是永駿都作了饒有興味的探討。[14] 但在鍾喜蓮的論文裡，仍把梅行素和章秋柳等作爲「新女性」形象同「北歐女神」的原型相聯係，似乎不受秦德君和茅盾的史實的影響，這大約也是言之成理的「形式主義」的研究路數，即作品自身及諸般形式原素自有其結構與淵源，而不必受到傳

記資料的限制。[15]

「長篇小說」的「現代性」前設

　　上述有關茅盾早期小說的研究近狀，[16] 僅據筆者所見而舉其犖犖者，幾句掛一漏萬的評語，不免主觀，說明本書的寫作離不開前輩同道的研究成果。然而本書從某種程度上是對「小說」或相當於西語 the novel 的意義在中國的「愛慾與文明」之旅，具體來說即「革命加戀愛」小說的「現代性」展開，茅盾擔任了類似奧德賽的角色。自晚清以來對「小說」已含有現代意義，其界定是相當寬泛的，短篇長篇、古代現代的，都可稱作小說。而在西方，novel 是指出現在十八世紀以來反映現實生活的新穎散文體。[17] 在 1920 年代中國小說理論競相爭妍，像其他同代人一樣，茅盾的小說理論——尤其在他自己寫小說之前——所依據的不外乎 19 世紀末至 20 世紀初的歐美小說理論，而他把小說認同於 novel 的立場體現了一種特別強烈的現代意識，包含著使中國文學進入世界文學的熱望。他的起點較其他人爲高，雖然其「小說」及「文學」觀念含有強烈的排它性。

　　這裡「小說」概念特指「長篇小說」，如張資平的《沖積期化石》（1922）一般文學史家稱作「第一部長篇小說」。[18] 1920 年代中張以善寫「三角戀愛」出名，多爲長篇，即使茅盾認爲缺乏「時代性」，仍覺得那是「小說」。如果是張恨水的《金粉世家》、《啼笑因緣》等，儘管以地道的白話寫成，文學史就不說它是「長篇小說」，寧可稱之爲「章回小說」。不同的命名之中已隱含「新」、「舊」之分野，即含有屬於新文學的清規戒律。換言之，所謂「長篇小說」不僅應當用白話寫成，更應當含有某種「現代性」。從狹義的意識形態的層面上

說，它被看作「革命文學」或「民族文學」的終極形式，擔負
著表現民族解放的歷史展開的艱巨任務。現代文學史上
「新」、「舊」之間的概念區分有一個意識形態化的過程，
「長篇小說」的稱謂也逐漸產生其固定的含意，實際上已經發
揮了某種「正典」機制。在 1910 年代「舊派」文學雜誌《小
說叢報》或《小說月報》尚把「長篇小說」設作類目，但到 30
年代張恨水自稱他的小說為「章回小說」了。這裡所謂「正
典」，屬一種後設的詮釋，適用於「五四」新文化激進的一
路；其「正典化」的的歷史過程極其複雜，與 1949 年之後直
接由政治權力的操縱不同，卻是由於集體的政治無意識所造成
的。主要原因是一方面自 20 年代末文學越來越走向意識形態
化和政治化，跟新文學在理論話語和教育機制佔主流地位有
關，另一方面是對「長篇小說」形式上的要求愈益迫切，使之
與一種有目的的歷史進化相合拍。

　　在茅盾的《小說研究ABC》（1928）一書中，可看到他所
認同的「小說」譜系以英國李卻特生（Samuel Richardson,
1689-1761）的《帕米拉》（Pamela, 1740）為鼻祖，所謂「實
開小說之紀元」。而從前中國的小說不能算「小說」，因為
「找不出『小說』的正確定義」。[19] 在新文學家當中，恐怕誰
也沒有像茅盾那樣，在小說形式上如此乾脆的西化，且聲稱同
傳統的斷裂，其中既包含著某種謬誤的迷思，卻也造成他在批
評視角及創作實踐的一貫而自覺的現代性追求。從 20 年代初
涉足文壇，在他的文學批評中，小說居中心；最初為創造中國
「新文藝」的「基礎」而開列的西洋文學書單中，長篇小說是
重點，心目中的傑構巨制就是像左拉《生的快樂》、托爾斯泰
《戰爭與和平》、陀思妥耶夫斯基《白癡》等。1922 年發表的

〈自然主義與中國現代小說〉一文可說明他的獨特的小說與歷史觀念，儼然以「新」、「舊」爲分界；傳統的如《紅樓夢》、《水滸傳》等，以及「舊派」文人的模仿之作，一概被稱爲「章回小說」；對於風行當時的「禮拜六派」短篇小說也「勉強可當『小說』兩字」。至於新派小說，雖然在文學態度、技術、思想方面和舊派小說正相反對，但屬於「有弱點的現代小說」。此時茅盾心目中的小說以「自然主義」爲正宗，舉出左拉的《盧貢·瑪卡爾》和莫泊桑的《一生》作爲典範，因爲它們在體材上表現了「進化論和社會問題」，且具「科學」、「客觀」的「描寫」技術。[20] 事實上他所謂眞正的「現代小說」，指的是長篇，隱含著小說形式的現代性語碼，即能反映整體性的社會眞實，同時能展示歷史的進化運動，在中國的現實情境裡，寄託著某種烏托邦式的狂想。

更深一層說，就茅盾的世界文學視域中及其自身的文學雄心而言，代表民族文學現代性的非長篇小說莫屬，在內容上應當表現一個現代民族國家的主體。對於中國文學現代性的形式和內容兩方面的預設，可以說從一開始當梁啓超在 1902 年提出「小說界革命」時，就已經隱含在「小說爲文學之最上乘」及「改良群治」和「新民」的命題中。同時，他的未完成長篇《新中國未來記》則極其寓言化地表達了他的國族想像，尤其是對於民族的獨立主體的訴求，亦只能寄之於未來的想像。[21]

一個獨立、富強的中國以完成革命、實現國家現代化爲前提，這樣的現代性訴求，積聚在「五四」主流作家的心底，也是使文學臣服於民族解放的道義的律令。自民國初年至 30 年代，連綿不斷的內亂外侮，由於富強夢想的破滅而引起絕望，但在道義力量的驅使下，對現代性的渴求轉化爲一種想像的現

實，繼而又轉化為道義熱狂支使下的抉擇與行動。既然這文學、文化的阿基米德支點成為一種集體訴求，反映在小說形式上，從「文學革命」到「革命文學」，小說現代性仍未完成。其間不斷把傳統小說劃入「整理國故」的研究範圍，把「舊派」小說一律斥之為「章回小說」，至 20 年代末左派內部甚至清算魯迅的小說，都意味著理想中的現代小說的缺失，換言之仍虛席以待的是小說的現代性。另一方面，小說與現代性想像之間的界線越來越模糊，形式成為使現實合法化的權威的軀殼，當群眾運動波瀾壯闊，越來越成為歷史的實體時，如何塑造革命主體，把小說敘述體本身作為歷史「必然性」的開展，成為「革命文學」的追求目標。雖然關於世界「進化」的意識形態從晚清以來就已經滲入中國文學，即使在《二十年目睹怪現狀》、《官場現形記》等「譴責小說」裡，反映社會黑暗、政治腐敗，正包含著中國必須「進化」、必須「革命」的思想。但黑格爾式的「世界精神」滲透到現代小說裡，中國小說成為 19 世紀以來世界歷史意識的載體，還要到 20 年代後期，有待於中國社會內部運動和階級矛盾的進一步激化及社會力量的進一步組織和動員，茅盾首先在小說中嘗試將「時代女性」作為這種歷史運動的載體，即在這方面扮演了一個「接軌」的角色，儘管一再如唐吉訶德般受到「形式」的嘲弄。

這種現代性語碼，用茅盾的語彙，即所謂「時代性」。對「時代性」的追求，貫穿在他 20 年代的文學活動中——從理論到實踐、從他投筆從戎在「大革命」的洪流中體驗歷史的脈動到把握小說形式的動力、從《蝕》到《虹》一系列「時代女性」形象的變化。本書集中探究的是這些「時代女性」的形象塑造和「時代性」的理論及「革命」的歷史語境之間的關係，

即 1927 年「大革命」失敗之後，當茅盾的個人存在、政治信仰及共產主義皆處於危機之際，作者將小說作為革命與自我的反省和救贖之具。當「革命」意義出現新的真空，他在自身情感和慾望的混沌世界中攀附精神昇華的階梯，甚至憑藉「女神」的指符重鑄代碼，因此他的小說創作所面臨的中心課題是如何使之其成為一種向「革命」開放的烏托邦形式，同時他的「時代性」理論經過急遽的裂變，終於在同左翼作家的激烈論展中，融匯於馬克思主義的歷史觀，遂使其小說敘事展開象徵不可阻遏的歷史方向，既飽含激情又指向受壓迫階級解放的「必然」目標，藉此期盼「革命」的東山再起。在這樣的革命主體缺席的情況下，貫穿這些小說中的女性形象或明或晦地與「進化」時間意識發生密切關係，作為重新定義無產階級「革命」的過渡方式。

然而另一方面，從《蝕》到《虹》，如其書名的隱喻所示，茅盾的革命之旅及女性肉身的狂想之間在思想、情感上所呈現的衝突，風雲詭異，歌哭無端。確實，與他的同代人相比，恐怕誰也沒能像茅盾那樣，在都市生活與女性慾望的體驗方面與歐洲自然主義小說心靈感應，若合符契。當他處於地下狀態「賣文為生」時，其創作既臣服於印刷資本的商業機制，亦有心以城市「小資產階級」為理想讀者，因此孫舞陽、章秋柳等「時代女性」對革命的幻滅和追求，迷戀光景，放達不羈，那種獵奇而異質的個性表現給都市的年青讀者帶來刺激，卻遭到革命同行的嚴厲批評。在繼出的《虹》中，茅盾似乎清算了自然主義的殘餘影響，遂使梅行素的形象塑造成為他的贖罪之具；而由於對文學功利性的進一步實踐，文化上也出現了從「世界主義」向傳統回歸的跡象。小說弔詭地描繪了她在都

市的自我完善過程，一方面聽命於歷史的意志而與時俱進，自覺地將她的「女性」和「母性」轉換成「革命」的語碼，另一方面不斷通過自我反思和自我塑造，並「適應」周遭環境，遂開創中國式「成長小說」的類型。小說成功地、充滿弔詭地憑藉愛欲與歷史的動力突破了「五四」的絕望與自我封閉的心態，而使長篇小說轉化爲開放的形式。如本書所揭示，茅盾一再憑藉女性身體構築召喚歷史的神聖祭壇，卻遭到「慾望語言」的反叛，與「舖展一線性的前進史觀」相反，一再出現「歷史輪迴的規跡」。[22] 女性指符如斑斕的棱鏡，折射出一個男性作家的革命狂想與偏見、恐懼與希望；也如色彩繽紛的舞臺，演出「時代性」的詭譎意蘊。

文學「正典化」與研究範式

在這麼論述茅盾時，已和「正典化」（canonization）發生糾葛。近年來現代文學的研究版圖不斷擴張，處處凸顯出「被壓抑的現代性」，自然涉及「正典化」的討論，提出並引起的問題大多和研究範式或方法論有關。「正典化」是否等同於「五四」傳統？強調正典化是否過於側重主流而簡約了對文學史的認識？是否眞有「五四」文學傳統？[23] 如何界定「五四」或「鴛鴦蝴蝶派」？使用這類高度概括性且含意識形態的名詞是否有礙客觀的研究？[24] 在提出「五四」與「鴛鴦蝴蝶－禮拜六派」「雙翅齊飛」時，是否會落入新的二元思惟模式？[25] 這些基本概念及整體、局部的問題，都涉及認識論和詮釋學的課題，學者間由於觀點歧異，不一定都能獲得共識，也不必取得共識，重要的是探討本身給研究帶來活力。

文學研究突破自身學科的限制而同文化研究相結合，或許

是近年來最值得注意的動向。這裡「文化研究」並不局限於法蘭克福學派（The Frankfurt School）或伯明罕中心（The Birmingham Center）的「批評理論」，[26] 即重視種族、階級和性別問題，也更廣義地指跨學科研究，如結合閱讀史、印刷文化、視像文化等，向各種人文理論開放。如賀麥曉（Michel Hockx）在《風格問題》一書從印刷文化角度研究民國時期的文學社團與文學雜誌，提出新的「範式」：新文學不僅應當被看作是包含多種風格的、且與其他風格處於共存、競爭的現代寫作。[27] 這一提法與「雙翅齊飛」論異曲同工，或更有利於與複雜的歷史脈絡進行對話，也能有效地擺脫及糾正「正典」的蠱昧。如書中某些個案研究所示，他把代表「新文學」的《小說月報》（1921 年之後）和「舊派」的《眉語》、《遊戲雜誌》等置於一起作「平行閱讀」（horizontal reading），從比較中描述這些社團及雜誌的異同，使文學史的描述更為豐富，也更有利於文學史研究走向康莊之途。

但我覺得賀麥曉在運用布厄迪（Pierre Bourdieu）的「文學場域」（the literary field）理論時，對於各種社團的文學生產及風格的意義詮釋出現價值中立的傾向，忽視了對於當時文學與意識形態的密切關係。正如他對於「五四」這一概念的使用提出質疑，表現出對於詮釋活動中的後設性投射的警覺，無疑是十分健康的，但甚至提出「是否真正有五四傳統」的疑問，就走向另一極端。的確，據張灝先生最近論及「五四思想的兩歧性」，包括四個方面：理性主義與浪漫主義、懷疑主義與「新宗教」、個人主義與群體意識、民族主義與世界主義。[28] 這無疑加深了我們對五四思想的複雜性的認識，而在文學領域裡「五四」概念變動不居，與「正典」的生成過程息息相關，從

20 年代初的「新」、「舊」文學爭論到 30 年代中期的《新文學大系》，直至 50 年代之後官方正典化的文學史書寫，至今給「重寫文學史」的實踐帶來困擾。例如在茅盾研究中就很難完全不用「五四」的概念，因此如何在「詮釋循環」（herme-neutical circle）中把「五四」歷史化，恐怕需要在方法論上有所突破。如果擔心後設的詮釋陷阱而回避意識形態及「正典」的關係，那許多問題就說不清。

　　另外賀麥曉認爲中國二三十年代文學在總體上具「集體寫作特徵」（writing in collective）而缺乏布厄迪所注重的「個體特徵」（individual distinction），這一觀點很值得重視，特別在報刊雜誌作爲公共論壇在集體價值認同方面所起的導向功能，[29] 然而從他所提供的有限個案研究來看，這結論很大程度上呼應了廣爲流行的夏志清先生的「憂國傷時」論，即認爲中國現代文學爲「救國啓蒙」話語所籠罩，由於急功趨利而未能達成其藝術自主。雖然我們難以對「個人」或「風格」作嚴格界定，一個基本課題涉及到文學文本與「社會文本」（social text）之間的關係。對於文學研究來說，布厄迪的「文化場域」理論的運用，當文學文本被置於社會文本中，應當展示其更爲廣闊、生動的詮釋空間，而不是回到社會學的詮釋路向，使文本的符號學意義有所消減。在這方面借重某些後結構的閱讀策略，甚至會使我們對所謂「通俗」文本的認識也大爲改觀。如周蕾指出在李定夷小說《千金骨》中，在貌似重彈儒家說教的底層下，其戲仿、碎片和似是而非的形式特徵事實上從文本內部錯亂、違背了傳統倫理代碼。[30] 周蕾的女性閱讀策略不僅有意逸出所謂「中國情結」的束縛，且觸及「鴛蝴派」文學與女性及其閱讀的關係這一尙未得到充分關注的歷史課題。

　　如何理解二三十年代的「社會文本」，我們面臨新的挑戰。由於文學批評歷史研究長期為「正典」語彙所主宰，民國時期的文化構成及其意識形態對我們來說頗為陌生。可喜的是，近年來對於民國時期文化的研究方興未艾，海內外新著不斷出現，深入到公民意識、法律、家庭、城市、種族等層面，[31] 這對於文學研究提供新的資源。近時倪偉的《「民族想像」與國家統制》一書勾畫了 1928 至 1948 年間南京政府的文藝政策及國統區的文學運動，在現代文學研究中開拓了一塊新地。[32] 此書的結論指出，儘管南京政府大力推行民族主義的文學政策，且造成運動，但結果是「失敗」的，「這確實是一個莫大的諷刺」。但這「諷刺」所引出的問題值得探討：如何評價這「失敗」？正如作者所說，民族主義在當時興起有其現實和歷史的「必然性」，如果從 20 世紀民族主義興起的大環境來看，南京政府在建構民族主體的過程中扮演了什麼角色？另外，國民黨的文學政策為何「失敗」？其推行「黨化」獨裁為何不能奏效？這涉及如何看待民國政體的性質。其立國之始即基於對共和、自由的許諾。儘管這一體制根基薄弱，立憲機制從未健全，似乎是一場試驗終歸消亡，但它畢竟一跛一蹶存在發展了數十年。蔣介石能濫用權力，卻改變不了它，何況他的政治利益依賴於城市資產階級。他的集權夢想難以跨過由中產階級掌門的「社會」，在那裡胡適還可以講話，像《論語》之類的「商業化」刊物還能出版流通，因為還存在某種「公共空間」的東西，儘管它搖搖欲墜。[33]

　　在 20 年代末，各種文學流派和文學風格的並存競爭無不為「革命」的「社會文本」所涵蓋，而「革命」話語本身也處於競爭的狀態中。1928 年發生「革命文學」論戰時，「革命」

的主流話語爲「北伐」的高潮所籠罩，蔣介石天天在鼓吹「三
民主義」、「知行合一」。如果在這樣的歷史語境中來看茅盾
的「革命加戀愛」小說及其緊密聯繫的「革命文學」的論戰，
應當是更爲眞切而複雜的。如魯迅一再稱頌孫中山：「他是一
個全體、永遠的革命者。無論所做的一切，全都是革命」。[34]
從他對主流「革命」話語的認同來看他在「大革命」之後的思
想轉變，或可有一種新的理解。

　　對於這一時段的文學研究，我們需要呼喚雙重甚至多重視
點，來觀察各種文學「革命」話語之間的衝突、滲透與互動。
更爲複雜的情況是，主流和非主流的「革命」話語不可能佔據
印刷文化的全部領地，在楚漢相爭之間存在廣闊的中間地帶，
各種文學社團也以「革命」的名義開闢新的文學文化的空間。
如 1928 年 2 月 2 日《中央日報》開闢「摩登」專欄，著重介
紹西方現代主義文藝運動，連續登刊波特萊爾《惡之花》的譯
詩，頗具象徵意義。發表〈摩登宣言〉，明確聲稱「摩登者西
文『近代』Modern 的譯音也。歐洲現代語中以摩登一語之涵義
最爲偉大廣泛而富於魔力。」顯而易見，把國民黨稱作「摩登
革命精神的產物」，固然在熱烈回應北伐革命，然而同時聲稱
「摩登精神者自由的懷疑的批判的精神」，且以「能摩登與否
爲斷」作爲評價國民黨的標尺，即與「革命」主流保持一定的
距離。像這樣以「摩登」（即「現代」）爲號召，廣義涵蓋了
現代科學、物質文明與文學藝術，具精英性質，但與五四新文
化著重思想上的激進批判不同，而旨在與世界現代主義接軌。
繼「摩登」專欄之後，又開闢「藝術運動」、「文藝思想特
刊」等專欄，撰稿者有田漢、徐悲鴻、沈從文、劉開藥、潘天
綬等，皆爲滬上文藝界名流。

　　同樣是 1928 年，在葉淺予主編的《上海漫畫》創刊號上也刊有似是而非的戲嘲「革命」的文章。或如次年在《紫羅蘭》上的張春帆《紫蘭女俠》，也屬「革命加戀愛」的小說類型，雖是宣揚「三民主義」，但與國民黨「革命」主流不盡合拍。這種「印刷資本主義」的競爭機制，如安德森（Benedict Anderson）所說的，無不參與政治、民族的「想像共同體」的建構，而其中的商業機制所扮演的角色還未得到應有的重視。如《小說月報》屬商務印書館、《紅雜誌》和《紅玫瑰》屬世界書局、《半月》和《紫羅蘭》屬大東書局等，互相之間既是商業戰，為爭奪讀者群講究行銷策略，在意識形態層面上則貫穿著民族主義與世界主義、革命與都市的狂想曲，其間有融合也有衝突。胡志德（Ted Huters）先生在最近一篇論文中揭示了20 年代初商務印書館在試圖壟斷「共和國教科書」的過程中，是如何捲入五四「啟蒙」話語、教育機制與文化資本的，其對商業機制運作與現代性關係的分析發人深省。[35] 近 20 年來大陸對於「鴛鴦蝴蝶派」文學的研究取得很大成績，但還須把它從「商業性」的惡謚中解救出來，深入研究其與印刷資本主義及其意識形態的關係。最近王斑在《歷史與記憶》一書中指出：「商品文學相對於主導政治文化的正面意義，仍然可以討論，應該用較為辯證的方法揭示出其中的政治作用。」[36] 此論確屬睿見而及時。

　　茅盾的早期小說中女性形象滲透著「革命」的隱喻，因此本書的讀解不免陷入某種弔詭，即一方面涉及後設的「正典化」詮釋，這似乎無法避免，但另一方面在「革命」意識形態的複雜脈絡中——尤其與都市文化的關係——描述正典的歷史形成。所謂小說形式，不外乎結構、人物和情節等要素，而在

「文化領域」中，如詹明信（Fredric Jameson）在《馬克思主義與形式》一書中所說的，須探究「轉化爲形式和內容的主客體之間的辯證關係」。在他那裡，阿多諾對於貝多芬的詮釋被加以發揮：

> 對於阿多諾而言，貝多芬的作品呈現為一個定點，據此在其前後的音樂史將被評估。當然問題不在於天才的程度，而在於歷史發展自身的內在邏輯，在於一種形式可能性的累積，既使貝多芬受惠，也突然造成可能，意外地將所有未完成端點貫穿起來，使之得以最終的完成，填充迄今為止的空白，並使所有音樂原始材料中的潛力得以實現。[37]

但在中國場景裡，這些要素受到有關民族主體及形式現代性預設的制約。本文探究茅盾早期小說中「形式」的構成、開展及其「時代性」概念的關係。想提的問題是：「時代性」或歷史意識是怎樣進入他的創作過程的？由於這些小說都寫「時代女性」，更爲詭譎、棘手的問題是：這些女體是怎樣成爲「時代性」的指符的？具體地說，圍繞小說敘述結構中女性身體的指符與時間框架、意識形態、都市文化、文學傳統與歐洲現代主義之間的關係，試圖揭示某種歷史過程的複雜性，其中交織著理論與寫作、藝術再現與作者生活經歷、社會及文學環境之間相互關係的圖像。須強調的一點是，正如盧卡奇指出，19世紀小說中的歷史意識，與其說是來自哲學家的歷史觀念的影響，勿寧說產生於那種「對於現實反應的共同特徵，在歷史與文學中產生了相似的歷史意識的主題與形式。」[38] 茅盾提出

「時代性」，主要是他自身面臨的危機或是他想像中的政治與歷史困境的解決方式，不僅在理論上是他對歷史現實的美學反應的提煉和表述，而且標誌著在他的歷史小說創作中某種新的形式的誕生。但是當我們深入這一歷史過程，可發現其間充滿挪揄與反諷。因此本書更著重在特定的社會環境和文學脈絡中探究這些形式要素與意識形態之間的關係，換言之即將「革命加戀愛」這一特定的長篇小說形式歷史化。這裡的「意識形態」更指具體的馬克思主義概念，在 20 年代末由左翼作家引進文學批評領域並為茅盾所接受，給他的小說中女體與「歷史」性格的再現帶來新的動力。

有的研究者把茅盾的「歷史小說」指〈大澤鄉〉、〈豹子頭林沖〉等以歷史為題材的作品。[39] 文學史家如王瑤認為茅盾開創了中國現代小說的「現實主義」的「史詩」傳統，那是以《子夜》作為起點，《蝕》和《虹》並不包括在內。[40] 普實克把《蝕》和《虹》看作具有歷史小說，不僅表現當代史，且在形式上源自中國小說的「史詩」傳統，又推陳出新。在論及茅盾的「現實主義」及其「史詩」特徵時，學者更發現其與盧氏小說理論核心的「整性體」（totality）的聯繫。[41] 對這一聯繫作些探究，會有助於對茅盾及「五四」有某種深入的理解。那種把小說看作人與社會、主觀和客觀之間和諧的觀念，成為茅盾及其同代人的集體無意識，這種觀念的「隱型結構」更可追索到梁啓超的「小說界革命」，由是設定了小說改造社會、啓蒙國民的歷史使命。但從形式上來說，《蝕》和《虹》的寫作有著「新文學」自身的譜系，即切入「大革命」前後興盛起來的「革命加戀愛」小說的脈絡，與「西」式短篇小說及「舊」式言情傳統錯綜糾纏在一起；沒有這一番新舊長短的內部整

合，還難以促成長篇小說的開展，這也是小說形式現代性的中國特色吧。事實上儘管後來「史詩」小說成為長篇小說的主流，但與「革命加戀愛」類型仍然牽絲攀藤的聯繫，這一點近時得到較多的關注。[42]

正應了王德威先生「沒有晚清，何來『五四』」的金石論斷，在義無返顧地強調文學的社會功能方面，茅盾可以說是梁啟超的忠實傳人，雖然在他的小說整體性預設中所孕育的卻是馬克思主義歷史觀的某種中國翻版。然而茅盾的早期小說在他的創作生涯裡，屬曇花一現之異數，而那些「時代女性」形象之「特異」，恐怕在五四文學中也冠絕一時。她們的身體指符成為各種機制性力量整合較勁的再現場域，如此生動反映了現代文化變遷的一個關鍵時段，交織著文學和文化的複雜脈絡。在政治層面上恰值國共分裂，民族主義和世界主義交相衝突和糾纏，階級權力結構重新組合，準備為民族主體的現代建構付出更為昂貴的代價；在思想層面上出現了如茅盾所謂的「從個人主義到集體主義」的轉折，另一面以都市為中心的現代主義風潮掀起異常的創造活力，爭相迸發頹蕩逸樂之花；在文學層面上形成從「文學革命」到「革命文學」的過渡，而在茅盾自身的層面上，其選擇文學而遭遇幸運之星，足令他終生無悔，而政治生命從此沉埋幽晦，使他不免如古時的文學弄臣，含放逐之悲。

「文學現代性」與「文學文化」研究

1990年代以來勢頭愈益猛烈的全球化過程在一些學者中間引起新的焦慮，認為「全球現代性」已在迅速地改寫世界歷史，並日益侵蝕到人的記憶，對於各民族地區的歷史記憶造成

威脅。因此提出重視、挖掘地區性的「另類現代性」（alterna-tive modernities），當然主要指的是 20 世紀「第三世界」的民族革命和民族解放的現代經驗。[43] 確實中國自 90 年代進入全球化新時期，在文化上不啻換血。不少人懷戀革命年代，而通過文化生產轉化為消費性的「懷舊」或「戀物」現象，骨子裡已經「向革命告別」。不無弔詭的是，這一「另類現代性」理論根植於「後殖民」、「後認同政治」話語的文化批評視域中，旨在回應和對抗當下消除民族記憶的「全球現代性」，固然合理且緊迫。但這一「另類」指的是對於西方啟蒙理性現代性的接受和移植，其理論資源有其片面性。這裡的「現代性」，不外乎一種「永恆的現時」的迷思，肇源於西歐 18 世紀啟蒙思潮，在「新紀元」或「現代」的觀念中，蘊含一種人定勝天、自我作古的歷史意識，遂聲稱與「傳統」一刀兩斷。關於現代性理論名家林立，其中以黑格爾版本獨領一時風騷。[44] 儘管他認為德意志民族精神藉歷史過程而展開，在無限中完成自身既定之目標，但在黑格爾哲學體系裡，「進步」、「革命」、「危機」、「解放」等都重要概念卻含有普世價值。[45] 後來馬克思把黑氏體系顛倒過來，強調「上層建築」受到「經濟基礎」的制約，更發展出一套生產方式決定社會各階段發展的理論，進而勾畫出資本主義必然導向無產階級全面勝利的烏托邦圖景。在 1920 年代末茅盾的「時代性」認識中已包含了馬克思主義的基本要素，也反映了當時左傾知識份子的集體認同。

　　中國文學現代性不止一種，如果以地域文化「內視」的角度，對文學現代性的追求涉及文化主體的複雜問題，就會覺得這個「另類」的範疇規定了某種主次的權力秩序，包含著如福科所說的「排斥系統」（the episteme of exclusion）。[46] 如詹明

信把「第三世界」文學看作「民族寓言」的論述廣爲人知。在後現代場景裡，詹氏在同情地回顧魯迅的民族情懷時，多少借他人之酒杯，對於美國知識份子群體精神的失落不無感歎。這固然顯示其難得的國際主義胸襟，但從某種全球景觀中看20世紀中國文學，就未免見木不見林；他對魯迅的卓越解讀卻重複了「五四」即現代的神話。[47]

在西方「現代性」理論也衆說紛紜，爲中國文學的多元現代性研究提供豐富資源。卡林內斯庫在《現代性的五副面孔》一書中將現代性分爲兩種的說法，與上述崇拜進步、科學及理性的現代性相對的，是由波特萊爾所「非凡」、「原創」界定的「美學現代性」。波氏聲稱「現代性是短暫的、易逝的、偶然的」，強調對美的感官的現時把握，所醉心的是都市「時髦生活的景觀，以及成千上萬遊手好閑的人——罪犯與被供養的女人——在一個大城市底層浪蕩的景觀。」同一般自栩與傳統決裂的現代主義者不同，波特萊爾的時間意識含有某種悖論，即在現時的美的探險中，對於「永恆」的藝術價值卻抱「懷舊」之情。[48]李歐梵先生在80年代就引用卡林內斯庫而強調中國文學中的美學現代性，[49]在其《上海摩登》中，對二三十年代上海都市文化的研究，在美學現代性的基礎上更從日常生活和印刷文化的層面上發掘現代性內在機制。他舉出像商務印書館主編的《萬有文庫》等叢書、良友圖書公司的《良友》畫報等，對現代文化的建設產生重要作用，而其中體現的「現代性建構」就其啓蒙及理性特徵而言，與五四式的現代性追求有交合，也有區別，它並非訴諸革命的群衆運動或烏托邦狂想，而在個人和民族國家之間擴大某種「公共空間」，致力於現代知識系統的建構、公民意識的培養及都市日常生活包括家庭等

「私人空間」的想像。[50]

　　在近年來文學研究地貌變動中，「國族想像」一語不徑而走，當歸功於安德森關於「印刷資本主義」和「民族想像共同體」的論述。所謂「想像共同體」不僅有賴於個人對「民族」的想像，也屬於某類「文化製成品」，首先是報紙和小說。[51] 20 世紀初在梁啓超等流亡日本的改良主義者所主辦的《清議報》上，頻頻疾呼「四萬萬同胞」，而此跨國雜誌由現代交通之便迅速傳遍中國內地，傾動朝野，實即體現了印刷資本對於「想像共同體」的建構和傳播發揮了史無前例的作用。「想像共同體」理論在藤井省三先生的《魯迅〈故鄉〉閱讀史》一書中得到出色的應用。當 20 年代初民國教科書中選入魯迅的短篇小說〈故鄉〉時，意味著白話勝利取代了文言，而在這一「語言轉折」的文化變革中，民國政府與新文學運動聯手作戰，印刷資本主義更立下汗馬之功。令人驚異的是，這個短篇在此後半個世紀裡歷盡「正典化」之滄桑，卻見證了印刷資本與民族國家建制之間的密切關係。[52]

　　我覺得安德森有關報紙和小說中「同質的、空洞的時間」的論述尚有待探索。如果這個由「時鐘和日曆」計數的時間是伴隨世界殖民主義而俱至的話，那末在中國場景裡卻與本土曆法產生滑稽、並非和諧的聯姻。如在《申報・自由談》中的「遊戲文章」諷刺當局，而利用傳統的時令節氣作文章則是《自由談》中常見的修辭策略，既迎合民俗，為一般讀者所喜聞樂見，同時援引傳統文學典故，作文體的戲仿表演。雖然這樣的諷刺最終起到維護民族「想像共同體」的作用，但其間在本土的時間意識中蘊涵著日常衣食住行的文化空間，並非「空洞時間」所能涵蓋。換言之，安德遜理論應用到中國語境時，

有一定的局限。

這種報紙的「批評功能」和國家權力的關係，可借重哈貝馬斯有關「公共領域」的論述。[53]哈氏認爲，在17、18世紀英國和法國，資產階級正處歷史的上升時段，他們同貴族統治階級作合法鬥爭時，如咖啡館、沙龍、劇場等成爲他們個人之間交換政見的「公共領域」，其間所形成的「公意」也通過議會、法院等機構付諸實現。[54]受此理論的影響，伊格爾頓（Terry Eagleton）《批評的功能》一書將18世紀英國《旁觀者》（Spectator）等雜誌看作資產階級的公共領域。[55]當然任何理論都有歷史的局限，難以放之四海而皆準。有的批評者指出，哈氏這一論說忽視了無產階級或女性的公共領域；有的漢學家將之應用到晚清民初的中國社會，也產生爭論。[56]但理論本身應當是開放的，就其應用來說，也應當將之與具體語境作必要的調整而限定其適用之程度。

在理解所謂「鴛鴦蝴蝶派」文學方面，我覺得對於中國式「公共空間」的探索仍有可爲。[57]這將投光於歷史，糾正對該派僅生產娛樂文學的誤解，並使研究不局限於「純文學」角度的評價而引向更有意義的與印刷資本及其意識形態的關係方面。如王鈍根、周瘦鵑等主持的《申報·自由談》都不同程度地發揮了某種「公共空間」的批評功能。[58]尤其是哈貝馬斯說到像理查遜（Samuel Richardson, 1689-1761）的暢銷小說《帕美拉》（Pamela, 1740）開拓了「文學的私人領域」。書中宣揚的普世人文價值，即從「自願、愛的社群及修養」等方面培育資產階級主體，與「公共領域」中自由運用「理性」的精神息息相通。若從這一「私人領域」的角度來看鴛蝴派有關個人和家庭的社會空間想像的言情小說，或許更能理解與爲民族國家

建構服務的文學「正典」之間的緊張關係。

的確，對於「全球現代性」作出見木又見林的回應是更為複雜的：在大力挖掘「被壓抑的現代性」的同時，也應當「重寫」像茅盾所代表的文學現代性。雖然這一「宏大敘事」不等於「小說中國」，當然也是 20 世紀世界範圍內民族解放大潮中的一朵姿態橫生的浪花，在民族國家及其主體的追求和建構中有多少英雄兒女為之捐軀獻身，歌泣不止。這樣的「重寫」肩負雙重任務：一方面回應全球文化衝浪對地域歷史記憶的威脅，另一方面體現本土的「問題意識」，對於文學「正典」作進一步的「去魅」。只有這樣才能真正讓歷史講話，更有利於對於「被壓抑的現代性」的挖掘。

書寫「另類現代性」經驗固然重要，關鍵的是如何充份挖掘本土的現代性礦源，脫離不了我們的歷史記憶。無論是主流還是非主流、被壓抑的，都如李歐梵所說的「歷史的幽魂」：

> 我們來追溯歷史，都是一種直線進行式的。他（指本雅明）認為應該進行一次歷史意識的革命，也就是說，我們對於歷史要從現在的立足點上來看，把現在的緊迫性、都市生活的緊迫性作為歷史的前景來觀察。他的一個理論就是：歷史就像一個幽魂，當我們感受到很強烈的刺激和危機的時候，它就以一種陰魂式的方式呈現出來。我們回憶過去，沒有時間的順序，歷史以一塊塊的幽魂、一塊塊的片斷進入我們的世界之中。我們對歷史的看法也是一樣，不是把歷史當成一種很客觀的、很平穩的敘事。[59]

在這裡「歷史意識的革命」啟發我們思考怎樣書寫歷史以

回應當下的挑戰，涉及事件、記憶、虛擬、再現、現代性反思、承認政治及自我身份等複雜問題。

本書在已發表的幾篇文章的基礎上改寫、擴充而成，[60] 事實上仍在檢驗自己書寫茅盾的最初構想，也是爲了幫助讀者在更爲深廣的視野中理解茅盾早期小說的複雜意蘊。儘管本書對歷史脈絡從理論、傳記、文類、文學場域等方面作了多重複合的「濃描細寫」（thick description），然而歷史的頭緒欲理還亂，觸及到的問題，無論舊的新的，提出的恐怕多於解答的，何況不得不顧及到研究的現狀時，更難免顧此失彼。雖說是像重寫文學史，但似乎在嘗試作一種「文學文化」（literary culture）的歷史書寫，即以文學爲中心，而向文化研究的多元取徑開放。文學研究當以讀解其符號象徵系統及其與意識形態的關係爲能事，對於認識一位文學巨匠來說，難在揭示其形式上的匠思獨運。這也是文學研究的根本任務，所揭示的不僅如威廉斯（Raymond Williams, 1922-1988）所說的「情感結構」（structure of feeling），亦屬本雅明（Walter Benjamin, 1892-1940）所從事的與形式密切關係的「感知史」（the history of perception）。在敘述 20 年代的思想、文化背景時，本書著眼於勾劃對「長篇小說」形式有關的內在脈絡，因此在章節安排上不像一般文學史的平鋪直敘、條分縷析的寫法，尤其最後一章圍繞「乳房」一詞作一種橫截面展示，與現代漢語歷史變遷、都市性文化、視覺與小說敘事等問題相聯繫，藉此洞幽燭微，對茅盾小說的某些細節作進一步解讀，同時也試圖探索跨學科研究（interdisciplinary）方法的可能性，因此在章節安排等體例上不儘統一，敘述中或有枝節橫生之處，這些或許需要讀者加以留意的。

1 「重寫文學史」由王曉明和陳思和在 80 年代末提出，對現代文學的研究
產生了廣泛、持續的影響。參陳國球主編：《中國文學史的省思》（香
港：三聯書店，1993）；陳國球、王宏志、陳清僑編：《書寫文學的過
去：文學史的思考》（臺北：麥田，1997）。

2 David Der-wei Wang, Fin-de-siècle Splendor: Repressed Modernities of Late Qing
Fiction, 1849-1911 (Stanford: Stanford University Press, 1997). 中譯本見王德威
著、宋偉傑譯：《被壓抑的現代性：晚清小說新論》（臺北：麥田出版，
2003）；Leo Ou-fan Lee, Shanghai Modern: The Flowering of a New Urban Cul-
ture in China, 1930-1945 (Cambridge and Mass.: Harvard University Press, 1999).
中譯本見李歐梵著、毛尖譯：《上海摩登——一種新都市文化在中國，
1930-1945》（增訂版）（香港：牛津大學出版社，2006）；范伯群主
編：《中國近現代通俗文學史》（南京：江蘇教育出版社，2000）；De-
nise Gimpel, Lost Vioces of Modernity: A Chinese Popular Fiction Magazine in Con-
text (Honolulu: Univeristy of Hawaii Press, 2001)；藤井省三著、董炳月譯：
《魯迅〈故鄉〉閱讀史——近代中國的文學空間》（北京：新世界出版
社，2002）；Michel Hockx, Questions of Style: Literary Society and Literary
Journals in Modern China, 1911-1937 (Leiden: Brill, 2003)；吳福輝：《都市漩
流中的海派小說》（長沙：湖南教育出版社，1995）；許道明：《論海
派文學》（上海：復旦大學出版社，1999）；Liu Jianmei, Revolution Plus
Love: Literary History, Women's Bodies, and Thematic Repetitions in Twentieth-
Century Chinese Fiction (Honolulu: University of Hawai 'i Press, 2003).

3 汪暉：〈革命與回歸——讀茅盾《子夜》〉，載入氏著《真實的與烏托
邦的》（南京：江蘇文藝出版社，1994），頁 34。

4 C.T. Hsia, A History of Modern Chinese Fiction, 3rd Edition (Bloomington: Indianan
University Press, 1999), pp. 148-153.

5 Jaroslav Průšek, The Lyric and the Epic: Studies of Modern Chinese Literature, ed.,
Leo Ou-fan Lee (Bloomington: Indiana University Press，1980), pp. 121-142.

6 Yu-Shih Chen, Realism and Allegory in the Early Fiction of Mao Dun (Bloomington:
Indiana University Press, 1986.

7 Marston Anderson, The Limits of Realism: Chinese Fiction in the Revolutionary
Period (Berkeley: University of California Press, 1990).

8 David Der-wei Wang, Fictional Realism in 20th-Century China: Mao Dun, Lao She,
Shen Congwen (New York: Columbia University Press, 1992), pp. 25-110.

9 黃子平：《革命·歷史·小說》（香港：牛津大學出版社，1996），頁
35-58。

10 Chingkiu Stephen Chan, "Eros as Revolution: The Libidinal Dimension of Despair

in Mao Dun's Rainbow." Journal of Oriental Studies, Vol. 24: 1 (1986): 37-50.

11   Rainbow, trans., Madeleine Zelin (Berkeley: University of California Press, 1992).

12   秦德君：〈我與茅盾的一段情〉，《廣角鏡》151 期（1985 年 4 月），頁 28-36。另見秦德君：〈櫻蜃——革命回憶錄〉，《野草》41 期（1988年 2 月），頁 63-76；42 期（1988 年 8 月），頁 1-22。

13   參沈衛威：《艱辛的人生：茅盾傳》（臺北：業強出版社，1991）。此傳所敘茅盾和秦德君的婚外情，大致據秦氏所言。認為秦德君誣蔑茅盾的是丁爾綱：〈潑向逝者的污泥應該清洗——澄清秦德君關於茅盾的不實之詞〉，《茅盾研究》，第 6 輯（北京：北京師範大學出版社，1995），頁 292-311；另見丁爾綱：《茅盾‧孔德沚》（北京：中國青年出版社，1995）。

14   是永駿：〈論《虹》——試探茅盾作品的「非寫實」因素〉，載於胡曉真主編：《民族國家論述——從晚清、五四到日據時代臺灣新文學》（臺北：中央研究院中國文哲所籌備處，1995），頁 241-256。王德威：〈革命加戀愛〉，載於李豐楙主編：《文學、文化和世變》（臺北：中央研究院中國文哲研究所，2002），頁 531-540。另見 Raoul David Findesen, "Two Works——Hong (1930) and Yin'er (1993) as Indeterminate Joint Ventures," in The Poetics of Death, ed., Li Xia (Lewiston: The Edwin Mellen Press, 1999), pp. 136-145. 此文的上半部份討論《虹》的女主角與秦德君、胡蘭畦的真實故事的關係。

15   Hilery Chung (鍾喜蓮), "Questing the Goddess: Mao Dun and the New Woman," in Autumn Floods: Essays in Honor of Marián Gálik, eds., Raoul D. Findeisen und Robert H. Gassmann (Bern und Berlin: Peter Lang, 1998), pp. 165-183.

16   關於茅盾研究資料，參唐金海、孔海珠等編：《茅盾專集》，第 1 卷（福州：福建人民出版社，1983）；唐金海、孔海珠編：《茅盾專集》，第 2 卷（福州：福建人民出版社，1985）。孫中田、查國華編：《茅盾研究資料》（北京：中國社會科學出版社，1983）。

17   主要對 20 世紀世界範圍的現代小說作了深入淺出論述的，參鄭樹森：《小說地圖》（臺北：一方出版，2003）。對 Novel 作出經典定義的，參 Ian Watt, The Rise of the Novel (Berkeley: University of California Press, 1965), pp. 9-12. 與此小說概念有關的，參黃梅：《推敲「自我」——小說在 18 世紀的英國》（北京：三聯書店，2003），頁 5-9。

18   見許道明：《海派文學論》，頁 135；程中原：《張聞天與新文學運動》（南京：江蘇文藝出版社，1987），頁 82；王文英主編：《上海現代文學史》（上海：上海人民出版社，1999），頁 99。

19   《小說研究 ABC》，見《茅盾全集》（北京：人民文學出版社，1991），

第 19 卷，頁 4。此書最初於 1928 年由上海世界書局出版，作者署名「玄珠」。

20　〈自然主義與中國現代小說〉，《小說月報》，13 卷 7 號（1922 年 7月）。

21　梁啟超：〈論小說與群治之關係〉，《新小說》，1 期（1902 年 11月）。《新中國未來記》，同前，1、2、3、7 期（1902 年 11 月至 1903年 8 月）。

22　王德威在〈小說、清黨、大革命〉一文中指出茅盾的：「三部曲並未舖展一線性的前進史觀，反強調了歷史輪迴的規跡。」見《小說中國：晚清到當代的中國小說》（臺北：麥田出版社，1993），頁 36。

23　Wang Xiaoming, "（王曉明），"A Journal and a 'Society': On the 'May Fourth' Literary Tradition," Modern Chinese Literature and Culture, Vol. 11, No. 2 (Fall 1999), pp.1-39; Michel Hockx, "Is There a May Fourth Literature?: A Reply to Wang Xiaoming," Modern Chinese Literature and Culture, Vol. 11, No. 2 (Fall 1999), pp. 40-52.

24　Denise Gimpel, "A Neglected Medium: The Literary Journal and the Case of The Short Story Magazine, 1910-1914," Modern Chinese Literature and Culture, Vol. 11, No. 2 (Fall 1999), pp. 53-106.

25　范伯群先生主張中國近現代文學史的書寫應該做到「雙翅齊飛」，即應該平等對待「五四新文學」與「鴛鴦蝴蝶－禮拜六派」。這一主張也體現了「多種現代性」的論述範式，對於文學研究的新驅勢產生影響。見《中國近現代通俗文學史・緒論》（南京：江蘇教育出版社，2000），頁 1-35。

26　關於法蘭克福學派，參 Martin Jay, The Dialectical Imagination (Boston: Little, Brown and Company, 1973). 楊小濱：《否定的美學——法蘭克福學派的文藝理論與文化批評》（台北：麥田出版，增訂版，2010）。關於伯明罕中心，參 GraemeTurner, British Cultural Studies: An Introduction (New York and London: Routledge, 1992).

27　Michel Hockx, Questions of Style: Literary Societies and Literary Journals in Modern China, 1911-1937 (Leiden: Brill, 2003), p. 5.

28　〈重訪五四：論五四思想的兩歧性〉，《張灝自選集》（上海：上海教育出版社，2002），頁 251-280。

29　Michel Hockx, "Theory as Practice: Modern Chinese Literature and Bourdieu," in Michel Hockx and Ivo Smits, eds. Reading East Asian Writing: The Limits of Literary Theory (London and New York: Routledge Curzon, 2003), pp. 220-239

30 Rey Chow, Woman and Chinese Modernity: The Politics of Reading Between West and East (Minnesota: University of Minnesota Press, 1991), p. 64.

31 近年來熊月之、唐振常、李天綱等學者對晚清至民國時期的上海文化發展的研究收獲甚巨。反映近年國外研究的，參熊月之、周武主編：《海外上海學》（上海：上海古籍出版社，2004）。近時的一些研究，略舉數端：對於公民意識、司法和法律方面，參 Joshua A. Fogel and Peter G. Zarrow, eds., Imagining the People: Chinese Intellectuals and the Concept of Citizenship, 1890-1920 (Armonk, N. Y.: M. E. Sharpe, 1997); Kathryn Bernhardt and Philip C. C. Huang, eds., Civil Law in Qing and Republican China (Stanford: Stanford University Press, 1994); Philip C. C. Huang, Code, Custom, and Legal Practice in China: The Qing and the Republic Compared (Stanford: Stanford University Press, 2001)；韓秀陶：《司法獨立與近代中國》（北京：清華大學出版社，2003）；徐小群：《民國時期的國家與社會──自由職業團體在上海的興起，1912-1937》（北京：新星出版社，2007）。在「小家庭」觀念方面，Susan L. Glosser, Chinese Visions of Family and State, 1915-1953 (Berkeley: University of California Press, 2003)；李長莉：〈從晚清上海看女性家庭角色的近代變遷〉，載入張國剛主編：《家庭史研究的新視野》（北京：三聯書店，2004），頁 401-422。其他不繁舉。

32 倪偉：《「民族想像」與國家統制──1928-1948 年南京政府的文藝政策及文學運動》（上海：上海教育出版社，2003）。

33 參陳建華：〈評倪偉《「民族想像」與國家統制──1928-1948 年南京政府的文藝政策及文學運動》〉，《中國學術》，19-20 合刊（2004），頁 419-420。

34 轉引自竹內好著、孫歌編：《近代的超克》（北京：三聯書店，2005），頁 112-113。

35 Theodore Huters, "Culture, Capital, and the Temptations of the Imagined Market: The Case of the Commercial Press." In Beyond the May Fourth Paradigm: In Search of Chinese Modernity, eds., Kai-Wing Chow, Tze-ki Hon, Hung-yok Ip, and Don C. Price (Lanham and New York: Rowman & Littlefield Publishers, Inc., 2008), pp. 27-50.

36 王斑：《歷史與記憶──全球現代性的質疑》（香港：牛津大學出版社，2004），頁 255。

37 Fredric Jameson, Marxism and Form (Princeton: Princeton University Press, 1971), p. 39.

38 Georg Lukács, The Historical Novel (Boston: Beacon Press, 1963), p. 173.

39 參陳銳鋒：〈魯迅和茅盾的歷史小說比較論〉，《茅盾研究》，5 輯（北

京：文化藝術出版社，1991），頁 469-482。

40　王瑤：〈茅盾對中國現代文學的歷史貢獻〉，載入全國茅盾研究學會編，《茅盾研究論文選集》（長沙：湖南人民出版社，1983），頁 9-27。

41　在評述安敏成《現實主義的限制》時提及盧卡奇與「整體性」的，參David D. W. Wang(王德威), "A Review of The Limits of Realism." Modern Chinese Literature, Vol. 5, No. 2 (Fall 1989): 339-342. 黃子平提到「『長篇小説』這個暗含盧卡契所謂「整體性」神話的名目，頗像《子夜》中吳蓀甫的那個悲劇性的「企業烏托邦」，深深寄託了茅盾難捨難分、不離不棄的浪漫迷思。見《革命‧歷史‧小説》，頁 48。

42　這方面的研究，從「崇高」美學與政治關係詮釋《青春之歌》等作品的，參 Ban Wang (王斑), The Sublime Figure of History: Aesthetics and Politics in Twentieth-Century China (Stanford: Stanford University Press, 1997), pp. 154. 論述「革命加戀愛」小説在「文革」之後餘波的，見 Liu Jianmei, Revolution Plus Love, pp. 162-192. 從「成長小説」角度論述 1949 年之後的革命英雄「主體」的，參樊國賓：《主體的生成——50 年成長小説研究》（北京：中國戲劇出版社，2003）。

43　如 Public Culture《公共文化》學刊在 1999 年刊出「另類現代性」（alternative modernities）專號，集中討論了西方現代性之外各國（主要是第三世界）「本土現代性」的問題，反映了近年來在北美學界關於西方中心主義或「現代性」的反思和批判。該專號收入李歐梵：〈上海摩登：回顧中國三十年代的都市文化〉一文，論及置身於「五四」主流之外的 30 年代都市印刷文化的「另類現代性」問題。

44　參蘇珊‧弗裏德曼：〈定義之旅：「現代」／「現代性」／「現代主義」的涵義〉，《中國學術》，3 卷，2 期（2002），頁 1-43。此文對這幾個概念在歷史脈絡裡了一番爬梳，有助於理解它們的交界和分野之處。

45　Jürgen Habermas, The Philosophical Discourses of Modernity, trans., Frederick Lawrence (Cambridge, Mass.: The MIT Press, 1987), pp. 5-11. 另參 Hannah Arendt, On Revolution (New York: The Viking Press, 1957), pp. 1-13.

46　參李歐梵‧季進：《對話錄》（南京：蘇州大學出版社，2004），頁 62。廖炳惠：《另類現代情》（臺北：允晨文化，2001）一書提供了對這一「另類」理論作某種修正的範例。書中論述台灣的現代化過程，受多種殖民文化的衝擊和聯帶，形成一種「異樣認同心理結構」。

47　Fredric Jameson, "Third-World Literature in the Era of Multinational Capitalism." Social Text (Fall 1986): 65-88.

48　Matei Calinescu, Five Faces of Modernity: Modernism, Avant-Garde, Decadence, Kitsch, Postmodernism (Durham: Duke University Press, 1987), pp. 41-57. 另參

Charles Baudelaire, "The Painter of Modern Life," in Baudelaire: Selected Writings on Art and Artists (Baltimore: Penguin Books, 1972), pp. 402-406.

49　見〈追求現代性〉，載於《現代性的追求──李歐梵文化評論精選集》（臺北：麥田出版，1996），頁 229-299。

50　《上海摩登》，頁 53-96。

51　Benedict Anderson, Imagined Communities: Reflections on the Origin and Spread of Nationalism. Revised Edition (London: Verso, 1991)，p. 5.

52　藤井省三著，董炳月譯：《魯迅〈故鄉〉閱讀史：近代中國的文學空間》（北京：新世界出版社，2002）。參陳建華：〈評藤井省三《魯迅〈故鄉〉閱讀史──近代中國的文學空間》〉，《二十一世紀》，第 113 期（2009 年 10 月），頁 139-142。

53　李歐梵論及晚清文化與文學時，將安德遜的「想像共同體」與哈貝馬斯的「公共空間」放在一起談，指出他們的理論有不足之處，而且中國的情況遠較複雜而超出他們的理論。見《李歐梵自選集》（上海：上海教育出版社，2002），頁 271-271。

54　Jürgen Habermas, The Structural Transformation of the Public Sphere: An Inquiry into a Category of Bourgeois Society, trans. Thomas Burger with the assistance of Frederick Lawrence (Cambridge and Mass.: The MIT Press, 1991), pp. 43-56.

55　Terry Eagleton, The Function of Criticism: From the Spectator to Post-structuralism (London: Verso, 1991).

56　關於「公共領域」理論在中國研究中引起的爭論，見 Modern China, Vol. 19, No.2 (April 1993). 該期為討論哈貝馬斯「公共領域」理論及中國境遇的論文集專刊。近年文獻參 Frederic Wakeman, Jr. (魏斐德), "Boundaries of the Public Sphere in Ming and Qing China." Daedalus (Summer 1998: 167-189)。此文一面認為在中國應當區分「官」、「公」、「私」之間的疆域，一面將「公共領域」追索到晚明至晚清時期的思想和實踐潮流。另參汪暉、李歐梵等強調「公共空間」概念在中國境遇的特有表現形式，處理了理論和歷史之間的陷阱和彈性，為探討「另類」公共領域開闢新途，見 Wang Hui, Leo Ou-fan Lee, with Michael M. J. Fisher, "Is the Public Sphere Unspeakable in China? Can Public Spaces Lead to Public Sphere?" Public Culture (1994, 6): 597-605; 許紀霖：〈近代中國的公共領域：形態、功能與自我理解──以上海為例〉，《史林》，2 期（2003），頁 77-89。

57　Haiyan Lee, "All the Feelings That Are Fit to Print: The Community of Sentiment and the Literary Public Sphere in China, 1900-1918." Modern China, Vol. 27, No. 3 (July 2001): 291-327. 此文把早期「鴛蝴派」的「傷感」結合哈氏「公共空間」及「愛的社群」（the community of love）的概念加以討論。

58　參李歐梵：〈「批評空間」的開創——從《申報·自由談》談起〉，《二十一世?》，19 期（1993 年 10 月），? 39-51。另參陳建華：〈《申報·自由談話會》——民初政治與文學批評功能〉，《二十一世紀》，81 期（2004 年 2 月），頁 87-100。

59　李歐梵、季進：《對話錄》，頁 25-26。

60　陳建華：〈革命的女性化與女性的革命化——茅盾早期小說中的「時代女性」與時間意識〉，《中華文史論叢》，60 輯（1999），頁 100-152；〈「時代女性」，歷史意識與「革命」小說的開放形式——茅盾早期小說《虹》讀解〉《中國學術》，1 期（2000），頁 172-200；〈「乳房」的都市與革命烏托邦狂想——茅盾早期小說視像語言現代性〉，載入王曉明主編：《二十世紀中國文學史論》（修訂版），上海：東方出版公司，2003，上冊，頁 394-433。另載哈佛燕京學社、三聯書店主編：《理性主義及其限制》（北京：三聯書店，2003），頁 281-334。

第二章
小說形式與「整體性」

從梁啟超到「五四」

　　中國小說形式的現代性前設似乎得追溯到 20 世紀初極富象徵意義的一刻，即梁啓超在 1902 年號召「小說界革命」，[1] 在那篇著名的〈論小說與群治之關係〉一文中宣稱「小說爲文學之最上乘」，使小說一反其邊緣地位而成爲文學世界裡的無冕之王，一躍成爲改造和再現民族精神最重要的文學樣式，也成爲 20 世紀想像中國最生動的文學見證。[2] 梁氏的這番「文類」革命，受到甲午戰敗及庚子國恥以來一系列民族危機的逼迫，在催促民族意識迅速覺醒的同時，精英知識階層如此重視小說的社會功能，以至將詩文逐出中心，亦頗含有忍痛割愛、自我改造的意味。

　　就小說與「整體性」的關係而言，那些把小說提到救國的高度、堅持文學的功利性及排斥中國小說傳統等方面，都在梁啓超的小說論述中可以找到。但他不是一個反傳統主義者，雖然熱切呼喚「現代」，還沒有那種由白話的迷思而造成的「現代」幻覺。衆所周知，梁氏自戊戌政變之後流亡日本，思想上發生急遽變革。爲了宣傳「歐洲眞精神」，他大量借助於日人

對西方學理的翻譯著作,利用「新名詞」建構現代思想大廈。這期間他脫逸了乃師康有為的藩籬,愈益顯出其自己的思想特色。他的這一變化或可用列文森(Joseph R. Levenson, 1920-1969)所說的,體現了從「天下」到「國家」的思想模式的現代轉折。[3]但確如梁氏自述,當時他的思想處於激烈衝突之中,我們可發現,他發表在《清議報》和《新民叢報》上的言論,激情澎湃,立馬千言,所接受的思想來源極其龐雜,前後也常常缺乏連貫和一致,甚至不乏弔詭和曖昧。同樣的〈論小說與群治之關係〉一文所呈現的是中西雜陳,最典型的是,當談到那些堪作「新小說」的英雄人物時,他例舉的是華盛頓、拿破崙、孔子和釋迦。在伸述「理想的」和「寫實的」小說時,他所依據的既有西方、也有日本的思想材料;但在鋪張引伸小說對讀者的魔力時,大量使用了佛經語彙。或正因其廣大而駁雜,給後世提供了豐富的資源,也更利於各取所需。

梁氏提倡小說的目的在於「發起國民政治思想,激勵其愛國精神」。由於其強烈的功利和道德宗旨,常被文學史家譏之為重彈「文以載道」的老調。然而正所謂「道可道,非常道」,在他的小說論述中,整體性語碼散佈在他的以「新民」、「群治」為治標的國族想像及其駁雜的「新文體」中,被穿上語言的衣裝,常憑借修辭和譬喻的形式。如被反複引徵的該文的開頭云:

> 欲新一國之民,不可不先新一國之小說。故欲新道德,必新小說;欲新宗教,必新小說;欲新政治,必新小說;欲新風俗,必新小說;欲新學藝,必新小說;乃至欲新人心,欲新人格,必新小說。何以故?小說有不可思議

之力支配人道故。

　　在表達小說的重要性時，誇張的排比脩辭卻串之以「道德」、「宗教」、「政治」、「風俗」、「學藝」等「新名詞」；與「群治」的國族想像的內涵相一致，脩辭的手段和目的已融爲一體，而「小說」被賦於一種對於社會整體的職能。不無弔詭的是，「小說界革命」和早先時「詩界革命」、「文界革命」的提法已引進西化的文學分類，而「政治」、「道德」、「學藝」等也有現代社會分工的含意，但這裡脩辭的運用卻在很大程度上模糊了這種「分工」的現代性，造成小說和國族命運密不可分的錯覺。在整篇論文中，同樣通過脩辭的大量運用，使這一錯覺不斷得到加強。[4] 當「小說界革命」提出之時，「新名詞」已能營造一個現代的知識架構，一種新的意識形態，正通過報紙期刊和交通運輸系統，迅速地傳播內地各個角落，事實上通過資本主義市場擴散的印刷語言，使身居異地、素不謀面的國人接受了梁氏的「新民」想像。[5] 正是在這樣的國族想像的語境裡，梁氏爲小說加冕，使之發揮號令諸候的整體性效能。

　　通過修辭手段，小說似乎吞噬了其他文類，肩負著「新一國之民」亦即重建整個社會的崇高使命。所謂「小說有不可思議之力支配人道」，對它的影響力的誇張表述更通過「空氣」和「菽粟」的比喻，擴展到整個傳統和文化環境，內中隱含著泰納的地理人種的文化環境論。梁氏指斥像《水滸傳》和《紅樓夢》之類的舊小說，像有毒的空氣，使民衆「欲避不得避，欲屛不得屛，而日日相呼吸之餐嚼之矣」，因而造成中國國民性病入膏肓，陷入「憔悴」、「萎病」、「慘死」、「墮落」

之境，於是舊小說淪爲「吾中國群治腐敗之總根源」。因此他竭力貶抑中國傳統小說，《水滸傳》、《紅樓夢》被斥爲「誨盜」和「誨淫」。所謂的「新小說」，已被賦予某種文學的現代性，意味著小說從形式到內容的徹底改造。

現代文學的「正典化」過程充滿弔詭和揶揄。梁啓超的小說論述爲中國民族文學的現代性定下了基調，事實上爲「五四」文學主流所遵循，雖然在五四時期梁氏似已過氣，連同他的「新文體」成爲歷史。他那個舊小說猶如含毒空氣的比方不像魯迅把中國比作「鐵屋子」那麼膾炙人口，[6] 但兩者在隱含「整體性」語碼方面有異曲同工之處。在強調利用小說改造國民性方面，說魯迅是梁啓超的忠實信徒似不爲過。「五四」反偶像主義者對傳統疾惡如仇，那種對「新」觀念，即對「現代」時間意識的迷戀，[7] 以那種對純粹「觀念」或「意識」的極端重視爲前提。這裡所說的「整體性」，令人想到林毓生先生的關於「五四」「全盤反傳統主義」（totalistic antitradition- alism）的著名論說，[8] 我覺得在大量的比喻等修辭中，傳統文化暗渡陳倉，生動地蘊含了意識的暗碼。正如這「空氣」和「鐵籠子」有關小說和社會的整體性比喻，蘊含著晚清和「五四」這兩代知識份子共享的前識。在梁啓超那裡，「新小說」是一種烏托邦空間，如《新中國未來記》所表現的未來中國的狂想，以民族國家達到「富強」爲現代性標誌，意味著「新中國」的主體意識在時間觀念上與舊中國甚至與現時的中國劃清界線。

不言而喻，處於「鐵屋子」困境的魯迅要複雜的多。在指涉腐朽文明的層面上「鐵屋子」同韋伯的「鐵籠子」（iron cage）的比喻相似，但不同的是，韋伯批判的是自啓蒙運動以

來爲技術官僚所壟斷的社會機制「現代性」，而魯迅那裡則含
有新與舊兩分法，「鐵屋子」指的是爲舊文化所腐蝕的過去及
現存的中國，外邊則是烏托邦的理想世界。對魯迅而言，這
新、舊世界之間絕無通融、妥協的餘地，既滲透著他的強烈的
道德立場，也基於某種受近代科學啓蒙的衛生意識。但舊文化
如腐敗空氣的譬喻在他那裡所引起的生理及心理的恐懼如此強
烈，以至絕望。正如他的〈狂人日記〉裡的「我」，一旦意識
到他自己也住在「鐵屋子」裡，既爲「吃人」的文化所吞噬，
同時也不免爲吃人的。[9] 因此爲了滌清自己身上的「罪感」，
在反抗傳統方面表現得尤其激烈，而正是那種內在弔詭的意識
構成他的現代主義的動力。[10]

　　晚清和「五四」既有承傳的一面，也有斷裂的另一面。梁
啓超的小說論述以當時他在《新民叢報》上連載的《新民說》
爲核心。1900 年之後，受到中國面臨著被國際列強「瓜分」的
緊迫感的驅使，梁氏呼籲「民族主義」；「新民說」就是他爲
未來中國設計的藍圖，即在一種想像的現代政治「共同體」
中，國民應具備完美的適合現代化的品格。在批判中國人自
私、孱弱、奴性的同時，他勾畫出一種新的「國民性」——自
尊自主、冒險進取、具公德心等，而認爲小說的根本任務就在
於鑄造新的「國魂」。如學者們所指出，一方面「新民」理論
爲個人自由帶來前所未有的發展空間，但另一方面由於受到伯
倫知理的「國家主義」學說的影響，梁氏偏重於這一想像共同
體的國家威權方面，他所鼓吹的個人自由也有相當的局限，[11]
然而在他抽象地論述「新民」和國家之間的關係時，似乎把整
個社會建制看得過於簡單。值得注意的是，有的學者從女性角
度指出梁氏忽略了女性和家庭。[12] 這從他的小說論述中也可得

到印證，確實，那種呼喚富強之國的心情如此迫切，以至他偏重於「政治小說」而輕視一向屬傳統正宗的「言情」小說。

如果說在小說救國上「五四」與晚清一脈相承，那麼「新民」理論所含蘊的某種個人和國家的整體性也成爲籠罩五四文學的陰影，雖然表現爲另一種形式——個人與社會之間的分裂。本來五四啓蒙方案始終以動員民衆、徹底改造社會爲鵠的，舊家庭作爲舊文化的幫兇而成爲大加撻伐的對象，事實上這個中間「社會」層面是被排除的。另一方面過於渲染了「周圍的無涯際的黑暗」，反過來過於信賴思想和文化的力量，籠罩了五四青年的「絕望」情緒，也左右了他們的實踐導向。但魯迅慣於自我質詢，懂得思想探索的價值及其局限，當狂人在質詢自己的「吃人」身份之後，他所發出的「救救孩子」的呼叫，無論在小說文本還是歷史脈絡裡，其實聽上去是細聲的、充滿疑慮的、危如髮絲的。

「救救孩子！」魯迅的鐵屋中的「吶喊」不愧是回應了梁啓超曾經在「新民說」中竭力提倡的「冒險」精神，這也是西方現代性的主要標幟，然而他也首先懷疑「孩子」的純潔。〈藥〉這篇小說講述一對夫婦從殺人的劊子手那裡買來一隻人血饅頭，給他們的兒子小栓吃，以爲能治癒他的癆病，結果還是一命嗚呼。[13] 顯然作者譴責了迷信和愚昧，但小說的象徵意義另有所指。這個被殺的「夏瑜」暗指家喻戶曉的革命烈士「秋瑾」，而沾上她的血的饅頭已被轉換成一種政治文化產品，含有革命和反革命的雙重成份。在夏瑜的墳上的花圈象徵了革命的火種不滅，且在魯迅寫作這篇故事時，革命已證明大功告成，但孩子卻死於非命，其死亡的含意令人深思。小栓死於愚昧和他的雙親所代表的倫理原則，也牽涉到政治權威和法

律制度，還經過商品賣買的交換過程。人血饅頭這件「藥」品體現了可以說是整個文明機制的參與，不消說每個社會部件也無不出於「善」意。孩子是幼稚被動的，卻生活在黑暗的包圍中，通過吃「藥」，不由自主地成為腐敗文明的犧牲品，他的屍體已被賦予複雜的文化含意。更為警悚的是革命者的鮮血能被製成毒藥，說明革命也難保其純潔。「革命」的意義不可能抽象地存在，「孩子」也如此。在這裡，對於中國社會及文明本質的思考，魯迅顯示了為他的同代人所無法比擬的犀利和深刻。當他的悲憫——尤其對「孩子」的悲憫——愈深，他愈陷入悲觀。

但儘管如此，我們在晚清和五四之間還須劃一界線：梁氏的國族想像乃以某種資產階級的立憲政體為模式，國家的構架屬「有限政府」，其與個人之間受到法律等社會機制的調節，因此個人既以公德自律，同時也受到法制的保障——此或即「鐵籠子」和「鐵屋子」之間的區別。事實上這一政體模式為晚清知識份子所追求，也成為民國立國的基石，而以北大為溫床的五四運動正起因於對民國的幻滅，且沿著與之不合作的路線行進。彷彿自慈禧至袁世凱以來的「反動」帶來了永久的噩夢般的創傷記憶，以至啟自五四的激進主義對於「舊文化」窮追猛打，毫不留情。像在晚清小說中如《老殘遊記》中的主人公那種參與改革的形象，一般在五四小說中——至少到二十年代中期——很少出現。如果讀一下《中國新文學大系》（1935）的小說卷，就可發現由於某種「整體性」機制的運作，五四的小說世界蘊含著對「社會」——現存政治體制乃至城市和家庭——的拒斥，其形式的危機或即根植於此。

心靈與形式：盧卡契與茅盾

如果說 1920 年代末茅盾的以《蝕》和《虹》爲代表的「歷史小說」的誕生在某種意義上可看作是「世界革命」的「宏大敘事」在中國的史詩式展開，那麼盧卡奇（Georg Lukács, 1885-1971）有關馬克思主義和小說的論述似乎爲我們觀察兩者間的「接軌」提供了不乏啓迪的連接點。這裡主要指盧卡奇在 1930 年代中葉旅居蘇俄時期寫的《歷史小說》（The Historical Novel）一書。此時盧氏已經皈依馬克思主義，似乎已經否定了他早年在《心靈與形式》（Soul and Form）或《小說理論》（The Theory of the Novel）中代表歐洲人文傳統的文學觀，[14] 而較爲自覺地運用無產階級的歷史意識作爲小說分析的武器，且多少受到當時史達林時期的文藝政策的影響。據《歷史小說》中的一個主要論點，1848 年革命浪潮席捲歐洲之後，隨著資產階級在政治上的墮落，自 19 世紀初以來在小說創作中代表其歷史進取的「現實主義」已經壽終正寢，如福樓拜（Gustave Flaubert, 1821-1880）的《薩朗波》（Salammbo）所顯示，小說已淪落爲作家主觀表現和炫耀技巧的道具。在此同時，正如盧氏所熱切期待的，由於無產階級的歷史意識走向成熟，「現實主義」小說應當煥發其青春，通過表現新階級的革命意識把握歷史前進的脈搏。

盧卡奇的這一論述對於茅盾及其所處的中國境遇有投亮之處。茅盾開始創作小說恰在 1927 年國共兩黨合作失敗、共產主義運動墜落低谷之時，因此他對當代史追憶的敘述自覺地追求「時代性」，頗如當年的盧卡奇力圖以世界歷史「進化」的普世性作爲眞理的依據，繼續推進共產主義革命事業。然而在

具體的中國境遇中，這種普世化的過程，誠如「茅盾」這一筆名的偶然命名方式所暗示，他的早期小說寫作同他的存在意識、浪漫情結和身份危機、同城市文學傳媒和文學生產方式、同民族救亡的命運和無產階級的黨性原則糾結錯纏，呈現極其緊張的衝突與最終走向倫理與美學整合的過程。

盧卡奇認爲，西方「歷史小說」誕生於 19 世紀初，是受賜於法國革命的現代現象。以前的現實主義社會小說所描寫的，是一種抽象時間中的歷史，人作爲個體的存在，其意識是先驗的、超然的。法國革命與隨之而來的拿破崙皇朝的興衰，首次使歷史成爲一種「群衆的經驗」。長期的社會動盪和戰爭，喚醒了各國的民族意識，人們越來越意識到生活在共同的時代氛圍中，歷史事件與集體記憶越來越密切地聯繫在一起，並意識到自己與其所存在的社會歷史條件之間的關係。「現在，假如像這樣的經驗和那種認識——整個世界都發生同樣的動盪——相聯繫，這就必定大大增強了那種感覺，即感到有這麼一種可喚作歷史的東西，感到它是一種不斷的變化過程，最終感到它給每一個個人的生活帶來直接的作用。」[15]

同時革命增強了群衆的歷史主體意識，如法國革命中主動投入的軍隊與高唱〈馬賽曲〉的群衆，共同體驗和分享一種民族情感，由是產生了民族的內心生活。這樣的革命過程已經無形中拆除了貴族和平民之間的界限，同時使社會底層的農民、小資產階級等分享這種自豪的民族意識。「他們第一次感覺到法國是他們自己的國家，是他們自己創造的祖國」。「因此，在這種群衆的歷史經驗中，民族因素一方面和社會改造的問題相聯繫，另一方面，人們越來越意識到民族歷史與世界歷史的關連。這一對於歷史發展特徵的增強的意識開始影響到經濟條

件和階級鬥爭的判斷。」[16]

盧卡奇是歷史進化論的忠實鼓吹者。他關於歷史小說的論說本身是「歷史精神」的螺旋式開展,體現出強烈的當代性與意識形態。據他的敘述,歐洲啓蒙思潮到法國革命一脈相承,代表了人類歷史的進步方向。拿破崙一世之後,由於王政復辟,各國封建勢力捲土重來,使歷史進程暫遭挫折,但從反面證明了「歷史必然性」。當然盧卡奇把馬克思的關於社會發展階段的生產模式和階級鬥爭理論看作歷史發展的最終歸宿,指出從法國革命到 1848 革命,資產階級爲自己製造了歷史困境和反諷,即自己不再革命,而成爲革命的絆腳石。盧氏這番詮釋的歷史局限是明顯的,不僅馬克思的關於資本主義行將消亡的預言並未兌現,也表現出他對歷史精神的理解──從啓蒙時代的人文主義,發展到後來的民族主義和階級意識──歷史前進的方向似乎愈益狹窄。尤其當他以階級利益作爲歷史小說的批評標準,遂對 19 世紀以來的現代主義文學表現出極大的偏見。

但與一般庸俗馬克思主義者不同的是,盧卡奇沒有陷入經濟決定論。他的論述根植於德國浪漫主義哲學背景中,重視精神在歷史中的開展與實現。他固然強調人受到經濟、文化等社會條件的制約,同時也著眼於自覺的階級意識對於歷史創造的主動性。在這方面盧卡奇似乎更傾心於黑格爾的關於「世界精神」的說法。像馬克思一樣,他也批評了黑格爾的這種說法在精神和物質的關係上本末倒置,然而又稱讚這種精神「體現了歷史的辯證發展。」用黑格爾的話來說:「精神否定自身,並必須克服自身,爲自身的目的設置對立的障礙:進化……在精神中……是一種無休止的、艱巨的否定自身的鬥爭。精神所欲

達到的是實現自身的理念，但它也給自身隱藏了這一理念，並在自身疏離中充滿欣喜和滿足……此時精神的形式已經不同於原來的形態，變化不僅在事物的表層上發生，而且在理念的內部發生。得到修正的正是理念本身。」[17] 或許正由於那種對於精神形式的內在演變的探究，使盧卡奇的《歷史小說》在美學形式的詮釋方面包含許多創見，遠勝於一般將文藝簡約為政治工具的馬克思主義理論家。

這裡所謂的「接軌」，如果放到 1920 年代末中國的場景中，似將盧卡奇納入了中國小說「現代性」的視域。關於中國現代文學產生於民族危機而擔當救國大業的說法，我們耳熟能詳。史家常喜引徵魯迅所說的，「這革命的文學旺盛起來，在表面上和別國不同，並非由於革命的高揚，而是因為革命的挫折」。[18] 但有趣的是，在「別國」的盧卡奇那裡，中國人找到了同道。其實馬克思主義對文藝的基本信條，如人類烏托邦的終極歷史目標、評判作品的道德取向以及強調文學的濟世功能等方面，與中國傳統「文以載道」的觀念頗有異曲同工之處。而盧卡奇的《歷史小說》在以 1848 年為界強調「現實主義」小說傳統的斷裂而呼喚無產階級創造自己的歷史小說，卻包含著危機感，其中亦暗示他與正統馬列主義的緊張關係。在宣稱資產階級腐朽衰亡的同時，另一方面對於小說中所反映的處於進步時期的資產階級意識形態，實即自 18 世紀以來歐洲啟蒙思潮的那一番追本溯源，也多少針對當時蘇俄「社會主義現實主義」的教條化、公式化傾嚮及其意識形態的貧乏。盧卡奇的那種與小說俱來的危機感，可見於更早的《小說理論》（1920）。據他的追述，寫作該書的最初衝動是由於第一次世界大戰的爆發，在焦慮中雖然也盼望大戰能促使沙俄和封建德

國的垮臺，但對於人類文明的終極命運不禁黯然神傷，疑慮重重。[19]

　　茅盾開始踏上文學之途，依稀地已將人類解放作為終極目標。1921 年接掌《小說月報》在文壇嶄露頭角時，已投入共產主義運動，成為中國共產黨最早成員之一。至 20 年代末，他的政治和美學立場幾經蛻變，逐漸脫略了達爾文式的社會進化觀或泰納（Hippolyte Taine, 1828-1893）式的地理、種族的文化觀，進而為馬克思主義的階級鬥爭「意識形態」所武裝。茅盾在 20 年代的文學之旅並不限於理論批評的領域，對階級意識的一番體認來自於時代衝浪的實踐。他在 1926 年擲筆從戎，赴廣州參加北伐，投入「革命」的「大洪爐」、「大漩渦」。次年七月至武漢，發生「中山艦事件」之後，國共分裂，蔣介石乘機剷除異己，共產主義運動遭受挫折。茅盾因病滯留在牯嶺山上，一時從前線退卻，由此奇特地造成他的「脫黨」，後來在上海賣文為生，在《小說月報》上以「茅盾」的筆名發表《幻滅》、《動搖》、《追求》（《蝕》三部曲），一舉成名，卻成為職業小說家。

　　茅盾的早期文學之旅比盧卡奇更驚心動魄，更富浪漫戲劇性。正是他的革命實踐，尤其是那些載入史冊的事件，如他所親身經歷的「五卅」和「北伐」，在他的歷史意識的形成中、在他對小說動力的追求中，留下難以磨滅的印痕。對於茅盾來說，事件不光成為他的小說主題，如何使事件得到可歌可泣的再現，成為鍛煉其小說藝術的鐵砧。圍繞著事件，情節得以波瀾壯闊地展開，形形式式的人物的類型得以塑造。但同時事件被賦於某種悲劇的神聖性，卻蘊含「歷史必然」的目的。為茅盾所處理的事件，彷彿是民族的嘉年華會，眼淚和鮮血也無法

阻制巨大慾望的凝聚和宣洩。那是一種「公共記憶」通過祭祀儀式般的藝術再現，使之成爲永存於民衆記憶中的歷史豐碑。

　　然而，事件的悲劇性給作者帶來道德的負荷，且如此強烈，以至生命中出現不能承受的時刻。極富弔詭的是，茅盾的處女作《蝕》及其稍後的《虹》，屬於「革命加戀愛」的小說類型。與小說描寫的那些轟轟烈烈、風雲詭譎的歷史事件——前者的 1927 年「大革命」，後者從「五四」到「五卅」——形影不離的，是一系列「時代女性」。如靜女士、慧女士、孫舞陽、章秋柳、梅行素等，皆有沉魚落雁之貌，或嬌媚幽怨，或颯爽英姿。這幾部小說不光風靡當時，近年來也一再受到學者的眷寵，相形之下，許多茅盾後來的作品爲之遜色不少。

　　看來茅盾寫這類不乏市場效應的「江山美人」小說，乃一時之沉溺。寫完《蝕》三部曲，即深悔其「頹唐」；嗣後發表《虹》意味著某種自我救贖，即擺脫夢魘而走向光明，其實通過「時代女性」的表現作者已建構了一套表現「時代性」的象徵系統，這在1934年發表的《子夜》中得到驗證。小說中「時代女性」不再作爲主角，乃以全景式的氣勢批判地展示了社會生活的長卷，個人被貼上階級的標籤，其命運服從於歷史的自我完善的意志，由此預言中國資產階級的短命。《子夜》爲文學史家一致推爲反映社會眞實和本質的「現實主義」傑構。它無疑表現了作者技巧上的成熟：類型的轉折表明，憑藉「描繪」的現代技巧，小說更成爲一種「話語」；同時更表明意識形態上的成熟：擔綱主角的是「歷史」，主宰了史詩式敘事的內在動力。但儘管屬於「過渡」形態，這些「革命加戀愛」小說，無論放在現代小說的譜系中，抑是放在作家的思想脈絡中，卻別具魅力。

很難想像如果小說不寫男女之情，是否能不斷生產繁殖。遠的不說，「革命加戀愛」受惠於晚明「情」潮泛瀾，亦接續了清末民初的「鴛鴦蝴蝶派」的流風餘緒，然而「為情而死」的才子佳人不得不輸誠於民族解放的革命偉業，卻由不得在情網裡幾番掙扎。雖然「革命加戀愛」並非由茅盾獨創，但他的史詩式敘事似乎汲源於「愛慾與文明」的古老傳承，尤其是《虹》所開創的革命英雄「成長小說」類型，至 1950 年代更被發揚光大，產生像《青春之歌》、《林海雪原》、《聶耳》等小說和電影。據王斑《歷史表述的昇華》的研究表明，對革命洪流中男歡女愛的描寫，在歷史哲學、崇高美學、性別政治和浪漫抒情之間所體現的張力，千姿百態，可歌可泣。[20]

在某些作家那裡總有些難解的謎，或許正是這些早期作品，構成茅盾的「蒙娜麗莎之微笑」。有關「時代女性」的創作動因及其義蘊，與他本人的政治史和羅曼史錯綜糾葛，至今眾說紛紜，莫衷一是。雖然，如本書所著眼的，比起同期的類似作品，這些小說最為酣暢而詭異地表現了作者對於中國小說現代性的執著追求。就形式方面來說，其文脈的複雜猶如革命漩渦的激流，但當「時代女性」最終通過幻美的虹橋走向革命，茅盾也在混沌中廓清自己的慾念，將形式與歷史整合。儘管美學為之付出了代價，但不致付之東流，更確切地說也為革命「現實主義」鋪墊了愛慾的河床。不管怎樣，這些早期創作標誌著茅盾由革命轉向文學的終生選擇，使之成為今日之茅盾，如王曉明譬喻的，猶如「驚濤駭浪裡的自救之舟」。[21] 不無反諷的是，這一選擇卻也決定了他一生的政治放逐，或如傳統文人式的多舛命途之感——對他早年投身共產主義運動的歷史諱莫如深，直至身後方真相大白。

　　茅盾在 20 年代文學思想演變的脈絡及其表述形態，由於政治上和理論上的不確定性，不可能達到盧卡奇《歷史小說》般的清晰程度。[22] 中國資產階級先天不足，民國憲政與其說是立基於社會經濟和法律的礎石上，毋寧是理論先行，建立在晚清以來知識份子對西方政體模式的想像和選擇上。不消說長期來軍閥當權，禍亂相尋，使憲政的實行困難重重；1927 年之後，國民黨政變導致蔣介石「黨國」政治，共和憲政愈陷於艱難。其時國共雙方都以「革命」為號召，爭奪正義和正統合法性。茅盾的寫作也須與離不開「革命」，但它的意義遠非明確的，有時「革命」如煙幕彈，鬧不清姓共姓國。即使在 30 年代左翼作家筆下，「革命」的意義受黨內形形式式路線鬥爭的制約，和毛澤東的農民革命相距甚遠。茅盾的文學觀從科學立場、啓蒙理性到接受馬克思主義意識形態和階級鬥爭學說，某種程度上乃是「五四」以來激進知識份子的烏托邦主義的邏輯延伸，「革命」更取決於一種道德立場，似乎從一開始就認定了資本主義及民國現存秩序掘墓人的角色。

　　如果盧卡奇合乎黑格爾在《歷史哲學》中所稱頌的那種「世界歷史性人物，即時代的英雄，應當被認作先知——他們的言行足以體現時代的精神。」[23] 那末茅盾也庶幾當之。在共產主義陣營裡，作為從事文學的，經歷了不同程度的曲折和磨難，但兩人都始終忠實於自己的信仰和事業，雖然像盧卡奇在激烈的派系爭論中「常常抓住機會徹回或修正先前的一些看法」。[24] 二次大戰結束，盧氏回到祖國匈牙利，在後史達林「解凍」時期，他擔任過短命的納吉政府的文化部長，納吉隨即被捕和處死，他遭到流放。直至 1967 年被重新接納為共產黨員，此後他的著作陸續在西方世界翻譯出版，因其與正統馬列主義

的「異端」傾向而得到重視。儘管在國際上聲譽日隆，在本土被年青一代視爲過氣人物。晚年盧卡奇則孜孜回溯、清理自己的思想道路，完成《關於社會存在的本體論》的煌煌巨著，似乎在歌德和馬克思之間爲他的哲學認同找到了歸宿。相比之下，茅盾在五、六十年代也出任過文化部長，並未像盧卡奇忽起忽落，甚至倖存於文革之後。但他有他的心事，也即他的早期共產黨員的一段歷史，可說在政治上及信仰認同上與他性命攸關。總於在他的晚年寫成了回憶錄《我走過的道路》，對自己有了個交待。他在逝世之後被追認爲共產黨員，總算組織上也對他有了交待。

「整體性」語碼

「整體性」（totality）是馬克思主義的核心，而盧卡奇被認爲在詮釋馬克思主義整體性思想方面是個先驅者，並由此形成他自己的文學理論體系。早年盧卡奇在德國師從狄爾泰（Wilhelm Dilthey, 1833-1911）、席美爾（Georg Simmel, 1858-1918）等思想巨匠，浸潤於當時的新康德主義和浪漫主義主流思潮中。據馬丁·傑（Martin Jay）的出色研究，[25] 盧氏在其少作《心靈與形式》一書中，深受浪漫主義「生命即煎熬」的思想影響，認爲與自然相離異的人只能追求內心的眞實；由於形式本身的局限，在文學表現中也不可能實現自我的完美。後來在《小說理論》中，更強調小說形式的時間展開必然導致自我與現象世界的分裂，而把現代小說的興起比作人類失樂伊甸園的寓言，意謂諸神已經死亡，古典秩序分崩離析，在文學中與之相始終的史詩亦喪失其主宰地位。正如奧德賽在現代世界不可能返回故鄉一樣，世人在精神上無可依傍之際，小說給帶來

了新的福音，必得擔負起表現「超越的放逐」的命運。此書寫作於大戰期間，重現了浪漫主義的危機意識。作爲匈牙利猶太知識份子的盧卡奇已對東歐文化西方化的合理性產生懷疑，思想上開始從康德轉向黑格爾，希圖擺脫個體的絕望而以樂觀面向未來。在小說形式問題上他緬懷荷馬史詩《伊利亞特》和《奧德賽》中那種人神和諧以及形式反映現實的理想境界。[26] 因此他提倡一種「新史詩」體的小說使這種「整體性」的理想境界得以體現，蘊含著使奧德賽重回家園的寓言。但主張人與現象世界之間合而爲一的整體性，也根源於歐洲浪漫主義的危機意識。如狄爾泰、考勒列治等人意識到資本主義的社會現狀，由於現代性過程給社會帶來知識和專業分工，遂造成如韋伯（Max Weber, 1864-1920）所說的禁錮人的自然之性的「鐵籠子」。但他們在高揚人文精神、鼓吹人和自然的和諧的同時，正由於意識到這種和諧事實上已一去不返，而以表述這一弔詭、反諷爲能事的現代主義藝術在理論和實踐中獲得其自主性。

當他在 1920 年代受馬克思主義洗禮之後，在《歷史和階級意識》和《歷史小說》等著作中，整體論得到進一步開展和完善。正如我在前面提到的，盧卡奇所接受的馬克思主義仍不脫黑格爾哲學的框架，崇揚歷史以辯證方式體現精神的展開而最終臻至世界大同，但顯然是在蘇俄 1917 年革命成功的鼓舞下，他覺得歷史的「必然」就在眼前，更寄希望於無產階級以完成埋葬資本主義的歷史使命。這一語境中的「整體」觀作爲哲學的前題意味著個人與階級之間、無產階級主體與歷史客體之間那種密合無縫的融洽關係，自然要求小說形式也達到與作家、歷史再現之間的和諧一體。如果階級鬥爭、歷史必然等觀

念構成了盧氏「整體性」的意識形態的宏觀方面，那麼另一端微觀方面盧氏強調「現實主義」的藝術眞諦在於「典型」人物的塑造。如呂正惠所闡釋的，有別於自然主義的照相般描寫現實，這種「典型」人物應當反映出與歷史進程中的階級關係與社會本質，也即體現「整體性」。[27] 這也從內容與形式、政治與美學上規定了作家必須服從階級的意志和歷史必然的指令，方能使形式發揮其反映現實的功能。

　　或許令人失望的是，那種把整體性作爲哲學命題的論述在茅盾那裡是難以看到的。中國知識份子一向坐而論道，但對茅盾那一代，「孔家店」被打翻在地，儒家「道統」被抨擊得體無完膚。正如一些學者所揭示的，事實上五四啓蒙話語在反傳統的旗號下繼承了某些傳統。20 年代初茅盾在一系列文章裡鼓吹「人的文學──眞的文學」應當是代表「國民」、「民族」、「全人類」的，是「進化」的，同時把中國文學「定義」爲兩大特徵──「文以載道」和「文人」的「消遣品」──而加以排斥。[28] 顯而易見，在他所聲稱的新「文學」中，「進化」被置於「道」的地位，他執著地強調作家對政治和社會的責任及文學的功利性，正是「文以載道」理論的內核。其中「新」、「舊」文學對立的邏輯，多半來自於胡適的「活文學」（白話）和「死文學」（文言）的提法，但茅盾在「全人類」的名義下排斥「中國文學」，更體現了某種「道統」的性格。在他那裡，憑藉白話建構了某種文學現代性的迷思，在時間意識上給他帶來一種近乎荒誕的自信：與傳統徹底的隔絕。這種名實之間的斷裂或許是由於文言轉向白話的「語言轉折」對五四新文學話語造成的特殊現象，像瑞士語言學家索緒爾（Ferdinant de Saussure, 1857-1913）所說的，語言在文化的長

河中流動，傳統不可能被割裂，但在中國「五四」語境裡，「語言轉折」所造成與文化斷裂的假像，令人覺得他的有關語言作爲符號系統的說法不完全適用。

　　本來在馬克思主義的整體觀裡包含著對於資本主義社會產生「異化」現象的批判，那種對於人與自然之間和諧關係的嚮往仍活躍在今天的環保意識中，雖然對於資本主義必然進化到共產主義烏托邦的預言顯得過於天眞。無獨有偶，所謂「整體性」思想在中國可找到一片沃土，在儒家早期經典《禮運篇》中就有「三代大同」，如孟子所嚮往的牧歌式「三代之治」、或如陶淵明「桃花源」的懷舊意識，在後代不絕如縷，成爲士大夫的思想資源。就「文道合一」所代表的整體觀而言，有關中國文學的再現（representation）理論，早期儒家經典《易經》值得深究。該書六十四卦一向傳爲「聖人」創造，由「象」和「爻」，即圖象和言辭構成其符號系統，指涉從宇宙到人事的眞理——變化之道。這樣的象徵表意系統一般被認爲缺乏像西方的模仿（mimesis）理論。[29] 其實並非完全如此，所謂「天垂象，見凶吉，聖人象之。」[30]「象其物宜，是故謂之象。」[31]「是故易者，象也。象也者，像也。」[32] 可見「像」有模仿之意。然而《易經》不僅被看作圖象之書，也是文字之書：「易之爲書也，廣大悉備，有天道焉，有人道焉，有地道焉，兼三才而兩之，故六、六者，無它也，三才之道也。」[33]「六、六」之卦得到如此抽象且具普世意義的詮釋，對《易經》的認識遠遠超越較原始的經驗性的「爻辭」，而文字的表達功能更置於圖象之上。如果說〈繫辭〉出現得較晚，保存了其歷史形成過程中的不同解釋，那末把《易經》看作「象」的系統及其模仿理論應當是更早的看法。當《易經》被看作「聖

人設卦觀象，繫辭焉而明凶吉」[34]、「通其變，遂成天地之文」[35]，文字和外物的秩序被顛倒；此書既成爲先知先覺的聖人所制的經典，天地間萬事萬物的變化之道既被定以「貴賤」、「動靜」等秩序，遂「放之四海而皆準」，由此格物像似的理論已失去其意義，被降到形而下的地位。

這裡的「天地之文」，既含天地的自然呈現之表象，又指「聖人」表現了天地間的眞理，相當於柏拉圖的「觀念」，但「文」直接替代或更高踞於外物世界，其傳媒性質稀薄而模糊，確實跟柏拉圖反對詩人「模仿」而破壞「觀念」的說法大相徑庭。這「天地之文」所蘊含的聖人與外物、與文字之間親密無間的整體性在劉勰的《文心雕龍・原道》中發揮得淋漓盡致。所謂「道之文」「天地並生」，「言之文」「天地之心」，「故知道沿聖以垂文，聖因文而明道」。[36] 在這文、聖、道三者合一的循環論證中，「道」是被更強調的。然而自中世之後，文道合一更注重實踐，凸現了文的工具性。由於「道統」被重構，「文以載道」的命題蘊含著道體必得文體的負載方能展示之意。

通過這樣簡單的勾畫，或許我們可明白，在中國近世小說成爲無冕之王，而擔負起救國的重任，實際得到召喚的也是其背後的古老的「整體性」思想資源。同樣茅盾抨擊「文以載道」論，卻不自覺其爲「聖人」代言。看來從文言到白話的語言轉折是個假像，但不僅有效地保護了某種民族的「創傷」記憶，語言的現代重建也使符號系統產生斷裂和繼續的新問題。

傳統經過語言的改裝，在中國的現代境遇裡，「語言轉折」涵蓋了一個基本的荒謬現象，尤其在茅盾那裡，白話的使用本身爲歷史「進化」所加冕，而獲得自我正典化的威權。在

孜孜堅持「時代性」中，他深信自己已經生活在現代之中，與傳統決裂，卻實際上一方面簡單武斷地排斥傳統及所有異己者，另一方面似乎比誰都甚地仰仗傳統文化的心理「積澱」。那種伴隨「整體性」的語言暴力如此瀰散在他的文學實踐中，包括他所主編的《小說月報》遠非一般的文學雜誌，所伴帶的「文學研究會」也遠非一般的文學社團，而是「要建立一個具有支配力的中心團體」。[37] 不光在組織上如此，《小說月報》集理論、創作、翻譯及文學史研究於一身，[38] 從外來資源方面汲引世界文學與西方啓蒙思潮，內在資源方面與大學教育聯網，借助於主流文化資本，將文學建構成改造社會的機制。

　　另一方面我們也應當注意的所謂印刷資本主義的歷史語境。由於置身於歐洲的思想潮流及具體的爭論之中，盧卡奇的文學理論的展開有其一貫性與思辨的清晰特徵。茅盾自己把當時五光十色的中國文壇比作集聚了近世人類文明近化各階段的中國社會，而他在 20 年代的文學理論的表述如映照一個西歐從 18 至 20 世紀文學思潮的萬花筒，處處留下「拿來主義」的痕跡，更反映了半殖民地的上海「印刷資本主義」的條件的限制，爲不同傳媒和讀者的需要提供不同的文化資源。他的理論開展如果不是被看作一種由鋼筋水泥澆製而成的堅固結構，而如一種「源頭活水」般的有機體，在不斷吸收和散發西方文學理論的過程中，各種「主義」互相穿透、交叉，充滿斷裂和連續。這更有利於觀察理論與創作的關係。儘管某些主張早就遭到排斥，但在創作中卻能通過主觀慾望和記憶的過濾，對寫作起作用。

　　20 年代的茅盾對於西方文學理論的介紹和批評，在內容上極其多樣，涉及自然主義、未來主義、表現主義、現實主義、

新浪漫主義等。對於文學論戰的熱情，在新文學營壘中表現突出，先後同鴛鴦蝴蝶派、學衡派、創造社等都有過爭論。他的文學理論敘述的開展方式，由於受到印刷傳媒、言說對象、文學事件、文類及語境等條件的制約，理論話語不斷變化，呈現片斷、龐雜、互滲、包容的特點。在強調要系統地介紹西方文學理論時，他自己的接觸和接受過程出現很強的偶然性、選擇性；而且選擇和判斷的標準常常受到具體語境的左右。那種現炒現賣的介紹方式不僅出於「將西洋的東西一毫不變動的介紹過來」的最初動機，[39] 也取決於市場需求，這就導致對於理論廣泛介紹的傾嚮，而對理論的探求就不必深究或具有一貫性。如盧卡奇堅持他的批評原則，根本不能欣賞陀思妥耶夫斯基，而對茅盾來說，則不存在這樣的情況，卻也能給於一種同情的理解。[40] 茅盾同時給不同性質的刊物供稿，既為溫和的屬於商務印書館系統的雜誌，也用筆名為激進的《共產黨》雜誌寫稿，這樣就增加了情況的複雜性。

在這個「源頭活水」的流向中，思想底層已經積澱著歷史和小說的「進化」觀念。然而，其間有兩個特點一向未曾被注意，涉及茅盾對文學及其理論的基本態度。一是他雖然熱中於各種「主義」，但在 1923 年之後，似乎跟惲代英把「主義」稱為「八股」有關，茅盾就避免使用「主義」。在 1928 年〈從牯嶺到東京〉一文中，當新文學如「創造」社諸君高唱「革命文學」高調時，茅盾不以為然；對於有人提出「新寫實主義」時，他並不贊成照樣「移植」，說「這是個待試驗的問題」。[41] 在次年〈讀《倪煥之》〉中寧可稱「新寫實文學」，而不稱「新寫實主義」。另一點是茅盾的「現實」感，或是那種特殊的在歷史境遇中的現實感。那種西方「現實主義」小說中所表

現的「當下性」，在茅盾那裡變成一種呼籲：「我覺得文學的使命是聲訴現代人的煩悶」，[42] 這裡「現代人」主要是指城市青年。這是驅使茅盾走上小說寫作的原初動力，也無怪乎有人稱他開創了中國的「都市文學」。這兩點都受到所謂「進化」的歷史框架的操縱，但說明茅盾對於文學的使命保持一種健康的感受，使他能更貼近生活本身，而對觀念的虛妄性有所戒備，這不是所有作家都能做到的。理解這兩點，有助於本文試圖展開的論點，即說明為什麼茅盾在開始寫小說時，卻在理論上出現不小的斷層，卻力圖回到生活的真實，力圖擺脫觀念或主義的桎梏，找到他自己的聲音，也為文學找到其中國使命。

高利克（Marián Gálik）《茅盾與現代中國文學批評》一書在新文學思潮的畫布上勾畫出茅盾文學思想演變的脈絡。簡言之，即如何從 20 年代初鼓吹「自然主義」到 20 年代中期之後轉變為「無產階級」革命文學的代言人，從而在小說形式上完成左拉到托爾斯泰之間的轉變。[43] 這裡有必要強調茅盾對文學的現代性追求，把他的「時代性」概念放到現實生活和他的小說形式觀念的座標上觀察這兩者之間的互動，揭示「整體性」思惟的內在機制。

20 年代初，茅盾踏入文壇，嶄露頭角，專司文學批評，介紹西洋最新文學潮流，並月且評點時下小說創作，實踐興盛於西方的「批評主義」（Criticism），所謂「批評主義在文藝上有極大之威權，能左右一時代之文藝思想。」[44] 他為新文化鼓鑄風氣不遺餘力，顯出博學、敏銳而精力彌滿，既主張「進化」、「人的文學」，又頻頻以「時代」一詞為標幟，一開始從主張「系統」介紹西洋文學到提倡「歐化語體」及「自然主義」等，為的是推進國內文學新潮。在〈文學與人生〉

（1923）一文中，他從西洋搬來「最普通的標語」——文學即「反映」（reflection）說：「人們怎樣生活，社會怎樣情形，文學就把那種種反映出來。譬如人生是個杯子，文學就是杯子在鏡子裡的影子。」文中所說的「時代精神」受到泰納的影響，指那種受制於地理環境和種族文化的時代特徵。[45] 1925 年發表〈論無產階級藝術〉一文，標誌著朝馬克思主義階級論的方向移動。當初他主張抽象的「人的文學」和「永久的人性」，此時聲稱「全民眾」是「一個怎樣可笑的名詞」。[46] 以前他對文學進化階段的提法，所謂從太古時期「個人的」，到中世時期「帝王貴閥的」，到現代「民眾的」，看來已顯得幼稚。此時他說到文學須表現「時代精神」約略分為「五個階段」：原始共產社會、遊牧社會、農業社會、封建制、資產階級的德謨克拉西主義。[47] 這說法跟馬克思主義關於生產方式決定歷史進化的觀點相接近，雖然沒提到「社會主義」。茅盾從 1927 年 8 月開始寫小說，在不到一年的時間裡，完成了《蝕》三部曲。1929 年 5 月，在創作《虹》的過程中，寫〈讀《倪煥之》〉一文，其中最初談到「時代性」：

　　所謂時代性，我以為，在表現了時代空氣而外，還應該有兩個要義：一是時代給與人們以怎樣的影響，二是人們的集團的活力又怎樣地將時代推進了新方向，換言之，即是怎樣地催促歷史進入了必然的新時代，再換一句說，即是怎樣地由於人們的集團的活動而及早實現了歷史的必然。在這樣的意義下，方是現代的新寫實文學所要表現的時代性！[48]

　　從「時代」、「時代精神」到「時代性」，茅盾拋棄了泰納的集人種、地理和環境為一體的「時代」觀；此處「時代」意味著「歷史的必然」，較清晰地呈現了馬克思的唯物史觀，也和盧卡奇關於歷史與小說的論述合拍。他們同樣認為，歷史朝一定的方向運動，人不可能擺脫歷史的力量，但能認識歷史的「必然」運動而把握這種力量，而且祇有那種代表歷史方向的「集團」才能成為歷史發展的動力。其中蘊含著「整體」的思想，即個體必須融入集體，同時集體必須和歷史合而為一，既服從來自歷史的命令，又主動地推進歷史。此時茅盾也明確表示放棄了「自然主義」，而在「新寫實主義」的旗號下，既確定了文學的任務，也賦於長篇小說的形式以新的動力。

　　在這樣追求「時代性」背景中實踐他的小說寫作時，對於五四新文學傳統而言，給小說形式的發展帶來新的刺激和機遇。當「歷史」成為一個比喻，一個必須重構的神話，一個有待填充的權力真空，而「長篇小說」受到召喚，必須表現「歷史的必然」，這就對於作家如何處理與生活、知識、理論等關係方面帶來了新的挑戰，也更強調作品的意識形態功能及作家的道德責任感，更重要的是，這在如何運用語言構築人的主體意識與歷史的關係方面，提出了艱巨的課題。儘管茅盾的創作過程充滿衝突，我們對他在意識形態與藝術成就方面的功過是非必定會見仁見智，但在小說形式方面他對新文學所作的卓絕貢獻仍有待繼續探討。

「長篇小說」理論與「進化」意識

　　自 20 年代初便可不斷聽到對於長篇小說的期盼，如鳳兮說：「我國創作小說，只短篇而止，長篇則未之聞也」。這裡

「長篇」的提法已是新文學立場，卻發表在周瘦鵑主編的《申報·自由談》上，[49]今天看來不免奇特。如我上文提到，在「國語運動」正式推行之前，「鴛蝴派」中不乏為新潮代言者。又如1923年創造社的鄭伯奇在〈新文學之警鐘〉一文中說，「至於小說界呢，除過《沖積期化石》之外，都是些零星短篇。」[50]《沖積期化石》為張資平所作，鄭氏這麼說，好像在標榜創造社的成績，卻也難以掩蓋文壇上缺少長篇的缺憾。不消說在提倡長篇方面，茅盾最為自覺，從他鼓吹自然主義到呼喚「偉大作品」，無不著眼於長篇巨製。相較之下，魯迅在1929年編譯《近代世界短篇小說集》，並表示現代人「忙於生活，無暇來看長篇」，因此「在巍峨燦爛的巨大的紀念碑底文學之旁，短篇小說也依然有著存在的充足的權利。」[51]魯迅的話反映了20年代小說市場是短篇的天下，另一方面他也的確不那末熱心於長篇。上文提到茅盾認為長篇小說的延宕是因為缺乏正確的思想引導，不過從當時關於小說理論的論述來看，首先對於長篇小說形式的現代性問題還眾說紛紜，茫無頭緒。

從外國引進的各種小說理論已不算少，而且像胡適、魯迅、郁達夫、茅盾等名家結合創作和翻譯的現狀都對小說都有所論述，也都有各自的理論背景，所以浪漫主義、寫實主義、自然主義、象徵主義，表現主義等「幾乎同時傳入，在同一個文學舞臺上各自表演，互比高低，又互相影響。」[52]新文學運動之後，得到長足發展的是短篇小說，胡適在1918年便發表〈論短篇小說〉一文，[53]可說在理論上啟其端。他給短篇小說下的定義，以「最經濟的文學手段，描寫事實中最精彩的一段」，這個「橫截面」成為經典說法被廣為接受。當胡適以都德和莫泊桑的小說作為「理想」模式時，在他看來中國文學中

就沒有幾篇是稱得上「短篇小說」的。此中已含有小說形式現代性的典律，而且波及長篇小說。他把《儒林外史》等視作長篇的「章回小說」，且「都是許多短篇湊攏來的」，即傳統小說缺乏「結構」說之濫觴。另一方面把托爾斯泰的《戰爭與和平》稱作「長篇小說」，不同名稱之中已含新、舊之區別。最後他說短篇小說「代表世界文學最近的趨向」，又說「最近世界文學的趨勢，都是由長趨短，由繁多趨簡要」，於是無形中輕視了長篇小說的創作。所以茅盾在 1921 年接掌《小說月報》之始便提倡「自然主義」並開出長篇小說書單，看來也是有意糾偏，雖然在新、舊立場上與胡適基本一致。

　　論及長篇小說時，在翻譯、創作方面資源貧乏，舊小說也遭排斥，因此更仰仗外來的理論，首先在一些基本概念上頗似瞎子摸象。1922 年的張資平《沖積期化石》被譽為新文學第一部長篇，作為一種以自傳體「縱面寫下去」的「長篇小說體裁」，[54] 其實是徐枕亞《雪鴻淚史》的變種，所謂「新」，大約是雜揉了基督教義、科學名詞及無政府主義等成份，在人物描寫和敘事結構上看不出有什麼突破。早在 1907 年《月月小說》雜誌上就介紹泰西小說「各種體裁，各有別名」，如 Romance, Novelette, Story, Tale, Fable 等，只是獨缺了 Novel。[55] 1921 年張舍我在《申報·自由談》上介紹，在歐美文學史中，「短篇小說」叫 Short Story，「非小說 Novel 之謂，非長篇改短之小說，亦非篇不長之長篇小說（Novelette）」。[56] 至於什麼是 Novel，仍語焉不詳。嗣後瞿世英的〈小說的研究〉說到「在西洋小說批評家的眼裡 Novel 與 Romance 是不相同的。其實就我們看來不過是略有分別而已，⋯⋯以 Romance 與 Novel 相較，不過 Romance 比較注重那特殊的，神祕的，想像的而

已。」[57] 這裡沒有突出兩者的區別，顯然遮蔽了 Novel 的「現代」特徵。

吳宓（1894-1978）說：「小說 Novel 為稗史 Fiction 之一種」。[58] 比起各家之說，有追本溯源之意。陳鈞的〈小說通義〉大致根據吳宓的演講，說得更清楚：「Fiction 者，以若干想像之事實蟬聯而下，藉以表現人生也。Novel 者，散文成篇之 Fiction，而結構（Plot）、人物（Character）、環境（Setting）、對語（Dialogue）四項無不具備者也。」「又說」「散文成篇者，則包括故事（tale）、短篇小說（short-story）、小稗史（novelette）、與小說（novel）四種。」[59] 其實在說到「英國自李查生（Richardson）所著之潘美拉（Pamela）始足稱為小說。故英國小說史以是書出版之年託始（一七四〇年），以其小說之法術程序，自是始臻完備也。」這裡「始足稱為小說」已介紹了作為現代小說的 Novel 概念，但吳宓並未以此來衡量中國小說。他極不喜「惟敘男女戀愛之事」的鴛蝴派小說，斥之為「誨淫」，但對新文學所提倡的「寫實」小說也不以為然。有意思的是，他不僅稱《紅樓夢》為「中國第一部小說」，且把吳趼人的《恨海》及林紓翻譯的《不如歸》都看作「新小說」，[60] 可見他並未以文言還是白話作為評判新、舊的標準，就和新文學的典律有分歧。

吳宓將林譯《不如歸》看作「新小說」是個有益的提示。儘管茅盾在 1920 年就精選了一批外國長篇小說，並說它們都應該譯出來，但除了極少數如托爾斯泰《復活》等，要到 30 年代之後才陸續見世。其實在十數年前林紓已經翻譯了大量歐洲小說，其中如司各特（Sir Walter Scott, 1771-1832）的《撒克遜劫後英雄略》（Ivanhoe），狄更司的《塊肉餘生述》（David

Copperfield）、《賊史》（Oliver Twist）等，皆屬經典性的
Novel 小說。當然新文學作家大都讀過林譯，留存在記憶裡甚
至流之筆端，但在 20 年代表面上是被壓抑了的，語言正典是
主要原因。林紓的翻譯出之古文，還由於他反新文學的惡名，
以至這些翻譯小說被束之高閣。據李庶長的研究，茅盾最初接
觸的西洋小說是林譯的司各特《撒克遜劫後英雄略》，且在
1924 年爲之寫了數萬字的校注和研究。但有趣的是他在後來很
長一段時間裡不提此書，也幾乎不提司各特，直到 70 年代末
他晚年時卻反復介紹他。[61] 這一奇怪現象大約亦是由某種「正
典」的心理情結所致。

　　終究來說，在 20 年代已逐漸形成長篇小說的基本認識，
謝六逸說：「長篇小說是描寫人間生活的縱面，富於時間連續
的性質。短篇小說則寫人生的橫斷面，屬於空間的，富於暗示
的性質。」[62] 陳鈞說：「小說中必有一主要之人物，他人物則
被其影嚮，如群山之拱泰嶽然。因而發展其結構，演進其事實
矣。」[63] 孫俍工認爲長篇小說：「敘述面面俱到的人生，容載
的人物多而描寫詳細，事實複雜性往往有許多枝枝節節。」並
舉莫泊桑的《一生》是寫一個女子一生的成長，或如托爾斯泰
的《復活》，展示全景式的生活，包括各色人物及關係、各種
人生問題，由此讚歎：「何等地複雜，何等地偉大！」[64] 這些
論述無疑得益於外來理論和創作的資源，雖然長篇的創作還有
待時日，而在有關形式的理論建設上越來越使人覺得，其敘述
特徵和傳統「章回小說」大相徑庭。比方說張恨水在 30 年代
隨著《啼笑因緣》等，其章回體小說的勢頭未見減弱，但要他
談理論，便捉襟見肘。如在 1928 年發表〈長篇與短篇〉一文：
「長篇小說，則爲人生之若干事，而設法融化以貫穿之。有時

一直寫一件事，然此一件事，比須旁敲側擊，欲即又離，若平鋪直敘，則報紙上之社會新聞矣。」[65] 和上面各家的論述相形之下，張氏的說法平平，像大多舊派作家一樣，他只能作經驗之談而缺少現代理論的配備。其實章回小說有其自身的複雜性，但他們確實不擅長於理論。

正如學者們指出，相對於短篇小說的繁榮而言，長篇發展緩慢，落後了一大截，這主要還是新文學的現代性要求決定的，陳思和認爲短篇創作首先在章回體的壓力之下開拓空間，佔據地盤，在此基礎上長篇才能開展。[66]「革命加戀愛」小說的興起無疑有賴於短篇小說及其文學現代性的豐碩成果，短篇的主題爲愛情和婚姻所主宰。技巧上說，在 1910 年代不光是徐枕亞，周瘦鵑也寫了大量的具實驗性的第一人稱小說，某種意義上建構了文學的「民國」主體。[67] 他們的言情小說，尤其在女性的心理描寫方面大大突破了傳統文學的表現手段，這對於長篇小說的形成來說，當然提供了溫床。但是另一方面這些初起的「革命加戀愛」小說在新的外來文化的刺激下含有某種意識方面的突發性，其形式探索彷彿進入一片無人之境，作家們面臨重建「革命」幻象的任務，更需要一套新的藝術典律和代碼，不能完全借助於現存的理論或創作資源。不可忽視的是，那種新的意識形態的突然侵入，甚至給他們帶來形式創新的衝動。

茅盾從一開始就追踪小說和理論的動向，與一般就形式談形式不同的是他把內容和形式看作渾然一體，爲他抓緊不放的即是長篇小說形式的現代性。1928 年在完成《蝕》三部曲之後，在原來〈小說研究〉的基礎上擴展成寫了《小說研究ABC》一書，可說是溫故知新，對於小說形式作了一個及時的

小結。他聲稱：

　　Novel（小說，或近代小說）是散文的文藝作品，主要
是描寫現實人生，必須有精密的結構，活潑有靈魂的人
物，並且要有合於書中時代與人物身份的背景或環境。我
們現在研究的對象，就是這個。從歷史方面，我們要研究
這個新的獨特的形式——所謂近代小說者，是怎樣一點一
點兒發達成的；從理論方面，我們要研究「結構」、「人
物」、「環境」三者在一部小說內的最高度的完成。[68]

　　此書爲一般讀者而寫，所謂「結構」、「人物」、「環
境」云云，並非全是新說，但結合了他自己的創作經驗，以人
物的「靈魂」——非英雄人物莫屬——及主客體關係的表現爲
中心，已經滲透著對「時代性」的一番摸索。如此明確以Novel
作爲衡量的標尺，如此強調「近代」小說，在時流勝輩中無人
能與之比肩。這一點如曠新年指出：「歐洲近代現實主義長篇
小說隱含了一種深層的科學實證主義世界觀及其客觀的觀察分
析的方法。茅盾在中國現代文學中的突出地位正是在於他對於
這種特殊的觀察和認識世界的方式的推崇和認同。」[69] 然而有
趣的是，在他的小說創作過程中則產生理論與實踐問題。在發
表了《蝕》之後，甚至提出要求從《施公案》、《雙珠鳳》這
類舊小說借鑒表現技巧，[70] 對於他先前「全盤西化」式的認同
歐洲長篇小說來說，可說是某種修正，或某種傳統的回歸。這
固然是出自革命宣傳的要求，也考慮到文學市場與他的作品的
受衆問題，
　　促成茅盾對於歷史和小說形式的認識的轉折的，主要有三

種因素。首先是「五卅」事件，使他興奮莫名。這似乎意味著「大轉變時代」的來臨，也必然給「反映這個偉大時代的文學作品」帶來機會。從「五卅」運動他看到了「集團」的力量在改造歷史，成為中國革命的新動力，事實上他自己作為共產黨領導參與其中。當茅盾聲稱「『五卅』爆發後宣告『五四』時代的正式告終」，[71] 實即表達了當時革命「左翼」的普遍認識，即從「五四」學生運動到「五卅」群眾運動，彷彿從中國社會內部孕生了推動歷史「進化」的「必然」形式，把線性史觀具體化了。這一時期的激進知識份子也彷彿聽到了歷史的律令，主動投入群眾運動的洪流中，當然對於馬克思的關於階級鬥爭的理論更心領神會。如茅盾回憶起當時，他們「從個人主義、英雄主義、唯心主義、轉變到集團主義、唯物主義，原來不是一翻身之易。」[72]

自晚清以來，知識份子受了線性歷史進化觀的影響，一向把國家形式與群眾運動視為中國問題的重心，而「順天應人」的歷史變動性作為中國傳統「革命」話語的核心價值，[73] 其「整體」結構也在發揮作用，轉換成內在的精神動力。有的學者認為，由於 1927 年的革命失敗，使茅盾從政治前線退卻，文學的功能遂被拔高。[74] 革命的失敗固然直接刺激了他的歷史小說的誕生，而對茅盾來說，本來就期待偉大歷史的發生，並在壯觀的舞臺上賦於小說以歷史性角色，他的受危機壓迫下的文學焦慮則集中在長篇小說的現代性方面。頗似當年的盧卡奇從 1848 年的革命失敗中批判了資產階級的腐敗，而把無產階級看作發展「現實主義」歷史小說的希望，此時的茅盾則從「五卅」運動的血腥視窗返顧自晚清以來的文化思想史，甚至指責「五四」運動是一場資產階級的文化運動，而聲稱在「五卅」

以後，「無產階級運動崛起，『五四』埋葬在歷史的墳墓裡了。」[75]這樣的激進立場反映在他的早期小說——尤其是《虹》——的寫作中，即如何將「五卅」事件表現爲一種「革命」新傳奇及其對「五四」的反思，如何表現「歷史的必然」以及以無產階級爲主體的革命運動的烏托邦想像空間，成爲他的中心課題。

第二個因素是茅盾的政治實踐。普實克指出，像茅盾的作品與當下的現實及其重要的政治經濟事件如此緊密而一貫地連接在一起，僅見諸少數的偉大作家之中。[76]這種特徵，或許在他的 20 年代末 30 年代初的文學之旅中得到最爲生動的反映。然而，對於「時代性」的自覺追求，那種把握歷史動力的企圖，不光通過他的作品，更見諸他的革命實踐。事實上他一邊主編《小說月報》，一邊擔任共產黨內的組織和宣傳工作，積極投入上海的工人運動；「五卅」那天，他也在南京路上遊行抗議的隊伍中，隨即又加入了工人、學生和市民的「三罷」運動。[77]這些都成爲他後來寫《虹》和《子夜》的素材。1926 年初，茅盾受組織指派赴廣州，遂投入了「大革命」，至 1927 年在武漢捲入了國共之爭，以至退出政治舞臺。9 月回上海，隨即發表了引起文壇激辯的《幻滅》、《動搖》和《追求》。據他的回憶，大革命期間他不時激起寫小說的衝動，似乎革命的敘事與他想像的歷史編織在一起，儘管極富弔詭地佔據了想像空間的包括幾個令他難忘的女性。

最後一個造成茅盾「時代性」概念轉化的因素與他同左翼文學內部的爭論有關，這一點將在後面論及《虹》的時候再詳述之。總之，在茅盾那裡，文學被體現爲一種整體性機制，其間生活和藝術、政治和美學、理論和實踐之間，臻至水乳交融

之境。在這意義上，茅盾頗像葛蘭西（Antonio Gramsci, 1891-1937）所說的那種「有機型」（organic）的知識份子。[78]「整體性」作爲一種重要的思想資源，不一定同傳統劃上等號，因其產生於如緬懷「三代之治」的傳統之中；在現代，如列文森所論述的儒家的現代命運一樣，[79] 它經過改裝，但並未消亡，卻對民族「想像共同體」不可或缺；通過與黑格爾式的「宏大敘事」的整合，更對中國政治現代化過程產生過決定的、極富弔詭的後果。[80] 富於提示的是，茅盾把這一段「大革命」歸結爲歷史的「大矛盾」，且有意體現在他所取的筆名中。事實上「大轉變時期」的來臨給他帶來的是沮喪、失望、消沉和頹唐，然而憑藉他的小說狂想，充滿矛盾的歷史及其體驗被整合爲一部民族解放的「宏大敘事」，指向另一個嘉年華式的「大轉變時期」，而「矛盾」也被詮釋爲使歷史獲得辯證展開的動力。

盧卡奇和茅盾所分享的「整體性」首先是把小說看作最具文學現代性、最能代表歷史精神的文類。布萊希特（Bertolt Brecht, 1898-1956）指責盧氏的這種偏愛，爲什麼應當是小說？而不是戲劇？在他看來，戲劇更能體現現代主義的藝術形式的本質，更能代表創造力，當然也意味著更能成爲抵抗資本主義意識形態的文化堡壘。[81] 其次是對文學的功利性的強調。第三是他們都偏重人與社會之間的和諧關係。如盧氏對於恩格斯的「自然辯證法」理論不以爲然，將歷史和文明置於自然之上。在中國，不消說儒家傳統一向重視的是倫理和文化，和道家注重自然形成分野。第四是「整體」觀限定了他們對現代主義的接受的底線。如高利克指出，茅盾的文學理論錯綜著從自然主義、浪漫主義到現實主義等龐雜的西方資源，但對達達主義等

「先鋒派」（Avant-garde）則表示不滿。[82] 如果說茅盾在 20 年代對未來主義、表現主義尚有好感，而盧卡奇則更為固執，見到風行於 30 年代的表現主義、超現實主義等，就痛斥之為資產階級「頹廢」藝術。他們都認定文學忠實「反映」外界真實作為現實主義的基石，而不能接受任何抽象或非具象的藝術表現。說到底，他們所反對的是藝術中的個人主義表現。

「整體性」思想的哲學基礎及這些特徵似乎提供了一個橫截面，頗能說明為什麼馬克思主義能在中國找到新大陸，而 20 年代末至 30 年代初確是中國左派知識份子在接受馬克思主義方面走向成熟的關鍵時段，茅盾通過文學扮演了舉足輕重的角色。另一方面可看到「整體性」儘管缺席，其語碼卻貫穿在他追求「真理」的過程中，作為認識論的基礎和思想方式，運作於含有「現代性前設」的表述中，如他在 1923 年的一篇短文，標題即為「大轉變時期何時來呢？」，[83] 即是顯例。對茅盾來說，如果說像這種充滿革命狂想的烏托邦期待在 20 年代末似乎成為現實，那末緊跟的問題是：「為什麼偉大的『五四』不能產生表現時代的文學作品呢？」[84] 所謂「大轉變時期」意味著革命高潮的來臨，將帶來蕩滌污泥濁水、拯救民族的可能性，而在這樣狂歡的顛峰狀態中，個人的心靈必定變得純淨，達到與社會、歷史的和諧。其實對於「大轉變」的期盼，不止是茅盾。可以說從「五四」運動一開始就萌生了這樣的現代性前設，即中國要得救，必須通過整個民族的覺醒和整個社會的變革。只是對茅盾來說，更是一個革命及其文學的實踐問題。

1　梁啟超：〈論小說與群治之關係〉，《新小說》，1 號（1902 年 11 月）。收入陳平原、夏曉虹編：《二十世紀中國小說資料，1897-1916》（北京：北京大學出版社，1997），頁 50-54。

2　自 19 世紀後半葉以來，關於小說的現代使命已逐漸成為知識份子的集體無意識，與傳教士的努力不無關係，參韓南（Patrick Hanan）著，徐俠譯：《中國近代小說的興起》（上海：上海教育出版社，增訂本，2010），頁 128-147。

3　Hao Chang, Liang Ch'i-ch'ao and Intellectual Tradition in China, 1890-1907 (Cambridge, Mass.: Harvard University Press, 1971), p. 27; pp. 105-106. 孫隆基：〈從「天下」到「國家」——戊戌維新一代的世界觀〉，《二十一世紀》，46 期（1998 年 4 月），頁 33-40。

4　梁啟超的「小說」理論引起巨大反響，不僅由於當時思想、文學界的焦慮所致，也有賴於他訴諸修辭的個人論述風格。參陳建華：〈民族「想像」的魔力：論「小說界革命」與「群治」之關係〉，李喜所主編：《梁啟超與近代中國社會文化》（天津：天津古籍出版社，2005），頁 777-798。

5　Benedict Anderson, Imagined Communities, p. 39.

6　關於魯迅「鐵屋子」的象徵意義，參李歐梵著，尹慧岷譯，《鐵屋中的吶喊》（香港：三聯書店，1991），頁 90-93。

7　參 Leo Ou-fan Lee, "In Search of Modernity: Some Reflections on a New Mode of Consciousness in Twentieth-Century Chinese History and Literature," in Ideas across Cultures: Essays on Chinese Thought in Honor of Benjamin I. Schwartz, eds., Paul A. Cohen and Merle Goldman (Cambridge, Mass.: Harvard University Press, 1990), pp. 109-135.

8　Lin Yü-sheng, The Crisis of Chinese Conscioudness: Radical Antitraditionalism in the May Fourth Era (Madison: The University of Wisconsin Press, 1979), pp. 10-55.

9　〈狂人日記〉，《魯迅全集》（北京：人民文學出版社，2005），第 1 卷，頁 444-462。

10　參汪暉：〈魯迅的悖論〉，《死火重溫》（北京：人民文學出版社，2000），頁 460-461。

11　參 Hao Chang, Liang Ch'i-ch'ao and Intellectual Tradition in China, 1890-1907, pp. 150-155. 狹間直樹：〈《新民說》略論〉，《梁啟超‧明治‧西方》（北京：社會科學文獻出版社，2001），頁 74-75。黃克武：《一個被放棄的選擇：梁啟超調適思想之研究》（臺北：中央研究院近代史研究所，1994），頁 84-91。

12　Rebecca E. Karl, " 'Slavery,' Citizenship, and Gender in Late Qing China's Global Context," in Rebecca E. Karl and Peter Zarrow, eds., Rethinking the 1898 Reform Period: Political and Cultural Change in Late Qing China (Cambridge, MA: Harvard University Press, 2002), pp. 216-220.

13　〈藥〉，《魯迅全集》，第 1 卷，頁 463-472。

14　Georg Lukács, Soul and Form, trans., Anna Bostock (Cambridge, Mass.: The MIT Press, 1974); The Theory of the Novel, trans., Anna Bostock (Cambridge, Mass.: The MIT Press, 1971).

15　Georg Lukács, The Historical Novel, trans., Hannah and Stanley Mitchell (Boston: Beacon Press, 1963), p. 23.

16　Georg Lukács, The Historical Novel，頁 25。

17　Georg Lukács, The Historical Novel，頁 28-29。

18　魯迅：〈上海文藝之一瞥〉，《文藝新聞》，20-21 期（1931 年 7 月 27 日與 8 月 3 日），《魯迅全集》，第 4 卷（北京：人民文學出版社，2005），頁 298-315。

19　Georg Lukács, "Preface," in The Theory of the Novel, p. 11.

20　Ban Wang, The Sublime Figure of History: Aesthetics and Politics in Twentieth-Century China (Stanford: Stanford University Press), 1997, pp. 123-154.

21　王曉明：〈驚濤駭浪裡的自救之舟——論茅盾的小說生涯〉，《王曉明自選集》（桂林：廣西師範大學出版社，1997），頁 129-161。

22　參黃繼持：〈關於茅盾與自然主義的問題〉，指出茅盾關於「自然主義」和「寫實主義」在概念上含糊不清，頗能說明外來文學理論被移植到中國的問題。見《現代化、現代性、現代文學》（香港：牛津大學出版社，2003），頁 73-94。

23　George Wilhelm Friedrich Hegel, "The Historical Individuals," in The Portable Romantic Reader, ed., Howard E. Gugo (New York: The Viking Press, 1957), p. 153.

24　蓋歐爾格‧里希特海姆著，王少軍、曉莎譯：《盧卡奇》（北京：中國社會科學出版社，1989），頁 2。

25　Martin Jay, Marxism & Totality: The Adventures of a Concept from Lukács to Habermas (Berkeley: University of California Press, 1984), pp. 81-127.

26　盧卡奇的「史詩」理論蘊含某種「整體」觀，不同於普實克的關於中國現代小說的「史詩」概念，所指的是傳統的「講史」小說，如《三國演義》、《西遊記》之類。在談到茅盾的早期小說時，普氏也用「史詩」來形容，但明確指出其有別於傳統的藝術特徵，如客觀的描寫與第一人

稱敘述視角的複雜交錯等。見 The Lyric and the Epic, pp. 96-99; 123-124。

27 參呂正惠：〈盧卡奇的文學批評〉，載於《小說與社會》（臺北：聯經，1988），頁 263-284。另參蘇敏逸：《社會整體性觀念與中國現代長篇小說的發生與形成》（臺北：秀威資訊科技，2007），頁 7-13。

28 見〈新舊文學平議之平議〉、〈文學和人的關係及中國古來對於文學者身份的誤認〉、〈新文學研究者的責任與努力〉，《茅盾文藝雜論集》（上海：上海文藝出版社，1981），頁 12-13；22-26；27-32。

29 Pauline Yu, The Reading of Imagery in the Chinese Poetic Tradition (Princeton: Princeton University Press, 1987), pp. 39-40.

30 見朱熹注：《易經》（臺北：金楓出版，1997），頁 402。

31 朱熹注：《易經》，頁 386。

32 朱熹注：《易經》，頁 414。

33 朱熹注：《易經》，頁 429。

34 朱熹注：《易經》，頁 376。

35 朱熹注：《易經》，頁 397。

36 劉勰，《文心雕龍·原道》（臺北：金楓出版，1997），頁 34-36。

37 參王曉明：〈一份雜誌和一個「社團」——重評「五四」傳統〉，《王曉明自選集》（桂林：廣西師範大學出版社，1997），頁 265。

38 參董麗敏：《想像現代性：革新時期的《小說月報》研究》（桂林：廣西師範大學出版社，2006），頁 128-208。

39 〈現在文學家的責任是什麼？〉，《東方雜誌》，17 卷 1 期（1920 年 1 月），見《茅盾文藝雜論集》，頁 5。

40 參沈雁冰：〈陀思妥以夫斯基的思想〉，《小說月報》，13 卷 1 號（1922 年 1 月）；郎損，〈陀思妥以夫斯基在俄國文學史上的地位〉，《小說月報》，13 卷 1 號（1922 年 1 月）。

41 〈從牯嶺到東京〉，《小說月報》，19 卷 10 期（1928 年 10 月），影印本（東京：東豐書店，1979），頁 32834。

42 〈創作的前途〉，《小說月報》，12 卷 7 號（1921 年 7 月），見《茅盾文藝雜論集》，頁 55。

43 Marián Gálik, Mao Dun and Modern Chinese Literary Criticism (Franz Steiner Verlag GmbH, Wiesbaden, 1969).

44 〈《小說月報》改革宣言〉，《小說月報》，12 卷 1 號（1921 年 1 月）。

45　〈文學與人生〉,《茅盾文藝雜論集》,頁 110-114。

46　見〈文學和人的關係及中國古來對於文學者身份的誤認〉,《小說月報》,12 卷 1 號（1921 年 1 月）。見《茅盾文藝雜論集》,頁 25。〈論無產階級藝術〉,前書,頁 183。

47　見〈文學和人的關係及中國古來對於文學著身份的誤認〉,《茅盾文藝雜論集》,頁 24。〈告有志研究文學者〉,《學生雜誌》,12 卷 7 號（1925 年 7 月）,《茅盾文藝雜論集》,頁 207。

48　〈讀《倪煥之》〉,《文學周報》,8 卷 20 期（1929 年 5 月）,見《茅盾文藝雜論集》,頁 288。

49　鳳兮:〈我國現在之創作小說〉,《申報·自由談》（1921 年 2 月 27 日；3 月 6 日）。

50　鄭伯奇:〈新文學之警鐘〉,《創造周報》,31 號（1923 年 12 月）。

51　〈《近代世界短篇小說集》小引〉,見《三閑集》,載《魯迅全集》,第 4 卷,頁 134-135。

52　嚴家炎:〈前言〉,見《二十世紀中國小說理論資料》（北京:北京大學出版社,1997）,第 2 卷,頁 10。

53　〈論短篇小說〉,見嚴家炎編:《二十世紀中國小說理論資料》,第 2 卷,頁 36-45。

54　這裡引楊振聲:《玉君·自序》。所謂「縱面」,相對於短篇小說的「橫面」寫法而言。《玉君》出版於 1926 年,序中「西洋長篇小說的體裁,從縱面寫下去的在中國幾乎沒有」的說法,並不精確。見《玉君》（北京:人民文學出版社,重排本,2000）,頁 2。

55　〈新諧庵譯〉:《月月小說》,1 年 5 號（1907）。轉引自陳平原:《二十世紀中國小說史》（北京:北京大學出版社,1998）,第 1 卷,頁 174。

56　《二十世紀中國小說理論資料》,第 2 卷,頁 100。

57　瞿世英:〈小說的研究〉,《小說月報》,13 卷 9 號（1922 年 9 月）。

58　吳宓:〈論寫實小說之流弊〉,《中華新報》（1922 年 10 月 22 日）。

59　陳鈞:〈小說通義·總論〉,《文哲學報》,3 期（1922 年 3 月）。

60　《不如歸》,日本德冨健次郎著,林紓和魏易的譯本 1915 年由上海商務印書館出版,題為「哀情小說」。

61　李庶長:〈茅盾與司各特〉,《茅盾研究》（北京:文化藝術出版社,1991）,6 期,頁 213。

62　六逸：〈小說作法（續）〉，《文學旬刊》，17 期（1921 年 10 月 21 日）。

63　陳鈞：〈小說通義・總論〉，《文哲學報》，3 期（1923 年 3 月）。

64　俍工編：《新文藝評論》（上海：民智書局，1923）。

65　載於北平《世界日報・明珠》（1928 年 6 月 5-6 日）。見張占國、魏守忠編：《張恨水研究資料》（天津：天津人民出版社，1986），頁 265。

66　參陳思和：〈總序〉，見錢乃榮主編，《中國短篇小說選集》（上海：上海大學出版社，1999），頁 5-7。另參陳平原：《二十世紀中國小說史》，頁 172-176。書中論及民初周瘦鵑等「舊派」作家對短篇小說的貢獻。

67　Jianhua Chen, "Formation of Modern Subjectivity and Essay: Zhou Shoujuan's 'In the Nine-Flower Curtain.'" In Martin Woesler, ed., The Modern Chinese Literary Essay: Defining the Chinese Self in the 20th Century. Bochum: Bochum University Press, pp. 41-66.

68　《茅盾全集》（北京：人民文學出版社，1991），第 19 卷，頁 13。〈小說研究〉刊於《小說月報》，16 卷 3 號（1925 年 3 月）。

69　曠新年：《革命文學：1928》（濟南：山東教育出版社，1998），頁 329。

70　〈從牯嶺到東京〉，影印本，頁 32834。

71　茅盾：〈關於「創作」〉，《北斗》，創刊號（1931 年 9 月），見《茅盾文化雜論集》，頁 306。

72　〈亡命生活──回憶錄十一〉，《茅盾專集》，第 1 卷，頁 650。

73　見陳建華：《「革命」的現代性──中國革命話語考論》（上海：上海古籍出版社，2000），頁 5-7。

74　見 Marston Anderson, The Limits of Realism, p. 121. 他認為中國現代文學的發展受到時代危機──尤其是在革命遭到挫折之時──的刺激。見 pp. 2-3; 24-25。

75　丙申：〈「五四」運動的檢討──馬克思主義文藝理論研究會報告〉，《文學導報》，1 卷 5 期（1931 年 8 月 5 日）。另見《茅盾全集》，19 卷（北京：人民文學出版社，1991），頁 231-248。

76　Jaroslav Průśek, The Lyric and the Epic, p. 121.

77　參王菊如、錢普齊：〈沈雁冰和他手書的商務印書館罷工〈復工條件〉〉，《出版史料》，第 5 期（1986 年 6 月），頁 18-21。

78　見 Antonio Gramsci, Selections from the Prison Notebooks (New York: International Publishers, 1971), pp. 5-23.

79　Joseph R. Levenson, Confucuian China and Its Modern Fate: A Trilogy (Berkeley: University of California Press, 1968).

80　參 Prasenjit Duara, Rescuing History from the Nation: Questioning Narratives of Modern China (Chicago: The University of Chicago Press, 1995), pp. 17-50.

81　Bertolt Brecht, "Against Georg Lukacs," in Aesthetics and Politics（London: Verso, 1986）, p. 68.

82　Marián Gálik, Mao Dun and Modern Chinese Literary Criticism, pp. 106-110。

83　〈「大轉變時期」何時來呢？〉，《文學周報》，103 期（1923 年 12 月）。另見《茅盾文藝雜論集》（上海：上海文藝出版社，1981），頁 158-160。

84　〈讀《倪煥之》〉，《文學周報》，8 卷 20 期（1929 年 5 月）。另見《茅盾文藝雜論集》，頁 281。

第三章
「革命加戀愛」與女性的
公共空間想像

「新女性」公共空間想像

　　「革命加戀愛」這一小說類型在 1927 年前後勃然興起，從小說形式自身邏輯的開展來看，某種意義上是黑格爾式的「合題」。1902 年梁啟超倡言「小說界革命」，顯然是「政治小說」佔優勢，由於他對《紅樓夢》式才子佳人小說深具偏見，「言情小說」遭到壓抑。但不久就出現反撥，自林譯《茶花女》於 1899 年見世後風靡一時，紛紛為言情小說鳴冤叫屈，認為小說不能須與脫離「情」，若善於用情，小說作為「新民」之具其貢獻不可以道裡計。1906 年吳趼人的《恨海》應順新潮，某種意義上改造了晚明以來的「情教」論述，[1] 內裡轉換語碼，將「真情」納入倫理的規範即必須服從國族建構的現代性方案。[2] 但此後小說界情潮洶湧，到民國初徐枕亞《玉梨魂》、《禮拜六》雜誌之後，更一發不可收，所表現的以個人與家庭為中心，卿卿我我，沉溺私情，以至梁啟超在 1915 年〈告小說家〉一文中痛斥那些「誨淫」的小說家，在他的眼裡「小說界革命」由此斷送。[3]

　　梁氏所鍾意的「政治小說」大都反映未來中國的想像，正

如「小說界革命」這一新名詞所蘊含，意味著一種廣義的「革命」，儘管此義在中國若明若晦。⁴ 至 1920 年代末「革命」話語眾聲喧囂，「革命加戀愛」並非由左翼革命作家獨領風騷，然而這一形式無疑在他們那裡得到充份的表現，並過渡到革命「史詩」小說的開展。同清末政治小說一樣，它也面臨重新建構文學現代性主體的任務，而由於對於「革命」動力的來源不同，兩者之間出現明顯的不同。

所謂「合題」卻肇始於徐枕亞的《玉梨魂》。小說最後以主人公何夢霞在情場幻滅之後，捐軀於武昌革命之役，遂大義如歸，純化情障。儘管是一個象徵性尾巴，但「革命」作為懺情的方式，卻使傳統的才子佳人「為情而死」的套路別開生面。不過這有點像是「戀愛加革命」，和「革命加戀愛」有輕重主次之分，後者顧名思義，戀愛如附加之物，如茅盾說是讓「革命」穿上「戀愛的衣裳」，所突顯的是革命的主題。有趣的是這個「衣裳」的比喻似乎蘊涵著一個男子中心的暗碼，令人想起《三國演義》中劉備把婦女當作衣裳而可隨時拋棄的名言。事實上茅盾染指「革命加戀愛」小說類型彷彿也是一場「英雄難過美人關」的舊戲新演。30 年代初創作了《子夜》之後，意味著從此踏上「史詩」的康莊大道，由是「戀愛」晦而不顯。他在 30 年代中期談到「革命加戀愛」小說時，隻字不提其早期小說，文中大致肯定了將愛情為革命服務的主流：「我們的作家們在短短的五六年中怎樣努力擺脫了個人感情的狹小天地的束縛，而艱苦地在那裡攝取廣博的社會的現象作為他創作的營養。」又指出近兩年來寫「革命與戀愛」小說的已經不多，與其說「風氣已過」，毋寧說「作家們的創作實踐提高了，他們的視野擴大了。」⁵ 對於此時的茅盾來說，這類小

說已成舊日黃花,在「擴大」了的「視野」看來,只是「革命文學」的一種類型而已。

20年代後期「長篇小說」姍姍來遲,正應了文學救國的老生常談,似乎是繼清末「小說界革命」、「五四」之後,又一度受到民族內外危機的刺激而產生文學的突進。從蔣光慈的《少年漂泊者》、《短褲黨》和《衝破雲圍的月亮》、丁玲的《韋護》,胡也頻《到莫斯科去》、《光明在我們面前》到茅盾的《蝕》、《虹》等,集中出現在1926至1930年間,對於中國小說的現代性開展構成極其重要的環節,含有「範式轉型」(paradigm shift)的意義。之所以不約而同訴諸長篇,正如王德威指出,在大革命失敗的歷史條件下,這批作家在小說敘事上產生某種新的「佈局的慾望」,一方面試圖總結革命失敗的經驗而使之形成統一的整體,另一方面拒絕接受及顛覆革命結局,「他們必須一而再、再而三地『佈局』下去,直到他們心目中浪漫與革命之慾共結連理才善罷甘休。」[6]出自「浪漫與革命之慾」的敘事必定涉及「性別政治」,茅盾筆下的一些「時代女性」,在大革命旋渦中風雲詭譎,顧盼橫生,卻不無弔詭地表現了男性中心的政治狂想。[7]而劉劍梅在《革命加戀愛》一書中論及此,對茅盾的另一面有所「肯定」:

> 靜女士、慧女士、孫舞陽、章秋柳與梅女士個個光彩奪目,對於新女性的革命意義作肯定的表現則具開創性。五四文學中的女性形象或受害於舊社會,或與之決裂,如娜拉離開舊家庭,卻漫無所依。同她們相比,茅盾筆下的新女性在男性中心社會裡已被賦予一定的自主與權力。儘管他的性別話語蘊涵著深刻的弔詭,其為數眾多的新女性

展示不啻是一幅方興未艾的資產階級婦女運動的生動畫
卷。[8]

這裡對於「婦女運動」歷史背景略作補充，簡略勾畫其從
清末以來的錯綜脈絡，凸現茅盾極力主張「婦女解放」而顛覆
「賢妻良母」、「小家庭」話語之一重公案。其社會文本既捲
入種種人文思潮，與上海半殖民都市發展密切關連，也牽涉到
20年代「新女性」的小說再現與文學商品市場的轉移，可部分
說明「革命加戀愛」小說興起的原因。事實上在這類小說裡，
娜拉們受革命的召喚，或嚮往或沉浮於革命洪流之中，因此在
形式上以表現新女性在/與/對公共空間的想像為基本特徵，而
對於「小家庭」則去之惟恐不力。這有助於本書的詮釋策略，
即在多重脈絡中展示「革命加戀愛」小說的都市風景線，只有
在這樣的場景裡，方能突顯茅盾、革命與小說形式之間的張
力，顯得有血有肉，活色生香，可見他是如何擷取現有都市文
化的資源，卻偷樑換柱，利用「小資產階級」的生活和美學語
碼營構「時代女性」的烏托邦「革命」空間的。

阿蘭特（Hannah Arendt, 1906-1975）在《人的狀況》
（The Human Condition）一書中懷著對與西方現代性的深刻質
疑，提出了「社會的崛起」（the rise of the social）的著名命
題，意謂隨著現代民族國家的權力的增長和擴展，以前以家庭
為單位的生產方式及其自由經商的觀念遭到破壞，同時家庭的
「親密領域」（the intimate realm）也趨向沒落。[9]哈貝馬斯發
揮了這一命題：「公共領域在國家和社會之間的緊張地帶獲得
明確的政治功能之前，源自家庭小天地的主體性可以說無論如
何都建構起了其自己的獨特空間。」在「公共領域」的背後是

「私人領域」，即「商品交換和社會勞動領域，家庭以及其中的私生活也包括在其中。」[10] 然而在現代進程中，「社會領域與親密領域的兩極分化」，隨著國家與社會的互相滲透，社會愈益以機制化的力量瓦解家庭的獨立性。尤其在後工業時代，「革隨著私人生活變成公共性，公共領域自身則染上了私人內向的色彩。……甚至共同觀看電視節目……也有助於使人成為一個真正的人。」[11]

在現代中國民族國家的建構過程中，國家機制對社會產生愈強的控制而侵吞「私人空間」，這一點不言自明，雖然國家與社會相互滲透的形式有其滋生的獨特性，且社會機制的力量主要從外部，比方說——「革命」，而獲得對私人領域的控制。

清末以來女學、女權日益興盛，國族想像離不開對「國民之母」的角色期待。民初有關「自由結婚」的要求進一步引起傳統與現代的價值互撞，焦點是個人與家庭、社會之間的衝突。五四新文化運動嚴厲抨擊傳統的家庭制度，1917 年《新青年》發表胡適的〈易卜生主義〉一文，其提倡的「個人主義」對於女子的精神解放也厥功甚偉。有關娜拉從舊家庭出走而去向何處的討論反映了對於婦女現代命運的各種方案，這些方面已為人熟知，[12] 但較少受到注意的是以「賢妻良母」、「小家庭」作為「新女性」解決方案的一脈，一時間成為婦女運動的主流話語，直至 20 年代後期漸告消歇。如創刊於 1915 年的《婦女雜誌》銷售全國，甚具影響。據周敍琪的研究，該雜誌在編輯方針上分前後兩期，標誌著編輯方針上新、舊文化的取向分野。前期的作風較保守，大致依循梁啟超一派對女權運動所設計的方案：「以救國保種為女學的終極目標，賢妻良母主

義爲其精神內容。」[13]「後期」始自 1921 年，代表新文化激進方向。其時商務印書館爲了跟上時代新思潮，撤下主編王蘊章（1884-1942）而代之以章錫琛（1889-1969），由是《婦女雜誌》面目一新。其實此前商務方面已醞釀「改革」，請富於新思想的沈雁冰（即茅盾）撰稿，於是沈寫了〈解放的婦女與婦女的解放〉一文，[14]論述「解放的婦女」的要旨「在欲讓婦女從良妻賢母裡解放出來」。又在〈讀少年中國婦女號〉一文中說：「黃藹女士主張小家庭，我是贊成的。不過我尚以小家庭爲太狹。我是主張沒有家庭的形式，公廚和兒童公育我是極端主張的。……」[15]茅盾在自傳中回憶這段往事甚覺自豪，說那時《婦女雜誌》刊出他八篇文章，皆申述婦女解放之旨，「這意味著有五年之久的提倡賢妻良母主義的《婦女雜誌》，在時代洪流的衝擊下，也不得不改絃易轍了。」[16]儘管如此自我表功，其實茅盾的「婦女的解放」論與「小家庭」主張有曖昧重合之處，改革後的《婦女雜誌》也是如此，如著名的魯迅〈娜拉走後怎樣〉一文說：「夢是好的；否則，錢是要緊的。」[17]與其贊成高調的理想，毋寧在強調現實。說「錢是要緊的」關乎婦女的社會空間訴諸多種理解，職業婦女獲得經濟上獨立，而賢妻良母也未必缺乏經濟保障。但茅盾堅持激進的「解放」論，20 年代末在他的《蝕》、《虹》等小說中得到充分的發揮。

民初以來所謂「鴛鴦蝴蝶派」文學雜誌盛行，名曰「消閒」，旨在打造時尚，建構都市文化，其實是切合發展中的資本主義經濟秩序，而在婦女問題上尊奉「賢妻良母主義」，其中不乏歌頌家庭之樂的作品，[18]那是在五四文學中難以看到的。在這方面周瘦鵑可說是一佳例。1910 年代在《禮拜六》上發表

了大量「哀情小說」，結局哀婉悽絕，表達對舊婚姻制度的不滿，爲自由戀愛張目。所描繪的女主人公大多接受新式教育，住在舒適的小洋房裡，生活方式歐化，會彈「姚霞娜」（piano），會拉「梵啞鈴」（violin），在週末開派對招待朋友，其實是想像中中產階級主婦形象。她們嚮往「高尚、純潔」的愛情，恪守忍讓、孝順等「婦道」，但在「小家庭」的背景裡，她們的角色已經改變。如周氏的自傳體小說〈九華帳裡〉，新郎要求新娘善事婆婆，並稱讚婆婆曾經割肉療親的典範，不無宣揚舊道德之嫌。然而新郎的口氣是婉委的勸說，事實上婆婆不具舊時的威權，已作爲新婦的同情對象。[19]確實「賢妻良母主義」包含了作者們的思想局限，妨礙了女性公共領域的自由發展及社會角色的可能性，但也是一種「現代性」體現。Susan Mann 在對上海寧波籍的婦女的調查中，發現她們對於民國時期的「賢妻良母」角色具有一種集體的認同感，因爲這是一種中產階級的身份標誌，與社會地位較低的勞動婦女相區別。[20]

　　1920 年代周的小說不限於「哀情」，更具社會關懷，針對都市現代化的種種問題，在編造美好未來的白日夢的同時，也不乏從基督教義那裡借來的懺悔、良心之類的說教，卻滲透著以誠信爲本、勤奮向上的資產階級價值觀。同時提倡傳統的家庭倫理，如短篇小說〈父子〉讚美「孝」道，遂受到「新文學」鄭振鐸、郭沫若的抨擊。

　　周瘦鵑對「家庭」情有獨鍾。1921 至 1924 年間在他所主編的《申報・自由談》上開闢《家庭週刊》和《家庭半月刊》，聲言「人有家庭，一身始有歸著之地。……世之有家庭者，原各寶其家庭。」[21]30 年代初又主編《新家庭》雜誌，在

〈出版宣言〉中繼續鼓吹甜蜜的「家庭」：「你要慰安，給你慰安；你要幸福，給你幸福。你可安然做這小天國中的皇帝，決沒有人來推翻你。」[22]《家庭週刊》出現的時機，正值周氏及其「禮拜六派」與「新文學」的沈雁冰、鄭振鐸等展開文學論爭。從 1921 年 1 月起，沈氏接掌商務印書館旗下的《小說月報》而實行大刀闊斧的「改革」，使之成為五四新文學的前哨陣地，同時周瘦鵑也推出《自由談小說特刊》，每週日刊出，其「新舊兼備」的編輯方針與《小說月報》形成競爭局面。周氏也屢屢發表譏評「新文學」或「白話」的言論，遂成為新派的主攻對象。到八月裡周主動落篷，將《小說特刊》改為《家庭週刊》，卻從文化方面開拓另一個公共論壇，仍然與「新文化」的激進思潮相對峙，雖然避免論爭的方式。具體地說，正像《小說特刊》與《小說月報》對壘，而《家庭週刊》的角逐對象是《家庭雜誌》，也屬商務印書館，也同樣在 1921 年出現新舊交替的人事及編輯方向的變動。周瘦鵑與茅盾之間的過節不光出自商業競爭，也由各自意識形態的不同取捨所致，背後各有對於「民族與國家典範」的不同「追尋」。[23]正如周氏聲稱《新家庭》「參考美國 Ladies Home Journal, Woman's Home Companion, 英國 The Home Magazine, Modern Home 等編制，從事編輯。」都貫穿著一種源自於歐美「公民社會」及維護本土文化的理想尺規，其間以完美的個人與家庭為基礎。而茅盾的一貫主張婦女解放，無論是 20 年代初出自無政府主義還是 20 年代末的共產主義理想，都淵源於蘇俄文化的影響。

　　20 年代下半葉「婦女運動」波瀾突起，張競生（1888-1970）的《性學》見世後，據說青年學子幾乎「人手一冊」，

他所主編的《新文化》雜誌與章錫琛的《新女性》雜誌發生論戰，議題包括性教育、性高潮、女子中心說等，如彭小妍指出：「看起來似乎與民族國家論述毫不相干，實際上卻拓展了女權/國族論述的新場域。」[24]他們或聲稱「女性情慾自主」，或闡釋「新性道德」，對於婦女「解放」思潮來說如虎添翼。並不奇怪，在這一新性浪潮中文壇上出現了所謂「性愛小說作家群」，張資平首當其衝。[25]如果不以「海派」、「左翼」設限的話，其實蔣光慈也屬這一群。他們的愛情小說的暢銷程度，取代了先前「鴛蝴派」的地位。沈從文認為張與「禮拜六派」有「師承關係」，[26]其實兩者「通俗」是表象，在暴露女性身體和性慾、寫不倫之戀等方面，張作都突破了「鴛蝴派」的道德與美學的信條，兩者性質不同。蔣光慈《衝出雲圍的月亮》刻畫靈肉分離的王曼英，一面內心保持對革命的熱誠，一面失身作妓女，在「淫樂世界」裡追求肉體的快樂。這樣的靈肉矛盾在周瘦鵑的短篇小說〈留聲機片〉已經出現過，[27]林倩玉把身體交給市儈式丈夫，將真愛留給她的舊情人，已蘊涵「賢妻良母」的人格分裂，但像王曼英那樣的「女性情慾中心」，大約會使周瞠目結舌。這種差別意味著言情小說的範式轉型，伴隨著「小家庭」方案的式微，而女「性」解放或許比「革命」更具爆破力。

其實在20年代初「鴛蝴派」就嗅到了威脅，在與新文學論戰時指責郁達夫小說「描寫雞奸」，「專門提倡性慾主義」，並反唇相譏說這才是「黑幕」小說。[28]的確對於「男女間的情事」，他們是點到為止，如陳平原所說：「只有思念之意而無肌膚之親」。[29]即使在50年代「鴛蝴派」遭到批判時，周瘦鵑不無委屈地辯解說：「《禮拜六》雖不曾高談革命，但

也並沒有把誨淫誨盜的作品來毒害讀者。」[30] 即道出他們的道德底線，因此就表現性愛方面而言，說他們「媚俗」實在有點冤枉，只是當「現代」風吹遍文壇時，他們的東西就顯出美學上的平庸。不過這也不能一概而論，至 20 年代末周氏在《紫羅蘭》雜誌上發表一系列詩化小說如〈訴衷情〉、〈惜分釵〉等，注重形式，在意境、修辭上融彙古典文學，在美學上另有追求，而內容上則反映出他的心目中「小家庭」正值解體的歷史趨勢。

以下舉張聞天、張資平、張春帆的「革命加戀愛」小說在 20 年代「革命」話語、婦女論述與文學市場爭雄鬥艷的複雜脈絡裡分別加以討論，旨在說明不同的意識形態如何決定了對於「新女性」公共空間的不同想像，而在文學上既有各自的類型特徵，而在「新」與「舊」或「五四」與「通俗」之間又呈現相互影響、相互消長的軌跡，其間涉及這時期茅盾及其小說的「互文性」（intertextualisy）之處，會也不時點到。

張聞天《旅途》：「十月革命」與新英雄想像

如果把 1924 年張聞天的《旅途》看作是「戀愛與革命」小說的「濫觴」，[31] 當然指新文學而言。這部小說是「北伐革命」激浪下的產物，也可看作「五四」青年要求擺脫「徬徨」、衝破「鐵屋子」的先聲。此年春天孫中山實行聯俄聯共，在南方揭起反帝反封建的旗幟，即給中國社會帶來巨大震動，也給小說敘事帶來了新的動力。眾所周知，「十月革命」一聲砲響，給中國送來了馬列主義，但是在 1924 年之後，馬列主義及無產階級等觀念，伴隨著共產國際及蘇俄的實際權力機制的進一步加入，在中國知識份子中逐漸生根發芽，尤其對

後來的左派作家產生持續的影響。[32] 他們竭力擺脫革命失敗的歷史夢魘，而訴諸「革命」的烏托邦空間，這新一輪的國族想像，意味著在新的國際跨文化背景裡，馬克思主義以邊緣政治的方式對新文學的全面「整頓」。雖然在「革命加戀愛」小說中那些階級或民族的「革命」主體都政治上先天不足，意識形態上含有新的外來文化強行切入的痕跡，在文學機體上再度人為地留下肉身和心靈的創傷。

張聞天的《旅途》之所以值得在「革命加戀愛」小說的語境裡加以討論，在於它見證了被後來的革命「正典化」所抹去的中國現代思想史重要一環，即 1924 年孫中山的「北伐」及其所揭櫫的「反軍閥反帝國主義」的旗號激起了青年的熱烈反嚮，使他們掙脫「絕望」心態而「走向民間」。[33] 一大批知識精英如郭沫若、張資平、茅盾等紛紛奔赴北伐前線，如蔣光慈《少年飄泊者》、丁玲《韋護》等小說都以主人公去廣東投身於北伐作為結局，皆見證了這一歷史運動。但這一「五四」思想的環節後來被「五卅」的神話──正如茅盾的《虹》所建構的──所取代。如果說「革命加戀愛」小說的最初動力在於如何使革命通過戀愛而得到自然化，由是融入血脈而變得天經地義，當此過渡性任務一旦完成，即「歷史必然」的鐵律一旦建立，革命自身已具道德權威，於是戀愛在文學中的表現多半成為革命的點綴或商業上的效果。就現代中國更為深刻的文化變遷而言，「革命加戀愛」所起的作用，在於將小說話語從私人空間轉向公共空間，與現代民族國家的建構及其權力的擴張相一致。

《旅途》不無寓言地反映了「新青年」為擺脫「過去」的夢魘而探尋新的革命動力的過程，並表現了愛之源泉與文化選

擇的困境。小說描寫了青年王鈞凱與徐蘊青相愛，但蘊青已被家裡訂了親事，鈞凱在傷心之餘去了美國，爲舊金山附近某公司工程師。他的同事的女兒婀娜對他表示愛情，但他卻愛上了具有叛逆性格的瑪格萊，因而激起「革命」熱情。後來兩女先後死去，爲紀念瑪格萊之愛，他回國參加了革命。從鈞凱回國後參加「大中華獨立黨」及最後攻打上海的情節來看，歷史回到 1910 年代中期孫中山的「二次革命」時期，雖然事實上反映了由共產主義運動與「北伐」相聯繫的意識形態。在小說的敘事結構中，這一「革命」作爲「旅途」的終點已決定了主人公的革命意識，即一個共產黨人的階級和社會分析：「現在什麼東西都變了！資本主義的勢力從都市伸張到鄉間，……鄉下人的生活逐漸變成困難」。[34] 在一次派對上鈞凱對外國朋友侃侃陳詞：「要澄清中國政治須靠民眾的大團結，用民眾的力量推倒現政府」；「要發展中國的富源，非用國家社會主義將資本集中爲大規模的生產不可。」[35] 鈞凱看似具備先進階級的覺悟，但在精神上已病入膏肓，所謂「一個富有血氣的男子，因爲環境的壓迫，使他自暴自棄，灰心厭世」。他自白：「我如像已經墮落在深淵的黑暗中的樣子，覺到一種掙扎的苦悶，有時我覺得我的力量已經用盡了，我將沉沒下去，一直到地獄的底下。」[36]

　　像這樣一面帶著「五四」式的「絕望」心態，一面卻要擔負革命大業，鈞凱的「旅途」在此兩端之間展開，借助愛的動力克服絕望，由此展開他的精神轉變的過程。作者也由此充滿敘述慾望，在他和三個女子之間精心佈局，愛的「旅途」一個接一個。故事開始時以大段倒敘方式讓鈞凱回憶傷心的往事，即先是在未出國之前他和蘊青結伴去無錫，在旅途中兩人相

戀，後來以蘊青屈從舊式婚姻而告終。在美國他和婀娜一家長
途驅車去加利福尼亞南部鬱舍蜜公園作野營之遊，在此兩星期
裡，沐浴在春天陽光裡，在婀娜之愛及大自然的懷抱中，鈞凱
的心靈創傷得到撫平而獲得新生。然而他卻移情別戀，同瑪格
萊在革命志向上一拍即合，互訴衷腸，婀娜因此傷心而自殺。
最後他從舊金山趕到芝加哥探望瑪格萊，她卻一病不起，奄然
長逝。至此鈞凱爲了報答瑪格萊，毅然返國爲革命作馬前卒。

正如鈞凱聲稱「中國現代青年都是力的崇拜者」，整個
「旅途」以尋找革命動力爲目的，其中包括一程又一程浪漫的
愛情之旅，歷盡酸甜苦辣，最終大化歸一，被包容在他的革命
歸途中。環環相扣、富於寓意的結構使這一長篇敘事在形式上
獲得其自身的存在理由，「旅途」即爲身心蛻變的「過程」，
通過愛情和死亡，一個新的當代英雄得以重生，回家即革命，
也正是人生「旅途」的終極含意。

對於陷於四角戀愛中的鈞凱，小說生動刻劃了他的厚此薄
彼、喜新厭舊的矛盾心理，但他的愛情選擇則具文化含意，也
即取決於作者的革命動力學的價值判斷。婀娜對鈞凱一見鍾
情，矢志相從，怎奈落花有意。她是一個天眞、善良的美國姑
娘，但難以引起鈞凱的激情，根本的隔閡不光是因爲她屬於賢
妻良母的類型，更在於她背後的平庸的美國中產階級文化。
《旅途》大致根據張聞天自己在美國的生活經驗，而鈞凱對於
崇拜金錢物質的美國文化的詛咒，其實也是作者的聲音。因此
當鈞凱從瑪格萊口中聽到「像美國現在這樣，決沒有什麼自由
和光明」時，他即刻就產生共鳴。[37] 她生長在紐英倫的守舊家
庭中，熱情奔放，敢於叛逆，詛咒「一切以金錢爲標準的美國
社會」。他倆在快樂群島上互訴衷曲，惺惺相惜，找到了「革

命」的共同語言，於是「對於革命的共同的熱忱，對於相互的過去的共同的憐憫，對於未來的共同的奮鬥，把他們倆——鈞凱和瑪格萊——的命運縮在一起了。」鈞凱抑制不住他的激動，慷慨地說：「革命，革命，是的，先把中國革起命來，然後革全世界的命，俄羅斯旣經倡導於先，中國當然應該繼之於後，中國那樣的社會，除了革命還有第二個方法去補救嗎？」小說在這裡達到高潮，鈞凱再也不悲觀，鬥志高昂，萌生了回國投入革命的念頭，他要求瑪格萊：「你可以做我的火焰，使我的熱血，永遠沸騰著吧！」[38]

　　尤具創意的是一開始的大段倒敘，把鈞凱與蘊靑發生在故鄉的痛苦愛情置於過去時，而他身處大洋彼岸，將傷感的回憶中置於理性的觀照之中。小說對蘊靑的處理較爲複雜。她「讀過《新靑年》並且受過自由戀愛論等新思潮的影響」，儘管服從母親的安排而嫁於他人，仍深愛鈞凱，實行靈肉兩分哲學，即肉體屬於她丈夫，心靈永遠屬於鈞凱。在鈞凱方面，在遠隔重洋而情有別屬之際，無論在婀娜或瑪格萊身上卻都投映了蘊靑的影子。最後歸國革命，亦是情歸於她的暗示。他在戰鬥中受了傷，蘊靑來探望他，並表示她終究會掙脫桎梏而回到他身邊。

　　原先鈞凱已經覺得自己「衰老」或是個「活屍」，但婀娜和瑪格萊的愛情使他神奇地恢復了元氣和革命鬥志。《旅途》也是一個有關現代中國文化困境的寓言，即本土的文化已經無可救藥，革命必須借助外來的精神資源，然而小說又過於快速地安排了婀娜和瑪格萊的死亡，儘管蘊靑的性格軟弱而問題多多，他還是情繫東山，回到她所生活的故土。當鈞凱這一新的英雄形象出現時，似乎預演了「文學革命」對新英雄的召喚，

以迂迴方式回到原點——清末的文學革命。魂兮歸來，再度重訪當年梁啓超爲「詩界革命」所熱切呼喚的「詩王」，即他號召詩人們效法開發新大陸的哥倫布。他爲「小說界革命」所推薦的「英雄」楷模，也離不開華盛頓、拿破崙。

民國以來短篇小說中已有「革命與戀愛」的主題。周瘦鵑一度熱中於表現爲民國獻身的「英雄」，幾篇以辛亥革命爲背景的〈眞假愛情〉、〈中華民國之魂〉、〈爲國犧牲〉等，[39]寫戀愛男女響應革命號召，爲建立民國而赴湯蹈火，即國家利益壓倒一切，割斷私情，慷慨犧牲。到 20 年代他的一系列小說中英雄人物亦講個人犧牲，但都限於愛情或私人事務，已被納入都市的日常機制，不以國家利益爲前提。有趣的是，周氏仍然在寫「英雄」，卻出之以「反英雄」方式。他們當年爲打造民國出生入死，現在都已是高官厚祿，身居要津，卻變了質。在〈英雄〉中，被報紙大肆宣揚、得政府勳章的「英雄」，原來是個慣竊、騙子、誘姦女子的惡棍。[40]另如〈英雄與畜生〉寫陸軍高官金揮戈如何處心積慮謀害他的妻子，以逞其淫慾，於是作者痛斥道：「他是大英雄，是大豪傑，是一時代的祥麟威鳳，是全國人人所崇拜的偶像。然而一方面他早已墮入畜生道中。他不是人，是畜生。」[41]尤其有意義的是，作者故意以「英雄」爲題，含強烈的諷刺意味。周氏的這些「通俗」作品在很大程度上反映了市民大眾對於政治英雄的漠視或幻滅，這也是自袁世凱及其後來的政治現實的反映。

但在左翼「革命加戀愛」小說裡，民族英雄重又得到召喚，「革命」的指涉卻變得不確定起來，或指北伐戰爭，或指工人運動，或指蘇維埃，事實上在重新摸索中國的走向，由是產生革命主體塑造的危機。正所謂「風水輪流轉」，這一回英

雄人物頭戴「十月革命」的光環。事實上像張聞天筆下的王鈞
凱一樣，在蔣光慈、胡也頻等人的筆下出現了一系列新人，具
備新文學前所未有的人物資質，最明顯的莫過於階級意識的表
現，多少帶有「想像蘇聯」的疊影。如丁玲筆下穿上「藍布工
人服」的韋護，是剛從俄國回國的「革命家」，胡也頻的小說
題作「到莫斯科去」，且不說這一對一度生活在上海亭子間裡
的小布爾喬亞夫婦，對於革命蘇俄產生了怎樣的嚮往之情。茅
盾早在 20 年代初就肯定俄國無產階級革命的經驗，當然即使
在革命失利之時，對共產主義理論也「深信不疑」，「蘇聯的
榜樣無可非議」，出現在《追求》中的「北歐女神」，也暗指
蘇聯。更不消說晚年的魯迅對蘇聯的政治認同了。夏志清先生
認為中國現代作家皆有迷戀中國情結，此語被廣為引用。我倒
覺得更確切的是迷戀「想像中國」，或「小說中國」，且中國
在想像中常常變得不那麼像中國了。

在人物造型上，《旅途》中的蘊青未擺脫賢妻良母的巢
臼，但暗示「小家庭」將由「革命」重建其秩序。鈞凱也身心
不一，卻「觀念先行」，其主體想像被注入「十月革命」的意
識形態。這兩點對於 20 年代後期丁玲、胡也頻、蔣光慈、茅
盾等人的「革命加戀愛」小說來說，具有雛形的意義。雖然很
難說誰影響了誰，但他/她們所表現的革命主體以及作為長篇敘
事機制的「過程」表現不乏相似的母題及處理方式，卻更能說
明一種集體的努力，把新的意識形態轉化為文學的代碼。

「韋護穿一件藍布工人服」，丁玲的《韋護》第一句這麼
寫。他無疑是一個新型的當代英雄，被貼上工人階級的標誌。
但韋護更像一個外星人，剛從蘇俄回國從事革命實踐，在北京
和上海的所見所聞，尤其是知識界的落後現狀，使他產生挫折

感,「他不禁懊悔他的回國了」。整個說來這一描寫新人的嘗試不能不是個失敗,他出自丁玲的主觀臆想,但另一方面反映了她「五四」式作繭自縛的「絕望」心態。在麗嘉等女性的眼中,韋護顯得神祕而富於魅力,但小說基本上迴避對韋護的正面描寫。他陷入和麗嘉的熱戀,隨即出現他在工作上的挫敗,因此他反思整個愛情和事業的關係:

> 這衝突並不在麗嘉或工作,只是在他自己,於是他反省自己了。他在自己身上看出兩種個性和兩重人格來!一種呢,是他從父母那裡來的,那一生潦倒落拓多感的父親,和那熱情、輕躁以至於自殺的母親,使他們聰明的兒子在很早便有對一切生活的懷疑和空虛。因此他接近了藝術,他無聊賴的以流浪和極端感傷虛度了他的青春。若是他能繼續舞弄文墨,他是有成就的。但是,那新的巨大的波濤,洶湧的將他捲入漩渦了,他經受了長時間的衝擊,才找到了他的指南,他有了研究馬克思列寧等人的著作的趣味。他跑到北京,跑到外國,他更堅定了自己的意志。他完全換了一個人。他耐苦,然而卻是安心的鍛煉了三年,他又回南方來。他用明確的頭腦和簡切的言語,和那永遠像機器一般的有力,又永久的鼓著精神幹起工作來,他得到無數的忠實的同志的信仰。[42]

這段極具概括性的敘述已含有作者對自己的「五四」一代思想歷程的反省,幾乎是鈞凱這一形象的翻版,雖然思想上已進而得到馬列主義的武裝。像鈞凱一樣,韋護也在外面轉了一圈才造成其脫胎換骨,所謂「安心的鍛煉了三年」,頗像武俠

小說裡的套路，在名山大剎親受「革命」理論的哺育，回來後當然是武藝高強。這一知識份子走向革命過程的自我反省事實上是「革命加戀愛」長篇敘事得以催生的主要動力之一，後來在同類小說中不斷出現變調，不消說在茅盾的《虹》裡得到某種經典的詮釋。但丁玲還無法展開這一主體的具體描寫，只能作抽象的概括，小說結局是韋護以堅定的意志克服愛情，向麗嘉告別，去廣東參加革命。正像他最後給麗嘉的信中所說，「我卻在未得愛情之前，接受了另一種人生觀念的鐵律，這將我全盤變了。這我同你講過的我三年的冷靜的勞苦生活可以爲證！」[43] 愛情只是革命進程中一個浪漫的、命定夭折的插曲。問題還不在此，如小說所描寫的，他在工作上的挫敗不僅因戀愛而引起，還在於他難以對付周圍惡劣的人事關係，仍表現了那種拒絕與「社會」溝通的心態。

小說寫韋護與麗嘉之間的戀愛過程，或者作者覺得更眞實、更有興趣描寫的是麗嘉及其周圍的新女性。「她們講的是自由，是美，是精神，是偉大」。在她們之中也流行「蘇聯想像」：「俄國的婦女，使她們崇拜，然而她們卻痛叱中國今日之所謂新興的、有智識的婦女」。[44] 爲她們所「痛叱」的應當屬中產階級「賢妻良母」式的吧。不妨說這部小說的主角應該是麗嘉。作爲一個學生，沒有家庭包袱，思想上也應當更爲純潔；她美艷動人，狂放不羈，捉摸不定，時而柔媚，時而兇猛，和茅盾筆下的章秋柳、梅行素等「尤物」屬同一個家族譜系。似乎是由於「革命」的光照，她們獲得了精神上的自由，而在外貌上也更發揮了女性的魅力。

小說事實上所展開的是麗嘉的思想轉變，即她愛上韋護且爲他所接受，包含著她從無政府主義到馬列主義的信仰轉變。

這一女性受真理感化而改造自己的過程，也屬這類小說的重要主題。對於麗嘉的思想轉變的描寫顯得勉強，大約也是勉爲其難，儘管她最後毫不猶豫地答應韋護，願意跟他去鄉下受苦，但他還是棄她而去。

到 20 年代末在左派建構新的「蘇聯想像」時，似乎有必要批判安那其主義，作內部思想清算，這在「革命加戀愛」小說裡得到反映，更早在茅盾的《幻滅》中在人格卑劣的抱素身上已見其端，早先的無政府主義者淪爲國家主義者，做了官方豢養的密探。幾乎在丁玲寫《韋護》的同時，在胡也頻的《光明在我們的面前》中更集中處理這問題。[45] 此書描寫「五卅」之後北京的工人反帝示威運動，從組織到成功開展，始終貫穿劉希堅與女友白華之間的戀愛過程。劉是布爾什維克式的運動領袖，熟悉普力汗諾夫、盧那卡爾斯基的蘇聯文藝理論，認爲中國的無政府主義「淺薄、糊塗，對中國行不通」；對於崇拜克魯泡特金的白華，他耐心啓發和幫助，等待她的醒悟。終於通過實踐，她在運動中改正自己的思想錯誤，於是倆人的愛情與革命臻於完滿。在《韋護》和《光明在我們的面前》之間形成有趣的對話，胡也頻的無產階級覺悟要比丁玲先進得多，但在文學技術上比她單純、低能得多。顯然希堅已經是一個「正面人物」的範本，代表觀念的「奇裡斯瑪」，對於白華扮演了情人、導師、同志的多重角色，但變成一個機械、乏味的男人。其實對胡也頻的這類小說，連丁玲也不喜歡，認爲是「『左』傾幼稚病」的表現。[46]

《到莫斯科去》也表現了女性的思想轉變，而「革命」對現存家庭「私人空間」的顛覆，不啻是光明與黑暗決戰的隱喻，因此更具道德正義。素裳女士的丈夫徐大齊是政界要人，

但她覺得家庭生活「無聊、寂寞」，愛上了「非常徹底的康敏尼斯特」施洵白，倆人準備一起去莫斯科的前夕，施被捕。徐因偷看素裳的日記，得知倆人的戀情，於是下令將洵白祕密殺害。最後素裳逃走，走向革命。這篇小說顯然針對國民黨屠殺共產黨而喪失道德正義，但素裳這一形象更具挑戰性。作為一個「新女性」的典型，她不像梅行素背負「過去」的陰影，即走向革命由於環境的壓迫。素裳生活在上流社會，物質上應有盡有。從前「她的家境很好，她的父母愛著她，使她很平安地受到了完全的教育。她是沒有經過磨難的。」[47] 因此她對革命的嚮往更能體現一種自發性，也更說明現存資產階級家庭結構的脆弱。從葉平對素裳的由衷讚美：她是「現代新婦女中的一個特色女人。她完全是一個未來新女性的典型」。她聰明、熱情，對文學藝術有很高的脩養，「她常常批評法國的文輕浮了，不如德國的沉毅和俄國的有力」。這裡有一個與茅盾的《虹》相似的插曲，即通過女主人公對西方名著的評價表現出時代思潮的轉型。梅女士對易卜生《玩偶之家》中的娜拉表示不滿，覺得她太軟弱，反而更欣賞林頓太太，爲了達到目得不惜出賣自己的肉體。而素裳重新讀了福樓拜的《馬丹波娃利》（Madame Bovary），認爲「這馬丹波娃利，實在並不是一個能使人敬重甚至於能使人同情的，因爲這女人除了羨慕富華生活之外沒有別的思想，並且所需要的戀愛也只是爲了滿足虛榮而發展到變態的了。」[48] 因此對於福樓拜這位出色的法國文豪「卻寫出如此一個女人」而覺得遺憾。通過素裳或梅女士對小說女主角的不滿，是一種頗爲巧妙的脩辭方式，既表明女性自我解放覺悟的提高，更能令人信服地表明意識所起的主宰作用，而這些西方名著扮演了特殊的仲介功能，即在女性對於情

感的自我排斥中，蘊含著文學趣味上的變化。

　　和劉希堅相比，施洵白在戀愛中是較被動的，如此則凸顯了素裳對革命的主動靠攏。她在日記中寫下初遇洵白之後，激動地自問：「奇怪的幻影，然而把我的心變成更美了？」也必然通過她的自我反省的描述，表明其世界觀的徹底轉變：

　　　　因此她放棄了對於文學的傾心，開始看許多唯物思想的書籍，當她看到普哈寧的《社會主義入門》的時候，她對於這思想便有了相當的敬意和信仰了。所以她對於她自己的完全資產階級的享樂——甚至於閒暇——的生活越生起反感，她差不多時時都對於這座大洋樓以及闊氣的裝飾感到厭惡的。……如果她的生命開始活躍，她一定要趨向於唯物主義的路，而且實際的工作，做一個最徹底的「康敏尼斯特」，這才能夠使她的生存中有了意義呵。[49]

　　普哈寧（即布哈林）是斯達林的「親密戰友」，1926年成爲「共產國際」主席，具體指導中國革命。素裳對波娃利夫人不滿，說明還在讀法國小說，現在喜歡上馬列理論並「放棄了對於文學的傾心」，說明她的思想進步了，大約讀小說也覺得是一種有閑階級的奢侈。

　　蔣光慈的「革命加戀愛」小說，無論產量銷量，皆獨步一時。他的小說一版再版或被盜版，如新文藝書局把《衝出雲圍的月亮》改名爲《一個浪漫女性》，把《野祭》改爲《哭淑君》，不一而足。[50] 如夏濟安所說，藉寫作收入差可維持他的「布爾喬亞」生活方式，蔣粗製濫造，而文學品味之差也一時無兩。[51] 不過平心而論，他對「革命文學」的貢獻，無論從創

意還是影響來說，迄今未見充分注意。且不說 1930 年 10 月左翼將他開除出共產黨──在寫了同情白俄而得罪蘇聯老大哥的《麗莎的哀怨》之後──已顯見不公，至今即使替他政治上翻案也未還他一個文學的公道。

在女性造型上《沖出雲圍的月亮》中的王曼英是一個突破。其實「鴛蝴派」言情小說中比表現婚姻悲劇更具意義的是對於女性靈肉分離的表現，如周瘦鵑的〈留聲機片〉、〈自由〉等，所針對與其是舊禮教，毋寧是一夫一妻制帶來的新問題。但女性仍是被動的，〈留聲機片〉中的林倩玉忍受痛苦，傷心至死。在〈自由〉中以男主人公的死亡來促成他妻子與其愛人的結合。[52] 但在張資平《苔莉》或葉靈鳳〈女媧氏之遺孽〉那裡，[53] 則以「自然」的名義敷演了她們肉慾的一面，並在商業上獲利。王曼英的縱慾更肆無忌憚，雖然出自「報復」而含有「玩弄」男子的動機，卻給「左翼」的文學典律帶來挑戰。可注意的是稍早於《衝出雲圍的月亮》，茅盾在《追求》中寫到章秋柳想起趙赤珠的「淌白」時，不無自我檢討地認識到，無論是女子玩弄男性或被男性所玩弄，在「道德」上都「不足取」。因為「道德的第一要義是尊重自己」。[54] 她即使頹廢，有了這樣的想法，在表現上也不會朝王曼英式「玩弄」的方向發展。的確在理論上，「革命加戀愛」小說以表現革命為主旨，如果在情慾上表現得搶眼，會使讀者分心而減弱宣傳效果。另一方面既受革命洗禮，女性應當變得更為純潔，與革命保持靈肉的和諧；而且在革命的保護下女性應當更安全，因此也應當更安分。事實上在蔣光慈的小說裡，王曼英猶如一時紅杏出牆，其他一些女性造型則被按上更為嚴格的語碼，與鴛蝴派的「賢妻良母」不分上下，體現了他的極端「革命」的一

面。

　　《少年飄泊者》中的新人作爲一個苦大仇深的被壓迫階級的「原型」，[55] 直至「文革」時期的「革命樣板戲」仍不失爲典範。這篇小說的戀愛成份不多，而以第一人稱書信體敘述了一個青年的成長過程，在文體上錯位和雜交，結果是顛覆了小說的「私人空間」。從徐枕亞《玉梨魂》以來，書信體，尤其情書體，一向擅長表現卿卿我我的私房話。據 Raoul D. Findeisen 的研究，情書作爲一種新文類自民初以來一直流行，至1926 年章衣萍的《情書一束》還走俏一時，但自 30 年代逐漸走向衰落。1933 年出版魯迅的《兩地書》及丁玲的〈不算情書〉，都有意無意地模糊情書的公、私界限，則表明這一文類的隱私性質的削弱。[56] 從這一文脈裡看，《少年飄泊者》並非情書，但汪中對於所崇敬和信賴的維嘉「訴一訴衷曲」，即訴諸一種特殊的親匿和同情，則與情書的性質並無兩致，事實上利用了書信體的隱私性，而開放爲一種「革命」話語的空間。少年飄泊者的敘述口吻是極個人化的，濫情的自我感傷加強了這種口吻；主人公自我呈現爲一種被壓迫階級的類型，並帶著階級的批判意識，如他覺得「商人的道德無論如何，是不會好的」。「T 紗廠是英國人辦的，以資本家而又兼著民族的壓迫者，其虐待我們中國工人之厲害，不言可知。」他的遊蕩，從鄉村到城市，又到另一個城市，做過乞兒、學徒、旅館茶房、紗廠工人，頗像「成長小說」的構架，如在洋貨鋪見到夥計欺騙顧客的把戲，「我終把笑忍在肚裡，不敢笑將出來」，這種淘氣童稚的口吻也類似西歐「無賴漢」（picaresque）流浪小說的情調，但不同的是，小說並非一部個人奮鬥史，從實際事務中學習而最終贏得社會地位和尊重。汪中始終受社會壓迫，與

之勢不兩立，因參加罷工運動而關入牢中，「只因這惡社會逼得我沒有法子，一定要我的命」，最後汪中去了黃埔軍校，為「革命」死於戰場。

《少年飄泊者》也改造了新文學的流浪主題，而汪中的詛咒，「現世界為獸的世界，吃人的世界」，重現了「五四」對於社會的整體性隱喻。像王以仁的〈流浪〉、郁達夫的〈春風沉醉的晚上〉、〈過去〉等，也寫都市中的遊蕩，也詛咒罪惡的資產階級社會，但他們與之並不發生密切關係，在一些邊緣地帶流浪，在保持詩意的距離時，重在表現個人的浪漫情趣。而少年飄泊者則真正進入社會，且通過各行各業使社會得以全景式的展示，因此他的詛咒在某種意義上表現了五四「整體性」代碼的轉折，即從遊離到介入的轉折。這裡不妨用趙毅衡的富於灼見的比喻，他稱之為「學院溢出」，認為從「文學革命」到「革命文學」的轉變，是五四文化批判運動的根本性蛻變，即「文化批判就理直氣壯地溢出學院之外，進入社會，進入實際政治操作，甚至成為獨立的政治力量」。[57]

蔣光慈的《短褲黨》以 1927 年 2 月和 3 月上海二次工人起義為題材，[58]開創了以「橫截面」描寫革命運動的長篇類型，直接影響了胡也頻的《光明在我們的面前》。而書中描寫群眾大會情緒激憤、口號聲鋪天蓋地的場面，以及革命在一夜之間改變了上海，蕩滌汙濁而充滿新鮮空氣的歡樂景象，這樣的關目和描寫在後來的革命小說裡不可或缺。這部小說看上去沒有專寫戀愛，但戀愛處處在是，從頭到尾穿插著三對革命情侶：工人夫妻李金貴和邢翠英、基層幹部史兆炎和華月娟、黨部高層楊直夫及其妻秋華。他們的愛情建立在革命的基礎上，或互相激勵，大義凜然，或互相體貼，兒女情長。

　　這種在革命過程中以散點方式寫愛情，且在可能範圍內加之重彩筆墨及誇張的脩辭手段，已經爲後來的史詩性長篇提供了革命與戀愛的表現模式。值得注意的是，這部小說不再對「小家庭」持排斥態度，而使之變換性質並納入革命大一統的新秩序中，由此女性也被重新定位，可說是回復到傳統的角色。最有意思的是對李直夫的妻子秋華的描寫。

　　　秋華爲著直夫不惜與從前的丈夫，一個貴公子離婚；她爲著直夫不顧及一切的毀謗不顧家庭的怨罵；她爲著直夫情願吃苦，情願脫離少奶奶的快活生涯，而參加革命工作；她爲著直夫……啊啊，是的，她爲著直夫可以犧牲一切！
　　　秋華很願意時時刻刻在直夫的身邊照護他，但她要在同志面前表示自己的獨立性來：你看，我秋華不僅是做一個賢妻就了事的女子，我是一個有獨立性的，很能努力革命工作的人！但是雖然如此，秋華愛直夫的情意並不因之稍減。[59]

　　秋華是一個受過新文化洗禮的「新女性」典範，她背叛了舊家庭，同資產階級生活方式決裂，而投入了革命。這裡用直接或間接引語表達她對直夫的無私奉獻的熱情，固然作者不失時機地加入戀愛的味精，不過從中體現了一種新的家庭結構及性別角色。顯然成爲她的生活中心的是直夫，她既是個「賢妻」，也是個「獨立」女性參予革命，其雙重角色的公、私界限是模糊的。革命似乎爲新女性創造了機會，使她們擺脫了娜拉式的困境，而在秋華身上，也看不到知識女性的無政府主義

的影子，像在丁玲、胡也頻作品裡所表現的。

尤其是上海在 2 月間的工人武裝暴動，被迅速而殘酷地鎮壓下去，一百多人遭殺害，事後瞿秋白指責上海的中共領導，缺乏組織的準備和周詳的考慮，造成失敗。[60] 其實《短褲黨》正反映了這種盲目性，手無寸鐵的群眾和軍警遭遇，結果白白送死，而領導階層也一片混亂。作者又宣揚「紅色恐怖」，寫暴民私下槍斃「小滑頭」，或搞暗殺，整部小說簡直像一部打鬥「鬧劇」（melodrama），對革命來說充滿揶揄。不消說其中有許多「正面人物」，但都有這樣那樣的缺點，最具魅力的應該是史兆炎了。他沉毅堅定，受工人們愛戴，然而是個肺病患者，大約在蔣光慈眼中，這樣便有一種剛柔相濟、楚楚動人的美感。真正的無產階級當然以李金貴和邢月娟為代表，但他倆被描寫成頭腦簡單，莽撞蠻幹，金貴去警察局搶劫武器，臨時自己的槍打不響，即死於非命。月娟獨自拿一把菜刀，要為她丈夫報仇，去同警察拚命，也慘遭殺害。

在上述作品裡已出現一種新的「無產階級」英雄類型，滲透著馬列主義階級鬥爭的意識理論，大多貼上革命蘇維埃的標記，也直接受到蘇俄文學的影響，如吳宓說到當時盛行的寫實小說，其中一派「則翻譯俄國之短篇小說，專寫勞工平民之苦況。愁慘黑暗，抑鬱憤激，若將推翻社會中一切制度而快者。」[61] 但是這些新的人物形象徒具軀殼而缺乏血肉，既是觀念的產物，目的也是為了建構新意識形態的權威。雖然這反映了當時左翼力量藉此重組新的「革命」陣線，卻也在文壇形成一定的風尚，吸引了像丁玲和胡也頻那樣同情共產主義運動的文學青年。同樣我們也可發現另一個有趣現象，即真正經歷了「大革命」的風口浪尖的作家，如茅盾或張資平，反而寫不出

或不寫這類無產階級英雄。換言之，這類英雄人物卻是對於「十月革命」——多半出自上海的——想像的產物。正如魯迅所譏刺的這類「無產階級文學」不知如何表現「工人」，「於是只好在大屋子裡尋，在客店裡尋，在洋人家裡尋，在書鋪子裡尋，在咖啡館裡尋。」[62]時值 1928 年，關於「革命文學」的論戰正熱火朝天，魯迅的諷嘲卻尖銳指出「無產階級文學」在理論和實踐之間的脫節，也適用於上述那些「革命加戀愛」小說中的無產階級新人物，其實都是被「弄歪曲了」的。然而頗具反諷的是，魯迅自己也拗不過潮流，據他的說法，是創造社「逼」得他開始學習蘇俄文學理論，於是翻譯了盧那卡爾斯基和蒲力汗諾夫的著作，且對青年發生了影響，[63]如胡也頻接觸革命理論，即從「閱讀魯迅和馮雪峰譯的蘇聯文藝理論開始的」，[64]這也是在他的小說《光明在我們的面前》中劉希堅閱讀盧那卡爾斯基和蒲力汗諾夫的由來。

魯迅的這番批評固具洞見，但對於那些努力表現「無產階級」的文學青年似缺乏同情。1929 年茅盾在〈讀《倪煥之》〉一文中總結當時的思想轉型：「從個人主義英雄主義轉變到集團主義唯物主義，原來不是一翻身之易」。[65]儘管新英雄所賴以成長的土壤還相當薄瘠，且作者們自身的「轉變」問題多多，但他／她們卻急急乎藉「革命加戀愛」小說對這一「轉變」作了理想化表現，且在短期內帶來了種種形式上的突破，爲後來「革命文學」奠定基礎，即使不有功勞也應當有苦勞在。

初期「革命加戀愛」小說中的新人形象，伴隨其背後的共產主義意識形態的機制，已出現一些重要特徵，蘊含著五四「整體性」語碼的轉換，即以解放全人類爲終極目標的「革

命」事業具有至高無上的權威;無論他們參與甚至領導革命運動,必須在動機、意識和實踐上與革命相一致,也應當表現出道德正確、意志堅強、高瞻遠矚;他們還應當有一定程度的、最終被克服的羅曼底克。這些特徵是零碎而不清晰的,對於「革命文學」來說只具雛型意義,但其建構革命「主體」的傳統,一直延續到「十七年」及「文革」的文藝作品。從後設的觀點看,在張聞天、丁玲等人筆下的革命者大多是失敗的,他們與其出自作者的生活實踐,毋寧是觀念先行,倒反常常表現出作者自己的小資產階級的生活方式和藝術品味,這種「失敗」或正是這些小說的可愛之處,不僅多少還有人情味,而且事實上曲折反映了當時「五四」青年對「革命」的浪漫想像中含有「世界主義」的成份,比方說還可看到拜倫或雪萊的影響。說他們「失敗」也即不符合後來所謂「高大全」的英雄形象的正典化標準。當然對於革命作家來說,對這一「標準」的正確認識還有一大段艱辛的路程──從延安「整風」到「文化大革命」──要走。如茅盾在 1952 年〈《茅盾選集》自序〉中作自我檢討,說當時在三部曲中沒寫「肯定的正面人物」,原因之一是自己那時太「悲觀」,即使在《動搖》中的李克,也僅出現一會兒。他說:「一九二五──二七年間,我所接觸的各方面的生活中,難道竟沒有肯定的正面人物的典型麼?當然不是的。然而寫作當時的我的悲觀失望情緒使我忽略了他們的存在及其必然的發展。」[66] 的確「他們的存在及其必然的發展」說明表現「肯定的正面人物」已成為「革命文學」的典律。

張資平「戀愛小說」：為何仍屬「新文學」？

在「大革命」前後的「革命加戀愛」小說脈絡裡，張資平扮演了曖昧而不可或缺的角色。在 20 年代末文壇的急速分化和重組的過程中，透過他的文學生涯可看到革命、美學和文學商品的三角關係，而造成其悲劇性結局的，不光是政治的、也是美學的因素。另一方面從茅盾的「時代女性」的複雜譜系的調色板上，張的「戀愛小說」尤其在表現「新女性」方面提供了重要資源，也同樣切入革命、美學與文學商品的三角地帶，這不僅是茅盾，也是其他「革命加戀愛」作家或多或少面臨的境遇。

80 年代以來張資平的小說一再重印，文學史家也竭力撣落歷史的封塵而顯露他的真貌，但他們在褒獎之餘，終究難掩一種遺憾，甚或鄙薄：張的小說——至少是部份小說——格調「低俗」。其實他和蔣光慈同樣在革命風浪中栽了筋斗，有點像一對難兄難弟，雖然屬於不同的新文學社團，張屬創造社，蔣是太陽社，卻都是社中的臺柱人物。20 年代末兩人皆以長篇創作稱雄文壇，以神速多產而上下頡頏，旺銷於市場，為青年所推崇，也不同程度地為「無產階級」文學推波助瀾。兩人同樣在 30 年代初同樣被左翼所排斥。與被開除出共產黨的蔣光慈不同，張資平是自動遠離左派的。

兩人都是新文學的一時之驕子。如果蔣光慈的「革命加戀愛」小說為後來「革命文學」的正典範式貢獻良多，那末張資平的建樹更是歷史的，他的「戀愛」小說某種意義上使新文學在市場上站穩了腳跟。有人指責張的「金錢主義」，走「通俗」路線，因而背離了新文學，但從另一角度看，他的「三角

戀愛」或「四角戀愛」在愛情題材上可說是蔚爲大觀，使舊派
言情小說相形見拙，雖然後者未曾因之壽終正寢，也不得不另
謀出路。1929 年張恨水的《啼笑因緣》在上海《新聞報》上連
載，應編者要求而增入武俠成份，遂大獲成功，這一事實或可
放在言情傳統式微的脈絡中加以理解。

其實在張資平本人及其小說中，戀愛與革命難分難解。有
意思的是，像郭沫若、茅盾等新文學家一樣，張也參加了「大
革命」，《苔莉》脫稿於 1926 年 7 月 1 日，當時他正在武昌，
表面上北伐進行得轟轟烈烈，然而在 3 月間發生廣州「中山艦
事件」之後，蔣介石對共產黨已藏殺機，在政治鬥爭愈趨殘
酷，當事者無不慮及革命及個人的前途之際，張資平卻置之度
外，寫了歌頌愛情至上的《苔莉》。書中描寫克歐和苔莉之間
的不倫之戀，爲社會所不容，最後雙雙蹈海「爲情而死」。小
說的結尾寫道：「由積極的方面說起來，爲國、爲家、爲社會
的方面說起來，克歐是要受『無能和不肖』的批評吧。不過就
他的犧牲的精神方面說，他已經是很偉大了！由你們對女性不
負責任的人看來恐怕是望塵莫及的偉大吧！」[67] 在實際的「革
命」處於生死存亡的關頭，張氏這樣鼓吹「戀愛」至上，顯然
與「革命」分道揚鑣，他的特立獨行其實並未違背創造社的
「爲藝術而藝術」的主張。相形之下，郭沫若在「中山艦事
件」之後意識到危機，即轉向激進左傾，提出「革命文學」的
口號，暗示了創造社的轉機。

大革命之後創造社急遽改弦易轍，1928 年初推出《文化批
判》月刊，由成仿吾及由日本歸國的馬克思主義新進李初梨等
主筆，一時火力強猛，遂興起「無產階級」文學的狂飆。該刊
第一期發表馮乃超〈藝術與社會生活〉一文，對新文學各派大

佬葉聖陶、魯迅，包括自己創造社的郁達夫、張資平等逐個加以「批判」。張被斥爲「通俗作家」，並預言「他的任務在革命期中的中國社會當然會沒落到反動的陣營裡去。」[68] 張於是乾脆脫離創造社而獨力經辦樂群書店，也以「普羅文學」爲號召，一連寫了包括「革命加戀愛」類型的五六部長篇。[69] 1930年魯迅在〈張資平氏的「小說學」〉一文中把張的「戀愛小說」歸結爲一個「△」，至今成爲惡謚。事實上張的《苔莉》發表後，一時間洛陽紙貴，太陽社的錢杏邨、文學研究會的茅盾都有過批評，至少對該小說的戀愛心理描寫和寫實作風都是肯定的。但魯迅說張的「三角戀愛小說」，「看見女性的性慾，比男性還要熬不住，她來找男人，賤人呀賤人，該吃苦。這自然不是無產階級小說。」在這樣漫畫化的概括中，其實隱含一個易爲大眾首肯亦即十分傳統的前設，即女人在「性慾」方面應該是被動的。問題還不在於此，此時彷彿已具備「無產階級」批評標準的魯迅，實即在作政治批評，暗中呼應了創造社後進們的激進新潮。他譏諷張氏被譽爲「最進步」的「無產階級作家」，只是市面上的廉價招牌；當「無產階級」文學還處於「萌芽」中，張已經在「收獲」了，所謂「看見他跑進樂群書店中」，[70] 正指他從「革命」火線上逃遁，走了「惟利是圖」的商業路線。1932年，因爲魯迅罵創造社與鴛鴦蝴蝶派是一樣的「才子+流氓」，使郭沫若深受刺激，遂寫了《創造十年》作回應。書中回憶當初結社之始，1918年在日本福岡和張資平交往，發現張頗爲欣賞舊派章回小說《留東外史》，便覺得「這傢伙的趣味眞是下乘！」[71] 所謂「下乘」即與鴛蝴派同流合污，此時張資平因「通俗」已爲創造社唾棄，這麼給郭氏背後捅了一下，也順理成章，不過可笑的是卻爲魯迅的詈罵添

了個腳註。

張資平被逐出「革命文學」的陣營，其實也不是無路可走。在大革命之後的上海卻迎來另一波文藝繁榮，私營文學書店或刊物如雨後春筍，[72] 而現代主義更向縱深發展。有一點可肯定的是，正如「新感覺派」興起而獨領「海派」風騷，新文學在趣味上更趨精緻、更趨都市化，而張資平恰恰在美學上未能站住。更可悲的是，另一方面他並非真正的無政府主義者，也不能遠離政治，1930 年加入以鄧演達為首的國民黨第三黨，反對蔣介石，結果鄧被蔣殺害，張的小說也一再遭國民黨當局明令禁印。

且不說張的悲劇，他的文學之旅陷於革命和戀愛、金錢和藝術的四面楚歌中，為觀察 20 年代末極其複雜的文學地圖提供了一個橫切面。在這裡我想僅僅就張氏小說對「戀愛」與「新女性」的描寫略作探討，僅至 1927 年的作品為限，這有助於認識茅盾早期小說中的「時代女性」的塑造。1929 年茅盾在〈讀《倪煥之》〉一文中說，張資平的《苔莉》「用現代青年作為描寫的主題」的「卓越的例證」。然而「縱使寫得好，卻可惜的是並沒有帶上時代的烙印；……苔莉也是相同的一個女子。純從戀愛描寫這一點而言，這樣的作品也不能說不是成功，然而在尋求代表『五四』的時代性的條件下，便不能認為滿意。」[73] 其實稱讚「寫得好」或「卓越的例證」，因為茅盾在「觀察」生活及寫實主義甚至自然主義等方面，都和張資平有共鳴之處，[74] 但更深刻的認同是在「新女性」的文化底蘊方面。如許道明在論及張資平小說創作中的性心理描寫對於拓展現代小說心理描寫的功績時指出：「茅盾本人在現代小說的性慾描寫方面正有特殊貢獻呢，他筆下的章秋柳、梅行素等時代

女性形象的成功，部份就得歸諸作家關於女性性心理描寫手段的老到。」[75]不過問題是，茅盾在批評張的小說缺乏「時代性」時，已在總結了《蝕》三部曲的缺失之後，也基本上接受了創造社新秀們所鼓吹的馬克思主義，進一步嘗試將「意識形態」和「辯證法」作為小說創作的理論依據。也恰恰是在這篇〈讀《倪煥之》〉中，他首次界定作為「新寫實主義」核心的「時代性」，在於表現「集團的活力」與「歷史的必然」之間的辯証關係。在如此高調的觀照之下，茅盾認為張的「戀愛小說」既是表現現代青年的「卓越的例證」，又缺乏「時代性」，就特別有意思。這就有必要看一下「時代女性」和「新女性」之間的同中之異，由此也可看到從章秋柳到梅行素，茅盾如何在自然主義、無政府主義過渡到馬克思主義，某種意義上即體現他自述的從左拉到托爾斯泰的轉變的。

「革命」雖是一抽象概念，常常也可當作隱喻，即使在 20 年代末各種具體的文脈中其意義像萬花筒般千變萬化。彭小妍對張資平的研究可謂獨具慧眼，指出他的作品中的「烏托邦」性質：「『私奔』往往是陷身不倫之戀的男女的最後出路，『異域』成為他們的希望之鄉，無論『異域』指的是奔向海外他鄉或奔向死亡。他的故事角色在愛慾之海中沉淪，無法自拔，而愛慾之海也經常是死亡之鄉。」[76]並認為這種「戀愛革命論」，「是站在無政府主義這方面，也不為過。」的確，早在 1922 年《沖積期化石》中，張的無政府主義傾嚮已啓端倪，那個理想人物天廠「覺得他底最重大、最理想的任務，是要把一種超乎政府、超乎國家、超乎這樊籠的社會之上的教育方法，去訓練他的兒子和學生。」[77]

20 年代初克魯泡特金在中國思想界甚為走紅，其「無政府

主義」與「革命」幾乎是同義詞,由哲學家朱謙之(1899-1972)在 1921 年出版的《革命哲學》一書可見一斑。此書把克魯泡特金的無政府主義、柏格森的直覺主義及中國晚明時代的惟情主義扭合在一起,書前冠之以郭沫若、鄭振鐸、鄭伯奇的題詩,無不熱血沸騰地歌頌「革命」。在 20 年代末,由上述丁玲、胡也頻的小說可看到,安那其主義已經受到批判,但它的影響遠未消歇,如巴金在 1929 年翻譯並出版了克魯泡特金的《人生哲學》,[78] 眾所周知,他在 30 年代初以《愛情三部曲》嶄露頭角於文壇,無政府主義是他的創作的主要靈泉。

　　如學者們指出,張資平小說在表現女性的性解放方面,在新文學中比誰都走得更遠。具體地說,其中分享了新文學的「整體性」的文化底蘊,在表現愛情的悲劇時,也把作爲現代社會機制的「小家庭」送進了墳墓,同時也爲「賢妻良母」的理想模式唱了輓歌。那些女性的愛慾的覺醒與痛苦追求,固然映襯出套在她們身上的舊社會枷鎖,事實上更具顛覆意義的是表現了現代愛情及家庭倫理本身的破碎與脆弱。但與其他新文學不同的是,戀愛悲劇並非導向對整個社會的仇視或悲觀,造成她們不幸的根由既是社會的,也歸之於與生俱來的生物本能;她們是漂流一族,在現代社會中找不到她們的家,抱著死一般強的慾念在海天之際呼號,或在無何有之鄉漫無目的地飄流,或在人生旅舍求得刹那間慾望的滿足。此即爲張氏小說中「新女性」形象,那種帶有無政府主義的「開放性」代碼,爲茅盾所認同,不同程度地體現在慧女士、孫舞陽、章秋柳甚至梅女士身上,只是她們的自由和解放更爲革命所光照,激蕩在其洪流中,更自覺地走向革命的烏托邦。

　　所謂「新女性」是一個極其複雜而難以界定的概念,包括

理論話語、社會實踐、藝術再現及商品消費等層面，相輔相成，推波逐浪，彼起此伏。自清末以來蓬勃開展的關於女性解放的理論話語，與民族國家的想像與建構密切相連，也是各種主義競相爭鳴的場域。五四時期有關「娜拉出走」的討論新女性在理論、社會條件和實踐之間的深刻鴻溝。但到 20 年代中期，這一鴻溝逐漸變得縮小，像在上海這樣畸型的現代都會，新女性事實上成爲日益矚目的社會現象，她們應當是受過新教育，具自主意識，能自食其力。但「新女性」與「摩登女性」之間的界線有時很難劃清，如領導時尚的「交際花」既有可能是有身份的家庭主婦，也有可能從事藝術或色情行業的職業婦女。不消說對於性慾的態度也是判別女性是否解放的標誌之一，在理論上從民國初年的《女子世界》到 1926 年的《新女性》等一系列雜誌，有關女性性道德也是熱烈討論的題目。[79]

　　「新女性」的界線模糊處反映在胡也頻的《到莫斯科去》中。素裳是個官太太，她喜歡法國、俄國文學、倦於平庸生活，因此在知識份子葉平的眼中，「完全是一個未來新女性的典型」。另如夏克英在性慾方面完全解放，告訴素裳她昨夜和第九個男人發生關係，素裳對此雖不認同，卻也表示同情，當然夏克英也可視作新女性。在 1935 年阮玲玉主演的電影《新女性》中，女主人公韋明無疑作爲「新女性」的典型，受過高等教育，是個單身母親、職業婦女、女作家。但因爲她有姿色，不時面臨身份危機，即在受男性主宰的社會裡，成爲他們色慾的獵物。如二房東對韋明說：「像您這樣又年輕，又標緻，何況還懂得吹彈歌唱，自己一生的吃著，還用得著發愁嗎？」意謂女性靠出賣色相即可營生，暗示了在上海「人肉市場」的發達，事實上韋明仍是免不了墮入「肉窟」的命運。

　　不僅是文藝的再現，更涉及我在這裡想強調的印刷文化中的女性身體的象徵系統的層面，如在清末的《圖畫日報》及民初包天笑創辦的《婦女時報》上已表現女性──主要是妓女，開啓了都市時尚之風氣，從時裝、髮式到騎自行車等，同消閑性閱讀、舶來的日常商品消費連結在一起，不無弔詭的是，在和色情行業結成同盟之際卻也不乏建構「國民之母」的強國、強種的考量。在20年代，《禮拜六》、《紫羅蘭》等流行雜誌的封面女郎更是這種都市時尚消費的代表。與性的觀念更趨開放同步，女性裸體的展示及其情色表現，從美術學校的模特兒到藝展裡的裸體畫及印刷低劣的裸體照片等，觸處皆是，使藝術與商業之間的界線變得模糊起來，這同樣也反映在小說中。

　　張資平似乎從一開始就走「通俗」路線，其戀愛小說切入時尚，某種意義上直搗「鴛蝴派」老巢，無論是三角四角戀愛，和家庭倫理貌合神離，從內部顚覆「小家庭」空間，而且在文學表現上更以科學的寫實、流暢的白話成功打破了「舊派」的「性慾」上的禁忌，充分運用「新女性」的商品符碼，表現了自由和窺私的慾望、反抗現存秩序的狂想及對童眞時代的悲輓，這些都能彌補現代都市日常生活的心理上的缺失。雖然小家庭已破產，但在另一層面上滿足都市生活的夢想，這些小說大多發生在海邊的小鎮，陽光、船艇、別墅、海灘等構成消閑的場景，而男女在旅館裡幽會，或在旅行中勾起舊情的回憶，這些都能引起小資產階級閱讀興味。在表現戀愛的物質性、隨機性及消閑性等方面，說他啓迪了葉靈鳳、劉吶鷗等人的「海派」作風，也不爲過。

　　不倫之戀是張氏小說的拿手戲之一，如〈梅嶺之春〉中的

叔父與姪女之戀，本身含有與社會習俗的對抗意味，更表現了愛慾的生物本能，同時也預設了戀愛的悲劇結局，與婚姻絕緣。在寫到保瑛採桃花的一段：

> 「採花嗎？」
>
> 保瑛忙翻過頭來，看叔父含著雪茄也微笑著走進菜圃來了。
>
> 「叔父！桃花開了喲！」她再翻頭去仰望著桃花。「一，二，三，四，五，六，六枝喲！明後天怕要滿開吧。」
>
> 雪茄的香味由她的肩後吹進鼻孔裡來。她給一種重力壓著了，不敢再翻轉頭來看。處女特有的香氣——才起床時尤更濃厚的處女的香氣，給了他一個奇妙的刺激。[80]

這一幕肉的誘惑不無文化上的暗示，一個是虔信基督的中年教師，一個是來自鄉村的無邪少女，「雪茄」、「採花」也是含有男性侵略女性的指符。但作者著重表現的是雙方情慾的心理壓力，道德的防線已由雪茄和處女發出的香氣所穿透，而在「梅嶺之春」風俗淫蕩的背景裡，這一場不倫之戀是被自然化了的。小說的結局是吉叔父被逐出教會學校，保瑛生下他的私生子而必得忍受社會的歧視。對社會、對不負責任的吉叔父的譴責，卻大半消解在保瑛的甜蜜的回憶中，在給吉叔父的信中說：「我們之間的戀愛不算罪惡，對我們間的嬰兒不能盡父母之責才算是罪惡喲！」由此卻凸顯了一個「新女性」——為自己的性行為負責、比男性更為盡責、更為偉大的女性。

〈梅嶺之春〉使用倒敘手法，而甜蜜的戀情不斷重現在兩

人的追憶中，對於讀者來說，亂倫含有挑戰禁忌的刺激，也勾起一種文化上的懷舊。其實作品並沒有直接描寫兩人的初夜之戀，而透過吉叔父的心理：「像這樣甜蜜的追憶，就便基督復生也免不了犯罪的。」保瑛起先怨恨吉叔父，後來由思念「又轉恨而爲愛了」。在張氏那裡，亂倫被轉化爲一種消費性的懷舊的美感（亂倫至今是日、韓的情色藝術產品的經典主題），肉感的挑逗和歡愉則出自暗示，尤其是「處女的香氣」更屬訴諸男性狂想。

同樣在〈性的屈服者〉裡，吉軒對於兄嫂馨兒的愛戀，則勾起那段青梅竹馬的過去的追憶：「她坐在他的懷裡了。他的雙掌緊緊的按在她的初成熟的小饅頭般的雙乳上，把他抱著。」[81] 這樣的描寫談不上細膩，而給讀者——無論新舊文學的——都帶來新鮮的震顫。本能的性慾喚起那種爲都市失落的童真歲月的回憶，挾持著無政府主義、自然主義、弗洛依德心理學等現代思潮，另外像〈性的等分線〉、〈不平衡的偶力〉、〈愛的焦點〉、〈雙曲線與漸近線〉等，無不以科學新名詞爲標題，堂而皇之地在新文學的旗號下攻佔了文壇重鎮——言情小說。可注意的是在這些作品中，女主角都已爲人婦，大多經過自由戀愛，也生兒育女，但心目中丈夫是缺席的。我們很少看到她們與家庭或社會方面的活動，所突出的是她們在性觀念上的開放和自主，相形之下男性大都怯懦虛僞，戴著道德的假面具。如〈雙曲線與漸近線〉中的梅茵，五年之後遇見她的舊愛鄭均松，得知他還沒有「和女人接觸的經驗」，就斥責「重義理」的均松：「怎麼你的思想這般蒼老？你怕是中了聖經的毒！均松！起來！快睜開你的眼睛！你要把你的熱烈的火煽出來燃燒地球，焚毀天體！」或〈不平衡的偶

力〉中的汪夫人，跟高均衡調情，在俘虜了他的心之後，使他明白她這麼做爲的是對他的亡妻「盡一點義務」，然後瀟灑地同他告別。在〈性的等分線〉中，男主人公的「他」是沒有名字的，明端同他在旅館裡偷情，率直地告訴他如何欺騙了她丈夫的。

她們都是「新女性」，受過教育，在表達自己的慾望並付之實現時顯得理所當然，有的是男子帶給她們的痛苦，但沒有悔恨。她們與現代家庭的疏離，固然受性本能的驅使，卻另有外在原因，有的因爲丈夫不忠，有的婚後生活無聊寂寞，多少析射出社會現實，事實上同當時城市中離婚率不斷上升成正比例，新建立的一夫一妻制似乎並不那末牢靠，這更合乎現代都市生活的眞實，如哈貝馬斯論及資產階級的「愛的社群」（the love community）時說，伴隨一夫一妻制而產生的私通、不貞等現象其實也是資產階級倫理的組成部份。這些新女性形象給文壇吹來解放之風，相形之下，像周瘦鵑所鼓吹的甜蜜「小家庭」或者在他小說裡的「賢妻良母」都不免顯得蒼白而乏味。但在張資平筆下，她們對於性的快樂追求是有限度的，也無意背叛小家庭。在這些小說裡，一般她們與舊愛邂逅，於是紅杏出牆。這也是張氏特有的弔詭：現代教育給她們帶來性的啓蒙，而學生時代的初戀卻成爲愛的歸宿，僅限於追憶之中，從女方而言合乎「從一而終」的信條，在男方眼中則產生「處女美」喪失的憾恨，其中似乎含有不那末現代的成份。

從女性身體的暴露程度而言，張氏的描寫超出了當時的尺度，但也踩在先鋒實驗和商品消費的交界處。在〈梅嶺之春〉中描寫保瑛：「她赤著足，露出一個乳房坐在門首的石砌上喂乳給她的孩子。」[82] 新文學中使用「乳房」一詞的並非始自張

資平,但描寫中那種色誘的挑逗性後來傳到了茅盾筆下,雖然轉換了方向。誰也不會料到這一借自日本的翻譯詞彙給女性身體描寫及文化變遷帶來革命性意義,這一點有關現代漢語與文化的變遷,將放到本書的最後部份加以討論。在張氏那裡,「乳房」不止於女體觀賞,常與母性相關。另如苔莉露出「雪白膨大的乳房」給孩子喂乳,克歐「失口讚美起來」:「這麼大的乳房!」他受了誘惑,「乘勢伸手到她的胸口上來」。[83]這裡典型表現了女性無邪的肉體,展示了她們自然的成長過程,從情竇初開、失貞到懷孕,都是性愛的必經之途。她們都愛孩子,那怕是私生子,也甘心忍辱負重,盡自己的母愛。她們並非不要家庭,在婚姻上相當務實,即使是《苔莉》或許受到「革命」的刺激,把無政府主義發揮得最為徹底,當苔莉在克歐和胡郁才之間作一番考量之後,捨棄了小胡,因為他太年輕,且缺少男子氣,「等到發見了他無作家庭之主的資格時,以後的家庭幸福就難維持了。」[84]她的想法決非理想主義的,事實上反映了一般都市女性的想法。

張氏以挑逗的筆觸描寫女性身體,強調官能和肉感,無非是「曲線美的紅唇」、「膨大的乳房」之類,幾乎千篇一律,寫到後來更顯得黔驢技窮,卻仍能滿足一般感覺粗糙的讀者。但除了嘴唇和乳房的部位,對腿部的暴露在某種程度上也是「新女性」的標記。據周慧玲的研究,30年代的左翼電影也染指消費文化,在表現新女性方面受好萊塢的影響。如王人美在《都會的早晨》中、黎莉莉在《小玩意》中,都有裸露一雙大腿的鏡頭。[85]其實在20年代初女子裸體就出現在電影或流行小說雜誌中,而在文學中對女體的表現顯得較為貧乏,以周瘦鵑為例,原因是一方面受「高尚、純潔」之愛的美學語碼的限

制，另一方面是受舊文學束縛太深，沒有擺脫「酥胸」、「櫻唇」那一套語彙。即使以暴露大腿而言，張資平在 20 年代就作了探索，如〈不平衡的偶力〉中的玉蘭：「沒有穿襪子下面露出了雪白的半腿來的腳」。[86] 如《最後的幸福》中的「年輕女人」：「褲腳高高的撩起至近膝的脛部，胖胖的弧狀的脛肉白白地露出來。」[87]

自然的在「革命加戀愛」小說中，有的繼續運用「暴露」策略，如丁玲在《韋護》中寫到麗嘉在床上：「無言的將身翻過去了，大腳邊的肉，露出了一大塊，有著細細的紅點隱現著，瑩潔得真像羊脂真像玉了」。[88] 另一處也寫麗嘉的睡：

> 一件寬大的綢衣，遮隱了那身體，蓬鬆的短髮，正散在臉面上，一雙雪白的腳，裸露著不同姿式的伸在椅子外面去了。韋護不覺在心上將這美的線條作了一次素描，他願意這女人沒有睡著。[89]

「美的線條」、「素描」乃借自美術用語，與當時社會上聚訟不休的「模特兒」爭議有關。早在 1922 年包天笑的短篇小說《愛神的模型》就以模特兒為主題，雖然沒有裸露的描寫，卻能收市場效應。在這裡丁玲的觀察更仔細些，而像「大腳邊的肉，露出了一大塊」，其實在寫小腿部份，筆致中仍帶著羞澀、含蓄，或許尚未找到更精確的表現手段，和同期的茅盾相比，無論在觀察的銳利和描寫的精細方面，不免小巫見大巫了。

且不論張氏的基督教信仰達乎何種程度，但瀰漫在他的小說中像原罪、懺悔、上帝等意識，似乎專屬那些男主人公，卻

在小說敘述的開展中發揮了重要的心理機制。尤其像《苔莉》這樣的長篇，克歐受到苔莉的誘惑，乃至陷於愛河而不能自拔，整個佔有她的肉體的過程——接吻、觸摸乳房、性交直至變態的佔有慾——從情節安排到主題深入，各個階段都在主人公的內心衝突這一活塞的推動下展開。在苔莉方面的心理描寫少些，她的行為更服從生理上的邏輯，和克歐在慾望與倫理之間的衝突造成互動。如以直接引語表達苔莉的內心活動：

　　——他太怯懦了。我的表示拒絕何嘗是真的拒絕他。我是想由我這種拒絕引起他對我的更強烈的反作用。但是他一碰著我的拒絕的表示就灰心了，就不樂意了。他這種怯弱的態度，不能引起人的強烈的快感的動作，未免使人失望。[90]

　　某種程度上張的小說已具備「心理現實主義」的模型，而《苔莉》得到茅盾的欣賞，我想更與這一點有關，尤其是他的《虹》，梅女士的心理過程決定了敘述的進行，更具理智和歷史反思的色彩，也正是「新女性」和「時代女性」的分野所在。

張春帆《紫蘭女俠》：「新女性」的公、私空間

　　不僅是徐枕亞，在上文講到的幾篇周瘦鵑的小說裡，歌頌對象是辛亥革命。即使在 20 年代末鴛蝴文學那裡，如《紫蘭女俠》寫一批江湖女俠幫助孫中山 1895 年廣州起義的故事。雖然民國早已建立，而「革命尚未完成」，所以在民國傳奇的重述中也投射出新的敘事慾望。

從 1929 年 7 月至 30 年 6 月，在《紫羅蘭》月刊上連載了張春帆的章回長篇《紫蘭女俠》，開宗明義曰：

> 革命這件事，好像男女間的愛情一般，應當有神聖純潔的性質，不能攙雜一絲一毫雜質在裡頭的。無所為而為，是弔民伐罪的英雄。有所為而為，就不但變作投機牟利的行為，而且還造出許多的惡例，引起無限的糾紛。譬如男女相愛，彼此同心，既不為財，也不為色，更沒有什麼作用在裡頭。這種結合是在愛情基礎上建築出來的，自然可以永久保存。縱然地老天荒，滄桑變換，形骸非我，然而這愛情是萬劫不死的。如若男女締結的時候，並不純用愛情結合，彼此存著個利用希望的念頭，這就是愛情基礎沒有堅固。一個不得法，內部的建築就要發生破裂坍塌的危險，如何還禁得起外界的襲擊？自然要潰敗決裂，不可收拾了。[91]

周瘦鵑主編的《紫羅蘭》像他的《半月》一樣，在消閑文學雜誌中是較講求品味的，自 1925 年至 1930 年共出刊 96 期。每期封面也是時髦女郎，出自月份牌名畫師杭稚英等人的手筆，到第三年更為考究，用雙頁封面，即第一頁中間鏤空作為鏡框，突出下面畫頁上的女郎。張春帆是鴛蝴小說名家之一，民國初年即以描寫十里洋場妓院生活的長篇《九尾龜》而斐聲文壇。《紫蘭女俠》開宗明義以革命與戀愛作標榜，可見這一題材已成時尚，但所謂「革命」的內涵與共產黨左翼的南轅北轍，反映了上海各界一般對於國民黨的北伐「大革命」樂觀其成的態度。但正像作者所聲稱的，這部小說掇拾一些有關革命

的珍聞軼事，寫出來「給列位看官作一個酒後茶餘的消遣罷了」。遊戲性質也見諸書名，「紫蘭女俠」是配合《紫羅蘭》雜誌，一面爲雜誌打招牌，招徠讀者，一面在寫作上花樣翻新。這個風氣從《禮拜六》早就開始，至 20 年代無論是《紅雜誌》、《紅玫瑰》等，皆樂此不疲。然而有趣的是，這種書寫策略源自從前文人之間的唱和形式，卻與現代廣告術相結合，無不以女性身體作爲象徵指符，從而反映了以時尚消閑爲主的都市印刷傳媒中「新女性」與文學商品之間的複雜關係。

令人好奇的是，作者旣不諱言這是一部遊戲之作，卻又標榜革命與愛情的「純潔」性。這種高調出自一位寫《九尾龜》的「嫖經」之類的小說家，聽上去不那麼合拍，而且跟我們的成見——這類消閑雜誌一向被新文學家及革命左翼斥爲「毒害」青年——也有牴觸。事實上形成有趣對照的是，此時在新文學的張資平及稍後的葉靈鳳、穆時英等「海派」那裡，表現女性身體更具生物性、物質化的傾嚮，即朝形而下的方向發展。

《紫蘭女俠》從清末孫中山的「革命之役」寫起，一直到北伐時期，描寫一群武藝高強的女俠如何出生入死協助革命黨攻打清軍，最後革命成功，她們也脩成正果，功成身退。如作者聲稱，此即爲一部「革命外史」，敘及孫中山歷次起義，至「二次革命」、袁世凱稱帝、張勛復辟等，頗如一部民國早期簡史。敘述愛情的這根線索以何紫蘭和柳安石爲主，經過一系列周折而終成眷屬，還穿插了其他幾對戀人的浪漫插曲。主要的懸念是一直夾在何、柳中間的少年仇紫滄，長得跟何紫蘭一模一樣，最後真相大白，原來是女扮男裝，旣充作何的男友，又是她的替身。顯然作者也在玩三角戀愛的遊戲，卻挖空心

思，刻意求勝。

　　這部小說固然擁護「三民主義」的「革命」，卻另有玄機。主角柳安石是粵中某中學教員，自稱「不是革命黨人」，而是他們的「同志」。原來他根本上並未認同孫中山。他說：「我的革命主張，本來和急進派不同，是主張聯合全國會黨蓄養出一種潛勢力來，然後用政治革命的手腕解決時局的。這般的辦法，既不妨礙老百姓的生命財產，也不阻礙國際間的邦交。這武力解決的革命，是我不贊成的。」[92] 只是明白革命黨「也有一種箭在弦上不得不發的苦衷」，方纔協助他們。小說裡處處突出柳安石見義勇為與人道關懷，有一處寫到革命黨人要殺一個滿人，柳加以制止說：「革命是統一大同主義，不能用狹義的解釋，強分內外。」這裡顯然不同意孫中山的種族主義了。另一處柳說：「要知道革命事業不能專講破壞的，萬不得已只好破壞個人而維持團體。」「少一次破壞，就為國家地方多留一份元氣，這是我和革命黨宗旨不同的地方」。柳的這些論調，包括他的加入這樣武力的「政治革命」是出自形勢，他所傾心的是「社會革命」，並非作者杜撰，令人想起清末康有為、梁啟超那一派立憲主義的主張。不過在國民黨北伐革命節節勝利的語境裡，聽上去不那麼協調。儘管敘述者稱贊孫中山的「革命完全是無所為而為的」，亦即為一種「純潔」的革命，同時卻極力描寫柳安石以仁義為懷，斤斤於「政治革命」與「社會革命」、「破壞」和「和平」之間的區分，當然也是有關小說宗旨即「純潔」的命意所在，至少對於孫中山的一而再、再而三的「革命」表現出怠倦，似乎清濁之間──說得嚴重一點──也含有不願同流合污之意。

　　所謂「紫蘭女俠」是由一班男女自行組織的一個革命同志

會，住在離廣州幾十里外的紫蘭村裡，一個詩意的世外桃源。會長何紫蘭統領一群女俠，每個人的名字中間都有一個「紫」字。她們也是革命的同路人，當何紫蘭向柳安石介紹說：「敝會雖然贊助革命，恰不是革命黨，和革命黨的破壞宗旨略略的有些異同」，於是倆人志同道合，走在一起。她們同革命黨一起作戰，主要在於暗中配合，排難解紛，常在革命黨人陷於危機時出現，當然對於小說來說，也是特意製造的關鍵時刻，表現她們的颯爽英姿，江湖本色，如寫到一對革命黨夫婦被清兵拖到船上、將被殺害之際，船上突然閃現一道紫光，從空中落下一個紫衣少女，喝道：「不許殺！」只見她：

> 穿著一身稱身可體的紫綃衣褲，恰淡淡的，不十分深，頭上裹著一條紫帕，連鞋襪都是一色紫的，空著一雙手，只腰間紫綃帶上綴著兩支銀色小手鎗，生得削肩細腰，明眸皓齒。[93]

在形象塑造上「兩支銀色小手鎗」是十分現代而別緻的，但並不妨礙她們實行「和平革命」的宗旨，何紫蘭更使用一種新式武器「電鎗」，一種不傷人的無聲手鎗。不過，在武器方面是現代化，她們在文化上卻是國粹派，不光是崇尚功夫武術，連紫蘭堡裡所有屋裡的擺設都是本土產品，沒有一件洋貨。國粹主義也見諸她們高明的土法醫治。一位受重傷的革命黨人被送到紫蘭堡裡，何紫蘭以「出汗法」給她治療，即令她在沙地上打滾，她還是不出汗，於是由四人將她拋到半空中，她受了驚嚇出了汗，體內透了氣，傷也就治癒了。何還講了一通身體被電氣支配，劍術有紅光、白光的玄理。這些描寫顯然

有矛盾處，會令人覺得好玩，作者著意標榜這種文化的民族主義來體現「純潔」的主旨，其實單是這紫羅蘭本身便是舶來品。她們把它用作同志會「證章」似乎也跟拿破崙的「百日復辟」的傳奇有關，即拿氏從厄爾巴島重返巴黎時，凡是擁護者皆佩戴紫羅蘭徽章，作為辨認的標誌。

在體現愛情的「純潔」方面，小說宣揚「貞操」論。如在紫蘭堡中養傷的李若英「雖是個開通女子，他恰看得貞操極其重要。他說一個女子的貞操是全部份愛情的代表物」，亦諄諄告誡：「世上的女界同胞們，若先受了青年的誘惑，在全部份愛情未有寄託之前，就喪失了貞操，……至少在自己的心靈上終是一件不痛快的事。」[94] 所謂「全部份愛情」，意謂靈肉一體，喪失貞操，等於喪失愛情，不過也僅關乎「心靈上」的「痛快」與否，聽上去還不那麼嚴重。但這和五四以來有關新女性的性慾解放的觀點背道而馳，那些時興的「革命加戀愛」小說普遍涉及靈肉分離的問題，如杯水主義的夏克英、被迫淌白的趙赤珠、慾海無邊的王曼英等，即使靈與肉的衝突帶來快樂或痛苦，共通的一點是，女性獲得了支配自己肉身的自由。至於張資平筆下的苔莉，女性的意識更為生物性衝動所佔據，而在茅盾的《虹》裡發展到另一個極端，即梅女士乾脆要克服「母性」而成為「主義」的化身。

「純潔」的愛情更意味著肉身的消失。在羅紫雲營救柏民強時，兩人之間擦出情感的火花，遂引起柏民強的女友汪麗雲的猜疑。於是羅紫雲堂堂正正地發了一番高論：「我和柏君的聯結，是從感情裡頭磨蕩發越出來的愛，不是男女私情中含著慾素的愛。感情裡磨蕩出來的愛，這個愛是純的，不是雜的。完全是精神結合，不是形體結合，就連名義上的結合也用不

著。」[95] 否則像「精神與形體相互的結合」，就會變成「雜」的。像這樣歌頌男女間「無形的」、貶抑肉體的「純潔」的愛，並非張春帆的發明，在鴛蝴派文學中具有普遍性。有趣的是這些「紫蘭女俠」也是「新女性」類型，與一般鴛蝴派小說裡賢妻良母的類型不同，也受到「革命」的感召，在新天地裡大顯身手，彷彿是一部兒女英雄傳的現代演繹，更帶有集體理想的色彩。最後一幕是從眾人眼中看去，柳安石與何紫蘭倆人在花園裡：

> 何紫蘭手中拈著一枝紫羅蘭，插在柳安石襟上，口中說道：「我別無所愛，平生第一隻知愛國，第二隻知愛愛國的英雄，你就是愛國英雄中的第一人。」柳安石倏然立起身來，低聲說道：「我的愛你，也是由於愛國而兼愛愛國的女英雄。你把我算作第一個愛國的英雄，我慚愧得很，你才算得愛國英雄中的首領呢。」[96]

這裡皆大歡喜，不脫團圓劇巢臼，肉麻的卿卿我我是才子佳人式的，卻譜出兒女英雄的「愛國」合奏。小說的結局為這個小團體設計了某種理想的藍圖，呼應了在卷首便出現的紫蘭堡的烏托邦母題，此時同志會接受了某富翁的巨額捐款，計劃在江蘇北部的海邊建設一個「模範港」，由三個蔥蘢小島映帶四周的一個冬暖夏涼的天然海港，作為同志會的總部，把廣州紫蘭堡改作分部，意味著他們小天地的美好將來。

早在 1907-08 年一邊發表《九尾龜》的同時，張春帆一邊在《月月小說》雜誌上連載標為「立憲小說」的《未來世界》，或可視作梁啟超《新中國未來記》的姊妹篇。書中鼓吹

「立憲救國」、「改良政體，組織國民」，還提倡「滿漢團結」、「女子教育」等，確是梁氏的忠實信徒。在 20 年之後的《紫蘭女俠》裡，這些主題一一重現，仍不失其現實意義。民國以來「革命」不已，國無寧日，共和政體破殘不堪，公共空間愈益萎縮，因此即使在 20 年後「立憲救國」仍是國人的未圓之夢。尤其在「大革命」之後蔣介石推行「黨治」之際，《紫蘭女俠》標明與孫中山反清「革命」相區別，取一種與國民黨主流意識形態疏離的「另類」姿態。

　　這一點涉及「鴛蝴派」文學的政治性及其與都市現代性相聯繫的意識形態，迄今未得到學界關注。其實大多數通俗作家加入「南社」，皆反對帝制、擁護共和，實即以歐美資產階級政體爲楷模，主張有限政府，以發展民族資本、允諾言論自由等爲前提。如 20 年代前半期《申報・自由談》每天刊登周瘦鵑「三言兩語」專欄，追踪時事新聞，揭露北洋政府的醜聞惡行，對於總統、軍閥及國會議員指名道姓，盡嬉笑怒罵之能事，其實在繼續「自由談」的批評傳統，不無風險地挑戰「言論自由」的尺度。[97] 不光是對北洋政府，即使對於當時正進行「護法」的「臨時大總統」孫中山，也戲稱之爲「孫大炮」，儘管是帶善意的。[98] 實際上早在 1910 年代《自由談》的「遊戲文章」便對孫氏的「二次革命」有微詞，也出自反對「破壞」，維護憲政的立場。至於 20 年代末國民黨掌權時，《紫蘭女俠》表示與孫氏「革命」的距離，當然是更具自由色彩的。總之通俗作家的政治性不在於發表宏文高論，而在於他們的職業與文化實踐之中，即大多以報刊爲衣食之具，奉讀者爲上帝，在代表都市日常慾望時，對於現狀既有維護的一面，也有疏離的一面。

　　既爲《紫羅蘭》作廣告宣傳，《紫蘭女俠》的寫作含有商業炒作，是一個文學商品，但它不僅表達一定的政治主張，在文類上別有匠心，將政治、言情與武俠融於一爐，標誌著該派在表現策略和審美趣味方面的新拓展，蘊含著有關性別的弔詭的認知及其民族國家建構的典律和代碼。有趣的是，這出自一本以消閑爲主的流行雜誌，對於認識當時的上海文化氛圍及資本主義印刷文化的性質，卻是一個極佳的例證。

　　自 20 年代初「新」、「舊」文學爭論之後，「新文學」以白話取得「正統」地位，「鴛蝴派」在理論上處於下風，而在創作上卻更取開放姿態，如周瘦鵑在論爭中提倡自由競爭：「不如新崇其新，舊尚其舊，各阿所好，一聽讀者之取捨」。[99]因此他們力求花樣翻新，文言、白話並用，形式上多元雜交，爲的是能吸引更多的讀者。尤其是屬世界書局旗下的《紅》與《紅玫瑰》雜誌更重視娛樂性，有意發展偵探與武俠類型，大獲成功。1923 年向愷然的《江湖奇俠傳》在《紅雜誌》上連載，描寫江湖俠士飛簷走壁，刀光劍影，更能呼風喚雨，降龍伏虎，翻江倒海，飛劍殺人等，種種新招，無奇不有，[100]使讀者大呼過癮，趨之若鶩，其實融合了公案和神怪的小說傳統，遂別開生面。武俠小說的成功，給鴛蝴派文學帶來了生機，在這一想像空間裡，表現手法上乾脆遠離寫實，專力營造幻象，充份滿足讀者的感官享受。

　　1928 年《江湖奇俠傳》的某些情節被改編成電影《火燒紅蓮寺》，引起轟動，一連拍了 18 集。如 1933 年茅盾看了這部影片後所描繪的：「從頭至尾，你是在狂熱的包圍中，而每逢影片中劍俠放飛劍互相鬥爭的時候，看客們的狂呼就同作戰一般」。[101]他認爲「小市民」觀衆如此著迷，是因爲頭腦中「封

建意識」作怪,其實影片中如「放飛劍」等運用了現代表現技術,給都市觀衆帶來了新刺激。[102] 此後武俠電影煽起陣陣熱浪,不僅《火燒紅蓮寺》連拍續集,單是 1928-29 年間有《荒唐劍客》、《大俠復讎記》、《妖光俠影》、《關東大俠》、《航空大俠》、《荒村怪俠》、《塵海奇俠》等,可見當時各家電影公司競相爭拍武俠片的盛況。[103] 使茅盾愈覺不安的是,「他們對紅姑的飛降而喝彩,並不是因爲那紅姑是女明星蝴蝶所扮演,而是因爲那紅姑是一個女劍客,是《火燒紅蓮寺》的中心人物,⋯⋯他們是批評崑崙派如何、崆峒派如何的!在他們,影戲不復是『戲』,而是眞實!」。這裡涉及藝術再現與認識論問題,其實如何使讀者像喝了「迷魂湯」一樣認幻爲眞,達到宣傳效果,也何嘗不是茅盾的「寫實主義」的追求目標?其時他更自覺地執行「無產階級」黨性立場,鼓吹文學「作品一定要成爲工農大衆的教科書」,[104]「要從形式方面取法於舊小說」。[105] 可見他在痛斥這類武俠作品的同時,卻從「通俗」文學那裡吸取了不少養分。

小說類型上將武俠與愛情交雜是一種新的探索,給鴛蝴派「言情」小說另闢新徑,也與「新女性」公共空間文學表現的時尚似不無關係。如龔鵬程指出,它改寫了傳統的「俠」的文化代碼:「它偏向於個體,描述個體性的英雄或美人,刻畫他成長的歷程,關心他的內在感情世界,並努力鋪墊英雄與美人戀愛的經過。在俠的生命中,愛情不再是可有可無的東西了。」[106] 幾乎與《紫蘭女俠》同時,顧明道的《荒江女俠》在《新聞報》副刊上連載,一時間「四海傳誦,有口皆碑」。這在武俠小說中屬軟性的,發展了《兒女英雄傳》的安公子與十三妹的一路,所謂「以武俠爲經,以兒女情事爲緯,鐵戈金馬

之中,時有脂香粉膩之致,能使讀者時時轉換眼光,而不假非僻之途,不贅蕪穢之辭,是以受讀者馳函交譽。」[107]的確,武俠小說善惡分明,邪不勝正,既能宣揚傳統倫理價值,又有「江湖」的另類情趣,而女俠形象可說是一大發明。她們一般性格剛烈,不易受情色誘惑,因此作者也樂得「不贅蕪穢之辭」,同時能體現愛情自主,最終以家庭爲歸宿。她們在公共空間甚至革命的歷史洪流裡大顯身手,不讓鬚眉,當然是「新女性」的投影,分享了新文化的典律,同時並未脫離賢妻良母的價值代碼,仍恪守了該派的文化底線。

那些通俗作品能暢銷一時,常有些形式上的「新招」引人入勝,如葉洪生指出,《荒江女俠》使用了「限知敘事」方法,「打破傳統章回小說的陳腐老套,開武壇未有之先河」。[108]《紫蘭女俠》的出新之處在於由「小手槍」裝備的現代化女俠形象,意味著武俠小說從刀劍傳統戰法朝「槍戰」類型的轉化。[109]這部小說不光結合言情與武俠,還承接了清末「政治小說」的傳統,富於「理想」色彩。一種集體意識貫穿在這部「革命外史」中,即柳安石和女俠們加入「政治革命」好像是不得已的,而更鍾意於「社會革命」。民國建立後他們滿以爲可從事社會建設,然而權奸當道,國難不已,等到袁世凱陰謀稱帝、宋教仁被刺、孫中山揭櫫「二次革命」,他們又繼續「政治革命」。於是何紫蘭潛入京師,將袁氏的軍帽掀去,又飛回他的頭上,帽中夾一字條,警告他如在三個月裡不取消帝號,其頭顱就會像這個帽子一樣。這一突出女主角的插曲當然屬子虛烏有,只是簡單套用了類似「紅線盜盒」的情節。

這部小說蘊涵著對女性「內」、「外」空間表現的不同語碼,很大程度上體現了鴛蝴派在「性別政治」方面的困境與局

限。所謂「內」的語碼反映在「賢妻良母」的「私人空間」的
表現方面，主要是在該派的小說裡。「外」的方面是把女性作
爲商品，如「紫蘭女俠」爲《紫羅蘭》雜誌做廣告，與該雜誌
的封面女郎分享了集體的商品性格。這一以女性作爲現代性標
誌的印刷文化得追溯到清末《點石齋畫報》、《遊戲報》等，
其間妓女扮演了先鋒角色。這方面剛見世的葉凱蒂（Catherine
Yeh）《上海之愛》（Shanghai Love）一書作了詳盡的探討。
[110]民國以來這一傳統在通俗文學期刊中被發揚光大。1911 年包
天笑主編《婦女時報》，刊登時髦女子的照片。既然難以得之
於一般不肯拋頭露面的良家女子，即求之於妓女。在南京路上
開設一照相館，免費爲她們拍照，由此雜誌上照片源源不斷，
她們的衣著髮式成爲時尚，反爲良家女子所仿效。[111]這是現代
期刊促使女性「可見性」的佳例。所謂「時尚」乃藉圖文印刷
技術構製成都市美夢的幻影，力圖表現更好更新的生活方式及
品味趣尚吸引讀者，其物質層面則與商品市場、尤其跟舶來奢
侈品緊密聯繫。在這方面周瘦鵑更不惜工本，在他主編的《半
月》、《紫蘭花片》、《紫羅蘭》等雜誌皆以摩登女郎爲封
面，彩印精良。20 年代末他主編過《良友》和《上海畫報》，
所刊登的「新女性」照片不以娛樂業的妓女、演員、電影明星
爲限，也包括各行各業的職業婦女，或作爲大家閨秀典範的
「交際花」如唐瑛、陸小曼等，都代表都市風尚，即在商品流
通領域裡一律平等，卻也反映了女性愈趨自由，其公共空間迅
速擴展。

　　商業上既如此利用女性的公共性，對於婦女「解放」潮流
也亦趨亦進。將女性時尚化也是爲都市打造夢想，「新女性」
以健美、才能和自主爲必要條件。鴛蝴派在這方面也有保守、

開放之分，周瘦鵑屬於後者。他反對包辦婚姻，鼓吹男女社交，大談歐化的「接吻」與世界「名人風流史」。在〈七度蜜月〉這篇「雜談」中對於一位結過七次婚的美國老婦讚美有加。[112] 在〈妓女身上的小電燈〉一文裡，對她們招搖過市、炫人心目的外觀既諷刺又欣賞，典型地說明其貫徹文學的娛樂消費宗旨，同時與情色業界糾纏不清。[113]

對於女性身體的「解放」也有積極的回應，如周瘦鵑主編的《家庭週刊》發表了反對女子穿「小馬甲」而主張她們胸部鬆綁的文章。[114] 周的《紫羅蘭》雜誌還刊出「解放束胸運動號」的專輯。其實這些也蘊涵著國族想像的成分，就像作者們所強調的，健康的胸部不僅有關健美，也利於哺育子女，優種強國。他們熱中於女性形象的商業消費，將女性客體化，主要在於滿足男性窺視，但另一方面也支持了「婦女運動」。就像周瘦鵑的《半月》雜誌專設「婦女俱樂部」專欄，刊登女作家呂碧城（1883-1943）等人的作品。至於 40 年代張愛玲在他的《紫羅蘭》雜誌上刊登小說而一舉成名，已是眾所周知的文壇佳話了。

與此推進女性公共性的同時，不無弔詭的是另一方面強調愛情的精神性。《紫蘭女俠》所表達的「純潔」愛情，在鴛蝴派文學中並非個別。如周瘦鵑說言情小說，「惟用意宜高潔，力避猥俗。作者必置其心於青天碧海之間，冥想乎人世不可得之情，而敘以一二實事，以冰清玉潔之筆，曲為摹寫。無雜念，無褻意，則其所言之情，自爾高潔。」[115] 的確他的許多小說都講心靈的純真，描寫男女戀情不及乎亂。在〈真〉這一短篇裡，湯小鶴對鄒如蘭的一片癡情，即使在如蘭嫁於他人、出了車禍而毀容、遭到乃夫拋棄之後，小鶴不改初衷，將她接過

來，讓她住在新造的別墅裡，但是他自己卻從來不想見到她，僅滿足在他的幻想裡，「每來探望時，只立在園子裡，對那小樓簾影凝想了一回，就很滿意的去了。」[116] 這種女性身體缺席的愛的表現，被發揮到近乎畸情的地步。在周氏那裡，對男女之情強調「真」和「高潔」，有其複雜的思想來源，從更深的性別和文化的層面上來看，則混雜著男性對於女性身體的恐懼，伴隨著由西方現代物質文化帶來的反應。尤其是他在小說裡出現那些類型化的女性，即追求物質享受而給家庭社會帶來禍害的時髦女子，就是這種心理的反映。

　　一方面浮沉慾海，熱中商業策略，另一方面標榜「高潔」，視性慾描寫為禁忌，對於女性公、私不同空間的文學表現構成鴛蝴派文學的內在矛盾，雖然該派竭力使兩者在「高尚、純潔」的原則下得到統一。即使對於社會上引起軒然大波的「裸體」問題也是如此。他們站在劉海粟一邊，在他們的雜誌裡也不時出現裸體畫，但堅持認為這是高尚的「美術」觀賞而不容非分之想。這是該派的不成文共識，即遵守「力避猥俗」這一底線，建立在對於清末以來造就「強國」、「強種」的「國民之母」的集體認同之上，也跟他們的一夫一妻「小家庭」主張連在一起。只是到 20 年代中期之後，女性「解放」與社會「革命」思潮連袂而至，他們的言情小說連同「高尚、純潔」的原則顯然不合時宜，雖然在《紫蘭女俠》的類型夾雜中仍有所表現，也屬於強弩之末了。

1   關於晚明「情教」或「情」的理論，參 Patrick Hanan, The Chinese Vernacular
     Story (Cambridge, Mass.: Harvard University Press, 1981), pp. 79-80, 88-89,
     96-97; Anthony C. Yu, Rereading the Stone: Desire and the Making of Fiction in
     Dream of the Red Chamber (Princeton: Princeton University Press, 1999), pp.
     53-109; Haiyan Lee, Revolution of the Heart: A Genealogy of Love in China,
     1900-1950 (Stanford: Stanford University Press, 2007), pp. 25-59.

2   參蔣英豪：〈成也蕭何，敗也蕭何──論吳趼人《恨海》與梁啟超的小
     説觀〉，載於中國古典文學研究會編：《二十世紀中國文學》（臺北：
     學生書局，1992）；韓南：〈《恨海》的特定文學語境〉，《中國近代
     小説的興起》（上海：上海教育出版社，2004），頁 195-215；另參袁
     進：《中國小説的近代變革》（北京：中國社會科學出版社，1992），
     頁 129-133。

3   梁啟超：〈告小説家〉，《中華小説界》，2 卷 1 期（1915 年）。

4   陳建華：《「革命」的現代性──中國革命話語考論》，頁 13-17。

5   何籟：〈「革命」與「戀愛」的公式〉，《文學》，4 卷 1 號（1935 年
     1 月）。收入《茅盾全集》，20 卷，頁 339。

6   王德威：〈革命加戀愛〉，頁 495-496。文中舉葉紹鈞的《倪煥之》、巴
     金的《滅亡》、蔣光慈的《短褲黨》、白薇的《炸彈與征鳥》為顯例，
     指出「共產黨 1927 年的革命固然失敗了，卻掀起了中國現代長篇小説創
     作的第一道新潮。」

7   參 David Der-wei Wang, Fictional Realism in 20th-Century China: Mao Dun, Lao
     She, Shen Congwen (New York: Columbia University, 1992), pp. 82-86.

8   Liu Jianmei, Revolution Plus Love, p. 81. 另參陳建華：〈評劉劍梅《革命加
     戀愛》〉，《中國文哲研究集刊》，27 卷（2005），頁 323-326。

9   Hannah Arendt, The Human Condition: A Study of the Central Dilemma Facing
     Modern Man (New York: Doubleday Anchor Books, 1959). 另參 Seyla Benhabib,
     "Models of Public Space: Hannah Arendt, the Liberal Tradition, and Jürgen Hab-
     ermas," in Craig Calhoun, ed., Habermas and the Public Sphere (Cambridge,
     Mass.: The MIT Press, 1994), pp. 73-98.

10   Jürgen Habermas, The Structural Transformation of the Public Sphere: An Inquiry
     into a Category of Bourgeois Society, trans. Thomas Burger with the Assistance
     of Frederick Lawrence (Cambridge, Mass.: The MIT Press, 1991), pp. 28-31. 譯
     文引自哈貝馬斯著，曹衛東等譯：《公共領域的結構轉型》（上海：學
     林出版社，2002 年），頁 34-35。

11   Jürgen Habermas, The Structural Transformation of the Public Sphere, pp.
     151-159.

12 參羅蘇文:《女性與中國社會》（上海:上海人民出版社,1996）;戴
   偉:《中國婚姻與性愛史稿》（北京:東方出版社,1992）;劉思謙:
   《「娜拉」言說——中國現代女作家心路紀程》（上海:上海文藝出版
   社,1993）等,其他不繁舉。

13 周敘琪:《1910-1920年代都會新婦女生活風貌——以《婦女雜誌》為分
   析實例》（臺北:國立臺灣大學,1996）,頁49。

14 佩韋:〈解放的婦女與婦女的解放〉,《婦女雜誌》,5卷11號（1919
   年11月）。

15 佩韋:〈讀少年中國婦女號〉《婦女雜誌》,6卷1號（1920年1月）。

16 茅盾:《我走過的道路》（香港:三聯書店,1981）,頁136。與「賢妻
   良母主義」密切相連的是「小家庭」的議題。近時美國學者Susan L. Gloss-
   er 對於民國時期的「小家庭」觀念作了較為集中深入的討論,認為「小
   家庭」觀念蘊含著自由婚姻、經濟自主等方面,是「新文化運動」的產
   物,有力地顛覆了傳統的「大家庭」價值系統。但她說許多新文化運動
   的「激進分子」都提倡「小家庭」,似有見林不見木之失。Susan L. Gloss-
   er, Chinese Vision of Family and State, 1915-1953 (Berkeley: University of Cali-
   fornia Press, 2003), P.3.

17 〈娜拉走後怎樣〉,《婦女雜誌》,10卷8號（1924年8月）,頁
   1218-1222。

18 如呆笑:〈小學教師之妻〉,《小說時報》,11期（1911年7月）;周
   瘦鵑:〈簾下〉,《小說畫報》,1號（1917年1月）;張秋蟲:〈回
   家〉,《紅玫瑰》,2卷23期（1926年4月）;范煙橋:〈到哪裡去找
   快樂?〉,《紫羅蘭》,2卷24期（1927年12月）等。

19 Jianhua Chen, "Formation of Modern Subjectivity and Essay: Zhou Shoujuan's
   'In the Nine-Flower Curtain.'" In Martin Woesler, ed., The Modern Chinese
   Literary Essay: Defining the Chinese Self in the 20th Century. Bochum: Bochum
   University Press, pp. 41-66. 另參陳建華:《共和憲政與家國想像:周瘦鵑
   與《申報·自由談》,1921-1926》,載於李金詮主編:《文人論政——
   民國時期知識份子與報刊》,臺北:政大出版社,2009,頁211-238。

20 Susan Mann, "The Cult of Domesticity in Republican Shanghai's Middle Class,"
   見中央研究院近代史研究所編:《近代中國婦女史研究》第2期（1994
   年6月）,頁179-201。

21 《申報》,1921年8月21日,第18版。

22 《新家庭》,1卷1號（1932年1月）。

23 參鮑紹霖:《文明的憧憬:近代中國對民族與國家典範的追尋》（香港:

中文大學出版社，1999）。

24 彭小妍：《海上說情慾：從張資平到劉**吶**鷗》（臺北：中央研究院中國
    文哲研究所，2001），頁 4。

25 吳福輝：《都市漩流中的海派小說》（長沙：湖南教育出版社，1995），
    頁 62-65。

26 吳福輝：《都市漩流中的海派小說》，頁 22。

27 周瘦鵑：〈留聲機片〉，《禮拜六》，108 期（1921 年 5 月）。

28 張舍我：〈誰做黑幕小說？〉，《最小》，14 號（1921 年 12 月）。在
    1910 年代末，周作人、；羅家倫等在《新青年》、《新潮》雜誌上批評
    如徐枕亞《玉梨魂》之類的「鴛鴦蝴蝶」小說，並著重攻擊盛行於時的
    「黑幕」小說。據范伯群的研究，這引起了「五四」與「通俗」文學之
    間第一次爭論，見《民國通俗小說——鴛鴦蝴蝶派》（臺北：國文天地
    雜誌社，1989），頁 12-16。

29 陳平原：《中國現代小說的起點——清末民初小說研究》（北京：北京
    大學出版社，2005），頁 223。

30 周瘦鵑：〈閒話《禮拜六》〉，《拈花集》（上海：上海文化出版社，
    1983），頁 95。

31 參程中原：《張聞天與新文學運動》（南京：江蘇文藝出版社，1987），
    頁 80。

32 關於俄蘇文學與國際無產階級運動對「左翼」文學的影響，具綜述性的
    見林偉民：《中國左翼文學思潮》（上海：華東師範大學出版社，
    2005），頁 58-74。

33 「走向民間」這一口號流行於「五四」知識份子中間，最初與收集、研
    究「民俗」文化有關。參 Chang-tai Hung, Going to the People: Chinese Intel-
    lectuals and Folk Literature, 1918-1937 (Cambridge and Mass.: Harvard University
    Press, 1985), pp. 10-17. 高力克（Marián Gálik）指出，孫逸仙在 1923 年末
    「確定了他的聯蘇、聯共、扶助農工的三大政策。孫逸仙以及國民黨和
    共產黨內的進步力量，為將來的北伐戰爭，1926-1927 年的革命，為反對
    軍閥主義、帝國主義和封建主義作了準備。那些關心文學的人開始以與
    前完全不同或部份不同的眼光注視著它。」見瑪利安・高利克：《中國
    文學現代批評發生史（1917-1930）》，頁 196。另參呂芳上：《從學生
    運動到運動學生——民國八年至十八年》（臺北：中央研究院近代史研
    究所，1994）。由此書可知 20 年代國、共兩黨在高校進行的政黨組織活
    動。這也是促使學生參加社會政治活動的重要因素。

34 《旅途》，《小說月報》，15 卷 6 號（1924 年 6 月）。

35　《旅途》，15 卷 9 號（1924 年 9 月）。

36　《旅途》，15 卷 6 號（1924 年 6 月）。

37　《旅途》，15 卷 10 號（1924 年 10 月）。

38　《旅途》，15 卷 11 號（1924 年 11 月）。

39　〈真假愛情〉，《禮拜六》，5 期（1914 年 6 月）；〈中華民國之魂〉，《禮拜六》，26 期（1914 年 11 月）；〈為國犧牲〉，《禮拜六》，56 期（1915 年 6 月）。

40　〈英雄〉，《紫羅蘭集》，上冊（上海：大東書局，1922）。

41　周瘦鵑：〈英雄與畜生〉，《半月》，3 卷 1 期（1923 年 9 月）。

42　《韋護》，《丁玲文集》（長沙：湖南人民出版社，1983），第 1 卷，頁 111-112。

43　《韋護》，頁 119。

44　《韋護》，頁 13。

45　《光明在我們的面前》，見胡也頻著，施建偉編：《胡也頻代表作》（鄭州：河南人民出版社，1987），頁 216-354。

46　丁玲：〈一個真實人的一生——記胡也頻〉，《丁玲文集》，5 卷，頁 151。

47　《到莫斯科去》，《胡也頻代表作》，頁 162。

48　《到莫斯科去》，《胡也頻代表作》，頁 140-141。在 1954 年北京人民文學出版社出版的《胡也頻小說選集》中，素裳讀《馬丹波娃利》的一大段被刪去，見頁 15。

49　《到莫斯科去》，《胡也頻代表作》，頁 173-174。

50　轉引自曠新年：《1928 革命文學》（濟南：山東教育出版社，1998），頁 95。

51　Tsi-an Hsia, The Gate of Darkness: Studies on the Leftist Literary Movement in China (Seattle and London: University of Washington Press, 1968), pp. 61-62.

52　〈自由〉，《南社小說集》（上海：文明書局，1917）。

53　〈女媧氏之遺孽〉，《葉靈鳳小說全編》（上海：學林出版社，1997），頁 231-258。

54　《追求》，《小說月報》，19 卷 9 號（1928 年 9 月），影印本（東京：東豐書店，1979），頁 32749。

55　《少年飄泊者》，見《蔣光慈文集》（上海：上海文藝出版社，1982），
　　第 1 卷，頁 3-82。20 年代「革命小說」的「敘事成規」以「階級」作為
　　主體，而蔣光慈扮演了重要角色。參王燁：《二十年代革命小說的敘事
　　形式》（昆明：雲南人民出版社，2005），頁 192-203。

56　Raoul David Findeisen, "From Literature to Love: Glory and Decline of the Love-
　　letter Genre," in Michel Hockx, ed. The Literary Field of Twentieth-Century China
　　(Surrey: Curzon, 1999), pp. 79-112.

57　趙毅衡：《苦惱的敘述者——中國小說的敘述形式與中國文化》（北京：
　　十月文藝出版社，1994），頁 270。

58　《短褲黨》，《蔣光慈文集》，第 1 卷，頁 213-314。

59　同上書，頁 253-4；283。

60　參郭恆鈺：《共產國際與中國革命——第一次國共合作》（臺北：東大
　　圖書公司，1989），頁 267-269。

61　吳宓：〈論寫實小說之流弊〉，《中華新報》（1922 年 10 月 22 日）。

62　魯迅：〈路〉，《魯迅全集》，第 4 卷，頁 90-91。

63　魯迅翻譯盧那卡爾斯基的《藝術論》，1929 年由大江書店出版。又譯蒲
　　力汗諾夫的《藝術論》，1930 年水沫書店出版。見《魯迅全集》，第 4
　　卷，頁 183-184。

64　見丁玲：〈也頻與革命〉，《丁玲文集》，第 5 卷，頁 165-168。

65　〈讀《倪煥之》〉，《文學週報》，8 卷 20 期（1929 年 5 月 12 日）。

66　〈《茅盾選集》自序〉（上海：開明書店，1952）。載於孫中田、查國
　　華編：《茅盾研究資料》，中冊，頁 46。

67　中國現代文學館編：《苔莉》（北京：華夏出版版社，2003），頁 150。

68　馮乃超：〈藝術與社會生活〉，《文化批判》，第 1 號（1928 年 1 月）。

69　關於張資平的「革命加戀愛」小說，參顏敏：《在金錢與政治的漩渦中
　　——張資平評傳》（南昌：百花洲文藝出版社，1999），頁 188-197。

70　〈張資平氏的「小說學」〉，《魯迅全集》，第 4 卷，頁 235-237。

71　《創造十年》（香港：匯文閣書店，1972），頁 46-47。

72　參吳福輝：《都市漩流中的海派小說》，頁 37。看來張資平開辦「樂群
　　書店」屬於「書店作家」類型的先驅。

73　《茅盾全集》，第 19 卷，頁 201。

74 張資平對於人體描寫不以「現實主義」為然，而認為須加入「自然主義」便能對人體「施行解剖與分析」。見吳福輝：《都市漩流中的海派小説》，頁 64。

75 許道明：《海派文學論》，頁 140。

76 彭小妍：《海上説情慾——從張資平到劉吶鷗》（臺北：中央研究院文哲研究所，2001），頁 62。

77 《沖積期化石》（上海：創造社出版部，1928），頁 60。

78 克魯泡特金著，巴金譯：《人生哲學》（上海：自由書店，1929）。

79 這裡採用彭小妍的説法，參《從張資平到劉吶鷗》，頁 12-16。

80 《苔莉》，頁 40。

81 張資平著，劉勇、彭斌柏編：《性的等分線》（北京：北京師範大學出版社，1993），頁 87。

82 《苔莉》，頁 30。

83 同上，頁 87。

84 同上，頁 89。

85 周慧玲：〈粉墨登場搞革命——陳波兒與中國現代表演中的「新女性」運動，1934-1945〉，載彭小妍編：《文藝理論與通俗文化》（臺北：中央研究院文哲研究所，1999），頁 603-608。最近方維保也言及左翼對於「海派文學娛樂性的認同」，主要指的是蔣光慈《沖出雲圍的月亮》和茅盾的《蝕》等。見《紅色意義的生成》，頁 41。

86 樂齊編：《張資平小説精品》（北京：中國文聯出版社，2000），頁 32。

87 劉晴編選：《張資平代表作》，（北京：華夏出版社，1998），頁 220。

88 《丁玲文集》，第 1 卷，頁 17。

89 《丁玲文集》，第 1 卷，頁 9-10。

90 《苔莉》，頁 88。

91 《紫蘭女俠》，《紫羅蘭》，4 卷 1 號（1929 年 7 月）。

92 《紫蘭女俠》，《紫羅蘭》，4 卷 2 號（1929 年 7 月）。

93 《紫蘭女俠》，《紫羅蘭》，4 卷 4 號（1929 年 8 月）。

94 《紫蘭女俠》，《紫羅蘭》，4 卷 20 號（1930 年 4 月）。

95　《紫蘭女俠》，《紫羅蘭》，4 卷 12 號（1929 年 12 月）。

96　《紫蘭女俠》，《紫羅蘭》，4 卷 24 號（1930 年 6 月）。

97　關於《申報‧自由談》與「批評空間」，參李歐梵〈「批評空間」的開創——從《申報》「自由談」談起〉，《二十一世紀》，19 期（1993 年 10 月），頁 39-51；陳建華：〈《申報‧自由談話會》——民初政治與文學批評功能〉，《二十一世紀》，81 期（2004 年 2 月），頁 87-100；陳建華：〈共和憲政與家國想像：周瘦鵑與《申報‧自由談》，1921-26〉，載《從革命到共和——清末至民國時期文學、電影與文化的轉型》（桂林：廣西師範大學出版社，2009），頁 141-170。

98　鵑：〈一片胡言〉，《申報》，1922 年 8 月 14 日，第 18 版。

99　鵑：〈自由談之自由談〉，《申報》（1921 年，3 月 27 日），14 版。

100　參范伯群編：〈民國武俠小說奠基人——平江不肖生評傳〉，《中國近現代通俗作家評傳叢書（之一）》（南京：南京出版社，1994），頁 11-30。

101　沈雁冰：〈封建的小市民文藝〉，《東方雜誌》，30 卷 3 號（1933 年 2 月）。

102　據《火燒紅蓮寺》的武術指導錢似鶯回憶：「在《火燒紅蓮寺》裏，我教演員怎麼推人，怎麼打。有一幕要飛起來，當時還沒有吊鋼絲，要讓人這樣飛過去，很難的。所以這部片子拍出來，就出名了。每個人看到，都說：哇，好美呀！真是不容易。」見記錄片《刀光劍影》（香港：邵氏出品，2003）。

103　參黃志偉主編：《老上海電影》（上海：文匯出版社，1998），頁 45-57。

104　〈中國蘇維埃革命與普羅文學之建設〉，《文學導報》，1 卷 8 期（1931 年 11 月 15 日），見《茅盾文藝雜文集》，頁 329。

105　〈問題中的大眾文藝〉，《文學月報》，1 卷 2 期（1932 年 7 月 10 日），見前書，頁 337。

106　龔鵬程：《大俠》（臺北：錦冠，1987），頁 251。

107　嚴獨鶴：〈《荒江女俠》序〉，參吳培華：〈武俠有聲有色，言情可泣可歌——顧明道評傳〉，范伯群編：《中國近現代通俗作家評傳叢書（之一）》，頁 171。

108　同前書，頁 170-171。

109　這有點像香港電影，1980 年代武俠類型式微，由「槍戰」的動作片取代。吳宇森談到他的槍戰片受到武俠片的啟發，其本意並不在於渲染現

代暴力，而更著迷於新的美學表現。見記錄片《刀光劍影》（香港：邵氏出品，2003）。

110　Catherine Vance Yeh, Shanghai Love: Courtesan, Intellectuals, and Entertainment Culture, 1850-1910 (University of Washington Press, 2006), pp. 21-95; 248-303.

111　包天笑：《釧影樓回憶錄》（臺北：龍文出版社，1990），頁 429-430。

112　〈七度蜜月〉，《紫蘭花片》，7 集（1922 年 12 月）。

113　「鴛蝴派」在商業上與妓女結盟，這一點被新文學家喧嚷為「醜聞」。如葉紹鈞因為《禮拜六》廣告中把該雜誌比作「小老婆」之言而憤然脫離「禮拜六派」。鄭振鐸罵他們為「文娼」，即譏斥其文學的商品性，實即差不多臭罵他們如同馬路上拉客的「野雞」。參西諦：〈思想的反流〉、聖陶：〈侮辱人們的人〉、西：〈消閒〉、C. S.：〈文娼〉，見芮和師、范伯群編：《垣鴛蝴蝶派研究資料》（福州：福建人民出版社，1984），頁 728-740。

114　呂蝦純：〈小馬甲妨害女子種種發育之我見〉，《申報》，1924 年 7 月 20 日，第 18 版；黃秀雲女士：〈女子亦須戴帽之我見〉，《申報》，1925 年 1 月 11 日，第 12 版。

115　鵑：〈自由談之自由談〉，《申報》（1921 年 4 月 3 日），14 版。

116　周瘦鵑：〈真〉，《禮拜六》，115 期（1921 年 6 月）。

第四章
《蝕》三部曲：
時間鏡框中的女性身體

「我怎樣開始寫小說的？」

自《蝕》三部曲見世之後的數十年裡，茅盾有不少回憶性文字，不時回到最初從事創作生涯的那一段，自問怎麼會寫小說的？這終究是給他生命帶來迷狂、僥倖、創傷和懸念的一刻，不僅對他自己如一個春蠶到死之謎，也可讀作一個有關中國現代藝術自主性的不無尷尬的寓言。這些回憶受各種具體語境的制約，言及的方面是零碎、局部的，凡有關他如何由革命轉向文學時，有難言之隱，這一長期心結從他與共產黨的關係可看得更爲清楚。不過更值得注意的是言及他當時何以「賣文爲生」以及寫那些「時代女性」的回憶碎片，卻可見當時他寫三部曲的身心狀態，其中不無作家浪漫鏡像的自我投射及文學創造的傳奇性，也涉及他的小說與商業機制的關係。先看茅盾晚年時回憶的一段：

> 1927 年 8 月中旬，我從牯嶺回到上海。德沚因為小產正住在醫院裡，她告訴我，南京政府的通緝名單上有我的名字，⋯⋯而那時，我對於大革命失敗後的形勢感到迷

茫，我需要時間思考、觀察和分析。……這就是當形勢突
變時，我往往停下來思考，而不像有些人那樣緊緊跟上。
1927 年大革命的失敗，使我痛心，也使我悲觀，它迫使我
停下來思索：革命究竟往何處去？共產主義的理論所謂深
信不移，蘇聯的榜樣也無可非議，但是中國革命的道路該
怎樣走？在以前我自以為已經清楚了，然而，在 1927 年
的夏季，我發現自己並沒有弄清楚。[1]

以悔憾的口吻對沒有「緊緊跟上」的陳述，至晚年猶耿耿
於懷，指的是在 1927 年 7 月他在武漢目擊了國共決裂，於是
離開去南昌，因途遭阻塞，去了牯嶺，突然生病，到 8 月中旬
從牯嶺回上海，從此便成為職業小說家。他和共產黨失去組織
聯係，事實上不明不白地失去了黨員身份，這一點直到茅盾死
後，中共中央按其遺願「追認」他為共產黨員，方真相大白。
上面這段話說他回上海時，正值他的妻子孔德沚小產，且遭到
國民黨追捕，既身處險境，且逢家難，從客觀方面說明他沒有
「緊緊跟上」的理由，但他承認更主要的是因為自己一時對革
命產生「悲觀」，不進則退，從其語氣來看，隱含「一失足成
千古恨」之意。

他是最早加入中共的黨員之一，在《回憶錄》中已寫得夠
清楚，他的脫離組織，從蓋棺論定看，卻也是和共產黨之間兩
相情願的一種奇妙的默契。不過組織生活，不受黨的紀律約
束，給茅盾的小說世界以相對自由的空間，所謂性之所近，也
是尊重他的選擇。反過來他也確實一貫忠誠，或許比一般黨員
作家更自覺地服從中央的路線方針。

須說明的是，所謂「大革命失敗」，是專指 1927 年中共

的挫敗。事實上蔣介石在「清共」之後，以正統自居，仍天天高唱「三民主義革命」，也不免在茅盾當日的「革命」用語裡留下痕跡。此時毛澤東剛上井崗山，「農民革命」還是「星星之火」，茅盾對這一「革命」的理解和接受大約還得化一段時間。但「大革命失敗」云云的確道出他當時的思想危機，即他曾經為之信仰及奮鬥的共產主義革命一時失敗，對他卻造成失語，需要反思和重構「革命」話語。就其意識結構而言，此前以「革命」為支柱的概念之廈已隨之塌陷，他的腦子出現某種真空，充斥其間的卻是創傷記憶和混亂印象，如夢魘般排遣不開。他在不到一年裡匆匆寫完的《蝕》三部曲，是一種情緒及無意識的暴風驟雨式的宣洩，混雜著悲觀、頹廢和憤慨。發表之後引起軒然大波，受到激進左翼作家的圍攻。1928 年 7 月，為回應批評，茅盾發表〈從牯嶺到東京〉一文，言及當時如何開始寫小說：

　　……雖然人家認定我是自然主義的信徒，── 現在我許久不談自然主義了，也還有那樣的話，── 然而實在我未嘗依了自然主義的規律開始我的創作生涯；相反的，我是真實地去生活，經驗了動亂中國的最複雜的人生的一幕，終於感得了幻滅的悲哀，人生的矛盾，在消沉的心情下，孤寂的生活中，而尚受生活執著的支配，想要以我的生命力的餘燼從別方面在這迷亂灰色的人生內發一星微光，於是我就開始創作了。我不是為的要做小說，然後去經驗人生。[2]

　　比起茅盾的晚年回憶，這段話更反映了歷史語境。當時批

評他的如錢杏邨等都是共產黨員，可說是圈子裡人，或許會對他在革命緊要關頭是否「緊緊跟上」產生敏感，不過正如茅盾說的，當時像他那樣產生迷惘而摸索「革命道路」的，是「有普遍性的」。再說那些文壇上叱吒風雲者，也沒有去戰場上衝鋒陷陣。在這樣的語境裡，在〈從牯嶺到東京〉中，茅盾以誠懇的認錯和懺悔取信於同志，另一方面為三部曲作辯護，主要一點是他聲稱其創作動機是表現小資產階級的幻滅、動搖和追求，為的是爭取他們。這理由是否成立是一回事，更重要的在於表明他自覺將小說寫作實踐當時在圈子裡最為權威的階級鬥爭理論，說明他緊緊跟上革命大方向。另一點也很重要，即要說明「我不是為的要做小說，然後去經驗人生。」寫三部曲是他表達「革命」經驗的自然要求，目的是為了革命，賣文為生非其初願，弦外之音是即便如此，亦因一時失業──不能繼續做職業革命家所致。

的確，「我是真實地去生活」這一段，在語言上生動、真實地傳達出他當時的心態和語言氛圍，不啻是表達其走向文學一種宣言，所謂「從別方面」「發一星微光」，雖然小說不再是「小道」，但畢竟含有傳統文士的「詩乃餘事」的抱憾。三部曲中特別是《追求》最為「悲觀」，為此他深表悔悟，固然基於其強烈的倫理立場，但從美學上說，他在寫作時那份投入而臻至某種忘我的境界，在茅盾的創作生涯中實在鮮見：

> 《追求》是基調是極端的悲觀；書中人物所追求的目的，或大或小，都一樣的不能如願。……我承認這極端悲觀的基調是我自己的，雖然書中青年的不滿於現狀，苦悶，求出路，是客觀的真實。……我那時發生精神上的苦

悶，我的思想在片刻之間會有好幾次往復的衝突，我的情
緒忽而高元灼熱，忽而跌下去，冰一般冷。……這使我的
作品有一層極厚的悲觀色彩，並且使我的作品有纏綿幽怨
和激昂奮發的調子同時並在。《追求》就是這麼一件狂亂
的混合物。我的波浪似的起伏的情緒在筆調中顯現出來，
從第一頁至最末頁。……我很抱歉，我竟做了這樣頹唐的
小說，我是越說越不成話了。但是請恕我，我實在排遣不
開。[3]

這樣「排遣不開」跟他如同囚徒般「禁閉」的寫作狀態有
關：

　　……要做一篇小說的意思，是在牯嶺的時候就有了。
八月底回到上海，妻又病了，然而我在伴妻的時候，寫好
了《幻滅》的前半部。以後，妻的病好了，我獨自住在三
層樓，自己禁閉起來，這結果是完成了《幻滅》和其後的
兩篇──《動搖》和《追求》。前後十個月，我沒有出過
自家的大門；尤其是寫《幻滅》和《動搖》的時候，來訪
的朋友也幾乎沒有；那時除了四五個家裡人，我和世間是
完全隔絕的。我是用了「追憶」的氣氛去寫《幻滅》和
《動搖》，我只注意一點：不把個人的主觀混進去，並且
要使《幻滅》和《動搖》中的人物對於革命的感應是合乎
當時的客觀情形。[4]

所謂「只注意一點：不把自己的主觀混進去」，他特意點
出對小說形式現代性的追求，涉及他一向主張的反映現實生活

必須「眞實」，必須以客觀觀察、科學描寫爲基礎。這一「客觀性」得到普實克的充份評價，認爲這是茅盾「史詩」小說的基本特徵，也即與舊小說相區別的標誌。1945 年在〈回顧〉一文中，茅盾又道及當時的寫作狀態：

> 我怎樣開始寫第一篇小說的？事極平凡。因為那時適當生活「動」極而「靜」，許多新的印象，新的感想，縈回心頭，驅之不去，於是好比寂寞深夜失眠想找個人談談而不得，便喃喃自語起來了。如果我以前不曾和文學有過一點關係，那末，這「喃喃自語」怕也不會取了小說這形式罷？那時只覺得倘不傾吐心頭這一點東西便會對不起人也對不起自己似的。至於這一點東西淺薄到如何程度，錯誤到如何程度，一概都不管了。[5]

十個月足不出戶，「喃喃自語」即爲生存狀態，如果沒有堅強意志的支撐，大約會陷於瘋狂。（這麼說來，他在寫完三部曲即去日本「換換環境」，即發生與秦德君的戀情，似合乎物極必反的道理。）茅盾如何把他的獨白轉化爲小說的衆聲喧嘩且具「客觀性」，卻頗費周折。確是一吐爲快，並沒想到招來頗具殺傷力的批評；「喃喃自語」之所以能變成「小說的形式」是因爲他「曾和文學有過一點關係」，自謙之中也表示有幸與文學結緣。事實上茅盾對三部曲的遺憾不僅是內容上的，也是形式上的。1930 年三部曲出版，總題爲《蝕》，茅盾爲之寫了簡短的〈題詞〉，說到「這三篇舊稿子是在貧病交迫中用四個月的工夫寫成的；事前沒有充分的時間以構思，事後也沒有充分的時間來修改，種種缺陷，及今內疚未已。」[6] 1957 年

在〈寫在《蝕》的新版的後面〉一文中又說到那時他「第一次寫小說，沒有經驗，信筆所之，寫完就算。那時正等著換錢來度日，連第二遍也沒有看，就送出去了。等到印在紙上，自己一看，便後悔起來；悔什麼呢？悔自己沒有好好利用這份素材。」[7] 之所以寫得粗糙，也是因為生活逼迫，後來在〈外文版《茅盾選集》序〉中提到：「當時我受蔣介石的通緝，不能不過地下生活，自然也無法找職業，只有賣文謀生之途。」[8]

　　根據這些引文，能想見當時的茅盾，個人和革命的命運既唇齒相依，又皮之不存，處於極端的危機和困境之中：孤立無援、貧病交困，週遭是混亂或麻木，時而聽聞的是殺戮。人生至此，當處於怎樣的一種心境？同時作者為革命何去何從而求索、徬徨，在思想與意志上經受巨量的忍耐與考驗。而在這樣狀態下的寫作，最費筆墨描寫的是那些「時代女性」！他的回憶還揭示驅使他寫小說的另一重要層面，即他和「時代女性」的關係。這一事實也最令人費思——一些女性成為茅盾最初寫小說的原動力，什麼主義、革命或小說寫法尚屬其次。由此凸顯的是作者的一腔熱情，一段追憶，一個感性和性感的世界，其中充滿激情與狂想。在〈從牯嶺到東京〉中，茅盾說「要做一篇小說的意思，是在牯嶺的時候就有了」。但事實上更早，後來在 1933 年發表的〈幾句舊話〉中說到，在 1926 年 4 月，他從廣州回上海，那時：

　　　　同時我又打算忙裡偷閒來試寫小說了。這是因為有幾個女性的思想意識引起了我的注意。那時正是「大革命」的「前夜」，小資產階級出身的女學生或女性知識份子頗以為不進革命黨便枉讀了幾句書。並且她們對於革命又抱

著異常濃烈的幻想。……

　　記得八月裡的一天晚上，我開過了會，打算回家；那時外面大雨，沒有行人，沒有車子，雨點打在雨傘上騰騰地響，和我同路的，就是我注意中的女性之一。剛纔開會的時候，她說話太多了，此時她臉上還帶著興奮的紅光。我們一路走，我忽然想到「文思洶湧」，要是可能，我想我那時在大雨下也會捉筆寫起來罷？[9]

　　在回憶文字中，〈幾句舊話〉寫得尤其輕鬆，看不到政治的負重感。陳幼石特別重視此文，在她的專著裡全文抄錄，並認為其中「滲雜著實事、隱喻和政治寓言」而作雙重「層次」的解讀。[10]我倒覺得〈幾句舊話〉更像一篇茅盾言及自己何以會寫小說的「傳奇」——頗如一位「明星」作家的自我鏡像。文中的確隱去了許多實人實事，或許正技巧地躲避了政治的刪檢，尤其凸顯了浪漫情懷，以滿足一般讀者的窺私慾。根據〈外文版《茅盾選集》序〉一文，那些小說中的女主角可追溯到更早「五卅」前後的上海：

　　《幻滅》主要寫兩個女性——靜女士和慧女士，後來的《動搖》和《追求》也著重寫了女性。這有它的原因。「五卅」運動前後，德沚從事於婦女運動，她工作的對象主要是女學生、中小學教師、開明家庭中的少奶奶、大小姐等等小資產階級知識份子。她們常到我家中來，我也漸漸與她們熟悉，對她們的性格有所瞭解。大革命在武漢，我又遇到了不少這樣類型的女性。[11]

　　這類新女性要求進步，不僅給革命塗上一層浪漫的油彩，帶來許多狂想。接下來在武漢，作者又看到「在緊張的大漩渦中，她們的性格便更加顯露。」「我眼見許多『時代女性』發狂頹廢，悲觀消沉。」[12] 在他的週圍所發生的許多小故事，革命脫不了戀愛，「可以見到大革命時代的武漢，除了熱烈緊張的革命工作，也還有很濃的浪漫氣氛。」[13] 應當說茅盾寫小說的衝動是屬於「浪漫」型的，這數年間他投身在革命的「大洪爐」，「大漩渦」裡，充滿了青春激情。雖然不清楚他自己有多少浪漫的想像，卻爲一些革命女性的「幻想」所激動。

　　對茅盾來說，觀察和描寫女性，爲的是表現她們的「時代」特徵，對她們作那種「自然主義」或「現實主義」的客觀、科學、精密的描寫是他的初衷之一，其中包含著把個人的主觀情緒或私生活排斥在再現領域之外。這一點也是茅盾的刻意創新之處，要使他的歷史小說同舊派作家或新文學作家如郁達夫等人的自傳、傷感傾嚮區別開來。但問題是，描寫女性這一選擇的本身便是主觀的，反映了他當時生活經歷與主觀情緒的「浪漫」性。這並不奇怪，茅盾最初寫小說的激情和他私生活有一定的關係，雖然這方面的材料較缺乏。當時他 30 歲左右，精力旺盛，照他自己說，雖然「身體衰弱」，但「熱血塗湧依然有吞下整個世界的狂氣」。[14] 當然更雄辯的是他與秦德君之間的婚外戀插曲，卻不意陷入了張資平式的小說佈局。但茅盾並沒有料到，把「時代女性」作爲小說主角，給表現歷史意識和革命方向的「時代性」帶來了重重困難，最困難的莫過於同自己的主觀「思想情緒」作戰。[15] 他後來明白：「作家儘管力求客觀，然而他的思想情緒不能不在作品的人物身上留下烙印。」

上述有關茅盾最初小說創作的自述材料，面對不同的歷史環境、印刷傳媒和言說對象，揭示了復雜的層次。不過，據此我想取一種現象學的詮釋策略，回到茅盾當時身心所處的場景，由此展開對他的早期小說的讀解。設定「大革命失敗」給他帶來深深的「幻滅」，遂使他的觀念意識的鍊條出現斷裂，由此進入的創作狀態，乃沉浸於令其迷醉的語言世界，充斥著混亂的情緒和意象。這樣的設定亦有利避免道德和美學評判上的先入之見，通過分析這一具體的創作過程，揭示茅盾如何將時間意識與女性的身體牽絲攀藤地糾結在一起，如何通過文學「現代性」的探索而經歷了自我救贖的英勇歷程：他的「客觀」描寫的企圖一再受到主觀情緒的干擾，又遭到女性身體的「慾望語言」的不斷反抗和顛覆；另一方面，茅盾通過創作實踐，將歷史意識轉化為象徵、寓言、脩辭及語碼系統，一步一步探勝尋幽，造成女性形象的轉換和替代，亦展示文學形式自身行進的規跡，最後卻不得不求助於觀念，終於達到控制自我慾望與女體指符的境地，而將自我重新融入革命集體。這不僅實現了他自己的道德完善，並將小說敘述進一步納入「無產階級」的歷史敘事模式。

在茅盾怎樣寫小說的傳奇裡，引起學者興趣的，是屢屢出現的有關「雲」的意象。這或許有助於我所謂的詮釋上的「現象學」取徑。當他從武漢撤退而至牯嶺，在山上突然生病，此時小說和女性也繼續在追蹤他。在廬山上，他認識了一位患「肺病第二期」的雲小姐：

> ……這「病」的黑影的威脅使得雲小姐發生了時而消
> 極時而興奮的動搖的心情。她又談起她自己的生活經驗，

這在我聽來，彷彿就是中古的 romance——並不是說它不好，而是太好。對於這位「多愁多病」的雲小姐，——人家這樣稱呼她，——我發生了研究的興味；她說她的生活可以作小說，那當然是，但我不得不聲明，我的已作的三部小說——《幻滅》、《動搖》、《追求》中間，絕對沒有雲小姐在內；或許有像她那樣性格的人，但沒有她本人。因為許多人早在那裡猜度小說中的女子誰是雲小姐，所以我不得不在此作一負責的聲明，然而也是多麼無聊的事！[16]

為何「許多人」「猜度」？對象都是「雲小姐」？看來這「許多人」多屬知情者。作者這一捍衛文學自律的「負責的聲明」值得尊重，卻也可見當時洋溢於三部曲小說裡外的浪漫氣氛，與他的私情不免牽絲攀藤之嫌。與此有關的，在牯嶺茅盾還寫了一首詩，題為〈留別〉，刊登在 1927 年 8 月 19 日武漢《中央日報》的副刊上：

> 雲妹，半磅的茶葉已經泡完，
> 五百支的香煙已經吸完，
> 四萬字的小說已經譯完，
> …………
> 信封、信箋、稿紙、也都寫完，
> 矮克發也都拍完，
> 暑季亦已快完，
> 遊興早已消完，
> 路也都走完，

話也都說完,

錢快要用完,

一切都完了、完了,

可以走了!

此來別無所得:

但只飲過半盅「瓊漿」,

看過幾道飛瀑,

走過幾條亂山,

但也深深地領受了幻滅的悲哀!

後會何時?

我如何敢說!

後會何處?

在春申江畔?

在西子湖畔?

在天津橋畔?

　　對於牯嶺之「雲」,陳幼石從茅盾的作品及其文學背景作了艱苦而繞有興味的考索,認爲它的衆多指符皆具諷刺意味,且兼指男女。「女性所代表的多屬抽象的革命理想、美好的遠景與似乎值得追求的目標,而以『雲』爲名的男性則成了執行這些目標的實際行動代表。」[17] 我的解釋或許更爲簡捷:在革命「幻滅」之餘,卻浮現了「雲」,且如此執著,乃是作者從自我的鏡像投射出一種最基本的「存在」狀態——命運的飄忽、思想上空空如也。

　　「雲」所浮現的也是文學的「存在」狀態,是作者從革命

退出而轉向文學的徵兆。就「雲」的外來文學資源而言，自然聯想到俄國未來主義詩人馬雅可夫斯基的長詩〈穿了褲子的雲〉，[18] 馬氏固然為茅盾所心儀，或許更確切的可聯繫到波特萊爾（Charles Baudelaire, 1821-1867）的題為〈遊子〉的散文詩，最初由周作人譯出而流播人口，它刊於 1922 年的《小說月報》上，其時茅盾為主編，也不會不知道。對於詩中「奇異的遊子」來說，什麼家庭、祖國，他都不在意，好像什麼都「完了」的樣子。最後一句他說：「我愛那雲，——那過去的雲，——那邊，——那神異的雲。」[19] 如〈留別〉一詩所示，和「雲」的意象相一致的是那種輕鬆的風格，如學者注意到，這和當時革命失敗、同志們捨生忘死急於赴難的嚴重情勢顯得極不協調。為什麼不呢？向「革命」告別的本身便是一種選擇——使茅盾之所以為茅盾的選擇。本來他自一年半之前投入革命的漩渦之後，不時產生寫小說的衝動，受到那些「時代女性」的隱祕召喚，現在他要抓住這一轉機，回到文學圈子，踏上小說創作之旅。因此儘管在革命失敗的悲哀、幻滅之際，他感到一陣解脫，此即「輕鬆」風格所蘊含的。再說他自己生病，盧山恰為休養勝地，那個患了「肺病第二期」的「雲小姐」，亦何嘗不是作者自喻？「肺病」作為一個文學比喻，按照蘇珊‧桑塔格（Susan Sontag）的經典論述，對於漢斯‧卡司托（托瑪斯‧曼（Thomas Mann, 1875-1955）的小說《魔山》（The Magic Mountain）中的人物）來說，患上肺病，意味著使他更為特立獨行、才情奔放。[20] 實在說來，茅盾確屬小資產階級的一員。據胡蘭畦回憶，她在 1924 年從四川到上海，在上海女子工業社「認識了孔德沚和陳望道教授的妻子吳庶五，她們都是女子工業社的股東」。[21] 而陳望道是大江書鋪的業主，

最初爲茅盾出版《子夜》的。這並非說茅盾是個有產者，因此決定了他對革命的猶豫立場，不過當時對他的生存來說，回到上海也是一種頗爲實際的職業上的選擇，所謂「賣文爲生」本來就有文壇的人脈背景，這不是一般文學靑年所能做到的。

「時代女性」與時間意識

茅盾一開始以「時代女性」作爲小說人物，對他的文學生涯來說，是一個幸運而高明的選擇。在前兩章所勾畫的 20 年代文學背景中，可見他的獨特之處：不像蔣光慈、胡也頻等人從意識形態出發去塑造「無產階級」新英雄，也未著意於男性形象，卻用心刻畫了「幾個特異的女子」。[22] 她們的「模特兒」來自都市「新女性」，已常見於當時流行的戀愛小說中，而所謂「特異」，乃在於給她們套上了「時代性」的籠彎，其中包涵進步史觀與小說形式上的考量。在三部曲中她們不拘一格，風情萬種，或純眞、或放浪、或頹廢，之所以得到如此的藝術表現，還得歸因於其時作者對於「革命」含義的不確定把握，表現爲一種對未來朦朧許諾的烏托邦空間，混雜著蘇維埃想像、無政府主義、女「性」解放、歐洲現代主義文學，甚至包括「小資產階級」的習性。

複雜性還涉及茅盾早期小說與都市的關係，對此學者間莫衷一是。一般認爲現代「都市文學」至 30 年代趨於成熟，而《子夜》開場一段上海「外白渡橋」的夜景，幾被視作標誌性描寫。[23] 許道明指出《子夜》的那種「把握上海這座現代化城市的氣魄」在其處女作《蝕》中已見端倪。尤其是章秋柳「特見上海精神」。[24] 而吳福輝在其文采斐然的《都市漩流中的海派小說》一書中未提茅盾，大概是他的「革命」身份與「海

派」南轅北轍之故。在一本談論北京的書中，趙園偶提一筆茅盾，卻有驚人之論。她認爲三部曲中《幻滅》，尤其是《追求》，已是「更成熟更有功力的城市文學作品」，其「由人性深度到達的都會文化深度，是穆時英輩無力企及的。」之所以如此看高茅盾，固然是他的小說「以西歐某種『文學城市』爲參照」，[25] 但我想還是不能低估他的「革命」性。就那些「時代女性」而言，她們游走於革命與都市之間，一方面處處是上海市景：南京路、法國公園、電影院、跳舞場、酒樓、旅館、石庫門弄堂、亭子間，另一方面她們與現實的資本主義機制貌合神離，如來自烏托邦的幽靈。有時革命與都市的界線不甚分明，但即使「頹廢」如章秋柳，在德意志「表現主義」的投影中象徵著「激情的迸發」，在靈肉一致方面變得更爲聖潔。事實上在女性身體暴露方面含有訴諸窺視的「誘惑」（seduction），但仍有倫理的尺度，其商業性不像張資平、葉靈鳳等人走得那麼遠。

這些「時代女性」標誌著他的文學「現代性」追求，同「美人香草」、「紅顏知己」這類傳統美學的決裂，也顯示了他所受到的歐洲現代主義文學的影響，儘管在他整個的創作生涯中僅是曇花一現。這一選擇也有政治因素在內，因爲無形之中忽視了男性。茅盾後來談到《蝕》三部曲「沒有出現肯定的正面人物」，這當然是指「李克」式的男性革命者。從實際的政治考慮，儘管他親身經歷大革命的「大漩渦」、「大洪爐」，與「革命運動的領導核心有相當多的接觸」，又「經常能和基層組織與群衆發生關係」，[26] 他卻不能直接寫這樣的「大革命」歷史。這要涉及具體的人和事，以及國共兩黨之間的是非曲直，這就不是茅盾所能蓋棺論定，另一方面大約他實在看

不出有什麼「正面人物」是值得作藝術表現的吧。有的學者指出，三部曲裡真正的歷史推動力是缺席的，如王德威指出，在三部曲中並未體現歷史的推動力，僅反復表現了這些女性的革命熱情與失望。這就和「正面人物」的缺席有關。[27]

　　當時批評三部曲最尖銳的來自太陽社的「革命文學」理論家錢杏邨。他指出茅盾的作品沒有成為「大勇者，真正革命者」的「代言人」，而是做了「幻滅動搖沒落人物」的「代言人」。「所謂『大勇者，真正革命者』代表著什麼呢？他們是必然的代表時代的進展，必然的是代表著有著前途，有著希望的向上的人類，他們是創造著新的時代的腳色。」[28] 從這樣的高調裡，我們已經可以聽到那種無可抗拒的「必然」──來自「世界革命」的「宏大敘事」的神聖召喚。即使在二、三十年代的歐洲，世界革命的歷史敘事也已經四分五裂，盧卡奇力圖構築所謂「無產階級革命」敘事的新模式。而茅盾所能提供的最初契機卻是一部混合著雜音的交響曲。從五四以來那種線性的進化歷史觀在中國知識份子腦中已經生了根，但在 20 年代末，至少在左翼文人那裡，這一現代時間意識更以一種機械的理解與馬克思的歷史分期觀念相結合。這不僅與國際共產主義運動及其權力運作直接關連，而處於劣勢的無產階級更需要普世性的理論作後盾。在這樣的背景下，茅盾早期小說中以「時代性」為主題，並對時間意識作探索並非偶然，而錢杏邨的批評焦點也集中在所謂茅盾的「創作哲學」──即時間意識上。從《蝕》三部曲開始，通過「時代女性」而表現「過去」、「現在」與「將來」之間的關係，也是一個逐漸展開而凸顯的現象。三部曲將近尾聲時，出現了所謂「北歐神話」的時間的象徵框架，也就是茅盾在 1928 年秋〈從牯嶺到東京〉一文中

聲稱「現在是北歐的勇敢的命運女神做我精神上的前導」。一年之後茅盾在〈讀《倪煥之》〉一文中明確提出「時代性」和「意識形態」作爲他文學創作的追求目標，這「時代性」一詞也多半從當時批評三部曲的文章裡借來。[29] 而在「意識形態」方面更受到「革命文學」論爭的觸發。因此這時間意識的不斷加深的過程，在象徵以至概念的層面給作品中女性形象的塑造發生不同程度的作用，而作者將主觀的時間框架強加於想像世界時，將自己的狂想投射到富於「肉感」的女性身體上，其間必然出現主觀意圖與語言表現之間的矛盾、錯置或自我消解等實際效果。

這些早期小說裡的女主角，茅盾自己說表現了一些「小資產階級知識份子」在革命運動中的「精神狀態」，和他自己後來所說的「時代性」增大了距離。其實在他的作品裡，問題不那麼簡單：這樣的「小資產階級知識份子」的表現如何在「女性」、「人性」、「民族性」以及「階級性」的斑斕色譜中定位？如果某種線性描述仍是作家研究的重要依據，我們不難發現這些女性形象——《蝕》三部曲中的靜女士、方太太、孫舞陽、章秋柳、《野薔薇》裡的嫻嫻，以《虹》的梅女士爲終結——從各篇小說創作的先後時序來看，她們呈現某種曲線的運動，向「時代性」的創作準則越靠越近。換言之，隨著作者描寫技術的改進，她們在思想氣質上更具時代性或社會性，她們的主體意識表達得更具革命性。更主要的是，敘述者運用「過去」、「現在」與「未來」的時間框架，直接或間接地在她們身上體現這種時間意識。理想地說，她們應當被表現爲處身在歷史的變動中，能夠正視現實，抓住現實，既不留戀、傷感於過去，也不幻想將來。在清醒地認識現實的基礎上進入將來。

這些人物不一定被表現為領導革命運動的「大勇的眞正革命者」，但像梅女士那樣，在「時代」這一「學校」的薰陶中成長，逐嚮往革命，不折不撓，跟上歷史的進程，掌握了自己的命運。更帶暗示意義的是，這樣的「時代性」蘊含某種原始的激情衝動，衝向一個有待重新整合和開展的革命目標。

茅盾寫小說含有存在意義上的緊迫性，不僅與生存問題糾纏在一起，更重要的是，小說也是他探索、求證革命信仰的方式。在不可能爲歷史提供具體的解決方案時，更爲有效的是把革命再現爲一個有關存在價值的比喻，彷彿是一面鏡子，反映當下展開的人生舞臺，其中戲劇性地展開「眞與僞，善與惡，美與醜」的互相激戰，並捲入讀者的思緒與感受。時間意識常常出現在一些嚴重的人生關口，主人公面臨存在和選擇時，凸現了生存的價值與當下的意義；當慾望與責任衝突之際，革命——作爲集體狂歡的節日，或血腥淋漓的事件——成爲價值衡量的標尺，警醒自我的鞭策，也是一種方向的暗示，未來的許諾。然而，在小說裡，這一「時間框架」作爲歷史敘述的載體，卻也成爲作者的主觀慾望的空間構築，與女性形象的構造、與作者自己的存在及身份認同的危機，互相穿插在一起，呈現出極其複雜的圖像。

王德威精闢地指出普實克僅注意茅盾小說裡特別注重「現在」，而沒有注意到其中所含的「將來」時態，更具意識形態的複雜性：

　　茅盾所刻意經營的是，歷史小說應當設定一種目標，能在回顧與展望兩者之間左右逢源。他對當下瞬息即逝的那種緊張不安的凝視，或顯示一種促進歷史過程的姿態，

並賦之於一個神秘的「歷史」的框架。開展中的事件深受注意，不僅因為它們的重要意義，並且因為它們構成一個過渡階段，一段序曲，導向最後的革命的歷史形式。這一展望的時態，即將當下置於過去時的括號中，是茅盾作品的關鍵。[30]

　　我想說明的是，這一「過去」與「未來」互相糾纏的「關鍵」，貫穿於茅盾的女性形象塑造過程中，也是理解所謂他「從左拉到更近於托爾斯泰」的樞紐。茅盾在《幻滅》之後就考慮這部小說的革命含意與整體框架，考慮到如何結束，遂意識到他的歷史敘述不可能放棄作品的價值和作家的責任。在「客觀」描寫歷史的同時，如何滲入作家的「主觀」，向讀者傳達希望的資訊，將讀者負載到未來、融匯到革命的巨流裡，成為茅盾講究形式的中心課題。然而茅盾在處理「現在」——我認為這一「關鍵」中的「關鍵」時，卻出現了深刻的危機，集中體現了客觀／主觀、自然主義／現實主義、文學現代性／革命文學、享樂原則／自由意志之間的激烈衝突。這些衝突之所以激烈，正因為他把女性看作同「革命」自然疏離的力量，這也與他受到「自然主義」的所謂「獸性」哲學的深刻影響有關。

靜小姐和方太太：過去時被動語態

　　上文提到茅盾在 1933 年〈幾句舊話〉一文中始言及「時代女性」：「終於那大矛盾又『爆發』了！我眼見許多人出乖露醜，我眼見許多『時代女性』發狂頹廢，悲觀消沉。」[31] 如果這種回憶投射到《蝕》和《虹》等早期小說，已伴隨後設色

彩。[32] 關於「時代女性」的界定問題，學者作過不少探討，一般都同意這是指五四以來「娜拉」式的「新女性」，而正如作者所聲稱的，也產生於他自身的經歷，表現那些曾使他激動驚歎的受「大革命」衝浪洗禮顛簸的女性，因此「時代女性」具有特定的歷史內涵。[33] 有的學者注意到《野薔薇》的幾個短篇中的女性形象與北歐命運女神的關係，蘊含著茅盾的時間意識：「不要感傷於既往，也不要空誇著未來，應該凝視現實，分析現實，揭破現實」。[34] 本文想進一步指出，從茅盾早年開始，表現進化史觀、使小說敘述成為「宏大敘事」的寓言，便是他的民族文學之夢；在創作反映「大革命」的《蝕》三部曲時，他就嘗試使女性形象成為過去、現在、未來的載體，尋求歷史命運的方向性啟示，於是「時代女性」打上了茅盾獨家經營的印記，且在形式上演示其嬗變之跡。後來在創作〈創造〉等短篇和《虹》時，由於他通過「革命文學」論戰掌握了馬克思主義「意識形態」、「辯證法」的理論，更明確地將「時代性」作為小說追求的寓言形式，表現集團力量、革命運動和歷史意志的三位一體，而梅女士的成長過程，始終受到這神聖歷史主宰的召喚和觀照，使她不斷克服自我而勇敢奔向解放之途、真理之域。而與此相應的，北歐神話作為一種次結構的運用乃從象徵的層面加強了「歷史」對小說人物的革命方向的把握。

理論的層面雖然重要，而小說再現中象徵指符的運用遠較觀念的認知來得複雜。鍾喜蓮在〈追求女神〉一文中從「新女性」的角度加以讀解，饒有趣味地指出在章秋柳等人物身上投射出類似維多利亞時代「尤物」（femme fatale）的影子，[35] 雖然這說法有待商量，也正說明茅盾筆下的眾多女性以其世界文

學資源的豐富蘊藏始終向詮釋開放。即使在上海都會的背景裡，如我前面對形形式式「革命加戀愛」的表現及其商品市場的歷史脈絡的鋪陳所示，「時代女性」與「新女性」既重合又區別，在都市現代性與革命烏托邦之間低迴流連，激浪突起，在張聞天、丁玲、張資平等人描畫的「新女性」長廊裡，茅盾的「時代女性」在迴首顧盼，投手舉足之際，別有種種迥異時流的豪放風情。

茅盾說：「《幻滅》、《動搖》、《追求》這三篇中的女子雖然很多，我所著力描寫的，卻只有二型：靜女士，方太太，屬於同型；慧女士，孫舞陽，章秋柳屬於又一的同型。」[36] 這兩種類型相互映襯或對照；在同一類型中，前後形象的同異之處顯示作者在描寫上的變化及其美學探索。她們與小說的整體結構、時間意識之間，構成某種辯證的關係。茅盾自己談到：「人物的個性是我最用心描寫的」，但「時時注意不要離開了題旨，時時顧到要使篇中每一動作都朝著一個方向，都爲促成這總目的之有機的結構。」[37] 的確，寫《幻滅》用了四個星期，此後更多的時間化在整體的構思上。寫《動搖》化了一個半月，但構思時間佔了三分之二；《追求》連構思帶寫作，共化了兩個月。[38] 因此，儘管一般認爲三部曲的結構「鬆懈」，我這裡著重討論的是人物與結構，即與「時間框架」之間的內在邏輯。

兩種人物類型的基本區別是：靜女士這一類是靜態、內向、溫柔、怯弱的；而慧女士等則是動態、外向、剛強、勇進的。前者對於革命潮流，如靜女士，容易產生幻滅；如方太太就根本落伍了。而後者更熱情、更合群，對歷史方向更具主動性，更符合「時代女性」的要求。這兩種女性類型已暗寓某種

進化歷史觀，與五四時期的動、靜觀念有密切聯繫。如 1916 年杜亞泉（1873-1921）發表〈靜的文明與動的文明〉一文，認為中國文明主靜，西洋文明主動。在比較東西文明利弊之後，杜主張兩者調和：「吾儕今日，當兩文明接觸之時，固不必排斥歐風侈談國粹，以與社會之潮流相逆，第其間之所宜審慎者，則凡社會之中，不可不以靜為基礎。」[39] 當時歐洲正酣戰不已，杜亞泉反思西方文明的弊病而希望國人不必妄自菲薄，故有此溫和改良的論調。杜在《東方雜誌》上也發表了一系列調和新舊思潮的文章，卻引起蔣夢麟、陳獨秀等文化激進論者不滿，在《新青年》上攻擊杜，遂掀起新舊文化之爭。顯然也是有感而發，李大釗撰文引伸了杜的東西文明一靜一動的說法：「顧宇宙間之質力，稍一凝靜，惰性即從之而生。」因此呼籲青年使「我之文明由靜的文明變而為動的文明」，[40] 他還說東西兩大文明是「靜的與動的、保守與進步是也」，[41] 就把動、靜看成是社會發展動力和阻力。

　　這一新舊文化之爭對茅盾不會沒有影響，[42] 而他把動、靜話語吸收到他的小說學裡，即關乎「靜的人物與動的人物」：

　　　　小說中人物有自從開篇的時候便已是一個定形，直到書終而不變的，叫做靜的人物；有自從開篇以至書終，刻刻在那裡變動的，叫做動的人物。冒險小說的人物大都是靜的人物，社會和心理小說的人物大都是動的人物。前者描寫一個性格如何應付各種環境，後者則描寫許多不同的環境或事變如何影響而形成一個性格。一部小說不止一個人物，所以同一書中常常有靜的人物也有動的人物。[43]

這樣的見解他在寫小說之前就已形成，那時茅盾讀了不少歐美小說理論，尤其認同於那種重視人物心理描寫的說法：

> 僅有一串冒險故事（結構）的小說，自然是低等的小說，至少比起那些有人物的心理進化並以人物心理衝突為構成事實的原料的小說是低等些，最高等的小說是包括兩者的：有故事，而故事即為人物之心理的與精神的能力所構成。

有趣的是茅盾把靜的人物看作適合「冒險小說」的人物，而動的人物則屬於「社會和心理小說」，在藝術上後者要比前者為高。但我們看他自己著手寫小說，人物不管是靜的抑是動的，都以開展其心理為主，雖然在具體處理兩類人物與敘事的關係方面有性質上的區別。

靜女士是非常寫實的，處處顯露時代的烙印，是一個「新女性」的縮影。她來自外省，在女校沐浴新式教育，充滿「勇氣、自信、熱情、理想」，對前途充滿迷人的憧憬；讀了「新出版的雜誌」，更受到時代的感召，來到上海「領略知識界的風味」；她的「政治理想」也「屬於進步的思潮」。但她「多愁善感」的性格與時代潮流之間總有一段距離。尤其在愛情上受挫折之後，就更容易產生理想的幻滅，更顯得被動。她的投入大革命浪潮，需要週圍的鼓動和自己心理障礙的克服，需要「動的新生活，張開了歡迎的臂膊等待她。」這同慧女士或孫舞陽不同，她們突然出現在革命隊伍裡，不需要作什麼解釋，彷彿在天性上就和革命有著某種親合力。

靜女士去武漢之前，有一段心理描寫，寫她徘徊在希望與

幻滅之間，「分明感得是有兩種相反的力在無形中牽引她過去的創痛」，揭示了這一人物內在運作的心理邏輯，已經隱含了過去與將來的時間關係：

> 這兩股力，一起一伏地牽引著靜，暫時不分勝負。靜懸空在這兩力的平衡點，感到了不可耐的悵惘。她寧願接受過去創痛的教訓，然而新理想的誘惑力太強了，她委決不下。她屢次企圖遺忘了一切，回復到初進醫院來時的無感想，但是新的誘惑新的憧憬，已經連結為新的衝動，化成一大片的光耀，固執地在她眼前晃。她也曾追索這新衝動的來源，分析它的成份，企圖找出一些「卑劣」來，那就可名正言順地將它撇開了，但結果是相反，她反替這新衝動加添了許多堅強的理由，她剛以為這是虛榮心的指使，立刻在她靈魂裡就有一個聲音抗議道：「這不是虛榮心，這是責任心的覺醒，現在是常識以上的人們共同創造歷史的時代，你不能拋棄你的責任，你不應自視太低。」她剛以為這是靜極後的反動，但是不可見的抗議者立刻又反駁道：「這是精神活動的迫切的要求，沒有了這精神活動，就沒有現代的文明，沒有這世間。」她待要斷定這是自己的意志薄弱，抗議;立刻又來了：「經過一次的挫折而即悲觀消極，像你日前之所為，這纔是意志薄弱！」[44]

「兩力的平衡點」不一定借自張資平的專用語彙，但靜女士卻是張氏小說常見的類型：處女的性覺醒，及校園生活作為培養新女性的溫床。靜女士來自外省，慧女士歸自花都巴黎，一個內向矜持，一個風流逸宕，猶如傳統和現代的雙重變奏，

隨著她們出入電影院、法國公園等場景，展示戀愛、情慾和倫理等新女性的成長課題。在〈愛的焦點〉裡，張資平表明他所描寫的是新一代的「女學生」，她們的「思想竟跟著她們的服裝一天一天的變遷起來了；她們不單不會給頑老的前輩同化去，居然有了抵抗力，能夠漸把腐敗的、非科學的、不經濟的舊習慣改了去。」[45] 但是《幻滅》一出手即不同凡響，不僅把校園生活的都市特徵表現得淋漓盡致，更在於對人物內在風景的開掘。像上面揭示靜女士的內心衝突，由「新理想」所激起的是一種道德「責任」和「意志」，驅使她投入「人們共同創造歷史的時代。」這種對人物心理大幅深度的描寫，爲張氏望塵莫及。靜女士這一自我反思、自我批評的模式後來在章秋柳、梅行素那裡又重演，都發生在小說情節的要緊關頭，既是作者表達他的「時間哲學」的重要方式，也是所謂「心理現實主義」的基本敘事特徵。

　　寫靜女士的情竇初開細膩而眞切，表現在她的身體感受上。那個下午她想起了抱素：「於是一根溫暖的微絲，掠過她的心；她覺得全身異樣的軟癱起來；她感覺到像是一種麻醉的味兒，……她實在經驗了新奇的經驗了。」

　　　太陽的斜射光線，從西窗透進來，室中溫度似乎加高了。靜還穿著嗶嘰旗袍，頗覺得重沉沉，她下意識地拿一件紗的來換上。當換衣時，她看著自己的豐滿的處女身，不覺低低歎了一聲。她又坐著溫理她的幻想。[46]

　　接下來對於她失貞於抱素的肢體描寫，也無疑遵奉了自然主義的典律，頗得之於莫泊桑《一生》的眞傳。這種處女的生

理感受及由初戀帶來創傷的記憶，跟張資平小說的一些女子相似，但不同的是，校園並非純情的伊甸園而成為日後懷舊的綠洲。在茅盾那裡，對情慾本能的描寫切入社會，當失身之後的靜女士發現抱素原來是個投靠當局的「暗探」時，其心靈遭受的打擊可想而知。這樣處理一個美麗少女的初戀似乎過於殘忍、過於政治化，不過就其戳破現代社會中初戀的幻想及人性——甚或男性——的醜惡而言，卻不失為一種啟蒙，而且在小說形式上對於才子佳人的愛情模式來說，無情地施以「現代」的重擊。其實「處女」這一純潔的指符已蘊含早熟，在小說一開始描寫靜女士從窗口望見曬臺上二房東太太的「舊紅衫」，巧妙地將校園與社會織成一片，正顯出上海的地貌特徵，並以富於情色的筆觸撩起窺視的一角。在這件紅衣衫向她吐露「整篇的祕密——它的女主人生活史上最神聖、也許就是最醜惡的一頁」時，已暗示她「處女的甜蜜的夢」的幻滅。

某種意義上靜女士是某一類型「新女性」成長的隱喻，確切地說是有關「童真」的現代之旅，它代表一切美麗的東西——純情和天真，屬於文明的古老記憶。就像靜女士懷中那枚母親的金戒指，母愛的回憶帶來片刻的溫馨，只是襯托出不得不接受的現實，但不可能回到美好的「過去」。雖然所再現的是從校園到革命的短促的人生切面，但發生的既無可悲歎，現實是如此瞬息即逝，難以捉摸。當她在革命洪流裡春開二度，陷入了和強惟力之間「白熱的愛」，初戀的苦果反開出愈加絢麗的花，更合乎現代戀愛的信念。倆人去廬山渡過「肉感」之週的那段大膽描寫，幾乎是莫泊桑《一生》中簡娜和於連的山中蜜月之旅的改版。

有意思的是，和靜發生戀愛的兩個男人，抱素和強惟力，

各被貼上「主義」的標籤，顯示了茅盾在人物塑造中觀念層面的考慮。抱素是個無政府主義者，自稱「崇拜克魯泡特金」。那是靜女士偶而發現他的紀事冊，裡面貼著克魯泡特金的箴言：「無論何時代，改革家和革命家中間，一定有一些安那其主義者在。」同時發現別的女子給他的情書以及他作為「暗探」給「帥座」的小報告。這些意味著無政府主義毫無信義，大革命之後已淪為國家主義者，其實是影射吳稚暉這一類人。吳在 20 年代初以鼓吹無政府主義知名於時，而在 1927 年 3 月成為蔣介石的「師保」，促成其反俄反共。[47] 而在稍後的丁玲和胡也頻的「革命加戀愛」小說裡，則出現了批判無政府主義的主題。

　　把強惟力寫成「未來主義者」是一種明確給人物按上時間框架的企圖，且《幻滅》以他重上前線結尾，賦於「大革命」以樂觀的象徵意味。未來主義源自馬利奈蒂（F. T. Marinetti, 1876-1944）在 20 世紀初的巴黎所倡導的藝術運動，狂熱崇拜推動現代進步的機械或電氣動力。在 20 年代引入中國，茅盾也是鼓吹者之一。大約也是某種呼應，在胡也頻的《到莫斯科去》裡，素裳說：「人應該把未來主義當作父親，和文學親嘴」。[48] 出自這麼一個傾向革命而有藝術品味的女主角之口，可說明在大革命之後，未來主義仍為青年所推崇。茅盾在《回憶錄》裡說到，惟力的原型是顧仲起，原是他在上海認識的一個文學青年，後來去了黃埔軍校，在北伐軍裡任連長，只知打仗，在戰場上衝鋒陷陣。但把他套上「未來主義」則出於茅盾的創意。在小說裡，他和靜的愛情好似曇花一現，「靜的女性的怯弱和溫婉，將這剛強的男子融化了，靜的聰明和多識又使他敬佩，他確是真心愛著她。」[49] 但事與願違，他既代表革命

動力,就不得不向愛情告別,勇赴前線殺敵。儘管未來主義和強惟力的結合顯得勉強,但他仍不失為可愛可笑,也使倆人的熱戀塗上一層明亮、詼諧而喜慶的色調,結果也使這場真愛的「幻滅」,不落入傷感的巢臼。倆人的離別是快樂而灑脫的,其實面對「未來主義」這一隱喻革命的歷史宿命,都是盲目而無可奈何的。

在「時代女性」長廊中,靜女士獲首選而得到充份的描寫,對於茅盾的小說內容和形式的探索而言,似乎是自然之舉。他先得盤點文學的庫存,清算自己的過去,然後能行之彌遠。作者的匠心首先表現在「時代女性」的類型選擇上。在寫到電影院裡看《罪與罰》這一節,幕間休息時,燈光亮了,我們看見靜、慧和抱素三人坐在一排。這令人想起舊小說裡經典式的三角關係,如《紅樓夢》裡的林黛玉、薛寶釵與賈寶玉,或如《兒女英雄傳》裡的張金鳳、十三妹與安公子。靜和慧是沿襲了「雙美」的程式,固是撩人心弦之舉,然而且不說如何與傳統傑作媲美,單是如何使讀者眼花撩亂,對於作者的才力來說,卻是一種挑戰:

> 五月末的天氣已經很暖,慧穿了紫色綢的單旗袍,這軟綢緊裹著她的身體,十二分合式,把全身的圓凸部分都暴露得淋漓盡致;一雙清澈流動的眼睛,伏在彎彎的眉毛下面,和微黑的面龐對照,越顯得瑩晶;小嘴唇包在勻整的細白牙齒外面,像一朵盛開的花,紅嫩,歡迎。慧小姐委實是迷人的呵!但是你也不能說靜女士不美。慧的美麗是可以描寫的,靜的美麗是不能描寫的;⋯⋯似乎有一樣不可得見不可思議的東西,聯繫了她的肢骸,布滿在她的

百竅，而結果便是不可分析的整個的美。慧使你興奮，她有一種攝人的魔力，使你身不由己的只往她旁邊挨；然而緊跟著興奮而來的卻是疲勞麻木，那時你渴念逃避慧的女性的刺戟，如果有一千個美人在這裡任憑你挑選時，你一定會奔就靜女士那樣的女子，那時，她的幽麗能熨貼你的緊張的神經，她使你陶醉，似乎從她身上有一種幽香發洩出來，有一種電波放射出來，愈久愈有力，你終於受了包圍，只好「繳械靜候處分」了。[50]

　　不言而喻，這裡的「你」指的是男性讀者，為挑動他的感官，茅盾顯然使出了渾身解數。有趣的是，雖然靜女士的孤傲、多愁善感的性格頗似林黛玉，而她和慧的對照屬一動一靜，這個「雙美」倒更像張金鳳和十三妹的模式，也即所摒棄的是寶釵的類型，而慧女士獨來獨往，性質上如女俠之於江湖。但在茅盾那裡，對兩美的描寫是受他的時間潛意識操縱的，對於革命運動，慧屬於能動、開放的，對照之間，靜已被置於「過去」，在歷史潮流中，她始終是被動的。如當時羅美的批評：

　　這個靜……是誠懇的，可愛的，她的真誠處 Naivety（按：意為「天真」）與經驗豐富的慧適成一個最鮮明的對照；她幾乎被捲入了潮流，尤其是在武漢時期，但是始終是她自己。她為求真誠的心的相印而被偵探所欺騙，為感覺自己的責任和前途的希望而投身入爭鬥的洪流；但是到處所遭逢的只是「幻滅」。對於當時偉大的過程的實際的意義她是不瞭解的，也不曾力求瞭解的，但是生活卻逼

　　著她要她作相當的結論，於是這個理想生活的追求者就用
她自己的尺去衡量一切。而終於給與了一個否定的批評。
51

　　羅美即茅盾之弟沈澤民，這一番評論頗見精髓。事實上茅
盾寫人物是與探求革命敘事的內在動力密切相連，而革命已隱
含著自在自為的歷史運動，像靜女士那樣，儘管天真可愛，但
缺乏主動性，當然也不可能成為駕馭歷史的動力。其結論就像
羅美說的：「我們吐棄像靜一樣的 Naivety」，同時他看出
「『幻滅』的真真主人公要算是慧而不是靜」，也是從人物與
歷史的主客體關係著眼。但無論是靜還是慧，他都覺得不滿，
她們都不能「認識這一切現實中的真相而毫無幻想的從這真相
中去找出達到解放的道路。」
　　某種意義上茅盾的小說創作起始於一個否定的手勢。雖然
慧女士這一類型更有潛力，在後來的孫舞陽、章秋柳那裡繼續
得到開展，但必須先將靜的意義探索殆盡，對於記憶的殘渣作
徹底的清算，方能輕裝上陣。慧的存在極其重要，是一種方向
性標尺，對於靜的表現來說，起到限制其意義範圍的作用。事
實上靜所代表的是每個人成長史中的「童真歲月」，其記憶與
母愛、初戀、懷鄉等相關，躺在生命的長河裡。但正如小說的
標題所示，一切都「幻滅」，為茅盾所否定的與其是這些令人
珍視的一切，不如說是揭示「童真」作為一種價值體系，同傳
統一樣無可奈何花落去，在現代社會中不存幻想的餘地。像靜
那樣「始終是她自己」，始終守著她的「童真」在心靈的隱祕
一角，不斷的希望，不斷的幻滅，不可能進入「未來」，革命
的大浪過後，她已屬於「過去」。

　　從茅盾這個否定的手勢，小說展開其「現代性」進程，金鼓齊鳴，以迂迴而急速的步伐整裝上路。否定也在形式上，像靜女士「窈窕淑女」的類型在中國文學的庫藏裡唾手可得，在外國文學裡也應有盡有。有個叫「雲裳」的批評者，大約是個好萊塢影迷，認爲「放浪形骸」的惠女士像硬派女星史璜生（Gloria Swanson），而「溫文淑賢」的靜，「略如麗琳甘煦」（Lillian Gish）。[52] 20 年代初格里菲斯（David W. Griffith）導演的幾部巨片如《重見光明》（The Birth of a Nation，今譯《一個國家的誕生》）等在上海風靡一時，尤其是《賴婚》（Way Down East，或譯《東下》）一片，更靠麗琳甘煦的催淚表演征服了觀衆。[53] 但是在靜的形象塑造中，茅盾對既有資源的動用極其審慎，實際上在靜的溫文賢淑中，加入了「神經過敏」的成份，她在失貞之後即感無聊、空虛，更屬都市的「煩悶」心態。這樣體現「新女性」的時代氣息，也蘊含一種對傳統的拒絕，即對傷感主義的拒絕，在這一點上，茅盾比別的新文學作家來得更自覺而堅決。

　　在靜女士的「希望」和「幻滅」之間的循環中，個人的愛情是中心。她打算和強連長一起回到她「家」裡去，正點明她的小家碧玉的特性，但小說迅即爲之劃上句號，一場浪漫、幸福的熱戀終未以團圓結局。但意味深長的是，在靜同強分別時，她勇敢地說：「我準備著三個月後尋快樂的法兒罷。」[54] 意味著儘管幻滅，青春仍在她的掌握之中，在廣闊空間裡，愛情還未被埋葬。但《動搖》中的方太太就兩樣了。她和靜屬同一類型，而作爲「過去」意義的進一步探索，作者似乎把薛寶釵的類型留給她，則變成了一種詛咒。她甘作賢妻良母，已在家庭的腐化空氣裡走向死亡。其實她只有 27 歲，在六年的婚

姻生活之後,已顯得「暮氣」沉沉。她說:「我是變了,沒有
從前那麼活潑,總是興致勃勃地了。恐怕年齡也有關係,但家
務忙了,也是一個原因。」自歎已經「跟不上」時代:「實在
這世界變得太快,太複雜,太矛盾,我眞眞的迷失在那裡頭
了。」[55]

　　《動搖》有點像「黑色幽默」,革命趨於瘋狂,亦為瘋狂
的情色所籠罩。無論是在方羅蘭對其妻梅麗的回憶中,還是他
對夢中情人孫舞陽的凝視中,「乳房」成為眩目的亮點,在理
想和頹敗之間閃爍。表面上《動搖》作為「大革命」的隱喻涉
及共產黨內部對於農民運動的論爭,但如果追踪小說中戀愛的
曲線,令人印象深刻的是對於主人公方羅蘭的「動搖」心理的
微妙刻畫。在當時流行的戀愛小說中,已婚男女之間的不忠及
現代家庭的破碎已是常見的主題。他的動搖不僅表現在政治
上,也在戀愛上,或者說在革命與愛情的兩極間徘徊。在和梅
麗結婚六年之後,遇上了孫舞陽;此時革命使他迷亂,家庭也
使他怠倦。孫舞陽成為他心上難以排遣的「幻象」,彷彿重新
點燃了他的希望,激起他對革命的憧憬,然而對茅盾來說更顯
身手的卻是左拉式的描寫。當方羅蘭重溫舊夢,對梅麗說起當
年的戀愛時段:

　　　「當時你若是做了我,也不能不動心呢。你的顫動的
　　乳房,你的嬌羞的眼光,是男子見了都要動心的!」

　　此時的方羅蘭已移情別戀,心頭已被孫舞陽的「幻影」佔
領,相形之下,方太太的身體在他的眼中大打折扣:

這晚上到睡為止，方羅蘭從新估定價值似的留心瞧著方太太的一舉一動，一顰一笑。他是要努力找出太太的許多優點來，好借此穩定了自己的心的動搖。他在醉醺醺的情緒中，體認出太太的肉感美的焦點是那肥大的臀部和柔嫩潔白的手膀；略帶滯澀的眼睛，很使那美麗的鵝蛋臉減色不少，可是溫婉的笑容和語音，也就補救了這個缺憾。[56]

在這麼估價方太太身體的經濟學中，她的乳房部份不見了，似被「肥大的臀部」所替代，且「嬌羞的眼光」也變得「略帶滯澀」。在這樣的描述中，「乳房」似乎佔有相當的分量，後來寫到方羅蘭見到孫舞陽：

現在方羅蘭正背著明亮而坐，看到站在光線較暗處的孫舞陽，穿了一身淺色的衣裙，凝眸而立，飄飄然猶如夢中神女，令人起一種超肉感的陶醉，除非是她的半袒露的雪白的頸胸，和微微震動的胸前的乳房，可以說是誘惑的。[57]

在方羅蘭「價值」的天平上，儘管方太太還有「肥大的臀部」及其他「肉感美的焦點」，卻難以與孫舞陽的乳房匹敵，此間生物的自然規律與歷史進化觀錯綜在一起。「乳房」的意象在魯迅的小說裡僅靈光一現，自張資平以來，幾乎是創造社作家的專利，但茅盾後來居上，尤其在《動搖》中，乳房的美感表現的領域大為開拓，象徵意義豐富複雜。另一方面，它也象徵革命的噩夢，群眾暴力的獵物，原始圖騰的祭品。

在方太太之後，作者對這類女性作爲「過去」的象徵的藝術探索似乎也到了盡頭。此後慧女士一類能動型的女性描寫卻進展迅速，至《追求》中的章秋柳那裡達到高峰。作者所要追求的「時代性」與「社會性」對應，指向一種公共、開放的空間，其中展開的是民族解放、社會改造的歷史壯劇，那麼個人愛情或家庭就被視作「私」的範圍，就自然要遭到「淘汰」。正像方太太身上，所謂精神上的衰老，被埋葬在「過去」裡；她的青春的熱情已經消失，她的「略帶滯澀的眼睛」再也不能看到自己的家庭小圈子之外。或許對於這一段「大革命」歷史的描寫出自茅盾最爲黑暗的記憶，因此在表現方太太這一「過去」的象徵時，出現某種妖魔化傾響。最後寫到從她的垂死的眼睛所看出的一片瘋狂，混雜著作者的恐懼和悲觀。

慧女士和孫舞陽：革命現在進行時

顯然，慧女士、孫舞陽、章秋柳這一類人物，一個個愈加鮮剝活跳，一個比一個更有血有肉。關於三部曲，茅盾說：

> 人物的個性是我最用心描寫的；其中幾個特異的女子自然很惹人注意。有人以爲她們都有「模特兒」，是某人某人；又有人以爲像這一類的女子現在是沒有的，不過是作者的想像。[58]

所謂幾個「特異的女子」，不外乎爲慧女士、孫舞陽和章秋柳。這一段話也暗示了詮釋的多重空間。對於批評家仍具挑戰的，是她們作爲藝術想像的結晶，爲何「特異」？其文學意義在哪兒？文化背景是什麼？想像的資源來自何處？回答這些

問題，勢必引出另一個茅盾，與我們習見的迥異。她們是茅盾創作中的「異」數，說是五四新文學以來的「異」數也不爲過。其實慧女士和孫舞陽基本上都是側寫，但到後者更呈現「時代女性」的特徵。最富創意的即在於「性」的表現上，在多元的性格組合中，互相衝突的元素卻能巧妙地、有時不無生硬地集「女性」和「革命性」爲一體，適合都市和革命的不同美學趣味。雖然這一特徵僅存於茅盾早期小說中，其中已經包含著對於言情小說傳統的反撥，將戀愛同「私人空間」從文學裡驅逐了出去。

《幻滅》的一開頭，我們聽到的是慧女士憤激的詛咒聲，「全上海成了我的仇人，想著就生氣！」[59] 她從巴黎回來，見過世界，嘗遍了人生的甜酸苦辣，不像靜女士從小嬌生慣養，她得不到母愛，受哥嫂的氣，回上海後一時未找到工作，就憤世嫉俗。不像靜女士在易生易滅的幻滅和希望中，顯出幼稚與脆弱，慧女士風流逸宕，剛果自信，對迅逝的生命的感歎，所呈現的是她張揚的個性，是那種把握自己命運的主動要求：

> 　　她努力想捉住過去的快樂的片段，但是剛想起是快樂時，立即又變爲傷心的黑影了。她發狂似的咬著被角，詛咒這人生，詛咒她的一切經驗，詛咒她自己。她想：如果再讓她回到十七八——就是二十也好罷，她一定要十二分謹慎的使用這美滿的青春，她要周詳計劃如何使用這美滿的青春，它決不能再讓牠草草的如癡如夢的就過去了。但是現在完了，她好比做夢拾得黃金的人，沒等到夢醒就已胡亂化光，徒然留得醒後的懊恨。「已是二十四了！」她的興奮的腦筋無理由地頑強地只管這麼想著。真的，「二

十四」像一支尖針，刺入她的頭殼，直到頭蓋骨痛的像要炸裂；「二十四」又像一個飛輪，在她頭裡旋，直到她發昏。冷汗從她額上透出來，自己乾了，又重新透出來。胸口悶脹的像有人壓著。她無助地仰面躺著，忍受最難堪的蹂躪；她張著嘴喘氣，她不能再想了！[60]

像前述靜女士的段落一樣，在細膩而深入的心理描寫中，所突出的是人物的反思特徵，這固然是表現「時代女性」具有自覺意識的重要標誌。這類具備「動」感女性像慧女士那樣，一開始崇尚一種「現在」哲學，即不留戀「過去」，也不計較未來。這種意識常出現在她意識到生命危機的當口，通過反思認識自己的處境，並作出決定。在茅盾那裡，藉此「反思」形式來探討人物與外部世界即主客體之間的辯證關係，對於小說敘事來說，也是為開展中的因果之鏈汲取動力。這裡對慧的心理，既然與靜屬於相對的類型，在處理上就大不一樣。在靜那裡，經過「虛榮心」和「責任心」之間的一番思想交鋒，她認識到身處「人們共同創造歷史的時代」，不應「拋棄」「責任」，遂有後來的投身革命之舉。靜通過自我批評而認清方向，乃出於一種觀念的考慮，在寫法上是一種第三人稱的客觀描述，更用了甲乙兩方辯論的方式。但這裡對慧的描繪，則直接潛入其內心，作第一人稱的獨白，且以一種現象學的方式寫她對時間的直覺感受，這對於小說的現代性追求來說，有不可忽視的意義。

詠歎紅顏如寄，華年似水，本是文學的經典主題，在中國文學裡淵源流長，名作輩出，一般來說其主調是尋尋覓覓，幽怨淒切，如果「多愁善感」是靜的性格的突出標誌，那麼讓她

來表現的話，就會如魚得水，對於傳統文學資源的運用，也大可左右逢源。但對於茅盾來說，首先分出靜和慧兩種類型，似乎也在傳統和現代之間劃出一道分水嶺。讓慧這樣的新女性來表現美人與時間遭遇的主題，無異於一種突破，一種挑戰，同樣也意味著對於傳統資源的揚棄。正如作者所精彩描繪的，慧的內心風景如狂風驟雨，即使也有淒楚之音，卻服從於一種要求作時間主宰的強烈慾望，確含鮮明的時代特徵，亦即對當下的稍縱即逝的感受達到如此強烈的程度，只有在現代都市「飛輪」般的生活節奏中才能產生。而且經驗中必須躍動著「肉感」，才能使慧女士迸發出如此刺心的生命感歎。

慧女士表現出女性意識的成熟與覺醒，是個人的、肉感的、享樂的，看不到像靜那裡出現的倫理的緊張。其生活的「快樂」原則與瞬息萬變的「現在」之間發生激烈衝突；當她目擊當下的一刻變成「過去」，因此產生抓緊當下的更強烈的慾望，而個性不得不承受時間的壓迫及其分割的煎熬。值得注意的是，「她要周詳計劃如何使用這美滿的青春，它決不能再讓牠草草的如癡如夢的就過去了」，對慧的類型而言，也是和靜的類型不同的一個極其重要的性格標誌。亦即那種把握歷史進程的要求中，伴隨著「周詳計劃」的思惟與行動，作為調整自我及克服客觀世界的必要條件。

確實，在慧身上茅盾傾注了更多的同情，在他的小說一開始就以靜和慧兩種類型分道揚鑣，對時間意識乃至把握歷史作不同性質的探索，也蘊含著他的創作的基本邏輯，在藉靜女士的形象對自己的過去作一種清算的同時，通過慧女士來搏擊當下，在理論上這類「動」感人物對歷史運動更有親和力，某種程度上將他更為熟悉的日常的都市經驗和盤托出，乃得心應手

之舉。像這樣的著力描寫正實踐了他的夙願,即現代小說應當表現「都市中青年們的心的跳動」、「現代人的煩悶」。[61] 毋寧說這裡所接通的源頭活水是歐洲十九世紀下半葉以來的現代主義傳統,即受到「自然主義」等現代文藝表現現實世界「當下性」(contemporaneity)的召喚,而使慧女士產生深刻煩悶的「現在」,正蘊含著波特萊爾所說的「現代性」,具有「稍縱即逝、捉摸不定、動蕩不安」之意。[62] 這種含有現代性的時間意識,在中國文學裡並非完全沒有,如果借自周作人的觀點,「新文學的源流」與晚明文學最有親緣的話,[63] 慧的時間意識或許可聯繫到湯顯祖筆下的杜麗娘,受到「自然」的啓示,情竇初開,在夢中偷食禁果而變成女人,通過遊園驚夢和尋夢的自我追尋和啓蒙之旅,正體現了對於大好春光的積極把握。

但慧的時間意識,尚未成為觀念性質的時間框架,還不具倫理及方向指示的預設,因此對於茅盾的創作從一開始就含有一個悖論,即慧的那種強烈的個人主義與那種代表集體意志與「革命」方向的歷史意識不啻是南轅北轍。她的「現代人的煩悶」既以個人「快樂」為內核,在小說表現上處於萌芽狀態,卻已荊棘橫生,顫動著倫理與美學的不安衝突。一方面這樣的「個性」為革命的歷史意識所不容,因此在小說裡,如何表現她們的享樂慾望與集體意志之間的水乳交融,或將前者「改造」或「革命化」,頗使作者煞費苦心。另一方面像慧女士這樣的性開放在中國的文化背景裡殊為「特異」,正是在這一點上,我們可感到在寫到她的「風流逸宕」之處所隱含某種傳統的殘餘,閃爍著倫理上的不安。尤其寫到慧到了武漢,在「大革命」中捲入瘋狂戀愛的「流行病」,不無風流自賞地周旋於

那些軍政幹部之間，然而淡然慘然地對靜說：「我高興的時候，就和他們鬼混一下；不高興時，就簡直不理。靜妹，你以爲我太放蕩了麼？我現在是個冷心人，儘管他們如何熱，總溫暖不了我的心。」[64] 如此靈肉分裂，帶著先天的心理創傷和道德缺陷，當然算不得一個完美的形象。如《幻滅》的結尾王女士說：「像慧那樣的人，決不會吃虧的。」即從革命隊伍中的同道發出的含有道德上的貶詞。因此羅美認爲：「《幻滅》的眞眞的主人公要算是慧而不是靜，因爲慧的行動是現代感覺幻滅者所必然走入的途徑。……我們吐棄像靜一樣的 Naivety，但亦吐棄像慧一樣的老練。眞正的老練是認識這一切現實中的眞相而毫無幻想的從這眞相中找出達到解放的道路。」換言之，像慧那樣還不是一個「正面人物」形象，雖有值得贊賞的「周詳計劃」的特性，但沒有引向認識眞理的正確之途，是應被「吐棄」的。

在《動搖》中，作者刻意打造孫舞陽的形象，故意拖延她的出場，先從各人眼中作一系列側筆描寫，事實上暗示她在小說中的地位，處於革命隊伍及方羅蘭家庭的焦點。最初是反派人物胡國光看到在「全城第一美男子」朱民生身旁的女伴，「比一大堆銀子還耀目」。但她「將一個側背形對著胡國光」，當然讀者也無法看到她廬山眞面目。過後胡國光回想起她身上的「一股甜香」，後悔「連面貌衣服裝也沒有看清，失智失張一至於此」。這麼寫孫舞陽，如驚鴻一瞥，引人遐想。後來她作爲「幻象」出現在方羅蘭的心中，在她「黑綠色的長外衣」上，「灑滿了小小的紅星」，「像花炮放出來的火星」，她「迷人的笑」中，那「一對黑睫毛護住的眼眶裡射出了黃綠色的光」。這裡濃艷幽麗的筆觸，頗具羅塞蒂的象徵主

義畫風，仍從側面勾畫出一個馳騁於革命風雲裡的「尤物」。
其後再一次從方太太眼中發現孫舞陽送給方羅蘭的一塊手帕，
遂醋意大發，惹出家庭風波，羅蘭的同事張小姐在一旁譏諷地
說「鬼是附在孫舞陽身上的」，又表出孫的風流成性，詭譎無
常。終於差不多到了小說的一半，在群眾大會上，孫舞陽才正
式出場：

> 在緊張的空氣中，孫舞陽的嬌軟的聲浪也顯得格外裊
> 裊。這位惹眼的女士，一面傾吐她的音樂似的議論，一面
> 拈一支鉛筆在白嫩的手指上舞弄，態度很是鎮靜。她的一
> 對略大的黑眼睛，在濃而長的睫毛下很活潑地溜轉，照舊
> 滿含著媚、怨、狠，三樣不同的攝人的魔力。她的彎彎的
> 細眉，有時微縐，便有無限的幽怨動人憐憫，但此時眉尖
> 稍稍挑起，卻又是俊爽英勇的氣概。因為說話太急了些，
> 又可以看見她的圓軟的乳峰在紫色綢的旗袍下一起一伏的
> 動。[65]

如此「用心」描寫「時代女性」，使同時期任何戀愛小說
都黯然失色。那種「攝人的魔力」首先有賴於「模特兒」般的
魔鬼身材，不見得胸脯大於腦袋，而富於主見，主動投身於革
命即是明證。她的性格狷傲、剛強，甚至狠心，同時卻莫名其
妙地含有那種「幽怨」，或「媚怨」，顯得楚楚動人。久慣於
情場，仍不失處女的純真與活潑。因為受過傷害，玩男子於股
掌之中，或存報復之心，使他們又愛又怕，卻沒有惡意，那種
「玩」過就算的性遊戲，未嘗不合多數男人的心意。

最為詭異之處，乃是孫舞陽天生麗質，帶一點神性，也帶

一點魔性，其形象塑造並不符合「現實主義」的金科玉律。跟靜女士這一類型不一樣，她們更具抽象性，缺乏現實的依據。她們特立獨行，不受社會關係的羈絆，更能操控自己的情感。她們的過去是模糊的，彷彿生活在激情的歷史裡，逸出了馬克思主義的政治經濟學的分析範疇。的確，她們的再現更得益於唐宋傳奇的文學想像及其男性狂想，那種烏托邦成份得之於20年代蘇俄的「杯水主義」，而那種「攝人的魔力」，「肉感」的刺激，或歇斯底里的「獰笑」，則帶有英法「頹廢」文學中的「尤物」的影子。

　　至今未認真對待的，是茅盾的三部曲對於中國都市文學的開創意義。這是當時人的看法，也更符合茅盾自己的原意。（正如把小說題爲「蝕」，是關於「遮蔽」的隱喻。在茅盾的生命或敘述的舞臺上，總會發現一些「潛台詞」）在〈讀《倪煥之》〉裡：「新文學的提倡差不多成爲『五四』的主要口號，然而反映這個偉大時代的文學作品……沒有都市，沒有都市中的青年們的心的跳動。」[66] 這是爲《蝕》的辯詞，但正由於該小說躍動著現代的律動，爲城市青年所喜愛。此後儘管《子夜》標誌著茅盾描寫都市生活的新方向，但描寫新女性形成新潮。以城市爲背景的「革命加戀愛」的主題，出現了像丁玲的《韋護》等，而另一路寫「尤物」式女性與現代性的，則有「新感覺派」劉吶鷗、穆時英等，至 30 年代亦一時蔚爲奇觀。

　　舉一個描寫細節，頗饒有興味，但其間的文學影響，當有複雜的譜系。即茅盾小說屢次寫到從她們身上發出神秘的「肉香」。那一晚，慧女士和抱素在法國公園裡：

> 一股甜香──女性特有的肉的香味，夾著酒氣，直奔抱素的鼻官，他的太陽穴的血管跳動起來，心頭像有許多螞蟻爬過。[67]

寫孫舞陽，不光是使胡國光回味無窮的「甜香」，又寫到：

> 她還只穿著一件當作睡衣的布長袍，光著腳；而少女們常有的肉的熱香，比平時更濃鬱。此景此情，確可以使一個男子心蕩。[68]

關於美人與香味，從波特萊爾到英國「頹廢派」詩人道生（Earnest Dowson, 1867-1900）等，是不絕如縷的母題。當然中國文學裡也不乏關於女體生香的典故，遠的不說，如《紅樓夢》裡的薛寶釵的「冷香」、林黛玉的「奇香」，雖然沒有「肉香」來得那麼刺激。繼茅盾稍後，則有邵洵美大放「頹廢」文學之奇葩，所謂「花香總帶著肉氣」，[69] 或者是：

> 你這從花床中醒來的香氣，
> 也像那處女的明月般裸體──[70]

其實三部曲裡「特異」的女性，作為藝術想像的來源，一面帶著「洋場」文化的交雜性，一面為她們營造了一個「革命」大熔爐，一種將作者自己所經歷過的風雲變幻塗上烏托邦色彩的革命世界。革命作為一種機制，規範了她們的思想行為，同時她們也成為探索歷史之謎的載體，這就是她們和都市

「新女性」既交雜又特異之處。像慧女士、孫舞陽、章秋柳等，作爲類型的「模特兒」的話，其原型隱隱凸顯在上海的都市風景線上——從晚清以來的「長三堂子」到風行 30 年代的「跳舞場」。用庸俗馬克思主義的階級分析，她們只能歸入曖昧不清的一類——「無業遊民」。然而經過茅盾的一番革命化的狂想，這些「時代女性」被組織起來，顯得體質健美，元氣充盈，猶有抵抗中產階級平庸美學的性格，不像「鴛鴦蝴蝶派」筆下的女子那麼溫順柔媚，也不像「新感覺派」那麼蒼白無血。[71] 茅盾所刻意描寫的女性「肉」體，不同於邵洵美那種綺詞麗藻的營造與詩意的觀照，而是「精力瀰滿」（葉聖陶形容茅盾寫作三部曲之語），是富於母性與「生產力」的有機體。孫舞陽住房中的「奇香」，並非作者的獵奇筆墨，那是從她服用的避孕藥發出來的。這確屬神來妙筆，大約張資平做夢也想不到這一招。其實「避孕藥」也切入當時的都市性話語，20 年代初美國控制生育活動家瑪格利特・桑格訪華，傳播節制生育、避孕知識，一時成爲報刊雜誌的熱門話題。[72] 這樣也更突出「時代女性」在性事方面的自主和自由，也爲她們省卻了不少實際的麻煩。三部曲裡對女體的如此描寫，完全合乎現代「衛生」標準，根植於當時城市（以上海爲範本）的日常文化：新女性的首要條件在於發育健全的身體，這作爲國民教育的一部份，其中未始不蘊含改良主義的「保種」、「強種」的思想底線。身體所指涉的慾望與母性，體現了她們的存在首先是一種自然的人性；在這樣的基礎上展示她們的精神世界就更具「可信度」，她們對革命的美妙憧憬與自由意志就更易於喚起讀者的認同。

時代特性也體現在她們的以「個人主義」爲中心的「性」

的態度上，其中含有一種靈肉兩分法。這是清末以來戀愛與婚姻觀念西化過程中隱隱作痛的傷痕，也是現代主義主體分裂的必然現象，新、舊兩派文學裡都有。只是在女性身體商品化特別發達的上海，這一觀念的表現更具光怪陸離的色彩。這種靈肉分裂既怪罪於舊的婚姻制度，當然也標誌著舊式婦道的破產。在另一端，充分意識到並利用女體在人肉市場上的價值、然而引起主動與被動之間的倫理緊張的，則在蔣光慈《衝出雲圍的月亮》中的王曼英那裡，得到寓言式的表現。王曼英甘於賣笑生涯，沉醉慾海，儘管以一種階級報復心理爲掩護而自鳴得意，最終萌發羞恥之心，回到舊愛李尙志的懷抱，意味著在革命的神殿中靈肉重新得到統一。從這一脈絡來看丁玲的〈莎菲女士的日記〉，女主角經過一番掙扎，終於克服肉的誘惑，拒絕象徵物質和商品世界的「南洋人」凌吉士，使她的靈肉免於分裂，某種意義上堅持了五四的「整體性」方案，最後莎菲「南下」，「革命」似乎是唯一的出路。這一不妥協反而出自一個「新女性」的倫理抉擇，映襯之下，那類描寫女子靈肉分裂的敘述模式大概多半出自男性作家的狂想。

在茅盾筆下，由於受賜於革命，女性不再爲傳統條規所束縛，在慧女士和孫舞陽身上體現的性解放散發出陽光的氣息。她們展示少女的風懷，卻比娜拉更看透家庭的桎梏，在放縱肉慾之際，卻富於計算，自由戀愛，不一定走向結婚，某種意義上是極其都市現代的。她們可以成爲革命隊伍裡的「模範公妻」，而不願從屬於任何一個男子；既放浪形骸，也崇仰靈的價值，在精神的後花園裡保有一片小資產階級的自留地。她們自私而自尊，爲「時代女性」戴上法定的靈光，而含有反封建性質的性解放只有加入革命，才能獲得眞正的保護，反過來由

於她們的投入，革命充盈著明媚春光，且被「自然化」，塗上一層曖昧的母性之光，卻更具歷史「必然」的法定性。但是，她們的靈肉分裂也難免傳統帶來的創傷和陰影，如茅盾所揭露的，使她們覺得無奈的是，事實上在革命的煙幕中形形式式的色慾暢通無阻，她們仍是男性的獵物。

《動搖》裡的孫舞陽沒有像慧女士那樣的心理展開，那種城市生活所帶來的「煩悶」似乎消失在革命的歷史進程裡。而她在性慾上的表現更具革命色彩，像慧女士一樣，革命給她們帶來的不僅是精神上的解放，也是肉的滿足，因此女性指符多少「體」現了革命的歷史意識，但與其是被置身於歷史的框架之中，不如說是給革命穿上了「戀愛的外衣」。慧女士的革命「性」在孫舞陽那裡進一步開展，而且形成了那種個人享樂與革命「和平共處」的「人生觀」。她對方羅蘭說：

　　……我也是血肉做的人，我也有本能的衝動，我時或不免──但是這些性慾的衝動，拘束不了我。所以沒有一個人被我愛過，只是被我玩過。羅蘭，你覺得我這人可怕麼？覺得我太壞了罷？也許我是，也許我不是；我都不在意。我只是自尋消遣。然而決不肯因此使別人痛苦。使別人恨我，尤其不願因我而痛苦者，亦是一個女子。我知道女子失戀時的痛苦。也許有男子因我而痛苦，但不尊重我的人即使得點痛苦，我也不可憐他。這是我的人生觀，我的處世哲學。……我是自由慣了，不能做人家的老婆。[73]

　　在這裡女性與革命貌合而神離。孫舞陽投「身」於革命，也把男性當作「玩」物，愛的是抽象的革命，卻不愛革命的實

「體」——男人，他們不可能真正獲得她的心，革命不等於她的家。孫舞陽的這一段自白，如果沒有她的豐滿而自豪的肉體作後盾，是不可想像的。小說寫到孫舞陽使用避孕藥及平時不戴「胸束」等，刻畫其風流成「性」新奇而傳神，而在她的「乳房」的描寫上更是技進乎道。按常情來說，革命需要強健的身軀和旺盛的精力，她們越體現性感，革命也越顯出活力。所謂「自尋消遣」，幹革命等於打工搵錢，而愛情遊戲是一種業餘娛樂，當然也是作為勞作的補償，反過來也為了更好地工作。其實孫舞陽這麼說，是很健康的，雖然所謂「自尋」給這種「消遣」觀不免孤獨的色彩。在這裡孫舞陽的主體再現存在另一個明顯的裂隙，類似於迪卡爾的心靈與肉體的「二元」世界：即在「自尋」性慾滿足的同時，肉體被視作形而下之物，而精神抽象地屬於革命。

　　女性主體與革命的這種結合過於抽象，似乎暗示革命主體本身的缺席。然而我們可以看到小說以某種隱喻的方式將女體控制在作者設定的時間框架裡。在孫舞陽與方氏夫婦的三角關係中，方太太代表「過去」，因而在對比中襯托出孫舞陽的「現在」或「將來」，而小說重點表現方羅蘭在這兩端之間的「動搖」。方在戀愛上的態度「暗示」了他在政治上的「動搖」，正如茅盾自己所說，「他和孫舞陽戀愛這一段描寫大概不是閑文了。」[74] 有意思的是，在小說裡孫舞陽有多種面孔，如張小姐覺得她「放蕩、妖艷，玩著多角戀愛」，[75] 而在方羅蘭眼中，她有個性、有主見，而且天真活潑，如「神女」、「天使」，幾為革命的純潔化身。因此當他在幻覺中說：「舞陽，你是希望的光，我不自覺地要跟著你跑。」[76] 孫舞陽這個女體指符就含有一種方向性的暗示，在時間上代表著「未

來」。

　　屬於同一類型，孫舞陽是慧女士的角色的繼續，「大革命」正如火如荼地進行，風雲變幻，走火入魔，「時代女性」也在革命漩渦中，進一步發展其自由之「性」，此時茅盾在技巧上搖曳生姿，漸入佳境。《動搖》寫發生在一個縣城的革命和反革命之間的血腥交鋒及共產主義運動的挫折。所謂廟小妖風大、菩薩多，主角是方羅蘭，包括正反兩派眾多人物，孫舞陽是配角之一，卻遠非陪襯角色。她是這個縣城裡的婦女協會負責人，至少擔當一面，且從省裡委派來的，有點「通天」的背景，但對她的革命活動著墨不多，而著重描寫與方羅蘭的戀愛關係方面，由於她是方的情感「動搖」的根源，及小說的多元視點的敘述結構，她如神龍無首，卻眾目睽睽，處處牽制敘事機制。

　　從慧女士到孫舞陽的形象的過渡中，體現了作者在探索女體與革命敘事動力方面的表現策略及進展。從政治參予方面說，孫更有機會被當作一個「正面人物」來描寫，但作者沒這麼做，仍像處理慧的形象一樣，以側寫為主，甚至避免直接表現美人遲暮的心理體驗，大約意識到這樣的表現不可能給歷史帶來前進的動力。但另一方面孫舞陽在整個敘事結構的重要性大為增強，不光是她所負責的婦女協會是窺視的焦點，她的窈窕身影也處處使人心搖神迷。的確她的正面形象在戀愛和私人空間中得到較充分的開展，與慧女士一樣，孫舞陽也放浪不羈，不同的是，她不那麼世故老練，帶幾分天真爛漫。不像慧和那些軍政官員胡搞，表面上孫與美男子朱民生形影密彌，頗有青春戀愛氣息。她也沒有慧的傷心史，似乎脫略了過去的負荷，事實上小說也沒有交代她的底細。這些都有利提高她的正

面形象，尤其是面對方羅蘭的苦戀，表現出她那種由「戀愛哲學」帶來的自信，在方顯出猥瑣和狼狽時，更突出了她的勝利姿態。值得注意的是，孫舞陽在方的眼中猶如「神女」或「天使」，更具方向性的引導功能，創作上蘊含著某種新的企圖，乃是接下來《追求》中「北歐女神」的先兆。

這麼說孫舞陽的「正面」表現傾嚮，不免「事後諸葛亮」，事實上在《動搖》裡晦而不顯，被濃重的「雜質」即「自然主義」的描寫所遮蔽，作為三部曲的中部某種程度上顯示出作者在左拉和托爾斯泰之間的「動搖」狀態。徐學在〈揚棄左拉的一個實際例證──《蝕》的校勘手記〉一文中指出，在 1954 年《蝕》脩訂本中，原作中許多性描寫被刪去。[77] 在 50 年代的文學正典化進程中，大量五四作品被脩訂。[78] 其實在茅盾在寫《蝕》時，正如他自述，已經表現出從左拉到托爾斯泰的轉變，只是在 1949 年之後回顧少作，覺得還轉變得不夠罷了。不過這些被「揚棄」的部份卻有助於理解三部曲「時代女性」的形象發展過程，特別在《動搖》中，刪去的部份大多涉及情色。比較主要的，如第七章刪去了一大段陸慕遊和寡婦錢素珍的偷情，這本來就寫得彆腳，幾乎同《金瓶梅》裡西門慶勾引潘金蓮那一段似曾相識，大約實在不擅寫鄉鎮式戀情的緣故。同一章裡寫到農民運動的「公妻」事件，刪除了那些形容農民們「原始野蠻」的字句，特別刪去那個「癩頭的三十多歲的農民」被分到最漂亮的土豪小老婆，於是就「跳過去一把抱住那女子，露出滿口的黃牙齒便在紅而肥的臉上親一個嘴。」[79] 這樣的描寫，在社會主義新中國似有「醜化」農民運動之嫌，當然不允許再出現。

人物描寫方面刪改得最多的是孫舞陽，皆有關其肉身部

份。如前面引過的段落，方羅蘭看到她：「半袒露的雪白的頸胸，和微微震動的胸前的乳房，可以說是誘惑的」。「乳房」在 1954 年重排本裡被改成「乳峰」，[80] 一字之差，似無傷大雅，其實不然，另有數處也涉及她的胸部。如寫到在孫舞陽面前：

> 方羅蘭凝眸不答，那薄綢下的兩個小圓阜的軟軟的顫動，攝住了他的眼光和他的心神了。他自己的心也像跳的更快了。

「那薄綢下的兩個小圓阜的軟軟的顫動」被改為「孫舞陽的嬌憨的姿態和親暱的話語」，[81] 真是大殺風景！最後寫到反動派反攻倒算，見到女子非奸即殺，於是孫舞陽用布束緊了胸，免得惹眼。當方羅蘭注意到她胸部異樣時，原來文本中「竟不見那看慣的軟肉的顫動，這是很可怪的」這一句，被改成「像是束了胸」。方的驚異落到孫的眼裡，她解釋說今天束了胸，「免得被他們拿鐵絲來刺乳房，是不是怪可惜的？」此句被改為「免得太打眼呵！」[82]「是不是怪可惜的？」在孫的俏皮問話中含有對方羅蘭的諷嘲，這一親暱的語境被刪除，就不再原湯原汁，鮮味也減去不少。其實孫舞陽說的「免得被他們拿鐵絲來刺乳房」一句，是茅盾根據發生在當時的實況，在原文中更揭示敵人的兇殘，但之所以被刪掉，看來作者更顧慮到 50 年代的政治文化的實況。像這樣刪除「乳房」的肢體語言，與孫舞陽的「束胸」有異曲同工之妙，當然也為的是「免得太打眼呵」。在男女清一色穿藍布人民裝的 50 年代，怎會不「打眼」？甚至有一處寫到錢素珍裸露的屍體，衣裳被扯得

粉碎，將「乳部和股際」改成「身上」。總之儘量減少描寫到性感的部位，看來是因為新中國的讀者是更健康的，怕那些「肉感」的描寫給他們帶來污染。或者說在新社會裡，好像他們的感官系統變得更脆弱，看到這些敏感部位就會心智紊亂，喪心病狂似的。

另一方面從形象塑造角度看，削去孫舞陽的肉感部份，為的是加強她的正面意義，使她變的更正經些。最典型的是最後寫到：

> 方羅蘭看見孫舞陽的胸部就像放鬆彈簧似的鼓凸了出來，把襯衣對襟上鈕扣的距間都漲成一個個小圓孔，隱約可見白緞子似的肌膚，她的活潑和肉感，與方太太並坐而更顯著。方羅蘭禁不住心蕩了。

「她的活潑和肉感」及後面兩句被刪改成「她的豪放不羈，機警而又嫵媚，她的永遠樂觀，旺盛的生命力，和方太太一比而更顯著。方羅蘭禁不住有些心跳了。」[83] 把「肉感」拿掉，其形象被大大改造，變得健康、正派得多，倒過來看原作中的孫舞陽，在表現她「肉感」迷人之時，對她放蕩風流隱寓一種貶意。如寫到土豪劣紳和流氓們打婦女協會時，林子沖對孫說：「你打電話給警備隊的副隊長，他和你有交情。」這裡把「他和你有交情」改為「叫他派兵來」，原文暗示孫和那個「副隊長」的曖昧關係，這麼脩改即表現出作者想減少或遮掩孫的負面性。

同革命一樣，孫舞陽也趨向理想化，但在革命理想與而其肉體的「誘惑」之間，在交界模糊之處，則可辨認出肉體被當

作一種形而下的物質。因此《動搖》對於孫舞陽的主／客「體」再現，充滿靈與肉、個人慾望與集體意志、自然主義與現實主義之間的緊張，折射出作者的潛意識中「情」與「理」之間的裂痕，所謂「道高一尺，魔高一丈」，茅盾越是在「時代女性」的藝術上追求新尖，他的內心越是緊張，越遭到反彈：即對於「慾望語言」越產生恐懼。

1　〈創作生涯的開始——回憶錄十〉，《茅盾專集》，第 1 卷，頁 611-2。

2　〈從牯嶺到東京〉，影印本，頁 32826。

3　〈從牯嶺到東京〉，影印本，頁 32828-32831。

4　〈從牯嶺到東京〉，影印本，頁 32827。

5　原載重慶《新華日報》（1945 年 6 月 24 日），見《茅盾研究資料》（上冊），頁 85。

6　〈《蝕》題詞〉，《茅盾全集》，第 1 卷（北京：人民文學出版社，1984），頁 423。

7　〈寫在《蝕》的新版的後面〉，《茅盾全集》，第 1 卷，頁 425。

8　〈外文版《茅盾選集》序〉，《茅盾專集》，第 1 卷，頁 852。

9　〈幾句舊話〉，《茅盾專集》，第 1 卷，頁 364-5。

10　陳幼石：《茅盾《蝕》三部曲的歷史分析》（北京：社會科學文獻出版社，1993），頁 43。

11　〈外文版《茅盾選集》序〉，《茅盾專集》，第 1 卷，頁 952。

12　〈幾句舊話〉，《茅盾專集》，第 1 卷，頁 364-5。

13　〈一九二七年大革命——回憶錄九〉，《茅盾專集》，第 1 卷，頁 594。

14　〈我的中學生時代及其後〉，《茅盾研究資料》，上冊，頁 348-9。

15　〈亡命生活——回憶錄十一〉，《茅盾專集》，第 1 卷，頁 645。

16 〈從牯嶺到東京〉，影印本，頁 32827。

17 陳幼石：《茅盾《蝕》三部曲的歷史分析》，頁 52-63。

18 陳幼石：《茅盾《蝕》三部曲的歷史分析》，頁 60-62。

19 波特來耳著，仲密譯：〈遊子〉，《小說月報》，13 卷 6 號（1922 年 6 月）。

20 Susan Sontag, Illness as Metaphor (New York: Anchor Books, 1978), p. 37.

21 《胡蘭畦回憶錄》（成都：四川人民出版社，1985），頁 69。

22 〈從牯嶺到東京〉，影印本，頁 32827。

23 李歐梵著、毛尖譯：《上海摩登 ── 一種新都市文化在中國，1930-1945》（增訂版），頁 3。王宏圖也把《子夜》這一段描寫稱作「都市生活的隱喻」。見《都市敘事與慾望書寫》（桂林：廣西師範大學出版社，2005），頁 15-16。

24 許道明：《論海派文學》，頁 117-118。

25 趙園：《北京：城與人》（上海：上海人民出版社，1991），頁 235-236。

26 〈《茅盾選集》自序〉，《茅盾專集》，第 1 卷，頁 892。

27 見 David Der-wei Wang, Fictional Realism in Twentieth-Century China, p.36. 梁敏兒對這一點結合茅盾小說「描寫」等問題作了進一步論述，見〈零度的描寫與自然主義──茅盾小說中的女性描寫〉，《文學評論》（2002 年 5 期），頁 162-169。

28 錢杏邨：〈茅盾與現實〉，見《現代中國文學作家》，第 2 卷（上海：泰東圖書局，1929），頁 170-1。

29 見林樾：〈《動搖》和《追求》〉，《文學周報》，8 卷 10 期（1929 年 3 月）。本文討論的茅盾早期小說的「時間結構」或「時間意識」，並非小說中的「敘述時間」或「時間節奏」。關於三部曲的歷史時間與敘述的關係，見陳幼石：《茅盾《蝕》三部曲的歷史分析》，頁 12-14。

30 David Der-wei Wang, Fictional Realism in Twentieth-Century China, pp. 32-33.

31 〈幾句舊話〉，《茅盾專集》，第 1 卷，頁 364-5。

32 曹安娜認為「時代女性」早已出現在《蝕》和《虹》中，並把她們作為「一個相當完整的形象群」加以分析，參〈《蝕》和《虹》中的「時代女性」〉，載於全國茅盾研究學會編：《茅盾研究論文選集》（長沙：湖南人民出版社，1983），頁 424-446。

33　參張啟東：〈關於「時代女性」的界定問題〉，《茅盾研究》，7 期（北京：北京師範大學出版社，1995），頁 214-220。

34　參秦林芳：〈鐫刻在歷史漩渦裡的人生思索——《野薔薇》思想意蘊新探〉，《茅盾研究》，5 期（北京：文化藝術出版社，1991），頁 434-445。

35　Hilary Chung, "Questing the Goddess: Mao Dun and the New Woman," pp. 165-183.

36　〈從牯嶺到東京〉，影印本，頁 32828。

37　同上，頁 328-30。

38　綜合茅盾自己的説法。〈寫在《蝕》的新版的後面〉：「《動搖》卻是在『有意為之』而不是『信筆所之』的情況下，構思和寫作的。大概化了一個半月的時間。但構思時間佔了三分之二。……《追求》連構思帶寫作，共化了兩個月。那時候，我是現寫現賣，以此來解決每日的麵包問題，實在不可能細細推敲，反復修改。」（《茅盾專集》，第 1 卷，頁 903）〈創作生涯的開始——回憶錄十〉：「《幻滅》從八月下動手，用了四個星期寫完。當初並無很大的計劃，只覺得從『五卅』到大革命這個動盪的時代，有很多材料可以寫……第二篇就是《動搖》。《動搖》是經過冷靜的思索，比較有計劃寫的。」（《茅盾專集》，第 1 卷，頁 613-18）

39　許紀霖、田建業編：《杜亞泉文存》（上海：上海教育出版社，2003），頁 338-344。

40　守常：〈動的生活與靜的生活〉，《甲寅》（1917 年 4 月 12 日），見《李大釗文集》，第 2 卷（北京：人民出版社，1999），頁 96-97。

41　李大釗：〈東西文明根本之異點〉，《言治》（1918 年 7 月 1 日），見《李大釗文集》，第 2 卷，頁 205。李大釗發表多篇文章論述東西文明的靜、動特徵，大致上聲援陳獨秀，然而也有主張東西文明之間的調和與融會的論述。

42　胡志德先生在對《新青年》和《東方雜誌》之間論戰的研究中指出，論戰的主要焦點是文言和白話，而導致商務印書館撤換《東方雜誌》主編杜亞泉的原因，是向「新文化」靠攏，但背後還有與語言變革有關的教科書市場競爭的考慮。見 Theodore Huters, "The Contest over Universal Values," in Bringing the World Home: Approppreating the West in Late Qing and Early Republican China (Honolulu: University of Hawai'i Press, 2005), pp. 203-228. 幾乎出於同樣的原因，商務在 1920 年醞釀對《小説月報》的改革，將其主編王蘊章換成茅盾。見 Jianhua Chen, A Myth of Violet: Zhou Shoujuan and the Literary Culture of Shanghai, 1911-1927 (Ann Arbor: UMI Dissertation Sevices,

2002), pp. 64-68.

43　〈《小說的研究》之一〉，《小說月報》，16 卷 3 號（1925 年 3 月）。

44　《幻滅》，《小說月報》，18 卷 9 號（1927 年 9 月）。《小說月報》影印本，頁 31150-51。以下各注頁碼皆據此影印本。

45　張資平著，劉勇、彭斌伯編：《性的等分線》（北京：北京師範大學出版社，1993），頁 5。

46　《幻滅》，《小說月報》，18 卷 9 號（1927 年 9 月），頁 31142。

47　參 Arif Dirlik, The Origins of Chinese Communism (New York: Oxford University Press, 1989), p. 28, 65, 68. 另見鐵岩主編：《絕密檔案——第一次國共合作內幕》（福州：福建人民出版社，2002），頁 985-1012。

48　施建偉編：《胡也頻代表作》，頁 137。

49　《幻滅》，《小說月報》，18 卷 10 號（1927 年 10 月），頁 31316。

50　《幻滅》，《小說月報》，18 卷 9 號（1927 年 9 月），頁 31132。

51　羅美：〈關於《幻滅》——茅盾收到的一封信〉，《文學周報》，8 卷 10 期（1929 年 3 月 3 日）。載於莊鍾慶編，《茅盾研究論集》（天津：天津人民出版社，1984），頁 76。

52　雲裳：〈《幻滅》中的強惟力〉，《文學周報》，7 卷 18 期（1928 年 11 月 11 日）；載於莊鍾慶編：《茅盾研究論集》，頁 75。

53　參陳建華：〈格利菲斯與中國早期電影〉，《當代電影》，134 期（2006 年 11 月），頁 113-119。

54　《幻滅》，《小說月報》，18 卷 10 號（1927 年 10 月），頁 31319。

55　《動搖》，《小說月報》，19 卷 1 號（1928 年 1 月），頁 31661。

56　《動搖》，《小說月報》，19 卷 1 號（1928 年 1 月），頁 31660。

57　《動搖》，《小說月報》，19 卷 2 號（1928 年 2 月），頁 31905。

58　〈從牯嶺到東京〉，影印本，頁 32827-32828。

59　《幻滅》，《小說月報》，18 卷 9 號（1927 年 9 月），頁 311267。

60　《幻滅》，《小說月報》，18 卷 9 號（1927 年 9 月），頁 31136-37。

61　〈讀《倪煥之》〉，《茅盾文藝雜論集》，頁 278。〈創作的前途〉，《茅盾文藝雜論集》，頁 55。

62　關於歐洲十九世紀後半葉以來「現代主義」文藝與「當下性」關係，參 Linda Nochlin, On Realism (New York: Penguin Books, 1978), pp.23-33; 又 Jerome

Hamilton Buckley, The Triumph of Time: A Study of the Victorian Concepts of Time, History, Progress, and Decadence (Cambridge, Mass.: Harvard University Press, 1966), pp. 116-36; 關於波特萊爾的美學現代性，參 Matei Calinescu, Five Faces of Modernity (Durham: Duke University Press, 1987), pp.46-58; 又 David Frisby, Fragments of Modernity: Theories of Modernity in the Work of Simmel, Kracauer and Benjamin (Cambridge, Mass.: The MIT Press, 1986), pp.11-37.

63 周作人：《中國新文學的源流》（北京：北平人文書店，1934），頁 43-53。

64 《幻滅》，《小説月報》，18 卷 10 號（1927 年 10 月），頁 31307。

65 《動搖》，《小説月報》，19 卷 2 號（1928 年 2 月），頁 31884。

66 〈讀《倪煥之》〉，《茅盾文藝雜論集》，頁 278。

67 《幻滅》，《小説月報》，18 卷 9 號（1927 年 9 月），頁 31136。

68 《動搖》，《小説月報》，19 卷 2 號（1928 年 2 月），頁 31914。

69 邵洵美：〈春〉，《花一般的罪惡》（上海：金屋書店，1928），頁 17。

70 邵洵美：〈To Sappho〉，同上，頁 22。

71 參李歐梵：〈漫談中國現代文學中的「頹廢」〉，《今天》（1993 年第 4 期），頁 33-46。

72 參阪元弘子著，閻小妹譯：〈近代中國的優生話語〉，載王笛編：《時間空間書寫》（杭州：浙江人民出版社，2005），頁 186-207。

73 《動搖》，《小説月報》，19 卷 2 號（1928 年 2 月），頁 31913。

74 〈從牯嶺到東京〉，影印本，頁 32830。

75 《動搖》，《小説月報》，19 卷 1 號（1928 年 1 月），頁 31666。

76 《動搖》，《小説月報》，19 卷 1 號（1928 年 1 月），頁 31660。

77 徐學：〈揚棄左拉的一個實際例證——《蝕》的校勘手記〉，茅盾研究編輯部編：《茅盾研究》，6 輯（北京：北京師範大學出版社，1995），頁 108-113。

78 近時現代文學研究也開始注意版本問題，參金宏宇：《中國現代長篇小説名著版本校評》（北京：人民文學出版社，2004）。

79 《動搖》，《小説月報》，19 卷 2 號（1928 年 2 月），頁 31894-31897。另見《茅盾全集》，第 1 卷（北京：人民文學出版社，1984），頁 178-180。

80　《動搖》，《小說月報》，19 卷 2 號（1928 年 2 月），頁 31905。另見
　　《茅盾全集》，第 1 卷，頁 197

81　《動搖》，《小說月報》，19 卷 2 號（1928 年 2 月），頁 31912。另見
　　《茅盾全集》，第 1 卷，頁 211。

82　《動搖》，《小說月報》，19 卷 3 號（1928 年 3 月），頁 32022-32023。
　　另見《茅盾全集》，第 1 卷，頁 248。

83　《小說月報》，19 卷 3 號（1928 年 3 月），頁 32027。另見《茅盾全
　　集》，第 1 卷，頁 255。

第五章

章秋柳：都市與革命的
雙重變奏

為什麼「很愛這一篇」？

　　茅盾寫三部曲的內在緊張，在《追求》中的章秋柳身上得到激情的迸發而達到世紀末式的輝煌，而他的現代主義的美學探索亦臻至極致，儘管行將就範，臣服於「歷史必然」的鐵律。對此時的茅盾來說，這是一種特殊的英雄主義的表現，為給他的「自然主義」畫上悲壯的句號，或更確切地為自然主義完成自我的「救贖」，雖然結果是同歸於盡。如果說，從慧女士到孫舞陽，作者試圖淡化她們「肉感」的負面意義而使她們無論身心兩方面與革命更達到精神上的合一，那麼在章秋柳那裡，茅盾直接使用她的肉體作為「革命」的祭牲，在時間框架中擔任消解反動的「過去」而成為充滿希望的「現在」的橋樑。這一時間意識的探索使作者經歷了政治與美學、道德與激情之間的劇烈衝突，甚至陷於身心交瘁的境地，因而對他此後的創作帶來嚴重的轉折。

　　《追求》見世後，橫遭批評，如錢杏邨認為書中「長於戀愛心理的描寫，對革命祇把握到幻滅與動搖」，而「章秋柳這個女子，是具有世紀末的痼疾的，是病態的。」「這種作品我

們是不需要的,是不革命的」。[1] 因此這部小說的「革命」意義一向被低估,其在三部曲中內在邏輯的延伸以及其間的複雜與弔詭之處亦未得到充分關注與詮釋。茅盾自己在〈從牯嶺到東京〉一文中對於左翼批評,作了低調的自我辯解,其修辭的曖昧之處頗值得玩味。他承認當時寫三部曲的幻滅、悲觀和消沉情緒,在《追求》中達至頂點:

> ……因為我那時發生精神上的苦悶,我的思想在片刻之間會有好幾次往復的衝突,我的情緒忽而高亢灼熱,忽而跌下去,冰一般冷。這是因為我在那時會見了幾個舊友,知道了一些痛心的事,──你不為威武所屈的人也許會因親愛者的乖張使你失望而發狂。這些事將來也許會有人知道的。這使得我的作品有一層極厚的悲觀色彩,並且使我的作品有纏綿幽怨和激昂奮發的調子同時並在。《追求》就是這麼一件狂亂的混合物。我的波浪似的起伏的情緒在筆調中顯現出來,從第一頁以至最末頁。[2]

但即使虛心面對批評,茅盾還是要「固執」地聲稱「很愛」《追求》,的確從政治和美學兩方面來說,這部作品對於作者的存在都異乎尋常:「人家說這是我的思想動搖,我也不願意聲辨。我想來我倒並沒動搖過……。」「同時我仍舊要固執地說,我自己很愛這一篇,並非愛它做得好,乃是愛它表現了我的生活中的一個苦悶的時期。」然而他又認真懺悔:「我很抱歉,我竟做了這樣頹唐的小說,我是越說越不成話了。但是請恕我,我實在排遣不開。我只能讓它這樣寫下來,作一個紀念……」[3] 我們也許要問:「實在排遣不開」的僅僅是悲觀

消極？其中還包含寫作的衝動，甚至某種期待的滿足？為什麼仍然「很愛」這樣「頹唐」的「表現」？為什麼對於人家說他「動搖」又頗感委曲？

「跟著魔鬼跑」與左傾「盲動主義」

其實這些批評家對「革命」的理解停留在內容表面，顯得過於狹窄，茅盾的辯護也就事論事。如果從三部曲作為「革命加戀愛」的模式來看，無論是《幻滅》還是《動搖》都表現了作者的堅定不移的宗旨，即為了重構革命的美妙神話，使之成為人們的希望之旅，一再粉碎個人愛情及小家庭的夢想，這在《追求》中故技重演，卻發揮至登峰造極的境界。小說一開頭說同學會裡，王詩陶、龍飛和章秋柳是「情場三傑」，並引用法文 Les Trois Mousquetaires，即與大仲馬的名作《三劍客》相附會。王詩陶是「三角戀愛的好手」，章秋柳是「戀愛專家」，而龍飛是個「戀愛悲劇」論者。從一開頭就這樣突出這三人，讓讀者吊足胃口，其實是虛晃一槍，整部小說很少講到龍飛和王詩陶的戀愛故事。但從結構上看，小說大部圍繞著三對戀人，即以章秋柳與史循為主、張曼青與朱近如、王仲昭與陸俊卿這兩對為輔，從教育界、新聞界乃至跳舞廳、酒館等光怪陸離的社會生活層面，表現了「大革命」之後的都市青年不甘沉寂，重又燃起希望，努力加入現存機制，改良社會，同時也實現他們愛情及小家庭的夢想，而最終結果都一樣：與現狀的妥協皆屬徒勞，而難免再度的幻滅。尤其是小說的結局，王仲昭突然接到電報說他的未婚妻遭險而危在旦夕，他本來脆弱的小算盤也被無情的碾碎，這一筆未免刻意斧斫的痕跡。其所揭示的現代生活的不可預測性，卻必然落入歷史前進的鐵腕，

另一方面愛情被表現爲猥瑣、病態的領域，從而使男女「私情」失去了文學表現的正當性。由此至《追求》已經暗中完成了文學「現代性」轉向「革命性」的內化過程，這對於「革命文學」的貢獻便難以道里計。

容易被忽視的是，失敗之處卻意味著成功的開端，即在「時代女性」的形象塑造中，作者進一步探尋其與革命敘事的動力關係，迂迴而堅定地呈現更爲清晰的內在線路，在技巧上的累積和進步也可圈可點。不像《幻滅》和《動搖》中擔任配角，此時章秋柳被置於舞臺中心，一面接續了慧女士的角色，用大段獨白表現其心理時間，讓她的思想和行爲主宰敘事的主線，又像孫舞陽那樣，在敘事結構上牽制全局。作者更面對挑戰，直取擒賊擒王的手段，讓章秋柳和殘忍的時間遭遇，更明確地在她的時間意識中注入「未來」的理想，不像慧女士單單訴諸本能與享樂的慾望，而通過她的拯救史徇而凸顯精神昇華的倫理主題。但這畢竟是章女士一己的理想追求，更何況混雜著都市的逸樂與頹廢，最後也功敗垂成，所有的努力都付之東流。

透過心靈之窗所展示的章秋柳，像慧一樣「善於戀愛」，敏感而激烈，極端的個人主義，但她是反叛型的，具有社會關懷和同情心。在寫她去探望病中的「同志」王詩陶那一段，極其戲劇性地表現了她的出格形象。早在《幻滅》裡，我們見到王和東方明相愛在大革命的高潮中，何等興高采烈，朝氣蓬勃，但現在革命潮退，王回到上海，東方明已經犧牲，她卻懷了孕，此後前景一片黑暗。王詩陶不想屈從「自嫁」或「被嫁」的公式，仍希望能把握自己的未來，想「把孩子打掉，海闊天空去過奮鬥的生活」。章秋柳回答說：

　　我是什麼都不要，什麼都沒有。理想的社會，理想的
人生，甚至理想的戀愛，都是騙人自騙的勾當；人生但求
快意而已。我是決心要過任性享樂刺戟的生活！我是像有
魔鬼趕著似的，盡力追求剎那間的狂歡。我想經驗人間的
一切生活。有一天晚上我經過八仙橋，看見馬路上拉客的
野雞，我就心裡想，為什麼我不敢去試一下呢？為什麼我
不做一次淌白，玩弄那些自以為天下女子皆可供他玩弄的
蠢男子？詩陶，女子最快意的事，莫過於引誘一個驕傲的
男子匍匐在你腳下，然後下死勁把他踢開去。

　　說完這番話，她提空了右腿，旋一個圈子，很自負的
看著自己的裊娜的腰肢和豐滿緊扣的胸脯，她突然抱住了
王女士，緊緊的用力的抱住，使她幾乎透不出氣，然後像
發怒似的吮接了王女士的嘴唇，直到她臉上失色。[4]

　　這裡重現了慧女士的性格特徵，但更具歇斯底里的爆發
力。但是當王詩陶告訴她，另一位同志趙赤珠事實上為了生計
已經在街頭「淌白」，操皮肉生涯時，章秋柳受了極大的震
動，憤恨之極：

　　她回到自己的寓處後，心裡的悒悶略好了幾分，但還
是無端的憎恨著什麼，覺得坐立都不安。似乎全世界，甚
至全宇宙，都成為她的敵人；先前她憎惡太陽光耀眼，現
在薄暗的暮色漸漸掩上來，她又感得淒清了。她暴躁地脫
下單旗袍，坐在窗口吹著，卻還是渾身熱剌剌的。她在房
裡團團的走了一個圈子，眼光閃閃地看著房裡的什物，覺
得都是異樣的可厭，異樣的對她露出嘲笑的神氣。像一隻

正待攫噬什麼的怪獸，她皺了眉頭站著，心裡充滿了破壞的念頭。忽然她疾電似的抓住一個茶杯，下死勁摔在樓板上；茶杯碎成三塊，她搶進一步，踹成了細片，由用皮鞋的後跟拚命的研研著。這使她心頭略為輕鬆些，像是已經戰勝了仇敵；但煩躁隨即又反攻過來。她慢慢的走到梳洗臺邊，拿起她的卵圓形的銅質肥皂盒來，惘然想：「這如果是一個炸彈，夠多麼好呀！只要輕輕的拋出去，便可以把一切憎恨的，親愛的，無干係的人，我，物，一齊化作埃塵！」她這麼想著，右手托定那肥皂盒，左手平舉起來，把腰支一扭，模做運動員的擲鐵餅的姿勢；她正要想像中的炸彈向不知什麼地方擲出去，猛然一回頭，看見平貼在牆壁的一扇玻璃窗中很分明的映出了自己的可笑的形態，她不由的心裡一震，便不知不覺將兩手垂了下去。──呸！扮演的什麼醜戲呀！[5]

　　這裡的敘事切入了政治層面。東方明「受命令要下鄉去」，應當是去搞農民運動而犧牲的。趙赤珠也是《幻滅》中的人物，和史俊同為一對革命戀人。大革命失敗，倆人回上海，「窮到半個銅子都沒有了，又找不到職業；他們是不准革命的；因此就斷了生路。」所謂「不准革命」在當時的閱讀語境裡，乃指不准從事國民黨的「革命」，隱含他們受當局「白色恐怖」的迫害。這就是茅盾談到的在寫《追求》期間，因為聽到有關「清黨」以及同志犧牲的事而「痛心」、「發狂」，在小說中通過章秋柳的憤怒發泄，曲折表達了對共產黨的同情。但我們可看到小說是在都市背景裡被閱讀的，王詩陶和章秋柳之間討論她們的未來，不外是日常生計、孩子、婚姻及個

人的獨立和自由──一切都有關都市新女性的生存困境及個人發展的問題，直到 40 年代仍是張愛玲、蘇青的不竭話題。

　　作者自白《追求》自始至終貫穿著作者的「悲觀主義」，是「一件狂亂的混合物」，這集中表現在章秋柳這一人物身上。茅盾從革命大風大浪中退到書齋寫小說，據他自己說，「因爲那時適當生活『動』極而『靜』，許多新的印象，新的感想，縈迴心頭，驅之不去，於是好比寂寞深夜失眠想找個人談談而不得，便喃喃自語起來了。」[6] 可以想像作者在寫到上述章秋柳的帶有歇斯底里的戲劇性表現時，不光是「樹欲靜而風不止」，而這種「喃喃自語」也大有變成「狂亂」的囈語的可能。作爲「時代女性」的藝術形象，章秋柳比慧女士、孫舞陽更複雜而矛盾，也更含有作者難以抑制的激情爆發。她那種「無政府主義」的破壞傾嚮與她及時行樂的人生哲學形成鮮明反差。就在上述的一幕之後，她自言自語：「完了，我再不能把我自己的生活納入有組織的模子裡去了；我只能跟著我的熱烈的衝動，跟著魔鬼跑！」

　　事實上，《追求》的寫作過程出現了失控的癥狀。該小說作於 1928 年 4 至 6 月間，據茅盾的《回憶錄》：「到了四五月間，我卻完全被這些不幸的消息壓倒了，以至我寫的《追求》完全離開了原來的計劃，書中的人物個個都在追求，然而都失敗了。」所謂「不幸的消息」指的是在「白色恐怖」下革命同志的被捕、犧牲，他的悲憤心情在上述章秋柳的描寫中得到曲折的反映。雖然我們不清楚他「原來的計劃」是怎樣，但不無反諷的是，此時的章秋柳只能「跟著魔鬼跑！」似乎和作者的政治義憤背道而馳，至於她跟著魔鬼跑到何處，接下來怎樣，當然會使讀者好奇。不過，的確在此後的情節中，秋柳的

「魔」性如無軌列車一直引向「剎那間狂歡」的性高潮，但另一方面──我想同一般對《追求》的負面理解唱點反調──出於作者對魔性的殊死反抗，卻妙筆生花，挽狂瀾於既倒，揭示了她的「神」性，讓她穿上革命的時間意識的盔甲，展開其自我超越亦即茅盾的自我救贖之旅，最後極其詭異地導致了對於都市慾望的「否定之否定」的悲壯結局。[7] 同時我想指出，在這一段失控的敘事中，通過章秋柳表達了作者對於造成「大革命」失敗的「左」傾「盲動主義」的反思，這就有必要回到《追求》的寫作環境及歷史脈絡，揭示一些不曾為學者注意之處，作一些解碼工作，或更有助於對於章秋柳這一角色的理解。

茅盾《回憶錄》中說到在寫《追求》時，所聽到的「消息都是使人悲痛，使人苦悶，使人失望的。這就是在革命不斷高漲的口號下推行的『左』傾盲動主義所造成的各種可悲的損失。一些熟識的朋友，莫名其妙地被捕了，犧牲了。對於盲動主義，我與魯迅議論過，我們不理解這種革命不斷高漲的理論。」[8] 所謂「盲動主義」涉及共產黨內的路線鬥爭。根據近年來對於共產國際在大革命期間扮演的角色的解密研究，1927年間在由史達林、布哈林操縱的共產國際和由陳獨秀為首的中國共產黨在如何開展群眾運動的問題上發生了重要分歧和激烈爭論。在北伐進入高潮的形勢下，共產國際要求中共一面繼續同國民黨結成統一戰線，一面迅速發動農民運動，實行沒收土地等極端政策，使「一切權力歸農會」，試圖建立蘇維埃式無產階級專政，在與國民黨合作的框架中控制北伐革命的領導權。但陳獨秀認為中共及其工農力量還不足奪取政權，並提出要擴大勢力，必須對小資產階級作出讓步。同樣在開展農民運

動及沒收土地政策方面，他主張向小地主作讓步。如事態發展所顯示的，暴風驟雨式的湖南農民運動打擊面過大，連親共的國民黨左派也受到驚嚇，因而發生劇烈反彈。而且，當汪精衛覺察到史達林的策略時，決定「清黨」，同共產黨決裂。事實上莫斯科的錯誤方針與「大革命」失敗有直接關係，但事後史達林仍頤指氣使，責怪錯誤在於中共未忠實貫徹共產國際的指示。[9]

在「大革命」中，茅盾自言是一名「普通的共產黨員」，對於共產國際操縱國共合作的內幕所知有限，但痛定思痛，對於當日造成革命失敗的「左」傾「盲動主義」則耿耿於懷。在描繪了上述章秋柳的憤激之情之後，作者意猶未盡，又寫到王詩陶的影像如噩夢般纏繞著她：

她無可奈何的闔了眼，一些紅色的飄動的圓圈便從眼角裡浮出來，接著又是王詩陶的慘苦的面容，端端正正的坐在每一個紅圈上。然而這又變了，在霍霍地閃動以後，就出奇的像放大似的漸漸凝成了一個獰相。呀！這是東方明的咬緊牙齒的獰相！紅圈依舊托在下面，宛然像是頸間的一道血線。章女士驚悸地睜開眼來……

她恨恨的想，用力咬她的嘴唇，皺緊了眉頭。現在的情緒，矛盾紛亂到極端，連自己也不知道是怎麼一回事。雖然她痛切地自責太怯弱，但是血淋淋的紅圈子始終掛在她眼前，她的光滑的皮膚始終近於所謂「毛戴」，她赤著腳亂走了幾步，又機械的躺在床裡，對天花板瞪眼。她努力企圖轉換思想的方向，搜索出許多不相干的事來排遣，但是思緒的連環終於又崛強地走回到老路上，她幾乎疑惑

自己的神經是起了變態，在對她的自由意志造反。……因
為這是高熱度的同情，所以不能揮去血淋淋的紅圈子，所
以那樣驚悸，所以流入於怯弱麼？[10]

這一大段夢魘及心理刻畫表面上是由王詩陶的慘境及趙赤
珠的「泂白」所引起的，伴隨著章秋柳對於享樂的人生觀的自
我質詢，這些對於當日上海「新女性」來說，具有普遍的意
義。但在她的夢魘中出現的東方明及揮之不去的「血淋淋的紅
圈子」顯然是一個具政治含意的象徵指符，自然會使人聯想到
革命志士的鮮血或國民黨的血腥屠刀，然而對「紅圈子」這一
意象的豐富內蘊稍作推敲，也何嘗不是指使茅盾痛心疾首的
「左」傾「盲動主義」？章秋柳所表現的恐懼折射出茅盾在寫
作《追求》當中的鮮活感受，也即對於 1928 年繼續發展的「盲
動主義」的反應，這不僅是指瞿秋白，恐怕也包括毛澤東。在
小說裡東方明是「受命令要下鄉去」，意味著他犧牲於農民運
動之中，與胡也頻、柔石等遭國民黨捕殺的革命烈士有區別。
[11]

在三部曲裡，《追求》最富政治性，而對章秋柳的藝術表
現也直接牽連到 50 年代的政治實際。值得注意的是，上述刻
畫章秋柳的大段引文在 1954 年的修訂本中被完全刪去了。這
「紅圈子」的噩夢段落為三部曲與「革命」的直接聯繫提供了
重要見證，即不光是對「過去」的反思，也是對「當下」的批
評。而且對於理解章秋柳這一人物身上所體現的都市與革命的
雙重主題的劇烈衝突，也極其重要。這一段被刪掉，或許與那
個帶引號的「毛戴」有關。「毛戴」是個古典語詞，形容恐懼
震驚、寒毛豎立，茅盾在別的小說裡也使用過此詞，而這裡偏

偏給加上引號，令人費解。

在茅盾《回憶錄》中並不諱言 1927 年對於「工農運動過火」的反應：「當時農運『過火』之說早已傳布，我們也知道黨中央有兩種意見，一種是陳獨秀的，一種是瞿秋白支持的毛澤東的，而且還聽說這兩種意見反映了當時在武漢的國際代表之間的不同態度。」茅盾的反應是一面「感到由衷的欣喜」，一面也「存有疑慮，譬如把農民家中供的祖宗牌位砸了，強迫婦女剪髮，遊鬥處決北伐軍軍官的家屬等。尤其對後者，我們議論較多，認為我們現在手中還沒有軍隊，萬一這些軍官反到蔣介石那邊去了，局勢就很困難。」[12] 所謂「『過火』之說早已傳播」，指的是毛澤東在 1926 年主持湖南農民運動，便聲言「有土皆豪，無紳不劣」。至 1927 年 3 月發表〈湖南農民運動考察報告〉，力主「矯枉必須過正」，駁斥「過火」論。[13] 結果「疑慮」變成現實，發生何鍵、夏斗寅、許克祥等叛變，逐演成「反共清黨」之局。這就是《動搖》所描寫的，儘管茅盾對反動派口誅筆伐，但以情色的諷喻描繪了農民運動的「過火」行動，如上文言及的癩頭農民瓜分地主小寡婦，即為一例。

有一個細節反映特定歷史境遇的語言使用，也關乎章秋柳在革命與戀愛上的選擇，即章秋柳看到被戲稱為「迭克推多」（按：英語 dictator，即「專制暴君」）的曹志方在十字街頭演說，遭到旁人指斥：「呔！反動派好大膽！敢來擾亂後方秩序麼？」這裡「反動派」在脩訂本裡作「共產黨」。原本的「反動派」一語表現了當時一般人認同國民黨「革命」的歷史語境，就像上面提到趙赤珠和史俊是「不准革命的」，也屬同樣情況，不同的是「不准革命的」出自敘述者之口，在脩訂本中

被刪掉。後來曹志方向章秋柳求愛，並要她跟他一起去做「土匪」。他說：「除了做土匪，還有更快意的事麼？……我只想出一口悶氣，痛快的幹一下。」[14] 這裡的「土匪」一詞在公共流通中，如 1928 年初的《中央日報》上，就可見到這樣的報導：「毛澤東勾結各地土匪，當局已遣兵進勦贛西。」[15] 通過官方傳媒，「土匪」已產生新的特定含意。在《追求》中，曹志方與張曼青、王仲昭截然不同，他顯得蓬勃向上，最富革命造反精神，當時有的女讀者表示：「我愛曹志方，我也愛章秋柳」，覺得章秋柳愛上了行屍走肉的史循，很不值得，因此「盼望作者把她的梅毒醫治好了，叫她同曹志方結婚，那麼，《追求》就算是『追求』得有出路了。」[16] 然而章秋柳不願意跟曹志方去當「土匪」，可理解為她的小資產階級的局限，也出於她對自己前途的選擇。

　　談到三部曲的政治性，在茅盾那裡，不能忽視的是文學的仲介功能。正如他轉向文學，不光離開了政治實踐，他對「大革命」失敗作反思，目的在於使「革命」重新獲得某種普世的意義。而且在馳騁於想像之際，必定受到文學的範式、典律和代碼的制約，甚至寫到情之所縱之時，不免和主觀願望相違背。《追求》所表現的政治傾向不一定為黨內某一主義或路線張目，則轉化為意蘊豐富的文學形象及某種文化姿態。後來茅盾在〈從牯嶺到東京〉一文中為三部曲作辯護時，聲稱要把小資產階級看作革命的力量，而他寫小說也抱著爭取他們的目的。這聽上去像是為陳獨秀的小資產階級路線招魂，然而陳在 1927 年 7 月已被罷職，所以與其說是在文學領域中堅持陳獨秀路線，毋寧是像章秋柳拒絕曹志方去當「土匪」一樣，乃是一種人性的姿態，即不主張激進流血。

拯救史循：「現代性」企劃的破產

對於茅盾來說，寫作必須取一種姿態。像此時的章秋柳一樣，既拒絕當「土匪」，她必須爲自己找到一條出路，註定要走一條更爲艱難的革命之途，從沉淪的深淵中升起；她對王詩陶、趙赤珠的強烈同情不啻是見佛見性的苗頭，此後這苗頭在她的心田往上串，一路上披荆斬棘，傷痕累累，使她的「追求」之旅愈爲一種理想色彩所光照。顯得不怎麼協調的是，章秋柳在對待自己的愛情方面矛盾而混亂，卻以「理想」的標尺來衡量張曼青和王仲昭的戀愛，不僅在張的面前毫不客氣地指出朱女士的市儈和平庸，「你現在自然以爲朱女士是合乎理想了，可是在我看來，全然不是；你的戀愛將使你受到很大的痛苦。」同樣在王仲昭面前也這麼幸災樂禍地說他的心上人陸女士與朱女士「比一家的姊妹還像些」，當然也給王潑冷水，預言了他的追求的破滅。這部小說圍繞此三對戀情作連環式展開，更將章秋柳對「理想」的「追求」作某種寓言式的表現，這樣的寫法在結構上著眼也起到綱舉目張，突顯主體的作用。

章秋柳的時間意識與慧女士一脈相承，對飛逝的「現在」銘心刻骨，卻更大膽宣稱：

> 我永遠不想將來，我只問目前，拿著將來的空希望，無非爲目前的無聊作一個辯護。我很反對三思而後行這句話。三思之後，大都是不行。我是不躊躇的，現在想怎麼做，就做了再說。道義，社會，祖國──一切這些大帽子，都不能阻止我的刹那間的決心；我決不願爲這些而躊躇！[17]

不像慧女士在感歎時光飛逝中含有懷玉不遇的幽怨，爲自己沒有家、沒有人愛而煩躁，章秋柳是醉生夢死於世紀末都市的「交際花」，出入於電影院、舞廳、酒樓、旅館，是個追求「刹那間」歡樂的行動主義者。她鄙夷「道義，社會，祖國──一切這些大帽子」，多半是從張資平的《苔莉》那裡發出的迴響，但她雖被稱爲「戀愛專家」，卻不信奉戀愛至上，爲情而死。對她來說，更爲基本的是自尊和自主，在都市的漩渦中攫取狂歡，在刹那間的當下認同其自我，呈現其自由的意志。她是作者的魔幻表現的混合體，在盲目、本能和破壞的同時，卻極具理性，時時剖析自己，在鏡子裡看見自己「跟著魔鬼跑」的時候，卻升起社會責任和人生意義的主題。事實上她在追求非同尋常的刺激，某種理想境界，足以使自己全身心的投入，希望在「刹那間」的狂歡中高奏靈與肉和諧的交響，所謂「神性與魔性這樣強烈地並存著！」

她在醫院裡看到自殺未遂的史循而向他伸出救援之手後，回想史循「曾經滄海」，如今已骨銷形枯，遂有所驚悟：

> 章女士看著自己的豐腴紅潤的肉體，不禁起了感謝的心情，似乎有一個聲音在她心裡說：
> ──章秋柳呀，你是有福的喲！你有健康的肉體，活潑的精神，等著你去走光明的大道！你應該好生使用你這身體，你不應該頹廢！頹廢時的酒和色會消融你的健康。你也會像史循一樣的枯瘠消沉。你會像一架用敝了的機器，只能喘著喘著，卻完全不能工作，到那時，你也會戴了灰色眼鏡，覺得人生是無價值了。章秋柳呀，兩條路橫在你面前要你去選擇呢！一條路引你到光明，但是艱苦，

有許多荊棘，許多陷坑；另一條路會引你到墮落，可是舒
服，有物質的享樂，有肉感的狂歡！[18]

　　這一突發的感恩之念如一道閃光，照見她自己精神領地的
斷垣頹牆，遂萌生懸崖勒馬的覺悟，這裡對靈肉衝突的表述看
似新鮮，其實不知不覺地落入傳統的所謂「脩身養性」的思想
模式。此後，章秋柳探望王詩陶，聽到趙赤珠的悲慘遭遇時興
奮地表示：「爲什麼我不做一次淌白，玩弄那些自以爲天下女
子皆可供他玩弄的蠢男子？」事後她一再思量肉體與道德的問
題，一方面認爲像趙赤珠那樣事出無奈，情有可原：「一個人
爲了自己，爲了自己目前問題的解決，不妨選用了任何手
段。」但另一方面檢討了自己「玩弄」男性的論調缺乏道德的
根據，認識到：「道德的第一要義是尊重自己」，「她常以爲
玩弄男性是女子的道德，而被男性玩弄——即使爲了某種目的
——也是不足取的，而況所謂目的又只是渺茫的不可知的將
來！」[19] 通過這番自我省察，由「積極的」道德觀引導，可看
到章秋柳性格上的內在收斂，由放縱享樂轉向對她來說更有意
義的尋求。

　　就在她拒絕曹志方去當「土匪」之後，章秋柳似乎受一種
新奇的慾望所驅使，迫切要求作出一種「選擇」。於是她去找
史循，決心用愛情拯救他。史循是個悲觀的懷疑派，也是個
「今日有酒今日醉」的享樂主義者，年值少壯，卻爲都市生活
所吞噬，已氣息奄奄，行將就木。在章秋柳的熱力感召下，史
循慶幸自己的「新生」，但他的「過去」卻時時作祟。當她聽
史循說：「但新生的史循能不能長成，卻還是一個疑問」時：

　　章女士眼皮一跳，這冷冷的音調，語氣，甚至於涵義，都喚起了舊史循的印象，很無禮的闖進了章女士的腦子。過去的並不肯完全過去，「過去」的黑影子的尾巴，無論如何要投射在「現在」的本身上，佔一個地位。眼前這新生的史循，雖然頗似不同了，但是全身每個細胞裡都留著「過去」的淡痕。正如他頰下的鬍子，現在固已剃得精光，然而藏在不知什麼地方的無盡窮的鬍子根，卻是永遠不能剃去，無論怎樣的快刀也沒法剃去。於是像一個藝術家忽然發見了自己的傑作竟有老大的毛病，章女士快快的凝視著史循的漸泛紅色的面孔，頗有幾分幻滅的悲哀了。[20]

　　和慧女士不同的是，章秋柳缺乏那種對男性的「報復」心理，她的時間意識不僅更為明確，且不再是以實現個人享樂為滿足，而含有一種積極的倫理衝動，即她決心把史循「改換」過來。這場戀愛當然是不尋常的，與其說出於自然的愛，不如說是從一種創造「奇蹟」的觀念出發。其實要史循與「過去」決裂而獲得「新生」，在象徵的意義上不啻是一種「現代性」方案。按理說，投資於「現在」之時，應當寄希望於「未來」，然而與慧女士的工於計算有區別的是，章秋柳是熱情的象徵，所謂「三思之後，大都是不行。我是不躊躇的，現在想怎麼做，就做了再說」。她所體現的過去─現在─將來的公式中，「既不希望將來，也不肯輕輕放過現在」（王仲昭語）。至此我們可看到「時代女性」的形象的進一步開展，如他在小說理論所說的，茅盾將「人物的心理進化並以人物心理衝突為構成事實」，但不顧「將來」的結果是災難性的，小說敘事終

於引向倆人在吳淞砲臺灣的「海濱旅館」裡一度春宵：

　　於是在酒力的掩護下，他們忘記了過去，也不焦慮著未來，全心靈沉浸於現在的剎那的肉感的狂歡。[21]

　　其結果卻充滿揶揄：事後史循肺病發作，嘔血而死。章秋柳也因為與史循的性交而染上梅毒，為死亡的陰影所籠罩。對於這場世紀末愛情所寓藏的時間意識，安敏成有過一段精彩的詮釋：

　　《追求》中的人物章秋柳和史循最凸現「時代病」的癥兆。他們傲慢地拒絕時間對他們生命的統治；在他們縱情做愛的那晚，「忘記了過去，也不焦慮著未來」。但梅毒伴陪著他們精神的病毒，在他們過去的性行為與現在的身體存在之間搭起通向災難的橋樑，卻有力地顯示了時間的連續性：如秋柳所想像的：「『過去』的黑影子的尾巴，無論如何要投射在『現在』的本身上。」在拒絕承認歷史的力量時，這兩人與曼青、仲昭一樣盲目，被那種破碎與片面的世界觀所蒙蔽。[22]

　　這樣的解說也合乎小說所表現的小資產階級追求而幻滅的主題，但不足以道盡其多重反諷的豐富意蘊，其字裡行間為多重脈絡所充斥，其峰迴路轉、曲徑通幽之處，尚值得仔細推敲。章秋柳的「魔性」向「神性」消融，或作者試圖將「魔性」轉化為「神性」，結果是時間結構與女體指符的關係蘊含哲理性與戲劇性，給作品意義、藝術處理以及作者的心理變化

設下重重迷障和陷阱，從而帶來多層詮釋的機遇。

　　首先從藝術上說，章秋柳拯救史循的情節不離「傳奇」的常套，這類「神女」般挽救落難公子的奇蹟殊能饜足男性的狂想，但砲臺灣狂歡之夜則屬現代狂想曲，在象徵的層面上譜寫出中國「現代性」的斷裂，也是茅盾「個人」奧德賽式史詩狂想的開展和終結。兩人之間對於「現在」和「過去」的時間象徵關係作爲整部《追求》的主幹，在結構上決定了章秋柳的羅曼史與張曼青、王仲昭等其他愛情故事的主從地位，遂造成「追求」的主調的重覆和變奏。在展開「現在」征服「過去」、最終導向砲臺灣狂歡之夜的過程裡，對章秋柳作主客體兩方面的鋪陳描寫，尤其在表現「現在」企圖統一「過去」而達成主人公自我完善及歷史意識大一統幻覺的這一心理轉折，殊爲曲盡心機。圍繞這一時間框架，小說結構成爲一個有機的整體，正如當年林樾認爲這篇「小說的事件，都很複雜，然而結構卻是統一的，全篇的動作都朝著一個方向進行，所以不見得有凌亂錯雜的毛病；這正足以見作者駕馭材料的手腕。」[23]這一「性高潮」作爲小說的期待中的結局，由於時間意識的介入，使之含有寓言性，蘊含愛情和死亡的內在矛盾，因此在表現上不同凡響。尤其寫到倆人在旅館裡驚心動魄的一幕，當史循看到章秋柳的肉體而產生的心理與動作反應：

　　……他在這裡脫了外面的衣服，再走出來時，章女士已經站在窗邊的衣櫥前面，很驕傲的呈露了瑩潔的身體，但卻是背面。但已經吸引著史循急步向前。在相距二尺許的時候，章女士轉過身來，史循突然站住，臉色全變了。他看見了章女士的豐腴健康的肉體，同時亦在衣櫥門的鏡

子中認識了自己骨骼似的枯瘠！這可怕的對照驟然將他送
進了失望的深淵，他倒退了兩步，便落在最近的沙發裡，
頹然把兩手遮掩了臉。[24]

　　茅盾早期小說中最精彩的場面，乃在「時代女性」同男子
「對峙」（controntation）之時。如《動搖》中寫到孫舞陽當面
表現不愛方羅蘭那一場；《追求》中章秋柳怒目相向曹志方及
龍飛的情節。在這裡史循是「頹廢」、「懷疑」和「過去」的
象徵，這「轉過身來」的一幕深具震撼力的表現則純屬文學意
義上的「頹廢」，令人想起「紅粉骷髏」的圖畫，含有歐洲十
九世紀後期屬美學現代性的所謂「頹加蕩」（Decadent）的神
韻。在二十年代的新文學裡，可與魯迅的《野草》、郁達夫的
〈銀灰色的死〉並列爲「頹廢」文學的傑作。[25] 雖然在「鴛鴦
蝴蝶派」那裡也時有同類題材，但陷於套路而缺乏創意。這裡
對於美與死亡的寫實主義再現卻非常戲劇性，表情、動作及心
理的刻畫上也極其緊湊，一幅幅宛如電影鏡頭，經過高超手腕
的剪輯，語言上表現得乾淨老練，正如滬語所謂「刮辣鬆
脆」。有趣的是三部曲中《追求》的特點是直接使用洋文，這
一海濱旅館的段落所夾雜的，如香水名稱Pandora（潘朵拉），
picnic（野餐），Port Wine（法國葡萄酒）等，都增強了「頹
廢」的外來色彩，亦是典型的「海派」風格。他們的浪漫遭遇
由於滲透著時間意識，又是象徵的、寓言的；而這一鏡面的設
置，更帶有一種藝術操縱的自省的資質。
　　章秋柳的這番自我救贖，神性與魔性混雜在一起，伴隨都
市的熱力與罪惡，懷著她的調和「現在」與「過去」的神秘的
時間觀，以反叛的姿態，叩擊不可知的命運之門，令人聯想到

王爾德（Oscar Wilde, 1854-1900）筆下的莎樂美（Salome）。
她愛上先知喬卡南，不到他死不肯罷休。她要求國王海洛德實
踐誓言，將喬卡南的頭割下給她，於是她捧著他的頭親吻，並
未意識到自己的死亡正接踵而至。莎樂美只是跟著魔性走，憑
著她的信念：「愛的神秘更勝於死的神秘。」[26] 與此異曲同工
的是，章秋柳在史循之死並知道自己被染上梅毒之後，毫無悔
意，仍舊堅持她的時間哲學：「我覺得短時期的熱烈生活實在
比長時間的平凡的生活有意義得多！」因此她把史循稱為「知
己」，讚揚他的死「是把生命力聚積在一下的爆發中很不尋常
的死！」[27]

　　沿著慧女士、孫舞陽這一藝術類型的創作邏輯，章秋柳體
現了作者的雄心勃勃的企圖，服從政治與美學兩方面的動機：
正面表達秋柳與時間意識的融合，使之代表「現代」對歷史進
程更具主動性，從而代表「革命」的動力。另一方面在美學上
創造一個更為完整、豐滿的形象，這就需要進一步講究對人物
主體的語言構築。但問題是章秋柳與史循都是病態的、頹廢
的，即使通過章秋柳而成功地創造了一個一切都被「現在」所
吞噬的歷史意識，這不消說是一個小資產階級的歷史「幻
象」，與那個真正的「革命」的歷史進程有不小的距離，因此
章秋柳所代表的「革命」性也就相當的局限。對於這一點，無
論是章秋柳或史循的有關鏡子的描寫都反映出茅盾的自我審
察。其實從作品一開始描繪章秋柳等都市青年男女的「世紀末
的苦悶」，就被籠罩在所謂「時代病」的歷史命定的陰影中。
從表面看，《追求》是《幻滅》上半部慧女士「煩悶」的主題
的繼續，但大革命的失敗這一歷史事實給慧女士式的煩悶帶來
了負罪感。因此《追求》回到描寫都市，茅盾的這一選擇似乎

更順從他自身的內在需求，中間卻已經歷了一重否定，對於表現「革命」的歷史意識來說則意味著困難甚至風險，但從一開始小說在「時代病」這一含有價值批判的敘述框架裡，表現大革命失敗後都市青年男女的「幻滅的悲哀，向善的焦灼，和頹廢的衝動」，隱含著在茅盾的內心倫理的不安顫動。正如作品最後所揭示的，從張曼青、王仲昭、章秋柳等不同的生活角度，分別反映了個人「追求」的渺小和無意義，復奏出整個三部曲「幻滅」的主題。

儘管章秋柳的時間意識已經被鑄上病態的烙印，但對作者而言，卻有極不尋常的意義：章秋柳是作者的鏡子，從中照出他的自溺與自贖。通過女性的身體指符創造一個和諧完整的時間意識，其中歷史永遠處於「現在」這一生生不息的運動之中，無論從文學創作的經驗累積還是從他當時特定的心理病療而言，茅盾需要用自然的肢體語言建構這樣一個和諧的時間幻象。在某種意義上，用具體的文學形式體現這一理想的時間結構，成為體認那個「革命」的「宏大敘事」的重要途徑。然而此時文學形式本身已展開其「魔性」，茅盾受其內在邏輯的驅使，欲罷不能。從他自身處於深淵般的存在和信仰危機而言，面對自己的情感成為本能的抉擇，正是通過章秋柳出自生命底層的選擇，描寫作者自己最熟悉的生活，遂不得不遵循其自身的文學邏輯。

當章秋柳成為都市病體的指符，集中體現「幻滅的悲哀，向善的焦灼，和頹廢的衝動」時，作者的寫作狀態也處於病態的焦慮與攣動之中，從某種意義上現代都市的本質或許非頹廢、非病態不足以表現之，而對於自我幽禁數月之久、精神上頹唐、悲觀的作者來說，非有一個屬於「它者」的想像空間亦

不足以宣洩其壓抑的情緒。在這種情況下，所謂「時代病」這一標籤對於病態的心理探索的展開，起到的作用既是一種價值上的約束，同時也不啻提供了一個逃避道德檢審的藉口，——猶如《金瓶梅》開場白的敘述策略——反而使頹廢和慾望能得到更為恣肆的表現。此時的茅盾應當自覺到自己「跟著魔鬼走」，即處於一種自溺的狀態中，從他後來〈從牯嶺到東京〉的表白：「我實在排遣不開。我只能讓它這樣寫下來，作一個紀念。」即可見箇中端倪。

在這精神滑坡的當口，出現了「奇蹟」。當王仲昭告訴她史循好像已經愛上了她：

> 章女士淡淡的不承認似的一笑，可是有個什麼東西在她心裡一撥，她猛然得了個新奇的念頭：竟去接近史循好不好呢？如果把這位固執的悲觀懷疑派根本改換過來，豈不是痛快的事？豈不是奇蹟？[28]

這裡章秋柳「神性」的撥動也在茅盾身上閃現「奇蹟」：即明知自己下地獄及不得不下，卻最終不甘於沉淪，在深淵中受到「革命」的召喚，遂留下自瀆的見證。秋柳的這一「新奇的念頭」，意味著充滿活力的「現在」根本改造代表「過去」的史循，也是驅除作者自己的「過去」陰影的捷徑。也只有通過革命的自瀆、在完成「理想時間」的幻景中，才能平撫其由於大革命帶來的心靈創傷。但這一抉擇帶來新的危險。章秋柳決定以自我獻身的方式拯救日薄西山的史循，其道德激情的本身包含著瘋狂，圖一時浪漫的「痛快」，因此以這一都市的女性肉身完成革命的時間結構，其歇斯底里的活力固然足使革命

的火車頭勇往直前，但反過來將革命置身於這一病體之中，則難保不出亂子。

卻爾斯頓：「現代主義」迴光返照

小說的結局暗示了章秋柳的悲劇，使《追求》變得朔撲迷離，作者使她不得滿足，也使自己不得滿足，幻象終究是幻象，最終留下一個充滿揶揄的問號，給詮釋畫上死亡，同時卻留下填充的空間。這裡有幾種選擇，雖然每一種不盡令人滿意。一種最易於接受的解釋，秋柳的「向善」之心固然偉大而可嘉尚，但此舉過於浪漫，不合「衛生」之道，尤其在當時城市讀者的眼中。另一方面說明史循的不道德。從「時代病」的意蘊層面來看，這不僅對都市的頹廢和墮落拍案驚起，擲下不赦的判詞，當然也對作者不徹底的「自贖」唱了挽歌。如安敏成所說，他們「拒絕承認歷史的力量」時，說明他們的世界觀的局限。結論是個人的追求——尤其對於都市小資產階級——必然幻滅，都市的頹廢不可能通過自身獲得拯救，唯一的出路是革命。

問題是，如果這一時間結構作爲一種「創作哲學」，並對當時非常處境中的作者具有特殊意義的話，那麼在章秋柳體現了這一時間理想之後又安排她的惡運，這樣的處理似乎過於輕率。事實上在小說的結尾，章秋柳坦然面對死亡，而且她的時間哲學由於死亡的啓悟，思想上達到新的層次，更具英勇浪漫的性質。她對王仲昭說：

在一個月內，我的思想有了轉變。一個月前，我還想到五年六年甚至十年以後的我，還有一般人所謂想好好活

下去的正則的思想，但是現在我沒有了。我覺得短時期的
熱烈的生活實在比長時間的平凡的生活有意義得多！我也
不相信什麼偉大的學者所指示的何者是熱烈的生活。我只
照我自己的信念去幹。我有個最強的信念就是要把我的生
活在人們的灰色生活上劃一道痕跡。無論做什麼事都好。
我的口號是：不要平凡！根據了這口號，這幾天內我就製
定了長長短短的將來的生活曆。[29]

據此或可得一「正解」：章秋柳雖然不免於死，但死亡更
增強自我犧牲的英雄本色，在自我完善的凱歌中交響著「革
命」與「頹廢」的雙重變奏。這裡章秋柳的時間意識仍然迸發
出光彩，也更接近其所象徵的革命的本義：在衝向未知的希望
的未來時，包含著激情和死亡。

這裡也有問題。因為從此後茅盾的方向正確的創作道路來
看，《追求》意味著作者的「頹廢」情結的歇斯底里的發作，
是「現代主義」在他的創作中的迴光返照。值得注意的是，在
小說的結尾，王仲昭戲稱他的未婚妻陸女士為「北歐的勇敢的
運命女神 Verdandi 的化身」。此後這一「北歐女神」的意象一
再出現在〈從牯嶺到東京〉及短篇小說集《野薔薇》的序文
裡，照茅盾自己的說法，這標誌著他已經擺脫了「悲觀」，而
且他還說當時使用「北歐女神」這個「洋典故，寓言蓋在蘇聯
也。」[30] 而照他的情人秦德君回憶，則非她莫屬，甚至說當時
茅盾有投靠蔣介石的打算。[31] 像這樣意義本身同時發出多種的
聲音，當然使我們感到惶惑，甚至懷疑作者將時間框架強加於
人物形象的辛苦營造也歸結為一場空虛。的確，死亡給章秋柳
的生命更增加悲劇的崇高色彩，但死亡本身總是一個難以接受

的事實。

　　處於此種境況，所謂盡詮釋之能事，亦難免強作解人。茅盾不一定會有所謂「後現代」式的瀟灑，故意造成一個意義曖昧的結尾。更有可能的，章秋柳之死或許是作者未曾預料、卻不得不接受的解決方式。與其說是作者在心理上最終難以克服那種沉溺的自疚而以死亡進一步否定秋柳的「自瀆」，從而徹底斬絕自己小資產階級的根性，使這一藝術再現的行爲轉化爲社會意義。然而在潛意識的層面上，或者不如說「死亡」的呈現作爲一種無可拒絕的見證，代表「過去」對作者企圖憑藉構築那種大一統的「現在」的報復及顛覆。整個《追求》籠罩著濃重的「悲觀」情緒，其寫作過程混雜著作者對「過去」的沉緬，即是對於被「革命」打入另册的都市的懷戀及由此產生的警戒與恐懼。他試圖建構理想的時間觀念，驅除關於革命失敗的「過去」的記憶，並克服「悲觀」，然而一再遇到「潛意識語言」的抵抗：他越是描寫章秋柳的「現在」的慾望衝動，其「肉感」的語言卻越具有「魅人的魔力」，也就越使作者在「過去」的頹廢中流連忘返，同時也越激起理性的反彈及壓制。理解這一寫作過程中始終充斥的非理性特質，或許更能投一束光於作者的自白：「《追求》就是這麼一件狂亂的混合物。我的波浪似的起伏的情緒在筆調中顯現出來，從第一頁以至最末頁。」

　　屬於最末頁的一個「波浪」卻意味深長，章秋柳克服了死亡的威脅，也彷彿給作者帶來了解脫，以遠非「悲觀」的筆觸完成一幅素描：

　　　　從床上跳起來，在房裡旋了一個charleston式的半圓。

這急遽的動作，使她的中間對分開的短髮落下幾縷來覆在
眉梢，便在她的美臉上增添了一些稚氣，閃射著浪漫和幻
想的色彩。[32]

Charleston是一種舞名，譯作「卻來斯登」、「卻爾斯頓」
等，根據費嘉炯的考察，這種舞在 1924 年從西非傳入紐約，
[33]1926 年已在上海的舞廳裡出現，其舞姿「分其腿向左右踪，
後聳肌骨，蠕蠕若寒顫」。[34]從次年 2 月間《北洋畫報》刊出
的一幅照片來看，呈癲狂怪異狀。配有解說詞：「卻理司敦
（Charleston）乃美國發明的一種交際舞，現在也盛行到中國來
了；其實是抄襲黑人的跳舞，醜陋異常，殊不雅觀。婦女舞
止，更覺輕佻可恥。」[35]當時畫報當中《北洋畫報》屬「京
派」，常刊登「禁舞」的言論，似乎較為保守，其實也不儘
然。這裡罵卻理司敦「輕佻可恥」，其實在報導模特兒、裸
體、電影這類時髦玩意兒方面比起《上海畫報》不遑多讓。30
年代初新感覺派作家郭建英（1907-1979）以漫畫飲譽當時，有
一幅畫一時髦女子正跳此舞，解說曰：「據說卻爾斯頓是非洲
土人所創造的，無怪喜歡跳卻爾斯頓的摩登小姐都喜歡少穿衣
服。」[36]所畫的舞姿狂放，略嫌誇張，不過可想見跳此種舞動
作奔放，熱力四射。的確，章秋柳這一道「浪漫和幻想的色
彩」閃射得極其鮮亮，幾乎將籠罩在她頭上的陰霾一掃而光。
這一筆看似突兀，然而回過頭看《追求》，她的美麗活潑跟旋
轉的舞步分不開，如寫到她去張曼青的學校，出現在大講堂
時：

她微微一笑，就走過來；她的躡著腳尖的半跳舞式的

步法，細搖肢的扭擺，又加上了乳頭的微微跳動，很惹起
許多人注目。她像一個準備著受人喝采的英雄，飄然到了
特別椅子前面。[37]

　　與孫舞陽一樣，章秋柳也是眾目的焦點，但她的嬝娜身段
平添了舞姿綽約，更帶上都市摩登的標記。事實上她被稱為
「跳舞場的實驗主義者」，如果跟蹤她的舞步，可不時聽到舞
場的旋律，在這部小說的背景裡起伏迴蕩，給悲觀的主調增添
了頹唐、狂熱、快樂和亮麗的色彩，可見章秋柳的個性特徵巧
妙切合時尚。[38]而作者以高超的手腕塑造這一「時代女性」而
駕馭其所體現的複雜張力時，表現出嚴肅「追求」的另一面，
即以時興娛樂為賣點，吸引他的小資讀者，其機敏伶俐之處，
非其時輩所能及。

　　在第一章眾角兒亮相於群英會時，話題便離不開「跳舞
場」。在討論同學會章程時，「不準再到跳舞場」被專門列為
一條，只是王仲昭因為是報紙記者，就可以不受此限。章秋柳
在誇誇其談「在這大變動時代，我們等於零」時，便提到「我
們終天無聊、納悶，到這裡同學會來混過半天，到那邊跳舞場
去消磨一個黃昏」。當她看到史循時，便拉住他「跳起 tango
來」。雖然小說裡並沒有直接描寫章秋柳在跳舞場的情景，而
時時突出她在平時也會「提空了右腿，旋了個圈子」之類，似
乎對她來說，跳舞不光是娛樂，而成為某種性格的標誌。

　　章秋柳和跳舞場被靈巧地織入王仲昭的故事。由於國民黨
新近實行書報檢查制度，報紙不能多登有關「社會的動亂方面
的新聞」，身為《江南夜報》記者的王仲昭仍想有所作為，打
算「改革」本埠新聞版，首先瞄準了滬上的舞場。他向上司提

出「新計劃」：「先用力來整頓社會的娛樂一面的材料，目下跳舞場風起雲湧，贊成的人以爲是上海日益歐化，不贊成的人以爲亂世人心好淫，其實這只表示了煩悶的現代人需要強烈的刺戟而已。所以打算多注意舞場新聞。」[39] 於是他頻繁出入舞場，在那裡經常碰到章秋柳，還有龍飛和徐子材兩人，不離她的左右。仲昭寫成〈上海舞場印象記〉，便以秋柳爲模特兒。雖然「她不是舞女，也不是偉人」，但象徵了「從刺戟中領略生存意識的那種亢昂，突破灰色生活的絕叫」。在舞場裡，她顯得特別興奮，對仲昭「說了許多話，熱情的，憤慨的，頹唐的，政治的，戀愛的，什麼都有」。此數語好像爲《追求》的基本內容和氣氛作了生動的概括。

仲昭的報告裡所謂「目下跳舞場風起雲湧」，乃是當時實況。跳舞這一公共娛樂，原是舶來品，從 20 年代初起，外國歌舞團常來滬演出，散見於歌廳、旅館、茶會、飯店等場所，後來出現跳舞場，成爲本地文化景觀。尤其在「大革命」前後，舞場如雨後春筍，單看《上海畫報》便可知在此期間舞場「風起雲湧」的盛況。[40] 此時周瘦鵑爲該報記者，和王仲昭有點相似，常涉足舞場，如〈曼歌綺舞記〉、〈蠻舞西來記〉、〈一日間之舞場生活〉等文，對於各種舞會形式的流行及中西娛樂文化交匯的情況，可略見一斑。而在 1928 上半年寫的〈鳳凰試飛記〉中說的「輓近以還，舞場雲起」；〈記茶舞會〉中「舞潮之狂撼上海，垂數閱月矣」等語，[41] 足可與王仲昭的「目下舞場風起雲湧」的話相印證，正能說明《追求》的緊追時尚。不過此時的茅盾自 1927 年秋從武漢歸來至 1928 年夏，據他說自己形同幽閉，足不出戶，卻能追上最爲時髦的卻爾斯頓，如此及時把握上海舞場的脈搏、都市的律動，腳頭比周瘦

鵑還要快，想想也奇。

　　有的學者認為，上海跳舞場的興盛體現了西方文化的進一步接納與融合，遂成為 30 年代「東方巴黎」的洋洋奇觀；這一新的娛樂方式本是清末以來的妓女行業的延伸，也給市民提供了現代生活及社交規範的範式。[42]事實上在跳舞場裡「新女性」的身份變得模糊起來。的確，舞女成為新的情色商品，也屬一種新型的「職業婦女」，至少表面上比清末長三堂子較為自由、獨立一些。而舞場不僅是舞女的孳生地，也是社會名流光顧之所，成為展示「新女性」及時尚的窗口。從《上海畫報》裡可看到，在跳舞場裡翩翩起舞的包括名媛淑女、演藝明星及其他職業女性。在這樣的背景裡看章秋柳，確是一個「另類」新女性。在北伐節節勝利之時，上海的資產階級迎來了他們的黃金時代，正亟亟乎彈冠相慶，歌舞昇平，但像當年的盧卡奇那樣，茅盾藉章秋柳已經向資產階級發出了反叛的信號。

　　章秋柳這一形象始終飽含激情，在茅盾的「時代女性」中表現得最為突出。她的拯救史循的「現代性」計劃以激情為源泉，或者說，激情作為章秋柳的性格標誌，本身則具美學的價值。她的形象在藝術上的成功，正在於將其激情放在頹廢和倫理的衝突中發揮得酣暢淋漓，遂演成一個具悲劇性的「革命」寓言。但她最後的卻爾斯頓的舞姿意味深長，儘管「革命」失敗，但激情不滅，留下一個對於激情的美學的讚頌。如果我們對章秋柳與舞場的關聯再稍加細究，可發現在表現她的頹廢之時，蘊含著作者自身的政治與美學的緊張，既投合時尚，卻未流於商業，其弔詭的原動力來自歐洲現代主義，也成為上海 30 年代的現代主義的勃興的預言。

　　在小說裡，王仲昭是個理想追求者，他對舞場的觀察無疑

是精英式的:「他是把上海舞場的勃興,看作大戰後失敗的柏林人的表現主義的狂飆,是幻滅動搖的人心在陰沉麻木的圈子裡的本能的爆發」。另一段是寫他的感慨:

　　老朽了的中國民族大概只能麻木污穢地生活著,無忿怒無悲哀無希望地生活著,未必能像德意志民族在戰敗後的疑懼痛苦中會迸射出躁動的力求復活的表現主義那樣的火花;目下上海人的肉感的歌舞的風狂,怕只能比擬於古代羅馬人的醉夢的頹廢罷了。失望,失望!在這時代,無論事之大小,所得的只有失望![43]

　　對於上海舞場的勃興,最使王仲昭感到興奮的是那種「生存的意志」和「本能的爆發」,而大戰後失敗的德意志民族,卻憑藉這種意志和本能爆發出精神的「火花」。章秋柳既「象徵了他的目標」,正因為在她身上體現出這種本能和意志。其實在小說的開頭,當她拉著史循跳起探戈時,便熱烈歡呼:「這是 tango,野蠻的熱情的 tango,歐洲大戰爆發前苦悶的巴黎人狂熱著跳舞的tango!。」[44]雖然她講的戰前的「巴黎人」與王仲昭說的戰後的「德意志民族」有所不同,但異曲同工,都是現代歐洲文化的追隨者。同樣即使她浸泡在都市的頹廢之中,也為的是體驗那種「生存的意義」:

　　我是時時刻刻在追求著熱烈的痛快的,到跳舞場,到影戲院,到旅館,到酒樓,甚至想到地獄裡,到血泊中!只有這樣,我纔感到一點生存的意義。[45]

　　毫不奇怪，兩人屬同一個同學會，茅盾這麼表現他們在觀念上的分享，正說明「大革命」失敗後青年的集體追求，說到底這麼同情地描寫這些代表「革命」的小資產階級，多半表達了作者的觀點。但有意思的是，所謂「戰敗後」自然會使人聯想到「大革命」失敗之後，而把上海舞場與「德意志民族」相提並論，雖不必指上海人，但意味著上海在文化上居民族的領先地位。王仲昭對上海的舞場極其「失望」，固然暗寓時局，卻也是怒其不爭，哀其不鳴，至少其中還有像章秋柳那些要求革命的力量。不無曖昧的是其所期盼的那種創造的爆發力，是「表現主義的狂飆」，即為現代主義的先鋒藝術運動，或是「力求復活的表現主義那樣的火花」，那麼「表現主義」作為一個比喻，也可指非藝術的或政治的「火花」。但章秋柳的反叛與其是政治的，毋寧更是美學的。她不由自主地「跟著魔鬼跑」，一路上在政治與美學的坑坑窪窪中顛簸前行，終於憑藉道德的階梯昇至藍天，卻又因內在的恐懼與脆弱折斷了天使的翅膀。無疑的，章秋柳這一形象象徵著作者的激情的迸發，亦何嘗不是一個「表現主義」的比喻？亦何嘗不是自我作法，藉此迸發出民族的「力求復活」的「火花」？其实按照茅盾當時對「德國表現主義」的理解，它是：

　　　　變消極為積極。故表現派之理想在溶化由外界吸收來之印象，依自我之理想而改造為新物。此理想之見於人生行為者，為堅信一己之理想，反抗厄運。故表現派乃希求新世界者也。[46]

　　這一理解是充滿理想和希望的，而在章秋柳的 charleston 舞

姿中爆發出美學上最後的「火花」，在都市慾望與倫理昇華的變奏和復調曲終奏雅，同歸大化之時，出現了一個微妙的轉折，看似輕輕撥動的一個音符，揚起的卻是快樂的美，或美的快樂，超越了革命的層面而達到另一次美學的飛翔。

章秋柳這一人物堪稱中國現代主義的傑作，因為這是文學想像與激情的不尋常的迸現，包含著不同文化力量的緊張交鋒與融合。一方面愛與死的主題在普遍人性的層面上表現得如此生動而警辟，另一方面其中的時間意識則蘊含著作者對小說現代性的追求，與創作過程的內在邏輯及其外在的時代氛圍絲絲相扣。這似乎為解決中國現代文學的困境提出了某種「範本」：既沒有因為過於強調「地方性」而遮蔽了人性的普遍意義，同時根植於自身存在及政治理想之間的緊張，使這一「普遍」意義的表現更為豐滿。在此後的茅盾作品中，類似這樣具有「浪漫和幻想色彩」的「時代女性」便一去不返，《追求》本身彷彿是一次偷嘗禁果的經驗，而像這樣的描繪中當然伴隨著個人風格表現的愉悅，正如作者說的「很愛」這部小說，大約傳達出這層意思吧。

最後須指出的是，對於茅盾來說，以德國「表現主義」為例證意味著他在歐洲現代主義的認識上的突破。20 世紀初「表現主義」由埃米爾·諾德（Emile Nolde, 1867-1956）倡始於德國，強調個人表現，崇尚原始文化，帶有宗教性與神秘性，後來康定斯基（Wassily Kandinsky, 1866-1944）、克里（Paul Klee, 1879-1940）等加入，逐形成一種國際性的藝術運動，更出現抽象的表現風格。[47] 且不論茅盾對「表現主義」究竟有多少瞭解，[48] 但像他推崇「未來主義」一樣，說明他對歐洲現代主義接受的龐雜性，在提倡文學反映「真實」或「無產階級文

學」的同時，也對非具象的藝術表現發生興趣。如他在 1922 年
〈青年的疲倦〉一文中說：「寫實主義、自然主義、頹廢主義
的文學作品，大都含著熱烈的反抗精神，和深刻地不滿於平凡
生活的絕叫，正是人類覺醒期的精神的表現。」[49] 這樣多元的
現代主義的成份在《追求》中得到充份的表演。

　　「表現主義」也能成爲無產階級的喉舌，如魯迅所倡導的
左翼木刻運動便是顯例，但理論上是否接受非具象的個人表
現，對於中國現代主義的發展來說，其道路決非平坦。據 Ralph
Croizier 對中國現代美術史的研究，認爲歐洲藝術上的非具象
表現標誌著同傳統「現實主義」的決裂，也標誌著「現代主
義」的眞正形成。而中國美術界自 30 年代之後更趨保守，斤
斤恪守「現實主義」條規，只有林風眠等少數代表了非具象的
現代主義。[50] 這樣的「現代主義」的理解不免拘泥，但有助於
說明在當時文壇，《追求》所表現的「現代主義」是富於前瞻
意義的。

　　在文學上難以作具象與非具象的區別，這裡也不可能對當
時文壇的現代主義潮流作詳細討論，略言之，在「革命文學」
論戰中，被視作與中國傳統文學的殘餘的「傷感主義」得到徹
底的清算，那也是魯迅遭到攻擊的原因之一，這在某種程度上
推進了現代主義的發展。而本來就出現的「唯美主義」、「頹
廢主義」在「大革命」之後則有增無減，以王爾德爲例，《莎
樂美》在 20 年代初已有田漢的中譯本，而在 30 年代初被搬上
舞臺，更大行其道。另一個王的劇作《少奶奶的扇子》屢演不
衰；由唯美主義者邵洵美等人的推崇，王的《道連格雷畫像》
及小說集相繼問世。[51] 就像胡也頻的《光明在我們的面前》中
的珊君「覺得讀王爾德有趣」，頗能反映受都市讀者歡迎的程

度。就這一角度來說，且不論章秋柳這一人物形象在何種程度上脫離「眞實」，也不論茅盾本人在《追求》之後對「現代主義」的探索躊躇不前，那段「德意志表現主義」對於先鋒現代主義的呼籲，某種意義上可說是已啓「上海摩登」之先機。

1　錢杏邨：《現代中國文學作家》，頁 151-55。

2　〈從牯嶺到東京〉，影印本，頁 32830-32831。

3　〈從牯嶺到東京〉，影印本，頁 689。

4　《追求》，《小說月報》，19 卷 8 號（1928 年 8 月），頁 32653-32654。

5　《追求》，《小說月報》，19 卷 8 號（1928 年 8 月），頁 32655。

6　茅盾：〈回顧〉，《茅盾專集》，第 1 卷，頁 391。

7　在《追求》受到「革命」文壇的嚴屬批判時，發出不協之聲的是當時與茅盾熱戀的秦德君。在〈《追求》中的章秋柳〉一文中認為章秋柳「最初是要革命的」，通過拯救和改造史循這件事可看出，她在數月內有了「思想的變遷」，因此並非「始終悲觀消極」。她是個「一時頹廢」的小資產階級，但那種「熱烈的轟轟烈烈幹一番」的觀念，「終於引導她到了正路」。原載《文學周報》，8 卷 10 期（1929 年 3 月 3 日）。

8　《茅盾回憶錄》，孫中田、查國華編，《茅盾研究資料》，上冊，頁 396。

9　參郭恆鈺：《共產國際與中國革命——第一次國共合作》，頁 215-440。另見鐵岩主編：《絕密檔案——第一次國共合作內幕》（福州：福建人民出版社，2002），頁 1981-1203。

10　《追求》，《小說月報》，19 卷 9 號（1928 年 9 月），頁 32748-32749。另見《茅盾全集》（北京：人民文學出版社，1984），第 1 卷，頁 390-391。按：《茅盾全集》中，《追求》有多處用腳注的方式說明與初版本的文本差別，但像這一大段被刪節則未作說明。

11　陳幼石認為東方明犧牲於 1927 年底的廣州起義，並不符合小說裡東方明是「受命令要下鄉去」的暗示。見《茅盾《蝕》三部曲的歷史分析》，

頁 184。

12　《茅盾回憶錄》，孫中田、查國華編，《茅盾研究資料》，上冊，頁
　　370。

13　參黃雨川：《毛澤東生平資料簡編》（香港：友聯研究所，1970），頁
　　72-87。

14　《追求》，《小說月報》，19 卷 8 號（1928 年 8 月），頁 32657。

15　《中央日報》（1928 年 2 月 1 日），第 2 張，第 3 面。

16　辛夷（秦德君）：〈《追求》中的章秋柳〉，《文學周報》，8 卷，10
　　期（1929 年 3 月 3 日）。

17　《追求》，《小說月報》，19 卷 8 號（1928 年 8 月），頁 32653。

18　《追求》，《小說月報》，19 卷 7 號（1928 年 7 月），頁 32511。

19　《追求》，《小說月報》，19 卷 9 號（1928 年 9 月），頁 32749。

20　《追求》，《小說月報》，19 卷 9 號（1928 年 9 月），頁 32750-32751。

21　《追求》，頁 32754。

22　Marston Anderson, The Limits of Realism, p.145.

23　林樾：〈《動搖》和《追求》〉，《文學周報》，第 8 卷（1929 年 3
　　月）。

24　《追求》，《小說月報》，19 卷 9 號（1928 年 9 月），頁 32752-32753。

25　參李歐梵：〈漫談中國現代文學中的「頹廢」〉，《今天》（1993 年第
　　4 期），頁 32。

26　見 Salome, in The Portable Oscar Wilde, ed., Richard Aldington (New York: The
　　Viking Press, 1975), p.428.

27　《追求》，頁 32766。

28　《追求》，《小說月報》，19 卷 7 號（1928 年 7 月），頁 32518。

29　《追求》，《小說月報》，19 卷 9 號（1928 年 9 月），頁 32765。

30　見莊鍾慶：〈讀茅盾六月十五日的信〉。莊問茅盾，在〈從牯嶺到東京〉
　　裡「北歐的勇敢運命女神」指的是什麼。茅盾回信道：「那一句話，沒
　　有什麼象徵一樣；只是隨手用了一個洋典故。北歐的運命女神見北歐神
　　話。當時用這個洋典故，寓意蓋在蘇聯也。這也有點『順手牽羊』，因
　　按歐洲人習慣，北歐實指斯坎的納維亞半島」。見莊鍾慶：《茅盾史實
　　發微》（長沙：湖南人民出版社，1985），頁 13-7。

31 秦德君：〈櫻蜃──革命回憶錄〉，《野草》42 期（1988 年 8 月），頁 14。

32 《追求》，《小說月報》，19 卷 9 號（1928 年 9 月），頁 32766。

33 See Andrew David Field（費嘉炯），Shanghai's Dancing World: Cabaret Culture and Urban Politics, 1919-1954 (Hong Kong: The Chinese University Press, 2010), p. 26

34 毅華：〈派利觀舞記〉，《申報》，1926 年 8 月 3 日，增刊第 2 版。又，參見 Andrew David Field（費嘉炯），Shanghai's Dancing World: Cabaret Culture and Urban Politics, 1919-1954 (Hong Kong: The Chinese University Press, 2010), p. 26

35 《北洋畫報》，6 期（1927 年 2 月 26 日）。

36 郭建英繪，陳子善編：《摩登上海──30 年代的洋場百景》（桂林：廣西師範大學出版社，2001），頁 10。

37 《追求》，《小說月報》，19 卷 8 號（1928 年 8 月），頁 32644。

38 趙園認為：「一時被膚淺化了（即使在新感覺派的某些作品裏也如此）的舞廳，在茅盾作品裏，才真正是一種訴諸人性的文化力量。」見《北京：城與人》，頁 236。作者高度評價「舞廳」，雖未細說，應當是指《追求》中的章秋柳。

39 《追求》，《小說月報》，19 卷 6 號（1928 年 6 月），頁 32362。

40 參馬軍：《舞廳·市政：上海百年娛樂生活的一頁》（上海：上海辭書出版社，2010），頁 73-91。

41 周瘦鵑此數文在《上海畫報》中，見〈曼歌綺舞記〉，74 期（1926 年 1 月 16 日）；〈蠻舞西來記〉，91 期（1926 年 3 月 16 日）；〈一日間之舞場生活〉，331 期（1928 年 3 月 12 日）；〈鳳凰試飛記〉，349 期（1928 年 5 月 6 日）；〈記茶舞會〉，360 期（1928 年 6 月 9 日）。另見周瘦鵑著、陳建華編：《禮拜六的晚上》（上海：上海書店出版社，2011），頁 3-4；23-24；324-325；347-348；361-362。

42 參 Andrew D. Field, "Selling Souls in Sin City: Shanghai Singing and Dancing Hostesses in Print, Film, and Politics, 1920-49," in Yingjin Zhang, ed., Cinema and Urban Culture in Shanghai, 1922-1943 (Stanford: Stanford University Press, 1999), pp. 100-127.

43 《追求》，《小說月報》，19 卷 6 號（1928 年 6 月），頁 32366。

44 同上，頁 32353。

45 《追求》，《小說月報》，19 卷 7 號（1928 年 7 月），頁 32515。

46　見茅盾 1925 年撰寫的《文藝小詞典》中「表現主義（Expressionism）」條目。此詞典為未刊手稿，收入《茅盾全集》（北京：人民文學出版社，2001），第 31 卷，頁 382-382。

47　Herschel B. Chipp, ed., Theories of Modern Art: A Source Book by Artists and Critics (Berkeley: University of California Press, 1968), pp. 125-128; 146-192.

48　參高利克著、陳聖生等譯：《中國現代文學批評發生史，1917-1930》，頁 197-198。

49　雁冰：〈青年的疲倦〉，《小說月報》，13 卷 8 號（1922 年 8 月）。

50　Ralph Croizier, "Modernism Versus Realism in Twentieth Century Chinese Art," 載入李豐楙主編：《文學、文化與世變》，頁 651-683。

51　如曾虛白譯：《鬼》（王爾德小說集）（上海：真美善書店，1928）；杜衡譯：《道連格雷畫像》（上海：金屋書店，1928）。見北京圖書館編：《民國時期總書目（1911-1949）‧外國文學卷》（北京：書目文獻出版社，1987），頁 76。

第六章

〈創造〉：「時代女性」與革命公共空間

戲仿娜拉：從「婦女解放」到「社會解放」

在完成《動搖》及繼續《追求》之前，茅盾寫了短篇小說〈創造〉，發表在上海《東方雜誌》1928 年 4 月號上，不久收入短篇小說集《野薔薇》中。這是他第一次寫短篇，卻分外得意。確實〈創造〉的調子是明亮、高亢而調皮的，意味著作者「思想上已經不像《幻滅》等三篇那樣消沉悲觀了」，[1] 似乎使他自拔於「大革命」噩夢般的記憶而恢復了對革命的自信。小說寫一對中產階級夫婦在思想上的衝突，結局暗示女主人公像娜拉一樣離家出走，投入革命。茅盾回憶說：「這個短篇小說表面上看來是談婦女解放，但是遠不止此，它談到中國的社會解放。」又說：「我寫〈創造〉是完全『有意爲之』。……我暗示了這樣的思想：革命既經發動，就會一發而不可收，她要一往直前，儘管中間要經過許多挫折，但它的前進是任何力量阻攔不住的。被壓迫者的覺醒也是如此。在〈創造〉中沒有悲觀色彩。嫻嫻是『先走一步了』，她希望君實『趕上去』，小說對此沒有作答案，留給讀者去思索。」[2]

他的書寫「革命」之途並非一路順暢，創作過程中理智與

情感之間有互動，也有衝突或脫節。〈創造〉多出於理性的思考，而在寫《追求》時，茅盾又被「悲觀」抓住，又墮入「大革命」的記憶的深淵，愈加激情迸發地伴隨章秋柳走完一段煉獄式的昇華歷程。但〈創造〉的積極意義，在一年之後寫作《虹》的時候才充份表現出來。嫻嫻這一「性格剛強的女性」，應當與慧女士、孫舞陽屬同一系列，也同樣具有一種崇拜「現在」、揚棄「過去」的時間意識。雖然她仍是個配角，大半是虛寫，但不同的是她被成功地與「革命」相結合，即已具備某種戰鬥意志，自覺接受「革命」方向的引導。〈創造〉的更大收穫是在另一端，即對歷史主體的反思及敘事結構方面的突破，以至使作者產生柳暗花明之感。〈創造〉被置於一個都市家庭的日常生活的場景裡，最後嫻嫻出走意味著她投入革命的社會運動，表面上未與「大革命」直接掛鉤。這樣抽象的處理使「革命」更含某種烏托邦意義，且指向將來。正如我們看到，在當時「革命加戀愛」小說裡，「北伐」常被表現為英雄人物的動力之源或其歸宿，但在蔣光慈的《短褲黨》及胡也頻《光明在我們的前面》中，出現某種轉變，即以工人運動作為「革命」的指符。尤其在「八、七」決議之後，中共明確與國民黨分道揚鑣而繼續發展工農運動，這一區別就具有黨性的意義。茅盾沿著這一思路，在《虹》中以「五卅」作為革命終點站，對於後來「紅色中國」的歷史詮釋更具正典的意義。其實〈創造〉是一個篇幅稍長的短篇，尤其是男主人公君實大段回顧自己的「創造」他的妻子嫻嫻的歷史，即表面上「是談婦女解放，但是遠不止此，它談到中國的社會解放。」這種歷史反思也在《虹》裡得到更宏觀的體現，為進一步確立新的「歷史」主體作了準備。

　　但〈創造〉另有值得注意之處。安敏成認爲這篇小說的主題是「對創造社成員的回應」，謂該社正進行一場清算茅盾「自然主義者」的運動，[3] 其實與作品寓意大相逕庭，爲篇名所誤導，也顯示出現代文學研究中常見的忽視「通俗」或「鴛鴦蝴蝶派」文學的通病。除了有關「中國的社會解放」的思考之外，〈創造〉還蘊涵著茅盾對於愛情小說的讀者和市場的焦慮，主要著眼於一向爲「通俗」文學所佔領的讀者市場，也是他自 20 年代初與「禮拜六派」論戰所留下的心結。[4] 正如他在〈從牯嶺到東京〉一文中尖銳批評：「六七年來的『新文藝』運動雖然產生了若干作品，然而並未走進群衆裡去，還只是靑年學生的讀物」，並爲自己作辯解說他的小說對象是作爲都市大衆的「小資產階級」。他提出要「能夠走進他們的生活裡，懂得他們的情感思想，將他們的痛苦愉樂用比較不歐化的白話寫出來」，甚至認爲應當從《施公案》、《雙珠鳳》等舊小說吸收「技巧」。[5]〈創造〉的敘事策略典型地體現了這樣的反思：不同於張資平、葉靈鳳那樣走出格的情色路線，而在更微妙的美學層面上訴諸流行的都市家庭小說的語碼，採取了從內部顚覆的策略。至於這篇仍未擺脫「歐化的白話」的小說，是否如所期望的贏得都市讀者，那是另一回事了。

　　在小說裡，「現在」這一時間架構仍被強加於女體，但都市慾望被架空，對敘述結構起決定作用的一種方向性的把握，即小說最終導向一個革命的空間。表面上作品成功地將女主人公嫻嫻的身體指符象徵「革命」的自然性，也即是她的「現在」哲學獲得了主客體兩方面的統一，這個「現在」是指她所從事的「現實」，最後她義無反顧地走出家庭而融入了革命洪流。她代表「時代女性」的正面形象，其時間哲學似乎和慧女

士和章秋柳一脈相承，當然亦有那種尤物的「神秘」魔力，但嫻嫻的慾望是缺席的，更成為《虹》的女主角梅女士的前身。因為是短篇，而且嫻嫻事實上是配角，所以將她的慾望架空問題還不大；後來在《虹》裡梅女士的慾望不可能這麼簡單處理，於是她在意識上必須克服「女性」和「母性」，否則就難以排除敘事發展的障礙而使她真正獻身於革命。

這篇小說明顯受到易卜生《玩偶之家》的影響，值得注意的是，至 20 年代末新文學已發展出自身的傳統，形成新的易為讀者認知的套路（convention）。該劇自 1914 年引進中國之後，其女主角娜拉作為「新女性」類型被多所模仿，如胡適《終生大事》中的田亞梅、熊佛西《新人的生活》中的曾玉英等，不一而足。[6] 不僅是新文學，連「禮拜六派」的滑稽大王徐卓呆，在 1924 的劇本〈新式丈夫〉，[7] 屬於一種「家庭喜劇」，即為《玩偶之家》的「戲仿」（parody）之作。茅盾對易卜生極其推頌，在 1925 年〈談談《玩偶之家》〉一文中說易氏在五四時期成為「文學革命、婦女解放、反抗傳統思想」等「新運動的象徵，那時候，易卜生這個名兒縈繞於青年心胸中，傳述於青年的口頭，不亞於今日之下的馬克思和列寧。」[8] 由此卻有趣地反映了茅盾眼中「今日之下」的時代風潮，然而在〈創造〉裡，易卜生已被陳倉暗渡，今日的嫻嫻血液裡被注入馬克思列寧主義的革命精神，與體現易卜生「個人主義」的娜拉不能同日而語了。

嫻嫻也是對娜拉的「戲仿」，甚至最後出走也有「砰」的關門聲，但這個短篇無論在內容和形式上是很別致的。在形式上套用希臘古典戲劇「三一律」，整個場景僅限於一個都市「小家庭」，這方面頗似徐卓呆的「家庭喜劇」的路數。儘管

其主題涉及「婦女解放」和「社會解放」，對作者來說如此重要，但全篇詼諧輕鬆，充滿小資情調，其讀者恐怕不單是新青年，甚至包括中產階層，這也是促使「革命加戀愛」興起的一個主因。小說敘事含有濃郁的娛樂成份，更服從文學消費的邏輯。從淑女賢妻型的「新女性」的角度看，有關女性解放的歷史回顧或許使她們覺得乏味，而嫻嫻能玩轉君實，能博得她們莞爾一笑；那種娜拉式的出走也像是浪漫的白日夢，給她們平庸的日常生活帶來某種調劑。

茅盾一開始把場景集中到床幃之間，就有意挑逗，必定引動讀者的窺視慾；卿卿我我、打情罵俏的情節，似乎在讀者期待之中。然而這裡一對小夫妻之間的情感裂隙，不僅開掘了都市階層的靈魂深層及其與社會意識形態的命定糾葛，且關係到婦女命運和革命事業的大課題。對於嫻嫻的最後出走的處理，讀者可以見仁見智，但似乎很難不分享或不認同作品對男主人公的諷刺，以及對他的「創造」理想的否定。如此運用窺視策略以及為市民所樂見的隱私題材，目的是顛覆那種改良主義的以「小家庭」或「個人」為前提的現代化建設方案，體現了作者的關於婦女解放的浪漫理想，以及他對於「革命」這一「烏何有之鄉」的狂想。當作者的攝鏡潛入家庭空間，在描繪四壁的傢具擺設時，這牆壁本身成為被挪揄的對象，而發生在其中「無聲的痛苦的鬥爭」，暗示了這一私人空間的脆弱存在。真正主宰這一空間的是驅策社會前進的「進化」動力，它不僅拆毀了四壁，且佔據了人的精神領域，使人更具物質性。

整個作品追求某種喜劇效果，達到對改良主義「創造」賢妻良母的反諷。在體現茅盾的「現實主義」的主觀和客觀方面，這或許提供了佳例：一方面如普實克所說的，敘述和描寫

都追求一種客觀性，通過限知敘述者的口吻，從人物的眼光與內心感受來揭示現實世界。但另一方面需重視的是作者的主觀，更帶「暗示」性，巧妙地滲透在文本之中；在這個遵守歐洲古典主義「三一律」的結構裡，更有利於在限定的時空裡運用某些詩學的修辭形式，如重覆、對比、錯置等，旨在加強喜劇化的反諷效果，以期達到認同作者預設的價值的效果。

男女主角之間的權力「錯置」也屬於反諷的主要策略，即君實作為一家之主是敘述的重心，但「真正主人公不是君實，而是嫻嫻，雖然寫嫻嫻只有不多幾筆」。[9] 如何使讀者認同嫻嫻這一「真正的主人公」？小說分為三章，第一、二章各含四節，第三章有參差不齊的九節。每一節由一定數量的段落組成。作品在時間之流的開展中，通過「情節」或「敘述性」的魔力，在閱讀心理過程裡逐步建立並加強價值的認同感。下面作逐節分析的「細讀」，目的在於解讀字裡行間的豐富意蘊及其歷史脈絡的「互文性」，并揭示反諷詩學、空間脩辭與閱讀心理如何交相作用，而在敘事形式內部發揮顛覆「私人空間」的功能。

錯置詩學與空間脩辭

小說的開頭一段用擬人化手法描寫「南窗的小書桌」，為整個故事擔任了重要的功能：設定了範圍、性質、語調和氣氛，並蘊含「暗示」的敘述策略。兩朵半開的紅玫瑰「宛然是淘氣的女郎的笑臉，帶了幾分『你奈我何』的神氣，冷笑著對角的一疊正襟危坐的洋裝書，……」。這一女主角的畫像──可愛而具挑戰性──首先進入讀者的訊息接收系統，起一種主宰整個閱讀經驗的作用。所謂「脫不掉男女關係的小說」，正

點明這個故事的內容。詼諧的敘述口氣與書桌上雜物的凌亂秩序不相協調,產生某種張力。最後的象牙兔子的一行刻字:「嫻嫻三八初度紀念。她的親愛的丈夫君實贈」,[10] 點出了男女主角的名字及兩人的夫妻關係,但是最後一句「然而『丈夫』兩字像是用刀刮過的」,雖然沒有明指是誰刮的,但埋藏著針腳,呼應了前面這兔子「怨艾」的紅眼睛,暗示丈夫方面的某種委曲及這對年輕夫婦之間的危機。

接下來兩段繼續描寫內景,如照相攝鏡簡潔而清楚地表明,這是一個頗像樣的現代都市小家庭;一對「大柚木床」,說明這是男女分床而睡的新式家庭。當寫到「睡在床上的兩個人」及房門「現在嚴密地關著」時,隱含「床戲」的懸念。順便提到的「這裡有一扇小門,似乎是通到浴室的」。這「似乎」所含的不確定性,卻在結構上首尾呼應,顯出在「謀篇」上的精緻。故事以嫻嫻從浴室悄然出走為結束,方顯示出空間的政治含意:如果這「小書桌」意味著君實在此家中的愈益縮小的精神領地,那麼結果顯得更為可憐——他的啟蒙方案的全盤失敗,現今更陷入革命的歷史洪流中。

下面一段間接描寫女主人,是一個新型少婦,穿著入時講究,且見她「鏤花灰色細羊女皮鞋的發光的尖頭」,然而另一隻鞋被亂丟在梳妝臺邊,暗示她並非那種善於料理或安於家室的類型。她的良家少婦身份及其忙碌於戶外活動,更從那些隨便放著的「少婦手袋裡找地出來的小物件」得到印證。而最後提到《婦女與政治》的雜誌,則使人聯想到她的興趣所在,與戶外活動的內容有關。

第二節直接描寫床上,君實先給街上急駛怪叫的汽車驚醒。這也是順便補一筆城市背景,他們住臨街房子,暗示經濟

狀況屬於一般知識型的市民階層。女的還沒有醒來，但她的身體，「濃郁的髮香」，「兩頰緋紅，像要噴出血來」。這樣略嫌誇張的修辭似乎想表明，這是一個充滿活力、撩人心懷的女人。

敘述馬上進入「危機」主題：他想起昨夜自己早睡，不知夫人幾時回家。這一事實所隱含的危機的深度，根本上涉及君實對女人的態度：他關心嫻嫻的思想，更甚於她的具體存在；或者說他更關心的是他自己的純潔「理想」，嫻嫻是他的思想的實驗場。接下來數頁敘述他的回想，夾雜著痛苦、自省與執拗。兩年來的結婚生活，心心相印的融洽與歡樂，僅是短暫的一瞬，與嫻嫻之間開始從生活趣味到最近思想上的岐異與衝突。尤其是這半年來，自從嫻嫻認識了「太像滑頭的女政客」的李小姐之後，就更牽入政治上的「實際活動」。他並不是不讚成女子關心政治與自我解放，但使他感到難堪的是，她越來越堅持自己的見解，與他之間的思想分歧越來越深。

第三人稱的敘述角度與聲音基本上從君實的內心展開，在我們和主人公之間建立某種親昵性，但敘述不斷作微妙的轉換，變成客觀的敘述或評述。如「近來他們倆常有意見上的不合；嫻嫻對於丈夫的議論常常提出反駁，而君實也更多批評夫人的行動，有許多批評，在嫻嫻看來，簡直是故意立異。嫻嫻的女友李小姐，以為這是嫻嫻近來思想進步，而君實反倒退步之故。這個論斷，嫻嫻頗以為然；君實卻絕對不承認，……」這樣的敘述看似客觀，給人聽到不同的觀點，而讀者卻容易傾向於嫻嫻。讀者不一定馬上同意李小姐的「進步」和「退步」之論，但這一筆提示極其重要，點出了君實和嫻嫻之間的衝突的核心，是有關「革命」的是非問題。而「這個論斷，嫻嫻頗

以爲然」，則進一步提醒讀者的價值選擇。

　　這一段直接引語裡，最使嫻嫻反感的，是他譏諷李小姐那種「不滿於現狀，要革命」，「只是新式少奶奶的時髦玩意兒」。所謂在電影院跳舞場裡的「革命」，或許反映了部份眞實或具某種代表性的看法。的確君實的意見仍給讀者留下思索和評判的餘地，而接下來的敘述：「君實說話時的那種神氣──看定了別人是永遠沒有出息的神氣，比他的保守思想和指桑罵槐，更使嫻嫻難受」，這就使君實顯得很不可愛，讀者也自然會替嫻嫻感到難受。這「革命」雖然指明與實際的「政治活動」有關，含義仍有些含糊，到底是有關婦女運動還是別的革命活動，其性質並未言明。但重要的是這裡的「革命」作爲象徵意義的表現，它指向一個吸力更爲強烈的外在空間。有的學者認爲嫻嫻「是現代青年婦女對於自由的追求，雖然這是一種個人的解放，不帶有集體的性質。」[11] 這種看法我覺得是片面強調了「個人」的一面。如果從腳跨「個人」和「集體」之間的含糊交界處來看這篇作品，方能得到更全面的理解。

　　所有的疑惑、痛苦或憤激的反應，都傳達了他對嫻嫻的感情，是眞實的，這樣一個好丈夫形象的自我呈現，照理會引起讀者的同情。但在同情的敘述裡，常常有一種模棱兩可的音調，使我們感覺到君實身上的一些東西，實在很難使人接受。如「他愛他的夫人，現在還是很愛；然而他最愛的是以他的思想爲思想以他的行動爲行動的夫人。不幸這樣的黃金時代已經過去，嫻嫻非復兩年前的嫻嫻了。」讀者也會替他惋惜，但他對嫻嫻有某種「大男子主義」，也就是說這樣的內心敘說卻含有敘述者的評判意識，對他的體貼和愛護起到內部消解的作用。

這個短篇的最大創穫之一正是這種親暱語調中所含的喜劇性反諷，最終使讀者與君實之間產生距離。更爲明顯的是，寫到昨夜他早睡，做了許多夢；以前他不做夢，因此多夢帶來了不安：「他努力要回憶起那些夢來，以便對夫人講。即使是這樣的小事情，他也不肯輕輕放過；他不肯讓夫人在心底裡疑惑他的話是撒謊；他是要人時時刻刻信仰他看著他聽著他，攤出全靈魂來受他的擁抱」。他對夫人固然坦率、忠實，然而要她「攤出全靈魂」而作爲回報則顯得專權而可憎了。「擁抱」這個比喻含有對於君實的「崇智主義」的戲謔成份。與此相應的，在這一節裡寫他繼續回想時，重覆出現了這個「擁抱」的母題，其意蘊更爲豐富：

> 現在君實看見夫人睡中猶作此態，昨日的事便兜上心頭；他覺得夫人是精神上一天一天的離開他，覺得自己再不能獨佔了夫人的全靈魂。這位長久擁抱在他思想內精神內的少婦，現在已經跳了出去，有自己的思想，自己的見解了。這在自負很深的君實，是難受的。[12]

本來君實那種與舊文化藕斷絲連的「自負」就顯得迂腐，現在用揶揄的語調說明他自己覺得對夫人失去控制，就越使人覺得可笑。原來他自許代表普遍眞理，因此他的思想領地無所不在，廣大如世界、如宇宙。現在他發覺嫻嫻從他的「精神內思想內」「跳了出去」，說明他認識到自己的思想和精神的空間是有限的。意識到這一點，無疑是痛苦的。如果將這一對關於「擁抱」的重覆修辭和稍後出現的另一對有關室內空間的重覆修辭相聯繫，我們可看到這篇小說的文本的織地之細，而且

這些空間的比喻對於男女的角色輕重的錯置,起到關鍵作用。

　　這一節末尾,失敗心理得到進一步證實:「君實本能的開眼向房中一瞥,看見他自己的世界縮小到僅存南窗下的書桌;除了這一片『乾淨土』,全房到處是雜亂的痕跡,是嫻嫻的世界了。」與嫻嫻爭執的細節起初有那種「愛的戲謔的神秘性」,到後來更多的是「主張失敗的隱痛」,「況且嫻嫻對於自己的主張漸漸更堅持,差不多每次非她勝利不可,……這便是現在君實在臥室中的勢力範圍只剩了一個書桌的原因之一。」這裡重覆敘述的「南窗下的書桌」呼應了小說的起點,在整體結構上也和結尾相呼應:當嫻嫻走出這個「臥室」,她獲得的是整個新世界,同時卻隱含著君實的舊思想境界的窄促和孤立,及他的「創造」工程的徹底失敗。稍後,作者仍使用君實的感覺的語言,又重覆了空間的比喻,在男女主角之間加深新舊、進步和退步、勝利和失敗的界線,更強調了嫻嫻的戰鬥性:

　　　　嫻嫻的心裡已經有一道堅固的堡壘,頑抗他的攻擊;並且嫻嫻心裡的新勢力又是一天一天擴張,驅逼舊有者出來。在最近一月中,君實幾次感到了自己的失敗。他承認自己在嫻嫻心中的統治快要推翻,……

　　儘管第一章的前三節幾乎全在寫君實,但大段心理的展開已經在讀者那裡收到效果:女主人公還沒有出場,我們已經覺得她無所不在,她不僅是這臥室裡的真正主人,也是這篇小說的真正英雄,隨著她的「新勢力」的「擴張」,給情節的開展帶來更多的潛力。讀者希望看到、聽到的這位「神秘的女

子」。最後一段回到床上，寫倆人的動作和對話，戲謔的主調
貫穿其中，尤其是嫻嫻的一顰一笑，一投手一舉足，無不橫生
嫵媚天眞，性感洋溢：

> 俄而，竟有暖烘烘的一個身體壓上來，另一個心的
> 跳聲也清晰地聽得；君實再忍不住了，睜開眼來，看見嫻
> 嫻用兩臂支起了上半身，面對面的瞧著他的臉，像一匹貓
> 偵伺一隻詐死的老鼠。君實不禁笑了出來。「我知道你是
> 假睡咧。」[13]

這裡實寫「床戲」，僅止於挑逗而已。所謂「革命加戀
愛」的小說，無非在「情場和戰場」的兩極間擺動，逐生成情
節的張力。這一幕夫婦之間的調笑，似乎不無敘述者的自諷，
化解了前面種種「鬥爭」、「堡壘」等帶火藥味的比喻，但回
過來看這個短篇事實上表現的是情場變成戰場，就不那麼好笑
了。

倆人的對話內容還是集中在他們之間近來的思想差異上，
主問者是君實，但在嫻嫻方面，顯得不那麼在乎，結果是君實
在她面前承認自己的失敗：「你變成了你自己，不是我所按照
理想創造成的你了。……嫻嫻，你是在書本子以外——在我所
引導的思想以外，又受了別的影響，可是你破壞了你自己！也
把我的理想破壞了！」於是引出第二章的主題：君實進一步回
顧自己如何精心「創造」嫻嫻的過程。

重寫「婦女解放」：從改良到革命

第二章仍以第三人稱敘述君實繼續他的回想，痛苦中夾雜

著成功的歡欣,即在過去兩年裡他如何在嫻嫻身上煞費苦心,終於造就她成爲一個「理想」的女子。然而這一段歷史從君實的父親談起,實即在爲晚清以來中國改良主義的教育方針和思想路線作總結。「自從戊戌政變那年落職後,老人家就無意仕進,做了『海上寓公』,專心整理產業,管教兒子。」通過某種典律化的歷史敘述,可見君實的父親是個正宗的改良派,卻不無骨氣,又懂得實業和教育的重要。「他把滿肚子救國強種的經綸都傳授了兒子,也把這大擔子付托了兒子。」作者似乎暗示,這改良主義人格在新舊交嬗之際,也必然遺傳到君實這一代,形成那種功利型的缺乏熱情的資產階級人格。所謂「父親在日的諄諄不倦的『庭訓』,早把他的靑春情緒剝完,成爲有計劃的實事求是的人。」

這一章看似敘述君實成功「創造」嫻嫻的過程,而在追尋她的思想中「毒」的根由時,正隱伏著「創造」失敗的痛苦;事實上,這一中間部份的較爲乏味的迂迴敘述爲的是給他最後的失敗更具戲劇性的一擊;嫻嫻這一「君實的卓絕的創造品」」卻不斷反叛,也繼續構成反諷修辭的內在步調。在第一、三章的「失敗」框架的映襯下,同樣富於諷刺的是,敘述「創造」的過程策略地暴露了君實的改良主義性格的根本弱點:儘管他也讀過馬克思、列寧,「然而他的政治觀念是中正健全的,合法的。」也即蘊含著他和那些「民族主義」者之間的分歧:他們的實質在於熱中於維護資產階級現存秩序,急於與當權者分享一杯羹。

〈創造〉在敘述嫻嫻的思想成長過程時,事實上把她作爲一個中國婦女的集體指符,勾畫了的「新女性」如何受新文化啓蒙而最終認同「革命」而走向自我解放的歷史,幷通過歷史

的重構，解構了近代以來資產階級的現代性，其中諷嘲了改良主義關於婦女解放的理想的虛偽性及其內在弔詭：規定婦女在新民族國家裡的社會角色，給她們配備一切最新最時髦的知識和思想，要求她們擔負起「家庭中爲妻爲母的責任」，最終爲的是將她們打扮成男人的「花瓶」。然而這一啓蒙工程是命定要失敗，因爲「革命」本身是更自、更合乎人的本性的。當「啓蒙」和「解放」一旦自成邏輯，就必然成爲脫韁之馬，不受敎育者的控制。如小說裡描繪的，君實的「創造慾」得之於他父親的遺傳，爲了將嫻嫻這塊「璞玉」創造成爲「理想」夫人，經過他的精心設計，因循善誘，使嫻嫻掌握了種種新知識，使她從從來不看報到關心政治，最後鑑於她那種「樂天達觀出世主義」的思想之「毒」，不得不「投了唯物論的猛劑」，結果適得其反，卻使嫻嫻如虎添翼，其政治熱情一發不可收拾，更投入社會活動，遂使他日益失望和不滿。

在婦女問題上，茅盾很早就加入爭論而持某種浪漫、激進的立場。本書前面提到早在 1919 年他爲《婦女雜誌》寫了一系列文章，針對該刊的「賢妻良母主義」而聲稱：「我是極力主張婦女解放的一人」，鼓吹「讓婦女從良母賢妻裡解放出來」，[14] 甚至「主張沒有家庭的形式」。[15] 這些激進論調帶有時興的無政府主義色彩，事實上不外乎一種「男人」的企劃。茅盾並不諱言：「男人要把改良社會促進文化的擔子分給她們；婦女要準備精神學好本事來接這擔子；這才稱是眞解放，這樣的婦女，便是解放的婦女。」在具體所提的要求中，婦女應當「確立高貴的人格和理想」、「瞭解新思潮的意義」，還包括：「希望她們的活動不出於現社會生活情形所能容許的範圍之外。」[16] 由此看來他的婦女解放的激進高調仍是有限的，

既與現存社會秩序相配合,也與《婦女雜誌》的主流話語相妥協。但在寫〈創造〉時,茅盾嫻嫻藉這一形象反思他自己十年前的婦女解放理論,實際上承認那種「男人」企劃的破產;且從嫻嫻最後離家出走而投入曖昧的烏托邦式「革命」空間來看,確實與他十年前的主張有了質的變化。此時的茅盾甚至對「五四」新文化也進行了清算,更明確地將胡適等人劃入資產階級一邊。正如在《虹》裡通過梅女士的思想所表示的,從他現在更為激進的立場反過來看代表「五四」精神的經典《玩偶之家》,他覺得問題不在於娜拉的出走,還在於她應該做什麼,怎麼做。因此梅女士覺得更應該稱讚的是林頓夫人,而不是娜拉。

在這一章裡,有些描寫嫻嫻的細節表明茅盾似乎在為中國現代文化以及他的烏托邦革命理想尋找一種新的生動活潑的文化源頭,有跡像表明他對於一向反對的傳統文化採取某種妥協——茅盾的這一跡像值得注意,後來進一步在「東方美人」梅女士這一形象及《子夜》上體現出來。對他來說是對「五四」以來思想文化又一次的「重新估價」,更含有實用的色彩。對於五四新文化重新定義時,一切問題聚焦在「左」或「右」的政治路線區分上,即堅持「五四」的激進主義,而不再那麼極端的反傳統。如故事裡所描寫的,問題發生在嫻嫻關心政治之後,君實突然發覺她那種「樂天達觀」的性格,像他一樣得之於「父親的遺傳」,然而她的父親是「名士」類型。如果說君實的父親更屬於儒家的類型,他那種諄諄的「庭訓」使得君實到二十歲時「卻沒有半點浪漫的氣味」,那麼嫻嫻在十八歲時聽她的父親講《莊子》,則屬於另一種文化傳統的啟蒙,其結果完全不同。莊子的「此一是非,彼亦一是非」的文化相對論

卻成爲嫻嫻的「出世主義」的根源；而莊子的「神遊乎六合之外」的逍遙境界也變成她同情「衣衫襤褸的醉漢」的根據。這一種人格類型，顯然要比君實的那種要可愛、自然得多；文化上也更開放，更有活力。正如此後所發生的，當她一旦領悟了「唯物主義」後，就產生新的思想動力，更自覺地投入了革命的實際運動。

這一番莊子和馬克思主義的結合，也是茅盾爲無產階級及其烏托邦革命理想尋找、重組新的文化資源。有趣的是在對自身傳統的選擇及微妙轉化中，不僅文學被當作批判改良主義的武器，其藝術再現本身也象徵了後來所謂的「革命的浪漫主義」。比起胡適他們，這樣的文化選擇或許更有吸引力，但這一選擇在小說裡通過嫻嫻、甚至通過她的身體指符得以實現，則顯出「斧砍」的痕跡，就使自然、可愛的程度打了折扣。這一章裡寫得最詩化的、即描寫嫻嫻顯示「樂天達觀」性格的一段：

> 嫻嫻的這種性格，直到結婚半年後一個明媚的四月的下午，第一次被君實發見。那一天，他們夫婦倆游龍華，坐在泥路旁的一簇桃樹下歇息。嫻嫻仰起了面孔，接受那些悠悠然飄下來的桃花瓣。那淺紅的小圓片落在她的眉間，她的嘴唇旁，她的頸際，——又從衣領的微開處直滑下去，粘在她的乳峰的上端。嫻嫻覺得這些花瓣的每一個輕妙的接觸都像初夜時君實的撫摸，使她心靈震撼，感著甜美的奇趣，似乎大自然的春氣已經電化了她身上的每一個細胞，每一條神經纖維，每一枝極細極細的血管，以至於她能夠感到最輕的拂觸，最弱的聲浪，使她記憶起塵封

在腦角的每一件最瑣屑的事。同時一種神秘的活力在她腦
海裡翻騰了；有無數的感想滔滔滾滾的涌上來，有一種似
酸又甜的味兒灌滿了她的心；她覺得有無數的話要說，但
一個字也沒有。她只抓住了君實的手，緊緊地握著，似乎
這便是她的無聲的話語。[17]

　　這也是這篇小說中敘述口吻最詭譎之處：好像這一切是君
實的「發見」，事實上這是他的回憶的組成部份，但嫻嫻的身
心感觸如此細膩微妙，當然超出不夠浪漫的君實的想像。通過
敘述筆端的神奇透鏡，呈現在讀者眼前令人心醉的一刻——
「那淺紅的小圓片」「粘在她的乳峰的上端」——嫻嫻作為
「自然」的指符由此得到充足表演。這是關鍵的一刻，在這自
然的天性深處，正隱伏著與君實的根本分歧之處。如接下來發
生的，她對那個「醉漢」的同情，引起了君實的恐懼。對於嫻
嫻的這段描寫，既說明她後來傾嚮革命乃根由於她的天性，同
時也為革命打上了「自然」的印記。最有揶揄意味的是此處關
於新婚「初夜」的甜蜜經驗，這一發生在更早的事實卻出現在
這一敘述時間裡，無異於暗示愛情的死亡。
　　這一章最後一節所謂「然而還有一點小節須得君實去完
工」，說明他的「創造」工程在完成了對嫻嫻的思想教育之
後，更在情感方面啟發她。使她克服那種「舊式女子的嬌羞的
態度」，終於出落得「又活潑又大方，知道了如何在人前對丈
夫表示細膩的昵愛了」。這一補筆意在指出君實的「創造」工
程的精緻之處，卻在人物形象上前後不一致。首先是「在閨房
之內，她常常是被動的，也使君實感到平淡無味，……所以也
用了十二分的熱心在嫻嫻身上做工夫」。君實在這裡對「性」

趣有所要求,而且似乎很在行;所謂「工夫」也應當包括床上工夫。這些描寫跟故事開始所說的那個「沒半點浪漫的氣味」的君實對不上號。另外「他是信仰遺傳學的,他深恐嫻嫻的姍娳性格將來會在子女身上種下了怯弱的根性」,這一筆點出改良主義者的「救國強種的經綸」,補得要緊。而君實的「創造」工程,一開始就從灌輸新思想入手,卻忽視了更要緊的有關婦女日常生活方面的科學,這也與他的精於「計劃」的性格不怎麼合拍。另一面我們看前面說嫻嫻「從母親學會了管理家務」,但有趣的是她後來卻朝著她的父親的「名士」方向發展了。

喜劇效果:顛覆「私人空間」

第三章裡分段的數量比前兩章的總和還多,但情節的開展節節相扣,分段本身成為一種修辭手段,在場景的頻繁轉換中發揮了喜劇效果。

回到房內實景。君實結束了往事的追溯,在心理上接續第一章結束之處,即他仍然沉緬於自己的沮喪中,咀嚼著那兩句可悲的話:「你破壞了你自己,也把我的理想破壞了!」與此形成強烈對照的是,「嫻嫻卻先已起身,像小雀兒似的在滿房間跳來跳去,嘴裡哼著一些什麼歌曲」。在接著實寫這兩人,無論是他們的動作、對白,處處呈現對照,在效果上處處襯托出男主人公的可憐,女主人公的可愛。對照也蘊含在敘述策略之中:作者仍不吝筆墨地描繪君實的所思所想,在他的心理迷宮裡流連忘返,而寫到嫻嫻,則以簡練的筆觸白描出一個輕靈活潑的身軀,作者甚至不必麻煩自己去探窺她的內心活動。這樣對照的敘述使人覺得前者患得患失,笨拙滯重,負擔了過多

的思想,束縛在記憶之繭中不知自拔,因此他生活在過去裡,而必定被時代所淘汰。後者領略當下的變動所帶來的快樂與啓悟,她訴諸行動,因此面向未來,充滿希望。敘述者的語調不失戲謔,混合著贊頌與諷刺:

> 房內的一切什物,浸浴在五月的晨氣中,都是活力瀰滿的一排一排的肅靜地站著,等候主人的命令。它們似乎也暗暗納罕著今天男主人的例外的晏起。床發出低低的欷聲,抱怨它的服務時間已經太長久。[18]

女主人不僅在形體上已經徹底佔領了這一內室的舞台空間,而且在精神上也徹底地征服了男主人。當她以親昵的口吻對君實說:

> 喂,傻孩子,不用胡思亂想了!你原來是成功的。我並沒有走到你的反對方向。我現在走的方向,不就是你所引導的麼?也許我確是比你先走了一步,但我們還是同一方向。

這時的嫻嫻她已經讀出了他的思想,發覺問題的癥結所在,在安慰、勸導之時,他們之間的角色已經起了根本的變化——她變成了教育者。在指引「方向」的時候,她視他為丈夫,也是同志,在敘述話語融入「革命」的「宏大敘事」時,這個內室的背景也淡出,和外面更為寥廓的世界重合。

嫻嫻的高屋建瓴的形象在對話中得到進一步加強,她的語調變得更為尖銳急切,更富批評的灼見:

只有，君實，你，還抱住了二十歲時的理想，以為
推之四海而皆準，俟之百世而不惑；君實，你簡直的有些
傻氣了。好了，再不要呆頭呆腦的癡想罷。過去的，讓它
過去，永遠不要回顧；未來的，等來了時再說，不要空
想；我們只抓住了現在，用我們現在的理解，做我們所應
該做。君實，好孩子，嫻嫻和你親熱，和你玩玩罷。[19]

這裡的「現在」哲學的出現，切入《蝕》三部曲，顯示了
連續性。茅盾仍在試圖將女性身體、慾望與時間意識結合，表
現無可阻遏的革命進程。這一夢想似乎僅在〈創造〉裡才得到
實現，既有機巧之處，也不可避免的遇到局限。這個「現在」
間接、抽象地意指「革命」，通過婚姻斷裂、私人空間消解的
比喻得以體現，再現上的成功屬於巧取和險勝，更依靠運用修
辭和敘述技巧。它的局限是，一方面這個「時間」固然意味著
當下慾望的實現，但不可能像慧女士或孫舞陽那樣，她們處於
革命的大環境裡，表現歷史的運動。另一方面由於女性的慾望
沒有得到充分的表現，因此也不可能像章秋柳那樣，賦於「現
在」以真正的激情。

既要避免女性慾望的實現，又要給「革命」披上「自然」
的外衣，在這樣的夾縫裡，嫻嫻的身體指符被利用到某種極
限，為此茅盾也使出渾身解數。當嫻嫻稱君實為「好孩子」，
這在親密夫妻之間本不足為奇，然而在他們之間發生思想分歧
的語境裡，一切對於君實來說如此認真的思想，在嫻嫻眼中卻
像一個拎不清的孩子，亦即思想上有欠成熟，已經不值一辯。
所謂「嫻嫻和你親熱，和你玩玩罷」，會讓人聯想到床第之間
的遊戲，儘管這裡是虛晃一槍，也說明在此方寸之地，她的身

體和意識同樣獲得徹底的勝利。作者繼續描寫：「用了緊急處置的手腕，嫻嫻又壓在君實的身上了。她的綿軟的健壯的肉體在他身上揉研」，又如：「從她的乳房的細微的顫動，可以知道她還在無聲地笑著。」「她的肉感的熱力簡直要使君實軟化」等描述，強調她的「主動性」首先源自於富於無窮活力魅力的肉身，當然更投合都市讀者的興/性趣。

第一段結束時，嫻嫻「從君實的擁抱中滑了出來」，「跑進了梳妝台側的小門，砰的一聲，將門碰上」。此後第二、四、六段寫君實的內心活動。經過反復的自我反省，終於變悲觀為樂觀，產生了「新的理想」：他決定改變自己的「冷諷」態度，而覺得應當和嫻嫻一起去參加「革命」活動，然後再「公正地下批評，促起嫻嫻的反省」。第三、五、七段簡短地寫他看到王媽躡手躡腳的動作——先是進房門拿走了嫻嫻的衣服，第二次又進來拿走了她的皮鞋，最後見她捧進來一大堆毛巾浴衣，方纔恍然大悟，嫻嫻已經洗完澡，從浴室的門出去了。這樣交替地寫他的思想發展與在浴室裡實際發生的事實，在於一步一步地建立懸念和對照，將讀者和君實一起疑惑、猜想，導向最後像他一樣恍然大悟。君實在品嘗苦果時，讀者則產生幸災樂禍之感。在這樣的強烈對照中，諷刺的效果也達到了高潮。最後王媽傳達了女主人的留言：

> 她叫我對少爺說，她先走了一步了，請少爺趕上去罷。——少奶奶還說，倘使少爺不趕上去，她也不等候了。[20]

君實是不是趕上去，已無關宏旨，不過作者似乎沒有暗示

什麼希望。最後一筆通過君實的視線，落到書桌上的象牙兔子：「終於連紅眼睛也沒有了，只有白肚皮上『丈夫』的刀痕在他面前搖晃」。這個「刀痕」呼應了小說最開始的描寫。當刀痕第一次出現時，在諷刺裡帶有俏皮和懸念，那麼這第二次出現，更帶來痛苦與絕望。這個重覆使讀者重新回到開頭，將整個故事首尾連貫起來，在對「創造」過程的反諷的進一步理解中，更覺得其間的微妙層次。這個重覆的反諷裡包含著敘述觀點的錯位，以及作者對閱讀經驗的操縱。在開頭讀者聽到的應當是純粹敘述者的聲音，因爲這發生在君實還沒有醒來之前。如果那象牙兔子的「怨艾」的紅眼睛似乎可以找到君實的話，那麼這便是他的夢中之眼。

---

1 〈兩本書的序〉，《茅盾專集》，第 1 集，頁 942。

2 〈創作生涯的開始──回憶錄（十）〉，《茅盾專集》，第 1 集，頁 619。

3 Marston Anderson, The Limits of Realism, p. 180.

4 在這方面與大多「新文學」家不同，茅盾別具一種「群眾」視野。魯迅也是如此，30 年代初作為左翼領袖，念念不忘與「鴛蝴派」的鬥爭，見胡風：《胡風回憶錄》（北京：人民文學出版社，1993），頁 190。除了著名的演講〈上海文藝之一瞥〉中將創造社與鴛蝴派統稱為「才子加流氓」之外，在另一次演講指出新文學陷於內部派系鬥爭，為放鬆了對「舊派」的鬥爭。見陳紹瀅：〈三十年代中國文壇回顧與毛共迫害作家的事實〉，《傳記文學》，22 卷 5 期（1973 年 5 月），頁 27。

5 〈從牯嶺到東京〉，影印本，頁 32833。

6 參鄒振環：〈《玩偶之家》與中國作家筆下的娜拉〉，《影響中國近代社會的一百種譯作》（北京：中國對外翻譯出版公司，1996），頁 257-

263。

7　　參徐卓呆：〈新式丈夫〉，《半月》，3 卷 14、15、17 期（1924 年）。
　　　另〈貴族與平民〉，《小說新報》，6 年 10 期（1920 年）。

8　　轉引自鄒振環：《影響中國近代社會的一百種譯作》，頁 259。

9　　〈兩本書的序〉，《茅盾專集》，第 1 集，頁 942。

10　〈創造〉，《茅盾全集》，第 8 卷（北京：人民文學出版社，1985），
　　　頁 1-2。

11　約翰・伯寧豪森著，孫乃修譯：〈茅盾早期小說中的中心矛盾〉，《茅
　　　盾專集》，第 2 集，頁 1439。

12　〈創造〉，頁 5。

13　同上，頁 8。

14　見佩韋：〈解放的婦女與婦女的解放〉，《婦女雜誌》，5 卷 11 號（1919
　　　年 11 月）。

15　雁冰：〈讀少年中國婦女號〉，《婦女雜誌》，6 卷 1 號（1920 年 1
　　　月）。

16　見佩韋：〈解放的婦女與婦女的解放〉，《婦女雜誌》，5 卷 11 號（1919
　　　年 11 月）。

17　〈創造〉，頁 17。

18　〈創造〉，頁 21。

19　〈創造〉，頁 23。

20　〈創造〉，頁 31。

第七章

《虹》：「青年成長」與現代「詩史」小說

接下來談《虹》之前，不妨打斷一下，暫時走出他的小說世界，走進茅盾的現實世界。在 1928 年 7 月完成《蝕》至 1929 年 6 月開始寫《虹》將近一年之間，他的生命裡忽然情潮洶湧，驚濤拍岸，即寫完三部曲後，身心疲憊，遂聽從友人的勸告，暫去日本散心。此時結識了秦德君，便結伴同行。秦才情洋溢，狂放不羈，命途多舛，像茅盾一樣，隨著「大革命」退潮也浪跡四海；於是大浪東去，天涯淪落，倆人迅即墮入愛河。就浪漫激情而言，這一段羅曼史足使現代文壇活色生香，然而迅即為革命所吞噬，幽湮沉埋，直至半個世紀之後才被不無爭議地載入文學史冊，卻留下許多無可彌補的遺憾。

由秦德君在 1980 年代茅盾作古之後所寫的回憶錄所披露的，《虹》的創作與倆人的熱戀相始終。對於回憶錄與《虹》之間極有價值的互文性，涉及問題如梅女士的原型、小說的真實與虛構及其著作權等，學者們作了發掘研究，本書就不再贅言。儘管其回憶的某些細節不無可議，秦德君成為《虹》的寫作的靈泉之一，殆無可疑；秦所提供的有關胡蘭畦的革命傳奇成為梅女士的某種原型，對於小說的影響或許不限於情節上的。但我想指出的是，在茅盾對小說現代性的探索過程中，

「時代女性」的形象塑造、時間意識與長篇敘事動力之間發生特殊的關係，它們之間的張力與互動構成形式自身開展的規跡。正如本書所揭示的，「時代女性」的「現在」哲學、歷史的進化意識及革命烏托邦的方向性等，已構成《蝕》三部曲的敘事要素，而在梅女士那裡這些要素得到進一步開展。換言之，秦德君、胡蘭畦等因素的加入所起的作用是局部的，對於這些要素來說，並未帶來質的變化。如《虹》以「五卅」為群眾運動的方向性指符在〈創造〉中即已隱約可見，或如「北歐女神」這一「未來」的樂觀象徵，固然也可指秦德君，但這一象徵並非由秦所啟迪，其實在《追求》的陸女士那裡就已出現。我覺得秦、胡的回憶錄與《虹》的互文性或許隱含另一個重要的帶普遍性的問題，即有關性別和文學正典的關係，據我所知，這一點僅為趙毅衡所論及。[1]

因此這裡對於《虹》的解讀仍沿著「長篇小說」的現代性開展的方向，尤其是把小說放到當時「革命文學」論戰的脈絡之中，茅盾本人深深捲入其中。這一聯繫尚未受到學者的關注。其實就「革命加戀愛」小說「觀念先行」的特徵而言，其敘事慾望的勃興，除了政治和美學因素之外，也主要來自意識形態的推動。

在「意識形態」的「戰野」上

文學想像的地圖如此山水起伏，街衢交錯，而敘事形式的歷史脈絡也如此頭緒紛繁，傳記資料所能提供的援手畢竟還是有限的。當茅盾與秦德君一起山盟海誓般親身譜寫革命加戀愛的協奏曲時，他已經加入了左翼陣營的內部論戰，在思想上出現了某些進展，即進一步得到「馬克思主義」的武裝。這體現

在先後發表的兩篇參戰文章裡,即 1928 年 7 月的〈從牯嶺到東京〉和次年 5 月的〈讀《倪煥之》〉。此時的茅盾困獸猶鬥,越戰越勇,大約有佳人在旁,足壯詞色,不失才子本色,堅持聲稱自己爲「小資產階級」而寫小說,但不無反諷的是,在侃侃自辯、睥睨論敵之時,某種意義上已是個輸家,即不自覺地分享他的對手的理論前設,大致接受了由創造社新秀們所傳播的馬克思主義版本。關於這場論戰的情況已有許多研究,[2] 下面不擬對這場論戰與茅盾的思想狀況作詳細探究,僅對於他如何使用「意識形態」、「辯證法」等語彙作些考察,不光說明他一己在理論上的進步而對《虹》的創作直接產生影響,也藉以說明這場論戰的基本性質。在追蹤當時論戰各方對這些馬克思主義基本概念的使用時,將深入到文本的生產、傳播、閱讀等層面,有助我們從後設歷史認識這一文學「正典」形成的關鍵時刻,透過他們表面的爭論揭示一些更爲重要的東西。茅盾的弔詭現象正說明這場爭論看似宗派林立,一團混戰,實際上遭挫敗的「革命」力量迅速集聚而走向整合。由此可理解何以「左聯」能在 1930 年 3 月水到渠成而順利出臺,何以作家們——包括魯迅在內心——心甘情願接受共產黨文藝幹部的領導。

在茅盾早期小說一系列「時代女性」中,梅女士的誕生與他的思想背景上急速移動的風景線相映照。在〈從牯嶺到東京〉裡,茅盾爲他的三部曲辯解,提倡將「小資產階級」作爲文學描寫的主體。在一年之後〈讀《倪煥之》〉仍然堅持這一觀點,但更重要的是提出了「時代性」這一概念。由此「歷史」被表現爲有目的的「必然」進程,它既影響了人的意識,而反過來只有認識到這一歷史方向的「集團的活動」,才能

「及早實現了歷史的必然」。[3]1929年3月,在鄭振鐸編的《文學周報》上刊出「茅盾三部曲批評號」,內中林樾的一篇文章說:「茅盾的《動搖》和《追求》是有時代性的作品。」[4] 約兩月後茅盾的〈讀《倪煥之》〉也在《文學周報》上發表,對「時代性」作了發揮,成為他小說寫作的新準繩。但是為一般學者所忽視的是,這篇文章與「時代性」相配合,第一次提到了「意識形態」這個概念。[5] 茅盾覺得倪煥之這一人物雖然塑造得不很成功,「然而正可以表示轉換期中是革命的智識份子的『意識形態』。這樣有目的,有計劃的小說在現在這混沌的文壇上出現,無論如何,不能不說是有意義的事。」[6] 從稍後的為《野薔薇》寫的序文來看,說明「意識形態」也是茅盾自己創作的信條:「作者是想在各人的戀愛行動中透露出各人的階級的『意識形態』,這是個難以奏功的企圖。但公允的讀者或者總能夠覺得戀愛描寫的背後是有一些重大的問題吧」。[7]從這兩段話來看,茅盾已經較為順手地使用「意識形態」這一概念,對於他的文學思想來說,含有什麼新的意義?和「時代性」這一概念有什麼關係?

　　20年代中馬克思主義通過李大釗等人在中土不斷傳播,郁達夫及茅盾自己也已經提倡過無產階級的文學。從「文學革命」到「革命文學」的轉折,一般認為啟自於郭沫若1926年發表的〈革命與文學〉一文。但是1928年1月成仿吾的〈從文學革命到革命文學〉一文包含了這些思想成果,卻給歷史劃出一道鮮明的斷痕,不僅在於如其標題指示了這一方向性口號。它更以「意識形態」、「揚棄」、「否定」、「辯證法」、「歷史的必然」等關鍵詞為中心,標誌著馬克思主義在中國現實中的運用方面帶來新的語言和思想特徵,負有新的使

命。雖然這是所謂「第三期創造社」的發明，即由李初梨、朱鏡我、彭康等留日學生接受了當時日本流行的馬克思主義理論，所標舉的「批判」或「揚棄」姿態卻標誌著五四激進潮流的再一次激蕩，其所構成某種「不斷革命」的思想範式一直影響到六、七十年代。它挑起了「革命文學」的爭論，呼籲「文學」轉向「革命」，但事實上作爲「大革命」失敗的產物，卻是「革命」轉向「文學」的一種形式；不同文學團體之間在激辯、攻擊乃至謾罵中蘊含著認識「現實」而團結對敵的共同要求，而馬克思主義在文學領域的結合和傳播則成爲他們對話和溝通的理論話語。

　　成仿吾在該文中一開頭就明確表示這是一種意識、觀念上的革命，即運用馬克思主義對新文學或新文化運動作「批判」。他指出那些「文學方面的人物」「對於時代既沒有十分的認識，對於思想也沒有徹底的瞭解」，其文學上的成績「只僅限於一種淺薄的啓蒙」，而結果是新文化運動「幾乎被文學運動遮蓋得無影無踪」。他說：

　　歷史的發展必然地取辯證法的方法（Dialektische Methode）。因經濟的基礎的變動，人類生活樣式及一切的意識形態皆隨而變革；結果是舊的生活樣式及意識形態等皆被揚棄（Aufheben 奧伏赫變），而新的出現。

　　這些理論聽上去並不陌生，約十年前李大釗就在一系列文章中系統地介紹了馬克思的經濟基礎與意識的關係、歷史唯物主義、階級鬥爭等基本學說。郭沫若在〈革命與文學〉等文中已在疾力鼓吹文學即宣傳及其階級性等。不過成氏的表述中出

現了一套新的語彙，夾雜了幾個德語，看似更加原湯原味，文中提到「小資產階級的意識形態」時，旁邊括號中加上「Ideologie意德沃羅基」。這種附加的「音譯」也暗示原文的意蘊複雜，並非「意德沃羅基」或「意識形態」這一譯語所能涵蓋。「意識形態」一語早在1919年李大釗的〈我的馬克思主義觀〉一文中即已出現，據自日本河上肇的譯語。馬克思十分強調上層建築的「意識形態」受經濟基礎的制約，正如李大釗引自馬克思《經濟學批評·序文》中的經典論述：

> 人類必須加入那於他們生活上必要的社會的生產，一定的、必然的、離於他們的意志而獨立的關係，就是那適應他們物質的生產力一定的發展階段的生產關係。此等生產關係的總和，構成社會的經濟的構造──法制上及政治上所依以成立的、一定的社會的意識形態所適應的真實基礎──物質的生活的生產方法，一般給社會的、政治的及精神的生活過程，加上條件。不是人類的意識決定其存在，他們的社會的存在反是決定其意識的東西。[8]

弔詭的是與「社會存在決定意識」的馬克思經典論述不同，成仿吾此時把「意識」看作決定性的，所謂「革命是一種有意識的躍進。文學上的革命也是如此。」「沒有革命的理論，沒有革命的行動。」[9] 因此他的表述含有強烈的行動性。極端突出主觀精神的能動性，幾乎把馬克思的命題顛倒了過來，這就構成他及其同人的「革命文學」論述的最顯著特徵。「意識形態」指作家的世界觀及文學表現，所謂「否定」或「揚棄」即要求革命的文學家用新的「意識形態」代替舊的，

而新的「意識形態」必須體現階級意識及「辯證」的「歷史的發展」。他進一步說：

> 我們要研究文學運動今後的進展，必須明白我們現在的社會發展的現階段；要明白我們的社會發展的現階段，必須從事近代資產階級社會全部的合理的批判（經濟過程的批判，政治過程的批判，意識過程的批判），把握著唯物的辯證的方法，明白歷史的必然的進展。[10]

「意識形態」是馬克思主義的重要範疇之一。原指一種有關觀念發生、形成的科學，意謂人的觀念產生於感性經驗，並轉換為符號形式。馬克思在著名的《論德意志意識形態》一書中，用唯物史觀批判了當時德國「意識形態」這一概念所含有的哲學上的虛妄性，與歷史的實踐脫節，因此基本上在否定意義上使用「意識形態」，不過後來在恩格斯等人那裡，此詞較具中性，指上層建築的文化結構。[11] 成仿吾嚴厲批評當時的文學運動，說作家們不自覺地使用一種「非驢非馬」的「語體」，在內容上所表現的是「資產階級」或「小資產階級」的「意識形態」，在大眾中散佈「流毒」。

接著在 1928 年 2 月李初梨的〈怎樣地建設革命文學〉一文中，進一步發揮「革命文學」論，一面集中火力，一面擴大戰火，像成仿吾、馮乃超一樣把矛頭直指「語絲派」，主攻魯迅，更對蔣光慈及以「革命文學」自居的「太陽社」發起攻擊。李初梨代表創造社後起之秀，此文乃初試鋒芒，卻咄咄逼人，更掀起「批判」的狂飆。值得注意的是，繼成氏之後再度出現「意識形態」的理論，雖然用語不同：

我們知道，一切的觀念形態（Ideologie），都由社會的下層建築所產生。然而此地有一種辯證法的交互作用，我們不能把它看過。就是，該社會的結構，複為此等觀念形態所組織，所鞏固。

文學為意德沃羅基的一種，所以文學的社會任務，在它的組織能力。

所以支配階級的文學，總是為它自己的階級宣傳，組織。對於被支配的階級，總是欺騙，麻醉。[12]

比起成仿吾，這一段話更明確表明經濟基礎和上層建築的關係，更突出了主觀意識的作用，由此鼓吹為階級利益製造「意識形態」的文學，就更名正言順。李初梨與馮乃超、朱鏡我、彭康等人剛從日本歸國，理論上接受了福本和夫、青野季吉等日本左派的文藝理論的影響。[13] 為推進「革命文學」的形成強調一種「目的意識論」，也在〈怎樣地建設革命文學〉中得到體現：

無產階級的文學是：為完成他主體階級的歷史的使命，不是以觀照的——表現的態度，而以無產階級的階級意識，產生出來的一種鬥爭的文學。

這種極端強調作家的主體及階級意識，似為 1928 年初發動「革命文學」爭論的創造社內部在理論認識上劃出某種分野。看一下 1928 年前的郭沫若，包括成仿吾的論述，儘管已經主張文學的階級性及宣傳本質，但他們所津津樂道的是「時代精神」，在主客觀關係的認識論方面還是要求文學表現外在

世界的「真實」。而在李初梨的所謂「不是以觀照──表現的態度」，即推翻了「寫實主義」的鏡子反映論。的確「批判」作爲一種行動意識，得到成仿吾的全力推動。據說不久前創造社郭沫若、鄭伯奇等已經在醞釀與太陽社、語絲社的聯合，但爲成氏所否決，決心對現下文壇進行一次「奧伏赫變」，於是同李初梨等一起在 1928 年初創辦《文化批判》，即成爲鼓吹「革命文學」的主要陣地。不過從「意識形態」這一譯名不統一的情況來看，對於新理論的認識和運用，還有一個內部調適的過程。

圍繞著「意識形態」、「辯證法」、「揚棄」、「否定」、「歷史的必然」這些概念而展開的「革命文學」的論戰，意味著馬克思主義的新話語，而「意識形態」居核心地位。[14] 事實上在 1928 年的《創造月刊》和《文化批判》上發表的文章，在那些新名詞中尤其是「意識形態」一語幾成口頭禪，在論戰中此詞一再發揮其魔力。對創造社來說，這場論戰某種意義上就是革命和反革命之間「意識形態」的「戰野」。如成仿吾說：「知識階級的革命份子應該是意德沃羅基戰線上的先鋒隊。」[15] 彭康認爲無產階級須要對「社會的全部的批判。意德沃羅基的戰野因之重要，而且必須銳利而鞏固。」[16] 正如王獨清在 1932 年在回顧這場「革命文學」的論戰時說：「這一場論戰底結果，卻是在青年面前打破了具有布爾喬亞意德沃羅基的文學家底偶像，而使新興文藝的戰線加緊起來。」[17]

1928 年 3 月郭沫若〈留聲機器的回音〉一文是回答李初梨對他的「文學即宣傳」的觀點的商榷的，該文的副標是「文藝青年應取的態度的考察」。有趣的是郭氏在指斥「主觀的個人主義」時說：「不把這種意識形態克服了，中國的文藝青年是

走不到革命文藝這條路上的。」又要求青年們：「要克服自己舊有的資產階級的意識形態」，「要把新得的意識形態在實際上表現出來，並且再生產地增長鞏固這新得的意識形態。」[18] 在這樣諄諄告誡青年「應取」何種態度時，似乎還在那裡擺老資格，但事實上在這麼大談特談「意識形態」時，說明他已經在接受創造社新秀版的馬克思主義方面，正在緊緊跟上，的確像是一種「留聲機器的回音」。這一「意識形態」的用語還是取自成仿吾的，而在贊揚李初梨的〈怎樣地建設革命文學〉是「我們革命文學進展的途上一篇劃期的議論」時，作了自我檢討：「我們同一是小有產階級的份子，克服了舊社會的觀念形態，而戰取了辯証法的唯物論。」這裡的「觀念形態」一詞就直接從李初梨手裡接過來了。

這些新理論、新概念變成了論戰的武器，的確威力無比。先是在 1928 年 1 月《文化批判》創刊號上馮乃超發表〈藝術與社會生活〉一文，因其中「醉眼陶然」之語激起了與魯迅的論戰。到 3 月裡魯迅在《語絲》上刊出〈「醉眼」中的朦朧〉一文作回擊，於是創造社群起而攻之，在 4 月號的《文化批判》上出現馮乃超、李初梨、彭康等人的文章，集中批魯迅。當初馮氏在寫「醉眼陶然」時，似乎還沒有被新理論武裝起來，那些新名詞還沒在他的文章裡出現。於是但到了 4 月間發表〈人道主義者怎樣地防衛著自己〉一文繼續攻擊魯迅時說：「他的眼睛是這樣的靠不住，所以，他卒之不能理解在意德沃羅基（Ideologie）的分野，廓清荼毒的舊思想的存在，破壞麻醉的反動思想的支配，建設革命理論的工作，也不失為一種革命的行為，又是合理的活動。」[19] 所謂「不能理解在意德沃羅基的分野」，當然含有魯迅不懂他們的新理論之意，包括不懂

這新理論的要點之一即是理論的本身即實踐，也就是馮氏所說
的「不失爲一種革命的行爲」。

在圍攻中，魯迅的「醉眼」被大作文章，被提到認識論的
高度而加以批判，譏諷他已成爲過氣大佬，不能「認識」當前
「革命文學」的「突變」的形勢，跟不上時代。李初梨在〈請
看我們中國的 Don Quixote 的亂舞〉一文中，以「魯迅的社會
認識的盲目」爲小標題，即抓住這一點作文章。魯迅在〈「醉
眼」中的朦朧〉中說：「這藝術的武器，實在不過是不得已，
是從無抵抗的幻影脫出，墜入紙戰鬥的新夢裡去了。」這本是
針對李初梨的把「藝術的武器」當作「武器的藝術」的說法，
諷刺創造社新秀們沉溺於理論，將之作爲行動的「幻影」。李
初梨則搬出馬克思在黑格爾《法律哲學批判》中的話，「不把
普羅列塔利亞奧伏赫變，哲學決不能實現，沒有哲學的實現，
普羅列塔利亞自身也不能奧伏赫變。」表示意識自身的突變合
乎馬克思主義的「辯證法的唯物論」，並聲稱魯迅由於「不能
認識這種意識爭鬥的重要性及其實踐性」，他的「罵法」是他
的「頭腦的昏亂」的產物，「毫無現實的意義」，因此算不得
「武器的藝術」。[20]

魯迅在〈「醉眼」中的朦朧〉中提到「奧伏赫變」這個詞
意謂「除掉」，但「我不解何以要譯得這麼難寫」。彭康的
〈「除掉」魯迅的「除掉」〉一文就針對魯迅的「不解」而專
門解說「奧伏赫變」之義。說他們之所以使用「奧伏赫變」，
因其在德語中內涵極其豐富，難以用某一譯名表達，於是他在
馬克思主義的圖譜中分梳此詞的意義，說「奧伏赫變」指社會
變革的過程，「這種過程在意德沃羅基的戰野上也是一樣。因
爲意德沃羅基是現實的社會底反映。」彭康這番解釋天花亂

墜，極賣弄理論之能事，不過也引經據典，有板有眼，也顯示了對這幫後進小子不可小覷。文中對魯迅的「理論的無知」加以嘲笑：「以上本是極端簡單的敘述，而我們的文藝家魯迅竟沒有理解，以『除掉』兩字將『奧伏赫變』底重要意義『除掉』了。但是『除掉』了以後，還留著一個對於理論的無知沒有『除掉』」。

其實就在 1928 年頭上，當創造社對魯迅發難之時，不約而同地，太陽社的錢杏邨發表了〈死去了的阿Q時代〉，也對魯迅發起攻擊，其措辭之尖酸刻薄一時無二。這些攻擊在很大程度上決非與其出於個人意氣，毋寧是時勢所逼，所謂箭再弦上，不得不發。本來從「文學革命」到「革命文學」的過程，意味著政治與美學、文學與社會、個人與集體等方面的認識論上的整體轉型。對於作為新文學和青年偶像的魯迅展開「批判」，在刻毒諷嘲底下，針對他的「趣味」、「技巧」等，正觸及魯迅所代表的藝術個性，包括他的「朦朧」即其似是而非的思想和表述方式，只有放到這一整體轉型的集體要求中看，才顯示出這一論戰的歷史意義。

從大方向說，魯迅同他的論敵們並無根本歧異。在「革命」力量尋求突圍的嚴重情勢下，正如在論戰中經常聽到的，要一條「出路」，其實也只有一種，即成仿吾說的：「革命的『印貼利更追亞』團結起來」。魯迅亦未嘗不如此，但他似乎比別人看到更透徹，看到了在動聽的口號底下新的虛妄，把「咬文嚼字」當做「直接行動」。而且對他來說，「革命」不能代替文學，在這方面他是堅守著「現代主義」和「自由思想」（錢杏邨語）的信念的。因此當他回答論敵說「我自己是照舊講『趣味』」時，聽似負氣之詞，卻也是「個人」立場的

負隅頑抗,更顯得不合時宜。[21] 然而並不奇怪,在論戰中魯迅朝這一「大方向」移動,此期間他加緊學習馬克思主義,當然是受到創造社的觸動。如他後來自述,是創造社「擠」他看了「幾種科學底文藝論」,並翻譯了蒲力汗諾夫的《藝術論》,從而「救正」了他的「只信進化論的偏頗。」[22] 就在上述創造社趾高氣揚地說他「理論的無知」之後,魯迅發表〈路〉的短文:

> 上海的文界今年是恭迎無產階級文學使者,沸沸揚揚,說是要來了。問問黃包車夫,車夫說並未派遣。這車夫的本階級意識形態不行,早被別階級弄歪曲了罷。另外有人把握著,但不一定是工人。於是只好在大屋子裡尋,在客店裡尋,在洋人家裡尋,在書鋪子裡尋,在咖啡館裡尋……。[23]

這裡針對「無產階級文學使者」,包括那批太陽社、創造社的理論家,也指蔣光慈、張資平之類的「無產階級」文學作品,骨子裡還是指他們名實不合,誤導革命。但文中「這車夫的本階級意識形態不行」等語,說明他也是在運用馬克思主義,而「意識形態」正是李初梨等最得意的「武器的藝術」。當然「意識形態」並非創造社的發明,也不是他們的專利,但放在當時的語境中,魯迅這樣的使用或許是無意識的,卻也說明當時馬克思主義傳播的一種方式,而魯迅在被「擠」看理論著作之前,已經實行他的「拿來主義」,急用先學了。[24]

茅盾也不例外,1928 年 10 月〈從牯嶺到東京〉在《小說月報》上發表後,克興和李初梨先後在《創造月刊》上發表文

章，[25]著重「批判」了茅盾的「小資產階級」的「意識形態」。
雖然創造社認為茅盾是「站在我們陣營裡的」，對他稍客氣
些，但同樣給予理論上的「啓蒙」。如李初梨說：「什麼是普
羅列塔利亞的意德沃羅基？這當然是辯證法的唯物論。」前面
提到茅盾在〈讀《倪煥之》〉中「革命的智識份子的『意識形
態』」、及在稍後的《野薔薇》序文中「階級的『意識形
態』」的話，可見在這場「革命文學」的論戰中，在受到創造
社的批評之後，儘管在一些問題上仍有分歧，也開始運用「意
識形態」的理論，意味著他在掌握馬克思主義方面的進步。事
實上可注意的是，茅盾的表述直接借用了論戰中對他的批評語
彙，如克興〈小資產階級文藝理論之謬誤〉一文：

> 茅先生，請問站在統治階級底意識形態上，描寫「小
> 商人，中小農、破落的書香人家……所受到的痛苦」，中
> 國何嘗缺少呢？[26]

如李初梨在〈對於所謂「小資產階級革命文學」底抬頭，
普羅列搭利亞文學應該怎樣防衛自己〉：

> 所謂「小資產階級革命文學」，正是這小布爾喬亞意
> 德沃羅基底具體的表現。（這在以後我們分拆茅盾的作品
> 底時候，當詳細說明。）可是，猶如小布爾喬亞意德沃羅
> 基不過是一種布爾喬亞意德沃羅基底特殊形態一樣，所謂
> 「小資產階級革命文學」，也無非是末期布爾喬亞文學底
> 一種現象，它實在沒有什麼根本特徵，可以自別於布爾喬
> 亞文學。[27]

　　雖然看上去比魯迅的反應較慢，但正是從這些尖銳的批評——猶如從禪師的當頭棒喝中，茅盾學到了「階級的意識形態」的道理，努力在小說人物塑造中表現階級的「意識形態」。但他並沒有放棄他一向鍾意的「時代」這一觀念，而把「辯証法」、「歷史的必然」等觀念融會貫通，發展出他自己的「時代性」和「時代女性」的小說話語，這就直接影響到《虹》的創作。

　　不僅付之小說實踐，倒過來「意識形態」成為分析和批判的武器。在 1931 年〈關於「創作」〉一文中：

> 　　「五卅」以後，因了新階級的抬頭與猛烈鬥爭就引起了社會層的加速度的崩潰，而在此崩潰的過程中發展出更複雜畸形的意識形態。這個現象，反映在當時文壇上的，是各式各樣不同姿態的文藝小團體之發生與活動。[28]

　　比起魯迅來，茅盾對於「革命文學」的轉向更為主動、細心。在 1928 年初蔣光慈、錢杏邨創辦《太陽月刊》而大力鼓吹「革命文學」，茅盾就以方璧的筆名發表〈歡迎《太陽》〉一文，對「一些從革命高潮裡爆出來的青年文藝者的團體」即太陽社表示支持。[29] 這說明儘管他正在埋頭寫三部曲，卻關注文壇的動向。相對而言，他與創造社一向有過節，在〈從牯嶺到東京〉中對「從今年起」「革命文藝」的呼聲作評論時，明確指斥「把文藝也視為宣傳的工具」的觀點，這明指創造社，尤其是郭沫若的那個要青年「當一個留聲機」的「信條」。在〈讀《倪煥之》〉中更對創造社作反擊，甚至剝落郭沫若、成仿吾的「革命」畫皮，翻出他們當年鼓吹「為藝術而藝術」的

舊賬。然而事實上這時期茅盾的論文裡有許多觀點分享了太陽社的，更多的是創造社的積極回應，雖然未明文道及，換言之，從那些「互文」之處可見他從他的論敵那裡受益多多。不過也並不奇怪，「革命文學」本來就是「第三期創造社」的標籤，如果沒有他們的激進高調，恐怕也難以爲繼。就茅盾而言，把「五卅」視爲「革命」的歷史轉折、「五四」是「資產階級」的文化運動等觀點，都在此時形成，其實都是由創造社最早提出的。在《幻滅》中卑鄙的抱素是個無政府主義和國家主義的混合體，而郭沫若在 1926 年的〈文藝家的覺悟〉一文中即把青年當中的無政府主義者和國家主義者相提並論，對他們大加誅伐。當然我們不能排除茅盾自己的思考和結論，那也是出於大方向一致而分享了這些觀念的緣故。

迄今爲止在現代文學史上「革命文學」論爭是正典的核心話語，[30] 其實在當時是特定政治環境中產生的一種邊緣話語，某些內部權力機制已具地下的性質，而創造社從日本帶來的馬克思主義起到暗碼溝通的作用。在 1927 年之後，中國革命進入黨派政治無可逆轉，而從 1928 年到 1930 年二年多時間到成立「左聯」，標誌著「革命」力量的集聚，爲對抗國民黨專政，必須抱成一團，在共產國際的權力機制的運作下，迅速完成各派的整合。無疑這裡集中了五四新文化的一批精英，手中握有「革命」的道德正義，作爲「大革命」之後的散兵遊勇匯聚在上海，在租界的掩蔽下，利用印刷資本主義的公共空間，馬克思主義得以再度傳播，其影響之深遠直接連繫到中共四、五十年代的正典形成。[31] 其實在 1927 年末便出現各派聯合的要求，很自然的，但爲成仿吾所阻斷，且引發「革命文學」的論戰。然而客觀上正是通過這場「意識形態」的論戰，促成了

「革命」話語的轉換，確立了階級鬥爭、歷史必然、文藝是宣傳、是意識形態的表現等觀念，最主要的是確立了理論和批評的權威，爲日後周揚式的黨的領導鋪平了道路。

　　對於「意識形態」的接受是與「五四」以來激進「意識」的危機分不開的。事實上自「五卅」之後，新文化陣營發生急遽的裂變和重組，左翼思想界顯得特別焦慮和躁動。在共產主義運動遭受挫折的情勢下，主觀意識的重要性得到空前強調，欲以更堅決的鬥志推進革命。由此產生一種自新文學以來更爲深刻的意識危機，更迫切需要理論批判的武器，藉以把握「時代」並反映「眞實」，並凝聚抵抗力量。高利克灼見地指出：「『直面現實』，這是在中國思想史上、尤其是在中國現代思想史上的一個重要問題。」[32] 的確這一「重要問題」與文學上「現實主義」的形成直接有關，更遠一點可能還得追溯到晚清以來中國人對世界認知方式的轉變過程。[33] 在「正典」意義上20 年代末的「意識形態」轉型對於現代思想史來說或許是最關鍵的一次觀念重構中，在感知層面上首先強調的是如何「正視」現實，作爲認識時代的先決條件。早在 1922 年茅盾憤慨地說：「我們要像藍煞羅一樣，定了眼睛對黑暗的現實看，對殺人的慘景看。我們要有鋼一般的硬心，去接觸現代的罪惡。我們要以我們那幾乎不合理的自信力，去到現代的罪惡裡看出現代的偉大來！」[34] 魯迅在 1925 年作雜文〈論睜了眼看〉，談到「中國文人無正視之勇氣」，即無勇氣正視現實，面對「眞理」，因此「證明國民性的怯弱」。因此他呼籲：「世界日日改變，我們的作家取下假面，眞誠地、深入地、大膽地看取人生並且寫出他的血和肉來的時候了早到了。」[35] 郭沫若在 1926年驚呼：「我們現在什麽人都在悲哀，我們民眾處在一個極苦

悶的時代，我們要睜開眼睛把這病源看定！我們自己是不能再模糊的了，我們是已經把眼睛睜開了的人，究竟該走哪一條路，這是明明白白的。」[36] 他們都含有那種激烈的語氣，恐怕並非偶然，似乎已經不滿足於眼睛所見的表象世界，更強調的是一種由心靈的「看」，亦即能夠把握事物背後的真理，爲解決中國的文化困境獲得終南捷徑，但其前提是首先通過一己肉眼的「看」，且要專注於觀察對象，並追問其本質。

　　1928 年到 1930 年間「革命文學」的爭論，其意義不光在於革命力量內部迅速實現整合而成立「左聯」，更對後來知識份子的意識形態化及文學正典化產生長期而深刻的影。這一整合出於對抗國民黨「白色恐怖」的共同要求，也是 20 年代中期以來革命運動高漲及意識危機導致的自然結果。有趣的是，「革命加戀愛」這一小說形式與這場論戰齊步並進，且受其理論的滋養。文學愈被緊縛在革命的戰車上，向「宣傳」功能靠攏，文學批評愈益機制化，愈具黨性權威，文學被要求表現愈益抽象而複雜的觀念；在「沒有革命的理論，沒有革命的行動」的口號之下，作家首先要在理論上武裝起來。我們可看到，這些小說都體現了新的「革命」敘事，國族想像再度成爲開放的空間，都自覺或不自覺地將「時代」、「階級」、「現實」、「運動」等觀念轉化爲文學修辭、隱喻及代碼。當小說不再滿足於戲劇性故事，或對生活作「橫截面」的呈現，事實上正成爲一種意識形態的話語，作家所關心的是如何使個人體現某個階級的意識，歷史如何成爲具有自身意志的運動，如何通過戀愛使革命自然化等課題，換言之，作家更關注歷史運動及其與人的主客體關係，在這樣的情境中，短篇的形式當然難以勝任。

茅盾在 1929 年〈讀《倪煥之》〉一文中提出：「爲什麼偉大的『五四』不能產生表現時代的文學作品呢？」他說問題不在於新文學的幼稚，最主要的是作家們缺乏正確的覺悟和方向，「實在是因爲當時的文壇發生了一派忽視文藝的時代性，反對文藝的社會化，而高唱『爲藝術而藝術』的主張，這樣的入了歧途！」[37] 把文學歸結於意識的作用，已屬當時的論戰風格，「爲藝術而藝術」的「一派」，乃指他的論敵創造社。與一年前創造社等人對〈從牯嶺到東京〉的批評而他採取低調的辯護相比，〈讀《倪煥之》〉已表現出他的足夠自信而對他的論敵取反擊姿態，大約因爲他自覺其小說正在表現「時代性」且漸入佳境。但茅盾確實提供了一個雄辯的例證：他的小說創作和理論都經受了「革命文學」激烈論戰的洗禮，且從中得益非淺。由〈讀《倪煥之》〉可見，他對新文學的不滿乃重覆了成仿吾那篇宣戰式的〈從文學革命到革命文學〉一文中的基本論點，而且他已開始較爲圓熟地使用「意識形態」、「辯証法」等詞語，並滿懷信心地宣稱：「準備獻身於新文藝的人須先準備好一個有組織力，判斷力，能夠觀察分析的頭腦不是僅僅準備好一個被動的傳聲的喇叭；他須先的確能夠自己去分析群衆的噪音，靜聆地下泉的滴響，然後組織成小說中人物的意識」。[38] 而在一年之前，正是憑藉這些法力無邊的馬克思主義關鍵詞，創造社新秀們拉開了「革命文學」論戰的序幕，且一時佔居上風。在「革命文學」論戰中，茅盾確實緊跟潮流且善於學習，其思想的躍進，在他的《虹》的寫作留下了明顯的痕跡。

對於茅盾來說，寫「革命加戀愛」是一種過渡，其小說創作以「時代性」爲追求目標，即所謂「史詩」風格的作品。事

實上在《虹》之後發表《子夜》、《農村三部曲》等,在更爲宏觀的視景中描寫城鄉生活、各階級的日常慾望與社會經濟條件的關係,從而揭示歷史的必然及無產階級的使命。文學史家一般把《子夜》看作茅盾的「現實主義」典型風格,並開創了中國現代小說的「史詩」傳統。的確在「革命文學」中,多數小說具史詩特徵,如王瑤列舉丁玲《太陽照在桑乾河上》、周立波《暴風驟雨》、楊沫《青春之歌》、周而復《上海的早晨》等名作並認爲都具「史詩性」,並認爲其源頭即爲《子夜》。[39] 這些作品或多或少寫到愛情,當然「革命加戀愛」的各種類型也包容在其中了。

「從左拉到托爾斯泰」

在《虹》裡梅女士「主體」的「意識形態」的構築,標誌著茅盾小說創作的躍進,某種意義上在形式上確立了「現實主義」的範式。我們習慣上在「現實主義」的框架中理解這一中國現代小說的形成,然而在當時語境中就茅盾的個案而言,他一向熱衷於鼓吹形形式式的「主義」,但在「革命文學」的過渡中,看上去傾向於某種「新寫實主義」,但也是不確定的。在〈從牯嶺到東京〉中有一大段談到「有人在提倡新寫實主義」,他說起俄國有一種「新寫實主義」,產生於內戰之後的困難時期,形式上「短小精悍,緊張」,被戲稱爲「電報體」。他說:

> 所以新寫實主義不是偶然發生的,也不是要對無產階級說法,所以要簡練些。然而文藝技巧上的一種新型,卻是確定了的。我們現在移植過來,怎樣呢?這是個待試驗

的問題。[40]

　　茅盾提出要改造「文藝的技術」,即「不要太歐化,不要多用新術語,不要太多了象徵色彩,不要從正面說教似的宣傳新思想」。這些主張應當是向「無產階級文學」開放的。但他當時寫三部曲,鼓吹為城市小資產階級服務,又說:「所以為要使我們的新文藝走到小資產階級市民的隊伍去,我們的描寫技術不得不有一度改造,而是否即是『向新寫實主義的路』,則尚待多方的試驗。」

　　我們不妨從另一角度來看「現實主義」,即小說形式的現代性問題。在〈從牯嶺到東京〉裡茅盾自述其小說創作的轉型,被廣為引述:

　　　有一位英國批評家說過這樣的話:左拉因為要做小說,才去經驗人生;托爾斯泰則是經驗了人生以後才來做小說。這兩位大師的出發點何其不同,然而他們的作品卻同樣的震動了一世了!左拉對於人生的態度至少可說是「冷觀的」,和托爾斯泰那樣的熱愛人生,顯然又是正相反;然而他們的作品卻又同樣是現實人生的批評和反映。我愛左拉,我亦愛托爾斯泰;我曾經熱心地——雖然無效地而且很受誤會和反對,鼓吹過左拉的自然主義,可是到我自己來試作小說的時候,我卻更近於托爾斯泰了。[41]

　　從定義上考察,茅盾的「自然主義」也有問題。學者們指出他對「自然主義」和「現實主義」的提法有牴牾之處,[42]其實不光是定義,他的文學主張的表述常前後不一,這恐怕是中

國式「拿來主義」的特性所決定的。當他援引左拉和托爾斯泰作爲他的文學創作楷模時，似乎怠慢了不久前經他大力推獎的無產階級文學泰斗高爾基，而且在這篇〈從牯嶺到東京〉和稍後的〈讀《倪煥之》〉中，乾脆表示「要使新文藝走進小資產階級市民的隊伍」，他不但不再重彈「無產階級文學」觀，甚至批評那種「爲勞苦群衆而作」的新文學是無的放矢，「它的文壇上沒有表現小資產階級的作品，這不能不說是怪現象吧！這彷彿證明了我們的作家一向只忙於追逐世界文藝的新潮，幾乎成爲東施效顰。」[43] 這些言論表明，同他前一陣激進文學立場相比較，出現即使不算倒退，也是與革命離心的傾嚮。爲什麼會有這樣的變化？是因爲派性作怪？因爲當時「創造社」成員在標榜「無產階級」的「革命文學」，他故意要對著幹？還是因爲他的小說被批評爲「小資產階級」的，就乾脆爲自己辯護？不無反諷的是，似乎要彌補這一「斷裂」，就在 1929 年底，茅盾爲《中學生》創刊號寫〈高爾基〉一文，後來回憶道：「我這篇文章是『有意爲之』的，因爲創造社、太陽社的朋友們說我是提倡小資產階級文學，我就偏來宣傳無產階級文學的創始者和代言人高爾基。同時也爲了指明，真正的普羅文學應該像高爾基的作品那樣有血有肉，而不是革命口號的圖解。」[44] 突出這些「斷裂」，有利於我們對茅盾的文學思想有一種更爲合乎歷史實際的把握。

茅盾學習與接受馬克思主義的碎片性和斷裂性對於五四知識份子來說具普遍意義。要弄清他如何接受馬克思主義的情況，即使抓住主要的思想線索，爬梳材料，其結果也很可能是一頭霧水。儘管他在 20 年代初介紹過「共產主義」學說，也翻譯過列寧的《國家與革命》，但並沒有因此作深入研究。更

多的時候與其說是閱讀原著，不如說是受間接影響，不無以訛
傳訛的成份。郭沫若的情況有相似處。他最初接觸馬克思主
義，是 20 年代初在日本通過李閃亭這位「中國馬克思」，瞭
解了有關「唯物史觀的公式」、「資本主義的必然的崩潰」以
及「無產階級專政」的道理，還是似懂非懂。後來翻譯了日本
河上肇的《社會組織與社會革命》，遂自認為在思想上「形成
了一個轉換期」。[45] 但後來在創造社新秀們的眼中，郭的馬克
思主義差不多已經需要加以修理了。

　　什麼是左拉？什麼是托爾斯泰？並非一兩語能講清。略可
參照的是，盧卡奇在著名論文〈是描寫還是敘述？〉裡，以左
拉的《娜娜》和托爾斯泰的《安娜‧卡列尼娜》中的「賽馬」
情節為例，比較他們之間藝術手法的不同，認為前者注重客觀
「描寫」，生活細節無論巨細，都得到精確的刻畫，而作者的
純熟技巧將事件和場面表現得有聲有色，但情節與情節之間缺
乏有機的聯繫。如果說左拉的描寫以其精細的觀察為根據，而
托爾斯泰的「敘述」則出之於經驗的感受。托氏講究整體的佈
局，情節的展開帶著情感的韻律。如寫到渥倫斯基從馬上摔下
時，對安娜的情緒反應所作的精心刻畫，成為整個小說情節轉
折的關鍵，與前後的事件互相關連，直至最後將讀者的情緒引
向其所期許的高潮。[46]

　　左拉和托爾斯泰之間的區別，在茅盾的語境裡，或可簡捷
地翻譯成客觀和主觀的區別。茅盾原先信奉的左拉相當於一種
鏡子反映論，到此時他轉向托爾斯泰，乃明確到他的小說不僅
應當反映現實，更應當有一種方向，即進而通過「意識形態」
的仲介「辯證法」地表現「歷史的必然」。本來文學研究會提
倡「為人生的藝術」，不光含有功利性，在再現理論上要求文

學忠實反映現實生活，同時反對那些純粹主觀的非具象的藝術表現。且看鄭振鐸 1924 年在《小說月報》上的一段「卷頭語」：

> 文藝作品之所以能感動讀者，完全在他的敘寫的真實。但所謂「真實」，並非謂文藝如人間史跡的記述，所述的事跡必須是真實的，乃謂所敘寫的事跡，不妨為想像的、幻想的、神奇的，而他的敘寫卻非真實的不可。如安徒生的童話，雖敘寫小綠蟲、蝴蝶，以及其他動物世界的事，而他的敘述卻極為真實，能使讀者能如身歷其境，這就是所謂「敘寫的真實」。至於那種寫未讀過書的農夫的說話，而卻用典故與「雅詞」，寫中國的事，而使人覺得「非中國的」，則即使其所寫的事跡完全是真實的，也非所謂文藝上的「真實」，決不能感動讀者。[47]

　　這篇「卷頭語」在表達文學研究會的主張頗有代表性，猶如一個標準的縮本。所謂「敘寫的真實」有兩層意思。允許「不妨為想像的、幻想的、神奇的」，如安徒生的童話世界，此亦即「文藝上的真實」。但另一方面寫「中國的事」，不能使人覺得「非中國的」，或寫「未讀過書的農夫」，就不能用「典故與雅詞」，換言之應當酷肖其形其聲，不能脫離「真實」的農夫。總之，「真實」是鐵律，「藝術的真實」必須以現實世界為基礎。這種理論體現了「現實主義」的「反映」論的基本信條，雖然與「照相現實主義」有別。這裡的核心課題是「真實」，仍含有某種抽象性，尚未涉及到底什麼才是「真實」，由誰決定「真實」等「主體」性問題。

　　茅盾在 20 年代初宣揚「自然主義」，強調對現象世界「客觀、科學」的「觀察」，也正合乎文學研究會的宗旨。但是正如其自述，當他開始寫小說時，就從左拉移向托爾斯泰，即抱有倫理的道義感和政治的方向感，確定了「革命」的「主體」。不久在與「革命文學」論爭的互動中，他的創作方向進一步得到馬克思主義的武裝，更自覺地以表現階級的「意識形態」為「真實」，同時也以改造自身的「意識形態」為己任。上文說過茅盾在〈讀《倪煥之》〉和〈《野薔薇》序〉中表示要力求表現小說人物的階級「意識形態」及體現「歷史必然」的「時代性」，雖然他的文學實踐還有待開展，但我們看《野薔薇》裡的幾個短篇，那些女主角大多屬於小資產階級，作品著重她們的心理刻畫。「時代性」是有關歷史精神，那麼「意識形態」是有關人物的意識及其背後的東西。這兩個概念的提出，標誌著茅盾的馬克思主義文學思想的進一步深化，使他的小說創作更受到理論的指導，也更黨性化。但這樣給自己的創作帶來另一種不確定性，由於「意識形態」這一觀念本身具有馬克思主義的黨性，服從階級鬥爭的權力秩序，如他所主張表現的「小資產階級意識形態」即遭到革命陣營內部的批判，並影響到他日後的創作。事實上隨著「革命文學」運動的開展，茅盾的寫作已不由自主的納入「革命」的進程，作家代「宏偉歷史」立言，在表現「歷史的必然」時，既必須表現自身對歷史必然的熱情體認，同時必須聽從代表這一歷史必然的「革命」權威的指令。

　　當他的小說文本既融入革命文本而隨之浮沉，在文學再現的過程中既要求客觀反映現實，同時也強調這一客觀反映乃取決於作家的主觀，受制於無產階級權力的操控。茅盾在早期小

說創作中這一轉變尚未爲學者所注意。如普實克出色論述了茅盾善於通過人物心理和感受來反映外在世界，從而體現了描寫上的「客觀性」。他認爲：「茅盾自覺追求的就是這樣一個目標：客觀地敘述，反映現實的眞相，不作主觀的描寫。」[48] 這樣片面強調「客觀性」，就忽視了複雜的「主觀」問題。同樣的安敏成對茅盾早期小說的解讀精義紛呈，但欠於將他的創作中所表現的「道德阻礙」同「革命文學」之爭「脈絡化」（contextulization），因此也難以深入探討「現實主義」的主體轉變。也難免的在將《蝕》三部曲同《子夜》放在同一平面上分析時，也看不出《虹》的重要性。

　　圍繞「時代性」、「意識形態」這些新概念，茅盾的小說世界圖像變得更爲複雜，給他的創作帶來新的矛盾，某種意義上變得更不透明，遂使他的「現實主義」風格──即使並不成熟──達到一個新的階段，至於這是否意味著具有更高的藝術造詣，乃屬於一個見仁見知的問題。尤其是《虹》，更有趣地處於過渡階段的交匯點，凸顯了作品的寓言性，如梅女士旣具人性又具神性，不僅夏志清將這部小說讀作中國現代知識份子的「寓言」，也如安敏成所說，對這樣的「現實主義」作品，讀者需要一種「寓言」性的讀解方式。任何現實主義敘事模式本來就不等於鏡子般反映現實（即使是鏡子裡所呈現的，亦是現實的映射，而非現實本身），而在受到「意識形態」理論干預的現實主義敘事模式裡，滲透著馬克思主義對於歷史與意識關係的詮釋與幻象；如茅盾所聲稱的「凝視現實，分析現實，揭破現實」含有新的意義，即作家不僅自信獲得代言「眞理」的權威，而且獲得再現「現實」的辯證方法。所謂「意識形態」也指文化符碼的系統性及其生產過程，因此在現實主義敘

事裡，歷史或個人作爲革命運動的「機制」，各自受到語言的符碼系統的控轄；這兩者成爲互相關照、互相作用的「仲介」，由此它們的文學再現不僅與語言之間造成張力，也都與現實之間加深裂痕，且更帶有作家的自覺意識。歷史與個人之間的辯證互動及其所展現的自由意志構成了小說敘述展開的基本動力，而作家的藝術想像與再現技能表現在如何創造和操縱這兩者各自所具的運動邏輯及其相互間的關係。

這樣的「現實主義」敘述模式的形成與「意識形態」觀念的確立，都與作家對於「眞理」的主體意識有關，在這樣的語境裡，作家需要更爲明確地解決所謂寫作的主客觀問題。在 1923 年〈文學與人生〉一文中，他接受文學即「反映」論：「人們怎樣生活，社會怎樣情形，文學就把那種種反映出來。譬如人生是個杯子，文學就是杯子在鏡子裡的影子。」[49] 後來 20 年代中期在〈文學的新使命〉中認爲「文學決不可僅僅是一面鏡子，應該是一個指南針」。[50] 在寫《幻滅》與《動搖》時，他已經「時時注意不要離開了題旨，時時顧到要使篇中每一動作都朝著一個方向，都爲促成這總目的之有機的結構。」[51] 而在 1929 年底，即在完成《虹》與《野薔薇》後不久，在《西洋文學通論》一書中說：「文藝之必須表現人間的現實，是無可疑議的；但自然主義者只抓住眼前的現實，以文藝爲照相機，而忽略了文藝創造生活的使命，又是無疑的大缺點。文藝不是鏡子，而是斧頭；不應該只限於反映，而應該創造的！」[52] 另在〈關於高爾基〉一文中說：「文藝作品不但須盡了鏡子的反映作用，並且還須盡了斧子的砍削的功能；砍削人生使合於正軌。」[53] 雖然這些說法總的精神是一致的，但「斧子」的比喻表示作者對於文學中主觀干預的加強及其自信，其底層蘊

含著對於「眞理」的認識的自信。所謂「砍削人生使合於正軌」，則意味著給文學的道德責任感加上了強制的成份。

茅盾對「意識形態」的把握，不僅要求表現小說人物的階級意識，而且要求揭示某種「背後」的東西。這「意識形態」似乎他的思想轉型扮演了一個關鍵角色，並爲他的寫作困境提供了某種解決的方式。這也直接影響到他後來的小說，如果說更展現了千姿百態的社會面相，塑造了各種階級或階層的人物形象，那麼「意識形態」的概念有助於分析、區別不同人物的階級屬性，從文學再現的角度說，也爲語言的文學再現及其生產規定了某種秩序，使「現實主義」文學更朝理性化的方向移動。前面提到 20 年代中期以來由於階級鬥爭的激化，茅盾、郭沫若等都認爲這時代已產生新的意識危機，更呼籲心靈的眼睛來看透「眞實」。如果從更爲深廣的思想脈絡來看，中國現代意識本來就是在危機中尋求突進而得到發展的，事實上自清末以來，隨著西洋現代科技和學術文化的輸入，中國人不斷在改變對世界的看法，而現在這幾位思想界代言人不約而同地強調「看」這一文化行爲時，反映的是要求看到事物的「背後」的焦慮，亦涉及語言再現與意識之間的危機。因此隨著「意識形態」及其思想模式的傳播和接受，思想界的主流卻趨向平靜。從茅盾的例子看，當他聲稱文學不僅應當是「鏡子」而應當是「斧子」時，他顯得不再那麼焦慮了。

這或許有助於討論茅盾在早期創作中的所謂從左拉到托爾斯泰的轉變問題。關於他的主客觀之間的關係，只有放到「意識形態」與權力寫作的機制中觀察，才能見到其中更爲微妙的層面。一方面這樣的「現實主義」是更客觀的，它根植於現實生活，排斥一切現代主義的個性表現，與種種超現實的象徵主

義、神秘主義、唯美主義等絕緣。如梅女士這個「人物性格有發展,而且最合乎生活規律的有階段的逐漸的發展而不是跳躍式的發展」,[54] 這種生活常態的描寫也較爲貼近生活的日常性,像梅女士這樣能夠不斷從所謂「現實的學校」裡接受教育,又能夠「因時制變」地「適應新的世界」,也確實體現了「時代性」。客觀性還在於排除那種第一人稱的敘述方式,因此也就排除了「自我表現」的可能,而且由於作者自信所描寫的一切都是無可懷疑的普遍眞理,因此不必使讀者感到敘述者的存在,語言與現實再現之間越沒有間隔、越透明,就越容易將讀者帶進小說世界,與人物發生共鳴。

另一方面,作家主觀的運作表現在材料的選擇、處理,情節的安排、組織以及語言風格方面。但在馬克思主義的意識形態結構裡,主觀與客觀的關係糾結在一起。馬克思主義本身屬於世界觀的一種,像茅盾那樣的與之認同是一種主觀信仰的選擇。同時馬克思主義以人類「解放」爲目標,要求認識客觀世界,在某種程度上也能達到對客觀世界的認知,作家的主觀在追求客觀的同時,也要求去除自己的主觀性。而對「眞理」的追求,則需要一種超凡的主體意識,像梅女士那種「意識」的構築是被強化了的、也是更複雜的。儘管主體意識加強,包括革命的道德激情,它要求呈現爲一種客觀的形式,必定被「歷史」客體化。正如茅盾的例子,當他成爲「歷史」的「機制」,所謂「斧砍」的動作乃受到歷史的指令。因此作家既是啓蒙民衆的導師,也是歷史和民衆的學生,即如茅盾說梅女士的「思想改造過程」,是「長期的,學到老,改造到老」,[55] 這何嘗不是茅盾的自我寫照?

總之,應當作區別的是作家主觀的不同表現方式,在茅盾

的「客觀」描述中不應忽視其敘述主體與「歷史」這一主使者
之間的意識形態及政治權力關係：在「客觀」反映現實生活的
同時，這一敘述主體更強調自身的「觀點」或「世界觀」的構
成。他必須時時把握和強調歷史「方向」，作為其「正確」視
角的依據；這一敘述主體也常常缺乏自信，因其必須得到「歷
史」力量的首肯才能獲得其法定性。

從《蝕》三部曲到《虹》，茅盾逐漸完成了將小說轉化為
革命的寓言形式，他構築了「歷史」的謎，作為「革命」的火
藥庫，也是期待權力填充的真空。儘管茅盾已經將寫作自覺地
臣服於「歷史」的權威，但由於實際「革命」權力的缺席，他
的寫作仍免受那種主宰後來革命文學的「面對面」的政治干
預，因此他所創造的小說人物及形式是開放型的，為「現實主
義」模式提供了前所未有的複雜性與可能性。正如安敏成所認
為的在革命的「縫隙」中現實主義展示其美學形式的探索。他
認為在 20 年代末「現實主義」不能適應蔚成燎原之勢的革命
群眾運動，因此凸顯了那種從西方借來的現實主義的「局
限」。[56] 這結論大致不錯，但像《虹》這部小說，已經是你中
有我，我中有你。由於作者的主觀與歷史之間的某種不確定、
不和協，使梅女士這一人物形象仍混雜著多種色彩與聲音，在
「真理」尚需權威保證的情況下，作品仍講究修辭。但另一方
面，《虹》已經在敘述形式上賦於歷史運動的自主性，而梅女
士的形象塑造已經具備對革命環境適應性格，遂打破了倪煥之
那種內向、極端的類型。換言之，這樣的「寫實主義」敘述模
式已經具備了再現更大規模的革命運動的條件。

對於這時期茅盾在左拉與托爾斯泰之間他更傾心於後者的
自白，得到學者們普遍的重視，但如果我們能將他關於高爾基

的「文學是斧子」的話一起考慮，在詮釋上或能引向更爲深刻的歷史與意識形態的層面，揭示出文學現代性開展過程中的問題。普實克認爲，茅盾與托爾斯泰的相似之處，在於小說的「史詩」特徵及其在藝術上是「描繪」而非「敘述」的特徵。[57] 關於托爾斯泰的這兩個特徵，前面說過盧卡奇曾有專論。可惜的是，普實克對於茅盾的分析，未能像盧卡奇那樣揭示出托爾斯泰的宗教背景及其文化前設所含的內在弔詭。他指出托氏小說的史詩特質根植於他的烏托邦靈魂與世俗世界之間的斷痕，因而要求小說形式超越因循的再現模式。他的宗教也即「自然」，那種烏托邦式的敘事開展，如心靈的牧歌，四季的循環，使人際關係的和諧表現與個體精神的內在自足展現出豐富的層面。而不無揶揄的是，托爾斯泰所崇尚的「自然」恰恰屬於「文化」的範疇，換言之，托氏不可能棄絕文明的賜予，他所強調的愛情與熱情在小說裡則集中體現爲「婚姻」亦即文化的形式。盧卡奇說：「然而愛情作爲純粹的自然力量，作爲激情，並不屬於托爾斯泰的自然的世界；熱烈的愛情過於受到人際關係的束縛，因此也過於疏離，以至含而不露，或橫生枝節；總之這是過於文化的。」[58]

這樣的批評也大致合乎茅盾的《虹》，問題不僅在於作家寫什麼，也在於作家選擇的條件。茅盾在「自然」與「文化」之間的選擇，似乎更受到中國傳統倫理的符碼的制約，其間的差異和對照比托爾斯泰更爲涇渭分明。如果說茅盾在塑造梅女士這一形象上大匠運「斧」，那麼對她的自然激情的開展，爲的是砍除她的「女性」和「母性」，而「歷史」也被構成「新文化」之迷思，被構成一座「意識形態」的迷宮。

月蝕之後的「幻美」之橋

在茅盾的早期小說中，寫於 1929 年的《虹》，同它前後的《蝕》三部曲和《子夜》相比，較少受到學者的青睞，這種情況直到最近方有所改變。像三部曲一樣，「時代女性」仍是小說的主角，但梅女士與《動搖》裡的孫舞陽、《追求》裡的章秋柳相比，由於折衷、理性成分的增強，個性卻顯得不那麼鮮明。和《子夜》相比，在表現都市生活方面則不夠廣闊、深刻，「現實主義」的藝術技巧還不夠成熟。但在茅盾的創作歷程中，它達到了作者的既定目標，即給小說的敘事成功地輸入歷史展開的內在動力，確定了「革命」主體與歷史「必然」之間的主客關係，從這一意義上說，《虹》標誌著中國小說形式現代性的基本完成。

《虹》仍屬陰性，卻明朗、愉悅，受溫馨的陽光愛撫，作調情狀，在短暫的「幻美」裡，盡情展示色相。這與《蝕》不同，「蝕」的意象是「陰」氣深重，帶來黑暗、險惡與幻滅。因此《虹》意味著過渡，像一座橋樑，使作者走出「都市」頹廢的「冥國」而回到「世間」。然而大地之春還沒來臨，作者感到不踏實，覺得《虹》是一座用語言構築的「幻美」之橋，僅是一種「虛幻」，決非完美，且有可能重新墮入黑夜。

《虹》呈現了「過渡」形態所有的紛紜變幻，捉摸不定。梅女士的肉身指符也如七彩繽紛，受慾望語言的誘惑，「革命」的客觀再現仍然險象叢生。作者似乎意識到，用女身作為歷史的載體終究是脆弱與虛妄，因此梅女士更受一種「方向」意識的控制；此時「歷史」作為時間的載體，更具陽剛之性；它與梅女士這一時間載體分離，又潛入其體內實行顛覆與改

造，目的使之成爲「歷史」的副本，同時也使「歷史」變得更
迷人可親。

　　這部小說在茅盾走向所謂「現實主義」的過渡中，仍富於
變數，但處處可以感到那種更強的掌握。由於「意識形態」這
一概念的介入，使「現實主義」的創作過程及其再現模式在某
種意義上變得複雜化了：「現實主義」——就《虹》的個例而
言——並非反映世界的鏡子，亦不是認識世界的視窗，而想像
的「歷史」成爲藝術再現的「仲介」，與小說人物、敘述者、
作者之間構成新的關係，產生新的緊張。緊張的癥兆之一是，
一方面敘述者變得更全能全知，再現世界的終極目的是確立革
命的「歷史」這一主體；這是「眞理」的化身，具有導師的仁
慈、先知的神秘。在如此「客觀」再現歷史時，敘述者需要一
種堅定自信的聲音，力圖拆除與讀者之間的距離。另一方面作
者對於自己的「主觀」深懷疑惑，甚至恐懼，當他意識到這一
「歷史」乃是他自己筆下的「虛幻」時。這一「歷史」頗像柏
拉圖所說的代表神性的「理想」，小說家有可能因爲拙劣模倣
「理想」並誤導民眾，那就要被逐出「理想國」。

　　那種處於運動過程中的張力，始終貫穿梅女士的形象創造
中：她憑著「戰士的精神向前衝」，而「將來」是「不可知的
生疏的世間」。在這樣緊迫地要求再現「歷史」、但尚未得到
來自革命權威的「面對面」指令的情況下，作者呼喚「神」的
指引。於是因緣湊巧，「北歐神話」在《虹》的創作中起了特
殊的作用。梅女士所蘊含的「寓言」性即作者力圖抽掉她的
「女性」與「母性」之後所體現的「神性」。

　　《虹》的寓言性在於：「歷史的必然」的敘事含有「眞
理」的自足性，朝向自由目標展開，而梅女士作爲一個具普遍

意義的現代英雄人物，既接受歷史的「教育」和「改造」，又成爲推動歷史的一份子。這部作品不僅爲茅盾的思想與藝術轉型印上象徵的標記，其歷史敘述模式也爲後來進一步開展的社會運動提供了藝術形式的先例。這在類型上既呼應西歐 18 世紀末由歌德的《威廉‧邁斯特的學習時代》所開創的描寫「成長小說」類型，[59] 也直接受到世紀初法國「純粹主義」（Purisme）的啓發，所謂「那種渴求著合理的堅固的社會組織的意願，不失爲現代知識階級的健全心理的表現。」[60] 當然梅女士式的人物也可以在當時茅盾已經接觸到的蘇維埃「寫實主義」文學裡找到楷模：「這個寫實主義的人物當然不能是個人主義的英雄，而是勇敢的有組織的服從紀律的新英雄。」[61] 世紀初梁啓超等人呼喚那種體現新民族精神的小說「英雄」，到此時方有了著落。然而其眞正的發達則要到 1949 年之後，大量出現的革命歷史小說，尤其是那些帶有「小資」情調的長篇小說，如《青春之歌》、《野火春風鬥古城》、《三家巷》等，其精神脈絡還不得不追溯到《虹》。如果忽視了《虹》而對二三十年代的文學作概括性判斷，恐怕要出毛病。[62]

「北歐女神」的時間寓言

《虹》的命題有「象徵」意義：取了「希臘神話中墨耳庫裡駕虹橋從冥國索回春之女神的意義。」[63] 這同他在寫作《虹》的期間沉迷於「北歐神話」形成微妙的關係。一個有趣的現象是，與茅盾早期小說對「時代女性」的興趣相平行的是他對中外神話的喜好和研究。

茅盾早就喜歡各國神話，在 20 年代中期就作文介紹希臘與北歐神話。他說，在 1926 年大革命的前夜，「我那試寫小

說的企圖也就一天一天加強。晚上依然弄古董的神話，可是只想快些結束；白天呢，不論在路上走，在電車裡，或是在等候人來的時候，我的思想常常為了意念中那小說的結構而煩忙。」[64] 後來在寫《蝕》到《虹》期間，他似乎對神話的興趣愈濃，從中國的到世界各國的，研究得更為系統，介紹得更多。《幻滅》開始發表於 1927 年 9 月的《小說月報》，而在 10 月的《文學周報》上刊出〈各民族的神話何以多相似〉一文，此後到 1930 年 10 月，共發表了十四篇長短不齊的有關神話的介紹，其中包括書籍如《中國神話研究 ABC》，《神話雜論》。尤其與小說創作直接有關的是，茅盾對北歐神話情有獨鍾，作了大量研究。1929 年 6 月起在《小說月報》發表《虹》之後，在次年十月寫成《北歐神話 ABC》由世界書局出版。從此茅盾的新女性與神話的寫作都告一段落。[65]

　　茅盾的小說創作與他同時心馳神遊的西方神話世界之間是怎樣的互動關係，這裡殊難細論。這一現象或許在新文學作家當中也頗為奇特：某種世界文化的象徵系統，在翻譯、傳播過程裡，在作家的存在與寫作裡留下深刻的印痕。而對北歐神話的興趣，和茅盾從 20 年代起極力介紹世界弱小民族文學的做法相一致，反映了中國作家帶有民族心理創傷的世界圖像，與世界文化霸權的鬥爭又連結在一起。

　　神話滲透到小說裡的最初跡象，是《動搖》裡的孫舞陽，儘管革命同志對她的風流逸宕略有微詞，但在方羅蘭的眼中則是一個純潔的「天使」，既給他帶來革命的信心，也使他在愛情上「動搖」。「天使」僅僅是他心上的「幻象」，當倆人面對面的時候，握有「戀愛哲學」的孫舞陽向他表明了她的「凡性」，方羅蘭纔感受到「幻滅」。在《動搖》裡，孫舞陽的戲

份終究不多,而《追求》中「時代女性」化身為章秋柳,則佔據了敘事的舞臺中心。像孫舞陽一樣,她已經自己解放了自己,充分享受個「性」的自由與自主;事實上如作者所暗示的,章秋柳受過「大革命」的洗禮,戴上了「頹廢」的面具。她的輕盈舞步在都市裡穿梭,魔性十足。正是在魔性的襯托下,作者施以重彩濃墨,賦形生動地展開了她的「天路歷程」。一邊「跟著魔鬼跑」,一邊寓言式地憑藉她的「神性」,展開其「現代性」改造工程,她對史循(如學者注意到,「史循」乃「歷史循環」即「過去」的隱喻)的拯救,實即從事一種人類最具雄心、也最瘋狂的工作,即一手挽住時間之輪,拒絕「過去」,結果功虧一簣,史循畢竟屬於「過去」,愛情反而促成他的死亡,更在她身上種下禍根。

　　此時《追求》將近尾聲,出現了北歐命運女神的母題,那是王仲昭聽到章秋柳患病躺在醫院裡,心中一陣悲涼,但想起已經同他訂了婚的陸女士,被他「戲呼」為「北歐的勇敢的運命女神 Verdandi 的化身。」[66] 比起其他男子王仲昭是較具健全理性的理想主義者,因而這個「洋典故」似乎有點來頭,然而這個北歐女神的比方對一般讀者來說,不免顯得奇特。何況這位陸女士在小說裡並不怎麼看好,好像是平庸、世俗的朱女士的拷貝,最後也讓她破相了事。從「時代女性」形象中「神性」的線索發展來看,一方面正由於章秋柳對史循的微型改造工程含有非凡性質,儘管功敗垂成,雖敗猶榮,另一方面作者在經歷了一番「狂亂」之後,虛弱、慶幸之餘,也非得有神的指引不可。在這樣的語境裡,北歐女神在此當口浮現於筆端,雖然是一個反諷的「戲呼」,卻也歪打正著,與「時代女性」的形象開展似乎也有某種內在的邏輯。

　　在《追求》發表一個月前，《小說月報》上刊出茅盾的〈希臘神話與北歐神話〉一文，其中介紹了比希臘命運之神更爲有趣的北歐命運之神。[67] 從時間的巧合來看，把陸女士比附爲北歐女神多半是順手牽羊地使用了一個洋典故，卻難以逆料地竟變成一段傳奇式的文學掌故。在完成《追求》後數月，在〈從牯嶺到東京〉中，針對來自左翼對三部曲的批評，一面提出新文學應當反映城市小資產階級的主張爲自己辯護，一面接受批評，承認《追求》的「悲觀」與「頹唐」，並表示今後要振作自己的革命精神。於是又出現了北歐女神：「我已經這麼做了，我希望以後能夠振作，不再頹唐；我相信我是一定能的，我看見北歐運命女神中間的一個很莊嚴地在我面前，督促我引導我向前！她的永遠奮鬥的精神將我吸引著向前！」在文章的最後茅盾再次表示：「《追求》中間的悲觀苦悶是被海風吹得乾乾淨淨了，現在是北歐的命運女神做我精神上的前導。」[68] 這樣鄭重而堅定的表白，他重新恢復了對革命的信心，意味著他在過去一年裡所經歷的信仰與身份危機已經結束。

　　據秦德君回憶，茅盾在東京不久寫了〈從牯嶺到東京〉，在寄往《小說月報》之前，到女生宿舍找到秦德君，「他不顧旁人嬉笑，擁抱著我，管我叫做他的救星，是挽救他的北歐命運女神。」[69] 此時小說裡的情節弄假成眞，神話跑進了現實，或許是王仲昭附身，一句口花花談情說愛的「戲呼」，在半個多世紀歷盡劫難之後，在秦德君聽來還如此眞切。不管怎麼說，這些北歐女神與他自己的精神狀態及其小說裡的人物關係愈益密切。他一面繼續寫了幾個短篇，主角都是女性，而且又著手另一個長篇《虹》，寫的是梅女士怎樣從「五四」到「五卅」時期的歷史成長過程。同時茅盾去東京夜市地攤上購得有

關北歐神話的書籍，加上他的友人從上海寄來的資料，終於完成研究，對北歐神話作出了系統的描繪。1929 年 5 月，他將那些短篇編成《野薔薇》一集，在前言裡說：

> 在北歐神話，運命神也是姊妹三個。但她們不像希臘神話裡的同僚們那樣擔任著三種不同的職務，她們卻是象徵了無盡的時間上的三段。最長的 Urd 是很衰老的了，常常回顧；她是「過去」的化身。最幼小的 Skuld 遮著面紗，看的方向正與她的大姊相反；她是不可知的「未來」。Verdandi 是中間的一位，盛年，活潑，勇敢，直視前途；她是象徵了「現在」的。……真的勇者是敢於凝視現實的，是從現實的醜惡中體認出將來的必然，是並沒把它當作預約券而後始信賴。真的有效的工作是要使人們透視過現實的醜惡而自己去認識人類偉大的將來，從而發生信賴。[70]

前面說過在這段時間裡茅盾恢復了對「革命」的信心，也在創作中擺正了「方向」，在觀念層面上以馬克思「意識形態」及「時代性」為思想架構，而這個北歐命運神話的加入，在象徵、想像的層面上與他的意識結構的轉化產生互動。把陸女士比作勇敢的北歐女神還只是一個隨意的比喻，但在上述《野薔薇》序言中對北歐女神的描繪卻成為「現代性」隱喻，與原來在慧女士、章秋柳那裡所出現的「過去─現在─未來」的時間公式重合，但在「歷史的必然」的正確方向指引下，這一方程式中的基因得到了調整。明顯不同的是在慧女士、章秋柳那裡，日常生活的「現在」是她們焦慮的核心，充滿慾望的

躁動和破壞的傾嚮,只顧目前而對未來缺乏明確的信心和方向。而這一北歐神話則成爲「眞的勇者」「從現實的醜惡中體認出將來的必然」。這一新的革命化時間公式旣是他的小說創作的總結,也將進一步貫徹到日後的創作中,就給《蝕》和《虹》之間劃出了一道溝壑。當後來的「時代女性」的創作明確受到「革命」意識形態的操縱時,這個時間意識則超越於日常生活之上,就有形無形地對她們的慾望起一種桎梏或過濾的「仲介」作用。

我們不難注意到,在上引那段話中,「現在」一詞被轉換成「現實」。對於正確認識現實的強調,是當時左翼思想界的根本任務,而對「現實」的強調,標誌著文學創作從探索美學的再現朝向社會實效的重心轉移,但對五四以來的「寫實」文學傳統來說,這一轉向並不那麼簡單。這個「現實」並非一般認爲如鏡子一樣反映的「現實」,它變成一種再現的空間,已經包含著對人的社會存在的新認識,同時對於如何文學地再現人物主體與歷史之間的關係提出了新的要求。照茅盾的說法,《野薔薇》裡的人物仍然「穿著『戀愛』的外衣。作者是想在各人的戀愛行動中透露出各人的階級的『意識形態』」。[71] 所謂「階級」與人的經濟活動、社會條件相聯繫,也牽涉到作家對馬克思主義有關歷史分期的理解。如梅女士的「意識形態」再現,涉及其主體意識的複雜構築及「歷史」所起的仲介作用,由此可看到《虹》意味著茅盾的小說創作的重要過渡:含有從時間到空間、反映到仲介、客觀到主觀的轉變。而在這一具體的文學境遇中,所謂「北歐神話」的隱喻與「意識形態」頗有裙帶關係,即在象徵的層面上爲茅盾的革命信心及其方向感增加了保險系數,在他小說創作的過渡中扮演了重要而有趣

的角色。

《虹》的女主角梅女士是茅盾又一次,大約也是最後一次
將女身指符與時間意識相結合並象徵革命的歷史方向的重要嘗
試。作者自己認爲:「梅女士又不同於《蝕》三部曲中的女
性,她也有『幻滅』和『動搖』,但她的『追求』不是空幻
的,而是掌握了自己的命運,勇往直前的『追求』」。[72] 因此
和《野薔薇》中的那些女性比較,就和北歐女神的關係更爲直
接。小說裡,梅女士被稱爲「現在教徒」,披上了那個象徵
「現在」的北歐女神 Verdandi 的靈光,也表現出「盛年,活
潑,勇敢,直視前途」的性格。然而,作者仍然努力表現梅女
士作爲負載革命歷史意識的可能性,但毋寧說小說更注重的是
空間方面,亦即北歐女神所指示的「方向」成爲「革命文學」
的唯一指針。如以下的分析所顯示,時間與女體之間越來越互
相離異,實際上這兩者都必須服從方向的支配。北歐女神對於
作者的慾望也同樣起一種監察或昇華作用,使他在寫作過程中
時時警覺而把準革命的方向。

任何神話系統都凝聚著人們的美好願望,都有價值的超越
性以及超自然的力量實現公正與善德。神話也是文明的累積和
想像的結晶,在其形成過程中,語言作爲象徵指符不斷遭到
「歷史」的選擇或淘汰。這「歷史」便與「意識形態」有相似
之處。正當茅盾對「革命」恢復了自信之後,或許正因爲這信
心之脆弱,更須神力的護持;但茅盾需要得更多,命運之神也
應運而生。本來現代文學受任於民族瀕危之機,這裡更在茅盾
身上顯示神蹟。他所需要創造的顯然遠勝於當時的現實所能提
供的,換言之,就小說所能擔當的革命使命而言,他所完成的
確勝乎時輩之上。北歐女神給《虹》的隱喻是:重寫「五四」

至「五卅」的思想歷程，這跟歷史重構的神話方式相似。更重
要的是「革命」需要一種充滿信心——不僅為他自己，也是為
歷史——的表述形式，而那個「現在」女神正符合這樣的要
求，她對未來的指向正暗示了歷史朝既定方向的「必然」其自
身的目標。在當時的不利條件下，用小說表現「革命」的必然
性，無疑也是一個「幻美」的神話，茅盾所能表現的，既是一
個無限希望與許諾的空間，卻不得不充滿不確定感，而借助於
神的意志，似乎為革命的必然方向罩上神聖的光暈。女神所指
引的方向本身是一個不可知的「迷思」，也就理所當然地為梅
女士提供了她那種天生的革命意志。小說中創造了梅女士的
「神性」：她要克服自己的「女性」和「母性」，「獻身給更
偉大的前程，雖然此所謂偉大的前程的輪廓，也還是模糊得
很。」[73]

女體與歷史：時間敘述框架的斷裂

約瑟夫・富蘭克（Joseph Frank）在他有關小說敘事空間的
經典研究中指出，西方現代小說中自福樓拜以來突破了線性時
間的敘事模式而靈活地「切割」敘事空間來表現事件的「共時
性」（simutaniety）。這種空間敘事後來在喬伊斯（James
Joyce, 1882-1941）的《尤利西斯》（Ulysses）和普羅斯特
（Marcel Proust, 1871-1922）的《追憶似水年華》（A la recher-
ché du temps perdu）中發揮到極致。[74] 從這一角度看，《虹》
的敘事結構不光是茅盾自己的小說、而且對新文學長篇敘事也
標誌著某種時空敘事的突破。《蝕》三部曲基本上是傳統的順
時序敘事，但《幻滅》後半部敘述的時間是《動搖》全部的時
間，因此已出現「共時」的表現，雖然變換了地點和人物。然

而《虹》的空間敘事特點是小說的大部份採用倒敘手法，其章節安排是：小說的第一章敘述梅女士在從四川到上海的旅途中，在輪船上，正經過長江巫峽。然後從第二至七章倒敘她過去四年在川中的生活經歷。從第八章起，接續第一章，講她到上海之後的革命活動，到第十章寫「五卅」慘案爲止。

如本書前面所說，在張資平、蔣光慈的小說裡「倒敘」已頻頻出現，[75]但像《虹》那樣的倒敘不僅是時間上的，也是地理上的切割，這種手法較早則見之於張聞天的《旅途》。鈞凱在美國回憶起以前在國內跟蘊青的愛情，過去的痛苦被置於一種對舊傳統的觀照之中。茅盾採用這一手法，在美學上更具大膽的探索與創意，而對他的「時代女性」的形象塑造則意味著一種突變，既是在技巧上的經驗積累所致，也跟他在「革命文學」論爭過程中的思想提高有直接關係。從梅女士被稱作「現在教徒」來說，女主人公更貼上時間意識的標籤，但茅盾不再迷信「現在」，即徹底放棄了自然主義式的「當下性」的追求，而代之以明確的革命「方向」即「歷史的必然」作爲敘事開展的動力。同樣眞正主宰梅女士身心的也是她的永遠「向前衝」的方向性，而她的「現在」主義與方向性處於時續時斷的關係。小說的時空結構呈現某種複雜性，雖然在敘事中時間不再是直線的，但高高在上的是一個全知全能的「歷史」，以其無形的鐵腕操控著整個敘事；梅女士對「現在」的信念蘊含著靈肉分離，她的自由意志始終聽命於「歷史」的神祕召喚，而她的肉身被肢解在碎片的空間中。

梅行素和章秋柳同樣以「現代性」爲前提，即拒絕「過去」。梅女士作爲「現在教徒」，意味著她對「現在」的信仰更爲虔誠。但不像章秋柳是「熱烈」的化身，只知行動，不計

將來；梅的信條是「只有抓緊現在，腳踏實地奮鬥」，體現了務實的特徵。因此她的生存意識和革命信念經歷的是日常的磨練和考驗，而小說描寫她的「現在主義」的靈肉分裂，升降起伏，螺旋式地朝革命的方向運動。這樣的寫法是合乎「辯證法」的。反過來看，儘管「歷史」永遠是一江春水向東流，同樣與梅的「現代主義」發生辯證的互動，當它被具體地切割在破碎的空間中，與她的慾望遭遇時，也有夭折的危險。這一點與盧卡奇在論及受浪漫主義影響的小說時指出，當心靈得到烏托邦式的自在自足的表現時，那種史詩的整體性就被消解，雖然他批評的是浪漫主義的悲觀及其與外在世界相脫離的傾向，卻也可用來說明《虹》的時空分裂現象，[76] 如果像章秋柳一旦她的享樂慾望佔據了「現在」，就意味著「革命」的失控，「歷史」的死亡。

小說一開頭採用倒敘手法本身是寓言化的。那道梅女士穿越而過的巫峽的「鬼門關」將敘事時間分割成過去和現在，不僅意味著她從內地到都市，在文化上也象徵著從傳統到現代。小說本身不是梅女士的完整的傳記，而截取她的一段青春期的思想成長史，探究個人與歷史、與革命的意義。這樣的敘事結構，給作者表現「時代性」帶來方便，尤其是倒敘部份，將她在川中的成長史置於一種歷史觀照的視域中，即通過梅女士作者從階級意識形態的立場給「五四」新文化運動以新的歷史定位。在第一章裡，敘事者的口氣是熱烈的，混合著讚頌和評論，已將主人公置於一種回顧的視域中：

在過去四年中，她驟然成為惹人注意的「名的暴發戶」，川南川西知有「梅小姐」，她是不平凡的女兒，她

是虹一樣的人物，然而她始願何嘗及此，又何嘗樂於如
此，她只是因時制變地用戰士的精神往前衝！她的特性是
「往前衝」！她唯一的野心是征服環境，征服命運！幾年
來她唯一的目的是剋制自己的濃鬱的女性和更濃鬱的母
性！[77]

　　這一段描述裡，一個隱身的「歷史」成爲梅女士個人歷史
的主宰，爲她的自由意志設定了終極的目標。她不清楚她所熱
烈追求的將來到底是什麼樣的，但她只知道「向前衝！」而且
這個來自「革命」的神聖召喚要求她去除自己的「女性」和
「母性」；梅女士的思想行爲更受到作者的操控，其形象更依
賴於觀念語言的構築。《虹》的弔詭在於作者似乎仍然把女身
作爲革命的象徵，卻指示了描寫「現實」的新方向。其結果是
梅女士與革命的時間結構之間表面上有一致性，內中卻包含著
女身與歷史之間的替代或錯置的敘述策略。將梅女士作爲革命
歷史進程的「體現」或「附身」，是與作者將她的「主體」抽
象——所謂她要「剋制」自己的「女性」和「母性」——是一
致的。從這意義上說，《虹》最終拋棄了「革命的女性化」而
完成了「女性的革命化」，即恢復了革命的雄性主體，當女性
或母性從梅女士身上抽離時，這個革命開始變得僵硬起來，其
將革命自然化的初願也隨之流產。
　　在敘述梅女士最初受到「五四」運動的洗禮及其愛國意識
的覺醒時，茅盾對「五四」以來的思想歷程重彈了激進的論
調。他從「五卅」及「大革命」失敗的經驗出發，對「五四」
作了嚴厲的批判。在完成這部小說之後不久，茅盾在〈「五
四」運動的檢討〉一文中，直接把「五四」稱爲資產階級的

「文化運動」，「現今卻只能發生了反革命的作用」，[78]實即將胡適及「新月派」等都劃為「資產階級」。在《虹》裡，作者對「歷史」記憶進行篩選與重構，如五四運動、抵制日貨、《新青年》雜誌、胡適的少談主義論、關於娜拉的論爭等。通過這一番象徵性歷史指符的典型再現，體現出激進的批判色彩。

「歷史」不斷從進步的社會思潮與社會運動獲得動力，梅女士不斷受到「歷史」的啟蒙，思想越來越成熟，與歷史進程產生互動關係。如第三章描寫梅女士在五四新文化剛開始時，對各種互相矛盾的新主義「毫無歧視地一體接受」，然而在數月之後，她的思想轉變急速得出奇，「忽然覺得那些『新文化者』也是或多或少地犧牲了別人來肥益自己的」，實即作者將胡適等人從新文化傳統中剔了出去。在這裡小說更刻意構造梅女士的「意識」，也似一種「神話」的產生：由作者的意識形態通過「歷史」這一傳媒，投射在她的思想空間裡；或者由她的批判眼光對歷史作出新的詮釋。

在再現革命洪流獲得歷史自主性的同時，茅盾力圖操控女身的慾望，卻如臨如履，對梅女士的慾望保持警覺。當她的「現在主義」受到慾望主使時，就顯得張皇失措，孤立無援，僅是她一己的價值，變成一種形而下之物。尤其寫她難以擺脫柳遇春的情感「牢籠」時，她的「現在主義」變成了一種「得過且過」的苟且和墮性，已失去了前進的動力，也不可能與革命方向產生同一性，因此當梅女士自己最後承認「我的『現在主義』也破產了」時，抽掉了像三部曲中的形而上的意義，那個為「現代主義」所崇拜的當下性也被排除了。

小說的倒敘、順敘的敘述結構從一開始就規定了梅女士的

空間運動及其方式，即安排她跑出閉塞的「蜀道」到大都市上海，也是一個有關中國女性從「封建」走向「現代」、必須投入革命才能獲得解放的寓言。儘管具備了這個敘述結構的保證，但在具體描寫上，梅女士能否走出四川，取決於她能否克服她的「女性」和「母性」。其實茅盾對「女性」、「母性」的預設就充滿弔詭。在當時的社會條件下，表達新女性受舊婚姻制度的壓迫及其所引起的反抗，爲的是實現婚姻自由，也體現了「女性」和「母性」的核心價值。梅女士要克服自己的女性和母性本來就不自然，那麼怎樣表現這一克服過程而令人產生同情，這就給藝術創造帶來相當的困難。

我們可以發現，梅女士與柳遇春之間在感情上牽絲攀藤，那幾場戲寫得較眞切細致，之所以令人感動，是因爲她的女性、母性味比較濃。這樣的寫法似乎出現了「自然主義」的回潮。比如寫她性意識的覺醒以及對柳的性行爲的厭惡，如寫初夜洞房的一幕，儘管她抱著「凜然不可侵犯的心情」：

可是，可是當一個熱烘烘的強壯的身體從背後來擁抱她時，她忍不住心跳了，隨後是使她的頸脖子感得麻癢的一陣密吻，同時有一隻手撫摸到她胸前，她覺得自己的乳峰被抓住了，她開始想掙扎，但是對方的旋風一樣的敏捷的動作使她完全成了無抵抗，在熱悶的迷眩中她被壓著揉著，並且昏暈了。[79]

這一段與莫泊桑小說《一生》中簡娜與裘連在新婚之夜的描寫形神相似。[80] 雖然在一年之前茅盾聲稱過，他的創作要實現從左拉到托爾斯泰的轉變，但在寫《虹》的時候，自然主義

仍然燭影搖紅，陰魂不散。而且看來聲稱左拉多半是把他當作自然主義的標籤，而在實踐中似乎受莫泊桑的影響爲多。

　　爲解決梅女士的情感糾葛而讓她從川中走出第一步，似乎費了一番筆墨。關鍵的一場戲是梅女士同柳遇春一起去重慶，去和韋玉見面。她甚至在途中思想動搖，「到永川的旅館過宿那一夜，梅女士在柳遇春的熱烈的擁抱中，幾乎流下眼淚來；她詛咒自己，她輕蔑自己，她很想把什麼都說出來」。[81] 這裡把女性的心理刻畫得較爲生動，接下來出現戲劇性的一百八十度轉折，寫她在路上與韋玉錯過，於是就懷疑受了柳遇春的欺騙，遂馬上離開了他。因此寫她在永川旅館的思想動搖的一筆，好像慾擒故縱，足見作者操縱手腕之高超，不過此後的梅女士便交付與革命，也越變越「酷」，雖然也陷入愛戀，但如她自白：「我也準備著失戀，我準備把身體交給第三個戀人——主義！」[82]

　　用女體來表現線性時間觀的嘗試，在《虹》裡不再繼續。茅盾終於認識到，對小說來講更重要的是空間，「方向」才是「革命文學」的生命和靈魂。無論女性和時間都必須匍匐於方向的操控，在敘述中處處表現出斷裂和錯置，成爲被放逐或被肢解的指符。茅盾承認《蝕》三部曲的「消極」之處，在於沒有「發現一條自信得過的出路來指引給大家」，[83] 顯然在寫《虹》的時候，因爲有了「意識形態」的武裝和「北歐女神」的指引，茅盾已經自信能給大家指個「出路」了，在小說的結尾，一個「三道頭」對示威群眾粗暴地喊：「左邊走！」如果這一方向暗合革命「左」派的話，那麼對於北歐女神一往無前的歷史進程來說，似不無弔詭。

　　茅盾的早期小說，存在這樣那樣結構上的問題，如他自己

也說到《蝕》的「結構的鬆懈」。《虹》也是一部未完成作品，即寫到梅女士參加五卅示威便告結束。原本打算接去寫一部「姊妹篇」即《霞》，寫她又參加了 1927 年大革命及入黨從事地下工作等，結果沒下筆。[84] 或許確實是急就章的緣故，這類小說結構上的問題常為人垢病。然而普實克注意到，這些小說不光是「未完成」或「沒結論」，而且頭緒眾多，往往提了這頭，忘了那頭，但從總體來說，並沒讓人覺得缺了什麼東西。[85] 這個看法很有意思，如本書所揭示的，由於作者對「時代性」的不懈追求，小說的敘事結構都在一種意識形態的「整體性」關照之中，使那些「時代女性」的形象塑造沿著一定的內在邏輯而展開。因此我覺得所謂結構上的缺陷是屬於技巧上的，雖然存在種種矛盾，並體現了作者力圖表現的某種完整性。甚至如我詮釋的，在《動搖》中的以孫舞陽為中心的視點結構，《追求》中圍繞章秋柳而展開的三對戀人的敘事結構，或可說小說通過某種隱型的方式來體現其整體的構思。

另外在有關茅盾小說的結構的批評方面，有啓發的是一種從歷史觀出發的意見。如安敏成認為：「如果我們接受茅盾的大膽假設，頭腦裡裝著黑格爾的辯證法去閱讀《蝕》三部曲，我們會發現作為小說骨幹的茅盾構架仍明顯保留了一些非黑格爾式的特徵，小說承諾的希望之途一次次被阻塞。」[86] 或如王德威所指出的：「這三部曲並未舖展一線性的前進史觀，反強調了歷史輪迴的規跡。」[87] 的確這是《蝕》的根本問題所在，那麼從這樣的觀點來看《虹》，可以說作者在艱苦探索之後，終於在梅女士身上達到了某種黑格爾式的歷史的統一，但在敘事上則訴諸空間以取代時間的「一線性」開展，而且更重要的是在人性表現上──以犧牲她的「女性」和「母性」而言──

付出了沉重的代價。

主體構築:「東方美人」與「戰士」

比起慧女士、孫舞陽和章秋柳,梅女士的最不同之處是她具有那種「用戰士的精神往前衝」的性格特徵;「戰士」是新出現的母題,且被反複強調,於是這一「時代女性」被賦於空前的「動」力。但另一方面,梅女士是一個「無可庇議的東方美人」,是「溫柔的化身」,因此具有靜女士的氣質,意味著傳統在悄悄的回歸。事實上梅女士的形象在一定程度上調和了「動」、「靜」兩種類型,使她剛柔相劑,在應付環境時更富彈性,能「因時制變地用戰士的精神往前衝!」梅具有中國「數千年來女性」的性格,茅盾使用「擁鬢含睇」、「幽怨纏綿」、「薄命之感」這類古典文學形容「美人」的套語,標示出這一人物類型的「現代性」轉變。她較少慧女士、孫舞陽或章秋柳的「肉感」,卻更主動地接受時代的影響並認同「革命」。顯然茅盾仍舊要創造一個「時代女性」與革命時間意識相結合的典範,不像在描寫章秋柳時那麼投入激情,而在保持某種距離的透視時,作者的主觀滲透更依賴經驗、技巧和理性的分析。

茅盾表示:「『虹』是一座橋,便是春之女神由此認出冥國,重到世間的那一座橋;『虹』又常見於傍晚,是黑夜前的幻美,然而易散;虹有迷人的魅力,然而本身是虛空的幻想。這便是《虹》的命意:一個象徵主義的題目。」[88]這裡所謂「冥國」云云,梅女士彷彿是章秋柳的「轉世」;在後者身上作者已經差不多成功地構造了和諧的時間幻象,但結果以死亡夭折,成為一座斷「橋」。因此這回梅女士則完全以正面形象代

表革命歷史的方向，頗流露出妙手回「春」之喜。所謂「幻美」，作者意識到梅女士還是一個「小資產階級知識份子」，是一種過渡性的角色，但這段話裡的潛臺詞則含有某種不安與疑慮：由於革命主體仍然缺席，作者也缺乏自信，所以這一文學的正面形象仍缺乏權威性，甚至有可能被誤認的，而且說到底女性也只能作為「幻美」的外在呈現，難以作為革命的實體。

《虹》的開頭一幕，寫梅在輪船上穿過長江巫峽，氣勢磅礡，蔚麗壯觀，素為讀者稱道。且不說「鬼門關」在地理上給人以「一夫當關，萬夫莫開」的聯想，而以此為聯結點，設計倒敘和順敘的敘事結構，象徵著主人公身世的「光明和黑暗交織成的生命之絲」，確是匠心獨運。以此為契機，作者巧妙融入「江山美人」的傳統美學，同時轉換文學語碼，為凸顯一位「不愛紅妝」的現代美人煞費心神。小說一開始的視線切入，是現代小說中常用的電影攝像的技法，從金光驅散曉霧的江面上，移至輕快駛下的輪船，然後移至船舷欄杆旁觀望的船客。當鏡頭集中在主人公「東方美人」身上，作者還不無懸念地如此修辭：「如果從後影看起來，她是溫柔的化身；但是眉目間挾著英爽的氣分，而常常緊閉的一張小口也顯示了她的堅毅的品性。她是認定了目標永不回頭的那一類的人」。[89]

應當說這裡對梅女士的這番描繪，極有新意，也意味著作者在文學創造上衝破「過去」的牢籠。然而中國文學裡不乏詠懷如畫江山之作，大多出自所謂「豪放派」文人。如蘇東坡高唱「大江東去」而緬懷赤壁遺事，辛棄疾詠歎「欄杆拍遍」而感傷時事等，所謂「江山如此多嬌，引無數英雄競折腰」，更體現了「陽剛之氣」。因此當梅女士被抽掉「女性」與「母

性」時，她也就成爲重現「英雄」價值與美學的道具，在具體處理上並沒有給傳統的美學和文化符碼帶來多少改變。

在傳統美學裡，「情景交融」意味著人物與自然分享共同的倫理和美學前提而達到和諧，那麼在這裡處於「現代」境遇中的「自然」更具自身的意義特徵，並擔任某種道具的功能。自然與女性的指符之間的意義被換置，而且更微妙的是通過自然與歷史、精神與物質之間的意義換置，對梅女士的「英雄」性格作了更爲現代的詮釋。如下面這一段:

> 梅女士看著這些木船微笑，她讚美機械的偉大的力量;她毫不可憐那些被機械的急浪所衝擊的蝸牛樣的東西。她十分信託這載著自己的巨大的怪物。她深切地意識到這個近代文明的產兒的怪物將要帶新的「將來」給她。在前面的雖然是不可知的生疏的世間，但一定是更廣大更熱烈:梅女士毫無條件地這樣確信著。[90]

梅女士的視域集中在「木船」上，這是從她的心靈之眼中看出來的。她的精神與行駛中的輪船合爲一體，而這輪船變成了正以無限活力而開展的「歷史」的比喻，蘊含文明、進步、物質等意義。這時自然景色淡出爲背景，對人物性格起襯托作用，而它在主人公心頭所喚醒的風雲志氣融入她目前的凝視中，積極參與精神活動。代替大自然美景的是「文明」的母題，混雜著歐洲啓蒙主義的工具理性與馬克思的唯物論。而20世紀初歐洲的先鋒藝術如爲茅盾所推崇的「未來主義」也崇拜機械熱力、其鼻祖馬利奈蒂在〈未來主義宣言及其基礎〉一文中大加讚頌「由地獄之火推動的輪船」、「駝著熱辣火紅的肚

子瘋狂飛奔的火車頭」。[91] 在梅女士對這樣的歷史力量「十分信託」、「深切地意識到」、「無條件地這樣確信著」的認同中，其女體指符也被「物化」，幾乎被徹底消解。有意思的是「文明的產兒的怪物」這個比喻。儘管梅女士力圖克服自己的女性和母性，但她的身心在爲目下的機械文明深感迷醉時，仍產生了一種愛撫「產兒」的「母性」。在如此熱狂表現中，作者可能自己不曾意識到，在這語言的盛宴的迷醉中，這「文明的產兒的怪物」仍有某種不自然的感覺，且像不可知的「將來」，隱含危險與威脅。

不像《蝕》三部曲反映當代史，但《虹》更具「史詩」性質，且梅與歷史的「主體」意識也大大加強。這種史詩特徵體現在三方面：首先「歷史」被表現爲朝既定目的前進，成爲主宰主人公命運之龐然大物。第二，梅女士的對這一歷史的認識能力增強，她的主觀精神，尤其是「意識」、「潛意識」的層面被強化。第三，敘述者更用一種強勢的語氣表現主人公的自由意志與主體意識。所謂「狂飆的『五四』也早已吹轉了她的思想的指針，再不能容許她回顧，她只能堅毅地壓住了消滅了傳統的根性，力求適應新的世界，新的人生，她是不停止的，她不徘徊，她沒有矛盾。」[92] 梅女士脆弱的身體當然不勝負荷史詩的動力，因此她被賦於巨量的意識，伴隨著一套新的描述主體的語言。第八章裡有一段話描寫梅女士在上海的「複雜的心境」，較集中地表現了這種「主體」意識的強化：

　　而況她的天性又是動的，向前的，不甘寂寞的。她所受的「五四」的思潮是關於個人主義，自我權利，自由發展，這一方面，僅僅最初接到的托爾斯泰思想使她還保留

著一些對於合理生活的憧憬,對於人和人融和地相處的渴望,而亦賴此潛在力將她轟出成都,而且命令她用戰士的精神往前衝!天賦的個性和生活中感受的思想和經驗,就構成她這永遠沒有確定的信仰,然而永遠是望著空白的前途堅決地往前衝的性格![93]

　　這一段與前引第一章裡「因時制變地用戰士的精神往前衝」的那段話是呼應的,同樣是敘述者的強勢介入、把主人公控攝於歷史的觀照中,而在這當下順敘的敘述時間裡出現,則更顯得突兀。的確,這樣一個自覺接受歷史「命令」而充滿戰鬥精神的人物,多少帶有神秘性,這在新文學裡,不要說是女性,就是男性也從來沒有過。為構築這樣一個形象,作者使用的抽象名詞,凡能表現一個人的主體意識的,如「思想」、「思潮」、「精神」、「個性」、「天性」、「信仰」、「經驗」等,自世紀初由梁啓超等從日本引進的「新名詞」,在這一小段裡,卻展現得淋漓盡致。

　　「革命加戀愛」小說從一開始已經面對著塑造「革命」主體的要求,而在「革命文學」論爭中這一點提得更明確,即要求表現「無產階級」的主體意識。茅盾本人對《虹》作自我檢討:「梅女士思想情緒的複雜性和矛盾性,不能不說就是我寫《虹》的當時的思想情緒。當時我又自知此種思想情緒之有害,而尚未能廓清之而更進於純化。」[94]這段話寫於文革之後,所謂「純化」應當指「社會主義現實主義」的「正面人物」,大約與「革命樣板戲」中「高大全」的人物標準脫不了干係,比較之下,梅女士當然「複雜」、「矛盾」得多,尤其是寫到她在上海的部份。究其實,當時茅盾寫《虹》雖然仍堅持他的

表現小資產階級的理論，但在力求表現階級的「意識形態」方面已足有成效，比起《蝕》來則是一種躍進。不說梅的複雜、矛盾的一面，恰恰以後來正典式的英雄人物的標準來衡量，梅自尊自強，然而無條件地俯首聽命於「革命」的權威；她保持激情，然而能在過程中不斷學習、克服自己，並能「適應」、「征服」周圍環境。在這些方面梅女士已具備「革命」的主體性。

某種意義上「革命加戀愛」小說的根本問題是性別問題。這個問題還得回到 1895 年之後，舉國上下在立志不惜代價實現「富強中國」時，更重要地認識到國民素質的低下而必須改造之。其代言人梁啓超把小說看作啓蒙民智、重鑄國民靈魂的利器時，就觸及小說應當表現「英雄」人物作爲國民楷模的問題。他特別指出中國傳統小說之毒害，像《紅樓》、《水滸》之類的小說裡不是才子佳人，就是盜賊亂寇，缺乏一種能促使社會進化的英雄人物。特別對於「才子」類型，梁氏大張撻伐：「今我國民輕薄無行，沉溺聲色，綣戀床第，纏綿歌泣於春花秋月，銷磨其少壯活潑之氣，青年子弟，自十五歲至三十歲，惟以多情多感多愁多病爲一大事業，兒女情多，風雲氣少，甚者爲傷風敗俗之行，毒遍社會，曰惟小說之故。」[95] 另一方面他極力推崇像華盛頓、拿破崙作爲青年的表率，覺得如果小說能表現這樣的人物，必定有利於對國民性的改造。

梁氏的這番論說似乎要把小說變成國民教科書，卻不無把文學的藝術功能簡單化的傾嚮。但從文化立場上說，他特別對《紅樓夢》加以討伐不爲無見，的確自明淸以來，中國人變得「兒女情多，風雲氣少」，到了淸末，男的吸鴉片，女的裹小腳，文學中瀰漫著那種「意淫」的傷感、頹廢氣息。梁氏在痛

斥之餘，幾乎要把男女之情逐出他的「理想國」。後來五四新文學儘管要同清末的改良主義劃清界線，但在對待文學的基本態度上，即視之爲改造國民性的手段方面，則並無兩致。如魯迅說到他爲什麼做小說時：「我仍抱著十多年前的『啓蒙主義』，以爲必須是『爲人生』，而且要改良這人生」。[96] 所謂「十多年前的『啓蒙主義』」，指的是陳獨秀及其提倡的「文學革命」，但小說要用來「改良這人生」，仍是觔斗翻不出梁啓超的手掌。值得注意的，魯迅在 1908 年〈摩羅詩力說〉一文中力倡一種充盈著陽剛之氣的民族詩學，其實也可看作梁氏對「兒女情多，風雲氣少」抨擊的的一種迴響。

小說離不了男女之情。比梁啓超早幾年，在嚴復、夏曾佑主編的《國聞報》上即有〈本館附印說部緣起〉一文，爲小說作鼓吹，在兒女風雲方面的看法要比梁氏開通。他們覺得「英雄」固然重要，但也必須經過十月懷胎，因此不能沒有男女之情，而小說裡更不能沒有「美人」。他們主張小說應該描寫所謂「英雄」和「男女」的「公性情」，才能感動人；但又覺得小說難免要英雄氣短，兒女情長，甚至認爲：「若夫男女之感，若絕無與乎英雄。然而其事實與英雄相倚以俱生，而動浪萬殊，深根亡極，則更較英雄而過之。」[97] 這樣的理解也等於爲後來的言情小說放了綠燈，但這「公性情」指普遍人性，也可理解爲屬於公共領域、或符合公共利益的男女之情。

可怪的是，到 20 年代的文學猶如「等待戈多」，民族英雄遲遲不來。儘管在「大革命」風浪中湧現無數大好男兒，拋頭顱、灑熱血，但到「革命加戀愛」小說流行，卻以「無產階級文學」爲追求目標，其英雄人物仍在烏何有之鄉。當魯迅譏刺那些戴著形形式式小資面具的無產階級主人公時，心中似有

一個譜，即無產階級主人公應當來自真正的勞動階級，即來自尚待開展的革命實踐。這也是在「革命文學」論爭中表現出弔詭的魯迅，即一面以「仍舊講『趣味』」來回敬其論敵，另一面在揭穿「革命文學」理論的虛妄時，表示他對「無產階級文學」的理解是更正確的。儘管如此，如蔣光慈、丁玲、胡也頻等人的作品所表現的，無論是男是女，在表現想像中的革命英雄時，不約而同地在馬克思主義的基礎上探索、建構了一套新的文學語言與象徵性代碼。一個主要特徵是讓革命穿上戀愛的外衣，而女主人公在革命運動中改造自己的「女性」和「母性」。

茅盾寫小說的起點暗示他是個「情種」，似屬於林琴南、周瘦鵑之流裔。他的「革命加戀愛」小說確實棋高一著。他不受理論的蠱惑去表現子虛烏有的無產階級英雄人物，而寫他所熟悉的事物。他明確聲言以表現小資產階級的革命性為目標，一方面正當「舊派」的言情小說在創作上處於低潮之時，他的作品更以都市小說的新貌為進佔文學市場，另一方面卻通過文學符碼的內在轉換顛覆了言情小說傳統與資產階級的文化語碼。到梅女士這一形象的出現，不僅「戀愛的外衣」差不多也要剝去，連主人公的性別特徵也更為模糊。然而從這個「當代英雄」的性質來看，未嘗不是當初梁啟超等人關於小說現代性理想的進一步開展。理想的小說形式凝聚著實現國民與社會現代化的希望，那麼理想的英雄人物應當是身心健康，不僅勇於進取，具有百折不回的自由意志，而且能因勢利導，具有適應環境的能力。自五四新文學開展以來，無論是魯迅、郁達夫等人的小說裡的人物，都不合這樣的英雄條件。

「青年成長」與現代「詩史」小說

　　梅女士的形象在注入歷史進步觀念與革命烏托邦狂想的同時，必須考慮到與都市現代性錯綜糾葛的另一面，方能充分揭示其複雜的構造。當時「革命」實踐遭受挫折，而在理論戰線上鹿死誰手，仍屬未定之天。茅盾在《虹》裡更自覺地構築無產階級的「革命」意識形態，旨在顛覆資產階級的主流「革命」話語，然而兩者之間卻有模糊交界處。小說的基本結構已含有城鄉之間的現代和傳統的文化秩序，而上海是文化中心，是現代的發源地。梅女士從內地到上海，「她預想上海是一個廣大，複雜，無所不包，活的急轉著的社會，她可以在這裡頭找到她所合意的生活方式，而且她要在這廣漠的人海中拱起她的一隻角來。」[98] 小說對她的都市經驗的描寫，尤其是到上海之後的經歷，展示了一個現代性主體的成長過程，與 18 世紀末以來歐洲的「青年成長小說」頗多交接重合之處。據莫瑞蒂（Franco Moretti）的研究，歌德的《威廉·邁斯特的學習時代》開了成長小說的先河，而主人公的學徒生涯富於冒險的經歷，體現了小說的「現代性」。另如夏洛特·勃朗特筆下的簡愛、狄更司的大衛·科波菲爾或《紅與黑》裡的于連等，他們不再重複他的父輩的生活模式，在遊蕩、飄泊或冒險中探索不確定的社會空間，那也是 19 世紀小說所探索的敘述空間，由是出現「為資本主義的新的、不穩定的力量所強加的『流動性』」。[99] 他也指出：「當我們意識到『青年成長』小說──一種比其他類型更為優越地描繪和弘揚現代社會化的象徵形式──也是一種最為矛盾的現代象徵形式，由是明白在我們的世界社會化本身中首先在矛盾的內化中所構成。」[100] 的確這類

「當代英雄」在征服現代性機制的過程中，最終被內化，成爲現代性機制的一部分。

正如盧卡奇指出的，《威廉・邁斯特的學習時代》的主題「是成問題的個人在理想的生活經驗引導下與具體的社會現實之間的妥協。」[101] 但是有意味的是梅女士這一形象產生於革命與都市的決裂之時，她所從事的革命活動對於都市的現代性機制卻具顛覆性。有趣的是，作者並沒有直接描寫群衆運動，也沒有正面刻畫其領袖人物梁剛夫；對梅女士來說，他是精神導師，引導她領悟馬克思主義，也是一個神秘的夢中情人，屬於需要加以克服的私情範疇。小說所細緻描繪的不光是她對革命與戀愛、也是對於都市日常生活的心理體驗，這對於都市讀者來說或許是更具誘惑與啓示的。正如莫瑞蒂所說，成長小說的中心課題是「現代性」，其徘徊不息的旋律是主人公的「流動不息」與「內心躁動」，就像梅女士那樣，流浪在喧囂的都會中，忍受獨處的煎熬，然而抱著與傳統決裂的意志，在不確定中窺測方向，企畫未來，力圖征服環境而完成自我的追求。這些方面正和成長小說的主題相近，像邁斯特或科波菲爾一樣，通過現代都市生活的磨練，譜寫了個人奮鬥的凱奏曲。上文提到，在英雄主體的塑造上，《虹》標誌著重要的突破，即梅女士能夠「因時制變地用戰士的精神往前衝！」這樣與現代性相「適應」的個性，對於現代中國小說的特殊意義在於擺脫了「五四」的絕望陰影，也終於割斷了中國小說感傷傳統的殘餘，這在當時的「革命加戀愛」小說裡還不曾得到這樣明確的表現。如葉聖陶筆下的倪煥之，滿懷改革教育的雄心，但他所抱的理想過於純粹，與外部世界脫節，處處碰壁，最後成爲一個悲劇角色。[102]

梅女士初到上海，便經歷了「文化震撼」，在梁剛夫那裡聽到「你也是回去的好。對於你，上海是太複雜！」她覺得憤怒而心痛。從前是生活在外省小圈子裡，周圍的男人，小官僚、小政客、小軍人，都圍著她打轉，而她蔑視一切！現在她「只覺得太複雜廣闊生疏的新環境將她整個兒吞進去，形成了她的渺小脆弱，並且迷失了她本來的自己。……從顛沛豪華中鑽出來的她，卻不能理解眼前那些人的行為和動機了。」[103] 的確，她來到了大都會，人頭鑽動，每個人都捉摸不透，都懷著秘密，尤其是梁剛夫的令人難堪的冷漠，可說是都市人格的一個縮影。

她的過去與現在生活經驗的對比，牽涉到茅盾對內地生活的價值觀。她在川中的生活，做惠師長的家庭教師或他的「外寵」等，原型即是胡蘭畦，指她與「新派」軍閥楊森的關係，這些都由秦德君所提供。但對這些茅盾並沒有多少描寫，而著重寫她在瀘州師範學校的一番經歷，突出她周圍的一群知識份子的「委瑣、卑鄙、怯弱」，以及在新思想掩蓋下實質上的落後守舊，其實是從社會思想的層面上反映地域文化差異。來到上海的梅女士面臨一個冷漠、複雜的新環境，儘管看透了「拜金主義就是上海的文化」，她必須做一個選擇，當她自問道：「故鄉的一切不堪依戀，還是努力認識這新環境罷？」聲音變得高亢起來：「她要擺脫那些腐心的過去，她要完全遺忘那些那顛倒錯亂的過去。」[104]

當梅女士穿著旗袍、高跟鞋，乘著黃包車在通衢人流中，她已成為一個都市「新女性」。她開始「自立門戶」，「漸漸替自己規劃出課程來了：留心看報，去接觸各方面的政團人物，拿一付高傲的臉孔給梁剛夫他們瞧。」[105] 新的愛情已在暗

中萌動，既是賭氣，也是爭氣，她學法語，揣度別人的習慣和心理；很快的，她的言談舉止變得嫻雅起來，甚至被誤認作「少奶奶」。帶著好奇的探索，她努力接近梁剛夫領導的革命組織，也逐漸知道更多的秘密，明知他和秋敏之間的婚外戀，她隱藏自己的嫉妒，卻不由得也墮入情網，甚至「跌進去我不怕，三角我也要幹！」[106] 事實上梁剛夫已經盤踞了她的心靈：

> 梅女士再對鏡子端詳自己的面孔，還是那樣慘白。又像是找得了她的第二個自己，她本來的自己憤恨地詛咒了：也用更傲然的蔑視對待梁剛夫罷！給他看了點利害以後就永遠丟開他！再像從前一般高視闊步，克服這新環境罷！[107]

鏡子裡照出「慘白」的臉色，無疑是一種都市生活病態的症狀。有意思的是，在上海紙醉金迷之地，她發覺自己受到了誘惑，發現「新生出來的第二個自己：喪失了自信力，優柔寡斷，而且更女性的自己。」所謂「第一個自己」是指她的已獲得革命意識的「眞我」，而「第二個自己」則意味著到上海之後而滋長的享樂慾望，因而變得軟弱起來，她把這看作是「不名譽」、「不體面的自己」。這裡似乎涉及馬克思的一個有關人性的觀點，即認爲資本主義文明違反人的自然本性，結果給人造成了「第二本性」（the second nature），也即造成了人的「異化」。她的「第二個自己」與上海的「資產階級」文化相關，其中卻包含了「女性」與「母性」，也即馬克思所肯定的自然本性的東西。從馬克思主義的觀點看，不免本末倒置，概念混亂，但這是怪不得茅盾的，因爲馬克思的「異化」理論屬

於他早期的思想，在西方被發現與重視，也是在 20 世紀中期的時候了。

　　梅女士難以克服孤獨。她自歎：「這是有生以來第二十三個冬呀！在自己的生命中，已經到了青春時代的尾梢，也曾經過多少變幻，可是結局呢？結局只剩下眼前的孤獨！便是永久成了孤獨麼？……」這裡彷彿重現了《幻滅》中慧女士對自己二十四歲逝水年華的悲歎，而悲歎所激起的是她的及時享樂的慾望，仍富於青春校園的氣息。當梅女士身處追逐個人利益、人際關係冷漠的名利場中，她覺得難以忍受。「沒有一個人真正瞭解她，也沒有一個人肯用心來瞭解她。」[108]那種原先的孤獨感更變得絕望，蘊涵著一種深刻的都市的疏離感。她渴望得到愛情，卻伴隨著自戀式的自尊，對於梁剛夫愛恨交加，同時也渴望報復，其所激發而不斷加強的「克服環境」的意識，其實是一種更為個性化的表症。

　　從革命文學的「正典」標準來看，對梁剛夫的那種寫法是該「批」的。作為一個工運領袖，對同志態度生硬而陰冷，從秋敏口中，所謂「半個上海在他手裡」，差不多像個黑道人物。不象後來的革命小說，如《青春之歌》裡的江華、《林海雪原》裡的少劍波，凡正面形象個個都有春風呵護的儒者氣象。同樣的，梅女士光憑自己的一腔熱情摸索革命之途，想加入梁剛夫與秋敏、黃因明他們的組織，但一個個都捉摸不透，於是她獨自苦思苦想，對天浩歎：

　　　「咳，咳，這不可抗的力，這看不見的怪東西，是終於會成全我呢？還是要趕我走到敗滅呀？只有聽憑你推動，一直往前，一直往前，完全將自己交給你罷！」

梅女士捧著頭想，幾乎可以說是祈禱。

她浮沉在這祈禱中，空間失了存在，時間失了記錄。[109]

這樣描寫當然是強化了梅女士對於革命的追求，同時也突出了她的無親無依、孤軍奮戰的狀態，幾近失常的地步，搞革命像瞎子摸象，看不到那種大家庭式的溫暖和集體的力量。但反過來說，茅盾只能寫他自己所熟悉的事物和世界，如他後來所檢討的：「梅女士思想情緒的複雜性和矛盾性，不能不說就是我寫《虹》的當時的思想情緒。」[110]的確在這一主角身上卻體現了當時的作者所感受的真實，更合乎那種為都市環境所孕育的個人的特質。

在三部曲中「時代女性」的長廊裡，靜女士的煩悶、慧女士的逸樂、孫舞陽的放浪、章秋柳的頹廢，猶如在折射都市心態的棱鏡之前，各自流眄顧盼，熠熠生輝，而梅女士則與她們迥異。她佔據了反映都市心態的鏡像舞臺的中心，在漫無目的日常的律動中，訴諸自語斗室的孤獨，混雜著焦慮和煩躁，正反映了現代工業社會的人的疏離狀態。而從中升起高昂的「革命」的自我，蘊涵著對於都市現代性機制的反抗及內在顛覆，然而一旦超越其自身「女性」與「母性」的身份，卻成為一種抽象的「階級」標誌，導向另一種崇拜機械物質與歷史進化的「異化」。梅女士的「思想情緒的複雜性和矛盾性」作為文學再現，也離不開小說的敘述機制，很大程度上也是作者的觀念的實驗品。每當主人公的思想成長的關鍵當口，他不得不一而再、再而三地扮演一個傳統說書人的角色，不惜用大段的議論，表明她那種「用戰士的精神往前衝」的「天賦的個性」，給小說留下斧斫的累累傷痕，而梅女士的肉身和慾望也被一再

肢解,裝入觀念的框架。「往前衝」這一充滿樂觀鬥志的進行
曲主旋律,把主人公營渡到詩史般的革命洪流之中,不僅與她
的具體而感性的描寫不相協調,且事實上對於深入開掘她的現
代經驗起抑制作用。

　　不過,主宰敘事機制的意識和觀念畢竟有別於後來的革命
文學的教條,一方面給「形象思維」帶來了桎梏,另一方面也
給梅女士的形象塑造帶來新的可能性,此間意識的作用並不總
是負面的。問題是她的個性所體現的「高格調」,固然是作者
告別了悲觀而邁向革命康莊大道的明證,但對於梅女士來說,
要負荷這樣一個由「意識形態」、「辯證法」、「歷史的必
然」等硬體建構起來的高格調,實在也顯得吃力,因此要她克
服「女性」和「母性」,似乎是情理中事。如果這麼「克服」
的結果就等於使梅女士「變性」的話,其中蘊涵著茅盾在性別
方面的邏輯,究其實還是以男子爲中心。這也給小說造成一個
不大不小的弔詭,或許作者始未料及,乾脆這個當代英雄是個
男的,就省卻不少麻煩。從性別弔詭的角度來看梅女士的成長
過程中,可發現她變得越來越堅硬、潑辣。不妨就梅女士之
「笑」的方面略作討論,由此透視出觀念與想像之間的矛盾和
互動。

　　先說三部曲裡,最善笑的莫過於《追求》中的章秋柳,對
她的描寫十有八九是她的輕盈的舞步,還有她的笑。大多是迷
人的,如「嫵媚的」、「軟軟的」、「神秘的」、「吃吃地艷
笑」等。《追求》是作者極端悲觀的產物,章秋柳是頹廢的象
徵,但她的無往不笑這一點,使這部作品產生不少透氣的地
方。美人也偶有憤怒、兇悍的表現,由於得知同志的不幸遭
遇,即王詩陶的丈夫東方明爲革命犧牲,而王已懷孕,流落上

海，前景慘澹。章秋柳由是「激怒」起來，「眼光裡有一些獷悍的顏色，很使人恐懼。」但她和王詩陶之間關於愛情、生活和事業的爭論，是小說裡的重要關目，涉及茅盾在女性問題上的立場，也決定了女主角性格的進一步開展。章秋柳表示：「道義，社會，祖國——一切這些大帽子，都不能阻止我的剎那間的決心；我決不願爲這些而躊躇！」[111] 使她憤怒的是女人的命運受時代的播弄，當然也針對男人的不負責任，包括在王詩陶、東方明之間的三角戀愛的龍飛，仍在他們周圍惹花拈草。章秋柳是率性而行，厭棄「這些大帽子」，似乎表明她厭棄那些屬於觀念的東西。茅盾也如此，在寫作中受到魔性的瘋狂驅使，但又不如此，當章秋柳異想天開，用愛情來拯救史循，在象徵的層面上把她的無政府主義讓位於詩的正義，被嫁接與現代性的宏偉工程，儘管以悲劇收場，在她的形象雕塑的賦形開展中，已經滲入作者的革命意識與倫理觀念。

梅女士的起點立意象是歌德式高聳的尖頂，從一開始就得到革命意識的武裝配備——主要是通過敘述者的詭譎口吻，使之處於不敗之地。她被置於時代的風口浪尖，映照出社會和階級矛盾的激化。因此她的心理呈現了恐懼、緊張、焦慮等特徵；的確她在川中已成爲「名的暴發戶」，即爲衆目睽睽的明星人物，如她對好友徐綺君吐露心曲：「我簡直不明白究竟我將如何從目前這圓錐形的頂點下來」，[112] 其中「頂點」的形容就頗爲生動地揭示了那種焦慮、緊張的心態。尤其到了上海之後，這種心態進一步突顯出來，其身體指符既是情場，也是戰場，沖淋在都市與革命的楚漢之爭的暴風驟雨中。這種心理特徵，使梅女士在「時代女性」系列中叱吒風雲，獨領風騷。

然而奇特的是，茅盾似乎刻意把梅女士打造成一位「東方

美人」,正如她在鏡子裡照見了「第二個自我」,也可說是作者自覺刻畫其「脆弱」而被「克服」的過程,也寓言式地表現了中國婦女從傳統向現代的轉型。在上海迎來第一個冬天,聽著窗外的西北風,梅女士忽然悲從中來,感想淒涼,「幾年來不曾滴過的眼淚,幾年來被猜忌,被憎恨,被糾纏時所忍住的眼淚,都一齊湧出來了。」於是:

> 她不得不承認傷心的真實:脆弱!是自己變脆弱了,所以失神落魄,什麼都弄不好!是自己變脆弱了,所以克制不住心裡的那股不可名說的騷動,所以即使從前能夠高傲地無視圍繞在左右前後的男子,而現在卻不能不縈念於梁剛夫![113]

其實自踏上社會後,在川中時期,她的性格便在現實的砥石上的錘擊,而變得剛強起來。尤其在那個忠山之夜,目擊了她的學校同事們,一個個披著衣冠的「色情狂」,視女子為洩慾之具,她的抗議招來蝗蜂般的謠言。於是「她常有的溫柔的抿著嘴笑,漸漸帶些冷酷的意思了。」[114]到了上海不久,她的描寫裡傳來竊竊冷笑,「梅女士踏著自己的影子走,心裡忽然冷笑起來,這也是近來常有的冷笑,而且和從前對於別人的冷笑沒有什麼分別。」[115]

但更為詭譎的是在小說的後半部發展出來的一種笑——「獰笑」。來到上海舉目無親,獨自摸索革命之途,一想起險惡的環境,她不能成眠,「每次是在頭涔涔然發脹以後,被一個咬嘴唇的獰笑趕走,於是第二天,生活的輪子又照常碾進。」[116]這「獰笑」是一種處理危機的方式,想來是不大好看

的。最初在《幻滅》中出現，與慧女士有關。她「自從被一個姓弓的騙上了手而又丟下以後，早存了對於男性的報復的主意。」[117] 後來又間接地通過靜女士，覺得「慧現在是狂怒地反噬，無理由無選擇地施行她的報復。最初損害她的人，早已掛著獰笑走得不知去向了，後來的許多無辜者卻做了血祭的替身！」[118] 這「獰笑」本來指的是那個當初傷害她的男人的，在《虹》裡面卻掛在梅女士臉上，表現為與都市的疏離，也伴隨著「報復」的母題，並非完全針對男性。小說的最後在南京路上，梅女士奔赴「歷史的盛宴」，將直接遭遇帝國主義及其走狗們，在她心中「更有些獰惡的冷笑和憎恨的烈火」。[119] 她對於「無抵抗」的示威方式「私蓄著非議」，即萌發著暴力反抗的傾向。此時梅的「獰笑」更變成一種階級反抗的表徵，也成為其「戰士」角色的面部特寫之一。

　　另外有兩次寫她的笑，令人印象深刻，都是對付她所鄙視的男人的。一個是李無忌，另一個徐自強，都是原來在四川的舊相識，來上海後繼續追求她。當李無忌追逼著梅女士說：「我盼望今天會得到滿意的回答！」此時的敘事極其戲劇化：

　　　接著是死一樣的沉寂。但只一剎那。梅女士的豐艷的笑聲立刻震動了全室的空氣，並且更加劇烈地震動了李無忌的心。[120]

　　她的回答當然使李失望。不過這寥寥數句富於修辭，「沉寂」和「剎那」造成時間的停頓，然後讓人感到突然爆發的大笑，重複的「震動」為的是誇張心理效果。但用「豐艷的」來形容笑聲，來得奇絕。那是肉感的、令人浮想聯翩的。雖然是

拒絕，卻也有窩心的成分，所以開懷大笑。另一次是在更誘惑的場景裡。梅女士在遊行示威中被員警的水龍頭沖得濕透，徐自強把她帶到他住的旅館，拿出一件漂亮的旗袍給她換。當她在屏風後面換衣時，徐坐著猛抽煙，霍地站起，朝屏風走去：

> 但當他將到屏風時，空中旋起一陣驚人的冷笑——是那樣毛骨聳然的冷笑，使他不由自主地拉住了腳步。屏風的一折突然蕩開，梅女士嚴肅地站在那裡……[121]

這種令人「毛骨聳然的冷笑」彷彿讓人聽到王爾德筆下的莎樂美，或者陀斯妥耶夫斯基《白癡》裡的娜斯塔霞的笑聲。當喬卡南的頭顱滴血在銀盤上，在慘白的月色裡揚起莎樂美的笑聲，令人驟感愛美與死亡的力量無可抗拒。娜斯塔霞在狂笑中將十萬盧布付之一炬，向權貴們擲之以輕蔑——出自一個被侮辱與被壓迫的女子的輕蔑，令人震撼。梅女士的冷笑發生在世俗生活中的一幕，也有相似的效果，雖然不那麼富於象徵，也不那麼典型。而且在她對徐、李的拒絕中，另有某種意識形態的因素，徐是個少年軍官，李是紳士型的知識份子，都屬於「小男人」，不符合她的理想。

梅女士傾國傾城，令男子拜倒在石榴裙下，而她睥睨一世，將他們玩弄於股掌之上，固然如有的學者指出，乃受到歐洲文藝中「尤物」（femme fatale）形象的啓迪，[122] 但須作區別的是，西方文學中的「尤物」，如希臘神話中的海倫、埃及女後克萊奧佩屈拉或梅里美的卡門，皆以絕世美貌與熱情給男子帶來毀滅的命運。而在茅盾的筆下，梅女士實在是很正經的，幾乎談不上「尤物」。她並沒有以色相爲釣餌，不有心玩弄男

子,也不溺於逸樂,歸根到底,她對尊嚴、理想和事業的追求更甚於愛情,是個只管「向前衝的戰士」。在「時代女性」系列中,比起慧女士、孫舞陽或章秋柳,梅女士對愛情要嚴肅得多。在女性的身體問題上,茅盾似乎獲得了某種解決之途,其端倪見諸章秋柳的自我反思中:「道德的第一要義是尊重自己」,「她常以爲玩弄男性是女子的道德,而被男性玩弄——即使爲了某種目的——也是不足取的」。[123] 換言之,他對於當時崇尚性解放的「新女性」轉取不以爲然的立場,某種意義上也是對於早先那些「時代女性」中無政府主義殘餘的清算。但令人不無困惑的是,從梅女士讚賞《玩偶之家》中林頓太太來看,爲了更高的目的,並不反對女子可以身體作爲交換的砝碼。比起章秋柳似乎意味著茅盾對女「性」道德的又一重思考,當然爲了革命集體利益而犧牲色相,或許是「尊重自己」更高的表現。或許梅女士的這種想法在原計畫要寫的續集《霞》裡會付之實踐,但《霞》並沒有寫出來,我們也不能妄加猜測。但在《虹》裡這一筆留下一個懸念,與梅女士的性格並不協調。

總之,從「青年成長」和「史詩」這兩種小說類型來看《虹》,或是更恰當的,某種意義上仍是革命和都市的雙重變奏的繼續。小說的底子仍是都市的現代性機制,雖然「時代女性」作爲革命烏托邦的投影,她們的思想行爲已受到想像的革命機制的控制,但他對這個「時代性」的意識形態的把握尚不成熟,其實跟他所經歷的「大革命」實際及都市生活環境還藕斷絲連,所以那種烏托邦的機制並非那麼理想化。從這個層面上說,茅盾到底不是胡也頻,憑著他的天眞,能在《光明在我們的面前》中輕而易舉地達到某種純化了的革命境界。儘管梅

女士更為明確地體現了革命性，但本質上仍脫不了小資產階級。茅盾力圖超越自己及小說形式的局限，一面不惜一切代價將敘事納入宏大歷史的框架，遂圓成世界革命之夢，另一方面也推進了《蝕》三部曲以來的「心理現實主義」，使主題與形式處處留下斷裂與衝突，卻在意識形態的層面上曲折反映了都市與革命之間的激烈交鋒及其妥協。

　　如果將女性「自尊」這一梅女士的核心價值作深入剖析，它既合符當時社會現代化中走向獨立的「新女性」那種克服性別歧見的要求，而在小說裡則成為敘事的重要機制，受到「革命」意識的主宰，目的在於鍛造梅女士的鋼鐵意志，也必然導向克服她的「女性」和「母性」的邏輯。從這意義上，梁剛夫也是被分裂的，儘管她陷入熱戀，但當她這麼表白：「我也準備著失戀，我準備把身體交給第三個戀人——主義！」梁也是一個觀念的指符，抽象地作為一個革命的引路人，具體的他也屬於現代性機制的一員，最終也是應當被「克服」的。

1　　趙毅衡：《對岸的誘惑——中西文化交流人物》（北京：知識出版社，2003），頁 35-38。

2　　關於「革命文學」的爭論與「左翼」，原始資料參中國社會科學院文學研究所現代文學研究室編：《「革命文學」論爭資料選編》（北京：人民文學出版社，1981）。　關於論述，參 Wang-chi Wong, Politics and Literature in Shanghai: The Chinese League of Left-Wing Writers, 1930-1936 (Manchester and New York: Manchester University Press, 1991), pp. 9-58. 艾曉明：《中國左翼文學思潮探源》（長沙：湖南文藝出版社，1991）；方維保：《紅色意義的生成——20 世紀中國左翼文學研究》（合肥：安徽教育出版社，2004）；林偉民：《中國左翼文學思潮》（上海：華東師範大學

出版社，2005）。關於茅盾與「革命文學」論爭，參廖超慧：《中國現代文學思潮論爭史》（武漢：武漢出版社，1997），頁 414-421。鍾桂松：《二十世紀茅盾研究史》（杭州：浙江人民出版社，2001），頁 4-18，其他不繁舉。

3　〈讀《倪煥之》〉，《茅盾文藝雜論集》（上海：上海文藝出版社，1981），頁 288。

4　林樾：〈《動搖》和《追求》〉，《文學周報》，8 卷 10 期（1923 年 3 月）。安敏成引 Marian Galik 的説法，認為「時代性」一語源於泰納的「moment」。這一來源似更確切地體現在茅盾早時使用「時代」一語中。見 The Limits of Realism, p.124.

5　陳幼石首先注意到茅盾何時開始使用「意識形態」一詞：「『意識形態』這個詞在茅盾日本之行以後的寫作和思考中，起了突出的作用。在他為《野薔薇》寫的前言中，他曾把這個詞與『階級』這概念聯在一起談。」見《茅盾蝕三部曲的歷史分析》，頁 238。這一關注別具用心，雖然未加深究。其實「意識形態」更早的出現在〈讀《倪煥之》〉中，寫作日期為 1929 年 5 月 4 日，發表於 5 月 12 日《文學周報》。見《茅盾全集》，19 卷，頁 217。〈寫在《野薔薇》的前面〉寫於 1929 年 5 月 9 日，由大江書鋪出版，當稍後。《茅盾研究資料》中冊，頁 14。

6　〈讀《倪煥之》〉，《茅盾文藝雜論集》，頁 294。

7　〈寫在《野薔薇》的前面〉，《茅盾專集》，第 1 集，頁 814。

8　守常：〈我的馬克思主義觀〉，《晨報》（1919 年 5 月 1 日）。另見《李大釗選集》（北京：人民出版社，1962），頁 184。另參李博（Wolfgang Lippert）著，趙倩、王草、葛平竹譯：《漢語中的馬克思主義術語的起源與作用：從詞彙──概念角度看日本和中國對馬克思主義的接受》（北京：中國社會科學出版社，2003），頁 312-313。該書謂第一個將意識形態翻譯等同於 ideologie 的是李大釗，其來源依據河上肇的翻譯。

9　成仿吾：〈祝詞〉，《文化批判》，創刊號（1928 年 1 月）。

10　成仿吾：〈從文學革命到革命文學〉，《創造月刊》，1 卷 9 期（1928 年 2 月）。

11　Karl Marx, The German Ideology, in Robert C. Tucker ed., The Marx-Engels Reader. Second Edition (New York and London: W. W. Norton & Company, 1978), pp. 146-202. 另參 The Columbia Dictionary of Modern Literary and Cultural Criticism, eds., Joseph Childers and Gary Hentzi (New York: Columbia University Press, 1995), pp. 149-51.

12　李初梨：〈怎樣地建設革命文學〉，《文化批判》，2 號（1928 年 2 月）。

13 參靳明全:《中國現代文學興起發展中的日本影響因素》(北京:中國社會科學出版社,2004),頁133-150;艾曉明:《中國左翼文學思潮探源》,頁90-117。

14 我之所以認為「意識形態」一詞居「核心」地位,乃基於這一概念本身的重要含義及其在創造社進行論戰過程中的使用頻率與方式。自1928年初成仿吾和李初梨分別界定此詞之後,該年中在《文化批判》和《創造月刊》上的論文幾乎言必及「意識形態」,不僅用來攻擊論敵,也為在創造社內部普遍接受。至7月像馮乃超的〈留聲機器本事〉、鄭伯奇的〈東京觀劇印象記〉也使用這一概念。見《創造月刊》1卷12期(1928年7月)。另舉《創造月刊》為例:彭康:〈什麼是「健康」與「尊嚴」?〉,同前;何大白:〈文壇的五月〉,《創造月刊》2卷1期(1928年8月);克興:〈評駁甘人的「拉雜一篇」〉,《創造月刊》2卷2期(1928年9月);彭康:〈革命文藝與大眾文藝〉,《創造月刊》2卷4期(1928年11月);克興:〈小資產階級文藝理論之謬誤〉,《創造月刊》2卷5期(1928年12月);李初梨:〈對於所謂「小資產階級革命文學」底抬頭,普羅列搭利亞文學應該怎樣防衛自己?〉,《創造月刊》2卷6期(1929年1月)。

15 厚生:〈知識階級的革命份子團結起來〉,《文化批判》,4號(1928年4月)。

16 彭康:〈「除掉」魯迅的「除掉」〉,《文化批判》,4號(1928年4月)。

17 王獨清:〈創造社——我和牠的始終與牠的總賬〉,載入黃人影編:《創造社論》(上海:光華書局,1932),頁33。

18 麥克昂:〈留聲機器的回音〉,《文化批判》,3號(1928年3月)。

19 馮乃超:〈人道主義者怎樣地防衛著自己〉,《文化批判》,4號(1928年4月)。

20 李初梨:〈請看我們中國的Don Quixote的亂舞〉,《文化批判》,4號(1928年4月)。

21 關於魯迅晚年的政治和文學的複雜情況,可參王曉明:《無法直面的人生——魯迅傳》(上海:上海文藝出版社,2001),頁172-218。王宏志:《思想激流下的中國命運——魯迅與左聯》(臺灣:風雲時代出版公司,1991)。林賢治:《魯迅的最後十年》(北京:中國社會科學出版社,2003)。

22 魯迅:〈三閑集‧序〉,《魯迅全集》,第4卷,頁6。

23 魯迅:〈路〉,《魯迅全集》,第4卷,頁90。

24　參王曉明：《無法直面的人生——魯迅傳》（上海：上海文藝出版社，2001），頁 165。書中敘述魯迅在 1928 年內買了十多本日文介紹馬克思主義的著作來讀，後來和青年聊天時，也常會吐出「階級鬥爭」、「社會主義」的新詞。

25　克興：〈小資產階級文藝理論之謬誤——評茅盾君底「從牯嶺到東京」〉，《創造月刊》，2 卷 5 期（1928 年 12 月）。李初梨：〈對於所謂「小資產階級革命文學」底抬頭，普羅列搭利亞文學應該怎樣防衛自己？——文學運動底新階段〉，《創造月刊》，2 卷 6 期（1929 年 1月）。

26　克興：〈小資產階級文藝理論之謬誤——評茅盾君底「從牯嶺到東京」〉，《創造月刊》，2 卷 5 期（1928 年 12 月）。

27　李初梨：〈對於所謂「小資產階級革命文學」底抬頭，普羅列搭利亞文學應該怎樣防衛自己？——文學運動底新階段〉，《創造月刊》，2 卷 6 期（1929 年 1 月）。

28　〈關於「創作」〉，《北斗》創刊號（1931 年 9 月）。

29　方璧：〈歡迎《太陽》〉，《文學周報》，5 卷 23 期（1928 年 1 月 8日）。

30　方維保指出：「對左翼文學的評價，歷來眾說紛紜。成書於 60 年代在 70年代末期修訂出版的唐弢的《中國現代文學史》給予左翼文學以極高的評價，並以它為主題形成了左翼正統的文學史體系。」見《紅色意義的生成》，頁 92-94。

31　關於現代中國新文化的「正典」問題，瓦格納‧魯道夫作了不少研究，參〈中共一九四九~一九五三年建立正語、正文的政策大略〉，載於彭小妍編：《文藝理論與通俗文化》（臺北：中央研究院中國文哲研究所，1999），頁 11-38。另見 Rudolf G. Wagner, "The Canonization of May Fourth," in The Appropriation of Cultural Capital China's May Fourth Project, eds., Milena Dolezelova-Velingerova and Oldrich Kral (Cambridge, Mass.: Harvard University Press, 2001), pp. 66-120. 由「革命文學」論爭來看，與後來形成於延安時期的「毛話語」之間有密切關系，尚值得研究。

32　瑪利安‧高利克著，陳聖生等譯：《中國現代文學批評發生史（1917-1930）》，頁 194。

33　近時對這方面作了富於啟發的研究的，王斑「歷史意識」脈絡中將「現實主義」追溯到 20 世紀初王國維「悲劇」理論與當時上海「戲劇改良」的舞臺實踐。見 Ban Wang, Illuminations from the Past: Traima, Memory, and History in Modern China (Stanford: Stanford University Press, 2005), pp. 58-85.

34　〈樂觀的文學〉，《茅盾文藝雜論集》，頁 136。

35 〈論睜了眼看〉,《魯迅全集》(北京:人民文學出版社,2005),第 1 卷,頁 251-257。

36 〈文藝家的覺悟〉,《洪水》,2 卷 16 期(1926 年 5 月)。

37 《茅盾全集》,19 卷,頁 202。

38 〈讀《倪煥之》〉,《茅盾文藝雜論集》,頁 289。

39 王瑤:〈茅盾對中國現代文學的歷史貢獻〉,載入全國茅盾研究學會編:《茅盾研究論文選集》(長沙:湖南人民出版社,1983),頁 9-27。

40 〈從牯嶺到東京〉,影印本,頁 32834。

41 同上,頁 32826。。

42 黃子平:〈革命、性、長篇小說:以茅盾的創作為例〉,《今天》(1994 年第 3 期),頁 162-4。另參黃繼持:〈關於茅盾與自然主義的問題〉,《現代化、現代性、現代文學》(香港:牛津大學出版社,2003),頁 73-94。

43 《茅盾專集》,第 1 集,頁 345,342。

44 〈亡命生活──回憶錄十一〉,《茅盾專集》,第 1 集,頁 651.

45 《我的學生時代》,《郭沫若全集》,文學編,第 12 卷(北京:人民文學出版社,1992)。頁 108,205。

46 Georg Lukács, "Narrate Or Describe?" in Writer & Critic and Other Essays (New York: Grosset and Dunlap, 1970). pp. 110-48.

47 西諦:〈卷頭語〉,《小說月報》,15 卷 5 號(1924 年 5 月)。

48 見 Jaroslav Průšek, The Lyrical and the Epic, p.124. 或參普實克著,曹大明、王發祥譯:〈茅盾〉,《茅盾專集》,第 2 集,頁 1525。

49 〈文學與人生〉,《茅盾文藝雜論集》,頁 110-114。

50 〈文學者的新使命〉,《茅盾文藝雜論集》,頁 217。

51 〈從牯嶺到東京〉,影印本,頁 32830。

52 《西洋文學通論》(上海:世界書局,1930);重排本(北京:書目文獻出版社,1985),頁 197。

53 〈亡命生活──回憶錄十一〉,《茅盾專集》,第 1 集,頁 653-54;

54 同上,頁 644。

55 同上,頁 645。

56　Marston Anderson, The Limits of Realism. pp. 24-25.

57　Jaroslav Průšek, The Lyrical and the Epic, pp.124-30。普實克認為茅盾擺脫了中國傳統小說的「敘述」形式,而發展了富有特色的「描繪」,尤其在開掘人物的心理深層方面作出卓絕成就。

58　Georg Lukács, The Theory of the Novel, pp. 144-52.

59　德語 Bildungsroman,指一種小說類型,描寫主人公從青少年到成年的成長過程,在生活中經受種種鍛鍊或磨難而不斷尋找自我。此種小說一般認為肇始於歌德的《威廉‧邁斯特的學習時代》(Wilhelm Meister's Apprenticeship),此後在西方現代文學中蔚成長河,如司各特的《威佛利》(Weverley),狄更司的《大衛‧科波菲爾》(David Copperfield),喬伊思的《一個年輕藝術家畫像》(A Portrait of the Artist as a Young Man)等,都屬文學經典。參 Chris Baldick, The Concise Oxford Dictionary of Literary Terms (New York: Oxford University Press, 1991), p.24.

60　茅盾:《西洋文學通論》(北京:書目文獻出版社,1985),頁 172。

61　同上,頁 195。

62　如普實克認為:「毫無疑問,主觀主義與個人主義,加上悲觀主義與對生活的悲劇的情緒感受,以及反叛和自我毀滅的傾嚮,是從 1919 年五四運動到抗日戰爭之間的中國文學的最主要特徵。」見 Jaroslav Průšek, The Lyrical and the Epic, pp.3-4。按:這樣的說法容易忽視某些有關文學形式內在邏輯的重要現象,如本文所討論的茅盾的《虹》。此外如丁玲的〈夢珂〉的結尾,表現主人公與現實之間的妥協,這就避免了悲劇式的結局。茅盾三十年代之後的作品,也基本上擺脫了普實克所說的這些特徵。

63　〈亡命生活——回憶錄十一〉,《茅盾專集》,第 1 集,頁 644。

64　茅盾:〈幾句舊話〉,《茅盾專集》,第 1 集,頁 364-65。

65　關於茅盾在 1927 到 1930 年之間發表有關神話方面的著作,參孫中田、查國華編:《茅盾研究資料》(北京:中國社會科學院出版社,1983),頁 82-90。

66　《追求》,《小說月報》,19 卷 9 號(1928 年 9 月),頁 32763。

67　〈希臘神話與北歐神話〉,《小說月報》,19 卷 8 號(1928 年 8 月)。

68　〈從牯嶺到東京〉,影印本,頁 32834。

69　秦德君:〈我與茅盾的一段情〉,《廣角鏡》,151 期(1985 年 4 月 16 日),頁 32。

70　〈寫在《野薔薇》的前面〉,《茅盾專集》,第 1 集,頁 812-3。

71　同上,頁 814。

72　外文版《茅盾選集》序〉,《茅盾專集》,第 1 集,頁 953。

73　《虹》,《茅盾全集》,第 2 卷(北京:人民文學出版社,1984),頁 46。

74　See "Joseph Frank: Spatial Form in Modern Literature," in Essentials of the Theory of Fiction, eds., Bichael J. Hoffman and Patrick D. Murphy. Second Edition (Durham: Duke University Press, 1999), pp. 63-76.

75　倒敘的運用已見於周瘦鵑 1916 年短篇小說〈西子湖底〉,參陳平原:《二十世紀中國小說史》,頁 183-184。

76　The Theory of the Novel, pp. 112-131.

77　《虹》,《茅盾全集》,第 2 卷,頁 6。

78　〈「五四」運動的檢討──馬克思主義文藝理論研究會報告〉,《文學導報》,1 卷 2 期(1931 年 8 月)。

79　《虹》,頁 59。

80　《一生》中的寫到簡娜躺在床上,懷著恐懼:「Aussitôt, il la prit en ses bras, bien qu'elle lui tournât le dos, et il baisait voracement son cou […]. Elle ne remuait pas, raidie dans une horrible anxiété, sentant une main forte qui cherchait sa potrine cachée entre ses coudes.」499 Guy de Maupassant, Une Vie (Paris: Albin Michel, 1970), p. 61.

81　《虹》,頁 97。

82　《虹》,頁 252。

83　〈從牯嶺到東京〉,影印本,頁 32828。

84　《茅盾回憶錄》,《茅盾研究資料》,上冊,頁 417-418。

85　Jaroslav Průšek, The Lyrical and the Epic, p.130.

86　Marston Anderson, The Limits of Realism, pp. 131-132.

87　王德威:〈小說、清黨、大革命〉,載入《小說中國:晚清到當代的中國小說》,頁 36。

88　〈亡命生活──回憶錄十一〉,《茅盾專集》,第 1 集,頁 644。

89　《虹》,頁 4。

90　《虹》,頁 12。

91　F. T. Marinetti, "The Foundation and Manifesto of Futurism," in Herschel B.

Chipp, ed., Theories of Modern Art: A Source Book by Artists and Critics (Berkeley: University of California Press, 1968), p. 284.

92　《虹》,頁 6。

93　《虹》,頁 209。

94　《茅盾回憶錄》,《茅盾研究資料》,上冊,頁 418。

95　梁啟超:〈論小說與群治之關係〉,見《新小說》,第 1 號(1902 年 11 月)。

96　〈我怎麼做起小說來〉,《魯迅全集》(北京:人民文學出版社,2005),第 4 卷,頁 525-526。

97　〈本館附印說部緣起〉,《國聞報》,1897 年 11 月 10 日-12 月 2 日。

98　《虹》,頁 189。

99　Franco Moretti, The Way of the World: The Bildunsroman in European Culture (London: Verso, 1987), pp. 4-5.

100　Franco Moretti, The Way of the World, p.10.

101　Geoge Lukács, The Theory of the Novel, p. 132.

102　葉聖陶:《倪煥之》,《教育雜誌》,20 卷 1-12 期(1928)。茅盾〈讀《倪煥之》〉一文討論了「五四」以來的小說在表現「時代性」、「意識形態」方面的缺陷。倪煥之「究竟是脆弱是小資產階級知識份子,時代推動他前進,他卻不能很堅實地成為推進時代的社會活力的一點滴。……所以他在局面突變之後,便回復到十幾年前獨個兒上酒店買一痛醉的現象了。」見《茅盾專集》,第 1 集,頁 1015-1031。

103　《虹》,頁 235。

104　《虹》,頁 193。

105　《虹》,頁 202。

106　《虹》,頁 252。

107　《虹》,頁 193。

108　《虹》,頁 234。

109　《虹》,頁 235。

110　《茅盾回憶錄》,《茅盾研究資料》,上冊,頁 418。

111　《追求》,《小說月報》,19 卷 8 號(1927 年 8 月),頁 32653。

112 《虹》，頁 179-180。

113 《虹》，頁 234。

114 《虹》，頁 178。

115 《虹》，頁 188。

116 《虹》，頁 180。

117 《幻滅》，《小說月報》18 卷 9 號（1927 年 9 月），頁 31137。

118 《幻滅》，頁 31143。

119 《虹》，頁 259。

120 《虹》，頁 230。

121 《虹》，頁 267。

122 Hilery Chung, "Questing the Goddess: Mao Dun and the New Woman," in Autumn Floods: Essays in Honor of Marián Gálik, pp. 165-183.

123 《追求》，《小說月報》，19 卷 9 號（1928 年 9 月），頁 32749。

第八章

「乳房」的都市與
革命烏托邦狂想

「乳房」：軟性關鍵詞

　　茅盾的早期小說《蝕》三部曲裡，對「乳房」的描繪，就質量與頻率而言，在中國現代文學裡冠絕一時。他使用的一套乳房的語彙，包括「乳峰」、「乳尖」、「乳頭」等，構成他小說裡「時代女性」身體話語的主要部份。雖然在他之前就有人使用「乳房」等語，且傳統的「乳」、「奶」乃至「酥胸」等語彙仍活躍在當時的文學中，有的至今仍在使用中，但茅盾不僅豐富、更新了描繪人體的文學語言，也體現了某種源自於西方啟蒙理性思潮有關「人」的觀念、有關觀察方式上的科學性，因此也給他小說的敘述視點帶來重要影響。

　　如果說，現代中國的思想和文化變革，離不開語言的變遷及現代漢語的形成史，那麼在此語言變遷之河中，茅盾小說中的「乳房」顯得較為觸目。自晚清以來由傳教士和留日學生所大量引進的翻譯「新名詞」，對現代中國思想和文化造成深刻影響，不少學者把它們當作理解近代中國思想史的「關鍵詞」加以研究。[1] 這種研究或由雷蒙‧威廉斯啟其端，他的《文化與社會》（Culture and Society）的經典之作以「工業」、「民

主」、「階級」、「藝術」與「文化」等數個「關鍵詞」爲經緯，對於從 18 世紀末到 20 世紀中葉的英國社會文化的變遷和走勢作了宏觀兼微觀的出色描述。[2] 在他的《關鍵詞》（Keywords）一書中更分門別類，列出 130 多個詞。[3] 這固然體現了威廉斯對於文化和社會的整體把握，不過哪些詞該列入或不該列入，在取捨之間也難免存在此顯彼蔽的問題。而且這些關鍵字基本上屬於抽象概念性質的，相對來說，像「乳房」這樣的辭彙，即我將在下面略作勾畫的，對於中國現代語言、文化和文學來說，其重要性決不下於「關鍵詞」，但它可說是一種軟性的，我們久已把它當作一個文學語彙，而當初是一個翻譯的外來語，通過的是傳播科學知識的管道。隨著「乳房」在文學作品中使用愈多，與之相應的有關人體的描寫語言也出現結構性的現代轉化，與之關連的是構成現代文化中重要部份的身體與性文化話語。這些方面卻涉及更爲複雜、細密的感知與心靈結構的層面，那些屬於「硬性」的概念就難以涵蓋那些層面，就不免有局限性。

　　像「乳房」之類新的文學語彙與話語，在現代文學作品裡比比皆是，很難一一加以鉤稽考索，且它們與民族的情感結構及其藝術表現密切聯繫，在使用方面更屬風格、修辭範圍，因此在分析、詮釋中也更難以把握。本文將「乳房」放到現代人體與性話語的形成框架中，作爲觀察、研究的對象，涉及「模特兒」、「裸體」、「曲線美」等方面。現代中國思想、文化的變革，離不開觀點、觀念的變革，而所謂「觀點」和「觀念」，首先與視覺相關，包括感官與思維兩方面的活動。因此對「乳房」、「模特兒」等文學語彙的研究，亦必定探討「窺視」、「視點」等問題，亦即探討現代文學語言的視像特徵及

其歷史的形成和使用。而本文對茅盾的烏托邦革命想像的「乳房」的研究「性」趣，僅是一種鳥瞰式的，且不限於一時一地的觀照。

「乳房」話語現代性

從詞源上來說，更早的「乳」、「奶」、「胸」等詞的使用，以及它們之間的意義衍變，這裡難以廓清。就所知而言，西元六世紀的賈思勰《齊民要術・養羊》：「牛產三日，……以腳二七蹴乳房，然後解放」。北宋時期孫思邈《備急千金要方》：「妊娠，其夫左乳房有核是男，右乳房有核是女。」[4] 又晚明《徐霞客遊記・滇遊日記九》：「時洞中道人上在廠未歸，雲蹬不封，乳房無局，憑憩久之」。這數例分別指動物、人體和自然地貌，意義的涵蓋面甚廣，有實指也有虛指。然而對於女性身體的文學表現，乳部成為男性窺視的聚焦，似在晚明時代表現得愈益明顯，代表思想史上人文意識及自然觀念的新收穫。其顯例莫過於《金瓶梅詞話》，有「酥胸」、「胸乳」、「香乳」、「奶子」、「肉奶奶胸兒」等描寫。另如馮夢龍的《山歌》，對女體也頗有暴露，但沒有發現「乳房」的使用。其原因大約是美學上的，即用「乳房」來描繪女體不一定認為美觀。

茅盾使用的「乳房」是個文學語彙，既是個比喻，也是個名詞，至今我們習慣使用的，「乳房」已經代替了單字的「乳」，比喻的意味已經淡化。這個「乳房」也是現代語，當初是經由日本的科學著作翻譯過來的語彙。早在 1851 年傳教士合信的《全體新論》就把西方有關人體結構的醫學知識介紹到中國，書中的〈乳論〉屬於女性身體的一部分，包括「乳

頭」、「乳核」、「乳汁」等語彙，然而並無「乳房」一詞。
[5] 同樣 1881 年出版的柯為良《全體闡微》一書，對於人體解剖
的分析更為細緻，「乳房」也沒有出現。[6] 後來從日本輸入的
「新名詞」卻是另一個系統。在 1909 年出版的陳滋《人體解
剖學》一書，乃參照數種日人的解剖學著作編纂而成。在關於
「男女生殖器」的專章中就附有「乳房」部份，解說曰：「乳
房為分泌乳汁之器，在女子與生殖器有大關係。」其他包括
「乳體」、「乳腺」、「乳暈」等名詞，皆從拉丁語翻譯過
來。[7] 據編者聲稱：「誠以醫學為強國之命脈，而解剖實為醫
學之基礎。況體育已為一般教育家所注重，研究生理，尤當參
透解剖」。嗣後 1915 年商務印書館出版的《辭源》：「乳房：
高等動物胸部或腹部之左右相並而高出者，雄者退化而小，雌
者大。」又說「乳頭：突起於乳房之尖端，為乳腺之總匯
處。」[8] 據茅盾回憶，他在 1916 年進商務印書館英文部工作，
見到這部正在發行的《辭源》，還寫信給總經理張元濟（1867-
1959），對於《辭源》條目提意見，至於具體情況就不清楚
了。

　　這類從日本輸入的大量科學新名詞，都伴隨著現代啟蒙的
思想背景，可追溯到更早的時候，已經在報刊雜誌上傳播。如
1900 年《清議報》刊出〈人群進化論〉一文，以近代動植物學
論及人體進化，使用單字的「乳」，如「就人身體上之乳言
之，莫不以為男子衰小枯涸，女子強大膨脹，一若造物者之故
意使然也。不知生人之初，不以乳別人之雌雄。」[9] 另如 1904
年《時報》上刊出廣告，謂市面上出售高橋屯的《人體解剖
圖》，附有「漢文解說」，[10] 其中應當有人體各部的專門名
詞。另如 1914 年《女子世界》刊出丁福保〈婦孺衛生一夕談〉

一文，說「妊婦乳房最當注意」，因為產後哺乳的關係，要保持乳房清潔。[11] 有趣的是 1916 年出版的周瘦鵑《香艷叢話》一書中，收錄了當時《新閨中十二曲》，抒寫兒女私情，卻響應梁啓超「詩界革命」的號召，以「自由」、「神經」等「新名詞」入詩。其中一首〈減字木蘭花〉有「偷解衣裳，頓訝酥胸異乳房」之句。[12] 這裡所驚訝的是和古典的「酥胸」有「異」的「乳房」，被意突出其為一個新名詞。

　　在小說中描寫「乳房」，並非自茅盾始，但在他那裡得到如此發揚光大，與他提倡文學話語的現代性，很大程度上包括科學性有關。他在 20 年代初大力提倡「自然主義」，在要求文學「表現人生，宣傳新思想」的目的在於「辟邪去偽」，乃至他提倡一毫不變地介紹西洋文學，到忠實地翻譯西洋原作等，背後都站著那位理性的「賽先生」。在 1920 年〈對於系統的經濟的介紹西洋文學的意見〉一文中，他指出文藝創作中必不可少的三種工夫——觀察、藝術和哲理，都需要貫串科學精神。所謂「換句話說，（一）就是用科學眼光去體察人生的各方面，尋出一個確是存在而大家不覺得的罅漏；（二）就是用科學方法整理、佈局和描寫；（三）是根據科學（廣義）的原理，做這篇文字的背景。」[13] 談文學創作如此強調「科學」，其實反映了當時五四知識份子對文學的普遍理解，即使將文學與政治脫鉤，也必須服從中國現代化的基本要求，其底線乃是首先實現知識的現代化。所謂文學須傳播現代知識，作家「需有較高的常識，因為現代的小說，不比從前——實在也因為現代社會裡的人的常識不比從前了，——往往涉及好幾種科學的學說，哲學的思想了。」[14]

　　小說裡使用「乳房」的，最早的大概是魯迅。1919 年《新

潮》雜誌上發表的〈明天〉中寫到阿五：「他便伸開臂膀，從單四嫂子的乳房和孩子中間，直伸下去，抱去了孩子。單四嫂子便覺乳房上發了一條熱，剎時間直熱到臉上和耳根。」[15] 魯迅在日本讀醫學，「知道了日本維新是大半發端於西方醫學的事實」，[16] 所謂「西方醫學」首先是解剖學，也是當時魯迅的必修課程。喜歡用「乳房」的幾乎都是在日本留過學的。除了前述的張資平，還有在日本學醫的郭沫若，寫小說從「科學觀察」入手，一邊學醫，一邊將課堂上學來的醫學知識寫進小說，真正想要表達的是女人和慾望。如 1925 年的短篇〈喀爾美蘿姑娘〉，其中的主人公一心想做醫生，因為醫生有特權看女人的裸體，能夠「捫觸女人的肌膚，敲擊女人的胸部，聽取女人的心音，……我可以替她看病，……更用手指去摸她的眼睛，……摸她的乳房，……」[17] 有關生物學、解剖學的專用詞常常出現在小說裡，但在課堂上常常心不在焉，文思活躍。郭沫若說到他的小說〈牧羊哀話〉：「學校裡正在進行顯微鏡解剖學的實習。我一面看著顯微鏡下的筋肉纖維，一面構成了那篇小說。」[18] 像「筋肉纖維」之類的，「乳房」也屬新的人體名詞。儘管郭沫若屬於「創造社」，與「文學研究會」也打筆戰，但在文學必須合乎「科學」這一點上，它們之間則無不同。順理成章的是，當文學研究會的鄭振鐸、茅盾等人攻擊「禮拜六派」及其主將周瘦鵑時，郭氏給於及時「聲援」。他譏笑周氏的小說〈父子〉「對於輸血法也好像沒有充分的知識」。[19]

當時「乳房」的使用不那麼普遍，一時成為創造社的專利，[20] 但也有例外，如創造社的田漢，在 20 年代末的小說《上海》裡寫風流才子式的余質夫，在一家酒館裡，與一個肉感的

女堂倌調情，他「甚至竟敢由那女人的大袖中去摸她的奶」。[21] 這樣的寫法帶土氣，含有對中國女人的成見。郁達夫的一些小說裡，主人公的性慾儘管旺盛，寫到與女子的皮肉之交時，輪廓都欠分明，如《迷羊》裡摸到女人的胸部：「一種軟滑的，同摸在麥粉團上似的觸覺，又在我的全身通了一條電流。」[22] 這樣的感覺或許更真實，只是寫得不講究。對茅盾來說，「乳房」是「時代女性」的標記，其體質亦經過了烏托邦想像的改造。即使偶爾寫到「奶子」，如《動搖》裡劣紳胡國光的兒子阿炳，調戲他父親的小老婆金鳳姐「摸奶親嘴」，就帶有老式低級的意味，似乎在語言上也懶得講究了。

　　至今，信仰現代主義的年輕詩人幾乎一律使用「乳房」，其中有詩意的空間。如顧城的《英兒》——儘管多屬「不高隆起的乳房」、「小小的乳房」。[23] 而尋根派小說家則不喜「乳房」，卻在「大乳」、「奶子」那裡照樣能找到足夠的刺激，如賈平凹的《廢都》。[24] 也有將「奶子」和「乳房」混用，如陳忠實的《白鹿原》。也許是現代語言的雜交繁殖，使這類「家族相像」的情況越來越普遍，而在語彙和修辭的選擇上，仍取決於作家的美學意趣，文化的底子多少還在，語言的生成能力也不愁枯竭。如張愛玲的小說，像多數舊派作家，一般迴避描寫性的敏感地區，但偶有發見，便覺不凡，如〈紅玫瑰與白玫瑰〉寫女主人公煙鸝：「她的不發達的乳，握在手裡像睡熟的鳥」。[25] 對於張而言，或許「乳房」顯得太沉甸，但她寫得不馬虎，其實單字「乳」卻是較原始的用法，如漢代文獻《白虎通‧聖人》：「文王四乳，是謂至仁」。

傳統「酥胸」話語的淘汰

　　「乳」和「奶」是家族系列，但在現代境遇裡卻也受制於「物競天擇」的定律。至少在它們使用的現代過程裡，真正被淘汰的，是那個傳統詩詞裡的有關女性乳部或胸部的話語，包括「酥胸」、「雞頭」、「玉峰」、「葡萄」等語彙。當然還包括如「玉體」、「櫻唇」、「香軀」等女體描述。至 20 年代後半期，這些用詞在舊派的言情小說家那裡，還經常出現。像郁達夫那樣的新文學家，在《迷羊》裡寫到男主人公看商店櫥窗而想到他往日的情婦的「胸部」時，不用「奶」、「乳」之類的詞，而用「褻衣」、「葡萄」這些更為文氣、更像舊派文人的語彙。[26] 這也不足為奇，其實在所謂新舊之間，不總是涇渭分明的。在這個「淘汰」過程中，茅盾的「乳房」話語扮演怎樣的角色？

　　所謂新舊派在語言使用上的分歧，實即由於兩者之間對待中西文化衝突或交融的取徑不同。舊派對於外來文化的熱情並不比新派弱，只是興趣的側重點不同，而更多地利用了自身的文化形式達到將外來文化消化的目的。所謂「新派」，我們似乎越來越欠當地指抽象的「五四」傳統，或指始於二十年代後期的「左翼」路線。但茅盾早期小說中的「乳房」意象，確實顯示了與舊派截然不同的文化取徑，與那種動員自身的文化資源，試圖從內裡消融外來文化的方式不同，「乳房」本身是一種強勢的切入，帶有強烈的文化異質性，明顯拒絕那個「酥胸」的文學語言資源。如《蝕》三部曲中的「時代女性」，象徵地體現了現代時間意識，後來的《虹》更體現了某種馬克思主義的歷史意識，遂使她們成為「革命」的載體，既接受來自

歷史前進的指令，又是歷史的推動者。而這個「歷史」，在當時共產主義運動受挫的情勢下，指向「革命」，指向未來，是烏托邦大同理想的另一翻版。然而當我們進而審視小說中的「乳房」話語，與都市的日常生活、大眾的消費慾望相連繫，則顯示更複雜的意蘊脈絡，即「乳房」在寄託革命烏托邦的同時，卻投映出都市的大眾慾望，與民國追求「強種」、「強身」的意識形態相重疊。

在「乳房」話語經典化的過程中，茅盾的烏托邦想像並未成為現實，但標誌著文學漢語無可逆轉的現代變遷。周瘦鵑編的幾個流行雜誌，從 20 年代的《半月》、《紫羅蘭》到 40 年代的《樂觀》，堪稱「通俗」文學的中堅。其中有關乳房話語的陳述顯示了這一漢語的現代變遷。周瘦鵑一派自 20 年代初普遍採用白話以來，始終實行白話和語體相容並蓄的方針，固然含有抵抗新文學的意味。這裡的「新」，也是經過選擇的，需合乎該派的趣味，結果形成新舊混雜，但被淘汰的就再也回不來。

文獻專家鄭逸梅（1895-1992）的〈凝酥韻語〉一文，刊於1925 年的《半月》上，就是專談女子「乳房」的。該文殊為奢張地展覽了古典詩詞有關「乳」的語言表現和古典掌故。其中有一段說：「西方美人乳喜高聳，所以暢發乳房，與我國之束胸恰成相反，近來此風亦漸衰。」[27] 所謂「此風漸衰」，對於西方習俗不以為然。與鄭逸梅相比，素稱「笑匠」的徐卓呆是舊派中的開通者。他的〈大奶奶主義〉一文載於 1941 年的《樂觀》上，對於當時女子「解放」胸部的時尚表示讚賞。他寫道：「我們細細地觀察夏天婦女衣服中矗起的乳峰，……便可以看到種種形狀的解放了的乳房。」他贊成「大奶奶主義」，

考慮的是民族利益，因為母親的乳部不發育，就會影響到下一代的成長。所謂「將來小孩子生出來，在不健康的乳房中，吸些不健康的乳汁，自然小孩子身體衰弱。這一個問題，竟可以影響到全民族的興亡。」徐卓呆的文學生涯起始於 1910 年代，開始時用文言，到 40 年代，他的白話文已經寫得相當流利了，而這裡的「乳房」、「乳峰」與茅盾所用的並無兩致。然而整篇文章插科打諢，不離作者「東方卓別林」的本色。在形容各種乳的形狀時，有一段說：「最好是不大不小，俗稱『一把奶』，用手摸上去，恰巧一把，而且有相當彈力，這種，可稱鴛鴦蝴蝶派。」[28] 如此表達其「鴛鴦蝴蝶派」的文學認同，顯然與茅盾異趣。

近來莫利琳‧雅倫（Morilyn Yalom）的《乳房的歷史》見世，作為文化史研究取向，頗有新意。雖然講得較為簡略，也大致勾出歐洲的各文化階段及「乳房」的象徵意義的變遷。如 14 世紀在英、法、意等地大量出現的「瑪多娜餵乳」的畫像，從宗教的外衣暴露的乳房卻意味著世俗的物質慾望的覺醒，並呈現為男性窺視的對象。德拉克洛瓦（Delacroix, 1798-1863）的《自由領導民眾》一畫，膾炙人口。雅倫解釋道：「在屍體狼藉、戰旗招展之際，德拉克洛瓦的裸體自由女神領導著民眾走向勝利。這裡裸露的乳房成為反抗的象徵，像革命一樣刻不容緩而義無反顧。」[29]

在漫長的中國歷史中，圍繞著「奶」、「乳」等表述，發展出複雜的象徵和再現系統，這還有待解說。鄭逸梅的〈凝酥韻話〉是一篇很好的材料，讓我們看到傳統詩學裡的有關「乳」的豐富修辭。他這番鉤沉古典文獻，把有關楊貴妃「出浴露一乳」的記載、婦人貼胸內衣出於《左傳》，以及許多詩

詞裡的有關用語，都摘了出來，整篇文章頗像一個關於女乳的古典詞庫，一個展銷商品的櫥窗。在他讚賞自得的摘錄評點中，似乎也較忠實地反映了前現代中國文人對女乳的美學意趣。如「酥胸」、「酥乳」、「凝脂」、「蘭胸」、「玉峰」等語言表現，已經蘊含著某種感受，當然與性慾有關，但視覺是不強調的，感受者的主體已經消融在對象中。照鄭逸梅的說法，「吾國女子以胸平坦為美，故紅羅一幅，低護雙峰，已成習慣。」鄭文裡還有很多其他的例子，涉及複雜的情感、感覺系統的表達。如「褪衣解後胸微露，一見銷魂御化妝」，「皓腕高抬身宛轉，消魂雙峰聳羅衣」等，也並非不講究視覺，但更為強調的顯然是「消魂」這樣的意慾滿足的境界。

鄭氏此文在懷舊之際，混合某種商業性，遵循的是現代商品和市場的邏輯。且不說這篇文章的生產方式的都市背景，此文所訴諸的讀者的情色想像，是都市發展的產物，而這樣的斷章摘句，集中表現與女乳有關的種種意象與性趣，更帶有如馬克思所說的商品的「物戀」的特性。

其實隨著都市的興起，女性身體即成為公共窺視的獵物，而女體的語言表現亦被商品化。早在 1911 年 8 月，當《申報》的副刊《自由談》開張伊始，就有一篇短文，說：「人情莫不愛美人，以其容體之可愛也故。」於是羅列了「眼曰秋波，眉曰春山，胸曰酥胸，足曰金蓮」等二十餘個語詞。[30] 但這些旨在激發情色想像的展示，已含有古今的歷史痕跡。尤其像〈凝酥韻話〉挖出那些古董，做一番認洗修飾，很有一種使之「博物館化」的意味。女體的戀物化語言既作為商品時尚，就難免只領風騷三五天，有趣的是鄭氏本人也隨時勢推移，不斷變換表現手法。在 30 年代中出版的《逸梅叢談》，有些是談女體

乳部的，在態度上已經轉向，不再推崇「以胸平坦爲美」的國粹了。如〈玉殞餘話〉條：「阮玲玉之美，一爲雙目之流盼，二爲體態之苗條，且處處以笑靨向人，尤爲可愛。而現代女性，以乳峰高聳爲尙，否則飾僞以充之，所謂義乳者是也。阮亦視義乳爲恩物，於是岡巒起伏，遂成爲一代之摩登典型。」[31] 講有關女乳的笑話，主角換成了時下名流，使市井讀者興趣益濃。這一則關於名導演但杜宇的，可略見當時「摩登」風尙之一斑：

> 杜宇亦有一趣事。一日往卡爾登觀電影，既購券，方欲進門入座，忽見影星王元龍來。杜宇一面與王寒喧，一面伸手交券於收券員。不料伸手之際，觸及溫軟含有彈性之物。訝而回顧，則盈盈一摩登女郎，曼立其間。溫軟含有彈性之物者，高聳之乳峰也。女郎羞，杜宇窘，木然相視者久之。杜宇出以告人曰：「此時若失笑，則莊肅之空氣立破，女郎必以爲故意狎戲，嗔責從之矣。」[32]

但如果以爲這些舊派作家光以性感招徠，追求商業效果，那就誤讀了他們。鄭氏對阮玲玉的「義乳」稍含諷刺，其實他反對女子的「商品」化，指責那種專以「誘惑男性」爲業的「摩登女郎」。換言之他所讚賞的是自然形態的「高聳之乳」，因爲這是符合現代國家利益的。此書中又說：「現在一般的新女性，感受世界的潮流，力求體格的健美。由健美的體格來代表一個健全的國家，關係很爲重要。」[33]

事實上在 20 年代初社會上圍繞女學生穿「小馬甲」而引起的討論時，[34] 消閒雜誌也紛紛加入。前面提到過周瘦鵑主編

的《家庭週刊》發表了主張爲她們胸部鬆綁的文章，另外在包天笑主編的《星期》上吟秋寫道：

> 西婦以胸部擴張爲美觀，故胸間之衣服，均單薄寬舒，又有胸罩裝大者。我國女子，適成相反，以胸部狹扁爲美觀，故衡用緊身馬甲束縛之，實則於生理大爲有害。革履新裝，事事從西，而唯此點獨反者，何歟？[35]

最後的詰問大致反映了那些通俗作家的弔詭立場，即對於「事事從西」不以爲然，但在質疑緊身馬甲這件事上則贊成西化，蘊涵著他們其實也以民族優生爲念。

茅盾的「乳房」凝視

茅盾早期小說裡，尤其是慧女士、孫舞陽和章秋柳這些充滿「時代性」的女子，在外型上個個長得健美如「模特兒」，尤其都有一對高聳的「乳峰」。稍舉數例，如慧女士：

> 穿了紫色綢的單旗袍，這軟綢緊裹著她的身體，十二分合式，把全身的圓凸部份都暴露得淋漓盡致。[36]

寫孫舞陽的「圓軟的乳峰在紫色綢的旗袍下一起一伏的動。」[37] 章秋柳「裊娜的腰肢和豐滿緊扣的胸脯」，[38] 這些女子的特「性」，都投身或想往革命，革命成爲她們實踐解放的理想空間。她們生活在革命運動中，僅爲革命理想而盡其天職，就不必受家庭或男子的約束。性的自由是解放的標誌，而健美的乳峰意味著健康和性愛的愉快。茅盾在二十年代末開始

寫小說，有意創造一種「革命加戀愛」的新樣式，而「乳房」帶來革命浪漫性，這些富於熱力的女性身體給革命塗上一層玫瑰色，至少表達了革命也應該是健全的、美的想法。在革命烏托邦的空間裡，展開「乳房」的美學想像，從而探索「時代女性」的自由個性。這樣的寫法，不僅與鴛蝴派的愛情小說截然兩樣，即如張資平對「乳房」的使用有開掘發明之功，但在文學表現的豐富多彩與美學想像則遠遜於茅盾。

他的「時代女性」之所以「特異」，還不光在於「乳房」的烏托邦想像，且依靠「特異」的「觀點」和「觀念」。「乳房」的使用，訴諸視覺想像。無論是「乳」或「奶」，性別特徵並不明顯。在它們指謂液體時，強調母性。它的女性的形廓特徵常通過附加形容詞，如「豐乳」、「大奶」等。相形之下，「乳房」具有體積感，且明指女性，因此也訴諸性慾。在敘述空間裡，「乳房」的語言再現所強調的是視點，是被視的對象；再現方式顯示觀察、感受對象的方式。因此在對「乳房」的美學感受中，活動著現代的認知方式，突出了視覺的功能。

隨著傳統詩意的「酥胸」話語的消失，和新文學的「乳房」佔據了文學領域，我們的觀察和表述人、人體的方式在意識系統裡悄悄地改變著。在茅盾的「乳房」話語的背後，就包含著要求文學話語科學性的觀點，即將人和社會作為客觀觀察、表現的對象，而在再現「乳房」時，所凸顯的是「看」的行為。在茅盾的「乳房」話語出現之前，關於中國人放眼看世界之後，從西洋繪畫、照相技術乃至電影的引入，在視覺與主體意識方面所引起的變化過程還有待研究。茅盾小說空間裡的「乳房」，在作為被凝視對象的同時，自身即呈現為一種「凝

視」的行為,隱含主體意識的再現要求。

茅盾的觀察時代女性的好奇心,源自於他的革命經驗。據他的回憶,1926 年大革命挫折後:「我離開武漢,到牯嶺去養病。襄陽丸的三等艙裡有一個舖位上像帳幔似的掛著兩條淡青色的女裙。這用意也許是遮隔人們的視線,然而卻引起了人們的注視。我於是在這『人海』的三等艙裡又發見在上海也在武漢見過的兩位女性。」[39] 作者所看到的僅是掛著的女裙,而在敘述空間裡,「視線」、「注意」、「發見」與「見過」這些詞卻講出了更多的故事和慾望,有關作者的和別人的,過去的現在的。他沒有見到這「女裙」背後的人,然而在喚醒了的記憶裡,所浮現的是以前在上海也在武漢見過的女性,都是在他構思中的小說裡的人物。那是他的慾望,穿透了「女裙」的「遮隔」而見到了她們。同樣的在來自「人海」的「視線」中,不僅活躍著形形色色的慾望,而他也在閱讀著他們的慾望。無論茅盾自己是否意識到,當他自己的慾望浮動在這「視線」之海上,充滿了自然與社會之間的空白與張力。

在鄭逸梅所謂那種「凝酥」的感受中,意味著物我兩忘的美學境界,那麼上述茅盾的生活觀察,突顯了視覺功能,其中顯出人與社會、主體與客體之間的分界。如所周知,茅盾強調文學創作的科學觀察,受到法國「自然主義」的影響,除了他自己明言的左拉之外,不可忽視的是莫泊桑。他的文學旅程開始不久,我們可發現他與「自然主義」的美妙初戀,即在《幻滅》中寫到靜女士和強猛相愛,一起在廬山度過一個「狂歡的星期,肉感的星期」,其中發出對乳房的禮讚:

　　愛的戲謔,愛的撫弄,充滿了他們的遊程。他們將名

勝的名字稱呼靜身上的各部份；靜的乳部上端隆起處被呼
為「捨身崖」，因為強常常將頭面埋在那裡，不肯起來。
新奇的戲謔，成為他們每日唯一的事務。他們忘記了一
切，恣情地追尋肉的享樂。[40]

　　莫泊桑在小說《一生》裡，描寫裘連和簡娜新婚之後，在
山中旅行的一個星期裡，兩人之間享受愛的戲謔和歡樂：

　　在簡娜向右側睡著的時候，她的左乳常常暴露在甦醒
的晨光裡。裘連注意到，就把這個乳叫做「輕浮」，而把
另一個乳叫做「知己」，因為它的玫瑰色的乳頭似乎對他
的親吻更為敏感。兩乳之間的溝道被稱做「母道」，因為
他常常在那裡流連忘返；而另一更為隱秘之處被喚做「通
往大馬士革之路」，那是為了紀念那個奧塔山谷的。[41]

　　在這新婚旅行的段落裡，莫泊桑極其細膩地刻畫了女主人
公的有關性愛遊戲的體驗和感受，同時也揭示了裘連的粗魯好
色，隱伏著她後來對於愛情的幻滅。不過在茅盾的前期作品
裡，這一次靜小姐和強猛之間的愛情，是最玫瑰色、最光明
的，也是最初、最後的一次。那種在風景勝地歡度新婚蜜月的
情景，在後來茅盾的小說裡聽到回聲，卻常常成為不可追及之
過去。如在《動搖》裡寫到方羅蘭回憶起他和方太太剛結婚，
那年夏季在南京，「在雨花臺的小澗裡搶著拾雨花石」。在短
篇小說〈創造〉裡，男主人公君實回想起他和嫻嫻在莫干山避
暑，兩情融洽達到了「幸福的頂點」。然而茅盾在《虹》裡寫
到梅女士與柳遇春的新婚之夜，只剩下梅對柳的厭惡之情了。

這些都反覆顯示了《一生》中類似情節的影響。[42]

茅盾作品裡對於「乳房」常取特別的視角,如《追求》裡:

> 在微淡的光裡,曹志方依稀看見兩顆櫻桃一般的小乳頭和肥白的椎形的座兒,隨著那身體的轉移而輕輕的顫動。[43]

在更多的情景裡,作者奇特的視點並不限於乳房。在《動搖》裡寫到方羅蘭:

> 看見小學生的隊伍中卓然立著孫舞陽。她右手揚起那寫著口號的小紙旗,遮避陽光,凝神瞧著演說臺。綢單衫的肥短的袖管,從高舉的手膀上落卸去,直到肩頭,似乎腋下的茸毛,也隱約可見。[44]

可資比較的是,在左拉《娜娜》(Nana)中有一段描寫:

> 娜娜光著身子從容不迫走向舞臺。她對於自己肉體的魔力,有絕對信心。她披著一塊細紗,然而,她的圓肩,她那高聳的乳房和粉紅色的乳頭,她誘惑地扭來扭去的大屁股,非常肉感,和她整個肉體,從那透明的薄紗裡看得清清楚楚。這是愛神剛剛從水中冒出來,頭上沒有戴面紗。娜娜舉起兩隻手臂時,她腋下金黃色的腋毛,在腳燈的照耀下,台下觀眾們看得清清楚楚。[45]

　　且不說兩者的場景相似，而對於眾目所聚的「腋毛」的描寫何其相似乃爾！其時茅盾自稱是左拉的信徒，此言不虛，《娜娜》也是他極為欣賞的。[46]在三部曲中不時表現女性肉體，尤其是乳房的魅力，雖然不像左拉那麼誇張、火爆，但在精神上一脈相承。

　　茅盾以洞見的筆觸，通過他自己的或別人的視線，揭示一種慾望的焦點，呈現在「人海」的「視線」裡。在《追求》裡的王仲昭：

　　　　章女士吃吃地艷笑了。她翩然轉過身去，旋一個半圓形，讓睡衣的下幅飄開來，裸露了膝彎的陰面，這裡的白皮膚上有兩個可愛的小渦。然後她又縱身坐在窗臺上，凝眸看著天空，並沒注意到仲昭的臉色已經有了些變化。[47]

　　這些描繪裡，在男性慾望的窺視之間，閃爍著興奮、迷惑和猶疑。女性對於窺視慾望的控制，以及敘述者對於人物視線的操縱，都表現出小說世界及其再現手段的複雜生動性。對於視點或視線與主體意識的關係的表現是更為凸現的。如果把這些放到女性解放與文化秩序現代化同步的大背景裡，「乳房」的聚焦也象徵著性別的焦慮：當男性以傳統的解放者自居時，卻感受到女性的慾望及其走向公共空間的自由意志的壓力。

　　對於這幾個視點——孫舞陽的「腋下的茸毛」，章秋柳的「膝彎」的「小渦」等——我們不得不驚歎茅盾目光的厲害！這些描繪拓展了現代文學的「肢體」語言，也拓展了人體美感經驗的領地。據有的材料說，美國好萊塢電影的內容，在女性身體的表現方面，到30年代才把鏡頭的重點從大腿移到胸部，

48 那麼茅盾在發展「乳房」語言方面顯然要比好萊塢更爲先進，也更有想像力。這並不奇怪，上海的性文化市場一向發達，受賜於晚清以來的風流餘韻，比美國的清教徒文化要放肆得多。如 1925 年徐欣夫導演的《戰功》，就有裸露女乳的鏡頭。**49** 其實我們看舊派的文學，在女性形象的文化消費方面不遺餘力，如他們的雜誌上的「封面女郎」，從《婦女時報》、《禮拜六》，一直到《良友》、《紅玫瑰》、《紫羅蘭》等，就很有探索性，成爲都市文化的日常景觀。但這些女郎的身體都覆蓋得較爲嚴密，也沒有好萊塢式的大腿和胸脯的展示，儘管「封面女郎」的設計及其印刷傳統推動了好萊塢式的「影星」文化的形成。圍繞著「紅玫瑰」、「紫羅蘭」等雜誌名稱，他們也發展了「名花美女」的文學話語，但或許在語言上不能擺脫「酥胸」式的審美方式，因此對於人體美的文學表現收獲有限。

茅盾在人體和性感方面的文學探索，也與他有意改進中國文學裡的性描寫有關。在 1927 年發表的〈中國文學內的性慾描寫〉一文裡，茅盾認爲中國文學的怪現象是，一面是禁慾的禮敎與「載道」的文學傳統，一面是文學中大量存在赤裸裸的性交的實寫。這樣的描寫是變態性心理的表現，沒有文學價值。產生這種「不健全的性觀念」的表現的原因，是「禁慾主義的反動」和「性教育的不發達」。**50** 更重要的，茅盾所描寫的這些「視點」，並非由於一時的興之所至，而是得到了一種新的觀點——科學地觀察和表現生活——的有力支撐，在文學上更得力於「自然主義」。這也僅在他的早期作品裡靈光一現。這種視點是個人化的，充滿世俗情調。正如那些小說人物沉浮於都市的慾望之海中，感到焦躁、失落，而搜尋自己靈魂

的家園，卻一再幻滅和失望。而這些慾望的凝視，含有某種不無揶揄的生命的歌吟，從中發見了焦慮與饑渴，給人的存在的形態帶來某種啓示。對於作者來說，在他更清晰地聽到來自「歷史」的命令並將自我交付於那個「無產階級」的「意識形態」之前，這些「視點」的再現也同樣表達了他對生活的獨特而緊張的感受方式，能使他在紛亂不安的慾望世界裡，更能傾聽那種現代人心底的激情呼喊，如從章秋柳那裡發出的：「我是時時刻刻在追求著熱烈的痛快的，到跳舞場，到影戲院，到旅館，到酒樓，甚至於想到地獄裡，到血泊中！只有這樣，我纔感到一點生存的意義。」[51]

都市「性話語」

下面進一步展開「模特兒」、「裸體」等課題，必須跟通俗文化及上海都市聯繫起來。這也是對茅盾早期小說的研究一個亟需打開的層面，雖然本文在前面已經有所論及。長期以來這一層面被忽視，毋寧說是因爲關於中國都市的現代史被遺忘，因此對茅盾的認識及詮釋的想像就難以跳出「新文學」與民族革命進程之間的詮釋循環。近年來海內外學者對民國時代的上海研究方興未艾，自 19 世紀開埠以來至本世紀二三十年代，上海成爲國際性大都會，其文化上繽紛燦爛的圖像正浮出記憶的地表，在文學方面所謂「鴛鴦蝴蝶派」、「禮拜六派」的盛況也逐漸爲世所知。在這樣的語境裡，必然要觸及有關茅盾早期寫作的某些基本問題，有助於我們在更爲複雜、全面的背景上揭示「革命加戀愛」小說類型的衍革或激變的脈絡，並眞正認識茅盾對「革命」文學所作的貢獻。在新文學中，茅盾的早期作品或許是特例，在別人身上不一定表現得那麼明顯。

這裡要探討的是這些「時代女性」在哪些地方投合了城市青年和一般市民的趣味，在哪些地方與佔主流地位的都市文學相合拍，這樣——更為重要的——方能揭示怎樣在這些曖昧交涉之處，茅盾實踐內部「爆破」的寫作策略，即顛覆或轉換了所謂「資產階級」的文化語碼，而體現了「革命」的意義。

20年代的都市文化，從文學表現到文化生產，體現了現代物質生活的嚮往，而在資產階級的自由主義政治形態中，女性的身體指符成為日常文化的重要組成部份：一方面體現了以個體「小家庭」為理想的「現代化」社會結構及其美學情趣，另一方面與有關「性」的文化工業密切連結，成為市民日常消遣與狂想的文化產品。茅盾的早期小說「穿著戀愛的外衣」，卻以打破資產階級的民族國家的既定模式、開放敘述空間反映革命的歷史方向為目的，既表現了女性指符的自由意志與娛樂價值，適合文化市場的需要，同時也否定了那種資產階級的「愛情」、「家庭」的「私人空間」的合理性，使小說的意義指向「革命」的必然運動。有趣的是茅盾所塑造的「時代女性」，她們如此直接切入20年代上海的性文化，那種切入的方式，對於當時的都市讀者來說，產生與我們後來的「革命」閱讀完全不同的反應。在茅盾那裡，「時代女性」，含有「時代性」的深刻內涵，但對都市語境裡，則產生另一種日常、世俗的理解。在一張30年代的《禮拜六》週刊上有〈時代女子在哪裡？〉一文，足資參考。這篇文章說：「什麼是時代女子？時代的意義和摩登相同，所以時代女子，就是時下所謂的摩登女子，典型女子，標準女子」。[52]這同前面提到的鄭逸梅把「乳峰高聳」作為「摩登女郎」的說法，是相通的。

《蝕》三部曲見世後，「受到時代青年的熱烈的歡迎」。

⁵³ 先是《幻滅》由文學研究會出單行本，1930 年初《蝕》和《虹》均由開明書店出單行本，但《子夜》在 1933 年初出版後，三個月內重版四次；初版三千部，此後重版各爲五千部，這樣的盛況在當時很少見。陳望道是大江書舖的老闆，據他說，「向來不看新文學作品的資本家的少奶奶、大小姐，現在都爭著看《子夜》，因爲《子夜》描寫到他們了。」⁵⁴ 當時在外國人眼中，茅盾也被認爲是「自然主義者的領袖」，是「中產階級的商人和小康的農民的寫實主義小說的代言者。」⁵⁵ 寫作意圖與閱讀效果往往不一致，但這些反應大致符合茅盾當初的宣稱，即他的寫作對象主要是城市小資產階級。前面也提到，茅盾最初寫小說也是爲了生存。關於《虹》沒能按原計劃寫完，他解釋道：「當時我在日本仍是賣文謀生，不能從容重續已斷之思緒，而況國內的朋友索稿也急如星火。」⁵⁶ 這樣的寫作當然受到市場機制的約制。雖然這些稿子都由「友人」關照，像葉紹鈞主持的《小說月報》有身價，不像有的雜誌惟利是求，但無論爲己爲友，寫的東西沒人要看，不一定能心安理得。結果是一個非常自然而明智的選擇──腳踏「戀愛加革命」的兩頭船上。

李歐梵先生在《上海摩登》一書中，從建築、電影、小說諸方面對三十年代的上海都市文化的現代性作了新的詮釋。這幅重構的「東方第一都會」的歷史圖像，從記憶之礦中挖出，色彩斑斕，令人炫目。對於這背後的「現代性」動力，作者追溯到晚清以來的印刷資本與新聞體裁的興起，指出像商務印書館這類文化工業擔任了民眾啓蒙的功能。與我們一向理解的「五四」新文化側重觀念、激進層面的現代性不同的是，商務出版的「共和國教科書」、「萬有文庫」等，體現了民國時期

的意識形態，更注重國民素質和公民意識的培養。另如《良友》畫報之類的刊物，從婦女時尚、閨秀風範、明星報導、體育新聞、百貨廣告到消閑小品，反映了都市日常生活的物質性與美學趣味。[57]

在這樣的富於改良精神的文化框架中，性別及性文化與急劇變動的社會密切相連，女性迅速走向公共空間，從解放裹足、文明結婚到民國政府頒佈一系列有關婦女平權的法令，與政治與文化現代化的艱難旅程同步。阪元弘子《中國民族主義的神話》一書指出，晚清以來在西方和日本影響下，關於「人種」、「進化」的觀念在中國民族主義思潮的形成過程中，起到關鍵的作用。在二三十年代由這種「強種」話語確定了女性的社會職能，不僅在於生兒育女，還擔當起建立現代國家、家庭結構的新角色。種種「衛生學」、「優生學」等引進中國，對女性的身體和意識方面都產生了新的文化規範。[58] 所謂「鴛鴦蝴蝶派」或「禮拜六派」的文學在很大程度上配合了這一民族國家的意識形態。他們強調文學的娛樂性，如林培瑞所說的，適合了小市民的趣味，紓解了現代城市生活的心理壓力。[59] 不光如此，他們的文學還旨在調節傳統和現代的衝突，以一種「內化」的方式融合來自西方的現代性壓力；主要圍繞現代家庭與個人關係，體現了新的道德和美學的典律。如周瘦鵑在〈《新家庭》出版宣言〉中寫道：「家庭，甜蜜的家庭。裡面充塞著無窮的愛，不用你自去追求，自然而然的會給與你的，只要你守你應守的範圍，盡你應盡的責任。」[60] 由此可見該派的一般趨向。在 20 年代周瘦鵑主編的《半月》、《紫羅蘭》，包天笑主編的《星期》等雜誌，專門編輯了「家庭號」、「兒童號」、「婚姻號」、「離婚號」等，表示了他們對城市的

「私人領域」的問題的特別關注。

茅盾小說裡，如慧女士、孫舞陽和章秋柳等，是革命隊伍裡的「奇」女子，同時也是當時都市「美人」的典型。茅盾曾說這些「時代女性」來自現實生活，但顯然經過他的藝術加工，雖然他不滿當時的國家形式而另寄希望於未來，但他顯然接受了當時「性話語」的關於性別的生物學觀點，雖然不一定意味著他同意將女性「家庭化」。從他個人的革命經驗來說，實在來說，在經歷的一切猶如夢魘，頗有點萬念俱灰之際，似乎在女性的「乳峰」之間才獲得某種生存的實在感，「乳房」為他提供了記憶和想像的儲存體，遂造成茅盾小說創作的奇葩異卉。後來《虹》裡的梅女士被「英雄」化，需要克服「女性」和「母性」，因此「乳房」這個生理特徵在她身上不被強調，但她和柳遇春之間的情節，雖然以內地四川為場景，其背後的「性話語」，曖昧地切入上海的性文化。書中寫到柳遇春為了討梅女士的歡心，知道她喜看新書，就買來她看：

> ……凡是帶著一個「新」字的書籍雜誌，他都買了來；因此，《衛生新論》，《棒球新法》，甚至《男女交合新論》之類，也都夾在《新青年》、《新潮》的堆裡。往往使梅女士抿著嘴笑個不住。[61]

梅女士思想上要求進步，想看的是《新青年》之類的代表新思潮的刊物，但這裡提到像商務印書館編印的《衛生新論》、《男女交合新論》等，很準確地提到了當時社會上流行的「新」知識，目的在於造成體質健全的新國民，同樣對青年產生影響，實即屬於後來被壓抑、忘卻的現代性啟蒙傳統。有

意思的是，梅女士「抿著嘴笑個不住」，是因為覺得難為情，同時也是笑柳遇春是個土包子，不懂這兩種「新」的區別，結果是魚目混珠。為什麼這裡會出現這樣的區分？這裡或許暗示了後來那個「壓抑、忘卻」的起始？不過在茅盾所創造的新文化歷史的「迷思」裡，更有意思的是這區分的出現。

梅女士是封建包辦婚姻的受害者，而她對柳遇春的棄絕，不僅因為她接受新思想而走向革命，其實也是「衛生」知識在起作用。作者不一定自覺到，梅女士實際上接受了他所要區別開來的兩種新思潮，是個地道的「時代女性」。問題發生在柳遇春背著梅女士，在外面宿娼，又同梅女士同床：

> ……當她的柔軟的身體被擁在強壯的臂彎內時，猛想起大概不免有一些別人身上的骯髒移植到她的肉體內罷，她又不禁毛骨聳然，起了無窮的嫌惡。[62]

這裡梅女士感到恐懼的是怕被傳上梅毒，體現了當時上海婦女的衛生常識。自晚清以來，上海的娼妓業一向發達，到20年代帶來更為嚴重的社會問題。梅毒也是小說裡常常出現的關節，從蔣光慈的30年代初的《衝出雲圍的月亮》，到張愛玲四十年代的〈留情〉，只是個別例子而已。[63]

原先「長三堂子」裡那種名士名花的風流雅趣及其傳統詩學殘餘也逐漸消失，性買賣質量愈趨低下，性病傳染愈猖獗，這現象更使改革人士憂及種族的質量及其前途。如吳連德在1927作文討論性傳染病，鮑祖宣在1933年發表《娼妓問題》等。這期間租界當局也時有「禁娼」之議，報章雜誌也有報導或討論。如在周瘦鵑的《半月》雜誌上出現「娼妓號」專刊，

雖然這些關切的實效如何另當別論。不過民國政府在 1928 年秋，蔣介石剛上臺，就正式頒佈了在江浙數地的禁娼令，是一個不小的進展。[64] 在這樣的語境裡，《追求》中章秋柳被史循傳上梅毒，一般讀者可以讀作一個不講性衛生的教訓。而梅女士就較為健全，更符合都市知識女性的身份，儘管她並非賢妻良母的類型。

視像萬花筒：模特兒、裸體、曲線美

《動搖》裡有一段描寫，殊有趣：

> 這天很暖和，孫舞陽穿了一身淡綠色的衫裙；那衫子大概是夾的，所以很能顯示上半身的軟凸部份。⋯⋯她的衫子長及腰際，她的裙子垂到膝彎下二寸光景。渾圓的柔若無骨的小腿，頗細的伶俐的腳踝，不大不小的踏在寸半高跟黃皮鞋上的平背的腳，──即使你不再看她的肥大的臀部和細軟的腰支，也夠你想像到她的全身肌肉是發展的如何勻稱了。總之，這女性的形相，在胡國光是見所未見。[65]

所謂「胡國光是見所未見」，是在「女性的形相」上反映的城鄉差別，也是洋場文化的現代性的一種表現。孫舞陽是省裡派來負責婦女協會的，既然與史俊、趙赤珠是知交，想必也應當從上海來的。且不說高跟皮鞋之類的穿著裝扮，「她的全身肌肉是發展的如何勻稱」，說明她的身材是一種標準型的，所謂「發展」，是說這樣的身材得之天然，亦須按照一定的標準加以培育。茅盾說中三部曲裡「幾個特異的女子自然很惹人

注意。有人以爲她們都有『模特兒』，是某人某人；又有人以爲像這一類的女子現在是沒有的，不過是作者的想像。」[66] 這樣的「形相」固然經過作者的藝術提煉，在現實生活裡還是有所張本，並非根據上面說的那種生活中的具體「某人某人」的「模特兒」，而與那種當時美術上使用的代表「人體美」的「模特兒」有聯繫。如在《幻滅》裡寫到慧女士在雨中：

> 她的綢夾衣已經濕透，黏在身上，把她變成一個新鮮的「模特兒」。[67]

本來慧女士穿旗袍，已經「把全身的圓凸部份都暴露得淋漓盡致」，現在綢夾衣被雨淋濕，看上像「模特兒」一樣，幾同裸體。這裡也是故意展示「性」點，所謂「新鮮的」略含快感，實際上敍述者在向讀者暗送秋波。不過這個「模特兒」的比喻極有意思：這些女性身上不僅帶著「性話語」的強調生理特徵的語碼，還含有有關「人體」的審美與倫理的典律，與20年代的都市文化息息相關。

從「模特兒」身上頗能折射出 20 年代上海文化的爛漫色彩，她的舶來文化的異質性既刺激了都市慾望，又引起不安和爭議。作爲一種特殊的職業及其作爲再現的象徵指符，跨越社會空間、道德倫理和文藝生產等領域，在觀念上與「美女」、「裸體」等混同。裸體畫早在十九世紀後期進入中土，如1872年《申報》，載《滬上西人竹枝詞》：「洋畫紛紜筆墨樅，琉璃小鏡啓晴窗；愛看裸逐知何事，爲說波斯大體雙。」[68] 美術 model 早在清末的翻譯小說中就已經出現，被譯爲「人模」，[69] 此後有「模岱爾」、「模特爾」等不同譯法。[70] 但它成爲家

喻戶曉，當然與劉海粟（1896-1994）最有關係。他與烏始光、張聿光等人創辦上海美術專門學校，自 1914 年將繪畫科改為西洋畫科，開始雇用著衣模特兒。[71] 從 1917 年上海美專展出人體習作，[72] 劉被罵為「藝術叛徒」起，所謂「模特兒之爭」持續達十年之久。因此圍繞模特兒問題，一方面不斷被守舊衛道人士詆毀為「喪心病狂敗壞風化」，並受到官方的明令禁止。另一方面新派人士奮起自衛，如 1924 年上海美專教師倪貽德（1901-1970）發表《論裸體藝術》一文，從西方美術史、形式美、生命力等角度分析了人體藝術的價值。他譏刺那些「自己抱了三妻四妾而偏要說人家的自由戀愛為喪風敗俗」的人，並且指出「為模特兒者以肉體之美顯示於人，當得上是一種無上的光榮。」[73]

　　1920 年代中期的文化消費市場上，「模特兒」或「裸體」暢通無阻。如《紅玫瑰》雜誌中程瞻廬的〈模特兒三字經〉、沈禹鍾的〈模特兒〉，《家庭》雜誌中 PM 生的〈裸體美與裸體畫〉等，成為通俗文學中的時尚風景。[74] 以 1925 年 7 月 6 日上海最風行的消閑小報《晶報》為例，第四版上幾乎都是有關裸體照相的廣告。如一則〈美女照相〉的廣告，一個叫馬代爾（即「模特兒」之諧音）的鑒賞家說：「上海的裸體美女鬧翻了。我是最喜歡這件寶貝的，這樣東奔西走的想買，忙個不亦樂乎。但是看來看去總是這幾隻老野雞在那裡現身說法，看得麻煩極了。昨天我……買到了一盒五十幅的美女照相，覺得肌膚瑩潔，身段苗條，極盡肉體曲線之美，溫柔香甜之樂，眼界為之一新。」另一則是新新美術館發售「最新人體模特兒照相」的廣告，說「為提倡真美起見特價兩星期」云云。另有東亞美術公司、中國美術社、環球美術社等幾家，都以「裸體美

女畫」為招徠。儘管做這些生意的無非是「美術社」，且也不無提倡「眞美」，而這裡顯然把「裸體」就等同於「美」。其實「裸體」不一定就是「美」，當時給美術學校做模特兒的，身材也不一定美，那些願意做模特兒的，就更難說了。像馬代爾所說的「溫柔香甜之樂」，與其說是純粹美感的「鑒賞」，不如說含有「意淫」的狂想成份。有趣的是每個廣告都附有裸體照片，且不說與這小報的印刷質量一樣糟糕，當這些畫片與有關「性病」的廣告混雜在同一版面上，如治療「可怕之白濁」的，或如「節育防毒器」的：「凡入花叢，欲免染毒者，不可不用。」所謂「花叢」指的是妓院，似乎對這類「美術」的色情性質起了襯托作用，不過色情印刷品含想像成份，其作用與嫖妓到底有區別。

中國小說裡早就有裸體，而西洋裸體的輸入，是在一十年代中期。當小說雜誌進一步市場化，裸體美人就先後在《眉語》、《小說時報》、《小說大觀》、《小說月報》等雜誌上出現，都是西洋的繪畫或雕塑作品。20年代前半期，在周瘦鵑的《半月》上，裸體畫像頻頻出現，如「巴黎美術學校之人體寫生」照片，包括電影劇照、私人信片、裝飾圖案等多種形式。如畫家胡亞光的〈半月光明〉一圖，一個西洋女子在月光下，背後兩翅張開，身披長袍而露出一乳，這就帶有象徵的意思。1926年創刊的《良友》畫報，顯然將人體納入啟蒙教育的軌道，旨在健全國民身心與國家現代化。從「今年法國美術展覽會」到「美國選美競賽」的及時報導，說明對人體美的培養及崇揚是先進文明國的流行風尚。對古希臘維納斯愛神雕像的解說：「這像所以名貴，在它表現一種神聖莊嚴而優美的神態」。介紹波提拆利（Botticelli, 1445-1510）《亞比利之誹

謗》：亞比利「遇見赤裸裸的真理即退避」，介紹替善（Titian, 1488-1976）「繪美女的神技」，及其裸體的「愛與真理」的意蘊。

值得注意的是，畫報中有些插圖，顯示人體本身已經脫離了寫生的再現，而成為藝術形式的試驗場，更直接受到歐洲現代主義新潮的影響。如萬籟鳴的〈夏天的午後〉與〈日落〉，露乳的女體用典雅的線條勾出，被置於日出海面的背景中，或在融合中西圖案的窗框裡，具象徵性的裝飾畫風，顯然源自於英國琶亞茲萊（Beardsley, 1872-1898）的「新藝術」（Art Nouveau）運動，而有意融入中國風格。《良友》裡也介紹了萬籟鳴的《人體表情美》專集，收入人體創作百餘幅。梁得所在序言中說，「他的筆調由嚴整的線條趨於現代化而創作的筆觸──這進程彷彿西洋美術經歷長期寫實而到現代各新派因此他是工作不偷巧而同時有勇膽。」並說，「我們覺得作者所給與閱者的，是閱者對於美術的要求。」[75] 似乎暗示讀者的欣賞水準的提高。

在這樣勾畫的背景中，在鳥瞰式的小說與美術的交界地貌中，能進一步測知茅盾小說裡的女性特徵──尤其是隆起的「乳房」、「乳峰」，怎樣盤錯交雜了各種文化脈絡，卻深深根植於都市文化的土壤。那種「健全」的女性身體，既在人種、生理的層面上強調了性別的科學構成，乃是促使國民體質現代化的必要前提，也在象徵表意和文學生產的層面上迎合雅俗兩方面的潮流，既滿足市民對於情色狂想的需求，又突出了人體的審美與教育功能。正是在這樣的都市地貌上，可見茅盾小說裡女性對「真理」的追求或作為「歷史」的「真理」顯現，凸顯出茅盾的反叛──卻發揮藝術想像，塑造出向「革

命」飛翔的「時代女性」——如她們投身於革命洪流自由戀愛的「特異」表現，乃至體現進步時間意識的「寓言性」。或許正因為作者的都市情結眷戀之深，才使他在革命遭受挫折之際激增超越自我的憂患意識，也使小說形式產生飛躍。

另一方面，茅盾的女體描寫既折射出複雜的文化脈絡，因此那些具體的描寫在文本的語境中，產生各別的意義，互相間不必水乳交融，卻形成一種眾聲喧響的整體。茅盾對「人體美」的理解無疑屬於超越性的一派，這裡不妨從小說外面引徵材料，可得到更清晰的印象。1929 年茅盾在日本寫《虹》的時期，有散文描寫他在浴場，通過水面的倒映，看到隔壁浴場的「她的倩影」，先想起民間傳說裡的陰陽鏡，一半映出陰間的事，另一半映出陽間的事，於是他「下意識地更將頭放低些，卻翻起眼珠注視這溝通兩世界的新的陰陽鏡」：

> 驀地一個人形印在我的眼裡了。只是個後身。然而腰部的曲線卻多麼分明地映寫在這個水的明鏡！如果我是有一個失去了的此世間的戀人的呀，我怕要一定無疑地以為陽間的我此時正站在陰陽鏡前面看見了在冥國的她的倩影！
>
> 一種熱烈的異樣的情緒抓住了我。那是癡妄的，然而同時也是聖潔的，虔誠的。[76]

這個慾望之眼中的「倩影」媒嫁於幻象中的「陰陽鏡」，又產生假設的「冥國」的「戀人」。這語言的「表演」也迂迴曲折，別有鬼趣。然而有時候對「肉體」的超越性不那麼令人信服，如《追求》裡寫到章秋柳，覺察到過去同她有過一吻之

戀的張曼青似乎在追求朱女士，但她又直覺地意識到朱女士實
即為傭俗之輩，於是朱女士眼中的章秋柳：

> 她的每一個微揚衣袂的手勢，不但露出肥白的臂彎，
> 並且還叫人依稀嗅到奇甜的肉香。……而尤其使她不快
> 的，是她自己的陪坐在側似乎更襯托出章女士的絕艷來。
> 朱女士並不是生的不美麗，然而她素來不以肉體美自驕，
> 甚至她時常鄙夷肉體美，表示她還有更可寶貴的品性的美
> ……[77]

　　讀者不一定完全分享作者在描寫章秋柳的「絕艷」所流露
的那種傾心，但這裡對於朱女士的明顯諷刺則多半會發出會心
的微笑。這裡反映了一般在人體美醜問題上的靈肉兩分的思想
模式，但作者的諷刺裡似乎表示：一種缺乏「肉體美」的「品
性的美」難以獲得同情，更何況朱女士的品性實在也談不上
美。順便指出，我在前面已經談到，從茅盾所描寫的女身上發
出的香味與中外文學的淵源，其實這看法還不夠全面。我們看
《晶報》上，馬代爾就有「溫柔香甜之樂」的話，當然比較俗
氣，與章秋柳「奇甜的肉香」不能同日而語。
　　女性身體的意義的模稜兩可之處，茅盾不止一次寫到女體
淋雨的那付尷尬相。前面引過慧女士像「新鮮的模特兒」，其
實這一句不寫，對人物和情節都沒有什麼損害。《追求》裡寫
到章秋柳在急雨中，「完全不覺得身上的薄綢衫子已經半濕，
黏在胸前，把一對乳峰高高的襯露出來」，這時她去醫院看過
自殺未遂的史循，出來遇雨，顯得頗狼狽，「她只覺得路上的
行人很古怪，都瞪著眼睛對她看。」[78] 她對這種實際上並不禮

貌的「古怪」沒什麼反應，換言之，像這樣描寫「乳房」的細節描寫，僅呈現爲一種注視對象，這與其對情節發生作用，不如說在效果上會分散閱讀的注意力，而在視覺上產生不無愉快的刺激。這樣的性消費策略在《虹》裡有所收斂，當然這是和梅女士的主觀意識的加強相一致的：

> 若斷若續的雨點忽又變大變密。因而梅女士到了「二百四十號」時，單旗袍早已淋濕，緊粘在身上，搠出尖聳的胸部來。聚集在這房子裡的六七位青年看見梅女士像一座裸體模型闖進來，不約而同發出一聲怪叫。但是看見梅女士板著臉沒有絲毫的笑影，一些想說趣話的嘴巴只好暫時閉緊了，等待著適當的機會。[79]

這裡「裸體模型」即「模特兒」，其實寫雨中美人早在李漁（1610？-1680）的小說裡就已經有了。如〈拂雲樓〉寫一群輕薄少年在西湖斷橋下，興高采烈地看那些在雨中倉皇奔走的女子：

> 獨有兩位佳人，年紀在二八上下，生得奇嬌異艷，光彩奪人。被幾層濕透的羅衫粘在玉體之上，把兩個豐似多肌，柔若無骨的身子，透露得明明白白，連那酥胸玉乳也不在若隱若現之間。……可見純是天姿，絕無粉飾。若不是颶風狂雨，怎顯出絕世佳人。[80]

那時對女子的體形的審美要求是「天然」，所謂「酥胸玉乳也不在若隱若現之間」，應當說還有一點重量，這點晚明文

化的餘緒，經過有清一朝，大約中國人種越變越弱，女子的胸脯也愈益扁平。但這裡儘管「若隱若現」，根本不能跟茅盾所描寫的「乳房」、「乳峰」比，那幾乎是全盤西化，其中不無文字想像的魔力。其實應用「模特兒」這件事也不見得自然，然而帶來對於「人體美」的觀念變化，在「曲線」一詞上可見一斑。如前面所引的茅盾在日本浴場窺見的「腰部的曲線」，馬代爾形容的「極盡肉體曲線之美」。在三四十年代，圍繞著「人體」、「曲線」、「自然」等觀念的論說，涉及東西方文化異同等問題，眾說紛紜。小說家徐訏（1908-1980）認為，「西洋很早的定論是：一切線條以曲線為最美。」「而一切曲線又都在女子的肉體上。於是學畫者必以學模特兒為根底。」「所以在服裝上，衣服裹著身體，把屁股、乳峰突在外面，算盡曲線之能事。」[81] 這和劉海粟主張人體寫生是一致的，照劉的說法，「人體的微妙的曲線能完全表白出一種不息的流動，變化得極其活潑，沒有一些障礙。」[82]

「曲線」風靡二三十年代的上海，幾乎沒有新舊文化的界限。在舊派那裡，《禮拜六》週刊上鑑因〈關於中國的女性美〉說：「女子自有天賦的一種曲線美，遠非侘紫嫣紅，錦上添花的人工裝飾可比，故此女子的美，在天然的曲線，但曲線美須要身體健康，心情活潑，才能充分的表現」。因此作者認為真正的曲線美，在城市裡是找不到，只有「鄉間的勞動女子身上求之，……只有她們才具有美人的資格。」[83] 另如周瘦鵑編《半月》、《紫羅蘭》等雜誌，在美術裝幀設計上不惜工本，得到同行好評，且每期封面總是由月份牌名畫家畫的時髦美女像。因此有人說他「處處要顯出他的美術思想來，……可見他對於曲線美，有特別的好感呢。」[84]

茅盾小說裡有一例寫「曲線」，不是寫女子，因此很別緻。那是章秋柳決心感化、改造史循之後，那天史循看上去很精神，於是章秋柳「以藝術家鑒賞自己得意傑作的態度審視著史循的新刮光的面孔。……尤其是那有一點微凹的嘴角，很能引起女子的幻想。這兩道柔媚的曲線，和上面的頗帶鋒棱的眼睛成了個對比，便使得史循的面孔有一種說不出的可愛。」[85]這裡史循更像一個男模特兒，其實也不是沒有根據，當時的美術學校也雇用男模特兒做寫生練習。二三十年代的「模特兒」文化儘管已經相當西化，但我們仔細看構築女體的語言，自己文化的底子還在那裡，不可能像徐訏那樣把東方、西方的線條特徵區分得那麼涇渭分明的，比方李漁筆下「柔若無骨的身子」，茅盾描寫孫舞陽的小腿也是「柔若無骨」。至於後來梅女士成為「東方美人」，描寫體態特徵就出現更多的套語了。

總之，茅盾小說裡的女性身體，既有革命烏托邦的空想成份，也強烈地反映了都市慾望。通過對女體的多姿多彩的語言構造，他開拓了慾望和狂想的領域，表達出敏感的筆觸，在現代文學中別樹一幟，這一點下面還要講到。茅盾的女體語言既吸引了都市的慾望，同時也是誘惑的表現。對於這方面茅盾並非完全天真，他既把城市青年或小資產階級作為他的讀者對象，其目標之一也在於爭取當時的文學市場。在〈從牯嶺到東京〉中，他明確提出「革命文藝」的「地盤」問題，要把那些看慣通俗小說的讀者過來拉過來。在指責新文學作家很少關注市民讀者之後，他提出「代替了《施公案》、《雙珠鳳》等，我們的新文藝在技巧方面不能不有一條新路；新寫實主義也好，新什麼也好，最要的是使他們能夠瞭解不厭倦。」[86]

為革命文藝爭奪地盤，主要指的是從佔據通俗文學市場的

「鴛蝴派」那裡爭奪過來。從 20 年代起，茅盾本人與鴛蝴派頗有一番瓜葛。1921 年他接過商務印書館的《小說月報》，擔任主編，與周作人、鄭振鐸等人組成「文學研究會」，於是月報一改舊派作風，成爲新文學堡壘。這一番改革自然招致舊派不滿，如當時舊派鉅子袁寒雲就刻薄譏刺，說這些「革新」的小說「太臭」，連送給人家「包醬鴨」也不要。[87] 此後在他們主辦的報章雜誌《晶報》、《星期》與新派的《小說月報》、《文學旬刊》之間，常有筆仗，相持不下。[88] 茅盾作〈自然主義與中國現代小說〉一文，對鴛蝴派算總帳，大肆指斥「黑幕」及「章回體小說」「毫無價值」。文中還拿「哀情小說鉅子」周瘦鵑作爲例子（未指名道姓），說他的小說是「記帳」和「報告」，「連描寫都沒有」，意謂算不上文學。[89]

雙方爭論以至壁壘分明都是事實，但在二十年代末到三十年代初的一段時間裡，有些現象表明「新」、「舊」兩派之間界線模糊，不像後來文學史家分得那麼清。在「人體美」問題上就是如此。如周瘦鵑一向被認爲是「禮拜六派」的主將，而他是《良友》初期的主編。他的言情小說在一二十年代很受青年讀者歡迎，據說受到一些女學生的崇拜，將他的相片放在皮夾裡。他的那篇被茅盾譏爲「連描寫都沒有」的短篇小說〈留聲機片〉寫的是青年男女的愛情悲劇，揭露了包辦婚姻制度之弊，其實也是分享了「五四」以來的新文化的底線。1928 年 8 月，他主編的《紫羅蘭》雜誌這一期也稱爲《解放束胸運動號》，即主張女子身體的自然發育，不戴「束胸」（即胸罩，或奶罩），同時刊出十餘幅女子的裸體照片，基本上都是外國女子。[90] 這樣提倡女性的「健美」體質，其實也頗激進，與茅盾小說裡所描寫的不謀而合。有趣的是《動搖》裡的孫舞陽，

正是一個討厭「束胸」的新式女子。在小說將近結束時，寫到地方上的土豪劣紳策動暴亂，革命力量不得不撤退。方羅蘭注意到孫舞陽的胸脯，「看慣的軟肉的顫動」突然不見了，原來孫聽說敵人捉到新派女子，就用鐵絲穿刺她們的乳房，於是束了胸。但是最後在尼姑庵前面：

> 孫舞陽很鋒利的發議論了；同時，她的右手抄進粉紅色襯衣裡摸索了一會兒，突然從衣底扯出一方白布來，撩在地上，笑著又說：
>
> 「討厭的東西，束在那裡，呼吸也不自由；現在也不要了！」
>
> 方羅蘭看見孫舞陽的胸部就像放鬆彈簧似的鼓凸了出來，把襯衣對襟上鈕扣的距間都漲成一個個的小圓孔，隱約可見白緞子似的肌膚。她的活潑的肉感，與方太太並坐而更顯著。方羅蘭禁不住心蕩了。[91]

《動搖》發表於 1928 年初的《小說月報》上，而《紫羅蘭》的《解放束胸運動號》出現在同年 8 月。有意思的是這樣的巧合，是不是受影響還在其次。在這個問題上，所謂舊派的作家更著眼於民族國家的建設，與茅盾的那種「國際主義」的人性解放不一樣。

視覺敘述結構：孫舞陽與《動搖》

西歐從文藝復興時期以來，在繪畫中發展了表現三維空間的透視法，即以個人的視域為中心，將視域中的物體按比例反映到畫面上。隨著後來望遠鏡、顯微鏡及照相的發明，這種直

線觀察事物的方法被不斷強化,影響到認識論上,被當作認知「眞理」的必然途徑。近來一些學者如馬丁‧傑(Martin Jay)等,對這一傳統進行了研究和反思,稱之爲科學主義的、笛卡爾式的「視覺中心主義」。他們認爲這種視覺至上的認知傳統代表了西方現代文化的理性精神,其結果是壓制了人體的其他感覺系統的認知世界的潛力。[92] 在中國文化裡,高居翰認爲西方的透視法早在晚明時期就傳入,從張宏(1577-1652?)的山水畫裡可見其影響。[93] 比這種說法更有說服力的,應該是 19 世紀後半葉西洋繪畫和照相傳入中土之後,最明顯的是上海《申報》館在 1880 年代發行的《點石齋畫報》,其主要畫家吳友如「接受西方透視畫法與光影造型手段」。[94] 而到 20 年代的「模特兒之爭」,意味著透視法西洋畫已經學院機制化,成爲現代教育的一種內容,而焦點透視也被規定爲基本的藝術訓練。

模特兒這一「焦聚」本身比透視法引起更大的文化震蕩,這也是所謂「體用之爭」——從清末以來的老問題——的新一輪演出,但麻煩的問題在於,這個「體」是肉做的,必須與觀者的肉眼融爲一體,因此什麼是目的,什麼是手段,就很難弄淸。上文說過模特兒的語言表達及性文化市場等方面,這裡須加以說明的,模特兒這一畫室裡的視點,通過電影、小說等文藝形式,成爲社會焦點。在這方面,其實是舊派作家更爲敏感,如 20 年代初有包天笑〈愛神的模型〉,講一位畫家難找模特兒的苦惱,找自己家裡人都不行,最後只好找妓女,鬧了不少笑話。[95] 1925 年大中華影片公司攝製的《戰功》,也有私人畫室雇用模特兒的情節。[96]

到 20 年代後期,上海作爲都市的主題開始進入一些新文

學家的視域，寫模特兒成爲熱門題材。如田漢的小說《上海》一開頭：「諸慧生和史國維、鄧克翰從學校裡的人體畫室裡跑出來，……」[97] 接著寫他們到別的地方去，也就把故事帶走了。看來這個「人體」是用來作商業釣餌的，意在勾引讀者的視線，但結果往往是引起紛紜的觀點。如果舊派作家對模特兒引起的道德關切，多半限於家庭倫理的範圍，而新派則側重女性與社會的關係，探討社會的性質。

在丁玲的短篇〈夢珂〉裡，也是一開頭就說某校教室裡，一個模特兒在哭，好像受了某教師的欺負。這也僅僅起一個引子的作用，和接下來女主角夢珂的故事沒有關係。雖然這篇故事沒有專寫模特兒，但含意更具象徵性，不像包天笑把問題限於個人或家庭的視域之內。在小說的最後，夢珂當了電影演員，「以後，依樣是隱忍的，繼續著到這種純肉感的社會裡面去，自然，那奇怪的情景，見慣了，慢慢地可以不怕，可以從容，但究竟是使她的隱忍力更加強烈，更加偉大，至於能使她忍受到非常的無禮的侮辱了。」[98] 這就呼應了開頭的那個模特兒受辱的母題，提出了有關女性的職業與自尊的社會問題。如果說這個該詛咒的「肉感的社會」是模特兒的淚眼的投影，那麼在田漢看來，中國這個老大帝國「因爲靈肉不調和的緣故已經亡了」，因此他盛讚美國詩人惠特曼（Walt Whitman, 1819-1892）「是靈人而讚美肉體」，他說這也是「希臘肉帝國主義」的精神，表現了「肯定現在，執著現在」的信念。[99] 不過在丁玲的另一篇小說〈阿毛姑娘〉裡，模特兒的意義表現得較含糊。阿毛姑娘住在山裡，對婚後的生活愈益感到窒息，於是像包法利夫人一樣，對城市懷著無窮的渴念。一日從上海來了兩個人，其中一個是住在哈同花園，是國立藝術院的教授，來

招人體模特兒，「阿毛只覺得在那兩對正逼視到自己渾身的眼光的可怕」，然而又覺得內中的一個是她夢想中的愛人，「而那男人就愛了她，把她從她丈夫那裡，公婆那裡搶走，於是她就重新做起人」。[100] 因為她表示願意跟他們去城裡當模特兒，遭到丈夫與公婆的打罵。在這裡模特兒這個「肉感」指符對阿毛姑娘似乎意味著恐懼與希望。

茅盾小說裡的視覺功能及視域的表現達到某種形而上的地步，如普實克富有灼見地指出：「作者的目的是讓我們看到一切，直接感受和體會所有的事情，排除任何介於讀者與小說所描寫情景之間的中間物，使讀者身歷其境，成為這一切進行中事件的目擊者。」[101] 這種「客觀」描寫，使觀察對象及其三度空間得到語言的準確再現，它和敘述者或人物的「主觀」脫離，而敘述本身在探索能見與所見的限度，表達的是觀察的過程，其中視覺在發揮一種主體性的運作。從這種意義上，作為笛卡爾的「我思故我在」的前提是「我見故我在」。茅盾的客觀描寫與當時流行的模特兒寫生實踐之間存在某種必然的聯繫。他的那些「時代女性」處於窺視的中心，尤其如慧女士與孫舞陽，在肉體上是自由的，而在情感上是冷漠的，避免與男性真正的合一。這也頗似模特兒置於被視的焦點，而自己的目光避免與視者相交。這種互不關情的視點交錯也在茅盾那裡出現，如上文引的王仲昭看到章秋柳「膝彎」的「小渦」，「然後她又縱身坐在窗臺上，凝眸看著天空，並沒有注意到仲昭的臉色已經有了變化」。

但是對於茅盾小說中的視覺功能及其表現，模特兒寫生並非一個簡單的比喻。茅盾所表現的並不是建築物的透視圖，也不是人體寫生圖。當注視的對象是肉體，並通過視者的慾望的

窺視時，敘述體本身就不可能排除主觀。如方羅蘭眼中的「腋下的茸毛」，曹志方眼中的「乳頭」，那種慾望的凝視也凝聚著對當下存在意識的焦慮。毫無疑問，中國現代小說在中西文化不同觀點的碰撞融匯中不斷發生形式上的變化，如果從20年代的「模特兒之爭」所引起的萬花筒式的文化景觀來看茅盾，那麼更可以看到他的以時代女性爲中心的小說敘述，既與模特兒寫生模式有重合的一面，而更重要的在於其超越的一面，也即作者通過文學想像對主客體視覺世界的操控，造成了複雜繽紛的局面，而視線的使用就成爲小說結構的重要方式。下面以《動搖》爲例子，或許可看到，當茅盾的史詩式小說轉移「革命」的場景時，「視角」本身是任何成爲一個中心課題的。

　　學者們一般同意茅盾關於《蝕》在結構上的「缺點」的說法，即三部曲之間人物和事件不連貫，因此整個小說沒有成爲統一的整體。如茅盾談到《動搖》：「因爲《幻滅》後半部的時間正是《動搖》全部的時間，我不能不另用新人；所以結果只有史俊和李克是《幻滅》中的次要角色而在《動搖》中則居於較重要的地位。」他而且說「即在一篇之中，我的結構的鬆懈也是很顯然」。[102] 但是我們換一個角度來看這樣的不連貫，似乎不那麼簡單。的確，《幻滅》寫的是從 1926 年 5 月至 27 年夏季的事，地點是從上海到武漢；《動搖》寫的是從 1927 年 1 月至 5 月以湖北省的一個小縣城爲背景的故事。描寫同一時期的「革命」，將場景從中心移到地方，就像看一座巨型的群像雕塑，換了一個角度，李克和史俊是代表「中心」的指符，但週圍出現了更多新的人物。這種倒敘手法過去也不是沒有，而像這樣的共時性的空間展示，則體現了現代意識。其實這也像模特兒寫生，同一個描畫對象取了另一個視點，也即茅盾說

的：「《動搖》裡只好用了側面的寫法。」

《動搖》的政治意義已經說得很多，茅盾的寫作動機仍具
第一手價值：「革命觀念革命政策之動搖，──由左傾以至發
生左稚病，由救濟左稚病以至右傾思想的漸抬頭，終於爲大反
動」。[103] 關於小說人物，作者談到胡國光這個代表土豪劣紳的
「兇惡的投機派」，由於他的陰謀策動，最後使全城陷於血腥
和暴亂中。另一個人物是縣黨部商民部長方羅蘭，也即「動
搖」的代表人物，不僅在革命上、戀愛上，而且在革命與戀愛
之間，都搖擺不定，最後革命和戀愛都失敗，自己也落荒而
走。茅盾還談到方太太，分析了那種時代落伍者的類型。但對
於這場「三角戀愛」的要角之一孫舞陽，卻一筆帶過，僅僅
說：「描寫《動搖》中的代表的方羅蘭的之無往而不動搖，那
麼，他和孫舞陽戀愛這一段描寫大概不是閑文了」。[104] 其實作
者在這位自稱有她的「人生觀」和「處世哲學」的「時代女
性」身上費了不少筆墨，而且歸根到底她是造成方羅蘭「動
搖」的根源，因此如此輕描淡寫地一筆帶過，把她說成是有關
「戀愛」的「閑文」，聽上去就有些不太正常。

孫舞陽當然引起批評者的興趣。如錢杏邨說：「孫舞陽只
不過是點綴革命的浪漫新女子。」顯然他是認眞看待她的「處
世哲學」的：「孫舞陽沒有革命哲學。從事革命而眞能認識革
命的女性實在很少。孫舞陽有的只是戀愛哲學。……孫舞陽的
人生哲學建築在性與戀上。」他對作品更多地從「戀愛」方面
去理解，強調「描寫戀愛心理，無論青年中年，作者都很精
到」。[105] 陳幼石則認爲孫舞陽代表的是「革命」：「孫舞陽所
持的革命路線是一種徹底政治化了的路線，一種受著第三國際
有力地控制和指導著的革命哲學。」[106] 孫舞陽到底是代表「革

命」還是「戀愛」？還是茅盾自己，在「不是閑文」的閃爍其詞中似乎是七分戀愛，三分革命的意思。的確，隨同孫舞陽這一形象的出現，「乳房」這一身體指符愈加鮮明，慾望語言進一步凸現，同時發展的嘗試是：「時代女性」在身心兩方面更主動地向革命靠攏，使之移向革命的中心、與歷史意識相結合。這一嘗試沒有成功，或許顯示了作者自己的寫作過程在革命與戀愛、自然與文明之間的「動搖」。換言之，無論出於作者自身的慾望訴求還是商業賣點的考慮，《動搖》裡這件「戀愛的外衣」顯得過於火爆炫目，結果慾望的宣洩帶來革命的反動，使整個小說變成了一齣「黑色幽默」，其意義也是一片混沌，如王德威富於灼見地指出：《動搖》「指向一個奇特的歷史時刻，它拒絕分清好還是壞，保守還是進步的行為、左派還是右派的黨派路線。處於方羅蘭和其他人物的動搖的核心的，是一片無政府主義的空白，窒息了任何行動的邏輯」。[107] 下面部份地引伸這個看法，先簡單勾勒瀰漫於小說裡的浪漫氣氛，然後再看孫舞陽這一人物形象與「視覺無意識」的關係。

　　這樣一個發生在小縣城裡的「革命」鬧劇，如果沒有戀愛做「澆頭」，多半沒人要看。但實際上其中戀愛的穿插表現得如此密集，褒貶分明且不失層次與跌宕有致！「三角戀愛」分別發生在革命與反動的不同營壘裡，一面是金鳳姐、胡國光及其兒子之間，人物刻畫得較為粗糙，藉此不僅撕開舊階級心靈腐敗的一角，並將舊婚姻制度的不道德與亂倫相聯繫。這樣的家庭醜劇，加上陸慕游勾引小寡婦錢素貞，還帶過一筆胡國光也想佔錢素貞的便宜——又一組「三角戀愛」，將反動階級的道德墮落以及大革命中魚龍混雜的現象表現得淋漓盡致。另一面是孫舞陽、方羅蘭及其太太之間，則寫出知識階級的談請說

愛，其中有許多距離、懸念、衡量等思想情感的中間層次。像
方羅蘭在戀愛中的表現，似乎落入那種軟弱書生的套子，然而
當他被賦於命名小說的「動搖」性格，雙關地模糊了革命和戀
愛的界限，就使這個人物，使這部小說結構，就別具心眼。

　　這個「革命」的三角戀愛中，隱含方太太的「過去」與孫
舞陽的「將來」，將「家庭」表現爲猥瑣的、與理想疏離的
「私人領域」。更有創意的是孫舞陽，以戀愛爲革命，革命爲
戀愛，在前臺上和方羅蘭的幾場戲，凸顯出她的個性天眞而有
主見，可作時代女性渴望解放的楷模，而她的放誕風流的影子
則綽綽約約，可以說從她的肉身榨足性趣，引動一般男性讀者
的遐想。總之《動搖》裡的戀愛描寫，沒有像《金瓶梅》的眞
刀眞槍的床第對手戲，也沒有托爾斯泰式的追求完美婚姻的愛
情；沒有晚明式的「爲情而死」，也沒有歐洲浪漫主義的愛情
超越性。凡屬俗世的戀愛也好，情色也好，確實寫得含意豐
富，層次多樣。對戀愛的消極畫像最終成爲革命的隱喻，一切
都無可理喻。對當時的讀者來說，大約對小說裡所表現的「革
命」的理解，也只不過如此。當寫到革命的熱烈表面底下也醞
釀著陰謀和危機，戀愛的氣息卻越來越濃：

　　　　春的氣息，吹開了每一家的門戶，每一個閨閨，每一
　　處暗陬，每一顆心。愛情甜蜜的夫妻愈加覺得醉迷迷的代
　　表了愛之眞諦；感情不合的一對兒，也愈加覺得忍耐不下
　　去，要求分離了各自找第二個機會。現在這太平縣裡的人
　　們，差不多就接受了春的溫軟的煽動，忙著那些瑣屑的
　　愛，憎，妒的故事。[108]

走筆至此，作者恐怕玩得過火而走上純粹性愛描寫的商業路線。結果並不如此，小說的最後，出現現代主義的象徵手法，誇張地描寫方太太的崩潰，幻覺中呈現張小姐「乳房的屍身」，對「革命」發出強烈的詛咒的終止符，不啻是方太太這一被壓抑的「過去」對敘述者所施的報復，逐為所有淺薄的調情或情慾的宣洩贖清了罪愆。

在這樣的戀愛氛圍裡，孫舞陽本身是戀愛的象徵，就像她寫的詩，代表她的戀愛哲學：「不戀愛爲難，戀愛亦復難；戀愛中最難，是爲能失戀！」[109] 她始終成爲一個慾望的中心，窺視的焦點。圍繞著這個人物形象，我們可看到敘述視點的運用，爲拓展現代文學的視野帶來一次飛躍，其中視線與觀點、主觀與客觀、靈與肉等因素如何與小說的敘述和情節交織成一幅錯綜複雜的掛氈，亦可見與《幻滅》相比，《動搖》顯示出作者在小說形式與女性塑造方面的刻意探索與長足進展。如果說孫舞陽及其敘述視點與「模特兒」的透視模式有任何聯繫的話，那就是她被當作一個慾望窺視的對象，但她所呈現的猶如碎片的鏡像，反映不同的觀點，卻難於拼湊成一幅完整的形象。這或許正是這一人物的有趣之處。儘管作者對人性的科學觀察透視到她的內心，但亦未能超越出他自己的觀察框架的局限。由於作者將她客體化，她的「戀愛哲學」包含著將自我的客體化，體現了靈肉之間的分裂：她崇尚對於肉體的自由意志之時，在精神上反而遊離於革命；或者說當她成爲革命隊伍中的「公妻榜樣」時，其精神上也被抽象。她在革命中左右逢源，卻未能居於左右革命的地位；她是造成動搖的根由，卻也是動搖的犧牲。因此一方面孫舞陽在形體上佔據了革命的中流，但在精神上還難於和革命的歷史意識結合。和慧女士相

比，孫舞陽朝革命歷史的寓言表現跨進了一大步，而且爲後來
章秋柳的靈肉與革命的時間意識的合一提供了想像的經驗。另
一方面這也是「動搖」本身的主題和結構規定了孫舞陽的配角
地位。

「乳房的屍身」吞噬理性

我想進一步指出的是，在充滿情慾的對於女性身體的視像
再現時，乳房是最突出的視點，作者對於這一領域的藝術開
拓，最終成爲某種「視覺無意識」的寓言：當窺視慾望的滿足
與政治現實的噩夢交錯在一起，集體、原始的色慾宣洩導致暴
力與殘忍；理性的視點敘述歸結爲無序與混亂，乳房的象徵吞
噬了一切。而作者對慾望語言的探索，最終闖入一片無意識的
沃原，開出美艷的黑色的蜘網之花。

在小說順序展開三個中心事件──店員風潮，解放婦女直
至最後的群眾暴動──的過程中，穿插著私人空間的敘述，即
對方羅蘭和胡國光、陸慕游的家庭或戀愛的描繪。圍繞孫舞陽
是一個隱形系統，相交政治和戀愛。她是婦女協會的負責人，
從省裡來的，這一點頗特別。她不願在縣婦女部工作，怕與方
羅蘭同事，給他的家庭增加麻煩，事實上她的特別任務與交通
情報工作有關。這在小說裡後來林子沖叫李克不要去店員工
會，怕出危險，李認爲是無稽之談，林說這消息來自孫舞陽，
並鄭重地說：「你要知道：孫舞陽的報告一向是極正確的。」
[110] 另一方面，孫舞陽和好幾個男人交好，作者專長於在描寫中
略作點綴，暗示她的風流。如省特派員史俊完成視察之後，要
回省裡，想跟孫舞陽告別。他上了火車，「才看見孫舞陽姍姍
的來了，後面跟著朱民生。大概跑急了，孫舞陽面紅氣喘，而

淡藍的衣裙頗有些縐紋。」[111]

孫舞陽初露面目遲至小說的將近一半，這顯然出於作者的刻意安排。在此之前她已經成為方羅蘭家庭風波的焦點。在小說裡，她的形象第一次出現在方羅蘭的「幻象」裡，那是一種印象主義的描繪，其視覺語言呈現動態，所映現的彷彿是在電影螢幕上：

> 兀然和他面對面的，已不是南天竹，而是女子的墨綠色的長外衣，全身灑滿了小小的紅星，正和南天竹子一般大小。而這又生動了。墨綠色上的紅星現在是全體在動搖了，它們馳逐迸跳了！像花炮放出來的火星，它們競爭的往上竄，終於在墨綠色女袍領口的上端聚積成為較大的絳紅的一點；然而這絳紅點也就即刻破裂，露出可愛的細白米似的兩排。呵！這是一個笑，女性的迷人的笑！再上，在彎彎的修眉下，一對黑睫毛護住的眼眶裡射出了黃綠色的光。[112]

我們從不同的視角得到有關孫舞陽的肖像，是互相矛盾的。在方羅蘭的眼中，孫舞陽是經過方太太妒忌的誇張——「天真活潑」，「心無雜念的天女」，而在張小姐看來，她「放蕩、妖艷，玩著多角戀愛，使許多男子風狂似的跟著跑」。對於一般謠傳的孫舞陽和朱民生打得火熱，劉小姐所看到的是另一種情景，她看不出這兩人之間有什麼親熱。

同樣的，當孫舞陽正式出場，那是在店員加薪風潮進入高潮，縣裡召開聯席會之時。在對這位「惹眼的女士」的「攝人的魔力」作大段描繪時，作者顯然在追求戲劇效果，尤其在前

面對這位奇女子已經作了如此渲染之後，這裡就必須滿足讀者的期待。孫舞陽的發言也很突出，她主張「堅決鎮壓」反革命的論調顯出她是個強硬派。

巴赫汀的「眾聲喧嘩」論，指的是小說語言反映大千世界芸芸眾生的慾望與意志的交響，但這一說法的有效性取決於政治文化的具體條件。《動搖》似乎特別表現了一個尚未廓清的「革命」世界，一切都模棱兩可，這種境界的美學表現集中體現在方羅蘭的視像幻覺裡。而孫舞陽作為他的慾望想像之源，更如一個變動不居的指符，不斷再生為豐富的視像語言。尤其在這部小說裡，各種觀點的交錯和對比，挑撥出不少戀愛即革命、革命即戀愛的人間悲喜劇。當公眾輿論愈把孫舞陽看作「無恥的女子」時，她在方羅蘭眼中，卻變得愈益可愛、聖潔，因此對她也愈益崇拜。經過作者的戲劇化處理，下面的一段描繪可與上面所引的「幻象」段落並列，其視像效果多半依賴光線的使用：

> ……這狹長的小室內就只有三分之一是光線明亮的。現在方羅蘭正背著明亮而坐，看到站在光線較暗處的孫舞陽，穿了一身淺色的衣裙，凝眸而立，飄飄然猶如夢中神女，令人起一種超肉感的陶醉，除非是她的半袒露的雪白的頸胸，和微微震動的胸前的乳房，可以說是誘惑的。方羅蘭惘然想起外邊的謠言，他更加不信那些謠言有半分的真實性。[113]

從第八章——恰是小說的下半部——開始，「公妻」之風吹遍各鄉，「婦女解放」運動啓幕。開首描寫春天和愛情手攜

手進入每家每戶，而城鄉之間卻有不同的反應。「所以如果你看見『春』在城裡只從人們心中引起了遊絲般的搖曳，而在鄉村中卻轟起了熱情的火山般的爆發，要知道是不足爲奇的。」[114] 即將展開的是，火山般爆發的原始情慾成爲革命的動力，「乳房」成爲獸性泄慾、向革命施以報復的象徵物。當寫到「太平景象的春之醉意，業已洋洋四溢」，在這個縣城裡店員風潮的「嚴冬」已過，大家「怡怡然，融融然，來接受春之啓示」時，作者的諷嘲語調似乎也不禁春情盪漾，在暴力和情慾即將吞噬革命，一切價值都將化爲熊熊烈火之際，一種動搖意識也染上筆尖，滲入小說的慾望語言，顯示失控的癥兆。

正如所發生的，縣黨部通過決議，「解放」了二十多個婢妾孀婦尼姑。其間胡國光由於省特派員史俊的賞識提拔，成爲炙手可熱的「英雄」人物而佔據權力中心；孤孀錢素貞也在解放之列，滿足了陸慕游和胡國光的私願，且被他們弄進「解放婦女保管所」工作。所有這些都是左、中、右各方共同參與、決策的成果，其中包括孫舞陽。由此「動搖」的意義不局限於方羅蘭，革命的基礎在動搖：愚昧、野性和私慾籠罩了一切，統治了一切。

在這個「解放婦女」的前臺上，孫舞陽擔任了要角，但這些都沒有多少描寫。作者在「火山般爆發」的預告之後，採取「享樂原則」和迂迴策略，繼續表現戀愛的戲劇後臺──她與方氏夫婦之間的三角戀愛，並將筆觸延伸並挑開了她的內心世界。實際上進一步展開的是以孫舞陽爲視點輻射的敘述邏輯。張公祠前，當孫舞陽向方羅蘭坦率表白她的視愛情爲遊戲的「人生觀」時，對於一廂情願地將戀愛理想化的方羅蘭，其揶揄的意味不言而喻。於是從衆人眼中的孫舞陽，轉向她的「人

生觀」的自我展示，意味著文學、科學的透視手段的充分使用。這樣的人生觀揭示，猶如模特兒內在色相的自我裸露，卻打開深邃的「哲學」層面，與方羅蘭的「幻象」及其他人的膚淺看法出現強烈反差和碰撞時，給閱讀帶來新的震盪。

　　孫舞陽的這番表白實即明確拒絕方羅蘭，給這場三角戀愛畫上了句號。然而餘波盪漾，情猶未了，把方羅蘭的「動搖」表現得淋漓盡致。在此後的一場「對眼」戲：「現在孫舞陽看了他一眼，即使仍是很溫柔的一看，方羅蘭卻自覺得被她的眼光壓瘓了；覺得她是個勇敢的大解放的超人，而自己是畏縮，拘牽，搖動，瑣屑的庸人。」[115]在她的眼光裡看清了自己，也終於認識到大勢已去。這一細節也體現了茅盾不懈的努力：盡量把孫舞陽拔高，出現在方羅蘭「情人眼裡」的是一種女「超人」，將戀愛暗渡到革命。包括最後在危機暴露時，作者不忘記補上一筆，孫舞陽說她早就看出胡國光「鬼鬼祟祟的極不正氣」，以及批評省特派員史俊對地方上「情形隔膜」等。這些努力或許都爲了彌補孫舞陽這個代表愛慾的角色的預設──她被命定地安排爲動搖的本源、男人的災星、革命的點綴。

　　某種程度上小說的下半部孫舞陽的戲最多。不說實寫她在三角戀愛中的拍拖，即使虛寫的「解放婦女」運動，意味著婦女協會、解放婦女保管所成了注視的中心，她本人也成爲獸性俘掠的目標。在終於釀成的群衆暴亂中，最令人震悚的，莫過於在婦協被捉的三個剪髮女子的遭遇：她們「不但被輪奸，還被他們剝光了衣服，用鐵絲貫穿乳房，從婦協直拖到縣黨部前，才用木棍搗進陰戶弄死的。」[116]重覆出現的是對於「乳房」的暴力，直到最後尼姑庵前的一幕，聽孫舞陽說，她看見張小姐的屍體被剝得精光，橫架在一塊石頭上，「肥圓的乳房

割去了一隻」。[117] 孫舞陽自然早已警覺到她自己的胸脯的安全，從她束胸到扔掉那塊白布，都落入方羅蘭的眼中。在如此艷屍橫陳的血色黃昏中，方羅蘭偶然一瞥孫舞陽，「隱約可見白緞子似的肌膚，她的活潑和肉感」，正表現了作者對於「自然之性」的想像，模糊了生與死的界限。

　　就《動搖》的「乳房」想像而言，作者經歷了從狂想到噩夢的旅程。小說裡最後的鐵絲貫穿乳房的意象，來自於茅盾參加大革命時的聽聞。據他後來的回憶，當時湖南農民運動被鎮壓，「這些反動大聯合的殘酷，真是有史以來所僅見；他們殺人如芟草，又挖眼拔舌、刳腸割首、活埋火焚，甚至以繩穿女同志乳房，驅之遊街。」[118] 這對於一個來自上海的文質書生，耳濡目染了活躍在都市環境裡的「裸體」的肉香，以及種種有關浪漫或梅毒的記憶，卻由此受到驚愕與惡夢的襲擾。當他重返都市的環境中進行小說創作，《動搖》標誌著「乳房」想像的突然萌發，意味著噩夢的記憶到底敵不過生命的慾望和現實的誘惑，不得不遵循的是上海「人體」消費市場的邏輯。而作者將窺視乳房的快樂，投射在更為廣闊的革命背景的螢幕上，以如此強烈對比的色調，映襯出都市日常消費的醉生夢死；以如此震驚的意象，給神經麻痺的讀者帶來新奇的刺激。這樣一種關於城鄉之間的文化差距的暗示，正隱寓在第八章開首一段關於「春」色的對比描寫之中，而那種揶揄諷嘲的筆調則體現了都市的欣賞口味。

　　有關乳房想像的旅程也充滿了革命和戀愛之間的緊張和動搖。當作者在探索肉的隱秘快感和客觀理性的觀察時，隨著慾望語言的自身邏輯的開展，一方面增長著顛覆理性的力量，另一方面更激起來自道德的壓迫和恐懼。小說以方太太眼中的幻

象結束，其奇美震撼的意象再現，正是小說敘述在張力中放縱的結果：

> 方太太再抬起頭來時，首先映入眼簾的，是先前那隻懸空的小蜘蛛，現在墜得更低了，幾乎觸著她的鼻頭。她看著，看著，這小生物漸漸放大起來，直到和一個人同樣大。方太太分明看見那臃腫癡肥的身體懸空在一縷遊絲上，凜慄地無效地在掙扎；又看見那蜘蛛的皺癟的面孔，苦悶地麻木地喘息著。這臉，立刻幻化成為無數，在空中亂飛。地下忽又湧出許多帶血裸體無首聳著肥大乳房的屍身來，幻化的苦臉就飛上了流血的頸脖，發出同樣的低低的令人心悸的嘆聲。[119]

方太太作為「過去」的象徵，她所看到的一切意味著頹敗、腐朽和絕望。但是對於作者的主觀願望不無諷刺的是，從這一被壓抑的眼中流出的誇張、過度和瘋狂，瀰滿了敘述時間和空間，在這一敘述行為中，泯滅了過去與現在的界限。而這樣一種無意識慾望的發泄，也是對所謂「現實主義」創作實踐的抗拒和傾覆。尤其像包含「乳房」的長句裡，密集的意象蘊含著膨脹了的表現慾望，都為了烘托「乳房」的主體。這樣不顧常理的句法，卻服從視覺無意識的支配。方太太的看的行為，充滿變形和反常。當蜘蛛化成乳房，而她又化成蜘蛛的眼珠。在這蛻變過程裡，乳房作為窺視的對象吞食了視覺的主體，也意味著對理性透視的報復。最後出現在方太太的幻覺裡的是死亡，是一個「黑心」，一邊突突地跳，一邊漾出一層層黑圈，它們「跳得更快，擴展的也更快，吞噬了一切，毀滅了

一切，瀰漫在全空間，全宇宙⋯⋯」[120]

1　　對於晚清以來關鍵字研究，是近二三十年來一種新研究方向，以語義學、
　　詮釋學、翻譯理論、文化研究等跨學科研究作為方法論特色，旨在重新
　　描繪思想史與文化史。有關著作略舉之：Masini Federico, The Formation of
　　Modern Chinese Lexicon and Its Evolution Toward a National Language from
　　1848-1898 (Berkeley: Project on Linguistic Analysis, University of California Press,
　　1993). Lydia Liu, Translingual Practice: Literature, National Culture, and Translated
　　Modernity-China, 1900-1937 (Stanford: Stanford University, 1995). 陳建華：
　　《「革命」的現代性——中國革命話語考論》（上海：上海古籍出版社，
　　2000）；在日本孫江、陳力衛、沈國威等結合社會史、文化的「概念史」
　　研究；在臺灣由鄭文惠、金觀濤、劉青峰所主持的以電腦資料資料庫為
　　基礎的「觀念史」研究。關於「概念史」的方法論。另參方維規：《概
　　念史研究方法要旨——兼談中國相關研究中存在的問題》，《新史學》，
　　第 3 卷（北京：中華書局，2009），頁 3-20。
　　近時有學者關注屬「軟性」的關鍵字，這裡姑稱之為文學關鍵字，指的
　　是跨語言、跨文化性質的與象徵系統、感知結構的現代變遷有關的詞語，
　　參陳建華：〈拿破崙與晚清「小說界革命」——從《泰西新史攬要》到
　　《泰西歷史演義》〉，載《漢學研究》，23 卷 2 期（2005 年 12 月），
　　頁 321-354；黃興濤：《「她」字的文化史：女性新代詞的發明與認同研
　　究》（福州：福建教育出版社，2009）；林少陽：〈矛盾という概念——
　　近代中國と近代日本の文脈しこおいて〉，《言語‧情報‧テクテト》，
　　13 卷（2006 年 5 月），頁 69-107。

2　　Raymond Williams, Culture and Society, 1780-1950 (New York: Anchor Books,
　　1960).

3　　Raymond Williams, Keywords: A Vocabulary of Culture and Society. Revised Edi-
　　tion (Yew York: Oxford University Press, 1983).

4　　孫思邈：《備急千金要方》（北京：人民衛生出版社，影印北宋本，
　　1982），頁 20。

5　　合信：《全體新論》（上海：墨海書館，1851），葉 65a。

6　　柯為良：《全體闡微》（福州：聖教醫館，1881），卷 5，葉 32a。

7　　陳滋編：《人體解剖學》（上海：新學會社，1909），頁 147。

8   茅盾：〈商務印書館編譯所生活之一──回憶錄（一）〉，《茅盾專集》，第 1 集，頁 403。

9   〈人群進化論〉，《清議報》，第 37 冊（1900 年 3 月）。

10 《時報》，8 號（光緒 30 年 6 月 13 日），正張第 4 頁。

11 《女子世界》，1 號（1914 年 12 月）。

12 《香豔叢話》（上海：中華圖書館，1916），卷一，頁 46。

13 茅盾：〈對於系統的經濟的介紹西洋文學底意見〉，《茅盾文藝雜論集》，頁 16-17。

14 雁冰：〈答史子芬來信〉，《小說月報》，13 卷 5 號（1922 年 5 月）。

15 魯迅：〈明天〉，《魯迅全集》，第 1 卷（北京：人民人學出版社，2005），頁 475。相似的描寫出現在張資平《苔莉》中：苔莉露出「雪白膨大的乳房」給孩子喂乳，克歐「失口讚美起來」：「這麼大的乳房！」他受了誘惑，「乘勢伸手到她的胸口上來」。

16 魯迅：〈《吶喊》自序〉，《魯迅全集》，第 1 卷，頁 438。

17 郭沫若：〈喀爾美蘿姑娘〉，《東方雜誌》，22 卷 4 號（1925 年 2 月 25 日）。見《郭沫若文集》，文學編，第 9 卷（北京：人民文學出版社，1992），頁 227。

18 郭沫若：《我的學生時代》，《郭沫若全集》文學編，第 12 卷，頁 62。關於郭沫若小說裡的醫學詞彙，另參〈月蝕〉：「兒童是都市生活的 barometer」（晴雨錶），見《創造周報》，17、18 號（1923 年 9 月）；〈曼陀羅華〉，《創造月刊》，1 卷 4 期（1926 年 6 月 16 日）；〈亭子間中〉，主人公愛牟，找書給孩子看，找出的是德文的 Corning 著的《局部解剖學》，見《現代評論》，1 卷 8 期（1925 年 1 月 31 日）。

19 郭沫若：〈致鄭西諦信〉，《文學旬刊》，6 號（1921 年 6 月 30 日）。另見魏紹昌編：《鴛鴦蝴蝶派研究資料·史料部份》（上海：上海文藝出版社，1962），頁 41-42。

20 如夏伯訓：〈姊姊的死〉中描寫的：「那粉白的乳房在蠕動」，可說是張資平的作風。見《洪水》，1 卷 12 號（1926 年 3 月）。

21 田漢：《上海》，《申報·藝術界》（1927 年 10 月 16 日-12 月 3 日）。未完，續刊於 1929 年 5 月至 8 月《南國月刊》，1 卷 1、3、4 期刊完。另見《田漢文集》，第 14 卷（北京：中國戲劇出版社，1983），頁 125。

22 郁達夫：《迷羊》，《郁達夫全集》（小說），第 2 卷（杭州：浙江文藝出版社，1992），頁 75。

23　顧城、雷米：《英兒》（北京：作家出版社，1993），頁 49，63。

24　賈平凹：《廢都》（北京：北京出版社，1993），頁 147，157。

25　〈紅玫瑰與白玫瑰〉，《張愛玲小說集》（臺北：皇冠，1991），頁 93。

26　《迷羊》，《郁達夫文集》（小說），第 2 卷，頁 143。

27　鄭逸梅：〈凝酥韻話〉，《半月》，4 卷 17 號，（1925）。

28　《樂觀》，第 1 期（1941 年 5 月），頁 17-19。

29　Morilyn Yalom, A History of the Breast (New York: Alfred A. Knopt, 1997), p. 122.

30　《申報・自由談》（1911 年 8 月 24 日），第 3 張，第 1 版。

31　鄭逸梅：《逸梅叢談》（上海：校經山房書局，1935），頁 202。

32　鄭逸梅：《逸梅叢談》，頁 292。

33　鄭逸梅：《逸梅叢談》，頁 420。

34　參周敘琦：《一九一〇～一九二〇年代都會新婦女生活風貌──以《婦女雜誌》為分析實例》（臺北：國立臺灣大學，1996），頁 87-95；另參遊鑑明：〈近代中國女子健美的論述，1920-1040 年代〉，游鑑明主編：《近代中國的婦女與社會（1600-1950）》（臺北：中央研究院近代史研究所，2003），頁 141-172。

35　吟秋之文，見《星期談話會》專欄，《星期》，17 期（1922 年 6 月）。

36　《幻滅》，《小說月報》，18 卷 9 號（1927 年 9 月），頁 31132。

37　《動搖》，《小說月報》，19 卷 2 號（1928 年 2 月），頁 31884。

38　《追求》，《小說月報》，19 卷 8 號（1928 年 8 月），頁 32654。

39　茅盾：〈幾句舊話〉，《茅盾專集》，第 1 集，頁 366。

40　《幻滅》，《小說月報》，18 卷 10 號（1927 年 10 月），頁 31315-31316。

41　A Woman's Life, in The Portable Maupassant, ed., Lewis Galantiere (New York: The Viking Press, 1961), 449-50.

42　但莫泊桑在該書中有些描寫十分大膽。茅盾說：「莫泊桑的《一生》中也有幾段性慾描寫頗不雅馴，然而總還在情理之中，不如中國的性慾描寫出乎情理之外。」儘管還是在「情理之中」，如果我們將上面兩段引文相比，可發覺在茅盾這方面還是有禁區，所受的影響是適可而止的。見茅盾：〈中國文學中的性慾描寫〉，《茅盾文藝雜論集》，頁 246。

43　《追求》，《小說月報》，19 卷 8 號（1928 年 8 月），頁 32656。

44　《動搖》，《小說月報》，19 卷 2 號（1928 年 2 月），頁 31911-31912。

45　左拉著，鍾文譯：《娜娜》（臺北：桂冠圖書，1993），頁 30。

46　茅盾的《漢譯西洋文學名著》（1935）一書中有「左拉的《娜娜》」一章，即把此小說看作左拉的代表作。見《茅盾全集》（北京：人民文學出版社，2001），第 30 卷，頁 423-429。文中提到娜娜扮演「愛神」而「半裸體上臺」的情節。

47　《追求》，《小說月報》，19 卷 9 號（1928 年 9 月），頁 32747。

48　Alexander Walker, Sex in the Movies (Baltimore: Penguin Books, 1969), illustrations, no.14.

49　見《半月》第 4 第 7 號所載照片。這部電影由大中華影片公司拍攝，故事也與「模特兒」有關。《戰功》內容見中國電影資料館編：《中國無聲電影劇本》（北京：中國電影出版社，1998），頁 252-267。

50　〈中國文學內的性慾描寫〉，《茅盾文藝雜論集》，頁 246-58。

51　《追求》，《小說月報》，19 卷 7 號（1928 年 7 月），頁 32515。

52　《禮拜六》週刊，542 號（1934 年 2 月 24 日）。

53　顧鳳城編：《中外文學家詞典》（上海：樂華圖書公司，1932）。見《茅盾專集》，第 1 集，頁 27。

54　〈《子夜》寫作的前前後後──回憶錄十三〉，《茅盾專集》，第 1 集，頁 723。

55　楊昌溪：〈西人眼中的茅盾〉，《茅盾專集》，第 1 集，頁 22。

56　〈亡命生活──回憶錄十一〉，《茅盾專集》，第 1 集，頁 647。

57　Leo Ou-fan Lee, Shanghai Modern (Cambridge and Mass.: Harvard University Press, 1999).

58　參阪元ひろ子：《中國民族主義の神話──人種・身體・ジェンダー》（東京：岩波書店，2004）；另參 Frank Dikotter, The Discourse of Race in Modern China (Stanford University Press, 1992) 及 Sex, Culture and Modernity in China (London: Hurst & Company, 1995).

59　Perry Link, Mandarin Ducks and Butterflies: Popular Fiction in Early Twentieth-Century Chinese Cities (Berkeley: University of California Press, 1981), p. 16.

60　見王智毅編：《周瘦鵑研究資料》（天津：天津人民出版社，1993），頁 215。

61　《虹》，《茅盾全集》，第 2 卷，頁 76-77。

62　同上，頁 92。

63　〈留情〉，《張愛玲小説集》（臺北：皇冠，1991），頁 13-38。

64　參 Gail Hershatter, Dangerous Pleasures: Prostitution and Modernity in Twentieth-Century Shanghai (Berkeley: University of California Press, 1997), pp. 18; 226-44; 258-59; 287-88. 另參 Frank Dikotter, Sex, Culture and Modernity in China, pp. 128-37.

65　《動搖》，《小説月報》，19 卷 2 號（1928 年 2 月），頁 31889。

66　〈從牯嶺到東京〉，影印本，頁 32827-32828。

67　《幻滅》，《小説月報》，18 卷 10 號（1927 年 10 月），頁 31302。

68　見《申報》，25 號（1872 年 4 月 23 日，陰曆），第 3 版。按：此竹枝詞輯入顧炳權編：《上海洋場竹枝詞》（上海：上海書店出版社，1996），頁 16。另被引入李超，《中國油畫史》（上海：上海人民美術出版社，1995），頁 18。兩書所錄在個別文字上與原刊於《申報》者有出入。

69　見〈繪圖偶像奇聞〉，《戊申全年畫報》，第 1 冊（上海：時事報館，1909）。

70　「模岱爾」見徐卓呆：〈小説觀賞上應注意之要點〉，《遊戲世界》，22 期（1923 年 3 月）。「模特爾」見《小説世界》，3 卷 7 期（1923 年 8 月）。

71　熊月之主編：《老上海名人名事名物大觀》（上海：上海人民出版社，1997），頁 278。按：1922 年劉海粟作〈上海美專十年回顧〉一文，提到他在 1915 年就開始僱用「人體模特兒」，參朱金樓，袁志煌編：《劉海粟藝術文選》（上海：上海人民美術出版社，1987）。從報刊雜誌及畫報的使用來看，「模特兒」在二十年代中期成為固定譯名。

72　劉海粟最早雇傭的是男性模特兒，參周芳美：〈二十世紀初中國繪畫中男性裸露形象的改變〉，《人文學報》，第 26 期（2001 年 12 月），頁 97-142。

73　參李超：《中國油畫史》，頁 51-2。

74　《紅玫瑰》，2 卷 3 期（1925 年 8 月）；《家庭》，6 期（1922 年 6 月）。

75　參《良友》畫報 12、14 期，萬籟鳴插圖；15 期，梁得所：〈人體表情美序〉；17 期，〈替善「繪美女的神技」〉；18 期〈今年法國美術展覽會出品〉）；20 期〈美國選美競賽〉。

76 茅盾:〈速寫二〉,《小說月報》,20 卷 4 號(1929 年 4 月)。另見《茅盾文選》(上海:上海青春出版社,1937),頁 296-7。

77 《追求》,《小說月報》,19 卷 8 號(1928 年 8 月),頁 32645。

78 《追求》,《小說月報》,19 卷 7 號(1928 年 7 月),頁 32510。

79 《虹》,《茅盾全集》,第 2 卷,頁 254。

80 李漁:《覺世名言十二樓》,見《中國話本大系》(江蘇古籍出版社,1991),頁 138-39。

81 〈論中西的線條美〉,見許道明、馮金牛選編:《徐訏集:文學家的臉孔》(上海:漢語大詞典出版社,1993),頁 25-27。

82 《劉海粟藝術文選》,頁 38。

83 《禮拜六》週刊,542 期(1934 年 2 月 24 日)。

84 非小說家:〈小說家的脾氣〉,《紅玫瑰》,3 卷 40 期(1924 年)。

85 《追求》,《小說月報》,19 卷 9 號(1928 年 9 月),頁 32749。

86 《茅盾專集》,第 1 集,頁 345。

87 寒雲:〈小說迷的一封信〉,《晶報》,1922 年 8 月 12 日。

88 參陳建華:《1920 年代「新」、「舊」文學之爭愈文學公共空間的轉型——以文學雜誌「通信」與「談話會」欄目為例》,載《現代中文學刊》,第 1 期(2009 年 8 月),頁 32-49。轉載於中國人民大學書報資料中心編《中國現代、當代文學研究》,2009 年第 12 期,頁 27-42。另見 Jianhua Chen, "An Archaeology of Repressed Popularity: Zhou Shoujuan, Mao Dun, and Their 1920s Literary Polemics." In Rethinking Chinese Popular Culture: Cannibalization of the Canon, eds., Carlos Rojas and Eileen Cheng-yin Chow. New York: Routledge, 2009, 91-114.

89 〈自然主義與中國現代小說〉,《小說月報》,13 卷 7 號(1922 年 7 月),見《茅盾文藝雜論集》,頁 83-90。

90 《紫羅蘭》,3 卷 10 號(1928 年 8 月)。

91 《動搖》,《小說月報》,19 卷 3 號(1928 年 3 月),頁 32027。

92 Martin Jay, "Scopic Regimes of Modernity," in Hal Foster, ed., Vision and Visuality (Seattle: Bay Press, 1988), pp. 3-23.

93 見 James Cahill, The Compelling Image: Nature and Style in Seventeenth-Century Chinese Painting (Cambridge, Mass.: The Belknap Press of Harvard University Press, 1982), pp. 1-35.

94　參顏新元：〈不可忽視的里程碑〉，《讀書》（1999年第2期），頁33-35。

95　包天笑：〈愛神的模型〉，《星期》，12期（1922年5月）。

96　《戰功》，見《中國無聲電影劇本》（北京：中國電影出版社，1996），頁252-267。

97　田漢：《上海》，《田漢文集》，14卷（北京：中國戲劇出版社，1983），頁115。

98　丁玲：〈夢珂〉，《丁玲文集》（上海：藝文書店，1936），頁137。

99　田漢：〈平民詩人惠特曼的百年祭〉，《田漢文集》第14卷，頁1-23。

100　〈阿毛姑娘〉，《丁玲文集》，頁461-4。

101　普實克著，曹大明、王發祥譯：〈茅盾〉，《茅盾專集》，第2集，頁1524。

102　〈從牯嶺到東京〉，影印本，頁32827。

103　同上，頁32829。

104　同上，頁32830。

105　《現代中國文學作家》，第2卷，頁127；130-31；135。

106　陳幼石：《茅盾《蝕》三部曲的歷史分析》，頁141。

107　David Deer-wei Wang, Fictional Realism in 20th-Century China, p. 38.

108　《動搖》，《小說月報》，19卷2號（1928年2月），頁31896。

109　《動搖》，《小說月報》，19卷2號（1928年2月），頁31904-31905。

110　《動搖》，《小說月報》，19卷3號（1928年3月），頁32016。

111　《動搖》，《小說月報》，19卷2號（1928年2月），頁31893。

112　《動搖》，《小說月報》，19卷1號（1928年1月），頁31659-31660。

113　《動搖》，《小說月報》，19卷2號（1928年2月），頁31905。

114　《動搖》，《小說月報》，19卷2號（1928年2月），頁31896。

115　《動搖》，《小說月報》，19卷2號（1928年2月），頁31914。

116　《動搖》，《小說月報》，19卷3號（1928年3月），頁32021。

117　《動搖》，頁32027。

118　《茅盾回憶錄》，孫中田、查國華編，《茅盾研究資料》，上冊，頁

377。

119　《動搖》，《小說月報》，19 卷 3 號（1928 年 3 月），頁 32027。

120　《動搖》，頁 32028。

第九章

結論

　　本書對於《蝕》到《虹》的研究，著重分析「時代女性」的形象塑造、時間意識與敘事結構之間的關係，大致勾畫了茅盾如何經過主客體之間的鬥爭與自我調適，遂完成所謂「從左拉到托爾斯泰」的轉變，而某種意義上他的小說則可看作是從「革命的女性化」到「女性的革命化」的轉變。但常為結論所掩蔽的是「過程」，這對於理解流無定向的歷史來說則是更為重要的。茅盾的性別政治，最為人垢病處，如周蕾認為對於小說中女性的描寫事實上是靈肉分裂的，即沒有真正展示女性內在的真實與豐富，而津津樂道她們的肉身，尤其是「乳房」部位，成為男性窺視的「物化對象」。[1]劉劍梅也指出，茅盾在表現這些新女性時，即女性的乳房、腰肢及大腿等身體部位描繪得如此蕩人心目，包含著男性的癡迷與恐懼的矛盾心態。歸根到底女性仍被處理成一個「她者」。[2]這些批評完全正確，儘管那些「時代女性」奔放不羈、玩世不恭，向男性中心的傳統觀念挑戰，但作者從一開始就力圖給她們套上歷史進化的盔甲，經過一番身心俱憊的探索和掙扎，最終使她們體現了「歷史的必然」。但如果把她們放到小說開展過程中，可發現峰迴路轉、別有洞天之處。如章秋柳的「豐腴健康的肉體」詭譎地

切入舞場文化與現代主義，但其胸部倒沒有成爲視域焦點，這一點與孫舞陽、〈創造〉中的嫻嫻不同。由她的內心表白所揭示的，如何「使用」身體是她思考的中心課題，所謂「章秋柳呀，你是有福的喲！你有健康的肉體，活潑的精神，等著你去走光明的大道！你應該好生使用你這身體，你不應該頹廢！」[3] 結果她的選擇是拯救史循，意味著她超越了自己的肉體，而達到靈肉的統一。她對人生意義的探索、對自我完善的追求事實上折射出作者處於道德沉淪與昇華之間的心靈歷程。從章秋柳最後染上梅毒這一點來看，也可看做男性作家的解答──她仍不免負載病態或原罪的「紅字」，歸根到底所質疑、所詛咒的是女性的肉慾。

小說不光關於女性，也是男性的寓言。如前面提到過把「戀愛」作爲「外衣」的比喻，作爲進步作家的茅盾，卻不自覺地流露了蔑視女性的傳統思想。[7] 小說的真正主體是「革命」，但不無弔詭的是男性主體的缺席。另一方面如果從晚明以來「陰盛陽衰」的歷史脈絡裡看，或許更有趣，可看到他爲另一種傳統的語碼所左右。把女性身體與政治緊密結合，正蘊涵在「美人香草」這一傳統的修辭之中。較近的例子是明清之交的士大夫，由社稷淪亡，江山易主而帶來的沉痛懺悔中，讚美像李香君、柳如是之類的女子；在個人與國族之間的抉擇中，她們反能大義凜然，去留分明，相形之下，士大夫畏縮屈辱，而不得不自歎弗如。某種意義上這一歷史情景在茅盾身上重現。由於「大革命」失敗而陷入深重的「悲觀」，而通過其「追憶」所重繪的革命畫卷中，出現的是男女之間在精神形態上的失衡與對比：只有那些「時代女性」在自由、解放的空氣裡如魚得水，在歷史進步的洪流裡以天真的心靈、熱情的追求

和健全的身體，坦蕩地奔向革命的烏托邦，而那些男性大都殘缺不全，彷彿患了集體精神的陽萎，在大浪淘沙中沉渣泛起。

其實從《蝕》到《虹》可發現她們對那些追求者冷面「遭遇」的情節，如上文提到的梅女士以冷笑或獰笑對付李無忌和徐自強，另如章秋柳拒絕張曼青、龍飛和曹志方，這些男子的情感受到挫傷，自尊受到打擊，顯得狼狽，不知所措，令人印象深刻的是史循一旦目睹章秋柳的「豐腴健康的肉體」時，便如枯葉般頹敗。或如方羅蘭寧肯相信幻想中的「天使」般純潔的孫舞陽，當夢幻破滅而面對她的充滿肉慾的真身時，他「忽愛，忽恨，忽怕，不知變換了幾多次的感想」，由是把方羅蘭的愛妒交加，欲罷不能的窩囊相刻畫得入木三分。的確這類遭遇情節重複中各各不同，在凸現新女性自主、自由的同時，對男性來說，大都含有政治上的隱喻，他們在情場上失意，在政治上也顯出幼稚或軟弱。這一重複的變體表現在〈創造〉中君實和嫻嫻之間，對於男主人公在性與政治上的無能表現得更為明顯。

更深一層看，男性懦弱的語碼充斥在明清以來的世情小說裡，如馬克夢《吝嗇鬼、潑婦、一夫多妻者》一書所揭示的，[8] 士人在科舉階梯和家族延綿的雙重壓力之下，身心疲憊，帝制末期的中國似乎面臨著社會經濟和種族「再生產」危機。在這一脈絡裡，《紅樓夢》為才子佳人小說之冠，但反諷的是賈寶玉出走的結局意味著對這一再生產方式的棄絕。其實《玉梨魂》中的何夢霞對梨娘如此專情，可說是一夫一妻制的信奉者；也寫他感受到愛國的召喚，為其最後為革命大業捐軀疆場作了鋪墊。這兩點意味著男性主體的現代化及才子佳人小說傳統的內在轉機，然而卻遭到五四「誨淫」或「復古」的抨擊，

其所蘊涵的信息夠激進：不管是小孩還是浴盆，內容和形式必須一齊拋棄。

　　爲本書所涉及而未能詳盡展開的，有兩個如伽達默爾所說的「詮釋循環」中「局部」與「整體」的問題。個案分析如果不統攝在某種理論架構的觀照之中，就不免支離破碎、語無倫次，但這種「理論架構」不等於天經地義，尤其是有別於老生常談之時。一個問題是「革命加戀愛」小說興起對於女性的公共空間的表現意味著「私人空間」之消亡。這樣的宏觀假設還須作大量微觀研究。阿蘭特（Hannah Arendt, 1906-1975）在《人的狀況》（The Human Condition）一書中懷著對於西方現代性的深刻質疑，提出了「社會的崛起」（the rise of the social）的著名命題，意謂隨著現代民族國家的權力的增長和擴展，以家庭爲單位元的生產方式及其自由經商的觀念遭到破壞，同時家庭的「親密領域」（the intimate realm）也趨向沒落。[9]哈貝馬斯發揮了這一命題，十七、十八世紀英法資產階級的「公共領域在國家和社會之間的緊張地帶獲得明確的政治功能之前，源自家庭小天地的主體性可以說無論如何都建構起了其自己的獨特空間。」在「公共領域」的背後是「私人領域」，即「商品交換和社會勞動領域，家庭以及其中的私生活也包括在其中。」[10]然而在現代進程中，「社會領域與親密領域的兩極分化」，隨著國家與社會的互相滲透，社會愈益以機制化的力量瓦解家庭的獨立性。尤其在後工業時代，「隨著私人生活變成公共性，公共領域自身則染上了私人內向的色彩。……甚至共同觀看電視節目……也有助於使人成爲一個眞正的人」。[11]這樣的情況就變得更爲複雜。

　　在二十世紀中國民族國家的建構過程中，國家機制對社會

產生愈強的控制而侵吞「私人空間」，似不言自明，另芳上在
對「革命與戀愛」問題的歷史研究中指出：「1930、40年代以
後，有些新興的中國政治勢力更打著民族主義的旗幟、喊著犧
牲小我完成大我的口號，把二十年代正待滋長的文化社會多元
發展給扭曲了。」[12] 在這「多元」中活躍著鴛蝴派的「小家庭」
訴求，與中產階級「民主」、英美式「公民社會」的幻象連接
在一起，其走向式微不僅為民族解放的大潮所吞噬，也由於
「革命」對日常人生許下了種種美麗的諾言之故，其中美學現
代性扮演了舉足輕重的角色。

　　另一個假設涉及更廣的文化視野，即與明清以來西方「視
覺中心主義」的輸入及其所引起的認知、感知方式的現代轉型
有關，在文學領域裡主要表現為「現實主義」的形成與開展。
所謂「現實主義」有多種多樣，無不聲稱反映「真實」；關於
什麼是「真實」見仁見智，卻以「眼見為實」最具說服力。文
學研究一般把「現實主義」看作是五四新文學的專利，其實自
晚清梁啟超把小說分為「理想」與「寫實」兩大類之後，創作
上就有「寫實」的一路，雖然缺少理論的提倡。最近王斑在
「歷史意識」的框架裡探討二十世紀初「悲劇」與「現實主
義」的關係，證之以王國維的「悲劇意識」到「新劇」的舞臺
實踐，[13] 在這方面的研究開了個頭。

　　十九世紀末從西方舶來幻燈、照相、石印及電影之後，中
國也進入了本雅俗明所說的藝術品「複製時代」，也必然發生
與之相應的新的「感知模式」（mode of perception）。[14] 例如
在小說敘事模式方面，吳趼人的《二十年目睹之怪現狀》等小
說出現一定程度的「限知」作者—敘述者，[15] 即使根據道聽塗
說編故事，也要交代來源以取信讀者。這種敘事習慣多半受到

報紙的影響，而成功地以圖畫與石印技術傳播新聞並建立了大眾傳媒權威的起始於《點石齋畫報》。在瓦格納的研究中饒有興趣的一點是，對於時事新聞的描繪要求眞實，因此畫師採用如照相複製一樣的寫實畫法。[16]當然石印與攝影技術使「逼眞」再現成爲可能，這本身培養了公衆對現代科學的信賴。直到民初有的通俗作家在小說裡自稱「記者」，與其是自貶身份，不如說是把小說提升到報紙般大衆傳媒的地位。

各種跡象表明，1910 年代中期的上海出現了一次以追求「逼眞」再現爲中心的文藝新潮，引起感知結構的整體性轉型。突飛猛進的世界電影迅速佔領了上海市場，視覺衝擊帶來了把本地景觀與全球融爲一體的強烈願望。在當時條件下，首先「戲劇改良」運動引進了「模仿」眞實的觀念，而利用聲光化電在舞臺上展現眞馬眞車或製作令人眩目的機關佈景，[17]顯然來自電影的刺激。在美術方面，劉海粟、烏始光等人創立畫院，提倡西畫，寫生和人體模特兒臨摹成爲基礎課程。[18]小說方面也跟進，包天笑、周瘦鵑等人發刊《小說畫報》、編纂《小說名畫大觀》，探索文字的視像效果，也都開始推獎電影文化。而風行一時的「黑幕」小說其實蘊涵著揭露社會眞相的性質，不無大衆啓蒙的意圖。[19]

在人體再現中西方透視法的運用，不僅是寫生角度，也是觀察事物的方法，與西方啓蒙時代以來工具理性的「世界觀」密切聯繫。吳方正認爲：「中國的西畫逐漸向西方靠攏，而人體再現則始終是測試邊界最銳利的工具。」所謂「邊界」即在「美術與非美術」之間。[20]的確如前一章所示，在茅盾小說裡，「時代女性」與「模特兒」曖昧重疊，正如畫室裡作爲目光聚焦的場域，也影響到小說敘事的開展。而「乳房」代替了「酥

胸」的人體話語系統，其實也建構了一個有關男性「凝視」的迷思。本是一個清末以來與西方醫學、人體科學知識一起傳入中土的新名詞，在革命與都市之間、國共兩黨革命話語之間、五四與鴛蝴派之間對立與互動的歷史脈絡中，展示其文學語言與代碼的豐富含義。其文學再現「自然主義」與「現實主義」縱橫交錯，從周瘦鵑的維多利亞式的女身禁忌到張資平對乳房的帶有無政府主義色彩的物戀化表現，從革命加戀愛小說裡置身於公共空間中的新女性的健美身段到茅盾的血脈賁張、獨領風騷的自然主義的女體描寫，涉及各時期流派、類型、風格與意識形態，潛藏著男性對於新女性及家國想像的設計方案。在意味著茅盾思想轉折的《虹》裡，梅女士的肉身被包裹在馬克思主義的理論框架中，而曲終奏雅──她在示威隊伍中行進，略有德拉克洛瓦的《自由女神領導民眾》一畫的意蘊。[21]

　　1910 年代的文藝新潮興起不久便遭到五四新文化的挑戰，此後這兩者互爭雄長，或你中有我，或涇渭分明。前者以都市日常生活為基礎，崇尚「快樂原則」，精神形態屬世俗感性的，對於外來文化採取吐故納新的方式。後者則以建立民族國家與社會整合為鵠的，追逐崇高與悲壯，那是精英、高調、觀念化的，傾向於強勢地輸入西化。就文學再現模式而言，前者如社會、言情小說遵循的是一種「照相現實主義」，即受現代視像技術的影響，深信所描寫的事物即為攝像般真實，[22] 如張恨水《春明外史》、《金粉世家》都屬此類。這種意識形態在周瘦鵑的短篇小說〈對鄰的小樓〉裡得到寓言性表現。場景頗如希區考克的《後窗》，小說從一個「旁觀者」的視角敘述了樓對面窗裡發生的事，在一年中先後有四戶人家搬進遷出，這四戶人家或是新婚燕爾，或金屋藏嬌，或露水夫妻，在反映城

市生活方面各具典型。最後作者說這是「旁觀者所見的概
略」，並慨歎生活「更變遷得不可捉摸了」。[23] 但作者的主觀
意圖爲旁觀者所遮掩，其攝像機般記錄的眞實想當然地爲讀者
所接受。

　　前面提到二十年代中期如果魯迅、郭沫若等人特別強調眼
睛的功能，要求能正視或看透現實，那麼在文學理論中一般流
行的鏡子反映論就遭到質疑，穆木天〈寫實文學論〉一文中
說：

　　　如藝術的畫像與照相館的照像不同，寫實的作品與寫
　真的東西也是不一樣。寫實是心理的要求，而寫真則完全
　是物理的結果。……寫實味的深感即是人間性的滿足。寫
　實是一種人的要求。人不住的要認識自己。從要認識自己
　的內意識裡發生出的東西就是寫實的要求。寫實文學就是
　這樣內意識的結晶。[24]

　　「照相」作爲「科學」、「客觀」的同義詞而遭到摒棄，
而在爲「意識形態」概念所籠罩的「革命文學」爭論中，那種
「內意識」當然被極端強調，更明確地要求服從革命的「鬥
爭」需要。如李初梨提出無產階級的文學「不是以觀照的──
表現的態度，而以無產階級的階級意識，產生出來的一種鬥爭
的文學。」[25] 同樣的茅盾起初持文學即「反映」論：「人們怎
樣生活，社會怎樣情形，文學就把那種種反映出來。譬如人生
是個杯子，文學就是杯子在鏡子裡的影子。」[26] 而在 1929 年底
受了「意識形態」理論的洗禮之後，就改了口：

　　文藝之必須表現人間的現實，是無可疑議的；但自然
主義者只抓住眼前的現實，以文藝為照相機，而忽略了文
藝創造生活的使命，又是無疑的大缺點。文藝不是鏡子，
而是斧頭；不應該只限於反映，而應該創造的！[27]

　　這番從「鏡子」到「斧頭」的「現實主義」範式轉型，意
味著「五四」激進意識的深化，然而在二十年代末的上海，資
產階級對於節節勝利的北伐歡欣鼓舞，而現代主義藝術也水漲
船高。在這樣的背景裡，幾乎處於地下狀態的「革命文學」論
戰也只不過像是一場「茶壺裡的風暴」。豈料「星星之火，可
以燎原」，到 1950 年代之後，「馬克思主義」意識形態成為
官方主流話語，社會改造工程轟轟烈烈，公私空間的界限不復
存在，女性穿上清一色「人民裝」即為一例。[28]

　　從現代文學與視像的脈絡裡看，那些「時代女性」見證了
不同認知/感知範式轉型的過程，儘管到最後梅女士處乎見與不
見之間，與「人民裝」之間已是「心有靈犀一點通」。她們之
所以得以產生，還是由於作者尚未用「斧頭」將自己同那個
「感知」世界劈開（當然不能完全劈開）之故。由是她們至今
猶如「歌場魅影」，留下生與死、革命與性別的不竭話題，供
人咀嚼。至於排斥「照相」的意識形態，當然也包含著對於視
聽之娛的偏見和恐懼，到底來源於馬克思主義還是向某種傳統
的回歸，這裡就難以釐清了。

1   Rey Chow, Woman and Chinese Modernity, p. 107.

2   Liu Jianmei, Revolution Plus Love, p. 81.

3   《追求》,《小說月報》,19 卷 7 號（1928 年 7 月），頁 32511。

4   Marston Anderson, The Limits of Realism, p. 180.

5   在這方面與大多「新文學」家不同，茅盾別具一種「群眾」視野。魯迅
     也是如此，30 年代初作為左翼領袖，念念不忘與「鴛蝴派」的鬥爭，見
     胡風：《胡風回憶錄》（北京：人民文學出版社，1993），頁 190。除了
     著名的演講〈上海文藝之一瞥〉中將創造社與鴛蝴派統稱為「才子加流
     氓」之外，在另一次演講指出新文學陷於內部派系鬥爭，為放鬆了對「舊
     派」的鬥爭。見陳紹瀅：〈三十年代中國文壇回顧與毛共迫害作家的事
     實〉,《傳記文學》,22 卷 5 期（1973 年 5 月），頁 27。

6   〈從牯嶺到東京〉，影印本，頁 32833。

7   Liu Jianmei, Revolution Plus Love, p. 82.

8   馬克夢著，王維東、楊彩霞譯：《吝嗇鬼、潑婦、一夫多妻者》（北京：
     人民文學出版社，2001）。

9   Hannah Arendt, The Human Condition: A Study of the Central Dilemma Facing
     Modern Man (New York: Doubleday Anchor Books, 1959). 另參 Seyla Benhabib,
     "Models of Public Space: Hannah Arendt, the Liberal Tradition, and Jürgen Hab-
     ermas," in Craig Calhoun, ed., Habermas and the Public Sphere (Cambridge,
     Mass.: The MIT Press, 1994), pp. 73-98.

10   Jürgen Habermas, The Structural Transformation of the Public Sphere, pp. 28-31.
     譯文引自哈貝馬斯著，曹衛東等譯：《公共領域的結構轉型》（上海：
     學林出版社，2002 年），頁 34-35。

11   Jürgen Habermas, The Structural Transformation of the Public Sphere, pp.
     151-159.

12   呂芳上：〈1920 年代中國知識份子有關情愛問題的抉擇與討論〉，呂芳
     上主編：《近代中國的婦女與國家（1600-1950）》（臺北：中央研究院
     近代史研究所，2003），頁 73-102。

13   王斑：《歷史與記憶》，頁 69-81。

14   Walter Benjamin, "The Work of Art in the Age of Its Technological Reproducibi-
     lity," in Selected Writings, Vol. 4, 1938-1940 (Cambridge, Mass.: Harvard Univer-
     sity Press, 2003), p. 257.

15   參韓南：《中國近代小說的興起》（增訂本），頁 148-170。

16 魯道夫 G・瓦格納：〈進入全球想像圖景：上海的《點石齋畫報》〉，《中國學術》，第 8 輯（2001 年 4 月），頁 59。

17 參容世誠：〈「聲光化電」對近代中國戲曲的影響〉，載李少恩、鄭甯恩、戴淑茵編：《香港戲曲的現狀與前瞻》（香港：香港中文大學，1995），頁 349-372。

18 朱全樓、袁志煌編：《劉海粟藝術文選》（上海：上海人民美術出版社，1987），頁 534-535；李超：《上海油畫史》（上海：上海人民美術出版社，1995），頁 50-51。

19 范伯群在〈黑幕征答・黑幕小説・揭黑運動〉一文中重新檢討了為五四抨擊的黑幕小説，指出其在當時的社會和政治意義。見《文學評論》（2005 年第 2 期），頁 57-64。

20 吳方正：〈裸的理由──二十世紀初期中國人體寫生問題的討論〉，《新史學》，15 卷 2 期（2004 年 6 月），頁 56。

21 此為吾友趙毅衡之精見，參《對岸的誘惑》，頁 36。

22 這裏「照相現實主義」（photographic realism）採用了阿姆斯壯的説法。她認為狄更司代表了英國維多利亞時期小説的「現實主義」模式，其人生描繪信如肉眼所見般真實，在觀念上屬攝影術流行時期的產物。參 Nancy Armstrong, Fiction in the Age of Photography: The Legacy of British Realism (Cambridge, Mass.: Harvard University Press, 1999).

23 〈對鄰的小樓〉，《半月》，3 卷 5 號（1924 年 4 月）。

24 木天：〈寫實文學論〉，《創造月刊》，1 卷 4 期（1926 年 6 月）。

25 李初梨：〈怎樣地建設革命文學〉，《文化批判》，2 號（1928 年 2 月）。

26 〈文學與人生〉，《茅盾文藝雜論集》，頁 110-114。

27 《西洋文學通論》（上海：世界書局，1930）；重排本（北京：書目文獻出版社，1985），頁 197。

28 參 Gail Hershatter, "Making the Visible Invisible: The Fate of 'The Private' in Revolutionary China", 載呂芳上主編：《近代中國的婦女與國家（1600-1950）》，頁 257-259。

參考書目

中日文部分

丁玲：《丁玲文集》（上海：藝文書店，1936）。

------：《丁玲文集》（長沙：湖南人民出版社，1983）。

丁爾綱：《茅盾・孔德沚》（北京：中國青年出版社，1995）。

------：〈潑向逝者的污泥應該清洗──澄清秦德君關於茅盾的不實之詞〉，《茅盾研究》，第 6 輯（北京：北京師範大學出版社，1995），頁 292-311。

王文英主編：《上海現代文學史》（上海：上海人民出版社，1999）。

王宏志：《思想激流下的中國命運──魯迅與左聯》（臺灣：風雲時代出版公司，1991）。

王宏圖：《都市敘事與慾望書寫》（桂林：廣西師範大學出版社，2005）。

王菊如、錢普齊：〈沈雁冰和他手書的商務印書館罷工〈復工條件〉，《出版史料》，第 5 期（1986 年 6 月），頁 18-21。

王斑：《歷史與記憶──全球現代性的質疑》（香港：牛津大學出版社，2004）。

王智毅編：《周瘦鵑研究資料》（天津：天津人民出版社，1993）。

王瑤：〈茅盾對中國現代文學的歷史貢獻〉，載入全國茅盾研究學會編：《茅盾研究論文選集》（長沙：湖南人民出版社，1983），頁9-27。

王曉明：《無法直面的人生──魯迅傳》（上海：上海文藝出版社，2001）。

------：〈驚濤駭浪裡的自救之舟──論茅盾的小說生涯〉，《王曉明自選集》（桂林：廣西師範大學出版社，1997），頁129-161

------：〈一份雜誌和一個「社團」──重評「五四」傳統〉，《王曉明自選集》（桂林：廣西師範大學出版社，1997），頁249-268。

王燁：《二十年代革命小說的敘事形式》（昆明：雲南人民出版社，2005）。

王爾德著，曾虛白譯：《王爾德小說集》（上海：眞美善書店，1928）。

------，杜衡譯：《道連格雷畫像》（上海：金屋書店，1928）。

王德威：〈革命加戀愛〉，載於李豐楙主編：《文學、文化和世變》（臺北：中央研究院中國文哲研究所，2002），頁491-556。

------：《小說中國：晚清到當代的中國小說》（臺北：麥田出版社，1993）。

------著、宋偉傑譯：《被壓抑的現代性：晚清小說新論》（臺北：麥田出版，2003）。

瓦格納‧魯道夫：〈中共一九四九~一九五三年建立正語、正文的政策大略〉，載於彭小妍編：《文藝理論與通俗文化》（臺

北：中央研究院中國文哲研究所，1999），頁 11-30。

------：〈進入全球想像圖景：上海的《點石齋畫報》〉，《中國學術》，第 8 輯（2001 年 4 月），頁 2-96。

中國社會科學院文學研究所現代文學研究室編：《「革命文學」論爭資料選編》（北京：人民文學出版社，1981）。

中國電影資料館編：《中國無聲電影劇本》（北京：中國電影出版社，1996）。

艾曉明：《中國左翼文學思潮探源》（長沙：湖南文藝出版社，1991）。

田漢：《上海》，《申報‧藝術界》（1927 年 10 月 16 日-12 月 3 日）。續刊於 1929 年 5 月至 8 月《南國月刊》，1 卷 1、3、4 期。

------：《田漢文集》（北京：中國戲劇出版社，1983）。

方維保：《紅色意義的生成──20 世紀中國左翼文學研究》（合肥：安徽教育出版社，2004）。

方維規：《概念史研究方法要旨──兼談中國相關研究中存在的問題》，《新史學》，第 3 卷（北京：中華書局，2009），頁 3-20。

左拉著，鍾文譯：《娜娜》（臺北：桂冠圖書，1993）。

包天笑：《釧影樓回憶錄》（臺北：龍文出版社，1990）。

------：〈愛神的模型〉，《星期》，12 期（1922 年 5 月）。

北京圖書館編：《民國時期總書目（1911-1949）‧外國文學卷》（北京：書目文獻出版社，1987）。

朱金樓、袁志煌編：《劉海粟藝術文選》（上海：上海人民美術出版社，1987）。

朱熹注：《易經》（臺北：金楓出版，1997）。

竹內好著，孫歌編：《近代的超克》（北京：三聯書店，2005）。

成仿吾：〈祝詞〉，《文化批判》，創刊號（1928 年 1 月）。

------：〈從文學革命到革命文學〉，《創造月刊》，1 卷 9 期（1928 年 2 月）。

合信：《全體新論》（上海：墨海書館，1851）。

芮和師、范伯群編：《鴛鴦蝴蝶派文學資料》（福州：福建人民出版社，1984）。

李大釗：《李大釗文集》（北京：人民出版社，1999）。

------：《李大釗選集》（北京：人民出版社，1962）。

李初梨：〈對於所謂「小資產階級革命文學」底抬頭，普羅列搭利亞文學應該怎樣防衛自己？──文學運動底新階段〉，《創造月刊》，2 卷 6 期（1929 年 1 月）。

------：〈請看我們中國的 Don Quixote 的亂舞〉，《文化批判》，4 號（1928 年 4 月）。

------：〈怎樣地建設革命文學〉，《文化批判》，2 號（1928 年 2 月）。

李長莉：〈從晚清上海看女性家庭角色的近代變遷〉，載入張國剛主編：《家庭史研究的新視野》（北京：三聯書店，2004），頁 401-422。

李庶長：〈茅盾與司各特〉，《茅盾研究》，第 6 期（北京：文化藝術出版社，1991），頁 213-223。

李漁：《覺世名言十二樓》，《中國話本大系》（江蘇古籍出版社，1991）。

李超，《中國油畫史》（上海：上海人民美術出版社，1995）。

------：《李歐梵自選集》（上海：上海教育出版社，2002）。

------：《現代性的追求──李歐梵文化評論精選集》（臺北：麥田出版，1996）。

------：〈「批評空間」的開創──從《申報·自由談》談起〉，

《二十一世紀》，19 期（1993 年 10 月），頁 39-51。

------：〈漫談中國現代文學中的「頹廢」〉，《今天》（1993 年第 4 期），頁 33-46。

李歐梵、季進：《對話錄》（南京：蘇州大學出版社，2004）。

李歐梵著、毛尖譯：《上海摩登——一種新都市文化在中國，1930-1945》（增訂版）（香港：牛津大學出版社，2006）。

李歐梵著，尹慧岷譯：《鐵屋中的吶喊》（香港：三聯書店，1991）。

李博（Wolfgang Lippert）著，趙倩、王草、葛平竹譯：《漢語中的馬克思主義術語的起源與作用：從詞彙——概念角度看日本和中國對馬克思主義的接受》（北京：中國社會科學出版社，2003）。

阪元ひろ子：《中國民族主義の神話——人種・身體・ジェンダー》（東京：岩波書店，2004）。

克興：〈小資產階級文藝理論之謬誤——評茅盾君底「從牯嶺到東京」〉，《創造月刊》，2 卷 5 期（1928 年 12 月）。

------：〈評駁甘人的「拉雜一篇」〉，《創造月刊》2 卷 2 期（1928 年 9 月）。

克魯泡特金著，巴金譯：《人生哲學》（上海：自由書店，1929）。

呂正惠：《小說與社會》（台北：聯經，1988）。

呂芳上：《從學生運動到運動學生——民國八年至十八年》（臺北：中央研究院近代史研究所，1994）。

------：〈1920 年代中國知識份子有關情愛問題的抉擇與討論〉，呂芳上主編：《近代中國的婦女與國家（1600-1950）》（臺北：中央研究院近代史研究所，2003），頁 73-102。

呂諲純：〈小馬甲妨害女子種種發育之我見〉，《申報》，1924

年 7 月 20 日，第 18 版。

何大白：〈文壇的五月〉，《創造月刊》2 卷 1 期（1928 年 8 月）。

汪暉：〈革命與回歸──讀茅盾《子夜》〉，載入《眞實的與烏托邦的》（南京：江蘇文藝出版社，1994），頁 33-53。

------：〈魯迅的悖論〉，《死火重溫》（北京：人民文學出版社，2000），頁 456-466。

沈衛威：《艱辛的人生：茅盾傳》（臺北：業強出版社，1991）。

范伯群：《民國通俗小說──鴛鴦蝴蝶派》（臺北：國文天地雜誌社，1989）。

------：〈民國武俠小說奠基人──平江不肖生評傳〉，載范伯群主編：《中國近現代通俗作家評傳叢書（之一）》（南京：南京出版社，1994），頁 11-30。

------：〈黑幕征答・黑幕小說・揭黑運動〉，《文學評論》（2005 年第 2 期），頁 57-64。

范伯群主編：《中國近現代通俗文學史》（南京：江蘇教育出版社，2000）。

范煙橋：〈到哪里去找快樂？〉，《紫羅蘭》，2 卷 24 期（1927 年 12 月）。

林少陽：〈矛盾という概念──近代中國と近代日本の文脈しこおいて〉，《言語・情報・テクテト》，13 卷（2006 年 5 月），頁 69-107。

林偉民：《中國左翼文學思潮》（上海：華東師範大學出版社，2005）。

林賢治：《魯迅的最後十年》（北京：中國社會科學出版社，2003）。

林樾：〈《動搖》和《追求》〉，《文學周報》，8 卷 10 期（1929

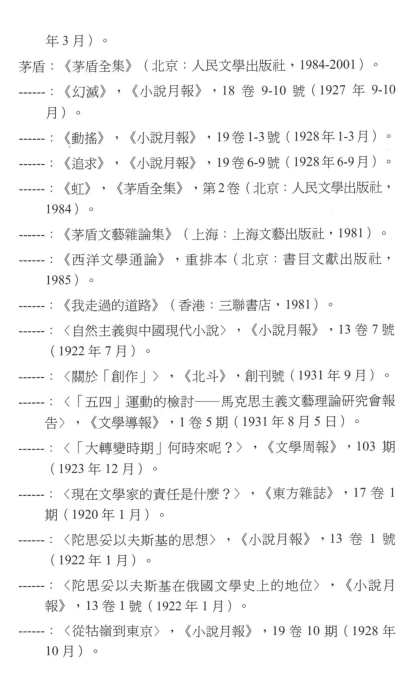

年 3 月）。

茅盾：《茅盾全集》（北京：人民文學出版社，1984-2001）。

------：《幻滅》，《小說月報》，18 卷 9-10 號（1927 年 9-10 月）。

------：《動搖》，《小說月報》，19 卷 1-3 號（1928 年 1-3 月）。

------：《追求》，《小說月報》，19 卷 6-9 號（1928 年 6-9 月）。

------：《虹》，《茅盾全集》，第 2 卷（北京：人民文學出版社，1984）。

------：《茅盾文藝雜論集》（上海：上海文藝出版社，1981）。

------：《西洋文學通論》，重排本（北京：書目文獻出版社，1985）。

------：《我走過的道路》（香港：三聯書店，1981）。

------：〈自然主義與中國現代小說〉，《小說月報》，13 卷 7 號（1922 年 7 月）。

------：〈關於「創作」〉，《北斗》，創刊號（1931 年 9 月）。

------：〈「五四」運動的檢討——馬克思主義文藝理論研究會報告〉，《文學導報》，1 卷 5 期（1931 年 8 月 5 日）。

------：〈「大轉變時期」何時來呢？〉，《文學周報》，103 期（1923 年 12 月）。

------：〈現在文學家的責任是什麼？〉，《東方雜誌》，17 卷 1 期（1920 年 1 月）。

------：〈陀思妥以夫斯基的思想〉，《小說月報》，13 卷 1 號（1922 年 1 月）。

------：〈陀思妥以夫斯基在俄國文學史上的地位〉，《小說月報》，13 卷 1 號（1922 年 1 月）。

------：〈從牯嶺到東京〉，《小說月報》，19 卷 10 期（1928 年 10 月）。

------：〈創作的前途〉，《小說月報》，12 卷 7 號（1921 年 7
月）。

------：〈《小說月報》改革宣言〉，《小說月報》，12 卷 1 號
（1921 年 1 月）。

------：〈文學和人的關係及中國古來對於文學者身份的誤認〉，
《小說月報》，12 卷 1 號（1921 年 1 月）。

------：〈告有志研究文學者〉，《學生雜誌》，12 卷 7 號（1925
年 7 月）。

------：〈讀《倪煥之》〉，《文學周報》，8 卷 20 期（1929 年 5
月）。

------：〈解放的婦女與婦女的解放〉，《婦女雜誌》，5 卷 11 號
（1919 年 11 月）。

------：〈讀少年中國婦女號〉《婦女雜誌》6 卷 1 號（1920 年 1
月）。

------：〈封建的小市民文藝〉，《東方雜誌》，30 卷 3 號（1933
年 2 月）。

------：〈中國蘇維埃革命與普羅文學之建設〉，《文學導報》，1
卷 8 期（1931 年 11 月 15 日）。

------：〈問題中的大眾文藝〉，《文學月報》，1 卷 2 期（1932
年 7 月 10 日）。

------：〈《小說的研究》之一〉，《小說月報》，16 卷 3 號
（1925 年 3 月）。

------：〈歡迎《太陽》〉，《文學周報》，5 卷 23 期（1928 年 1
月 8 日）。

------：〈「革命」與「戀愛」的公式〉，《文學》，4 卷 1 號
（1935 年 1 月）。

柯為良：《全體闡微》（福州：聖教醫館，1881）。

波特來耳著，仲密譯：〈遊子〉，《小說月報》，13卷6號（1922年6月）。

吳方正：〈裸的理由——二十世紀初期中國人體寫生問題的討論〉，《新史學》，15卷2期（2004年6月），頁55-113。

吳宓：〈論寫實小說之流弊〉，《中華新報》（1922年10月22日）。

吳培華：〈武俠有聲有色，言情可泣可歌——顧明道評傳〉，范伯群編：《中國近現代通俗作家評傳叢書（之一）》，頁159-168。

吳福輝：《都市漩流中的海派小說》（長沙：湖南教育出版社，1995）。

周芳美：〈二十世紀初中國繪畫中男性裸露形象的改變〉，《人文學報》，第26期（2001年12月），頁97-142。

周作人：《中國新文學的源流》（北京：北平人文書店，1934）。

周敍琪：《1910-1920年代都會新婦女生活風貌——以《婦女雜誌》爲分析實例》（臺北：國立臺灣大學，1996）。

周瘦鵑：《香艷叢話》（上海：中華圖書館，1916）。

------：《拈花集》（上海：上海文化出版社，1983）。

------：〈簷下〉，《小說畫報》，1號（1917年1月）。

------：〈留聲機片〉，《禮拜六》，108期（1921年5月）。

------：〈眞假愛情〉，《禮拜六》，5期（1914年6月）。

------：〈中華民國之魂〉，《禮拜六》，26期（1914年11月）。

------：〈爲國犧牲〉，《禮拜六》，56期（1915年6月）。

------：〈英雄〉，《紫羅蘭集》，上冊（上海：大東書局，1922）。

------：〈英雄與畜生〉，《半月》，3卷1期（1923年9月）。

------：〈《新家庭》發刊詞〉，《新家庭》，1 卷 1 號（1932 年 1 月）。

------：〈自由〉，《南社小說集》（上海：文明書局，1917）。

------：〈真〉，《禮拜六》，115 期（1921 年 6 月）。

------：〈七度蜜月〉，《紫蘭花片》，7 集（1922 年 12 月）。

------：〈曼歌綺舞記〉，《上海畫報》，74 期（1926 年 1 月 16 日）。

------：〈蠻舞西來記〉，《上海畫報》，91 期（1926 年 3 月 16 日）。

------：〈一日間之舞場生活〉，《上海畫報》，331 期（1928 年 3 月 12 日）。

------：〈鳳凰試飛記〉，《上海畫報》，349 期（1928 年 5 月 6 日）。

------：〈記茶舞會〉，《上海畫報》，360 期（1928 年 6 月 9 日）。

------：〈對鄰的小樓〉，《半月》，3 卷 5 號（1924 年 4 月）。

周瘦鵑著，陳建華編：《禮拜六的晚上》（上海：上海書店出版社，2011）。

周慧玲：〈粉墨登場搞革命——陳波兒與中國現代表演中的「新女性」運動，1934-1945〉，載彭小妍編：《文藝理論與通俗文化》（臺北：中央研究院文哲研究所，1999），頁603-608。

金宏宇：《中國現代長篇小說名著版本校評》（北京：人民文學出版社，2004）。

邵洵美：《花一般的罪惡》（上海：金屋書店，1928）。

胡也頻著，施建偉編：《胡也頻代表作》（鄭州：河南人民出版社，1987）。

------：《胡也頻小說選集》（北京：人民文學出版社，1954）。

胡風：《胡風回憶錄》（北京：人民文學出版社，1993）。

胡蘭畦：《胡蘭畦回憶錄》（成都：四川人民出版社，1985）。

是永駿：〈論《虹》——試探茅盾作品的「非寫實」因素〉，載
　　於胡曉真主編：《民族國家論述——從晚清、五四到日據時
　　代臺灣新文學》（臺北：中央研究院中國文哲所籌備處，
　　1995），頁 241-256。

俍工編：《新文藝評論》（上海：民智書局，1923）。

厚生：〈知識階級的革命份子團結起來〉，《文化批判》，4 號
　　（1928 年 4 月）。

郁達夫：《迷羊》，《郁達夫全集》（小說），第 2 卷（杭州：
　　浙江文藝出版社，1992）。

袁進：《中國小說的近代變革》（北京：中國社會科學出版社，
　　1992）。

莊鍾慶：《茅盾史實發微》（長沙：湖南人民出版社，1985）。

秦林芳：〈鐫刻在歷史漩渦裡的人生思索——《野薔薇》思想意
　　蘊新探〉，《茅盾研究》，5 期（北京：文化藝術出版社，
　　1991），頁 434-445。

秦德君：〈我與茅盾的一段情〉，《廣角鏡》151 期（1985 年 4
　　月），頁 28-36。

------：〈櫻蜃——革命回憶錄〉，《野草》41 期（1988 年 2
　　月），頁 63-76；42 期（1988 年 8 月），頁 1-22。

------：〈《追求》中的章秋柳〉，《文學周報》，8 卷，10 期
　　（1929 年 3 月 3 日）。

馬克夢著，王維東、楊彩霞譯：《吝嗇鬼、潑婦、一夫多妻者》
　　（北京：人民文學出版社，2001）。

唐金海、孔海珠等編：《茅盾專集》，第 1 卷（福州：福建人民

出版社，1983）。

唐金海、孔海珠編：《茅盾專集》，第 2 卷（福州：福建人民出版社，1985）。

容世誠：〈「聲光化電」對近代中國戲曲的影響〉，載李少恩、鄭甯恩、戴淑茵編：《香港戲曲的現狀與前瞻》（香港：香港中文大學，2995），頁 349-372。

狹間直樹編：《梁啓超‧明治‧西方》（北京：社會科學文獻出版社，2001）。

夏伯訓：〈姊姊的死〉，《洪水》，1 卷 12 號（1926 年 3 月）。

徐小群：《民國時期的國家與社會——自由職業團體在上海的興起，1912-1937》（北京：新星出版社，2007）。

徐卓呆：〈新式丈夫〉，《半月》，3 卷 14、15、17 期（1924年）。

------：〈貴族與平民〉，《小說新報》，6 年 10 期（1920 年）。

------：〈大奶奶主義〉，《樂觀》，第 1 期（1941 年 5 月）。

------：〈小說觀賞上應注意之要點〉，《遊戲世界》，22 期（1923 年 3 月）。

徐卓呆、包天笑：〈小學教師之妻〉，《小說時報》，11 期（1911 年 7 月）。

徐學：〈揚棄左拉的一個實際例證——《蝕》的校勘手記〉，茅盾研究編輯部編：《茅盾研究》，第 6 期（北京：北京師範大學出版社，1995），頁 108-113。

倪偉：《「民族想像」與國家統制——1928-1948 年南京政府的文藝政策及文學運動》（上海：上海教育出版社，2003）。

孫中田、查國華編：《茅盾研究資料》（北京：中國社會科學出版社，1983）。

孫思邈：《備急千金要方》（北京：人民衛生出版社，影印北宋

本，1982）。

孫隆基：〈從「天下」到「國家」——戊戌維新一代的世界觀〉，《二十一世紀》，46期（1998年4月），頁33-40。

曹安娜：〈《蝕》和《虹》中的「時代女性」〉，載於全國茅盾研究學會編：《茅盾研究論文選集》（長沙：湖南人民出版社，1983），頁424-446。

黃人影編：《創造社論》（上海：光華書局，1932）。

黃子平：《革命・歷史・小說》（香港：牛津大學出版社，1996）。

------：〈革命、性、長篇小說：以茅盾的創作為例〉，《今天》（1994年第3期），頁155-173。

黃克武：《一個被放棄的選擇：梁啓超調適思想之研究》（臺北：中央研究院近代史研究所，1994）。

黃志偉主編：《老上海電影》（上海：文匯出版社，1998）。

黃秀雲女士：〈女子亦須戴帽之我見〉，《申報》，1925年1月11日，第12版。

黃雨川：《毛澤東生平資料簡編》（香港：友聯研究所，1970）。

黃梅：《推敲「自我」——小說在18世紀的英國》（北京：三聯書店，2003）。

黃興濤：《「她」字的文化史：女性新代詞的發明與認同研究》（福州：福建教育出版社，2009）。

黃繼持：《現代化、現代性、現代文學》（香港：牛津大學出版社，2003）。

許紀霖：〈近代中國的公共領域：形態、功能與自我理解——以上海為例〉，《史林》，2期（2003），頁77-89。

許紀霖、田建業編：《杜亞泉文存》（上海：上海教育出版社，2003）。

許道明：《論海派文學》（上海：復旦大學出版社，1999）。

許道明、馮金牛選編：《徐訏集：文學家的臉孔》（上海：漢語大詞典出版社，1993）。

郭沫若：《郭沫若文集》（北京：人民文學出版社，1992）。

------：《我的學生時代》，《郭沫若全集》，文學編，第 12 卷（北京：人民文學出版社，1992）。

------：《創造十年》（香港：匯文閣書店，1972）。

------：〈文藝家的覺悟〉，《洪水》，2 卷 16 期（1926 年 5 月）。

------：〈留聲機器的回音〉，《文化批判》，3 號（1928 年 3 月）。

------：〈喀爾美蘿姑娘〉，《東方雜誌》，22 卷 4 號（1925 年 2 月 25 日）。

------：〈月蝕〉，見《創造周報》，17、18 號（1923 年 9 月）。

------：〈曼陀羅華〉，《創造月刊》，1 卷 4 期（1926 年 6 月 16 日）。

------：〈亭子間中〉，《現代評論》，1 卷 8 期（1925 年 1 月 31 日）

------：〈致鄭西諦信〉，《文學旬刊》，6 號（1921 年 6 月 30 日）。

郭建英繪，陳子善編：《摩登上海——30 年代的洋場百景》（桂林：廣西師範大學出版社，2001）。

郭恆鈺：《共產國際與中國革命——第一次國共合作》（臺北：東大圖書公司，1989）。

馮乃超：〈藝術與社會生活〉，《文化批判》，第 1 號（1928 年 1 月）。

------：〈留聲機器本事〉見《創造月刊》1 卷 12 期（1928 年 7

月）。

------：〈人道主義者怎樣地防衛著自己〉，《文化批判》，4 號
　　（1928 年 4 月）。

梁啓超：〈論小說與群治之關係〉，《新小說》，1 期（1902 年
　　11 月）。

------：《新中國未來記》，《新小說》，1、2、3、7 期（1902 年
　　11 月至 1903 年 8 月）。

------：〈告小說家〉，《中華小說界》，2 卷 1 期（1915 年）。

梁敏兒：〈零度的描寫與自然主義——茅盾小說中的女性描寫〉，
　　《文學評論》（2002 年 5 期），頁 162-169。

陳平原：《二十世紀中國小說史》，第 1 卷（北京：北京大學出
　　版社，1998）。

------：《中國現代小說的起點——清末民初小說研究》（北京：
　　北京大學出版社，2005）。

陳平原、夏曉虹編：《二十世紀中國小說資料》，第 1 卷（北京：
　　北京大學出版社，1997）。

陳幼石：《茅盾《蝕》三部曲的歷史分析》（北京：社會科學文
　　獻出版社，1993）。

陳思和：〈總序〉，錢乃榮主編，《中國短篇小說選集》（上海：
　　上海大學出版社，1999），頁 5-7。

陳國球編：《中國文學史的省思》（香港：三聯書店，1993）。

陳國球、王宏志、陳清僑編：《書寫文學的過去：文學史的思考》
　　（臺北：麥田，1997）。

陳建華：《「革命」的現代性——中國革命話語考論》（上海：
　　上海古籍出版社，2000）。

------：《十四至十七世紀中國江浙地區社會意識與文學》（上海：
　　學林出版社，1992）。

------：《從革命到共和——清末至民國時期文學、電影與文化的轉型》（桂林：廣西師範大學出版社，2009）。

------：〈1920 年代「新」、「舊」文學之爭與文學公共空間的轉型——以文學雜誌「通信」與「談話會」欄目爲例〉，載《現代中文學刊》，第 1 期（2009 年 8 月），頁 32-49。轉載於中國人民大學書報資料中心編：《中國現代、當代文學研究》，2009 年第 12 期，頁 27-42。

------：〈格利菲斯與中國早期電影〉，《當代電影》134 期（2006 年 11 月），頁 113-119。

------：〈《申報‧自由談話會》——民初政治與文學批評功能〉，《二十一世紀》，81 期（2004 年 2 月），頁 87-100。

------：〈民族「想像」的魔力：論「小說界革命」與「群治」之關係〉，李喜所主編，《梁啓超與近代中國社會文化》（天津：天津古籍出版社，2005），頁 777-798。

------：〈評劉劍梅《革命加戀愛》〉，《中國文哲研究集刊》，27 卷（2005），頁 323-326。

------：〈評倪偉《「民族想像」與國家統制——1928-1948 年南京政府的文藝政策及文學運動》〉，《中國學術》，19-20 合刊（2004），頁 419-420。

陳鈞：〈小說通義‧總論〉，《文哲學報》，3 期（1923 年 3 月）。

陳滋編：《人體解剖學》（上海：新學會社，1909）。

陳銳鋒：〈魯迅和茅盾的歷史小說比較論〉，《茅盾研究》，第 5 輯（北京：文化藝術出版社，1991），頁 469-482。

張占國、魏守忠編：《張恨水研究資料》（天津：天津人民出版社，1986）。

張舍我：〈誰做黑幕小說？〉，《最小》，14 號（1921 年 12

月）。

張秋蟲：〈回家〉，《紅玫瑰》，2 卷 23 期（1926 年 4 月）。

張聞天：《旅途》，《小說月報》，15 卷 5-7、9-12 號（1924 年
　　　5-7 月、9-12 月）。

張資平：《沖積期化石》（上海：創造社出版部，1928）。

張資平著，中國現代文學館編：《苔莉》（北京：華夏出板版社，
　　　2003）。

張資平著，樂齊編：《張資平小說精品》（北京：中國文聯出版
　　　社，2000）。

張啓東：〈關於「時代女性」的界定問題〉，《茅盾研究》，7 期
　　　（1995），頁 214-220。

張春帆：《紫蘭女俠》，《紫羅蘭》，4 卷 1-24 號（1929 年 7
　　　月-1930 年 6 月）。

張愛玲：〈紅玫瑰與白玫瑰〉，《張愛玲小說集》（臺北：皇冠，
　　　1991）。

-----：〈留情〉，《張愛玲小說集》（臺北：皇冠，1991）。

張灝：〈重訪五四：論五四的兩歧性〉，《張灝自選集》（上海：
　　　上海教育出版社，2002），頁 251-280。

靳明全：《中國現代文學興起發展中的日本影響因素》（北京：
　　　中國社會科學出版社，2004）。

雲裳：〈《幻滅》中的強惟力〉，《文學周報》，7 卷 18 期（1928
　　　年 11 月 11 日）。

葉聖陶：《倪煥之》，《教育雜誌》，20 卷 1-12 期（1928 年 1-12
　　　月）。

------：〈侮辱人們的人〉，《文學旬刊》，5 號（1921 年 6 月 20
　　　日）。

葉靈鳳：〈女媧氏之遺孽〉，《葉靈鳳小說全編》（上海：學林

出版社，1997），頁 231-258。

董麗敏：《想像現代性：革新時期的《小說月報》研究》（桂林：
　　廣西師範大學出版社，2006）。

彭小妍：《海上說情慾：從張資平到劉吶鷗》（臺北：中央研究
　　院中國文哲研究所，2001）。

彭康：〈什麼是「健康」與「尊嚴」？〉，《創造月刊》1 卷 12
　　期（1928 年 7 月）。

------：〈革命文藝與大衆文藝〉，《創造月刊》2 卷 4 期（1928
　　年 11 月）。

------：〈「除掉」魯迅的「除掉」〉，《文化批判》，4 號（1928
　　年 4 月）。

程中原：《張聞天與新文學運動》（南京：江蘇文藝出版社，
　　1987）。

游鑑明：〈近代中國女子健美的論述，1920-1040 年代〉，游鑑明
　　主編：《近代中國的婦女與社會（1600-1950）》（臺北：中
　　央研究院近代史研究所，2003），頁 141-172。

蓋歐爾格・里希特海姆著，王少軍、曉莎譯：《盧卡奇》（北京：
　　中國社會科學出版社，1989）。

賈平凹：《廢都》（北京：北京出版社，1993）。

鄒振環：《影響中國近代社會的一百種譯作》（北京：中國對外
　　翻譯出版公司，1996）。

蔣光慈：《蔣光慈文集》（上海：上海文藝出版社，1982）。

蔣英豪：〈成也蕭何，敗也蕭何——論吳趼人《恨海》與梁啓超
　　的小說觀〉，載於中國古典文學研究會編：《二十世紀中國
　　文學》（臺北：學生書局，1992），頁 39-54。

楊小濱：《否定的美學——法蘭克福學派的文藝理論與文化批評》
　　（台北：麥田出版，增訂版，2010）。

楊振聲：《玉君》（北京：人民文學出版社，2000）。

趙毅衡：《對岸的誘惑——中西文化交流人物》（北京：知識出版社，2003）。

------：《苦惱的敘述者——中國小說的敘述形式與中國文化》（北京：十月文藝出版社，1994）。

趙園：《北京：城與人》（上海：上海人民出版社，1991）。

瑪利安·高利克著，陳聖生等譯：《中國現代文學批評發生史（1917-1930）》（北京：社會科學文獻出版社，1997）。

廖超慧：《中國現代文學思潮論爭史》（武漢：武漢出版社，1997）。

廖炳惠：《另類現代情》（臺北：允晨文化，2001）。

鳳兮：〈我國現在之創作小說〉，《申報·自由談》（1921年2月27日；3月6日）。

熊月之主編：《老上海名人名事名物大觀》（上海：上海人民出版社，1997）。

熊月之、周武主編：《海外上海學》（上海：上海古籍出版社，2004）。

樊國賓：《主體的生成——50年成長小說研究》（北京：中國戲劇出版社，2003）。

談蓓芳：《中國文學古今演變論考》（上海：上海古籍出版社，2006）。

鄭伯奇：〈新文學之警鐘〉，《創造周報》，31號（1923年12月）。

------：〈東京觀劇印象記〉見《創造月刊》1卷12期（1928年7月）。

鄭振鐸：〈思想的反流〉，《文學旬刊》，5號（1921年6月20日）。

------：〈消閒〉，《文學旬刊》，9 號（1921 年 7 月 30 日）。

------：〈文娼〉，《文學旬刊》，49 號（1922 年 7 月）。

鄭逸梅：〈凝酥韻話〉，《半月》，4 卷 17 號，（1925）。

------：《逸梅叢談》（上海校經山房書局，1935）。

鄭樹森：《小說地圖》（臺北：一方出版，2003）。

魯迅：〈上海文藝之一瞥〉，《魯迅全集》，第 4 卷（北京：人民文學出版社，2005），頁 298-315。

------：〈狂人日記〉，《魯迅全集》，第 1 卷，頁 444-462。

------：〈藥〉，《魯迅全集》，第 1 卷，頁 463-472。

------：〈《近代世界短篇小說集》小引〉，見《三閑集》，載《魯迅全集》，第 4 卷，頁 134-135。

------：〈張資平氏的「小說學」〉，《魯迅全集》，第 4 卷，頁 234-235。

------：〈娜拉走後怎樣〉，《婦女雜誌》（1924 年 8 月）。

------：〈論睜了眼看〉，《魯迅全集》，第 1 卷，頁 251-257。

劉思謙：《「娜拉」言說──中國現代女作家心路紀程》（上海：上海文藝出版社，1993）。

劉勰：《文心雕龍‧原道》（臺北：金楓出版，1997）。

錢杏邨：《現代中國文學作家》，第 2 卷（上海：泰東圖書局，1929）。

鮑紹霖：《文明的憧憬：近代中國對民族與國家典範的追尋》（香港：中文大學出版社，1999）。

穆木天：〈寫實文學論〉，《創造月刊》，1 卷 4 期（1926 年 6 月）。

戴偉：《中國婚姻與性愛史稿》（北京：東方出版社，1992）。

鍾桂松：《二十世紀茅盾研究史》（杭州：浙江人民出版社，

2001）。

謝六逸：〈小說作法（續）〉，《文學旬刊》，17 期（1921 年 10
月 21 日）。

韓南著，徐俠譯：《中國近代小說的興起》（上海：上海教育出
版社，增訂本，2010）。

韓秀陶：《司法獨立與近代中國》（北京：清華大學出版社，
2003）。

藤井省三著、董炳月譯：《魯迅《故鄉》閱讀史──近代中國的
文學空間》（北京：新世界出版社，2002）。

曠新年：《革命文學：1928》（濟南：山東教育出版社，
1998）。

瞿世英：〈小說的研究〉，《小說月報》，13 卷 9 號（1922 年 9
月）。

顏新元：〈不可忽視的里程碑〉，《讀書》（1999 年第 2 期），
頁 31-3。

顏敏：《在金錢與政治的漩渦中──張資平評傳》（南昌：百花
洲文藝出版社，1999）。

魏紹昌編：《鴛鴦蝴蝶派研究資料·史料部份》（上海：上海文
藝出版社，1962）。

蘇珊·弗裡德曼：〈定義之旅：「現代」/「現代性」/「現代主
義」的涵義〉，《中國學術》，3 卷，2 期（2002），頁
1-43。

蘇敏逸：《社會整體性觀念與中國現代長篇小說的發生和形成》
（台北：秀威資訊科技，2007）。

羅美：〈關於《幻滅》──茅盾收到的一封信〉，《文學周報》，
8 卷 10 期（1929 年 3 月 3 日）。

羅蘇文：《女性與中國社會》（上海：上海人民出版社，1996）。

嚴家炎：〈前言〉，《二十世紀中國小說理論資料》，第2卷（北京：北京大學出版社，1997），頁 3-17。

顧城、雷米：《英兒》（北京：作家出版社，1993）。

顧鳳城編：《中外文學家詞典》（上海：樂華圖書公司，1932）。

顧炳權編：《上海洋場竹枝詞》（上海：上海書店出版社，1996）。

鐵岩主編：《絕密檔案——第一次國共合作內幕》（福州：福建人民出版社，2002）。

龔鵬程：《大俠》（臺北：錦冠出版社，1987）。

西文部分

Anderson, Benedict. Imagined Communities: Reflections on the Origin and Spread of Nationalism. Revised Edition (London: Verso, 1991).

Anderson, Marston. The Limits of Realism: Chinese Fiction in the Revolutionary Period (Berkeley: University of California Press, 1990).

Arendt, Hannah. On Revolution (New York: The Viking Press, 1957).

------. The Human Condition: A Study of the Central Dilemma Facing Modern Man (New York: Doubleday Anchor Books, 1959).

Armstrong, Nancy. Fiction in the Age of Photography: The Legacy of British Realism (Cambridge, Mass.: Harvard University Press, 1999)

Baldick, Chris. The Concise Oxford Dictionary of Literary Terms (New York: Oxford University Press, 1991).

Baudelaire, Charles. Selected Writings on Art and Artists (Baltimore: Penguin Books, 1972).

Benhabib, Seyla. "Models of Public Space: Hannah Arendt, the Liberal Tradition, and Jürgen Habermas," in Craig Calhoun, ed., Habermas and the Public Sphere (Cambridge, Mass.: The MIT Press, 1994), pp. 73-98.

Benjamin, Walter. "The Work of Art in the Age of Its Technological Reproducibility," in Selected Writings, Vol. 4, 1938-1940 (Cambridge, Mass.: Harvard University Press, 2003), p. 250-283.

Bernhardt, Kathryn and Philip C. C. Huang, eds., Civil Law in Qing and Republican China (Stanford: Stanford University Press, 1994).

Brecht, Bertolt. "Against Georg Lukacs," in Aesthetics and Politics (London: Verso, 1986), pp. 68-85.

Buckley, Jerome Hamilton. The Triumph of Time: A Study of the Victorian Concepts of Time, History, Progress, and Decadence (Cambridge, Mass.: Harvard University Press, 1966).

Cahill, James. The Compelling Image: Nature and Style in Seventeenth-Century Chinese Painting (Cambridge, Mass.: The Belknap Press of Harvard University Press, 1982).

Calinescu, Matei. Five Faces of Modernity: Modernism, Avant-Garde, Decadence, Kitsch, Postmodernism (Durham: Duke University Press, 1987).

Chan, Chingkiu Stephen. "Eros as Revolution: The Libidinal Dimension of Despair in Mao Dun's Rainbow." Journal of Oriental Studies, Vol. 24: 1 (1986): 37-50.

Chang, Hao. Liang Ch'i-ch'ao and Intellectual Tradition in China, 1890-1907 (Cambridge, Mass.: Harvard University Press, 1971).

Chen, Jianhua. A Myth of Violet: Zhou Shoujuan and the Literary Culture of Shanghai, 1911-1927 (Ann Arbor: UMI Dissertation Sevices, 2002).

------. "An Archaeology of Repressed Popularity: Zhou Shoujuan, Mao Dun, and Their 1920s Literary Polemics." In Rethinking Chinese Popular Culture: Cannibalization of the Canon, eds., Carlos Rojas and Eileen Cheng-yin Chow. New York: Routledge, 2009, 91-114.

------. "Formation of Modern Subjectivity and Essay: Zhou Shoujuan's 'In the Nine-Flower Curtain.'" In Martin Woesler, ed., The Modern Chinese Literary Essay: Defining the Chinese Self in the 20th Century. Bochum: Bochum University Press, pp. 41-66.

Chen, Yu-Shih. Realism and Allegory in the Early Fiction of Mao Dun (Bloomington: Indiana University Press, 1986).

Childers, Joseph and Gary Hentzi. eds., The Columbia Dictionary of Modern Literary and Cultural Criticism, (New York: Columbia University Press, 1995).

Chipp, Herschel B., ed., Theories of Modern Art: A Source Book by Artists and Critics (Berkeley: University of California Press, 1968).

Chow, Rey. Woman and Chinese Modernity: The Politics of Reading Between West and East (Minnesota: University of Minnesota Press, 1991).

de Maupassant, Guy. Une Vie (Paris: Albin Michel, 1970).

Dikotter, Frank. Sex, Culture and Modernity in China (London: Hurst & Company, 1995); The Discourse of Race in Modern China (Stanford University Press, 1992).

Dirlik, Arif. The Origins of Chinese Communism (New York: Oxford University Press, 1989).

Duara, Prasenjit. Rescuing History from the Nation: Questioning Narratives of Modern China (Chicago: The University of Chicago Press, 1995).

Eagleton, Terry. The Function of Criticism: From the Spectator to Post-structuralism (London: Verso, 1991).

Federico, Masini. The Formation of Modern Chinese Lexicon and Its Evolution Toward a National Language from 1848-1898 (Berkeley: Project on Linguistic Analysis, University of California Press, 1993).

Field, Andrew D. Shanghai's Dancing World: Cabaret Culture and Urban Politics, 1919-1954 (Hong Kong: The Chinese University Press, 2010)

------. "Selling Souls in Sin City: Shanghai Singing and Dancing Hostesses in Print, Film, and Politics, 1920-49," in Yingjin Zhang, ed., Cinema and Urban Culture in Shanghai, 1922- 1943 (Stanford: Stanford University Press, 1999), pp. 100-127.

Findeisen, Raoul David. "From Literature to Love: Glory and Decline of the Love-letter Genre," in Michel Hockx, ed. The Literary Field of Twentieth-Century China (Surrey: Curzon, 1999), pp. 79-112.

------. "Two Works——Hong (1930) and Yin'er (1993) as Indeterminate Joint Ventures," in The Poetics of Death, ed., Li Xia (Lewiston: The Edwin Mellen Press, 1999), pp. 136-145.

Fogel, Joshua A. and Peter G. Zarrow, eds., Imagining the People: Chinese Intellectuals and the Concept of Citizenship, 1890-1920 (Armonk, N. Y.: M. E. Sharpe, 1997).

Frisby, David. Fragments of Modernity: Theories of Modernity in the Work of Simmel, Kracauer and Benjamin (Cambridge, Mass.: The MIT Press, 1986).

Galantiere, Lewis. The Portable Maupassant, ed., (New York: The Viking Press, 1961).

Gálik, Marián. Mao Dun and Modern Chinese Literary Criticism (Franz Steiner Verlag GmbH・Wiesbaden, 1969).

Gimpel, Denise. "A Neglected Medium: The Literary Journal and the Case of The Short Story Magazine, 1910-1914," Modern Chinese Literature and Culture, Vol. 11, No. 2 (Fall 1999), pp. 53-106.

------. Lost Vioces of Modernity: A Chinese Popular Fiction Magazine in Context (Honolulu: Univeristy of Hawaii Press, 2001).

Glosser, Susan L. Chinese Visions of Family and State, 1915-1953 (Berkeley: University of California Press, 2003).

Gramsci, Antonio. Selections from the Prison Notebooks (New York: International Publishers, 1971).

Gugo, Howard E., ed., The Portable Romantic Reader (New York: The Viking Press, 1957).

Habermas, Jürgen. The Structural Transformation of the Public Sphere: An Inquiry into a Category of Bourgeois Society, trans. Thomas Burger with the assistance of Frederick Lawrence (Cambridge and Mass.: The MIT Press, 1991).

------. The Philosophical Discourses of Modernity, trans., Frederick Lawrence (Cambridge, Mass.: The MIT Press, 1987).

Hanan, Patrick. The Chinese Vernacular Story (Cambridge, Mass.: Harvard University Press, 1981).

Hershatter, Gail. Dangerous Pleasures: Prostitution and Modernity in Twentieth-Century Shanghai (Berkeley: University of California Press, 1997).

Hockx, Michel. "Theory as Practice: Modern Chinese Literature and Bourdieu," in Michel Hockx and Ivo Smits, eds. Reading East Asian Writing: The Limits of Literary Theory (London and New York: Routledge Curzon, 2003), pp. 220-239.

------. "Is There a May Fourth Literature?: A Reply to Wang Xiaoming," Modern Chinese Literature and Culture, Vol. 11, No. 2 (Fall 1999), pp. 40-52.

------. Questions of Style: Literary Society and Literary Journals in Modern China, 1911-1937 (Leiden: Brill, 2003).

Hoffman, Bichael J. and Patrick D. Murphy eds. Essentials of the Theory of Fiction, Second Edition (Durham: Duke University Press, 1999).

Hsia, C.T. A History of Modern Chinese Fiction, 3rd Edition (Bloomington: Indianan University Press, 1999).

Hsia, Tsi-an. The Gate of Darkness: Studies on the Leftist Literary Movement in China (Seattle and London: University of Washington Press, 1968).

Huang, Philip C. C. Code, Custom, and Legal Practice in China: The Qing and the Republic Compared (Stanford: Stanford University Press, 2001).

Hung, Chang-tai. Going to the People: Chinese Intellectuals and Folk Literature, 1918-1937 (Cambridge and Mass.: Harvard University Press, 1985).

Huters, Theodore. Bringing the World Home : Appropreating the West in Late Qing and Early Republican China (Honolulu: University of Hawai ' i Press, 2005).

------, "Culture, Capital, and the Temptations of the Imagined Market: The Case of the Commercial Press." In Beyond the May Fourth Paradigm: In Search of Chinese Modernity, eds., Kai-Wing Chow, Tze-ki Hon, Hung-yok Ip, and Don C. Price (Lanham and New York: Rowman & Littlefield Publishers, Inc., 2008), pp. 27-50

Jameson, Fredric. "Third-World Literature in the Era of Multinational

Capitalism." Social Text (Fall 1986): 65-88.

------. Marxism and Form (Princeton: Princeton University Press, 1971).

Jay, Martin. The Dialectical Imagination (Boston: Little, Brown and Company, 1973).

------. "Scopic Regimes of Modernity," in Hal Foster, ed., Vision and Visuality (Seattle: Bay Press, 1988), pp. 3-23.

------. Marxism & Totality: The Adventures of a Concept from Lukács to Habermas (Berkeley: University of California Press, 1984).

Karl, Rebecca E. " 'Slavery,' Citizenship, and Gender in Late Qing China's Global Context," in Rebecca E. Karl and Peter Zarrow, eds., Rethinking the 1898 Reform Period: Political and Cultural Change in Late Qing China (Cambridge, MA: Harvard University Press, 2002), pp. 216-220.

Lee, Haiyan. "All the Feelings That Are Fit to Print: The Community of Sentiment and the Literary Public Sphere in China, 1900-1918." Modern China, Vol. 27, No. 3 (July 2001): 291-327.

------. Revolution of the Heart: A Genealogy of Love in China, 1900-1950 (Stanford: Stanford University Press, 2007).

Lee, Leo Ou-fan. Shanghai Modern: The Flowering of a New Urban Culture in China, 1930-1945 (Cambridge and Mass.: Harvard University Press, 1999).

------. "In Search of Modernity: Some Reflections on a New Mode of Consciousness in Twentieth-Century Chinese History and Literature," in Ideas across Cultures: Essays on Chinese Thought in Honor of Benjamin I. Schwartz, eds., Paul A. Cohen and Merle Goldman (Cambridge, Mass.: Harvard University Press, 1990), pp. 109-135.

------. The Romantic Generation of Modern Chinese Writers (Cambridge, Mass.: Harvard University Press, 1973).

Levenson, Joseph R. Confucian China and Its Modern Fate: A Trilogy (Berkeley: University of California Press, 1968).

Lin, Yü-sheng. The Crisis of Chinese Conscioudness: Radical Antitraditionalism in the May Fourth Era (Madison: The University of Wisconsin Press, 1979).

Link, Perry. Mandarin Ducks and Butterflies: Popular Fiction in Early Twentieth-Century Chinese Cities (Berkeley: University of California Press, 1981).

Liu, Jianmei, Revolution Plus Love: Literary History, Women's Bodies, and Thematic Repetitions in Twentieth- Century Chinese Fiction (Honolulu: University of Hawai ' i Press, 2003).

Liu, Lydia He. Translingual Practice: Literature, National Culture, and Translated Modernity — China, 1900-1937 (Stanford: Stanford University, 1995).

Lukács, Georg. Soul and Form, trans., Anna Bostock (Cambridge, Mass.: The MIT Press, 1974).

------. The Theory of the Novel, trans., Anna Bostock (Cambridge, Mass.: The MIT Press, 1971).

------. The Historical Novel, trans., Hannah and Stanley Mitchell (Boston: Beacon Press, 1963).

------. Writer & Critic and Other Essays (New York: Grosset and Dunlap, 1970).

Marx, Karl. The German Ideology, in Robert C. Tucker ed., The Marx-Engels Reader. Second Edition (New York and London: W. W. Norton & Company, 1978), pp. 146-202.

Mao Dun, Rainbow, trans., Madeleine Zelin (Berkeley: University of California Press, 1992).

Moretti, Franco. The Way of the World: The Bildunsroman in European Culture (London: Verso, 1987).

Nochlin, Linda. On Realism (New York: Penguin Books, 1978).

Průšek, Jaroslav. The Lyric and the Epic: Studies of Modern Chinese Literature, ed., Leo Ou-fan Lee (Bloomington: Indiana University Press，1980).

Sontag, Susan. Illness as Metaphor (New York: Anchor Books, 1978).

Turner, Graeme. British Cultural Studies: An Introduction (New York and London: Routledge, 1992).

Wagner, Rudolf G. "The Canonization of May Fourth," in The Appropriation of Cultural Capital China's May Fourth Project, eds., Milena Dolezelova-Velingerova and Oldrich Kral (Cambridge, Mass.: Harvard University Press, 2001), pp. 66-120.

Wakeman, Frederic Jr. "Boundaries of the Public Sphere in Ming and Qing China." Daedalus (Summer 1998): 167-189.

Walker, Alexander. Sex in the Movies (Baltimore: Penguin Books, 1969).

Wang, Ban. The Sublime Figure of History: Aesthetics and Politics in Twentieth-Century China (Stanford: Stanford University Press, 1997).

------. Illuminations from the Past: Traima, Memory, and History in Modern China (Stanford: Stanford University Press, 2005).

Wang Hui, Leo Ou-fan Lee, with Michael M. J. Fisher, "Is the Public Sphere Unspeakable in China? Can Public Spaces Lead to Public Sphere?" Public Culture (1994, 6): 597-605.

Wang, David Der-wei. Fin-de-siècle Splendor: Repressed Modernities of Late Qing Fiction, 1849- 1911 (Stanford: Stanford University Press, 1997).

------. Fictional Realism in 20th-Century China: Mao Dun, Lao She, Shen Congwen (New York: Columbia University Press, 1992).

------. "A Review of The Limits of Realism." Modern Chinese Literature, Vol. 5, No. 2 (Fall 1989): 339-342.

Wang Xiaoming. "A Journal and a 'Society' : On the 'May Fourth' Literary Tradition," Modern Chinese Literature and Culture, Vol. 11, No. 2 (Fall 1999), pp.1-39.

Watt, Ian. The Rise of the Novel (Berkeley: University of California Press, 1965).

Williams, Raymond. Culture and Society, 1780-1950 (New York: Anchor Books, 1960).

------. Keywords: A Vocabulary of Culture and Society. Revised Edition (Yew York: Oxford University Press, 1983).

Wong, Wang-chi. Politics and Literature in Shanghai: The Chinese League of Left-Wing Writers, 1930-1936 (Manchester and New York: Manchester University Press, 1991)

Yalom, Morilyn. A History of the Breast (New York: Alfred A. Knopt, 1997).

Yeh, Catherine Vance. Shanghai Love: Courtesan, Intellectuals, and Entertainment Culture, 1850-1910 (University of Washington Press, 2006).

Yu, Anthony C. Rereading the Stone: Desire and the Making of Fiction in Dream of the Red Chamber (Princeton: Princeton University Press, 1999), pp. 53-109.

Yu, Pauline. The Reading of Imagery in the Chinese Poetic Tradition (Princeton: Princeton University Press, 1987).

後記一

　　此書正在緊張的排印中，我感覺到緊張，不免想起那個「分娩」的美妙比喻，做母親的聽到孩子呱呱初啼，便在洶湧的歡喜裡，忘了自己十月懷胎的辛苦、臨盆掙扎的疼痛。再一想這個說法多半屬於文人的誇張，彷彿其作品是金童玉女轉世似的，其實在我看來，與自然的造人工程難以同日而語。再說，交了書稿，生產過程還沒有完，書沒見世，還算不上是呱呱墮地。照這麼推論下去，一本書應當有一顆頭顱，難道不應當追溯到原始的靈感，那成功受孕的一刻？那還有多少精妙絕倫的主意卻沒寫成書的，豈不都胎死腹中？再說下去，就越發離譜了。

　　一本學術著作有一篇後記，是近年來的慣例，好像是學外國的。北美的大學出版社出學術專著少不了一篇「鳴謝」（Acknowledgement）。如果是國際「接軌」的表徵，卻保持了地方特色。「鳴謝」置於書前，一般很短，不超過一兩頁，不像奧斯卡受獎人的答詞，有時間限制，所以還能排列一長串的從師友到家人的名單。「後記」的形式有點低調，富人情味，有發揮餘地。看來「全球化」大潮沖走了很多舊物，似乎也會產生新的具有地方形式的東西。

　　我原來是學古典文學出身，1980 年代在復旦受業於趙景深、章培恒兩位老師，學現代文學可說是半路出家。1991 年申請加州洛杉磯分校東亞系，提交的論文大綱是探討晚明文學與五四文學之間的關係，其實自己也吃不準，腳跨兩頭船，一半也是慕李歐梵老師的名。後來果然去了，方明白美國的學科分工也分古代和現代，李先生瞭解了我的背景之後，覺得重起爐灶有點可惜，就勸我不要改行。但最後他沒扭過我，同意做我的論文導師，寫的是關於梁啓超與晚清「小說界革命」，後來跟他去了哈佛繼續念博士，照佛家的說法是因緣，也是我自找苦吃。

　　在洛杉磯之前的一段日子裡，我已經像斷了線的風箏。在風上寫一些表現疏離、隱痛的詩，發表在華文報紙上。到洛杉磯之後，由詩壇耆宿紀弦先生介紹，認識了秀陶、陳銘華等一班《新大陸》詩刊同仁，於是常投稿給該雜誌。其時學術興趣也轉向現當代，圍繞「革命」一詞在 20 世紀初的翻譯之旅，繼續研究梁啓超，也延至胡適和「五四」新文化；另外還寫過一本關於大陸居民委員會的小冊子。其實洛杉磯加大在明清方面的力量不弱，戲曲小說有斯特拉司伯格（Richard Strassberg）教授，思想史有艾爾曼（Benjamin Elman）教授，名聞遐邇，他們的課我都修。艾爾曼的思想史已經是相當福柯式的，在研究中國思想方面正啓迪新潮，我也畫虎不成地重新詮釋李夢陽的詩文「復古」運動。但終究投入現代，大約是受了葛蘭西的「有機知識份子」的感召吧，雖然至今沒有做到。

　　的確，第一次上李老師的課，讀到張愛玲的小說。哎呀！過去讀新文學，我也算得旁門歪道，不論魯郭茅，巴老曹，什麼馮玉奇、藍白黑也知道些，為什麼沒見說過張愛玲？一見這

「尤物」般悼金悲紅的文字，頓時受了迷惑。後來李先生同蘇源熙（Haun Saussy）教授合開一門「東亞文學與現代性」的課，講魯迅的《野草》和波特萊爾，又令我著迷，益發抽動「頹廢」的神經。自年輕時代起，《惡之花》便是我的「聖經」，和「波兒」也有一番甘苦與共的經歷。而李老師的講課是天馬行空，連譬類喻，機鋒四出，飽含浪漫的情懷、歷史的想像、自由的許諾，使我大為傾倒。當時寫了一篇〈狐狸說詩〉的短文，形容道：「你聽過歐梵先生講詩麼？此番感受，如一杯法國正宗cognac在手，細膩而醇厚，色澤紅而透明。」他見了之後，為我的中文惋惜，或許這是他願意帶我的契機吧。然而到了哈佛之後，那一番讀書的甘苦，始不曾料及。回想起來猶如「老童生」學吹打，咿呀學語，硬著頭皮有點像上海人說的「惡上」的樣子，一路上跌跌衝衝的走過來，李老師也一路扶持著，始終沒失去耐心。

在我走向現代文學研究中，給我不斷帶來精神動力的是賈植芳老師。1997年談蓓芳來哈佛作燕京訪問學者，帶來賈老師送我的《獄裡獄外》一書，說他知道我在從事現代文學方面的研究，很覺高興，對我勉勵有加。後來我數次回上海，有幸謁見賈老師，也不斷得到他的贈書如《歷史的背面》、《賈植芳致胡風書信》、《寫給學生》等。每讀這些書，就會產生一種深切的沉重感，會思考很多東西，想得很遠。不過這一份沉重感不光是屬於過去的，也屬於將來，尤其在當下越來越覺得生命的不能承受「輕」已經變得愈為脆弱的時候。

另一位是胡志德（Ted Huters）先生。李先生去哈佛訪問，請他來代課。他的治學作風沉潛而嚴謹，與李先生一樣，對文本作細密而開放的解讀時，注重具體的歷史的思想脈絡。他對

晚清小說情有獨鍾，現代文學即從晚清講起。使我們驚異的是他的不「隔」，就像一個富於正義和良知的中國知識份子，潛入文學史書寫的內在機制，認真反思其現代性的「典律」生成。在閱讀《老殘遊記》、《孽海花》時突破了魯迅和阿英以來的批評框架，而在討論魯迅的〈狂人日記〉時，具有對「五四」的反思和自我詰辯的色彩。在那堂課上，茅盾的短篇小說〈創造〉也是重點討論的文本。

在洛杉磯，值得懷念的是認識了不少朋友，至今想來歷歷在目。那時學現代文學的，大都是來自海峽兩岸的中國學生，正所謂莘莘學子，濟濟一堂。來自北大的孟悅是內中翹楚，從她那裡我知道些關於國內王曉明、陳思和提倡「重寫文學史」的情況。

寫茅盾起始於 1995 年那篇交給李老師的「現代小說」課的學期論文，從革命、身體、女性的觀點談茅盾的早期小說。過了兩年要寫博士論文了，哈佛給了一年的論文獎金，我卻大搔中文之癢，一邊繼續「革命」話語的研究，一邊探究茅盾的「時代女性」，結果寫了十數萬言。其實對於茅公，自《子夜》之後便讀得少。這不免我的成見：似乎是新的「套路」一旦形成，像許多通俗小說家一樣，就回爐生產，少有創新了。但他的早期小說，以前也不那麼受重視，似乎也屬於一種「被壓抑的現代性」，而我發現其中「時代女性」的形象塑造與西歐「現代主義」文學血肉相連，更引起我對於多姿多彩二十年代文學文化的興趣。再一方面讀了陳幼石先生的專著，覺得理論很新，形式主義、結構主義全用上了，固然有不少發明，但對於「時代女性」的詮釋卻要處處落實到歷史中的真人真事，反而掩蔽了形式分析的好處。

　　原來十餘萬字的稿子變成現在這個樣子，增加了一倍還多，則出乎意外。2003 年 10 月，在香港中文大學開會，遇到了羅崗。我在會上宣讀論文之後，他提的問題尖銳而到位。我們聊起來，他說他看過我的茅盾的文章，覺得不錯。得到年輕學者的首肯，我的文章好像也年輕起來了。他提起他們新近出了《二十世紀中國文學史論》的修訂版，收進我的關於茅盾小說與「乳房」話語的一篇。那是王曉明、陳子善兩兄的一片好意，不久前要我提供文章，其實我寫現代文學的本來就沒幾篇，結果還是寄了兩篇過去，他們選了那一篇。

　　使我感動的是羅崗的熱心，聽說我有成稿，就鼓勵出版。我也以為稍事修茸，即可付梓，然而大謬不然，一拖再拖。寫作是斷斷續續，除了忙於教學和其它研究之外，就是覺得問題越多，所謂「牽一髮而動全身」，千頭萬緒，欲理還亂，行將自圓其說，又被拋出方圓之外。作大幅修改和擴充的主要原因是，原來自己的詮釋「視域」發生裂變。近十年來近現代文學研究領域迅速變動，王德威先生的「沒有晚清，何來五四」說、范伯群先生的「鴛蝴」與「五四」之「雙翅齊飛」說，皆在學界不脛而走。從方法論上說，李歐梵先生的《上海摩登》展示了文學結合文化史研究的可能性；章培恒先生提倡「古今演變」，涉及民族文學與文化的整體性思考。為這些論述所急劇重畫的現代文學的地圖上，「現代」或「文學」的邊界變得模糊起來，而中心課題是文學史如何書寫，產生了或如王曉明所說的「學科的合法性」問題。這迫使我們思考文學史書寫的歷史形成及其社會功能等問題。但我想這些論述的意義將會進一步顯示出來，應當是危機與機會並存，即使「正典」所賴以生產的機制仍在運作，但研究朝多元化的方向則可斷言。

在修改過程中，主題逐漸明確起來，簡言之，即如「重寫」像茅盾這樣一「經典」作家？而著重探討的是「長篇小說」形式的歷史性，在民國的「共和」政治與印刷資本主義的具體脈絡中強調革命與都市的雙重變奏。對於「時代女性」的讀解也大幅增刪，尤其是重寫了章秋柳和梅行素等部分。另外在文獻資料方面儘量力能所及地反映近期國內外的研究成果，不僅包括像劉劍梅的《革命加戀愛》及數種關「左翼」的研究，如在 80 年代即有學者論及「時代女性」與時間概念的文章，現在既已見到，也皆一一加以注明。

這幾年去上海次數略多，有機會與陳子善、羅崗、倪文尖、王爲松等兄交流，受惠良多，不光他們的文學研究中心提供思想之養分，包括款之以滬上日新月異的佳餚美饌，使我回到上海人的感覺。尤其令人欣慰的是每次去復旦謁見章老師，他一如既往，無咎無悔，思維的青春常在，學術的求索彌堅。近年來提倡文學「古今演變」，溉我以舊學新知，也時時關心我在香港的工作與生活，更使我覺得光景常新，學海無涯。

此書的出版得到復旦大學出版社賀聖遂兄的全力支持。在製作過程中，副總編孫晶和責任編輯邵丹付出諸多辛勞，幹練而認真的工作作風令我印象深刻。謹在此向他/她們表示由衷的謝意。

我的兩位業師爲此書賜序，益覺寶重。

此時此際，更遙想在大洋彼岸與王斑、紀一新、石靜遠、沈志偉、吳湘婉、吳國坤、羅亮等同窗學友，曾在查理斯河畔和他/她們論及茅盾和現代文學，受益非淺。尤其是在倫敦大學執教的趙毅衡兄，在 2001 年初讀到我的論稿後，與我數通電郵和書信，並寄來歐洲學者的最新論文資料。我們切磋批評，

興致勃勃，也分不清更迷人的是茅公，還是秦德君、胡蘭畦。
他也揮毫寫了關於《虹》的小說與傳記關係的精彩文章，令我
感佩。

　　毅衡兄在那篇短文中說，梅女士在南京路上昂首挺胸，面
對租界巡警，「讓人想起德拉克羅瓦的名畫《自由女神引導人
民》那袒露上身高舉戰旗的女性，而街壘上尚未戰死的男人，
眼光都集中到那兩點而熱血沸騰。」這一意象令人喝彩，心中
由是升起貝多芬《英雄交響曲》，對光榮的歷史充滿景仰之
情。他曾建議以「又一次高潮」作為書題，語含雙關，真是絕
妙好題。多少來自他的靈感，後來一度想以「『乳房』的革命
敘事」為題，梅女士固然是樂觀的象徵，卻時常會想起方太太
垂死的眼中所出現的「肥大乳房的屍身」，在小說裡如此觸目
驚心，象徵著被壓抑的「過去」及其噩夢式的宣洩。因此這擺
動在光明與黑暗之間的「兩點」成為一種隱喻，彷彿被賦予本
雅明式的「辯證想像」，令我聯想到一系列成雙結對的文化景
觀──五四與鴛蝴的「雙翅齊飛」、上海與香港「雙城記」，
甚至創傷記憶中的「世貿」雙峰。這類聯想不無「超現實」的
荒誕成分，卻折射出我在這個新千禧世界的疑慮、希望與恐
懼。

　　　　　　　　　　　　2007 年 7 月 31 日於香江清水灣濤臥居

後記二

　　四月的香江，還沒變得濕鬱起來，在嶺南大學開會重又見到呂正惠教授。毛估估六七年前了，好像是要過感恩節的樣子，我在臺灣參加中央研究院文哲所舉辦的明清小說研討會，由潘光哲兄介紹初見了正惠。那天晚上我們在台大附近的飯館裡喝酒，三人喝掉了一瓶黑方尊尼獲加。後來那天怎麼過的記不清楚了，一晃眼好多年過去各自從哪裡冒了出來，他鄉遇故知，在開會的兩天裡，吃飯碰巧同坐，也不惜下樓去轉幾個彎，一道出門口抽煙，感歎世風日上，煙友如珍稀動物，未遭捕殺已屬萬幸。臨別前晚在他的旅寓處喝酒，雖是幾罐啤酒，打開了幾個話匣子。正惠指點江山，月旦學壇，豪氣如昔。

　　知道我寫過幾本書，得知我還沒有在臺灣出過書時，他便動了惻隱，說他可幫我出一本，讓我自己挑一本給他。於是在冷攤上掏寶，想想自己的幾本書雖談不上走火入魔，書題卻都冠之以「革命」。那本講「革命」話語與中國現代性的屬十年前舊物，一本叫「從革命到共和」的倒是前年出版的，有些談民國時期都市大眾文化的文章比較有趣些，不過坊間還有賣，時間似乎太近，於是中庸了一下，從中間挑了《革命與形式》這一本，那是三四年前復旦大學出版、專門講茅盾早期小說

的。之所以選這本，可能是一種無意識衝動，剛好會上聽過正惠的發言，講到現在臺灣的年輕人對中國「五四」新文學所知甚少，在大學裡現代文學研究尚屬一門新學科。在從前戒嚴時代讀魯迅是犯法的，他講到在八十年代方能購到一套《魯迅全集》欣喜若狂而不分晝夜惡讀魯迅的情景，很讓人感動。我想他這麼喜歡魯迅，應當是叛逆精神作祟吧，在今天互聯網時代，資訊取代了精神，叛逆讓位於順從，在大陸的中學語文課本裡，魯迅也正在淡出。既然在臺灣知道五四文學的還不多，那麼我的這本茅盾的書出版的話，倒能奇貨可居了。

分別後，我先給正惠寄了一本《革命與形式》過去，沒想到「奇」事接踵而來。他跟我說對於盧卡奇的「整體性」理論，他有研究過，早就發表過文章，那真使我汗顏了。我自以為那本書的文獻資料做得不差，在〈後記〉裡還特意說「儘量力能所及地反映近期國內外的研究成果」。我知道正惠學通古今，關於中國抒情文學啦，現代文學正典啦，多少讀過一些，但不知道他也對盧卡奇有研究。我是既高興又好奇，趕快從圖書館找到了他的《小說與社會》，那篇〈盧卡奇的文學批評〉的文章赫然在目。還沒讀完，正惠又跟我說，他帶過的一位學生叫蘇敏逸，現在國立成功大學教書，其博士論文就是有關盧卡奇與中國現代文學的。不久蘇教授也把她的書《社會整體性觀念與中國現代長篇小說的發生和形成》寄了給我，該書發揮乃師的理論，從盧卡奇「整體性」的角度來觀察現代中國長篇小說，與我探討茅盾的主題不謀而合，但是她的視野要寬廣得多，討論茅盾的《蝕》、《虹》和《子夜》，還包括葉聖陶的《倪煥之》、老舍的《駱駝祥子》、巴金的《激流》等，用盧卡奇「整體」觀居高臨下地對於現代長篇小說的經典之作了一

番「整體」考察，眞可說是波瀾壯闊，氣勢磅礴！見到臺灣已有這樣出色的現代文學的研究，令我非常欽佩，也可見正惠老師有意在現代文學方面拓荒的苦心。

還有令我咋舌稱奇之處，我的茅盾的書出版於 2007 年 7 月，蘇教授的書也於同年 11 月見世，前後僅隔四個月，而對於茅盾、對於長篇小說、對於盧卡奇的「整體性」理論，卻不約而同，在臺灣和香港邊緣之地，對於上世紀二十年代末的「大革命」文學鏡像心馳神往，龍蛇爭珠，風雲變色，此種寄情於歷史之想像，正當目前大陸朝野上下快樂地「告別革命」之際，多半屬海外奇談，雖然不無一番別趣在。然而我怎麼會挑中茅盾這本書，怎麼又偏偏撞到正惠的槍口上，思前想後，大約只能用臺灣朋友喜歡講因果的話頭，可算是學問上的一段奇緣了。

讀了正惠教授談盧卡奇的文章，並不長，對我來說卻具顛覆性。他指出盧氏的長篇小說的文學理論，主要是要求通過「現實主義」的「典型」人物的塑造，來表現階級關係，由是集中體現「社會」的「整體性」，即社會的本質的東西。換言之，這樣的典型人物須能體現馬克思所說的無產階級「改造世界」的要求，代表歷史前進的方向。正惠的閱讀策略是單刀直入，快人快語，一語道破盧氏「整體性」理論的內蘊。而我是從大處佈局，以盧卡奇的「整體性」理論作爲意識形態的分析框架，想說明的是在 1927 年國共破裂、共產主義運動遭到挫折時，茅盾開始創作長篇小說，很像盧卡奇把小說當作荷馬史詩中的奧德賽之旅，藉以表現「革命」的烏托邦狂想。那些女主角個個魔鬼身材，風情萬種，然而又被硬生生綁在革命的戰車上、被歷史進化的意識武裝起來，顯得不自然，因此在靈魂

與肉體、主觀與客觀、內容與形式之間充滿了矛盾，像作者取的筆名一樣。

茅盾創作中的問題是主題先行，人物形象被外在觀念所控制，這樣就減弱了感動、損害了藝術。而為了使茅盾與盧卡奇的「整體性」理論接軌，在分析「時代女性」之前做了不少鋪墊，來說明馬克思主義何以與中國的「三代之治」、「大同」理想若合符契，盧卡奇的小說理論何以與五四以來對長篇小說作為民族史詩的期待也殊途同歸。相對來說，正惠最關注人物典型，如中心爆破，而我則用週邊包抄的方式。雖然那些「時代女性」的形象塑造是我考察的重點，據茅盾自言她們也都有「模特兒」，當然是「典型」的意思。盧卡奇把《安娜·卡列尼娜》看作「現實主義」的創作典範，書裡也引證過，但沒有把「典型」作為我的論述的出發點。因此正惠對於盧卡奇「整體性」的解讀猶如道家的「內觀」，照亮了我的偏頗。如果結合正惠的這一灼見，就能裡應外合，對於盧氏「整體性」理論本身就會達到一種整體的把握。

其實正惠一直在思考現代中國小說的形式問題，在最近的一篇會議論文《現代中國新小說的誕生》中更提出一個帶有普遍理論意義的問題。該文指出在二十世紀初梁啟超鼓吹「新小說」以來，作家面臨「如何寫小說」的問題，這一問題本身意味著一種與傳統決裂的集體心態。從魯迅、老舍、茅盾、沈從文的創作實踐來看，似乎拜賜「現代」的光照並分享白話帶來的喜悅，但事實上不知從何處下手。由於中西小說傳統的不同，無論在人物塑造、敘事結構等方面顯得捉襟見肘，處處露出傳統敘事文學的底子。鴻溝也是由小說主體的不同歷史空間所決定的：西方小說裡的個人是在工業革命過程中孕育成長起

來的，而中國新小說從一開始就設定了救亡啓蒙的主體。這裡的問題意涵著什麼是「新小說」？如果不清楚這一點，隨便套用西方小說的觀念及術語來研究中國現代小說，其結果只會是削足適履；同時也要求研究者做到古今貫通，方能看出本土原料與外來影響的交織理路。

我完全同意正惠的觀點。茅盾的例子或許更爲醒目。他乾脆把西語 the novel 作爲小說的定義，在這一點大約要比其他新文學家都更爲西化。他曾提倡以左拉爲圭臬的「自然主義」，後來瞭解更多的文學與小說理論，又主張「寫實主義」、「新浪漫主義」或「表現主義」等，因此當二十年代末眞正要寫小說時，在各種主義中無所適從，結果也可說是各種主義的雜交。的確他打腹稿、作準備、畫藍圖，從敘事、結構、情節到人物一一佈置。如果說在西方小說一般圍繞人物中心展開，但對茅盾來說，首先考慮的是長篇小說的敘事結構，必須與傳統的「章回小說」絕緣，其敘事開展應當成爲民族命運與歷史進化的隱喻，正是在這樣的舞臺背景裡設計了一系列所謂「時代女性」的「典型」人物，其中蘊含著盧卡奇式的「整體性」方案。「時代」是決定性的，限定了「女性」──也是一個集體概念──須在小說敘事中體現整個民族對於進步歷史的追求。

「整體性」那種「天人合一」的境界是挺體現人文精神的，茅盾也可算是葛蘭西所說的「有機」知識份子，但問題在於過於精英、救黨救國過於心切，結果適得其反。對茅盾來說，《蝕》三部曲是失敗之作，因爲沒有達到目標。像《虹》裡的梅女士應當是個成功的「典型」，她自覺克服小資秉性，在馬克思主義的引導下投入革命潮流，最後描寫「五卅」那天在南京路上她走在群衆抗議隊伍的前頭，勇敢迎著員警的水龍

頭向前進，象徵著歷史前進的方向。然而她之所以能把自己鍛煉成爲一個「戰士」，是因爲不斷克服其「女性」和「母性」的結果。馬克思、恩格斯在《共產黨宣言》中說：「代替那存在著階級和階級對立的資產階級舊社會的，將是這樣一個聯合體，在那裡，每個人的自由發展是一切人的自由發展的條件。」梅女士的「女性」和「母性」正是「個人的自由發展」的部分，在較早的《蝕》三部曲裡孫舞陽、章秋柳等「時代女性」很有 girl power 的表現，但遭到錢杏邨等左傾同道的批評之後，茅盾也給黨派「意識形態」武裝了起來，由是不無勉強地塑造了梅女士那樣重意識而輕人情的形象。這樣的「典型」偏離了盧卡奇的「整體性」，也與中國小說傳統離異，如編纂《三言》的馮夢龍已經不滿正統儒家的教條，指出只有基於人的「眞情」，忠孝節義之類的道理才具意義。

　　《革命與形式》通過歷史化的方法，對地層累積的紅色正典作一種祛魅的工作，但我對茅盾首先是抱著同情的，某種意義上在重構其馬克思主義譜系。其中或許已經含有偏重意識形態的傾向，有時不自覺被主人公帶著跑，而遮蔽了某些重要的層面。如在一開始說到到 1930 年代張恨水也自稱及小說爲「章回小說」，說明「長篇小說」這一稱謂被意識形態化了。即便如此，在張恨水方面來說，不一定那麼簡單。這與其說在迎合新文學意識形態，毋寧是更自覺認同「章回小說」所含有的本土小說傳統。這就涉及現代長篇小說形式上的複雜問題了。

　　在處理文學與意識形態的關係方面，《革命與形式》一書也可說是革命與都市的雙重變奏，某種程度上呼應近年現代文學研究的新方向，把茅盾早期小說放在新文學與所謂「通俗」文學的歷史脈絡之中，時時扣聯兩者之間的互動與差異，也在

於揭示茅盾文學創作的商品面向。但在追踪茅盾的思想發展軌跡時，對於其與當時民國政治及其意識形態沒有作很多聯繫。後來看到 1927 年 7 月 30 的《北洋畫報》上墨珠的《天乳運動》一文：「廣東省政府下令，禁止婦女束胸，實行天乳運動，在這提高女子生活的時代，自是應時的舉動。無論怎樣，也比較『不著褲運動』來得有意義。本來在美的方面，可以增加多少的快感，衛生上也有莫大的好處，這種運動，的是該當。」同一期上還有鶴客的《乳的威風》一文：「最近南方有了『天乳運動』，這雖是一件小事，而也正是一件大事。中國女人的『弱不禁風』，『嬌小玲瓏』，兜肚和小坎肩，是一種特別的鐐銬。女人有兩隻肥大的乳房，那是『天生的』，有什麼可恥？到了時候，他應當大的，又有什麼見不得人？爲什麼一定要藏他起來呢？」語言直白甚至不避粗俗，正是小報特色，《北洋畫報》的文化立場較爲保守，然而這裡在擁護「北伐」時對於解放女性身體表現得頗爲激進。在《革命與形式》中我把茅盾小說中「乳房」的大膽描寫與周瘦鵑所主編的《紫羅蘭》的「解放女子束胸」專號相聯繫，說明兩者在打造都市時尚方面的此呼彼應。但從所謂「天乳運動」的角度這兩者都在作某種政治上的呼應。我曾寫過一文，認爲「革命加戀愛」小說的最初動力是「北伐」。正是在北伐期間，女子放足、剪髮乃至解放胸部等，朝現代化邁進了一大步，而文藝領域裡出現有意擺脫英美文化的主宰而轉向蘇聯等國現代主義的新潮。

我很高興此書能在臺灣出版，新的讀者對我意味著新的受教的機會。先寫下這些，完全是受了正惠的盧卡奇「整體性」的見解的刺激，使我得以反思書中的一些問題。借此機會也作了一些必要的修訂和增補，如原來認爲最早新文學中「乳房」的

描寫出現張資平的小說裡，後來發現開其端的是魯迅，因此需要改正。在這裡對呂教授的厚意謹表謝忱，且蒙他應允爲此書作個新序，必將使我得到更多的啓發。

2011 年 9 月 22 日

國家圖書館出版品預行編目資料

革命與形式：茅盾早期小說的現代性展開
　　1927-1930 / 陳建華著. -- 初版. -- 臺北市：
　　人間, 2012. 1
　　　　面；　　公分
　　ISBN 978-986-6777-44-8（平裝）

　　1. 沈德鴻　2. 現代小說　3. 文學評論

857.7　　　　　　　　　　　　　　100025756

中國近‧現代文學叢刊　11

革命與形式

茅盾早期小說的現代性展開
1927-1930（修訂版）

出　版　者／人間出版社
作　　　者／陳建華
發　行　人／呂正惠
社　　　長／林怡君
地　　　址／台北市長泰街五九巷七號
電　　　話／02-23370566
郵 撥 帳 號／11746473　人間出版社
排　　　版／龍虎電腦排版股份有限公司
印　　　刷／龍虎電腦排版股份有限公司
登　記　證／局版台業字第三六八五號
初 版 一 刷／2012 年 1 月
定　　　價／420 元